Cómo Cae La Nieve

ERIN DOOM

Traducción de Manel Martí Viudes

montena

Papel certificado por el Forest Stewardship Council®

Título original: *Nel modo in cui cade la neve*

Primera edición: junio de 2024

© 2022 Adriano Salani Editore s.u.r.l.
Milano
www.magazzinisalani.it
© 2024, Penguin Random House Grupo Editorial, S. A. U.
Travessera de Gràcia, 47-49. 08021 Barcelona
© 2024, Manel Martí Viudes, por la traducción

Printed in Spain – Impreso en España

ISBN: 978-84-19848-34-5
Depósito legal: B-7.125-2024

Compuesto en Comptex & Ass., S. L.

Impreso en Black Print CPI Ibérica
Sant Andreu de la Barca
(Barcelona)

GT 4 8 3 4 5

Dedicado a quien soporta. Siempre

Prólogo

Dicen que el corazón es como la nieve.

Audaz, silencioso, capaz de deshacerse con un poco de calor.

En el lugar del que yo vengo, muchos creen en ello. Es un proverbio que está en boca de los ancianos, de los niños pequeños y de aquellos que brindan por la felicidad.

Todos tenemos un corazón de nieve, porque la pureza de los sentimientos lo vuelve terso e inmaculado.

Pero yo nunca me lo creí.

Aunque había crecido allí, aunque llevásemos el frío incrustado en los huesos, nunca había estado entre quienes creen en según qué chismes. La nieve se adapta, es considerada, respeta hasta el mínimo recoveco. Cubre sin deformar, pero el corazón no, el corazón exige, el corazón grita, rechina y se encabrita.

Un día lo entendí.

Lo entendí igual que se entiende que el sol es una estrella o que el diamante no es más que una roca.

No importa lo distintos que parezcan. Lo que cuenta es hasta qué punto son similares.

No importa si uno es frío y el otro caliente.

No importa si uno chirría y el otro se adapta.

Yo había dejado de notar la diferencia.

Habría preferido no tener que comprenderlo.

Habría preferido seguir equivocándome.

Pero nada haría retroceder el tiempo.

Nada me restituiría lo que había perdido.

Así que quizá sea verdad lo que dicen.

Tal vez tengan razón.
El corazón es como la nieve.
Con un poco de oscuridad, se convierte en hielo.

1

La canadiense

—¿Ivy?

Aparté la mirada del mantel blanco. El mundo volvió a llenarme los oídos. Percibí de nuevo el zumbido, el tintineo de los cubiertos contra la loza.

La mujer que había a mi lado me miraba con expresión cortés. Sin embargo, entre los minúsculos pliegues de su sonrisa impostada, logré discernir que le resultaba difícil ocultar su incomodidad.

—¿Va todo bien?

Yo tenía los dedos apretados. La servilleta apenas era un pedazo de tela arrugada entre las blancas palmas de mis manos. Volví a dejarla sobre la mesa y le pasé la mano por encima para alisarla.

—Llegará de un momento a otro. No te preocupes.

No estaba preocupada. A decir verdad, eran muy pocas las emociones que sentía.

La acompañante que me habían asignado parecía turbada ante mi falta de sentimientos. Incluso cuando llegamos al aeropuerto y percibí el desagradable olor del café y del plástico del envase, me observó como si esperase ver cómo pasaba mi esfera emocional por la cinta de equipajes.

Aparté la silla y me puse en pie.

—¿Vas al baño? Vale, claro… Bien… Te espero aquí…

Hubiera querido decir que estaba contenta de encontrarme allí. Que la certeza de que no estaba sola compensaba aquel larguísimo viaje; que en la grisura de mi existencia veía una oportunidad de empezar de nuevo. Sin embargo, mientras observaba mi reflejo en el espejo del aseo con los dedos aferrados al lavabo, tuve la impresión de hallarme ante una muñeca cosida con distintos retales, que a duras penas lograba mantenerse de una pieza.

«*Soporta, Ivy. Soporta*».

Cerré los ojos y mi respiración se estrelló contra el cristal. Solo quería dormir. Y tal vez, no despertarme nunca, porque en el sueño encontraba la paz que tanto buscaba cuando estaba despierta, y la realidad se convertía en un universo lejano al que yo no pertenecía. Alcé los párpados y mis iris atravesaron el halo que había creado mi aliento. Abrí el grifo, me mojé las manos y las muñecas, y por fin salí del baño.

Mientras pasaba entre las mesas, ignoré las cabezas que se alzaban aquí y allá para seguirme con la mirada.

Sabía que mi aspecto nunca pasaba desapercibido. Pero solo el cielo sabía cuánto odiaba que la gente se fijase en mí.

Había nacido con una piel sorprendentemente pálida. Siempre había tenido tan poca melanina que solo una albina podría tener una tez más clara que la mía.

Y no era que eso me hubiera supuesto nunca un problema. Crecí cerca de Dawson City, en Canadá. Allí nevaba las tres cuartas partes del año y en invierno las temperaturas rozaban los treinta grados bajo cero. Para quienes, como yo, vivían en los confines de Alaska, estar bronceado no resultaba nada habitual.

Aun así, era objeto de las burlas de los otros niños. Decían que parecía el fantasma de un ahogado, porque tenía el pelo de un rubio clarísimo, fino como una telaraña, y los ojos del color de un lago helado.

Tal vez por eso mismo siempre había pasado más tiempo en los bosques que en el pueblo. Allí, entre líquenes y abetos que rozaban el cielo, no había nadie dispuesto a juzgarme.

Cuando regresé a la mesa, mi acompañante ya no estaba sentada.

—Oh, ya has vuelto —dijo sonriente al verme—. El señor Crane acaba de llegar.

Se hizo a un lado, y entonces lo vi.

Era exactamente como lo recordaba.

El rostro cuadrado, el pelo castaño ligeramente entrecano, barba de pocos días bien cuidada. Y unos ojos de mirada amigable, vivarachos, alrededor de los cuales siempre surgía alguna arruga de expresión.

—Ivy.

Su voz hizo que de improviso todo pareciera terriblemente confuso.

No la había olvidado: siempre cálida, casi paternal, suya. Con todo, aquel timbre familiar logró romper la apatía en la que andaba sumida y me enfrentó a la realidad.

Estaba realmente allí, y aquello no era una pesadilla.

Era real.

—Cuánto has crecido, Ivy.

Habían pasado más de dos años. A veces, al mirar fuera a través del cristal empañado, me preguntaba cuándo lo vería aparecer de nuevo al fondo de la calle; las botas hundiéndose en el manto de nieve, el sombrero nudoso de lana roja en la cabeza. Siempre con un paquete bajo el brazo, atado con un cordel.

—Hola, John.

Se le frunció la sonrisa en un pliegue amargo. Antes de que pudiera apartar la mirada, se acercó y me rodeó con sus brazos. Su olor me impregnó la nariz, e identifiqué la leve fragancia a tabaco que siempre lo acompañaba.

—Oh, te has convertido en una chica muy guapa —murmuró mientras yo permanecía inerme como un pelele, sin responder a aquel abrazo con el que parecía querer mantenerme en pie—. Demasiado. Te dije que no crecieras.

Bajé el rostro, y él esbozó una sonrisa a la que no fui capaz de corresponder.

Simulé que no había notado que se sorbía la nariz mientras se separaba de mí y me acariciaba el pelo.

Enderezó los hombros, adoptó una expresión más adulta y se dirigió a la asistente social:

—Discúlpeme, aún no me he presentado —empezó a decir, tendiéndole la mano—. Soy John Crane, el padrino de Ivy.

Siempre estábamos papá y yo.

Poco antes de que muriera mamá, él había dejado el trabajo y se habían mudado juntos a Canadá, al pequeño pueblo de Dawson

City. Ella se fue antes de que pudiera conservar ningún recuerdo suyo, así que papá me crio él solo: compró una cabaña en el límite del bosque y se consagró a mí y a la naturaleza del lugar.

Me enseñó el esplendor de los bosques nevados: la exuberante vegetación, las ramas engalanadas de hielo, que brillaban como piedras preciosas en el crepúsculo. Aprendí a reconocer las huellas de los animales en la nieve, a contar los años de un árbol observando el tronco recién cortado. Y a cazar. Sobre todo, a cazar.

Papá siempre me había llevado con él, desde que era todavía demasiado pequeña para empuñar un rifle. Con el tiempo, me familiaricé hasta tal punto con la caza que unos años antes ninguno de los dos habría dado crédito, especialmente él.

Me acordaba de cuando me llevaba a practicar el tiro al pichón, en la explanada. Esperábamos entre la hierba, y con los años fui capaz de no errar un solo tiro.

Cuando pensaba en Canadá me venían a la mente lagos de cristal y bosques que caían en vertical sobre los fiordos cubiertos de niebla.

En ese momento, en cambio, al mirar por la ventanilla del coche, solo veía las copas de las palmeras y las estelas de los aviones de pasajeros.

—Ya no falta mucho —me tranquilizó John.

Observé con desgana las casitas desfilando una tras otra, como una hilera de corrales blancos. Al fondo, el océano centelleaba bajo el abrazo de un sol incandescente.

Mientras miraba a los chicos con sus monopatines y las tiendas de tablas de surf, me pregunté cómo me las apañaría para vivir en semejante lugar.

Era California.

Allí ni siquiera sabían qué era la nieve, y dudaba de que pudieran distinguir un oso de un glotón, si es que alguna vez llegaban a cruzarse con uno.

Hacía un calor infernal y el asfalto apestaba terriblemente.

Nunca lograría integrarme.

John debió de percatarse de lo que estaba pensando, porque apartó un par de veces la vista de la calzada para mirarme.

—Ya sé que todo es muy distinto —empezó a decir, poniendo voz a mis pensamientos—. Pero estoy seguro de que con un poco de paciencia acabarás acostumbrándote. No hay prisa, concédete un tiempo.

Estreché mi colgante entre los dedos. Apoyé la cabeza en la mano y él esbozó una sonrisa.

—Al fin podrás ver con tus propios ojos todas las cosas de las que te he hablado —murmuró en un tono casi tierno.

Recordé cuando venía a visitarnos, cada vez me traía postales de Santa Bárbara.

«Aquí es donde yo vivo», me decía mientras le daba un sorbo a su chocolate caliente y yo observaba las playas, los palmerales perfectos, aquella mancha azul oscuro que se divisaba en el horizonte, cuya inmensidad apenas lograba imaginarme.

«Cabalgamos las olas subidos en largas tablas», contaba, y yo me preguntaba si domar un caballo equivaldría a domar las olas de las que hablaba. Y le decía que sí, que el océano también podía ser grande, pero que nosotros teníamos lagos en los que no se alcanzaba a ver el fondo, donde podíamos pescar en verano y patinar en invierno.

Entonces papá se reía y sacaba el globo terráqueo. Y, guiando mi dedo, me hacía ver cuán pequeños éramos en aquella esfera de papel maché.

Recordaba sus manos cálidas. Si cerraba los ojos, aún podía sentirlas apretando las mías, con una delicadeza que no parecía corresponder a unas palmas tan callosas como las suyas.

—Ivy —dijo John mientras bajaba los párpados y a mí me embargaba de nuevo aquella sensación de ahogo que me pellizcaba la garganta—. Ivy, todo irá bien.

«Todo irá bien», escuché de nuevo, y veía una luz clara y tenue, unos tubos de plástico suspendidos en el aire. Sentí de nuevo el olor a desinfectante, a medicamentos, y volví a ver aquella sonrisa tranquilizadora que nunca se apagaba al mirarme.

«Todo irá bien, Ivy. Te lo prometo».

Y me quedé dormida, apoyada en la ventanilla, entre recuerdos hechos de niebla y brazos de los que nunca habría querido separarme.

—Eh.

Algo me tocó el hombro.

—Ivy, despierta. Ya hemos llegado.

Alcé la cabeza, amodorrada. La cadenita del colgante se me despegó de la mejilla y parpadeé.

John ya había bajado y estaba trasteando en el maletero. Me desabroché el cinturón y me eché el pelo hacia atrás, ajustándome la visera de la gorra.

En cuanto salí del coche me quedé boquiabierta. Lo que tenía ante mí no era un chalecito adosado como los que había visto por el camino: era una gran casa de estilo *liberty*, o, mejor dicho, una villa. El amplio jardín, en el que no me había dado cuenta de que me encontraba hasta ese preciso momento, resplandecía con un verdor de una exuberancia deslumbrante, y el sendero de grava parecía un riachuelo que conectaba la verja exterior con la entrada. El porche estaba sustentado por unas columnas blancas alrededor de las cuales trepaban pequeñas flores de jazmín, y un gran balcón de mármol blanquísimo coronaba la fachada, confiriéndole un aire elegante y refinado a todo el conjunto.

—¿Tú vives aquí? —pregunté con un matiz de escepticismo que incluso me sorprendió a mí misma.

John dejó las maletas en el suelo y se pasó el dorso de la mano por la frente.

—No está mal, ¿eh? —soltó mientras le echaba un vistazo a la villa—. Es verdad que no está hecha con troncos y la chimenea aún está por estrenar, pero estoy seguro de que llegarás a encontrarla confortable.

Me sonrió y me colocó un petate de tela entre los brazos.

Lo miré de reojo.

—Tal como lo dices, parece que me haya criado en un iglú.

Yo era consciente de que el estilo de vida que había llevado todos aquellos años podía parecer… extravagante. Venía de un rincón del mundo donde, antes que a vivir, te enseñaban a sobrevivir. Pero para mí, lo extraño era todo lo que tenía delante, no al contrario.

John se rio. Me observó un instante con afecto, alzó la mano y me desplazó la visera de la gorra hacia atrás.

—Estoy contento de tenerte aquí.

Quizá tendría que haberle dicho «yo también». O, al menos, «gracias», porque estaba haciendo por mí más de lo que habría podido imaginar. Se lo debía por no haberme dejado sola.

Sin embargo, lo único que fui capaz de hacer fue exhalar un suspiro y tensar la comisura de los labios en algo que pretendía parecerse a una sonrisa.

Tras haber dejado todo el equipaje en el porche, John sacó un manojo de llaves y abrió la puerta.

—Oh, ya ha regresado —comentó mientras entraba en la casa—. ¡Bien! Así podréis conoceros enseguida. ¡Ven, Ivy!

«¿Quién ha regresado?», pensé, siguiéndolo hacia el interior. Un agradable frescor me recorrió la piel del rostro.

Dejé la mochila en el suelo y miré a mi alrededor. El techo era alto, estaba enlucido, y en el centro colgaba una hermosa lámpara de araña con lágrimas de cristal ricamente talladas.

El amplio espacio se abría en un elegante vestíbulo iluminado por grandes ventanas y por las vetas nacaradas del suelo de mármol. Un poco más adelante, a la izquierda, se accedía al salón a través de dos monumentales puertas, mientras que, a la derecha, una ecléctica barra de bar con taburetes de llamativos acolchados daba a la parte más corta de la cocina, acentuando su estilo moderno y refinado.

Al fondo, justo delante de donde yo me encontraba, una suntuosa escalera con una gran baranda de hierro forjado cautivaba la vista con sus ensortijados arabescos.

Nada que ver con la cabaña a la que estaba acostumbrada.

—¿John? ¿Dónde…?

—¡Mason! ¡Ya estamos en casa!

Se me bloqueó el cerebro. Me quedé allí, en el centro del atrio, como un mapache disecado.

No.

No podía ser verdad.

Me había olvidado del hijo de John.

Me di una palmada en la frente y tuve la absoluta certeza de que era una idiota rematada.

No, no quería creerlo…

¿Cómo había podido olvidarme de él?

Durante todo el viaje no había hecho otra cosa que pensar en cómo había cambiado mi vida. Me había atrincherado en mí misma, aferrándome a la idea de que había alguien dispuesto a hacerse cargo de mí.

Ese alguien era John, y mi mente había suprimido todo lo demás.

Pero John tenía un hijo, y yo lo sabía, ¡maldita sea!

Cuando era pequeña, me enseñó con orgullo la foto que llevaba en la cartera, y me dijo que teníamos la misma edad.

«Mason es un terremoto», me había revelado mientras yo observaba a aquel niño de sonrisa desdentada que aparecía junto a una bicicleta con los mangos de plástico. Tenía dos guantes de boxeo colgando del cuello, y los exhibía casi con orgullo. Y mientras yo preparaba el chocolate caliente, me decía «ya es tan alto como yo» o «odia las matemáticas» o «ha entrado en el club de boxeo»; y luego me contaba con detalle todos los combates a los que asistía, aliviado porque su hijo había encontrado un deporte capaz de mantenerlo a raya.

—Ivy.

John asomó la cabeza desde detrás de la pared y yo volví a la realidad.

—Ven. Deja aquí el equipaje.

Eché un vistazo a mi alrededor, algo descolocada; dejé las maletas donde estaban y me dispuse a seguirlo.

En ese momento caí en la cuenta de que papá tampoco llegó a conocer nunca al hijo de John en persona. Y yo estaba a punto de verlo por primera vez. Sin él…

—¡Mason! —exclamó John mientras abría una ventana. Parecía esforzarse en hacer que la casa resultase lo más agradable posible, probablemente por mí.

—Espera aquí —me indicó antes de adentrarse en un pasillo y desaparecer.

La inmensidad que me rodeaba era casi imponente. Dejé vagar la mirada por los cuadros de arte moderno y por las numerosas fotos enmarcadas que había por todas partes, en las que aparecían retazos de su vida cotidiana.

Estaba observando el enorme televisor de plasma cuando una voz rompió el silencio de la casa:

—¡Hey!

Me volví hacia las escaleras que conducían al primer piso.

Un chico las estaba bajando. Me fijé enseguida en la camiseta color teja y en su pelo, tan corto que parecía rasurado.

Era tan fornido que los músculos de sus brazos parecían a punto de estallar; su rostro, ancho y un poco rudo, no se parecía en nada al de John.

Lo observé atentamente, tratando de captar gestos que me recordasen al hombre que conocía de toda la vida. Bajó el último peldaño, haciendo bastante ruido con las chanclas, y solo entonces me percaté de que lucía un vistoso tatuaje en la pantorrilla.

—Hola. —Sonrió, y pensé que al menos en cuanto al carácter debía de haber salido a mi padrino.

—Hola.

Socializar no era mi fuerte, y es que cuando vives entre osos y caribús, resulta difícil desarrollar actitudes que favorezcan las relaciones humanas. Sin embargo, cuando noté que no dejaba de estudiarme con insistencia, añadí:

—John me ha hablado mucho de ti.

Una luz divertida iluminó sus ojos.

—Ah, ¿sí? —preguntó, como si estuviera esforzándose por no reír—. ¿Te ha hablado de mí?

—Sí —respondí con voz inexpresiva—. Eres Mason.

Y en aquel instante, no pudo seguir conteniéndose y se echó a reír. Me quedé mirándolo, sin exteriorizar la menor expresión, mientras aquel sonido se propagaba por toda la casa.

—Oh, perdona —logró decir entre una carcajada y otra—, pero es que no me lo puedo creer.

Me fijé en que, bajo la camiseta de tirantes, su piel tenía una coloración totalmente antinatural. Parecía brandi quemado. Había visto alces menos bruñidos que él.

Tardó un poco antes de poder pronunciar dos palabras sin troncharse de risa en mi cara. Cuando por fin se recompuso, en sus ojos aún brillaba aquel destello de hilaridad.

—Creo que aquí ha habido un malentendido —dijo—, yo me llamo Travis.

Me lo quedé mirando desconcertada, y entonces él se aclaró la voz y añadió:

—Verás…

—Mason soy yo.

Me volví de nuevo hacia la escalera.

Antes de que mis ojos se posaran en el verdadero hijo de John no sabía qué esperaba ver. Probablemente, a un chico corpulento, con el cuello ligeramente taurino, la frente cuadrada y la nariz rota en varios puntos. Pero, a decir verdad, quien estaba bajando las escaleras no tenía el aspecto de alguien que practicase el boxeo.

Siempre había creído que los californianos eran rubios, grandes y bronceados, con los músculos relucientes de crema solar y la piel quemada por el exceso de surf.

Mason, en cambio, no era nada de eso. Tenía un abundante pelo castaño y unos ojos igual de normales, de un más que común color avellana. La camiseta de manga corta le delineaba el pecho fuerte y tonificado, y no tenía la piel como Travis, lo suyo era simplemente… piel. Ni rastro de coloración antinatural, solo el tono propio de una persona acostumbrada a vivir en un clima soleado.

Era un chico normal. Posiblemente más normal que yo, que parecía salida del cuento *La reina de las nieves*, de Andersen. Sin embargo…, cuando se detuvo en el último peldaño y me miró desde arriba, me percaté de que «banal» era el último adjetivo que se le podría atribuir.

No sabría decir por qué, pero en cuanto lo vi me vino a la mente Canadá.

Y no era solo por los bosques, ni por la nieve, las montañas y el cielo. No. Era porque tenía algo que lo hacía más atractivo que cualquier otro lugar del mundo, con sus senderos impracticables, con sus increíbles auroras y sus amaneceres emergiendo entre picos helados.

Y Mason también era así. La belleza violenta de sus rasgos, con aquellos labios carnosos y la mandíbula bien delineada, hacía que todo lo demás pareciera superfluo. Tenía la nariz recta, con la punta tan bien definida que nadie diría que se pasaba el día recibiendo puñetazos en la cara.

Pero sobre todo llamaban la atención sus ojos: profundos y almendrados, resaltaban bajo las cejas mientras me miraban directamente a la cara.

—¡Ah, por fin estáis aquí!

John se nos unió, sonrió a su hijo y apoyó una mano en mi hombro.

—Voy a presentarte, Ivy. —Se volvió e inclinó el rostro hacia mí—. Ivy, él es Mason. ¿Lo recuerdas?

Hubiera querido decirle a John que era un pelín distinto de aquel niño desdentado que me había mostrado en fotos, y que la verdad era que no, hasta hacía apenas unos instantes ni siquiera me acordaba de su existencia; sin embargo, guardé silencio.

—¿Ivy? —inquirió Travis, intrigado por aquel nombre tan inusual, y me pareció que John no había advertido su presencia hasta ese momento.

Empezaron a hablar, pero yo apenas reparé en ello.

Los ojos de Mason descendieron por la camisa de cuadros que yo llevaba puesta, varias tallas más grandes que la mía, y volvieron a ascender lentamente hasta mi rostro. Se detuvieron en mis mejillas, y entonces pensé que seguramente aún debía de verse la marca del colgante estampada en mi piel. Finalmente se centraron en la gorra, una de las pocas cosas por las que sentía afición, con la cabeza de alce bordada en la parte delantera. Por el modo en que lo miraba, deduje que aquella primera toma de contacto no estaba yendo exactamente como yo me había imaginado.

John volvió a prestarnos atención, y entonces Mason alzó apenas la comisura de los labios y me sonrió.

—Hola.

Con todo, estaba segura de haber visto su mirada puesta en mi hombro. Justamente allí donde su padre había posado la mano.

Cuando el otro chico se hubo marchado, acabé de entrar las maletas.

—Hay habitaciones de sobra —dijo John mientras resoplaba, dejando en el suelo un par de cajas de cartón—. Puedes empezar a llevar las cosas arriba. Yo vuelvo enseguida.

Sacó las llaves del coche, probablemente para retirarlo del sendero, y señaló hacia la escalera.

—¡Mason, ayúdala, por favor! Enséñale su habitación, la del fondo del pasillo —dijo, dedicándome una sonrisa—. Era la habitación de los invitados, pero ahora es tuya.

Le lancé una mirada rápida a Mason mientras me agachaba para coger un par de bolsas de tela. Lo vi levantar una gran caja que yo ni siquiera habría sido capaz de despegar del suelo: allí dentro estaba mi material de pintura, y solo los colores ya pesaban un quintal.

Mientras lo seguía al piso superior observé su ancha espalda y sus movimientos seguros; se detuvo frente a una habitación y me dejó pasar a mí primero.

Era grande y luminosa. Las paredes estaban pintadas de un delicado color azul, y el suelo revestido con una moqueta de color marfil daba la sensación de estar caminando por una nube de algodón. Había un armario empotrado y la ventana daba a la parte trasera del jardín, donde John estaba dando marcha atrás con el coche.

Era simple. Nada de elementos pretenciosos, nada de espejos enmarcados con bombillitas ni otras florituras por el estilo. Aunque, con todo, no podría ser más distinta de mi vieja habitación.

De pronto me sobresaltó un estruendo. Me volví de golpe y la maleta se me escurrió de las manos, aterrizando sobre mis zapatillas de gimnasia.

Un tarro de pintura rodó perezosamente por la moqueta. Los pinceles sobresalían de la caja volcada en el suelo, a los pies de Mason.

Me lo quedé mirando. Seguía con las manos abiertas, pero no apartaba de mí sus ojos carentes de expresión.

«Huy».

Y a continuación oí sus pasos resonando al otro lado de la puerta mientras se marchaba.

Más tarde, John pasó para ver si todo iba bien. Me preguntó si me gustaba la habitación o si quizá quería cambiar de lugar alguna cosa; se quedó un poco allí, observando cómo vaciaba lentamente las maletas, y al final se marchó, para que pudiera instalarme a mis anchas.

Mientras colocaba la ropa en los cajones, me di cuenta de que lo más ligero que tenía eran unos vaqueros desgastados y algunas viejas camisetas de mi padre.

Saqué la cámara fotográfica, unos cuantos libros de los que no había querido separarme y mi peluche en forma de alce. También saqué una escarapela triangular con la bandera de Canadá y por un instante se me ocurrió colgarla en el cabecero de la cama, como en casa. Pero entonces me di cuenta de que fijar algo con clavos tenía algo de espantosamente definitivo, y desestimé la idea.

Cuando terminé, en el exterior el sol ya se estaba poniendo. Tenía muchísimas ganas de darme una ducha. La verdad era que hacía un calor tremendo, y no estaba acostumbrada a aquellas temperaturas, así que cogí lo necesario y salí al pasillo.

Tardé un poco en dar con el baño, pero en cuanto encontré la puerta correcta me metí dentro y fui a echar el pestillo, pero no había cerradura. Entonces opté por quitarme la camiseta y refrescarme antes de que se hiciera más tarde.

El agua se llevó el sudor, la fatiga, el olor del avión y del viaje, me envolví en mi toalla de felpa y me puse ropa limpia.

Cuando salí del baño percibí un apetecible olor flotando en el aire.

En la cocina me encontré a John, que trajinaba entre sartenes chisporroteantes y aromas de pescado asado.

—¡Ah, estás aquí! —exclamó al verme en el umbral—. Estaba a punto de avisarte. Ya está casi listo. —Salteó las verduras y se estiró para alcanzar unas especias—. Espero que tengas apetito. ¡He preparado tu plato favorito!

El olor me resultaba tan familiar que me suscitó sentimientos encontrados. Me asomé por la puerta y observé la mesa, que estaba puesta para tres.

John fue hasta la nevera y sacó el agua, pero cuando cerró la puerta se quedó inmóvil de golpe.

—Eh, ¿adónde te crees que vas?

Mason estaba pasando por delante de la cocina y se dirigía directamente al vestíbulo. Llevaba una mochila de tela al hombro e iba vestido con una camiseta de deporte y unos pantalones grises. Se volvió y le lanzó una mirada indescifrable a su padre, sin detenerse.

—Tengo entreno.

—¿No te quedas a cenar?

—No. Llego tarde.

—No creo que sea una tragedia por una vez —trató de persuadirlo su padre, pero Mason sacudió la cabeza y se ajustó la correa de la mochila—. ¿No puedes quedarte al menos un poco? —insistió, siguiéndolo con la mirada—. ¡Al menos muéstrale a Ivy la casa! El tiempo justo para enseñarle dónde está el baño y el resto de las cosas.

—No pasa nada, John —intervine—. No hace falta, ya lo he encontrado.

Se volvió hacia donde yo estaba, y entonces Mason se detuvo a su espalda. En la penumbra del salón, vi cómo se giraba. Me lanzó una mirada tan fulminante que casi me dio miedo. Y a continuación se marchó sin decir una sola palabra.

—Bueno… —oí que decía John—, así habrá más para nosotros.

Me invitó a sentarme, y tras echar un último vistazo a la entrada, me acerqué.

La cena era muy apetitosa. Me sirvió un generoso filete de salmón humeante y comimos en silencio.

Estaba rico. Rico de verdad. Sin embargo, pese a que John lo había cocinado exactamente como a mí me gustaba, parecía tener un sabor distinto, sin el vibrante aire de las noches canadienses.

—Ya he arreglado el tema del instituto.

Deslicé un trozo de brócoli por el plato antes de llevármelo a la boca.

No tienes que preocuparte por nada —continuó mientras cortaba un pedazo de salmón con el borde del tenedor—. Me he encargado de todo. Creo que mañana sería demasiado pronto para empezar, pero el miércoles ya podrías comenzar las clases.

Alcé la vista y noté su mirada alentadora.

—¿Qué te parece?

Asentí sin demasiada convicción. La verdad era que no me gustaba nada la idea de tener que empezar en un nuevo instituto. Era como si ya notase las miradas de los demás puestas en mí, los cuchicheos a mis espaldas.

—Y puede que tengamos que comprarte ropa —prosiguió John—. Vamos, algo con lo que no te mueras de calor.

Volví a asentir distraídamente.

—Y encargaré unas llaves para ti —le oí decir mientras la realidad se esfumaba de nuevo, engullida por mis pensamientos—. Así podrás entrar y salir cuando quieras.

Hubiera querido darle las gracias por todas aquellas atenciones. O al menos ofrecerle una sonrisa, por mucho que me costase, para corresponderle por el modo en que lo había previsto todo para que yo no tuviera que preocuparme. Pero la verdad era que nada de aquello me interesaba.

Ni el instituto, ni la ropa, ni la comodidad de contar con unas llaves. Y mientras el enésimo bocado me traía incesantes recuerdos que aún me hacían demasiado daño, John me miró y me sonrió afectuosamente.

—¿Te gusta el salmón?

—Está muy bueno.

Después de cenar fui a mi habitación, me senté en la cama y me rodeé las rodillas con los brazos. Al observar el cuarto de nuevo, aún me sentí más fuera de lugar que cuando lo había pisado por primera vez. Pensé en ponerme a dibujar, pero la idea de hojear el cuaderno me traería recuerdos que no quería revivir.

Al apoyar la cabeza en la almohada me sorprendió lo increíblemente mullida que era, y antes de apagar la luz alargué la mano y estreché el colgante que me había regalado papá.

Sin embargo, al cabo de varias horas seguía dando vueltas en la cama. El calor no me daba tregua, y ni siquiera a oscuras era capaz de conciliar el sueño.

Me incorporé y aparté las sábanas. Tal vez un vaso de agua ayudaría…

Me levanté y salí de la habitación.

Traté de hacer el menor ruido posible mientras me dirigía hacia las escaleras. Bajé al piso inferior orientándome en la penumbra y traté de recordar dónde estaba la cocina. Pero cuando alcancé la puerta y encendí la luz, me llevé un susto de muerte.

Mason estaba allí.

Apoyado en el fregadero, con los brazos cruzados y un vaso en la mano. Mechones de pelo castaño le caían alrededor de los ojos, confiriéndole un aire casi salvaje, y tenía el rostro ladeado, en una pose indolente.

Me había asustado. ¿Qué estaba haciendo allí, a oscuras, como un ladrón?

Pero cuando me fijé en la expresión de su rostro, todos aquellos pensamientos se desvanecieron. En ese instante tuve la confirmación de algo que ya había intuido, algo que había captado desde el primer momento en que había puesto los pies en aquella casa. No importaba lo que yo hiciera. Aquella mirada no cambiaría.

Mason vació el vaso y lo dejó a su lado. Y entonces, sin apresurarse, se apartó del fregadero y avanzó hacia donde yo estaba. Se detuvo a un palmo de mi hombro, lo bastante cerca como para que pudiera sentir su imponente presencia cerniéndose sobre mí.

—Que te quede claro —me dijo exactamente con estas palabras—, no te quiero aquí.

Siguió avanzando y desapareció en la oscuridad, dejándome sola en el umbral de la cocina.

Ya. Lo había pillado.

2

Donde no estás

Aquella noche no pegué ojo.

Echaba de menos mi cama, mi habitación, la naturaleza que reposaba en su gélida quietud más allá de la ventana.

No solo mi cuerpo se sentía en el lugar equivocado, también mi mente, mi corazón, mi espíritu, todo: me hallaba totalmente fuera de lugar, como una pieza encajada a la fuerza en un molde que no es el suyo.

Cuando la luz penetró a través de las cortinas, me di por vencida y me levanté. Desperecé el cuello, que había estado buscando el frescor de la almohada toda la noche, y me pasé los dedos por el pelo fino y alborotado. Me puse los vaqueros y una vieja camiseta de papá y me remangué la cintura y las mangas. Me puse los zapatos y bajé.

En el piso de abajo reinaba el silencio.

No sé qué esperaba encontrarme. Tal vez a John en la cocina preparando el desayuno. O tal vez las ventanas abiertas y a él absorto en la lectura del periódico, como hacía cuando venía a nuestra casa.

Pero no se oía un solo ruido. Todo estaba inmóvil, congelado, carente de vida o de familiaridad. Solo estaba yo.

Y antes de que pudiera impedirlo, los recuerdos volvieron a desenfocar la realidad. Al instante se me apareció una isla de cocina de roble, el escorzo de una espalda en los fogones. Un hilo de viento entraba por la ventana abierta, trayendo consigo el olor de los troncos y de la tierra mojada.

Y él estaba allí, silbando canciones que nunca había oído. Llevaba puesta su camiseta azul, y una sonrisa dibujada en los labios, a punto a darme los buenos días…

Retrocedí, tragando saliva. Me sacudí de encima aquellos recuerdos y crucé el salón tan deprisa que cuando cogí las llaves del cuenco que había en el recibidor ya tenía un pie fuera.

La puerta se cerró a mis espaldas como un sepulcro. El aire pareció cambiar de pronto, resultaba más fácil de respirar. Parpadeé varias veces para ahuyentar aquellos pensamientos lo más deprisa posible.

—Estoy bien —me obligué a decirme a mí misma en un susurro—. Estoy bien.

Lo veía en todas partes.

Por la calle.

En casa.

Entre los desconocidos del aeropuerto.

En los reflejos de los escaparates o dentro de las tiendas, en la esquina de algún edificio o por la acera.

Todos tenían algo de él.

Todos mostraban siempre algún detalle que me impactaba en el corazón, lo paralizaba y lo hundía.

Me presioné el puente de la nariz, cerré los ojos y traté de recuperar la compostura, de impedir que las sienes empezaran a palpitar o que la garganta se me cerrara como una trampa. Tragué saliva, inspiré profundamente, fijé la mirada en el jardín y me dirigí hacia la verja.

La casa de John estaba situada en un barrio tranquilo, algo elevado, con vallas blancas y buzones de poste que bordeaban la calle en suave pendiente.

Miré a lo lejos, hacia el océano: el alba empezaba a surgir y los tejados de las casas refulgían como corales bajo los primeros rayos de sol.

No había casi nadie por la calle. Solo me crucé con el cartero y con un hombre bien peinado haciendo *jogging* que me lanzó una mirada furtiva.

En Canadá, a las seis, los comercios ya habían subido las persianas y tenían los letreros luminosos encendidos.

Allí los amaneceres eran espléndidos. El río parecía una lámina de plomo fundido, y la niebla en el fiordo era tan densa que se asemejaba a un valle de algodón. Era muy bonito…

Para mi sorpresa, a lo lejos divisé un comercio que ya había abierto. Y en cuanto estuve más cerca, la sorpresa aún fue mayor.

Era una tienda de bellas artes. El escaparate estaba lleno de útiles de dibujo y pintura: lápices, gomas, difuminos, una magnífica colección de pinceles con las virolas relucientes. Me quedé mirando aquella maravilla y dirigí la vista hacia el interior, con ganas de ver qué más atesoraba la tienda. Era pequeña y estrecha. Pero me sentí muy bien acogida en cuanto entré.

Un viejecito me sonrió tras sus anteojos.

—¡Buenos días!

Era tan menudo que cuando se me acercó era yo quien tenía que mirarlo desde arriba.

—¿En qué puedo ayudarte? —me preguntó amablemente.

Aquel lugar tenía tal cantidad de colores, plumillas y carboncillos que me quedé bloqueada, sin saber por qué opción decantarme.

Donde yo vivía no había establecimientos como ese. En Dawson solo había una pequeña papelería, y buena parte del material que poseía me lo había conseguido papá en alguna ciudad grande.

—Quisiera un lápiz —dije cuando por fin recuperé la voz—. Una sanguina.

—¡Ah! —Se le iluminaron los ojos con admiración—. ¡Tenemos a una tradicionalista! —Se inclinó para abrir un cajón y se puso a trastear con las cajas—. ¿Sabías que todos los verdaderos artistas tienen una sanguina?

No, no lo sabía, pero siempre había querido una. Durante un tiempo probé a hacer esbozos con un lápiz de color rojo, pero no era lo mismo. La sanguina tenía una suavidad particular, que permitía difuminar con extrema facilidad y crear efectos maravillosos.

—Aquí está —anunció.

Pagué, me devolvió el cambio y puso el lápiz en un sobrecito de papel.

—¡Pruébala sobre un papel de grano grueso! —me aconsejó cuando yo ya estaba en la puerta—. La sanguina rinde mejor en papeles con textura.

Le agradecí el consejo con un gesto y salí.

Miré la hora: no quería que John se despertase y no me encontrara en casa. Podría pensar lo peor y, desde luego, lo último que yo quería era que le diese un infarto. Así que retrocedí volviendo sobre mis pasos.

Cuando crucé el umbral, todo seguía en silencio. Dejé las llaves en el cuenco y me dirigí a la cocina, movida por una especie de languidez. Era refinada y de estilo contemporáneo, con tonos oscuros y geometrías lineales. Los fogones resplandecientes y el compacto frigorífico rebosante de imanes causaban un fuerte impacto estético, y al mismo tiempo transmitían una gran sensación de hospitalidad. Me acerqué y abrí la puerta cromada. En el compartimento lateral encontré tres botellas de leche: una con sabor a fresa, otra con gusto a vainilla y la tercera, con el tapón marrón, a caramelo. Fruncí los labios ante aquella insólita variedad. Cogí la de vainilla, supuse que sería la menos mala, busqué en el aparador, y tras un pequeño esfuerzo logré encontrar un cazo; mientras lo llenaba de leche, un pensamiento cruzó mi mente.

Tal vez debería decirle a John que yo no le gustaba a Mason.

A lo largo de mi vida había aprendido a no preocuparme de lo que la gente pudiera decir de mí, pero esta vez era distinto. Mason no era una persona cualquiera, era el hijo de John. Además, era el ahijado de mi padre, aunque no llegaran a conocerse.

Y en cualquier caso tendría que convivir con él, tanto si me gustaba como si no. Y a la parte de mi alma que se sentía más ligada a ellos le dolía la mera idea de que pudiera despreciarme.

«Le he dado tu dibujo a Mason», me había contado John hacía mucho tiempo, cuando yo aún era tan pequeña que trepaba por sus piernas. *«Los osos le encantan. Se puso contento, ¿sabes?»*.

¿Qué había hecho mal?

—¡Oh, buenos días!

El rostro de mi padrino apareció por la puerta. Se notaba que el hecho de encontrarme allí, en su cocina, preparándome yo sola la leche, le producía un placer auténtico y luminoso.

—Hola —respondí mientras él se me acercaba con el pijama aún puesto.

—¿Llevas mucho rato despierta?

—Un poco.

Nunca había sido una chica muy habladora. Me expresaba mejor con la mirada que mediante las palabras. Pero hacía tiempo que John había aprendido a conocerme y a comprenderme. Me dejó un tarro de miel en la encimera, porque sabía que me gustaba, y se estiró para alcanzar la cafetera.

—Esta mañana he salido.

Se quedó inmóvil. Se volvió hacia mí con el bote del café entre los dedos.

—He ido a dar una vuelta fuera, mientras salía el sol.

—¿Sola?

El tono de su voz me hizo arrugar la frente. Lo miré directamente a la cara y él debió de intuir lo que estaba pensando, porque se humedeció los labios y desvió la vista.

—Dijiste que me darías unas llaves —le recordé, incapaz de comprender dónde estaba el problema—. Para que pudiera entrar y salir cuando quisiera.

—Es verdad —convino, pero con una voz titubeante que jamás le había oído.

No entendía qué le pasaba. Nunca había convivido con él, pero lo conocía lo bastante como para saber que no era un padre aprensivo y controlador. ¿Por qué parecía echarse atrás de sus propias palabras?

John sacudió la cabeza.

—No, todo está en orden. Has hecho bien —dijo con una sonrisa incierta—. De verdad, Ivy, lo que pasa es que solo hace un día que llegaste… y no estoy habituado.

Lo observé con atención. Mientras se alejaba hacia la nevera, me pregunté qué era lo que lo preocupaba. John siempre había sido una persona muy diplomática. Siempre intercedía por mí cuando papá le explicaba por qué en un momento dado él y yo andábamos a la greña, y yo prefería sentarme a su lado. ¿Por qué ahora se mostraba distinto?

—Vuelvo enseguida —me informó—. Voy a buscar el periódico.

Salió de la cocina mientras yo acababa de prepararme la leche. Usé una de las tazas que había dejado sobre la mesa, la que tenía una aleta de tiburón pintada en la cerámica, y tras añadir dos cucharaditas de miel me la acerqué a los labios para soplar.

Cuando alcé la vista, mis ojos se quedaron petrificados al ver a Mason.

Estaba inmóvil en el umbral, y su pelo alborotado casi rozaba la parte superior de la jamba. Su imponente aspecto me impresionó en mayor medida que el día anterior. Las pestañas proyectaban largas sombras sobre sus pronunciados pómulos, y tenía el labio superior fruncido, componiendo una mueca de contrariedad.

Me sentí desfallecer cuando se apartó de la puerta y avanzó en mi dirección. Incluso yo, que siempre me había considerado alta, apenas le llegaba a la garganta.

Se acercó hasta mí andando con la desenvoltura propia de un depredador y se detuvo a una distancia que parecía calculada a propósito para intimidarme. Y entonces cerró la mano alrededor de la taza que yo sostenía. Traté de retenerla en vano, me la arrebató con tanta firmeza que me vi obligada a soltarla. Giró el brazo y vertió mi leche en el fregadero.

—Esta es *mía*.

Recalcó la palabra «mía», y tuve la sensación de que no solo se refería a lo que tenía en la mano, sino a mucho más.

¿Qué narices le pasaba?

—¿Te puedes creer que el repartidor de periódicos no lo ha traído entero? —se lamentó John mientras Mason se apartaba de mí.

—¡Ah, hola! —dijo, y pareció recuperar un atisbo de alegría—. ¡Bien, veo que estamos todos!

Si por «todos» se refería a él, a Mason y a mí, entonces para mi gusto éramos demasiados.

Y probablemente Mason también debió de pensarlo, a juzgar por la mirada hostil que me lanzó desde detrás de la puerta de la despensa sin que su padre lo viera.

Si en un principio creí que mi problema sería habituarme a un nuevo estilo de vida, desde luego no había tenido en cuenta un par de cosas.

La primera, aquel chico tan fornido y antipático que acababa de fulminarme con la mirada.

La segunda, el modo en que cada centímetro de su ser parecía gritarme: «Tú no deberías estar aquí».

Tras el desayuno, Mason se fue a clase y yo subí a mi habitación. Había cometido el error de dejar la ventana abierta y me percaté demasiado tarde de que hacía un calor terrible.

John me encontró tendida como una piel de oso sobre la moqueta, con el pelo aún mojado de la ducha y una camiseta que solo me cubría hasta los muslos.

—¿Qué estás haciendo? —me preguntó.

Iba muy bien vestido. Lo miré de arriba abajo, echando la cabeza hacia atrás.

—Me muero de calor.

Él me miró a su vez, sorprendido.

—Ivy, pero… si tenemos aire acondicionado. ¿No has visto el mando a distancia?

¿Aire acondicionado?

Aparte de que yo no tenía ni idea de cómo era un aire acondicionado, y de que había sudado más durante aquellas veinticuatro horas que en toda mi vida, ¿no había podido decírmelo hasta ese preciso instante?

—No, John —respondí tratando de contenerme—. En efecto, no lo he visto.

—Está aquí, mira —dijo la mar de tranquilo, entrando con el maletín en la mano—. Te lo enseñaré.

Cogió un pequeño mando del escritorio, me explicó cómo regular la temperatura y me hizo probarlo. Apunté hacia una especie de cajón que había encima del armario y oí un «bip». Al cabo de un instante, el cajón empezó a propagar aire frío, emitiendo un ronquido casi imperceptible.

—¿Mejor así?

Asentí lentamente.

—Muy bien. Y ahora me voy corriendo, que ya llego tarde. Hay algunas cosas en las que puedo trabajar desde aquí, así que volveré esta tarde, ¿vale? Si quieres prepararte algo de comer, la nevera está llena.

Vaciló un instante, y sus ojos volvieron a reflejar la preocupación que no podía dejar de sentir cada vez que me miraba.

—Acuérdate de comer. Y llámame en cualquier momento si lo necesitas.

Cuando se hubo marchado, pasé el resto del tiempo dibujando.

Me gustaba perderme entre las hojas de papel, crear escenarios únicos. Para mí no era una mera distracción. Era una necesidad, una forma íntima y silenciosa de sellar el mundo exterior y de acallar el caos que generaba. Me permitía «sentirme». En Canadá me pertrechaba con mi cuaderno y un lápiz, y esbozaba todo cuanto veía: hojas, montañas, bosques escarlatas y tormentas. Una casa recortada en la nieve y dos ojos claros, idénticos a los míos…

Tragué saliva. Parpadeé, y mi respiración se atenuó, como a través de un cristal. Sujeté la sanguina entre los dedos y durante un peligroso instante sentí cómo la oscuridad vibraba en mi interior. Me olfateó, trató de acariciarme, pero yo permanecí inmóvil como si estuviera muerta y no le permitiera apoderarse de mí. Al cabo de un instante, impulsada por una fuerza invisible, arranqué un par de hojas y les di la vuelta.

Allí estaba su rostro, impreso en el papel. Lo observé en silencio, incapaz de acariciarlo siquiera.

Así me sentía siempre.

Incapaz de sonreír, de interesarme por nada; a veces, incluso de respirar. Incapaz de ver más allá de su ausencia, porque acababa buscándolo en todas partes, pero solo era en mis sueños cuando volvía a verlo de verdad.

Él me decía: «*Soporta, Ivy*», y el dolor que sentía era tan real que me hacía desear estar de verdad allí, con él, en un mundo donde podíamos estar juntos de nuevo.

Y entonces podía aferrarlo. Solo por un instante, antes de que la oscuridad lo engullera y yo me despertara con la respiración henchida de pánico, tendía la mano y sentía aquel calor que ya no habría de acariciar nunca más.

John volvió a casa a primera hora de la tarde.

Cuando subió a saludarme, se había aflojado la corbata y llevaba algunos botones de la camisa desabrochados.

—Ivy, ya estoy de vuel… ¡Dios mío! —exclamó abriendo mucho los ojos—. ¡Aquí dentro uno se queda congelado!

Alcé la vista de mi cuaderno y me lo quedé mirando. Por fin estaba gozando de mi clima ideal.

—Hola.

John se estremeció y miró desconcertado el aparato de aire acondicionado, que seguía disparando aire a todo trapo.

—¡Es como si estuviéramos entre pingüinos! ¿A cuántos grados lo has puesto?

—A diez —respondí inocentemente.

Él me miró pasmado. Sin embargo, yo no veía dónde estaba el problema. Se estaba tan bien que tuve que ponerme una camiseta de manga larga, precisamente porque se me empezaba a poner la piel de gallina.

—¿Y no crees que así tendrás frío?

—Lo que creo es que así no tendré calor.

—¡Cielo santo! ¿No pretenderás tenerlo encendido toda la noche?

Yo tenía clarísimo que iba a tenerlo encendido toda la noche, pero decidí que no hacía falta que lo supiera. Así que no respondí y continué con mis dibujos.

—¿Al menos has comido algo? —me preguntó desalentado cuando vio que no pensaba responderle.

—Sí.

—Vale —asintió, y tras echarle una última mirada de derrota al aire acondicionado, fue a cambiarse.

Mason no apareció en todo el día. Llamó a John para decirle que cenaría en casa de unos amigos con los que estaba estudiando y aún no habían terminado. Los oyó discutir un buen rato por teléfono, y por primera vez me pregunté algo que no me había planteado hasta ese momento.

¿Dónde estaba la madre de Mason?

¿Y por qué John nunca había hablado de ella?

Sabía que era un padre soltero, pero en aquella casa enorme se percibía una ausencia que no se me había pasado por alto. Parecía como si hubieran borrado algo con una goma, una tachadura que había dejado una marca distorsionada y desvaída.

—Esta noche estaremos tú y yo solos de nuevo —me informó finalmente cuando apareció por la puerta.

Estudié su rostro y él me sonrió, pero en sus labios distinguí una expresión de disgusto que no fue capaz de disimular.

Me pregunté si estaba acostumbrado a que Mason lo desilusionase.

Me pregunté si solía esperarlo en casa, por las noches, con la esperanza de pasar un rato juntos.

Me pregunté si se sentía solo.

Esperaba de todo corazón que la respuesta fuera «no».

—Entonces ¿lo tienes todo? —me preguntó John a la mañana siguiente.

Asentí sin mirarlo mientras prendía la gorra en la correa de la mochila.

Como mínimo habría podido intentar compartir su entusiasmo, si hubiera sido capaz de expresar algo.

—Mason te enseñará dónde están las clases —siguió diciendo, optimista, aunque yo dudaba mucho de que eso sucediera—. El trayecto es un poco largo, pero no te preocupes, iréis juntos en el coche…

De repente alcé la mirada.

¿Juntos?

—Gracias —respondí—, pero prefiero ir a pie.

John frunció el ceño.

—Está lejos para ir a pie, Ivy. No te compliques la vida. Mason va al instituto en coche todas las mañanas. Es mejor, hazme caso. Y además… prefiero que vayas con él —añadió, como si me pidiera de forma tácita que me mostrase comprensiva—. No quiero que vayas sola.

Arrugué la frente.

—¿Por qué? No te preocupes, no pienso perderme —repuse, procurando no sonar arrogante. Sabía que yo era muy buena orientándome, incluso en lugares que apenas conocía, pero no pareció oírme.

—Ahí viene Mason —anunció, dejando mis preguntas sin respuesta. Un ruido de pasos a mi espalda me advirtió de la presencia de su hijo—. Ya verás como no es tan terrible. Estoy seguro de que harás amigos.

Aunque sonaron falsas, sus últimas palabras pretendían infundirme confianza. Lo miré una vez más antes de salir y me dirigí hacia el coche que me estaba esperando en el camino de grava.

Entré en el coche de Mason con la vista baja, procurando mirarlo lo menos posible; la idea de compartir el trayecto con él no me entusiasmaba en absoluto, pero me abroché el cinturón y me acomodé la mochila junto a los pies, dispuesta a ignorarlo.

La grava crujió bajo las ruedas mientras llegábamos a la verja, y antes de salir a la calle vi por el retrovisor cómo John se despedía de nosotros desde el porche.

Me concentré en lo que sucedía fuera de la ventanilla. Vi grupos de chicos y chicas en bici, un puesto de comidas atestado de gente dispuesta a desayunar. Algunos caminaban con un parasol bajo el brazo, y de vez en cuando veía retazos de océano al fondo, tras las siluetas de los edificios. En Santa Bárbara, todos parecían estar muy relajados. Puede que el calor y la luz del sol volvieran afables a las personas, lo cual se me hacía extraño.

Cuando el coche se paró, tuve la sensación de que apenas acabábamos de partir. Entonces distinguí la tienda de bellas artes al otro lado de la calle, y comprendí que no se trataba de una mera impresión.

Acabábamos de partir, literalmente.

—Baja.

Parpadeé y me volví hacia Mason. Él tenía la vista puesta en la calle.

—¿Qué? —pregunté, convencida de que no lo había entendido bien.

—Te he dicho que bajes —repitió tajante, taladrándome con la mirada.

Yo me lo quedé mirando, desconcertada, pero me lanzó otra mirada tan fulminante que comprendí que, si no me bajaba por mi propia voluntad, me obligaría a hacerlo él, y no me apetecía averiguar cómo.

Me desabroché el cinturón, salí del coche y apenas me dio tiempo a cerrar la puerta. El vehículo arrancó emitiendo un ruido suave y prosiguió su camino.

Me quedé allí, en medio de la acera, viendo cómo desparecía bajo la luz del sol.

Cuando, al cabo de media hora, crucé la puerta del instituto, llevaba la gorra con la visera hacia atrás y un torrente de sudor me bajaba por la espalda.

No sabía ni cómo había logrado llegar hasta allí. Había tenido que ir parando y pedirle a la gente que me indicara el camino, hasta que a lo lejos divisé dos banderas y lo que a todas luces parecía el edificio de un centro educativo.

Un chico me dio un golpe con el hombro y se paró a mirarme, pero yo no me volví. Estaba tan enfadada que ni siquiera le eché cuentas.

Mientras recorría el amplio pasillo, deseé que como mínimo una gaviota hubiera defecado en la carrocería del coche de Mason. No tardé en abrirme paso, aunque con esfuerzo, entre toda aquella gente, inmersa en un mar de mochilas y de voces ensordecedoras, por decirlo suavemente.

En Dawson no existían clubs, talleres ni equipos deportivos. Solo teníamos una especie de comedor escolar, y la cocinera era una señora tan gruñona que podría presumir de estar emparentada con algún oso pardo de la zona. Nunca aparecía gente nueva.

Aquí, en cambio, reinaba el caos.

¿Cómo diablos eran capaces de impartir clases a tantos alumnos?

Algunos se pararon a observarme. Atraje muchas miradas, la mayoría de las cuales se centraron en mi ropa y en mi gorra del revés, como si lo que llevaba puesto, o cómo lo llevaba, fuera extravagante.

Procurando no intercambiar ninguna mirada con nadie, me dirigí inmediatamente a la secretaría, donde conseguí el número de mi taquilla. Me costó encontrarla entre toda aquella marabunta de gente, y cuando di con ella, abrí la portezuela y oculté dentro el rostro, lamentando una vez más no estar rodeada de bosques.

Suspiré y me quité la gorra. En ese momento, una sombra se cernió sobre mí y una leve ráfaga de aire me rozó los hombros.

—Mantente fuera de mi camino.

Me volví justo a tiempo de ver pasar a Mason lanzándome una mirada admonitoria.

Me hirvió la sangre hasta en las manos.

O sea, que después de haberme dejado tirada en plena calle, aún se creía que tenía la menor intención de revolotear a su alrededor. ¿En serio?

—Vete al diablo —mascullé con rabia.

Cerré la taquilla de un portazo, y al oírlo se detuvo.

Pero no vi qué cara puso, porque yo ya me estaba alejando en la dirección opuesta.

Nunca me habría imaginado que la primera frase que iba a dedicarle al hijo de John fuera una invitación a visitar el infierno.

Una vez en clase, me senté al fondo, junto a la ventana.

La profesora me presentó, me pidió que me pusiera en pie y leyó lo que tenía anotado en el registro.

—Dawson City queda un poco lejos, ¿eh? —bromeó tras anunciar que yo venía de Canadá. Bienvenida, señorita Nolton... —Dudó un instante, y sentí un hormigueo en la piel de la nuca—. Nolton, I...

—Ivy —la interrumpí con voz segura—. Ivy a secas.

La profesora se ajustó las gafas y sonrió.

—Bien, Ivy. —Juntó las manos y me invitó a sentarme—. Estamos contentos de tenerte entre nosotros. Si necesitas información sobre las asignaturas, pídemela. Estaré encantada de ayudarte.

Cuando empezó la clase, los demás fueron dejando de observarme poco a poco. El único al que le costó mucho apartar la mirada del broche en forma de pata de oso que llevaba prendido de mi mochila fue el chico que estaba a mi lado.

No me crucé con Mason en toda la mañana.

Cuando concluyó la jornada, lo vi al fondo del pasillo, rodeado de un enjambre de gente, y entonces pude confirmar que no teníamos ninguna clase en común. Lo cual no pudo hacerme más feliz.

—¡Hey! —exclamó una voz—. ¡Qué broche más bonito!

Entreabrí la puerta de la taquilla y me encontré con un rostro familiar.

—Eres Ivy, ¿verdad? —El chico me sonrió—. Yo soy Travis. Nos conocimos en casa de Mason.

Cómo olvidar mi metedura de pata...

Lo saludé con un gesto, y como no sabía qué más podía hacer, me volví de nuevo. Debió de notar que yo no era una persona muy locuaz, porque hizo otro intento.

—La verdad es que es difícil no fijarse en ti —observó en tono divertido, aludiendo a mi aspecto nada californiano—. En cuanto te vi de espaldas, estuve seguro de que eras tú.

—Ya —convine—. Es todo un fastidio.

—Mason es un pedazo de idiota —prosiguió, y en ese punto ambos estuvimos sorprendentemente de acuerdo—. No me dijo nada de que ibas a vivir con ellos. Ni siquiera sabía que tuviese una prima…

—Perdona —lo interrumpí—, ¿qué acabas de decir?

—¡Lo sé, es absurdo! Y eso que somos grandes amigos, de los que se lo cuentan todo. Ah, por cierto, ¡podemos aprovechar para conocernos ahora!

—Espera un momento —le dije entre dientes, parándole los pies—. ¿De quién has dicho que soy prima?

Él se me quedó mirando desconcertado, y desvió la vista hacia donde estaba Mason, al fondo del pasillo.

—Bueno, de… ¡Oh! —Al parecer cayó en la cuenta de pronto—. Lo he pillado… Pero no tiene por qué darte vergüenza… Mason es muy popular y…

Cerré la puerta con fuerza.

Travis enmudeció, pero no perdí el tiempo pidiéndole disculpas, pues ya me estaba dirigiendo hacia el chico que, con gran precisión, había empezado a deslizarse por los lugares más desagradables de mi ser.

3

El compromiso

«Creo que Mason te habría caído muy bien, ¿sabes?», me dijo John una vez.

Había arqueado los labios esbozando una sonrisa al ver mis manos sucias y el barro en las rodillas.

«A él también le encanta revolcarse en la tierra. Es un pequeño desastre, igual que tú. Me parece que os entenderíais bien».

«Como el diablo y el agua bendita», pensé mientras me dirigía hacia Mason a paso ligero. Aunque iba lanzada en su dirección cual halcón peregrino, no se dignó notar mi presencia hasta que estuve a su lado.

—Quisiera saber —gruñí— por qué vas diciendo por ahí que soy tu prima.

Reclamé su atención con todas mis energías. Pese a lo cual, cerró la puerta de la taquilla con total parsimonia.

Su rostro emergió desde lo alto, y frunció el labio superior en una mueca insolente.

—Yo no he hecho nada de eso. —Su voz me golpeó el estómago como si me hubiera asestado una descomunal estocada.

Mason tenía un timbre muy marcado, el tono de su voz era cálido, suave y profundo, como el de un adulto. Me hacía estremecer, y eso, por algún motivo, me irritaba enormemente.

Hizo el gesto de volver a abrir la puerta e ignorarme, pero yo interpuse una mano y la mantuve cerrada.

—Pues yo diría que sí —contesté, remarcando las palabras. Lo miré directamente a la cara desde abajo, sosteniéndole la mirada con aire desafiante, y él apretó la mandíbula.

—¿Acaso crees que quiero que me relacionen contigo? —respondió casi en un susurro.

Se inclinó ligeramente hacia delante y sus ojos pétreos asaetearon los míos, veteados de hostiles advertencias. Y a continuación, Mason empujó la puerta con fuerza y cerró definitivamente la taquilla.

Me dejó allí, en medio del pasillo que empezaba a vaciarse, y en ese instante pensé que ya estaba harta de verlo desaparecer tras decir la última palabra.

Cuando más tarde llegué a casa, vi que su coche ya estaba aparcado al fondo del camino de acceso.

En cuanto entré, John se volvió hacia mí, sorprendido.

—¿Por qué no habéis vuelto juntos?

—Oh, Ivy ha insistido —se anticipó a decir Mason a su espalda, pronunciando mi nombre por primera vez—. De hecho, ha recalcado que prefería ir caminando.

Le lancé una mirada incendiaria, deseando cerrarle aquella bocaza. Habría querido darle de patadas, sin embargo, sorprendentemente, en ese momento había algo que me urgía mucho más.

Me volví hacia John y lo miré con severidad.

—¿Por qué le has dicho a todo el mundo que soy tu sobrina?

En el salón se hizo el silencio.

John me miró con estupor, y su expresión derrotada me comunicó que había sido él quien se lo había comentado a Travis cuando yo había llegado.

Para mi sorpresa, Mason dio media vuelta y se marchó. Estaba segura de que se quedaría a escuchar la conversación, pero me equivocaba.

—Pensaba contártelo —me aseguró John.

No dudaba de ello, pero no acertaba a comprender el porqué. Él sabía lo importante que era para mí mi propia identidad, lo orgullosa que estaba de venir de donde venía, y, sin embargo, había mentido.

—Sé que probablemente no estarás de acuerdo —empezó a decir, cauteloso—. O, más bien, sé que lo más probable es que no estés de acuerdo en absoluto, pero he pensado que así sería más seguro.

—¿Seguro para qué?

—Seguro para ti.

Me miró a los ojos, y entonces tuve el presentimiento de algo que ya sabía, pero que no quería aceptar.

—La gente haría menos preguntas si creía que eras mi sobrina. No parecería tan extraño, no se cuestionaría por qué estás aquí, ni suscitarías rumores. —Se pasó una mano por la nuca—. Siento no habértelo contado antes. Tendría que haberlo hecho enseguida, en cuanto llegaste.

—Simplemente no habrías tenido que decirlo —le repliqué—. No me importa para nada lo que diga la gente, lo sabes perfectamente.

—A mí sí, Ivy, esto no es Canadá. —Su voz sonaba más segura, como si tener que afrontar aquel tema le hubiera infundido resolución—. Aquí no estás en tu casa de troncos. El núcleo habitado más próximo no se encuentra a millas de distancia. La noticia de lo de tu padre ya se habrá difundido por todo el continente, coincidiendo con tu llegada aquí, nada menos que desde Canadá, nada menos que de la zona de Dawson. Y mira por dónde, te apellidas Nolton.

—John.

—Tu padre me pidió que te protegiera —añadió, agitado, ignorando que yo acababa de pedir la palabra con determinación—. Era mi mejor amigo y me rogó que no te dejara sola. Se lo prometí, Ivy. Y si así puedo garantizar tu seguridad, entonces…

—John —repetí alzando la voz, con los puños apretados—. Yo no lo tengo.

Aquellas palabras retumbaron en el silencio de la sala.

Las muñecas me temblaban visiblemente. Hubiera querido ocultar mejor mi reacción, pero en ese momento no fui capaz. Por un instante reviví el recuerdo de las paredes del hospital, y aquellos hombres con traje y corbata a los que les dije lo mismo. El «bip» apenas había dejado de sonar en el aire. Los había mirado sin tan siquiera verlos, con el grito de mi dolor interponiéndose como un filtro entre el mundo y yo.

—Fueron a buscarte —intuyó John, con un matiz de inquietud y de desolación en la voz. Aparté los ojos de él, y añadió—: Fueron a por ti.

—Eran agentes del Gobierno. —Escupí esas palabras con resentimiento, liberando aquel amargo nudo que me oprimía el pecho—. Querían saber dónde estaba. «No mientas», me dijeron, «no puede haberse evaporado». Seguramente pensaban que papá me lo había dejado a mí. Pero no es así —le aclaré—. Lo único que papá me dejó fue mi nombre. Pensaba que ya lo sabías.

John bajó la mirada. Me pareció que su rostro traslucía un sentimiento más afectuoso, y supe que estaba pensando en papá.

—Yo nunca fui capaz de preguntarle a tu padre dónde lo había guardado —me confesó con un hilo de voz—. Esperé hasta el último instante a que él me dijera algo. Que me diera una pista, una indicación, cualquier cosa. Pero nunca lo hizo. Solo me dijo «Protege a Ivy». —John tragó saliva, y tuve que apartar la mirada—. «Llévatela contigo, continúa tú donde yo ya no puedo seguir». Pero el Gobierno no es el único que tiene interés en lo que tu padre creó. Ahora que estás aquí, ahora que todos saben dónde se había retirado, que vivía con una hija…, otras personas podrían venir a buscarte.

Volví a mirarlo a los ojos, pero su expresión había cambiado.

—Personas que podrían creer que él te lo dejó a ti.

—No comprendo qué quieres decir —repuse.

—Sí que lo sabes —me interrumpió, con el semblante serio—. Ivy, ya no estás entre praderas y valles de hielo. El mundo no es una bola de cristal, hay personas que jugarían sucio e irían a por ti si estuvieran convencidas de que tú podrías tener las respuestas.

—Ahora estás exagerando —le repliqué, tratando de rebajar el tono de la conversación—. Papá no era tan famoso.

—¿Que no era tan famoso? —repitió John, con el semblante lívido.

—¡En su momento, la noticia fue censurada! Su nombre nunca llegó a ser del dominio público, lo sabes muy bien.

Traté de hacerle entender que aquello era ridículo, pero John sacudió la cabeza con gesto grave, reafirmándose en su posición.

—Tú no tienes ni idea… No tienes ni idea de su valor.

Circulábamos por dos carriles divergentes. Para mí, aquel asunto era algo que pertenecía al pasado, inasequible, porque estaba relacionado con el trabajo de mi padre antes de que yo llegase al mundo. No era consciente de que, sin embargo, John temía sinceramente que alguien pudiera ir a por mí.

—¿Y tú crees que ir diciendo por ahí que soy tu sobrina bastará para mantener alejados a los que tienen malas intenciones? —inquirí, asumiendo por un instante que aquella absurdidad fuera posible—. Si alguien quisiera indagar sobre mí, le bastaría con leer mi apellido para saber quién soy.

—Eso no lo pongo en duda. —John me miró impotente—. No puedo encerrarte en una jaula de cristal, no puedo arrebatarte tu identidad. Jamás llegaría a ese extremo, porque sé que te rebelarías.

Se acercó lentamente a mí, y yo no me moví de donde estaba, permitiéndole que se me aproximara.

—Te conozco, Ivy, y sé lo que es importante para ti. Pero si de este modo puedo sentirme un poco más tranquilo, no veo por qué no debería hacerlo. Al menos de momento, cuando en el barrio te vean salir camino del instituto, pensarán: «Solo es la sobrina de John». Nadie se parará a preguntarse por qué, de un día para otro, hay una extraña en mi casa. Te asombraría saber a qué velocidad viajan los rumores por estos pagos. Aunque pueda parecer poca cosa, cuanto menos se hable de ti, mayor será mi sensación de que estás a salvo.

De ahí la cara que puso cuando le dije que había salido sola.

De ahí su deseo de que Mason me acompañase al instituto.

John creía en la posibilidad de que la pequeña columna que había aparecido en los periódicos, informando del fallecimiento, podría despertar el interés de aquellos que conocían realmente el apellido de mi padre.

Sin embargo…, yo había crecido con un hombre que me llevaba a cazar, que cortaba leña en el patio trasero y tenía las palmas de las manos curtidas por el frío. Del ingeniero informático que había sido antes solo había oído algún relato.

—No es más que una mínima precaución —añadió, tratando de convencerme—. Una treta tan pequeña que apenas te afectará. Te lo prometo. Tampoco me parece que sea pedirte tanto.

Me lo quedé mirando mientras reflexionaba. El rostro de John volvía a lucir su habitual expresión limpia y familiar, y pese a todo decidí que no me costaba nada decirle que sí por una vez. Había hecho mucho por mí. Y, a fin de cuentas, aquello era lo único que me pedía a cambio. Además, no podía decir que no estuviera de acuerdo con su idea de pasar desapercibida: para mí también era mejor no hacerme notar.

Así que bajé la vista y acepté.

Él sonrió aliviado. Y yo me di cuenta de que, con un solo gesto de cabeza, había conseguido un tío, y un primo muy muy irritante.

John estuvo de muy buen humor durante el resto del día.

Se ofreció a acompañarme a comprar los libros para el instituto, me preparó un sándwich de aguacate para merendar, y dejó en mi escritorio un bote de gel de pino silvestre con un castor sonriente en la etiqueta. Cuando se lo mostré poniendo cara de escéptica, él alzó el pulgar y me guiñó un ojo, satisfecho.

Mason, por su parte, no se dejó ver en ningún momento.

Permaneció encerrado en su habitación hasta tarde, hasta la hora de la cena.

—¿Os apetece hacer algo después? —preguntó John cuando estábamos en la mesa, llevándose el vaso a la boca—. Podríamos ver una película y... ¡Oh! —exclamó volviéndose hacia mí—. Tengo intención de volver a pintar una habitación, en el semisótano. Ahora que tú también estás aquí, podrías echarnos una mano. ¿Qué me dices? —me preguntó sonriente—. ¡Seguro que eres más experta que yo con la brocha!

—Yo voy a salir.

La determinación con que sonó la voz de Mason borró de golpe hasta el menor rastro de entusiasmo en la cara de John.

—¿Seguro? —preguntó el padre, con un tono de voz que parecía esperar un no por respuesta.

—Sí —respondió en cambio el hijo, sin levantar la vista del plato—. No volveré tarde.

Bebí un sorbo de agua mientras John le preguntaba con quién había quedado. Pensé que aquella intromisión lo irritaría, pero Mason se limitó a responderle sin más, mirando al techo.

—Con Spencer y otros chicos de su curso —dijo simplemente.

—¡Ah, el viejo Spencer! —comentó sonriente John—. ¿Cómo le va en clase? ¡Dile que salude a su madre de mi parte! Me pareció verla de pasada en la gasolinera, hace un par de semanas, pero no estoy seguro de que fuera ella. ¿Aún va tan rubia?

Observé a Mason de reojo cuando le respondió. Me sorprendió verlo tan comunicativo. Cuando miró a su padre, sus ojos oscuros salieron de la sombra de sus mechones castaños y brillaron como monedas.

Caí en la cuenta de que aquella era la primera vez que cenábamos juntos.

—… No creo que haya problema —estaba diciendo—, esta noche se lo preguntaré.

—Podrías llevar a Ivy contigo. Así dais una vuelta y se la presentas a Spencer y a sus amigos.

—No.

John se volvió hacia donde yo estaba, y me apresuré a resolver al tema:

—Gracias, pero… estoy cansada y prefiero irme a dormir.

Me dolió echarle por tierra su enésima propuesta, pero la mera idea de pasar una velada con su hijo y otros desconocidos de su misma especie hacía que se me retorciera la boca del estómago.

Mason lo informó de un combate que tendría lugar a final de mes y la conversación tomó aquel derrotero. Cuando acabamos de cenar, me levanté y me ofrecí a sacar la basura fuera. Mientras me dirigía a la puerta y cargaba con la bolsa por el sendero, volví a pensar en la cara de decepción de John y suspiré. Con el corazón en un puño, alcé la mirada y me perdí en aquel azul delicado. Una vez más, no pude evitar que mi pensamiento viajara hasta mi casa.

Allí, por la noche, el bosque era un laberinto de luces y lágrimas de hielo. La nieve relucía como un manto de diamantes, pero había un momento preciso, antes de que cayera la noche, en el que el cielo se volvía de un azul increíble. Parecía que estuvieras caminando sobre otro planeta: los lagos lo reflejaban como espejos perfectos, y la tierra se cuajaba de estrellas.

Era un espectáculo inimaginable…

—… ¿No oyes?

Noté que me empujaban a un lado. No fue un gesto agresivo, solo que no me lo esperaba. Aflojé la mano y sin querer se me resbaló la bolsa y fue a parar al suelo.

No hizo falta que alzara la vista para saber quién había sido. Tampoco hizo falta oír su voz. Su mera presencia ya era suficiente desgracia.

—¿Se puede saber cuál es tu problema? —bramé, alzando el rostro de golpe para encararme con el miserable que tenía justo a mi lado.

Me habría encantado vaciarle la bolsa por encima con todo lo que contenía.

Él clavó sus pupilas en mi rostro.

—Tú eres mi problema.

«Vaya, menuda originalidad por su parte».

—Si te has creído que fui yo quien eligió venir aquí, es que tienes el cerebro achicharrado —repliqué, furiosa—. Si estuviera en mi mano regresar, puedes estar seguro de que lo haría.

—Oh, ya lo creo que regresarás —respondió sin moverse—. Yo de ti no me molestaría en deshacer las maletas.

Su insolencia me sacó de quicio, y apreté los puños. A lo mejor se pensaba que iba a amedrentarme, pero yo estaba acostumbrada a vérmelas con bestias mucho más peligrosas que él.

—¿Acaso te has creído que quiero estar aquí contigo? Bien, pues voy a darte una buena noticia: hasta hace unos días, ni siquiera me acordaba de tu existencia.

Aquellas palabras surtieron alguna clase de efecto en él: una leve contracción de los párpados, como una especie de áspero temblor, le endureció las facciones. Algo pareció espesarse en sus iris, el destello de una confirmación que me atravesó con la mirada.

—No, claro, ¿por qué deberías acordarte? —siseó con un ápice de rencor que me dejó perpleja.

Me lo quedé mirando con el ceño fruncido, incapaz de comprenderlo. Y en ese instante, un coche se acercó a la acera.

Bajaron la ventanilla y emergió el rostro de una chica sonriente.

—Hola —saludó, mirando a Mason. Llevaba un vistoso pañuelo en la cabeza, y los labios le brillaban como caramelos.

—¡Vaya, Crane! —exclamó el conductor—. ¡Por una vez no nos has hecho esperar!

Mason se volvió hacia ellos, y sus ojos almendrados surcaron el aire de la noche. La hostilidad de su rostro adoptó un matiz irreverente: se los quedó mirando por encima del hombro y alzó una comisura de sus labios carnosos.

—¿Estás listo? Vamos, sube —lo apremió el que supuse que debía de ser Spencer, antes de que reparase en mi presencia. Dudó, y a continuación guiñó un ojo en mi dirección—. ¿Y tú quién eres?

—Nadie —respondió Mason—. Solo es la que recoge la basura. ¿Nos vamos?

Subió de un salto al coche mientras saludaba y daba palmaditas a los ocupantes. La chica subió la ventanilla y, en el reflejo del cristal, vi mi rostro consternado, antes de que Spencer pusiera en marcha el coche y saliera zumbando.

Me quedé allí, en la acera, con la bolsa negra enredada en mi pierna.

No, a ver, un momento… ¿Realmente me había hecho pasar por una basurera?

4

Un gran deseo de embalsamarte

Solo había una cosa más insoportable que el calor de California: Mason.

Durante los días siguientes, pensé seriamente en regalarle a John un test de paternidad cada vez que me veía obligada a tratar con su hijo. Pese a la semejanza física, me resultaba imposible creer que compartieran genes.

Al menos ya no tuve que volver a subirme en el coche con él. Desde aquel día siempre salía pronto de casa; le dije a John que, por las mañanas, como mínimo por las mañanas, quería caminar. No me creía aquella historia del peligro, pero si queríamos alcanzar un compromiso, era necesario que respetase mis libertades, al menos un poco.

Mason, por su parte, empezó a ignorarme.

En casa apenas nos cruzábamos, y en el instituto él siempre estaba a un pasillo de distancia, rodeado de una algarabía tan estridente que me causaba la impresión de estar a años luz de donde yo me hallaba.

Lo cual, como resulta fácil de imaginar, no me disgustaba en absoluto.

—Señorita Nolton.

Parpadeé al oír que alguien me estaba llamando. Las clases de ese día ya habían terminado, así que me sorprendí al ver que tenía enfrente a la secretaria de dirección. Le echó un vistazo a mi gorra con el alce y se aclaró la garganta.

—Debo recordarle que aún no ha presentado un programa de estudios completo. Las horas semanales deben cuadrar con el nú-

mero estipulado, por eso la invito a que lo complete cuanto antes.
—Me dedicó una mirada de entendida en la materia y me pasó
una lista—. Le recuerdo que tenemos una gran variedad de activi-
dades recreativas. Ya que ha optado por un programa didáctico
amplio, puede escoger una.

—¿Hay algún curso de arte? —pregunté con cierto interés
mientras examinaba la hoja que me había pasado.

Se acomodó las gafas sobre la nariz.

—En efecto, el curso tiene lugar a última hora de la mañana.
Si le interesa, también puede inscribirse en el club de arte, que se
reúne por la tarde, pero para ello deberá hablar directamente con
el señor Bringly, el profesor del curso.

No tenía intención de apuntarme a ningún club, pero pensé
que las clases no serían una mala elección. Al menos no me vería
obligada a optar por algo que no me interesara, como el curso de
Economía doméstica o las lecciones de cantonés.

—¿Dónde está la clase? —pregunté mientras doblaba la hoja
para guardármela en el bolsillo.

—Edificio B, primera planta —respondió ella, diligente—.
Tiene que salir de aquí y atravesar el patio. Se encuentra en la estructura contigua a esta. Y después, la puerta de la derecha. La
primera no, la segunda. Preste atención… En la primer planta, al
fondo de… —Sacudió levemente la cabeza y se enderezó, irritada.
Buscó a un desventurado entre la multitud y bramó—: ¡Crane!

«¡No!».

—¡Sí, tú! ¡Ven aquí! —ordenó en tono imperioso.

—Ya lo encontraré yo misma —me apresuré a decir—. De
verdad, me ha quedado muy claro.

—No diga tonterías. Necesita que alguien le muestre dónde
está.

—¿Pero por qué ha de ser precisamente él? —susurré, con más
acritud de lo que hubiera deseado.

Ella se me quedó mirando con el ceño fruncido.

—¿Acaso el señor Crane no es de su familia? Estoy segura de que
no tendrá inconveniente en mostrarle dónde se encuentra el aula.

«Pues yo estoy segura de que sí», pensé mientras Mason se
acercaba con cara de haber preferido dispararse en una rodilla.

Maldije a John.

La secretaria le preguntó si podía acompañarme; no me volví, pero oí cómo asentía a regañadientes.

—Muy bien —dijo la mujer, dirigiéndose a mí de nuevo—, si decide asistir al curso, comuníquemelo cuanto antes.

Empecé a caminar por el pasillo sin esperarlo. Ya era lo bastante humillante que me hubiera tocado precisamente él de acompañante, como para encima tener que seguirlo como si fuera una colegiala de primer curso.

Percibí sus pasos tras de mí, en el pasillo que ya estaba vacío. Cuando crucé la puerta exterior abriéndola con el hombro, por un instante distinguí su silueta en el reflejo del cristal.

—¿No te había dicho que te mantuvieras fuera de mi vista? —murmuró.

—Ya puedes irte —le respondí contrariada—. No necesito tu ayuda.

—A mí me parece que sí. Te estás equivocando de camino.

Me detuve de pronto, y miré a mi alrededor. El aula estaba en el edificio adyacente, pero al otro lado del patio vi que había dos complejos. Rechacé la idea de que no sabía adónde ir, y me dirigí con obstinación hacia el primero.

—No es por ahí —le oí decir, y me pregunté si habría alguna posibilidad de que Mason acabara bajo el cortacésped del conserje.

Cuando estaba a punto de entrar, ya dispuesta a ir definitivamente por mi cuenta, una mano surgió de detrás de mi hombro, empujó la puerta y la volvió a cerrar. Unos dedos bronceados se extendieron por su superficie, y sus nudillos liberaron una potencia descomunal.

—Te he dicho —murmuró una voz sibilante— que no es por aquí.

Alcé los ojos hasta donde nuestras figuras aparecían reflejadas. De Mason solo alcanzaba a ver el pecho y su mandíbula contraída a un centímetro de mi cabeza. Antes de percatarme de que su respiración me estaba rozando el pelo, ya me había dado la vuelta para mirarlo a los ojos, hecha una furia.

—¿Quieres hacer el favor de irte?

—No tengo intención de seguirte por todo el instituto.

—Nadie te lo ha pedido —le espeté sin contemplaciones.

Su actitud me sacaba de quicio. ¿No había sido él quien me había dicho que me mantuviera alejada?

—Yo diría que sí me lo han pedido —respondió él, recalcando cada palabra, y por el tono de su voz se notaba que estaba haciendo un gran esfuerzo por mantener el control. Me fulminó con su mirada de acero, y parecía que estuviera a punto de aplastarme.

—Desde luego, yo no he sido.

Traté de seguir avanzando, pero él me lo impidió. Mason no necesitaba imponerse para ejercer su voluntad, tenía mucha más fuerza que yo. Era gigantesco, todo en él irradiaba un vigor fiero y una gran determinación, incluso su postura transmitía una seguridad casi irritante. No le tenía miedo, pero al mismo tiempo su proximidad provocaba una insólita tensión en mi cuerpo.

—Puedes estar segura de que, si me lo hubieras pedido tú, ahora no estaría aquí.

Le sostuve la mirada con terquedad, mordiéndome la lengua. Entablamos una batalla de miradas y nos enzarzamos en una lucha tan intensa que era como si vibrara el aire. Por primera vez me arrepentí de haber juzgado con tanta amabilidad al niño que John me había mostrado en sus fotos.

—Y ahora, deja de discutir y muévete —ordenó, inapelable, con un tono de voz que no admitía réplicas. Traté de hacerlo, pero me lanzó una mirada admonitoria.

Así que me dispuse a seguirlo, de tan mala gana que cuando entré en el edificio ya había dado con varias alternativas para zanjar aquella conversación. Pero en todas ellas yo empuñaba un fusil y él corría en campo abierto.

Mason se detuvo al pie de unas escaleras y me señaló el piso superior con un gesto.

—Es la segunda puerta a la derecha.

Hice amago de adelantarlo sin siquiera mirarlo a la cara, pero su mano me retuvo.

—Procura no perderte.

Sacudí el hombro y le lancé una mirada que expresaba toda mi aversión. Ni siquiera le di las gracias, empecé a subir las escaleras para alejarme de él y por fin se marchó.

El eco de sus pasos se mezcló con mi rabia. Traté de sacarme de la cabeza el insoportable sonido de su voz, pero me resultó imposible.

Era intensa, intrusiva, se me metía en la mente y se abría paso por los rincones más ocultos.

¿Cómo diablos podía pensar en convivir con alguien así?

Aferré con fuerza las correas de mi mochila, tratando de eliminarlo de mis pensamientos. Me concentré en lo que debía hacer, y llegué a la planta superior.

La segunda puerta estaba abierta.

Era un aula grande, con las persianas bajadas hasta la mitad y los caballetes dispuestos en filas ordenadas. El suelo reluciente y un leve olor a limón me sugirieron que probablemente acababan de limpiarla.

Entré con cautela.

Mis pasos resonaron tenues. Miré a mi alrededor, estudiando el ambiente, cuando de pronto una voz se propagó por la sala.

—Eh, ¿te importaría ayudarme?

Me volví. Dos manos sobresalían por detrás de un voluminoso tablero, tratando de sostenerlo con dificultad. ¿Sería el bedel?

—Quería poner un poco de orden, pero no soy capaz de colgarlo en la pared. La edad me juega malas pasadas…

Sin duda estaba siendo irónico, porque por su voz y por sus dedos carentes de arrugas me pareció que debía de ser muy joven.

No obstante, no lo contradije e hice lo que me había pedido.

Sujeté por los extremos y, no sin dificultad, logramos colgarlo de dos grandes ganchos fijados a la pared.

—Gracias —me dijo satisfecho—. Es importante para motivar a los estudiantes, ¿sabes? A veces, para crear una obra maestra solo se necesita la inspiración justa.

Centré mi atención en la gran pancarta, que representaba un agradable espectáculo de feria con lienzos a la vista de un pequeño grupo de personas.

Noté que se volvía hacia mí y me observaba con interés.

—¿Y tú qué haces aquí?

Aparté la mirada, cohibida. De pronto, por alguna absurda razón, me sentí totalmente fuera de lugar.

¿Qué pintaba alguien como yo en un lugar donde trabajaban en grupo?, ¿donde promovían la participación, el trabajo en equipo y el intercambio?

—Nada —murmuré—. Simplemente pasaba por aquí.

Me dirigí a toda prisa hacia la puerta, con la gorra bien encajada en la cabeza.

—¿Quieres inscribirte en el curso?

El modo en que me hizo aquella pregunta, como si me hubiera calado desde el principio, me indujo a detenerme.

Y en cuanto miré a aquel hombre, por fin reparé en mi error. Seguro que los bedeles no se ponían camisas de lino para ir a trabajar.

El profesor Bringly lucía labios arqueados y una mirada segura y sagaz, tenía el pelo rubio bien peinado y unos ojos luminosos que contrastaban con su piel ambarina. Llevaba los antebrazos al descubierto, con las mangas remangadas hasta los codos. Vi entonces algunas manchas oscuras de sus manos que a primera vista parecían restos de polvo; estaba claro que eran manchas de carboncillo.

—Tú dibujas, ¿a que sí? —me preguntó, dejándome descolocada.

«¿Cómo podía saber…?».

—Tienes un callo en el dedo corazón de la mano derecha. Lo he notado mientras me ayudabas a colgar el tablero. Es típico de quienes aplican demasiada presión cuando sujetan un lápiz en una superficie vertical. —Me sonrió con franqueza—. Le pasa a un montón de dibujantes.

Lo miré con un atisbo de indecisión, y él inclinó la cabeza.

—¿Cómo te llamas?

—Ivy —murmuré lentamente—, Ivy Nolton.

—Ivy —repitió, con más seguridad de lo que me esperaba—. ¿Y cómo vas con el programa de estudios?

De regreso a casa pasé por la tienda de bellas artes. El profesor Bringly me había dado la lista con el material que iba a necesitar, y en mi caja faltaban un par de lienzos en blanco.

El anciano propietario se alegró mucho de volver a verme.

—¡Oh, la bella señorita! —me saludó cuando entré—. ¡Buenas tardes!

Me preguntó qué me había parecido la sanguina, y se puso muy contento cuando le dije que ya la había probado.

Compré lo que necesitaba y me dirigí hacia casa; en cuanto entré, dejé apoyados los lienzos junto a la mesita del vestíbulo.

La voz de John me llegó desde el salón, y me quité la mochila para reunirme con él. Lo encontré hablando por teléfono, con una mano en el mentón y expresión pensativa.

—Ya entiendo.

Reparó en mi presencia y me saludó con un gesto.

—Claro —murmuró, con el semblante serio—. Comprendo que es necesario. ¿De cuántos días estaríamos hablando?

Dejé la mochila en el sofá y me acerqué mientras él cambiaba el auricular de oreja y alzaba el brazo para consultar su reloj de pulsera.

Sabía que John era el asesor financiero de una gran sociedad de inversión, pero aquella era la primera vez que lo veía desenvolviéndose en su ámbito profesional.

—De acuerdo, llámeme en cuanto haya concertado el encuentro. Contacte con la oficina y confirme al cliente el cambio de la reunión.

Concluyó la llamada. Antes de que pudiera preguntarle si todo iba bien, empezó a revisar los correos con el ceño fruncido.

—Hola, Ivy —me dijo antes de hacer una nueva llamada. Estuvo casi una hora al teléfono. Lo oí hablar desde la cocina mientras me tomaba un vaso de leche, apoyada en la encimera.

—Perdona —se disculpó con aire cansado, y se dejó caer en una silla. Llevaba las mangas de la camisa remangadas hasta los codos, pero no por ello su aspecto era menos elegante. Lo observé con cierta curiosidad, pues no estaba acostumbrada a verlo así.

John siempre me había parecido una persona modesta y sencilla, como mi padre y como yo. Sin embargo, tuve la oportunidad de cambiar de opinión en cuanto vi la casa donde vivía. O los impecables trajes con los que salía todas las mañanas y la profesionalidad que había mostrado poco antes al teléfono.

—Tengo algo importante que comentarte —empezó a decir, pasándose la mano por el pelo—. A veces tengo que ausentarme. No se trata de viajes de trabajo, porque en general no suelen durar más de un par de días, pero… cuando hay en juego más transacciones es necesario seguir las operaciones de cerca. En el último momento, un cliente ha decidido trasladar a Phoenix la reunión que teníamos prevista para este fin de semana. Su agente me lo acaba de comunicar. Por desgracia debo atenerme a lo que digan, y no puedo negarme…

—John —lo interrumpí, mostrándome muy tranquila porque había reparado en la ansiedad que traslucía su voz—, no hay ningún problema.

—Sé que apenas acabas de llegar. Mason nunca ha tenido problemas para quedarse unos días solo en casa, pero tú…

—Estaré estupendamente —lo tranquilicé—. Sabré sobrevivir sin ti, no te preocupes.

John me miró con un punto de intranquilidad, y sentí la necesidad de suavizar mis palabras.

—De verdad, no tienes por qué preocuparte. Sé apañármelas por mí misma. A veces parece que lo olvidas.

Él relajó los hombros, y una pálida sonrisa le suavizó el rostro.

—Lo sé, pero me preocupo por ti, y tú, a veces, parece que lo olvidas.

Bajé la vista y me apreté levemente contra la encimera. Aún había momentos en los que, cuando John me miraba, me hacía sentir de nuevo como una niña pequeña. Como cuando me compró el gel para bebés, o como cuando me dijo que me acompañaría a comprar ropa.

O como cuando me abrazó el día de nuestro reencuentro, en aquel restaurante. Me había estrechado entre sus brazos con tanto cariño que sentí cómo cada arista de mi interior se me clavaba en el corazón.

«Le prometí que te protegería», me pareció que volvía a decirme mientras me miraba con una entrega que no podría hallarse en ninguna otra persona.

—¿Quieres que te asegure que no volveré a salir sola?

Yo seguía mirando al suelo, pero percibí que me estaba observando.

—Eso no te lo pediría.

—Si ha de servir para que te quedes más tranquilo, entonces no saldré.

John se quedó perplejo. No se esperaba semejante compromiso por mi parte, pero cuando parecía que estaba a punto de decir algo, la puerta se abrió y Mason entró en casa.

—Hola —saludó a John mientras entraba en la cocina.

Se paró en el umbral, y de pronto su mirada se detuvo en John.

—¿Qué pasa? —le preguntó al ver la expresión en su rostro.

—He recibido una llamada. Tengo una reunión concertada para el fin de semana y estaré fuera un par de días. El cliente ha cambiado el programa que habíamos previsto.

—¿Y…? —inquirió Mason.

—Pues que me tocará viajar a Phoenix.

—Supongo que no esperan que vayas solo.

—No —confirmó John—. Del despacho también vendrán Froseberg y O'Donnel. No se trata de eso. Es solo que no estaba previsto que hubiera un cambio como este en el último minuto y… En resumen, que hoy es viernes, y tendré que partir mañana por la mañana a primera hora…

—Si los otros van contigo, entonces no veo dónde está el problema —concluyó Mason.

Por un momento me pareció que él era el adulto, y John el niño, encaramado a la silla, negándose a ir al colegio.

—No me siento seguro por vosotros. Legalmente, ni siquiera debería dejar a dos menores solos en casa…

En el preciso instante en que pronunció aquellas palabras, me embargó la misma sensación que pude leer en los ojos de Mason.

Si aún no había acabado de hacerme a la idea de lo que supondría quedarme dos días sola en casa con Mason, sus ojos, repentinamente fijos en mí, se encargaron de dejármelo muy claro.

A la mañana siguiente, John se marchó muy temprano.

Me dijo que la nevera estaba llena y que mi leche estaba en el compartimento inferior. Había comprado la que me gustaba, sin azúcares añadidos ni aromas varios, porque sabía que yo la tomaba natural. Me dio algunos consejos de última hora y me pidió que lo llamáramos si necesitábamos algo.

Lo acompañé hasta la puerta y me quedé observándolo mientras se dirigía hacia el taxi. Cargó la pequeña maleta en el portaequipajes, le sonrió al conductor y, antes de marcharse, me miró una última vez. No sabría decir por qué, pero me causó una sensación extraña.

Correspondí a su gesto cuando levantó una mano para despedirse. Lo vi alejarse hasta que el coche desapareció.

De vuelta en casa, opté por darme una ducha, cogí el cuaderno de dibujo y bajé a desayunar.

No vi a Mason hasta mediodía.

Cuando salió al porche, obsequiando al mundo con su indispensable presencia, yo estaba allí, en la tumbona de mimbre. No alcé la vista, pero él decidió que aquel era el mejor momento para empezar con una buena dosis de arrogancia.

—¿Esto es una invitación a que entren los ladrones?

Miré en su dirección. Tenía una mano en la puerta abierta y me miraba con antipatía.

—No quería cerrar por si tenía que entrar de nuevo —le expliqué—. Y, además, estoy yo aquí.

—Entonces estamos de suerte —respondió con sequedad antes de pasar por mi lado y dirigirse al garaje.

Reapareció poco después en su coche, y esta vez lo ignoré abiertamente mientras me planteaba enjuagar su estúpida taza con aguarrás para que así, al menos, escupiera veneno por un buen motivo.

Me alegré de que no apareciera para el almuerzo. Piqué algo de comer junto al fregadero, me bebí un vaso de zumo de naranja y robé dos galletas de chocolate de las que Mason comía todas las mañanas, mordisqueándolas con gran satisfacción.

Cuando por la tarde me senté en el escritorio para estudiar, me vino a la mente que en alguna parte había una habitación por pintar, y que John me había dado vía libre. Por un momento se me ocurrió la idea de unos árboles gigantescos y un cielo de un azul intensísimo. Así, tal vez, con el aire acondicionado a toda marcha y una gota de gel con aroma de pino en el cuello, podría hacerme la ilusión de hallarme al aire libre, a millas y millas de allí…

De pronto, algo me hizo abrir los ojos.

Aturdida, levanté la cabeza y traté de enfocar lo que tenía delante: una hoja de papel se me despegó de la mejilla y se posó suavemente en el escritorio.

¿Me había quedado dormida?

Pero antes de que fuera capaz de conectar dos pensamientos seguidos, un ruido ensordecedor rompió el silencio.

Enderecé la espalda de golpe.

—Pe-pero ¿qué… qué…? —farfullé.

Otro estruendo, y esta vez me puse en pie. Tenía el corazón en la boca. Traté de buscar una explicación racional a lo que estaba pasando, porque, o bien Mason estaba demoliendo el piso de abajo, o tal vez no fuera él quien causaba todo aquel estrépito.

En un terrorífico instante, me vino a la mente el dardo que me había lanzado sobre los ladrones, sobre la invitación a que entrasen, y nunca como en aquel momento deseé que se hubiera equivocado.

En Canadá el único peligro que entrañaba dejarse la puerta abierta era que entrara un zorro o un mapache atraídos por la comida, y cuando eso sucedía bastaba una escoba para ahuyentarlos. Si tenías muy mala suerte y te topabas con un oso negro en el jardín, tan patoso que no era capaz de subir los escalones de la entrada, entonces tenías que esperar a que se fuera cuando él lo decidiese.

Pero ladrones, ¡jamás!

Tragué saliva y decidí acercarme a la puerta. Apoyé la oreja en la superficie y me dispuse a escuchar.

De la planta baja llegaban voces, sonidos y… ¿risas?

Tras un instante de desconcierto, salí al pasillo y me dirigí a la escalera. Mientras descendía, atraída por aquel estruendo, me percaté de que había más voces de las que había imaginado.

Cuando llegué a la planta baja, reparé en un par de cosas que no estaban antes.

La primera, un montón de cajas de cerveza apoyadas en la pared junto con bolsas de aperitivos y de patatas fritas casi tan grandes como yo.

La segunda era el montón de desconocidos que abarrotaba la casa.

Había gente por todas partes: unos charlaban, otros entraban con provisiones que dejaban en los sillones o directamente en la nevera.

Travis estaba tratando de hacer pasar por la puerta del salón un aparato estéreo tan grande como un pequeño elefante.

—¡Cuidado! —lo avisó un chico que estaba detrás, y chocaron de nuevo contra el marco.

Estaba claro que no era Mason quien estaba demoliendo la planta inferior.

Me quedé mirando aquella invasión mientras unos chicos llenaban cubos de hielo, y otro con un flotador en forma de islote con palmera incluida pasaba por mi lado gritando:

—¡Atención, que voy!

Apenas había tenido tiempo de reaccionar cuando vi a Mason avanzando en mi dirección.

Me agarró del brazo y me arrastró hasta el pasillo que había a mi espalda, tan deprisa que casi me hizo perder el equilibrio.

—Vuelve arriba.

Di un paso atrás para buscarlo en la oscuridad. Estaba plantado delante de mí, con toda su envergadura, los ojos refulgentes y el pelo enmarcando su tenebroso semblante.

—¿Qué se supone que estás haciendo? —inquirí mientras escrutaba con la mirada el contorno de su rostro.

—Nada que te importe —respondió en tono amenazante—. Y ahora, vete.

—Estás dando una fiesta en casa —repliqué con sequedad—. Explícame entonces por qué no ha de importarme.

—Veo que no lo entiendes… —Dio un paso en mi dirección, echándose casi encima de mí con la clara intención de intimidarme—. Lo que pase en esta casa no es asunto tuyo. ¿He sido lo bastante claro?

Lo miré con rabia, me ardían las tripas.

Pero ¿cómo se atrevía?

¿Cómo demonios se atrevía a hablarme así?

No hacía más que pisotearme, que machacarme, como si quisiera imponerme su autoridad a todas horas. Me tiranizaba constantemente y, por muy paciente que yo fuera, no podía permitir tanta arrogancia.

Ese tío no tenía ni idea de con quién estaba tratando.

Podía hacerse el prepotente cuanto quisiera, herirme con sus palabras, pero no lograría atemorizarme.

—Ya veremos qué opina John de todo esto —repuse, malévola—. Le diré que le mandas saludos.

Me aparté de él y saqué el móvil, dispuesta a marcar el número. Pero no tuve tiempo.

Apenas sentí cómo se desplazaba el aire. Al instante, mis pies retrocedieron y di con la espalda en la pared.

Antes de que pudiera ser consciente de lo que había pasado, contuve la respiración. Tenía el pecho de Mason a un palmo de mi nariz.

Alcé inmediatamente la vista y lo miré con los ojos abiertos de par en par. Un halo de luz le cortaba el rostro, ocultando parte de sus labios carnosos. Su respiración me entró en la boca y sentí que casi me ahogaba, como si fuera un veneno, pero nada fue como cruzarme con sus iris, densos y centelleantes, que me atraparon y me inmovilizaron ejerciendo una presa implacable.

—Voy a explicarte lo que sucederá —empezó a decirme, dejando escapar lentamente las palabras a través de sus labios—. Ahora volverás arriba. No bajes, no vengas aquí, quédate en tu habitación y dedícate a tus cosas, como haces siempre. No quiero verte abajo. ¿Me has entendido?

Mi orgullo se revolvió como un animal encadenado, pero no repliqué. En otras circunstancias no lo habría permitido, pero, por mucho que quisiera, en aquel momento, con los omóplatos contra la pared y su aliento quemándome la piel, no pude hacer otra cosa.

Sus dedos me oprimían la muñeca. Noté la piel encerrada en su mano, pero antes de que llegase a temer que pudiera lastimarme, me soltó, aunque se quedó con mi móvil.

De nada sirvió intentar detenerlo, porque Mason lo tenía ya entre sus dedos y me miraba con ojos mordaces, desafiándome a recuperarlo.

—Procura que no vuelva a verte por aquí abajo, o podría enfadarme.

Después de todo, hubiera preferido a los ladrones.

Mientras cerraba la puerta de mi habitación con tanta fuerza como para hacerla temblar, deseé que lo jodieran bien jodido.

—¡Vete a la mierda! —grité apretando los puños.

¿Quién se había creído que era?

¿Cómo demonios se atrevía a tratarme así?

Aparté la mochila de una patada, me quité los zapatos con rabia y los mandé al otro extremo de la habitación. Entonces me detuve de golpe y me palpé el collar. Se había girado por completo cuando me golpeé contra la pared. La fina cadenita de oro relucía sobre mi piel pálida, y de pronto una inexplicable sensación de alivio me inundó el pecho.

Aún estaba allí. Siempre estaría allí.

Acaricié delicadamente el colgante que pendía de la cadena. Una pequeña lasca de marfil, fina y casi opalescente, osciló bajo mis ojos con su reconfortante presencia. La cubrí con la palma de la mano y volví a ponérmela debajo de la camiseta.

Dos chicas dejaron sus bicicletas en el jardín trasero y las oí reírse sonoramente como pajarillos.

Eché las cortinas rechinando los dientes, y maldije una vez más a Mason.

¿Cómo había podido pensar que nos avendríamos? ¿Cómo? Dios mío, no quería volver a verlo…

«Creo que Mason te habría caído muy bien…».

—¿Eso en qué vida? —refunfuñé contrariada.

Me senté en la cama y, por un instante, pensé en escapar por la ventana e ir a buscar a John para explicarle lo asquerosamente adorable que era su hijo. O también podría huir directamente a Canadá, así no tendría que sufrir aquel calor infernal, ni a Mason, ni las miradas que aún sentía que me lanzaban en el instituto.

De pronto, la necesidad de marcharme se hizo insoportable, como una sed imposible de saciar.

¿Qué diablos estaba haciendo allí?

En un lugar donde no quería estar.

Donde no me querían.

Bastaría con empaquetar mis cosas, coger las maletas y subir a un avión.

Ni siquiera eso, solo una mochila, una foto de mi padre y mi gorra de siempre. Solo me bastaba con eso para que todo volviera a ser como antes.

«Pero no es verdad —susurró una vocecita en mi interior—. No bastaría con eso».

Me mordí los labios con fuerza, clavándome los dedos en los codos.

«Él ya no está».

Noté cómo se me cerraba la garganta; la lengua me quemaba. Aquella sensación de distanciamiento, como si me desarraigara de mí misma.

«No», hubiera querido imponerme, pero mi cuerpo se contrajo como una cerilla consumida. Traté de luchar, pero perdí una vez más.

De pronto sentí que me derrumbaba, sin tan siquiera saber cómo. Mientras la oscuridad me engullía de nuevo como un viejo amigo, oculté la cabeza entre los brazos y apreté los puños temblorosos.

Solo hubiera querido que alguien me comprendiera.

Que escuchara mis silencios.

Los gritos de mis ojos vidriosos.

La angustia de un corazón partido por la mitad.

Quería vivir, pero tenía la muerte plantada en el pecho. Y cuanto más trataba de arrancármela, más sentía cómo me excavaba la carne, cómo echaba raíces en mí, cómo me marchitaba día tras día.

Ya no podía contener el dolor. Trataba de sofocarlo, de ocultarlo, pero era como luchar contra un huracán monstruoso. Aquello no era vida. Era el residuo de un alma que seguía adelante por pura inercia.

Lo echaba de menos desesperadamente. Echaba de menos sus abrazos, su perfume, el sonido de su voz. Lo echaba de menos todo.

«Soporta, Ivy, resiste», susurró mi dolor, acariciándome suavemente, pero yo lo empujé con rabia.

Era un fantasma de chatarra que a cada paso amenazaba con desvencijarse. Respiré con fatiga y me ahogué en una agonía ensordecedora.

No sentía otra cosa que no fuera aquel sufrimiento.

No sentía nada más que aquel vacío inhumano.

No estaba viva. Ni siquiera sabía qué era yo…

De pronto, un ruido me sobresaltó. Levanté la cabeza y me puse rígida. Al cabo de un instante, la puerta se abrió de golpe.

Travis apareció en el umbral, tambaleándose, y puso cara de estar alucinando.

—¡Mierda, aquí dentro se hiela uno!

Oculté el rostro y me pasé la mano por los ojos a toda prisa.

No quería que viera en qué estado me encontraba, pero debía de haberse dejado la sobriedad en el piso de abajo, porque tardó bastante en darse cuenta de que yo estaba allí.

—Ah —dijo, desconcertado—. ¿Esto no es el baño?

—No —le aclaré, paciente—. Es la otra puerta.

Él exhibió una sonrisa torpe.

—Sí, ya sé qué puerta es… ¡He estado aquí antes que tú! He dormido en esta casa unas cuantas veces…

—Muy bien —lo interrumpí—. Adiós.

Pero no pensaba darse por vencido fácilmente. Entró y empezó a pasearse por la habitación, fascinado.

—¿Ahora vives aquí? Entonces es verdad que sois… Y yo que no me lo creía… Pues resulta que es verdad… Es de locos… —comentó con voz de memo, y pestañeó un par de veces—. Hum, pero… ¿por qué estás en la habitación?

Hubiera sido interesante explicarle que Mason, como mínimo, me habría ensartado como un espeto si me hubiera atrevido a bajar al piso inferior.

—No me gustan las fiestas —zanjé, impaciente por librarme de él—. Hay demasiado alboroto.

—¿Y eso te parece un problema? Vamos, ven, y ¡ya verás cómo te diviertes!

—No, gracias —dije con firmeza, viendo que se me acercaba trastabillando—. Quiero irme a dormir.

—«Quiero irme a dormir» —repitió, parodiándome, y volvió a lanzar una risotada—. ¡Si te quedas aquí aburrida, es que no eres la prima de Mason!

«¡Es que no soy la prima de Mason!», grité para mis adentros.

—No me interesa —repliqué, cortante—. Solo quiero…

—¿Hacer calceta?

—Escúchame —le espeté, volviéndome hacia él con vehemencia—. No pienso bajar. ¿Lo has entendido o voy a tener que repetírtelo? Y ahora, ¡fuera de mi habitación!

Lo miré con severidad mientras le señalaba la puerta.

—¡Vamos! Sal de mi…

Pero me quedé sin respiración. Todo se dio la vuelta, la habitación giró y, al cabo de un instante, estaba cabeza abajo, con el pelo cubriéndome los ojos y los brazos colgando.

—¡Ah! —oí que decía a mi espalda entre risas—. ¡No pesas una mierda!

Sentí que el destino se estaba burlando de mí.

Y mientras descargaba los puños en la espalda de Travis, gritando improperios dedicados a su nombre, salió de mi habitación y se encaminó canturreando hacia el último lugar en el que querría encontrarme.

5

La fiesta

No sé cómo llegué allí exactamente.

Un momento antes estaba en mi habitación, pensando en mi vida, y al cabo de un instante me encontraba en el sofá del salón estrujada contra una pareja que se estaba devorando los morros. Travis se había reído como un mulo cuando mi trasero había chocado contra el marco de la puerta; en aquel momento, mientras soplaba para apartarme el pelo de la boca, tuve que repetirme que el homicidio era un delito a todos los efectos.

A continuación, mientras era placado por un grupo de energúmenos tan grandes como él y un ruido como de succión me bombardeaba el oído izquierdo, me puse, a mi pesar, a discurrir distintos modos de embalsamarlo.

—Si le regalasen un cerebro a Travis, lo usaría como balón de fútbol…

Me volví. Una chica sentada en el reposabrazos que había a mi derecha estaba hablando. Tenía el pelo corto y castaño, una expresión traviesa en el rostro y una mirada inteligente y vivaz.

—Me apuesto un dólar a que mañana tendrá al menos tres chichones y un moretón en el culo —añadió.

—Pero, por favor…

Se oyó un ruido como de ventosa, y la rubia que estaba a mi izquierda volvió a tomar posesión de su cara; se volvió hacia ella.

—Travis tiene la resistencia de un bisonte acorazado. El único chichón del que puede presumir es del que tiene en el cerebro.

—Qué dura eres —la reconvino su amiga entre risas.

—Solo digo la verdad. Y, además, está demasiado gordo —prosiguió, a la vez que apartaba con una mano el rostro del chico que trataba de atraer su atención desesperadamente—. Vamos, míralo —añadió, señalándolo con una mueca de disgusto—. Parece un toro.

—Pues hasta hace un mes te encantaba ese toro —replicó la otra con una sonrisita burlona.

Su amiga la fulminó con la mirada y agitó una mano.

—Sí, bueno, eso es agua pasada —zanjó, irritada.

La observé con cierta atención. Tenía las cejas oscuras, y un lunar en el pómulo que la hacía parecer una diva. La melena, de un rubio mucho más broncíneo y cálido que el mío, caía tupida y ondulada alrededor de su atractivo rostro. Siguieron discutiendo conmigo en medio, pero esta vez apenas las oí. En aquel instante, la muchedumbre se abrió y vi a Mason.

Destacaba entre los demás, apuesto como un dios, y llevaba una cerveza en la mano. Sonreía mientras escuchaba a uno de los chicos que estaban con él. En un momento dado, este gritó algo y todos estallaron en una carcajada, incluso Mason.

Su recio pecho vibró y sus labios carnosos se abrieron como una obra de arte, liberando un carisma arrollador. Se me encogió el estómago. No podía oír el sonido de aquella risa, pero logré imaginármela: suave y sensual, potente como un perfume que se subía a la cabeza.

Una vez más me percaté de lo distintos que éramos.

Él encajaba perfectamente en medio de aquel tumulto, entre luces de colores y vasos de plástico rojo. Parecía un príncipe en un reino de bullicio, una criatura ultraterrena en su maravilloso caos.

Y cuando alzó la cerveza y se la llevó a los labios, mis ojos se desplazaron directamente hacia la chica que estaba a su lado.

Hechizada. Así era como estaba. La expresión famélica con la que lo miraba se me clavó como una espina empapada en veneno.

Lo contemplaba como si fuera un ángel, como si tuviera una aureola alrededor de la cabeza y no fuese el ser prepotente que no tenía problema en ponerme contra la pared.

¿Qué demonios sabía de él?

—¡Cuidado!

Un tío tropezó y me cayó encima junto con la chica que llevaba en brazos, que me volcó la cerveza en la camiseta.

—Pero ¡qué coño haces, Tommy! —gritó cabreada la rubia que tenía al lado, al tiempo que se encaramaba encima de su chico—. ¡Aprende a caminar!

—¡Oh, Dios mío! ¡Perdona! ¿Te he hecho daño? —La chica que había acabado encima de mí me miró avergonzada—. ¡Te juro que no era mi intención! ¡Si quieres, puedo lavarte la camiseta! ¡Te la devolveré como nueva!

Sujetó el borde de mi camiseta y trató de quitármela.

—¡No! ¡No es necesario! —respondí mientras apoyaba una mano en su cabeza para tratar de apartarla de mí.

—¡Déjalo ya, Carly! —intervino la chica del reposabrazos—. ¿Piensas ponerte a hacer la colada ahora? ¡Si ni siquiera eres capaz de tenerte en pie!

—¡No es verdad! Estoy supersobria, ¡es Tommy el que está borracho!

—Me pediste que te hiciera el avión vuela-vuela —le replicó Tommy, masajeándose la cabeza—. ¿Acaso tengo yo la culpa de que estés chiflada?

Carly le apuntó con el dedo y se irguió, adoptando una pose digna.

—¡Creía que sabías sostenerte sobre tus piernas! Y resulta que no sabes ni caminar. ¡Y ahora ella me odia! —concluyó dramáticamente al tiempo que me señalaba con énfasis.

—Nadie te odia, Carly —terció de nuevo la chica del reposabrazos, y Carly me miró con los ojos cargados de arrepentimiento.

—¿De verdad que no me odias?

—De verdad —respondí, reculando para alejarme de ella lo más posible.

Trepó por el sofá y me miró feliz, como un perrito callejero que acaba de encontrar un amo.

—¡Me llamo Carly, por cierto! Ah, ellas son amigas mías, ¿sabes? —añadió, señalando a las dos chicas—. Fiona no hace más que darse el lote con todo el mundo, pero en cuanto repara en tu existencia, te juro que es simpática.

—¡Eh! —protestó indignada la rubia, volviéndose con una expresión hostil en el rostro.

—Esta otra es Sam. ¡Y yo soy Carly!

Sí, ya lo había captado, pero al ver que me observaba llena de esperanza, decidí asentir.

—Y tú, ¿cómo te llamas?

Sentí las miradas de las demás puestas en mí. Incluso Fiona, sentada en las rodillas del tipo con el que aún no había acabado de besarse, me miraba expectante.

—Ivy —respondí, apretando un poco más las rodillas contra el abdomen.

—¿Ivy? ¿De «Ivonne»? —preguntó Fiona, mirándome atentamente.

—No…

—¿Es un diminutivo?

—¿Tipo «Poison Ivy»?* —preguntó con total candidez Carly al tiempo que levantaba un índice.

—Ivy a secas —concluí yo con un matiz apresurado y definitivo, esperando que nadie lo hubiera notado.

—No te he visto nunca en las fiestas —apuntó Fiona mientras me inspeccionaba—. ¿Estás con los de la universidad?

—Es la prima de Mason —dijo Tommy—. Eres la prima de Mason, ¿verdad? Te he visto en el instituto.

«No».

—¡Claro! ¡Es verdad, tú eres la nueva! —Carly movió las manos excitada y las apoyó en las rodillas de Sam—. ¡No te había reconocido con estas luces! ¡Eres aquella tan blanca! Tendrías que ver el color de su pelo —le dijo a su amiga, la del pelo corto, e intuí que Sam no frecuentaba nuestro instituto—. ¿Te lo tiñes? ¿Te lo decoloras? ¿Qué haces para tenerlo así?

—No hago nada —murmuré—. Es así.

En ese momento, Sam estaba aferrada al reposabrazos y me miraba con la misma curiosidad que todos solían mostrar al verme.

—Es verdad —repuso tras un instante de silencio—. Pareces una muñeca.

—¿Qué haces para ponerte morena?

—¿En Canadá son todas como tú?

* Poison Ivy («Hiedra venenosa» en inglés), enemiga recurrente de Batman, es inmune a las toxinas y tiene el poder de dominar las plantas, cuyas propiedades emplea con fines criminales. *(N. del T.)*

—¿No te maquillas? —preguntó Fiona, entrecerrando los ojos mientras se acercaba para observarme mejor.

—No es una extraterrestre —exclamó Tommy, y en ese preciso instante me percaté de que cada vez me encogía más, de que tenía el pelo rozándome los pómulos y de que los estaba observando como un animal salvaje.

—Perdona —murmuró Carly, con una sonrisa triste—. Aquí entre nosotros enseguida se hace amistad...

Un pequeño grupo de chicos pasó por nuestro lado acompañando a otro que estaba muy borracho. Al instante me percaté de que era Travis.

—Yo ni siquiera debería estar aquí —murmuré.

Fiona se volvió hacia mí mientras Carly daba saltitos y trataba de convencer a Tommy de que volviera a cogerla en brazos.

—¿Por qué?

—Mason —me limité a responder al tiempo que miraba inquieta a mi alrededor.

—No me digas que no quiere verte bebiendo —respondió, acompañando sus palabras de una mueca—. Porque entonces sería un maldito hipócrita.

—Oh, no creo que debas preocuparte —me tranquilizó Sam, meciendo las piernas y esbozando una afilada sonrisa—. Dudo que Mason esté en condiciones de decirte nada.

Alcé la vista y comprendí a qué se refería.

Mason tenía un brazo sobre los hombros de un amigo, y en su pecho ardía una hoguera de carcajadas. Sus ojos se habían reducido a dos franjas centelleantes y sus labios desprendían una calidez tan luminosa que me resultó imposible dejar de mirarlo.

No era capaz de entender cómo podía seguir temiéndolo después de ver cómo fruncía la nariz, cómo echaba la cabeza hacia atrás y se reía con tanta desenvoltura que parecía haber nacido para no hacer otra cosa.

En aquel momento pensé que yo también habría podido verlo así, como un chico normal, si Mason no se hubiera comportado como el cabrón arrogante que en realidad era.

Tal vez no hubiera sentido rencor al verlo allí, en un mundo que, pese a la repulsión que me provocaba, no me era dado tocar.

Tal vez habría sido solo Mason, aquel niño de la foto, el chico al que tantas veces había tratado de asignar un rostro mientras veía caer la nieve, junto a John, al otro lado de la ventana.

—Eh, ¿adónde vas? —preguntó Sam perpleja mientras me ponía en pie.

—A mi habitación.

Debía alejarme de él.

Debía alejarme de sus ojos, de aquella imagen y de todo lo que suponía. Me producía emociones perturbadoras e inexplicables, que se me adherían al corazón y producían revuelo.

Empujé a una pareja ebria que se me echó encima y me abrí paso a través del salón.

El pavimento de mármol era un campo minado de patatas fritas y colillas. Toda clase de vasos yacía por el suelo, y supuse que alguien habría vomitado, en vista de las numerosas manchas que salpicaban la superficie.

Además, el valioso jarrón de cristal que solía estar encima de la mesita había desaparecido misteriosamente.

Oh, cuánto iba a disfrutar viendo a Mason arremangándose para limpiar todo aquel desastre.

—Ajá —oí cuando alguien se me echaba encima.

Me volví, y me topé con la cara de un tío alto y desgarbado ante mis narices. Parpadeó y se me quedó mirando con la vista perdida.

—Perdona… Debe de haber sido cosa del destino —balbució, guiñándome un ojo.

—Seguramente —mascullé antes de darme la vuelta y dejarlo allí.

—Eh, ¿adónde te crees que vas? —dijo, tratando de retenerme, y entonces me llegó el tufo a alcohol que desprendía—. No te hagas la esnob.

Lo miré furiosa.

—¿De qué palo vas? ¿Estás en alguna red? ¿Cuál es tu *nick*?

No entendía una palabra de lo que me estaba diciendo, así que decidí que lo mejor sería quitármelo de encima, ya que se me estaba acercando demasiado.

—¡Eh, Nate!

De pronto, Travis se abalanzó sobre él. Me imaginé que lo vería rodar por el suelo, pero encajó la arremetida sin pestañear, con los párpados entrecerrados.

—Déjala en paz. Ivy solo me quiere a mí. ¿Verdad, Ivy?

—Madre de Dios —exclamé, al tiempo que lo empujaba cuando vi que me acercaba los labios.

Travis se echó a reír y rodeó con el brazo a su amigo, que no parecía reparar en su presencia.

—Añádeme a Instagram —seguía diciendo al tiempo que me daba toques con su cerveza.

Se la hubiera estampado con mucho gusto en la cabeza, pero mientras me decidía a hacerlo, sucedió lo peor.

—¡Eh, Mason! —gritó Travis, sobresaltándome—. Aquí hay uno que está intentándolo con tu…

De pronto, alguien le propinó una patada en la espalda. Travis se estremeció, hipó, se desplomó y quedó tendido en el suelo.

Me sentí tan agradecida por la suerte que había tenido que ni siquiera me pregunté si seguía con vida.

—¡Oh, cielos! —oí exclamar a Carly cuando Tommy la dejó en el suelo—. ¡Travis, lo siento muchísimo!

Retrocedí, moviéndome lentamente, pero un destello de luz escarlata y el rostro de Mason abrieron una brecha entre la multitud.

Sus ojos afilados me encontraron, y me quedé helada.

Hubiera querido hacerme invisible. Ocultarme. Desaparecer. Deseaba que la tierra me tragara, y cuando él empezó a acercarse, retrocedí instintivamente.

Me abrí paso de espaldas, empujando con una urgencia que crecía a cada paso que daba. Mason se movía como un tiburón a través de la corriente y me asaltó un atisbo de pánico.

Di media vuelta y me mezclé con la gente, tropezándome y abriéndome paso a empujones. Logré salir del salón. Al cabo de un instante ya estaría en la escalera, casi había llegado, casi…

Casi…

Su mano me agarró por el hombro.

Abrí los ojos de par en par y un escalofrío me recorrió la espalda. Me volví con el corazón en la boca, y en aquel momento de delirante frenesí solo vi su rostro.

—Te había dicho… —escuché antes de que una sombra me envolviera.

Y entonces un enorme peso se me vino encima.

Tropecé y me golpeé con la pared. Se me nubló la vista. Sentí un dolor lacerante detrás de los ojos y no me percaté de que había cerrado los párpados hasta que volví a abrirlos fatigosamente.

Todo temblaba a mi alrededor. La cabeza me palpitaba, pero al cabo de unos instantes volví a ser consciente de la realidad. Estaba sentada en el suelo, las rodillas me presionaban el pecho y tenía los tobillos encajados en una posición dolorosa.

Algo me estaba aplastando.

Antes de comprender qué estaba sucediendo, me pareció que tenía las manos apoyadas en… ¿unos hombros?

Abrí los ojos.

Tenía a Mason completamente encima de mí.

Su tórax ejercía presión sobre mis rodillas, tenía la cabeza encajada en la cavidad de mi cuello, su pelo me acariciaba los pómulos y tenía una mano apoyada en la pared, detrás de mi cabeza.

Por un momento no pude respirar.

Percibía su aliento en mi piel. Lo sentía como si estuviera respirando en mi interior, como un escalofrío, una sacudida brutal, un vuelco.

Una extraña sensación de pánico me cerró la garganta. Enseguida lo agarré de la camiseta y traté de sacármelo de encima. Pero en cuanto mis dedos se cerraron sobre la tela, él abrió la boca. Y en ese momento me di cuenta de que estaba jadeando.

—Voy a vomitar…

Yo siempre había sido una persona coherente.

Me lo repetía, pensando en las sólidas convicciones con las que había crecido.

Sin embargo, en aquel momento, con el hedor de la cerveza saturándome la nariz y las rodillas a punto de ceder, me prometí a mí misma que no tardaría en hacer un examen de conciencia en profundidad.

Porque no era lógico en absoluto. No, no era posible que estuviera cargando a peso a un chico que encima no había hecho más que destilar odio hacia mí, ni que en ese momento estuviera tratando de subir por las escaleras con su brazo rodeándome los hombros, y con la cabeza colgando.

No, me negaba a creerlo.

Era cierto que siempre había tenido instinto de guardabosques; una vez me encontré un castor atrapado en una trampa para tímalos, llamé a los forestales y permanecí a su lado hasta que llegaron. Entretanto, le di brotes de helecho, con cuidado de que no me mordiera, retirando la mano cuando él masticaba y meneaba los bigotes hacia arriba.

Pero Mason no era un puñetero castor, maldita sea, y cuando en el enésimo peldaño se balanceó peligrosamente, me entraron unas ganas locas de soltarlo y verlo rodar escaleras abajo.

—Si me vomitas encima, te mato —gruñí al tiempo que lo sacudía, pero él ni siquiera se esforzó en poner los pies rectos, de modo que acabamos de nuevo contra la baranda.

Lo sujeté por la muñeca y logré arrastrarlo a duras penas hasta el principio del pasillo.

Mientras me dirigía tambaleante hacia el cuarto de baño con él, que era dos veces más voluminoso que yo, y mis dientes estaban a punto de convertirse en cemento de tan frustrada como me sentía, me pregunté por enésima vez quién diablos me mandaba hacer aquello.

Mason no se merecía que lo ayudase.

Después de lo que me había hecho pasar, tendría que estar disfrutando de verlo reducido a aquel estado. Tendría que haberme reído de él, humillarlo y largarme, como cualquiera hubiera hecho en mi lugar.

Pero yo no. Por supuesto.

Yo era tan estúpida como para haberme quedado a intentar ayudarlo.

Estaba teniendo compasión de una persona que no habría sentido lo mismo por mí.

—Cuidad…

La cabeza se le ladeó y se golpeó contra la pared. Al instante lo oí quejarse, farfullando algo ininteligible.

Bien, a fin de cuentas le estaba bien empleado. Podía tomarme alguna pequeña venganza.

Sin embargo, al cabo de un instante, volvió la cabeza hacia el otro lado y su mejilla de deslizó hasta aterrizar en mi frente.

—¡Eh!

Entrecerré los ojos, cabreada, tratando de sacármelo de encima. Lo metí en el cuarto de baño, pero entonces Mason se resbaló con la alfombrilla. Perdí el equilibrio y nos desplomamos a un paso del inodoro. Por suerte no me hice nada, pero cuando vi su estómago contraerse bajo la camiseta, me aparté de él y lo empujé a un lado antes de que fuera demasiado tarde.

Sacudió la espalda y noté cómo sus dorsales se ponían rígidos bajo mis manos: decidí que era mejor no mirar.

Mientras aquel terrible instante se hacía realidad, apreté su espalda con una mano, volví el rostro y lo mantuve medio oculto en el codo, el cual apoyé en la rodilla.

Hubiera preferido no oírlo, hubiera preferido con diferencia ayudar a Travis cuando bailaba semidesnudo sobre la mesa del salón.

Traté de aislarme, pero me resultaba imposible. Sentía cómo sus músculos vibraban bajo mis dedos. Los temblores que recorrían su cuerpo me llegaban hasta la altura de las muñecas en forma de descargas.

¿Cómo podía alguien acabar en semejante estado?

Le eché un vistazo.

El pelo le cubría los ojos, solo le veía la mandíbula, los labios entreabiertos y rojos. Un sudor frío empapaba su camiseta, y a través de la tela podía intuirse que tenía la piel en tensión. Estaba temblando.

Podría haberme alegrado de verlo así. Podría haber sentido satisfacción al observar su lamentable estado. Sin embargo…, no fui capaz.

Lo único que advertí, en lo más recóndito de mi espíritu, fue de nuevo aquella emoción contradictoria.

No era rabia. No era rencor.

Era amargura.

Por mucho que hubiese querido, por mucho que me esforzara…, había algo en mí que me impedía odiarlo.

En él veía el reflejo de John, los mismos ojos, la misma risa luminosa. Ambos sonreían igual, caminaban igual, ambos tenían aquella chispa en la mirada cuando disfrutaban de algo.

Y odiarlo… odiarlo me resultaba simplemente imposible.

A Mason se le metió un mechón húmedo en uno de sus ojos enrojecidos. Parecía como si le quemara, y antes de que pudiera darme cuenta, yo ya había adelantado la mano y se lo estaba apartando.

De verdad, ni… ni siquiera fui consciente de haber hecho aquel gesto.

Y fue mi error.

Mason se sobresaltó y solo en ese momento pareció reparar en mi presencia. Se volvió y clavó sus ojos líquidos y enrojecidos en los míos.

Me apartó con el brazo.

Me llevé la alfombrilla con la espalda cuando salí despedida lejos de él. Apoyé las manos en el suelo, consternada, y lo miré.

—Vete, no quiero tu ayuda.

Me lo quedé mirando con los ojos abiertos de par en par. Sentí que algo me subía por dentro, como una estampida de animales enloquecidos. Con la frustración latiéndome en las venas, apreté los puños y me puse en pie de golpe.

—Ah, ¿ahora no quieres mi ayuda? ¿Después de que te haya subido por las escaleras, después de que te me cayeras encima? ¿Después de todo lo que he hecho, aun tratándose de ti? —Lo miré, furiosa y humillada, sin apenas poder contener la ira—. Eres un grandísimo imbécil.

Le di la espalda, salí de allí y me dirigí a mi habitación. Sentía tanta rabia hacia mí misma que me ardía el pecho.

¿Pero qué demonios había creído?, ¿que me iba a dar las gracias?, ¿que me iba a coger la mano y me iba a pedir disculpas por haberse portado como un cabrón?

Llegué a mi habitación y cerré la puerta aún más fuerte que antes. El marco tembló. No recordaba la última vez que había sentido una cólera semejante, una emoción tan potente.

Ya había tenido bastante.

Fui hacia las cajas que había detrás del armario, cogí una muy pesada y la arrastré por el suelo hasta la puerta cerrada. Después fui a la cama, me saqué con rabia la camiseta que apestaba a alcohol y a sudor; la arrojé lejos, y la odié por cada instante que había estado en contacto con él.

Me puse una limpia y apagué la luz.

Me dormiría y fin de la historia. Me dormiría y punto, deseándole a Mason que vomitara el cerebro, y a John que regresara antes de tiempo y se encontrara la casa hecha una pocilga.

Y adiós muy buenas.

Sin embargo, horas después aún no había logrado dormirme.

Di varias vueltas en la cama, esforzándome en conciliar el sueño. Probé de todas las formas, me obstiné hasta la exasperación, y nada.

Inquieta, me incorporé y encendí la luz. Mientras apoyaba los pies en la moqueta, me detuve un momento a escuchar con atención. La música había cesado.

Me levanté y salí al pasillo para asegurarme. Me dirigía hacia las escaleras cuando tropecé con algo. Casi me da un infarto.

Una masa oscura yacía a mis pies, informe y espantosa. Era todo protuberancias, curvas, tentáculos, y... y...

Lo observé de cerca.

Era Travis.

El flotador en forma de islote le rodeaba el pecho. Había perdido una zapatilla y llevaba la camiseta sobre los hombros, como una toalla usada.

Eché otro vistazo abajo, y distinguí otras formas fundidas con la oscuridad.

Suspiré, exhausta.

Por un instante eché de menos a John y el orden impecable que reinaba en su presencia.

¿Por qué no habría llamado todavía?

¿Cómo era posible que no hubiera dado señales de vida?

Estaba segura de que diría algo en cuanto llegara a Phoenix, pero no había sido así...

La luz encendida en el baño llamó mi atención. Alguien debía de habérsela dejado olvidada, así que me encaminé en esa dirección. Una vez allí, no pude creer lo que veía.

—¿Aún estás aquí? —susurré con un hilo de voz.

Mason no se había movido de donde lo había dejado. Estaba desplomado en el suelo, con los ojos cerrados y un brazo doblado bajo la cabeza. Tenía el pelo revuelto y el rostro machacado propio de alguien que, después de haber intentado ahogarse, se había dado por vencido como consecuencia de aquel gesto disoluto.

Me apoyé en el quicio de la puerta, observando aquel espectáculo que llamaba a la compasión, sin fuerzas para moverme.

Debía de haberse quedado dormido poco después de que me fuera.

Me había echado, había dicho que no quería mi ayuda antes que admitir que no podría valerse por sí solo.

¿Por qué?

—Estúpido —murmuré, pero él no reaccionó.

Observé su rostro descompuesto, y de pronto me sentí totalmente vacía, incluso de la rabia.

Tal vez porque los necios no aprenden nunca. O tal vez porque en el suelo de aquel cuarto de baño, en el corazón de la noche, no podía ver a otro que no fuera el hijo de John.

Y es que era verdad: Mason jamás había hecho nada por mí.

Sin embargo, si en ese momento me hubiera ido, no habría sido distinta.

Y no lo hacía por él, me dije mientras lo miraba desde la puerta. No.

Esta vez lo iba a hacer por John, y por todas las veces que me había alzado del suelo con sus brazos.

Me acerqué de nuevo a él, no antes de haber vuelto a mi habitación y tomarme una pequeña libertad.

Tardé un poco en convencerlo de que me atendiera; farfulló algo y volvió la cara, a fin de evitarme.

Finalmente, después de pasar su brazo alrededor de mis hombros, logré ponerlo en pie.

Recorrimos el pasillo en silencio, un paso tras otro, y lo único que se oyó fue el incierto ruido de sus zapatos junto a mis pies descalzos.

Una vez llegados a nuestro destino, bajé el tirador con el codo y abrí la puerta.

Su habitación estaba decorada a base de colores oscuros y armónicos, con matices de gris antracita. Una hilera de trofeos de boxeo relucía en una repisa situada encima del escritorio, y el diseño moderno iba acompañado de complementos decorativos con detalles en negro, que añadían cierto carácter al entorno.

Fuimos hasta la cama de matrimonio y estiré el brazo libre para apartar la mochila y la ropa que había encima. Finalmente me incliné y lo solté.

Mason cayó sobre el colchón y lanzó un gemido que quedó ahogado por la almohada. Lo empujé hacia dentro, y cuando estuvo más o menos acomodado, decidí que ya era suficiente. Me dirigí hacia la puerta en silencio.

Pero algo me retuvo.

En la penumbra, me volví y vi que tenía aprisionado el dobladillo de mi camiseta entre sus dedos.

Observé aquel gesto con el rabillo del ojo. Alcé las pupilas y lo miré directamente a la cara, en silencio. No esperaba nada de él, y se lo dije con aquella mirada. Sin embargo, me pareció que cerraba los dedos imperceptiblemente, como si, solo por un instante, hubiera querido expresarme algo.

Pero jamás sabría qué.

Soltó la mano.

No le vi los ojos. No vi el modo en que me miraron.

Solo vi el movimiento con el que se deslizó de nuevo hacia atrás, y la oscuridad lo engulló definitivamente.

6

El as en la manga

Cuando me desperté al día siguiente, el sol ya estaba alto en el cielo.

Me desperecé lentamente y consulté la hora.

Las doce pasadas.

Era la primera vez que dormía hasta tan tarde.

Me froté el rostro con las manos mientras me acordaba de las condiciones en las que se encontraba la casa la noche pasada. Había sido una locura. No me atrevía a imaginarme su aspecto a la luz del día, así que decidí sacudir la cabeza, levantarme y salir al pasillo. Una ráfaga de frescor me acarició el rostro.

Arqueé una ceja. El suelo estaba libre de obstáculos.

Travis y los demás debían de haberse ido antes de que me despertara.

Menos mal.

Bajé las escaleras algo más aliviada, pero en cuanto llegué al piso inferior, mi buen humor se desvaneció al instante.

El suelo resplandecía como un espejo, y los cuadros relucían en las paredes inmaculadas. La mesa era una lámina de cristal brillante, y por las ventanas abiertas entraba luz a raudales, el susurro del viento y algún que otro gorjeo.

Una colonia de mujeres de la limpieza había tomado el salón y los pasillos, incluso el jardín. Unas barrían y quitaban el polvo, otras ahuecaban los cojines del sofá, otras llenaban unas bolsas negras y las sacaban al exterior mientras una de ellas pasaba la pulidora por el suelo del vestíbulo.

El aroma a limpio era más fuerte que nunca: a detergente y limón, olor a fresco, buen olor.

No podía decirse lo mismo del olor de Mason la noche anterior.

Mientras estaba allí, con los ojos petrificados y el mal humor aumentándome por momentos, me di cuenta de que había sido una tonta. Mason no daría un paso en falso tan fácilmente.

Por el modo en que se habían organizado, yo ya tendría que haber deducido que no era la primera vez que daba una fiesta.

Probablemente nunca se quedaba realmente solo cuando John se marchaba por trabajo.

Irritada, di media vuelta y fui a la cocina, deseando que como mínimo el jarrón de cristal se hubiera roto o que alguien lo hubiera robado para venderlo en el mercado negro.

Cogí una taza, leche y galletas, y me senté en el taburete de la barra.

Mientras tomaba mi desayuno observé a las mujeres de la limpieza, y me pregunté si estarían al corriente del complot en el que participaban.

¿Ellas también serían cómplices?

¿Era posible que John no sospechase nada?

Mason apareció justo cuando la galleta se rompió al contacto con la leche. Al ver cómo se hundía, pensé que no debía de ser por casualidad.

Traté de ignorar su presencia y alargué la mano para coger otra galleta.

Pero en cuanto toqué solo el mármol, deduje que el paquete había desaparecido.

—Ayer por la noche te dije que no bajaras.

Su voz sonó increíblemente próxima.

Me volví, el buen color de su cara y el cabello húmedo que la enmarcaba me indicaron que volvía a ser él, en todo y para todo.

—Me gustaría saber dónde estarías ahora, si no llego a hacerlo —respondí con parsimonia—. A lo mejor, en la rosaleda que hay detrás de la casa.

Mason me escrutó con aquella mirada suya densa y oscura, y mordió una galleta. Recogió una miga con la lengua, contrariado, y yo me sentí perdida por un instante.

—Lo que yo haga no es asunto tuyo —murmuró—. No te quiero cerca de mí, ya te lo dije.

—Por el modo en que te me echaste encima, diría que todo fue cosa tuya —le repliqué con acritud, poniéndome en pie—. Igual la culpa la tuvieron las lamentables condiciones en las que acabaste.

Me lanzó una dura mirada. Cogió otra galleta, se la llevó a su boca carnosa y la mordió con una lentitud indecente.

Dios mío. ¿Es que no podía parar de comer?

—De no ser por mí, aún estarías en el baño vomitando hasta el alma —le espeté furiosa, llevada por una repentina necesidad de descargar aquel exceso de rabia—. Lo mínimo que podrías hacer es darme las gracias por no haberte dejado allí pudriéndote.

Mason me observó en silencio. Por un instante tuve la sensación de que me estaba evaluando. De pronto, echó la cabeza hacia atrás y chasqueó la lengua.

—No tengo ni idea de a qué te refieres.

Parpadeé y fruncí el ceño al mismo tiempo.

—Sí que lo sabes —repuse, remarcando las palabras; esta vez no pensaba dejar que me embaucara.

—Pues yo te digo que no —negó él en tono burlón, curvando los labios en una mueca sarcástica.

Enseguida intuí lo que pretendía. Quería reírse de mí, el muy cabrón.

Pero no se saldría con la suya.

Dejé la taza sobre la mesa.

—¿Estás seguro? —le pregunté, sibilina, recreándome en su mirada victoriosa—. Porque yo diría que todo este vómito parece tuyo.

Mason se puso blanco en cuanto le mostré la polaroid.

Tenía entre mis dedos una espléndida foto en la que él, nadie más que él, aparecía con la camiseta arrugada junto a la taza del inodoro, agarrado a esta con el brazo en una pose de contorsionista.

No había podido resistirme.

Se la saqué en el corazón de la noche, después de decidir que lo llevaría a la cama contra todo pronóstico.

A decir verdad, yo nunca he dicho que fuera una santa.

Y, además, Mason aún tenía mi móvil, y de este modo podría hacerle entender que no debía jugar conmigo a su antojo. Yo no era fuerte, ni intimidante, pero sabía devolvérsela con creces.

—¿No eres tú este de aquí? —le pregunté con dulzura, señalando con el índice su cara descompuesta, y el rostro se le encendió.

—Dámela inmediatamente —siseó mientras avanzaba hacia mí a grandes zancadas, pero yo di la vuelta a la mesa, me escabullí y me guardé la foto en el bolsillo.

—Ah, ¿ahora te acuerdas? —inquirí con voz desafiante.

—Dámela, o…

—¿O qué? —lo provoqué.

Por el fuego que había en su mirada, me imaginé que la respuesta sería inminente. Me miró de arriba abajo, sus ojos recorrieron mi cuerpo delgado, y, cuando volvieron a mirarme a la cara, ya estaba preparada.

Me hice a un lado, pero sus reflejos me sorprendieron. Me agarró la camiseta holgada que llevaba puesta esa mañana y sentí su presencia detrás de mí con cada vértebra de mi espalda. Me volví para rechazarlo, pero sus dedos ya me tenían sujeta, y me atraían hacia él.

Acabamos pegados, y lancé un gemido de sorpresa. Sentí su cuerpo imponente bajo los dedos y me puse rígida. Su vigor me envolvió y su olor me arrolló; acababa de ducharse y cada centímetro de su piel olía de muerte.

Traté de alejarlo, aturdida, pero él me retuvo sujetándome por los codos. Se inclinó sobre mí y, al hacerlo, su pelo oscuro le rozó los pómulos.

—Ahora…

—¿Estás aquí?

Mason se volvió de golpe y yo aproveché para liberarme. Sus dedos parecían tan reticentes a dejarme ir que pensé que iba a seguir reteniéndome.

—¡Oh, Mason! —Una mujer estaba de pie junto a la barra de la cocina. Sonrió, y me dio la impresión de que se dirigía a él en tono afable y sincero—. Aquí ya casi hemos acabado.

—Gracias, Miriam.

—¿Arriba también? —preguntó, y él asintió.

—Solo el cuarto de baño y las habitaciones.

—Sobre todo, el baño —añadí yo, entremetiéndome, aunque por suerte Mason no respondió a mi provocación, o de lo contrario me hubiera incinerado con su mirada, como poco.

Entonces, la mujer llamada Miriam reparó en mí, sorprendida, y me miró con asombro.

—¡Perdóname, querida! —se disculpó, como si fuera la primera vez que encontraba a una chica en casa—. ¡No te había visto!

—No importa, Miriam —quiso zanjar Mason, pero ella ni siquiera lo oyó.

Me observó fascinada, examinando mis facciones como si fueran algo angelical, raro y especial.

—¡Qué esplendor! —exclamó extasiada.

Aquel cumplido me confundió, y me retraje como si me hubiera dado una bofetada, desconcertada.

—Mason —dijo con voz nerviosa, dirigiéndose a él—. ¿Es tu…?

—No —me apresuré a negar, lapidaria, antes de que ni tan solo llegara a imaginarme el sonido de aquella palabra.

—Oh —murmuró ella, como si se excusara.

Entonces decidí que había llegado el momento de largarme.

Dejé atrás a Mason y salí de la cocina. Oí cómo la despachaba apresuradamente, y al cabo de un instante ya estaba pisándome los talones.

—Ven aquí —me susurró, expeditivo, como si fuera su cachorrillo desobediente, pero yo crucé el vestíbulo, desfilando entre guantes de goma y uniformes negros.

En la mesita, junto a la puerta, vi mi gorra. La cogí y salí de casa. La idea de haberla dejado allí, al alcance de todo el mundo, me impulsó a ponérmela enseguida.

Al menos, todas aquellas personas impedían que Mason siguiera adelante como él hubiera deseado. En parte me divirtió oírlo refunfuñar a media voz, ordenándome que me detuviera y reprimiendo su ímpetu entre dientes.

Me dirigí tranquilamente hacia la verja y recogí el correo que estaba allí desde el día anterior.

—La verdad es que tienes montado un buen teatro —lo felicité mientras cerraba el buzón sin la menor prisa—. Ya que están, ¿por qué no te lavan también el coche?

Mason me lanzó una mirada incendiaria. Parecía que estaba a punto de decir algo, pero al instante desvió su atención.

—Buenos días, señora Lark.

A unos metros de distancia, una ancianita alzó la vista. Sonrió radiante en cuanto lo vio, y yo me pregunté cómo era posible que todos se dejaran embaucar por sus modales de buen chico, cuando en realidad era todo lo contrario.

—Ah, Mason, querido —lo saludó ella a su vez—. ¡Qué placer verte! Hace una bonita mañana de domingo, ¿no te parece?

—Disculpe el pequeño alboroto que armamos ayer por la noche —oí que le decía, subiendo mucho el tono de voz—. ¿Sabe? Es que invité a unos amigos… Espero que no hiciéramos demasiado ruido.

¿Pequeño alboroto?

¿Demasiado ruido?

¡Fue un milagro que no viniese la policía! ¡Solo faltó que alguien trajera un carrusel y habríamos podido montar un circo!

—Oh, no digas eso ni en broma —gorjeó la anciana, agitando las manos en el aire—. ¡Puedes estar tranquilo! Ya sabes que por las noches apago el audífono —concluyó, dejándome atónita.

Obvio. La única vecina de la casa estaba medio sorda.

«Qué casualidad», pensé al tiempo que le echaba un vistazo al chico que tenía a mi lado.

¿Había algo que no le lloviera del cielo?

—¿Y quién es ella? —preguntó la señora Lark un poco intrigada.

—Oh, no es nadie —respondió Mason, volviéndome del revés la visera de la gorra—. Solo es una repartidora.

—¡Deja ya de hacerme pasar por quien no soy! —protesté, pero él me hizo callar poniéndome una mano delante de la cara y empujándome hacia el interior.

—Le transmitiré sus saludos a mi padre —le aseguró cordialmente, y la señora Lark estuvo encantada y le deseó que pasara un buen domingo.

Soplé para apartarme el pelo del rostro y lo fulminé con la mirada.

Cuando estaba entrando de nuevo en casa sentí que me agarraban por el hombro. Me liberé dando una sacudida y nuestras miradas se encontraron.

—Ya basta —dijo en tono autoritario—. Dame esa foto.

—¿Y si no te la doy?

Mason me miró con dureza.

—Si no me la das, la cogeré yo.

En aquel momento me di cuenta de que ya no había nadie a nuestro alrededor. Miriam debía de haberse llevado a su equipo arriba. Aun así, yo seguí sosteniéndole la mirada, decidida a no ceder. Había templado mi espíritu en el hielo, y era recio como el viento del norte. Me negaba a doblegarme a la voluntad de nadie.

Sin embargo, percibí ese mismo espíritu en sus ojos. El mismo valor, la obstinación, el orgullo que también ardía en mí en ese momento.

Y al cabo de un instante, sus manos saltaron.

Le di un fuerte empujón en el pecho, pero no logré moverlo ni un milímetro; él me agarró de la muñeca y la gorra se cayó al suelo.

Traté de sujetarle la cabeza, pero fue en vano. Mason tiró de mí, y la seguridad en mí misma se vino abajo en cuanto sentí otra vez su cuerpo imponente contra el mío. Su perfume masculino me envolvió de nuevo, y entonces me pareció que me ahogaba. Percibí su fuerza, el vibrante calor de su fornido pecho bajo los dedos y se me hizo un nudo en el estómago. Antes de que pudiera empujarlo de nuevo, me dejó ir.

Sentí que el suelo cedía bajo mis pies.

Confusa, alcé la vista. Mason me miró sin pestañear y levantó la mano con la polaroid. Me lo quedé mirando con los ojos muy abiertos, jadeante.

Mientras él la estrujaba delante de mis narices, la consternación se transformó en una rabia ardiente.

—Eres… Eres… —balbucí apretando los puños—. Eres el ser más tiránico… cabrón y prepotente que…

—¿Qué?

Lo miré furiosa, sin apenas poder contener la frustración.

—Tengo más —me aventuré a decir, señalando la foto.

Mason ladeó la cabeza y alzó las comisuras de los labios, esbozando una sonrisa irreverente.

Sabía que no debía dejarme intimidar, pero cuando volvió a acercarse, seguro de sí, y pegó su rostro al mío hasta casi tocarlo, aún lo odié más.

—Embustera —musitó con aquella voz que me producía escalofríos.

Un ardor inexplicable me inflamó el pecho. Aquella sensación me resultaba insoportable, era como si alguien me estuviera enroscando el corazón como si fuera una bombilla.

Lo empujé con fuerza, apartándolo de mí. Estaba luchando contra aquella emoción desconocida que me rozaba el alma como si se tratara de una enfermedad.

—¡Mantente alejado de mí! —exclamé furiosa. El corazón me latía más fuerte de lo habitual. Me sentía aturdida, electrizada, nerviosa.

Pero no pensaba mostrarme débil ante él.

Jamás.

—Devuélveme mi móvil. Lo quiero de vuelta.

Apretó imperceptiblemente el puño con el que había aplastado la foto, y se le marcaron las venas del antebrazo. Me estuvo observando a fondo, con aire receloso.

—¿Para que puedas contarlo todo?

—¡El mundo no gira solo a tu alrededor! —le espeté con rabia—. ¡Es mío y tienes que devolvérmelo!

Me importaba una mierda su estúpida fiesta. Me importaban una mierda sus amigos y cualquier cosa que tuviera que ver con él. Solo quería mi móvil de vuelta, y punto.

Me escrutó un instante con desconfianza, pero cuando iba a decir algo, Miriam apareció en lo alto de la escalera.

—Mason —lo llamó, indicándole que subiera. Abrí la boca para protestar, pero la dulce sonrisa que Miriam me dedicó hizo que me tragara la palabrota que estaba a punto de soltar—. Ya está todo listo…

Desaparecieron en el piso superior, y yo di media vuelta, furiosa. Fui hasta el porche, me detuve allí y dejé que la brisa meciera mi pelo.

Quería… quería comprobar si John me había llamado.

Era imposible que no hubiera tenido tiempo de hacerlo.

¿Por qué aún no había dado señales de vida?

¿Y por qué no había probado a llamar a casa?

Yo no recordaba su número, pero él sabía que yo estaba allí, sabía que habría bastado con levantar el auricular…

—Hasta la vista —se despidió Miriam.

La vi pasar con su equipo, y ella, una vez más, me saludó con un afecto que se me hizo extraño.

La casa estaba limpia como una patena. El jarrón de cristal volvía a reposar sobre la mesa del salón, acompañado de un espléndido ramo de lirios en flor.

Una perfecta casa de muñecas.

Busqué a Mason por todas partes, y supuse que se habría encerrado en su habitación, porque parecía haber desaparecido del mapa. Sin embargo, cuando por fin me atreví a bajar el tirador y asomarme dentro, pude comprobar que tampoco estaba allí.

¿Dónde diablos se había metido?

De pronto, un timbrazo fortísimo me sobresaltó.

Me volví, como si me hubiera alcanzado un rayo.

¿Sería John?

Bajé a la planta inferior y me dirigí a la gran puerta de entrada llena de esperanza, pero en cuanto abrí, me llevé una desilusión.

—Ah, hola —me saludó la señora Lark—. Yo, verás… He encontrado la puerta de la verja abierta. ¿Molesto?

Parpadeé, y al instante bajé la vista; llevaba dos carritos de la compra, uno en cada mano, llenos hasta los topes.

—La verdad es que soy muy torpe. Te ruego que disculpes mi despiste. Antes no te reconocí… ¡Hubiera debido imaginar que eras tú, la querida sobrina de John! A Mason le encanta gastar bromas, ¿eh? ¡Es un tesoro ese chico!

—Adorable —convine, aunque mi rostro decía que aquel comentario me resultaba indigesto.

—Sin duda —me sonrió, y en su mirada apareció un destello de afecto—. Tenéis la misma edad, ¿verdad? Espera… No me acuerdo de dónde… Y eso que John me lo dijo… ¿Nebraska? —probó a decir entornando los ojos, pero antes de que me diera tiempo a hablar, prosiguió—: Estás muy blanca, mi niña. ¿Seguro que te encuentras bien? ¿Comes con regularidad?

—John no está —respondí alzando la voz, con la esperanza de que aquella información le llegara fuerte y clara—. Está en un viaje de negocios y aún no ha vuelto.

Ella se rio; tenía una risa delicada, de alondra.

—Oh, eso ya lo sé. ¡He venido por ti!

—¿Qué?

—Sí, verás… —Se ruborizó levemente y se pasó una mano por el moño plateado—. John me dijo que llegaría su sobrina…

¿de Minnesota...? Bueno, la cuestión es que me lo encontré hace dos semanas y me dijo que haría falta comprarte ropa, pobrecita mía, porque no tenías prendas adecuadas para un clima cálido como el nuestro.

Cogió los dos carritos y los acercó.

—Así que pensé en que mi sobrina ya va a la universidad, hace un par de años que se fue de casa ¡y dejó aquí mucha ropa! Ella ya no se la pone, y tal vez a ti podría gustarte. —Me dirigió una sonrisa cortés y acercó los carritos a la puerta—. También hay zapatos, si los quieres. No sé cuál es tu número, pero, ya que estaba, los he incluido.

Fui incapaz de decir una sola palabra.

Veía por ahí a chicas con tops de cuentas de vidrio, pareos de vivos colores y camisetas de tirantes que dejaban el ombligo al descubierto. No me veía vestida así. Yo había crecido con jerséis de lana gruesa, calcetines térmicos y pantalones comprados en las rebajas de la sección de chicos.

Había un abismo entre las blusas de encaje y yo.

Pero la señora Lark estaba allí, sonriéndome como si ya me tuviera un gran aprecio. Así que alargué la mano hacia uno de los carritos y, una vez que lo hube acercado un poco, murmuré:

—Gracias.

La anciana floreció como un girasol.

—También te he puesto un vestido, ¿sabes? A Katy ya le venía pequeño, pero tú pruébatelo, ¿vale?

—Gracias —volví a decirle, y cuanto más se lo decía, más feliz parecía ella.

—Oh, ya ves —respondió sonriente al tiempo que agitaba las manos—. ¿Podrías recordarme tu nombre?

—Ivy.

—¿Eve?

—No. Ivy —repetí alzando la voz y acentuando el final.

Entreabrió los labios, y una aflautada expresión de sorpresa se dibujó en su rostro.

—Oh, Ivy... *Ivy* —murmuró, como si quisiera poner a prueba aquel sonido en su lengua—. ¡Qué nombre tan hermoso! Muy delicado.

La miré a los ojos, en silencio, íntimamente emocionada.

—Gracias —susurré de nuevo, pero esta vez con más sentimiento.

—Bueno, me voy ya —se despidió, la mar de contenta—. Que pases un buen domingo, querida. Saluda a John cuando vuelva. ¡Y dale un beso a Mason de mi parte!

No pude reprimir una mueca. Afortunadamente ella no se percató; dio media vuelta y se fue a su casa. Arrastré al interior toda aquella ropa procurando no trastabillar.

Había sido amable…

—Conmovedor.

Me volví de golpe.

De pie, a unos metros de mí, Mason me estaba mirando. Llevaba una toalla sobre los hombros y sujetaba con las manos los extremos de la tela. Tenía el pelo revuelto y la camiseta ligeramente húmeda.

¿Dónde narices se había metido?

¿Cómo podía surgir de la nada después de haberlo buscado por toda la casa?

—¡Eh! —protesté cuando vi que daba media vuelta y se marchaba—. Devuélveme el móvil. ¡Ya!

Mason aminoró el paso. Se detuvo en medio del vestíbulo, se volvió y me miró directamente.

—Ya basta —insistí, señalando el suelo con un dedo—. Devuélvemelo, o si no…

—¿O si no lo cogerás tú misma? —murmuró entreabriendo los labios y deslizando hacia arriba una de sus comisuras.

—Tengo que llamar a John.

Me mordí la lengua. Demasiado tarde. Mason me observó atentamente, escrutando mi rostro, y en sus pupilas percibí un matiz insondable.

—¿Por qué?

—Desde luego, no es por lo que te imaginas —le repliqué, desabrida, pero desvié la mirada cuando mis ojos iban a cruzarse con los suyos. Unos mechones clarísimos se deslizaron sobre mis mejillas, haciendo las veces de escudo—. Necesito hablar con él.

Hubo un largo instante de silencio. Él no se movió y yo permanecí con el rostro ladeado, incapaz por una vez de sostenerle la mirada. Entonces, lentamente, movió el brazo hacia atrás y sacó el móvil del bolsillo del chándal. *Su* móvil. Pulsó un par de teclas y dio unos pocos pasos para acercarse a mí. Me lo puso delante de las narices y pude ver el icono de «llamada en curso».

Llevaba impreso en la cara que no se fiaba de mí. Le lancé una mirada siniestra y tendí la mano, dándole la espalda.

Sabía que se quedaría allí para asegurarse de que no le dijera a John lo de la fiesta, pero en cuanto me acerqué el teléfono al oído, todo lo demás perdió importancia.

Un pitido, dos, tres.

Apreté el móvil contra mi rostro. Esperaba oír su voz, pero no contestaba.

Los pitidos se fueron sucediendo uno tras otro, resonando en el vacío.

¿Por qué no respondía?

¿Por qué no…?

—¿Diga?

Me quedé paralizada, con los ojos muy abiertos.

Era la voz de John, era la suya…

—¿Mason? ¿Hola?

—No —dije, ronca—. Soy Ivy.

—¿Ivy? —John sonó sorprendido—. ¿Por qué me llamas desde el móvil de Mason?

—El mío está descargado —mentí, rehuyendo la mirada de su hijo.

—Ah, comprendo —respondió—. ¿Se te ha estropeado el cargador? Quizá tendríamos que cambiarlo, ¿no te parece? Es tan viejo que ya no anda fino. Si un día estuvieras fuera de casa sin teléfono…

—John —lo interrumpí—, ¿por qué no me has llamado?

Me di cuenta demasiado tarde del matiz de urgencia en mi voz. Al instante me pregunté si Mason también lo habría notado.

—Oh, Ivy, yo… —John parecía apurado—. Lo siento… No me di cuenta. Solo llevo un día fuera de casa —arguyó con una simplicidad desarmante, y yo no acertaba a comprender por qué a mí me parecía mucho más—. No estoy acostumbrado. Si hay algún problema, Mason me telefonea y… Verás, no pensé que…

Apreté los labios y me puse rígida.

—Perdóname —murmuró, y entonces sentí que algo se me

rompía por dentro—. Debería haberte llamado. Siento haberte preocupado.

Hubiera querido que el volumen no estuviera tan alto, porque estaba segura de que Mason lo escuchaba todo.

—Yo estoy bien —dijo para tranquilizarme, y deseé que su hijo no se encontrara detrás de mí—. Estoy bien, Ivy. De verdad. Regreso mañana.

No fui capaz de responder. Asentí, sin darme cuenta de que él no podía verme, pero John pareció intuir por mi silencio que lo había entendido.

—Tendrás que disculparme, pero estoy en medio de una reunión. Nos vemos pronto, ¿vale?

—Adiós —me dijo con voz afectuosa.

Sentí que la llamada había concluido. En silencio, lentamente, aparté el teléfono de la oreja y bajé el brazo hasta el costado.

No me volví, no quería ver el modo en que me estaría mirando.

Abrí los dedos y dejé caer su móvil sobre el cojín del sofá.

Y abandoné la estancia sin decir una palabra.

No salí de mi habitación hasta la noche.

No quería cruzarme con Mason, no después de aquella llamada. Si no quería mostrarme débil frente a alguien, esa persona era precisamente él.

Cuando ya se acercaba la hora de la cena, me encerré en el cuarto de baño para darme una ducha y sacarme de encima el calor de la jornada. Usé la mitad del gel de pino silvestre que me había comprado John y, sin saber cómo, aquel perfume artificial me proporcionó una sensación de cierto alivio que no me esperaba.

Recordé su sonrisa cuando me lo compró, y la expresión ingenua de su rostro cuando lo agitó delante de mí. Sin darme cuenta, me lo apliqué también en el pelo.

Oliendo a pino hasta la punta de los pies, salí de la ducha, me sequé y me vestí. Me puse una camiseta limpia, la del dibujo del alce, la cual mi padre me había comprado en Inuvik, y la tela fresca sobre la piel me aportó una sensación impagable. Finalmente bajé al piso inferior.

Mientras avanzaba descalza por la planta baja, vi que la puerta de casa estaba abierta. Y en cuanto me acerqué, un destello de lucidez cruzó por mi mente. Mason estaba allí, bajo el porche. Su inconfundible presencia captó mi atención, y también reparé en que estaba mirando algo que sostenía en las manos. Mi bloc de dibujo.

Lo había dejado allí la mañana anterior, pero en ese momento noté que las páginas entre sus dedos estaban arrugadas.

Sentí que se me vaciaba el corazón. Al instante olvidé la humillación, la vergüenza, todo. Solo sentía cómo iba creciendo en mí un sordo desconcierto.

Fui hasta donde él estaba y se lo arranqué de las manos. Mason me miró, y yo, pese a todo, seguía sin dar crédito a lo que estaba viendo, el papel arrugado, las páginas de mis dibujos echadas a perder.

Alcé la mirada, y toda la frustración que había acumulado estalló a través de mis ojos llameantes.

—Realmente me pregunto cómo puedes ser hijo de tu padre —le espeté, sorprendiéndolo.

Era demasiado: mi móvil, las continuas puyas, su actitud despótica, y encima aquello.

Estaba cansada de él, cansada de su actitud, había llegado al límite.

Mason se quedó inmóvil. Primero me observó, sorprendido, y a continuación sus ojos se eclipsaron, como azotados por un temporal; un velo oscuro le ofuscó los iris, y me pregunté si lo que acababa de decirle lo había alcanzado en lo más profundo.

—¡Hey, mira quién hay aquí!

Me volví. Travis avanzaba por el camino de grava, con los ojos sonrientes como dos medias lunas.

—¿Cómo estamos? —preguntó a modo de saludo, como si le hiciera feliz verme—. ¿Te divertiste anoche?

Aparté la mirada, procurando ocultarle mi expresión, y él interpretó mi silencio como un exceso de timidez.

—¿Comes con nosotros? Íbamos a encargar una pizza...

—No.

Mason me clavó sus pupilas sin piedad.

—Ella ya ha comido.

—Ah —suspiró Travis—. Lástima... —Se rascó la cabeza, y sus labios volvieron a recuperar una sonrisa incierta—. También pensábamos pedir una Coca-Cola. Si te apetece...

—No, gracias —rehusé con sequedad, sin desviar mi atención de Mason.

Nos estábamos asaltando literalmente con los ojos. Nuestras almas se mordían y se arañaban, batallando en una lucha invisible pero destructiva.

Yo siempre había tenido un carácter moderado, sin excesos en mis sentimientos, pero la rabia que él era capaz de provocarme hacía temblar el hielo que había en mi interior.

Estábamos en las antípodas.

Mason, sal, sol, fuego y arrogancia. Ojos de tiburón y corazón de volcán.

Yo, hielo, silencio y hierro sin pulir. Y como el hierro, podía ser frágil, pero tendrían que hacerme pedazos antes de lograr doblegarme.

Nunca nos pondríamos de acuerdo.

Dos como nosotros, no.

Me fijé en Travis, y él me estaba mirando con una extraña luz en los ojos.

—Vale… —oí que dijo, antes de que yo me volviera y entrara de nuevo en casa.

Mi intención era alejarme cuanto antes de allí, pero en la entrada estuve a punto de tropezarme con la ropa de la señora Lark.

No quería que Travis me soltase ninguna anécdota de la fiesta, así que la idea era escabullirme sin hacerme notar.

Y lo habría logrado, si de pronto no hubiera oído aquellas palabras:

—Amigo —dijo, rompiendo el aire—, me encantaría tirarme a tu prima.

7

Lo que los ojos no dicen

Puse unos ojos como platos.

¿Estaba hablando de mí?

Me pegué a la pared en cuanto oí atronar la voz de Mason, clara y limpia:

—No me estoy riendo.

—Pues yo no hablo en broma —respondió Travis, relajado, casi soñador—. Ella tiene… No sé cómo explicarlo, es distinta.

—A lo mejor es porque parece de otro planeta —soltó Mason, irritado.

Aunque habló destilando la misma rabia de antes, aquellas palabras me dolieron especialmente.

En ese momento me di cuenta de algo que ya debería haber comprendido desde el principio: él era como todos los demás.

Por un instante volví a verlo como el niño de la foto, con aquella sonrisa desdentada y aquellos inmensos guantes colgados del cuello, apuntándome con el dedo como otros muchos antes que él.

Estrujé el dobladillo de la camiseta y el pelo me cubrió el rostro.

—Oh, vamos —dijo Travis retomando la palabra en tono paciente—. Ya sabes a qué me refiero. Es alguien fuera de lo común… Y además tiene ese modo de ser, siempre en su mundo, como si no quisiera que se le acercasen. No sé… Es jodidamente misteriosa. Normalmente las chicas no hacen más que hablar por los codos, mientras que ella, en cambio…, no habla casi nunca. Más que hablar, observa.

Me recogí un mechón tras la oreja, y eché un vistazo a la puerta desde donde lo oía todo.

—Es así —siguió diciendo convencido—. Y, además, ahora entiendo por qué no me habías hablado de ella. Es la hostia de mona, joder.

Fruncí el ceño.

Aquella era una de las pocas veces que había sonado casi… ¿serio?

—Travis —intervino Mason—, no quería decírtelo, pero tienes el cerebro averiado.

Travis guardó silencio. Me imaginé que estaría poniendo cara de no entender nada, y al poco lo oí murmurar:

—¿Perdona?

—¿Desde cuándo te interesan a ti las de ese tipo? Por si aún no te has dado cuenta, apenas se digna hacerte caso.

Travis parecía sorprendido.

—¿Es que os habéis peleado? —preguntó, y supuse que Mason nunca le había contado lo que realmente pensaba de mí.

—Eso no viene al caso —masculló, visiblemente contrariado—. Pero me parece absurdo que pierdas el culo por una tía como ella.

Aquellas palabras se me quedaron clavadas. Aunque, en realidad, tampoco sabría decir por qué. Por primera vez tuve la confirmación de que Mason no fingía que me despreciaba, me odiaba realmente.

Miré al suelo, y sentí un sabor amargo en la boca.

Lo que me faltaba. Una «conquista».

—Vale, está bien, ya veo que no me lo quieres decir… —murmuró Travis, molesto—. ¿No crees que estás exagerando?

—No —dijo Mason, rotundo—. Se alimenta a todas horas de carne y de pescado, lo deja todo por en medio. Bebe litros y litros de leche y parece repudiar todo lo que no sea de su tierra. Eso, por no hablar de su fetichismo obsesivo con los alces.

«¿Qué?».

¡Yo no tenía ningún fetichismo con los alces! Solo tenía mi muñeco y la gorra. Y si en ese momento llevaba puesta una camiseta con un alce estampado, era por pura casualidad. ¡Me gustaban moderadamente, no había nada morboso en ello!

—Además, desde que ella está aquí, toda la casa apesta tanto a pino que te entra dolor de cabeza. Parece que vivas en un puñetero bosque. A mi padre se le ha metido en la cabeza que pinte una habitación, ella, nada menos, y no quiero ni imaginarme con qué llenará las paredes.

Parecía casi como si se estuviera desahogando, como si fuera la primera vez que hablaba del tema con alguien. Travis lanzó un breve suspiro.

—No digo que no sea extraña. Seguramente se distingue de la masa, basta con mirarla. Tiene una piel insólita, y ni siquiera parece capaz de encontrar ropa de su talla. Pero... No sé... Hay algo sensual en ella. Ese modo tan intenso que tiene de mirarte hace que te entren ganas de... Dios... Y, además, tiene esos labios de muñequita, con las comisuras hacia arriba, que parecen estar pidiéndote un beso a todas horas.

Hice una mueca y me miré los hombros.

¿Pero qué demonios estaba diciendo?

Me palpé los labios, y al instante reparé en que después de aquellas palabras se había hecho el silencio.

Mason no dijo nada, no replicó tras las memeces que Travis acababa de proferir.

Por la frialdad que incluso yo llegué a percibir, deduje que debía de haber adoptado aquella actitud muda y antipática tan suya.

—Vale. No diré nada más, ¿de acuerdo? —probó a añadir poco después su amigo—. No pretendía ponerte nervioso. Pero, en serio, no entiendo si es que no quieres admitirlo o que realmente no te das cuenta... ¿Acaso no viste cómo la miraban en la fiesta? Pillé a Nate tirándole los trastos sin cortarse un pelo, y no fue ni mucho menos el único que me preguntó cómo se llamaba.

—Nate iba borracho perdido —señaló Mason—. Y, además, acabó enrollándose con una de primero.

—¡Todos estábamos borrachos, pero eso no cambia las cosas! —Travis parecía exasperado—. Maldita sea, vale que a tu prima ni tocarla, pero, digo yo, ¿es que no lo ves?

Yo seguía con la mirada al frente y las manos detrás de la espalda, apoyadas en la pared.

En aquel silencio durante el cual permanecí mirando la oscuridad, me resultó imposible apreciar los límites del desprecio que Mason sentía por mí.

No importaba lo que yo hiciera o cómo me comportara.

Aunque lo ayudara o le tendiese la mano, nada cambiaría.

En él siempre vería aquella mirada, aquella expresión mordaz con la que quería decirme: «Este no es tu sitio».

—Sí. Yo… también lo veo.

Aquella noche me encerré en la habitación sin cenar. Me refugié en mi soledad, y por un momento me pareció que volvía atrás, a cuando me refugiaba en la espesura del bosque para eludir las palabras de la gente.

Por un momento me pareció que nada había cambiado.

Cuando, en el corazón de la noche, bajé a comer algo, aún sentía aquellas palabras impresas en la cabeza.

De pronto, cuando ya había entrado en la cocina, reparé en un débil resplandor que horadaba la penumbra.

Mi móvil estaba allí, en el centro de la mesa, sin ningún otro objeto alrededor.

«Me parece absurdo que pierdas el culo por una tía como ella».

—¿Ivy?

Parpadeé y miré hacia arriba.

El profesor Bringly me estaba observando, confuso.

—¿Qué estás haciendo? Este no es el tema que te he dado.

Observé al modelo mientras me apoyaba la paleta de las témperas en las rodillas.

—Ya sé dibujar un cuerpo humano —murmuré, preguntándome si era muy grave que estuviese haciendo otra cosa.

—No lo dudo —respondió, mirando azorado mi tela.

Estaba llena de corazones, pero no de esos gorditos y redondeados, sino de auténticos corazones con válvulas, aurículas y partes varias.

—Pero me gustaría ver cómo dibujas un cuerpo humano. Adelante —me animó, sentándose en el taburete que había a mi lado, frente al cual descansaba un enorme bloc de hojas apoyado en un caballete.

El profesor Bringly levantó la primera página y me alisó la hoja en blanco.

Cogí un lápiz, me acerqué a él, insegura, y empecé a trazar el esbozo.

—Estás sujetando el lápiz de forma incorrecta.

Me volví hacia él con la mano todavía levantada.

—¿Cómo?

—Es por eso que tienes el callo —me explicó con voz tranquila mientras me sujetaba la muñeca—. Aplicas demasiada presión en el centro. Cuando estás esbozando no puedes cogerlo así. Ante todo, debes ser capaz de cubrir grandes distancias. ¿Ves que no tienes suficiente radio? —Me movió la mano para demostrarme hasta dónde podía llegar—. Si lo haces así, necesitas apoyarte, y entonces haces palanca con la muñeca. No va bien.

Me quitó el lápiz y lo cogió en mi lugar.

—Prueba a sostenerlo de este modo. Más lejos de la punta.

Me lo pasó de nuevo y lo sujeté como me había aconsejado.

—Así no me sale —dije, tras haber trazado unas líneas temblorosas en el papel.

—Debes acostumbrarte. Para hacer los detalles o pequeños esbozos va bien como lo hacías. Pero no para los dibujos grandes. Espera. —Se acercó a una mesa y cogió una caja metálica—. Prueba con una de estas.

Cogí una tiza negra. Y, al igual que había hecho antes, apoyé el extremo en el papel y empecé a dibujar.

—Así, ¿lo ves? —me animó Bringly, acercándose—. Así va bien. Así es como se sujeta una tiza, ¿no? Pues has de sujetar el lápiz del mismo modo cuando dibujas estructuras y líneas guía. Es cuestión de práctica, verás como después lo harás mucho más deprisa.

Me lo quedé mirando sin mucha convicción, y él me correspondió con una resplandeciente sonrisa.

El profesor Bringly no acababa de parecerse a un profesor. Más bien se asemejaba a un atractivo joven para madres solteras o a uno de esos presentadores de la tele que ofrecían descuentos irresistibles. A veces me parecía que el hecho de ser un docente era más bien una etiqueta que le habían puesto los demás y no algo que él sintiera realmente.

—Te hacía más como paisajista. —Bringly observaba con curiosidad mi lienzo—. ¿En qué estabas pensando?

Me quedé mirando todos aquellos corazones llenos de válvulas. Corazones de carne, corazones que latían, que sentían, sin hielo ni escarcha.

—En nada —murmuré.

Cuando, al final de la clase, recogí mis cosas y salí, el profesor se despidió de mí y me aconsejó que practicara.

La ventaja del edificio B era que no había demasiada gente. Los cursos que se impartían allí eran facultativos, por lo general vinculados a los clubs de tarde.

Sin embargo, el exterior estaba lleno de gente: unos se paraban allí a charlar, otros estaban de paso, otros repartían octavillas.

Ya casi había llegado a la verja cuando una chica se me plantó delante.

—¡Hey! ¡Hola! —exclamó la mar de alegre—. ¿Estás ocupada? ¿Puedo robarte cinco minutos?

Antes de que me diera tiempo a responder, sonrió y me colocó un folleto delante de las narices.

—¿Por qué no pones a prueba tus dotes expresivas? —me preguntó como si estuviéramos haciendo un anuncio—. ¡Únete al club de teatro!

Me quedé mirando la hoja.

¿Estaba de broma?

Anda ya, ¿dotes expresivas, yo? ¿Acaso no me había visto la cara?

—No me interesan los clubs.

La dejé atrás, pero otra me asaltó y me cortó el paso.

—¡Eso es lo que dicen todos al principio! Pero ¡no veas cómo se alegran después! —Me miró con los ojos brillantes, emocionada, y trató de tomarme de las manos—. ¡Se te mete dentro! ¡Se convierte en parte de ti!

—«Ser o no ser» —recitó una tercera chica, como improvisando, supongo que para apoyar moralmente a las otras.

Traté de escabullirme por todos los medios, pero, sin saber cómo, siempre acababa al lado del puesto donde estaba la hoja de las inscripciones.

—Imagínate —murmuró un chico que me pasó el brazo alrededor de los hombros—: Tú sola, el escenario, los focos, y nada más. —Hizo un gesto con la mano, pero yo solo estaba pendiente de su brazo—. ¡Oh, tienes la gloria asegurada!

—Y el público —dije entre dientes, sacándomelo de encima.

Él se rio, y volvió a pasarme el brazo alrededor de los hombros.

—Bueno, sí, por supuesto. ¿Aún no te he convencido?

—No.

—Entonces tendrías que venir a verlo con tus propios ojos. Va contra el reglamento llevar a gente que no esté apuntada, pero… podría hacer una excepción. Seguro que cuando veas dónde hacemos los ensayos…

—Lo siento —lo interrumpió una voz—, pero ahora ella se viene conmigo.

Me volví hacia atrás.

A un paso de mí, con el pelo revuelto bajo la luz del sol, Mason tenía los ojos clavados en el chico que estaba a mi lado.

Llevaba las llaves del coche en una mano, y el rictus de sus labios carnosos traslucía cierta irritación.

Me lo quedé mirando sin siquiera darme cuenta de que lo estaba haciendo; bajé los párpados y entonces me percaté de que ya no había ningún brazo rodeándome los hombros.

El chico del club había desaparecido.

Miré a mi alrededor y al fin lo localicé detrás del puesto, con la gorra bien calada en la cabeza, concentrado en buscar algo bajo la mesa.

—Vamos —me ordenó, perentorio, tirando de la correa de mi mochila.

Vi su coche aparcado fuera de la verja. Era un Ford Mustang gris oscuro de líneas armónicas y modernas, una auténtica joya de diseño. Siempre estaba allí cuando salía del instituto, pero los otros días había un grupo de personas alrededor y él estaba apoyado en el capó, altanero y sonriente.

—Para un segundo —exigí, plantándome—. No pienso ir a ninguna parte contigo.

El mero hecho de que pensase que podía llegar allí y recogerme como si yo fuera un paquete postal me hizo sentir muy molesta.

—¡Eh! —protesté dándole un tirón. Lo obligué a detenerse, y él me miró contrariado.

—Déjate de rollos —respondió con aquella actitud insolente que me sacaba de quicio.

—Yo no recibo órdenes tuyas.

Lo miré con dureza frunciendo las cejas, y por un momento

me acordé de las palabras de Travis. ¿Sería aquella la mirada intensa de la que hablaba?

Mason se me acercó.

En cuanto percibí la proximidad de su cuerpo, el estómago se me cerró de golpe. Tuve que mirar hacia arriba para poder abarcar su inmensa estatura, y cuando él inclinó el rostro hacia el mío, acortando aún más aquella distancia, me puse rígida. Traté de alejarme, pero me retuvo con gesto amenazante y una expresión felina en los ojos, que refulgían como el ámbar.

—Ahora sube al coche. Mi padre ha vuelto y no tengo intención de llegar tarde a comer por tu culpa. ¿Está claro?

Clavó sus iris en los míos, pero los suyos parecían resina bañada por la luz del día. A esa distancia pude percibir que, expuestos al sol, sus ojos resplandecían con unos matices de color insospechados.

—Y ahora, muévete.

Se dirigió hacia el coche, exasperante como solo él sabía serlo. Lo observé con los ojos entornados, pero cuando se volvió para lanzarme una mirada admonitoria me obligué a mí misma a seguirlo.

Llegué al coche cuando él estaba abriendo la puerta.

—Podrías haberme dicho antes que era por John —repliqué con acritud mientras tiraba de la manilla con fuerza.

Arrojé la mochila dentro y, sin mirarlo, subí a su estúpido Mustang.

Volví la cara hacia la dirección opuesta mientras él se sentaba a mi lado y ponía el coche en marcha.

No lo soportaba. Aquel fue el pensamiento que me cruzó por la mente antes de darme cuenta de que la quemazón que sentía era por otra causa.

¿Por qué no me había escrito John?

¿Por qué no me había informado a mí también? Habría bastado un mensaje, tres palabras: «Estoy en casa».

Y, sin embargo, tenía que enterarme a través de los bruscos modales de su hijo.

Pero no. Estaba cabreada con Mason, no con John.

Siempre estaba cabreada con Mason.

Lo observé a través del reflejo en la ventanilla, resentida.

El contorno de la viril mandíbula, la línea recta de la nariz, el perfil arrogante de la boca carnosa. Ascendí hasta los ojos, firmes, llenos de fuerza, y, sin saber por qué, mi rabia fue en aumento.

«Me parece absurdo que pierdas el culo por una tía como ella».

Odié aquel recuerdo solo por el hecho de no poder sacármelo de la cabeza.

¿Por qué?

¿Qué me importaba lo que pensara Mason?

Yo había nacido entre montañas, como uno de esos líquenes que rompen las piedras para poder crecer en el hielo.

Mi piel se había convertido en marfil.

Y mi carácter, en una coraza contra el mundo.

Hacía tiempo que había dejado de preocuparme la opinión de la gente. Y él solo era uno de tantos.

Mantuve un obstinado silencio durante todo el viaje. Al poco, Mason detuvo el coche en el aparcamiento de un bonito restaurante.

Me desabroché el cinturón de seguridad y salí sin esperarlo. Me dirigí a la entrada, abrí la puerta de cristal y su mano surgió por encima de la mía para mantenerla abierta. Advertí su presencia a mi espalda, y por un instante me pareció sentir su mirada perforándome la nuca.

Un camarero vino a nuestro encuentro al momento.

—¿Puedo ayudarles?

—Tenemos una reserva a nombre de Crane —respondió Mason, sin más preámbulos, mientras yo me quitaba la gorra.

La sonrisa del camarero se hizo más amplia.

—Por supuesto. Por favor, síganme.

Vi que John se ponía en pie al advertir que nos acercábamos a la mesa.

Impecable, aún vestido con chaqueta y corbata, nos recibió con una cálida sonrisa.

—¡Ya estáis aquí! —exclamó—. ¿Habéis tenido problemas para encontrar el sitio?

—No, ninguno —respondió Mason, sentándose frente a él al tiempo que John le daba una palmadita en la espalda.

—He intentado llamarte —dijo dirigiéndose a mí en cuanto me hube sentado—. Tenías el móvil apagado, pero te he dejado un mensaje. ¿Lo has leído?

Lo miré perpleja. Me apresuré a sacar el móvil de la mochila y entonces vi que tenía razón. ¿Cómo no me había percatado antes?

—No… —murmuré—. No me di cuenta.

John sonrió.

—Oh, bueno. Lo importante es que estamos aquí ahora. ¿Cómo os encontráis? Mi viaje ha sido terrorífico. El avión ha sufrido un retraso de dos horas porque el piloto pilló un atasco.

John empezó a contarnos la anécdota, contento, y Mason, a mi lado, tenía toda su atención puesta en él. Se llevó un vaso a los labios y escuchó atentamente.

Me quedé mirando la servilleta blanca y me sentí lejos de allí por un momento. La última vez que había estado en un restaurante me acompañaba una asistente social.

De pronto me pareció que estaba tocando algo que desprendía calor. Desvié la mirada y vi la mano de Mason cerca de mis dedos blancos.

Él dejó de escuchar a John por un instante y me miró.

Lo tenía tan cerca que notaba su respiración, su mirada excavándome por dentro, profanándome, estudiándome, abrasándome el corazón.

Aparté la mano instintivamente.

Sentí que el aire me quemaba y oculté los dedos bajo la mesa, como si fueran la prueba de una culpa. Pero solo había sido un malentendido, solo había sido…

La silla que estaba a mi lado rechinó, y John alzó la mirada, sorprendido.

—Voy al baño —oí que decía Mason, un instante después de que se hubiera alejado.

No sabría decir por qué, pero no fui capaz de alzar la vista.

Entonces, cuando ya estaba bastante lejos, vislumbré entre las mesas, en el momento en que desaparecía tras la pared, cómo contraía la mano y la cerraba lentamente.

«Sí. Yo… también lo veo».

¿Qué había querido decir?

8

Bajo la piel

Al parecer, la luna es capaz de influir en el océano hasta el punto de inducirlo a hacer cosas imprevisibles.

Es atracción, dicen. Un magnetismo irrefrenable y profundo. Así nacen las mareas.

El océano es tenaz e independiente, pero no puede sustraerse al poder de su influjo, es más fuerte que su propia naturaleza.

Hay leyes que tienen sus reglas, pero ninguna excepción.

El regreso de John hizo que todo fuera como al principio.

Mason y yo volvimos a vivir en nuestros mundos especulares: el suyo, hecho de ruido y luces rutilantes, y el mío, aislado en el silencio.

Mi padrino no solo era nuestro punto en común. Era el único anillo gravitatorio que nos unía. Sin él, dudo que nuestros universos se hubieran tocado jamás.

Mason casi nunca solía parar por casa. Por otro lado, en el instituto la situación siempre era la misma. Él estaba con sus amigos envuelto en una nube de sonrisas y ni siquiera cruzábamos una mirada.

Solía observarlo entre todas aquellas luces brillantes, y a veces realmente tenía la impresión de que estábamos a estrellas y planetas de distancia.

A veces, incluso llegaba a preguntarme si podía verme.

Y después estaban las clases de Arte.

Resultaba extraño, pero quizá aquel fuera el único momento en que no prefería irme a casa.

—Así que es verdad que me escuchas, después de todo —me dijo una tarde.

No me volví. Seguí trazando líneas en la hoja y echándole vistazos al modelo de vez en cuando.

—Me cuesta creer que hayas sido capaz de dominar la técnica tan deprisa. Así que ahora debo hacerte una pregunta —siguió diciendo sonriente, pomposo como un castor—: ¿Tenía o no tenía razón?

Lo miré de reojo y fingí que estaba demasiado concentrada para responder, pero él inclinó la cabeza a fin de entrar en mi campo visual.

—¿Qué? Mucho mejor ahora, ¿no?

—No acabo de controlarlo —mascullé, pero él arqueó los labios y una ceja.

—A mí no me lo parece. Yo diría que la técnica básica ya la tenemos. —Echó un vistazo a mi hoja y me hizo una seña—. Sígueme.

Dejé el lápiz y me limpié las manos en los pantalones antes de ir tras él.

Se detuvo delante de un pupitre situado en el centro del aula. Apoyó la mano en un montón de folletos y me miró.

—¿Recuerdas eso? —me preguntó señalando la pared con la barbilla—. Me ayudaste a colgarlo la primera vez que viniste aquí.

Observé el gran panel con la escena ferial: las fotos de los puestos, las hileras de personas, los estudiantes exponiendo sus trabajos.

—Nuestro centro ya hace cinco años que forma parte de este evento. Es una muestra importante, en la que participan otros institutos. Muchísima gente la visita, es un día muy significativo. —Pasó suavemente la mano por el taco de papeles—. Todos los años, un grupo de jueces examina los trabajos presentados. Valoran los lienzos según distintos parámetros, aunque estos los deciden ellos y probablemente interviene en gran medida el gusto personal de cada uno. En pocas palabras: el lienzo más bonito… gana. ¿Y sabes a quién va destinado el dinero obtenido? A mí.

Me lo quedé mirando, alucinada.

—¡Estoy bromeando! Se invierte en una buena causa. Varias organizaciones solidarias asisten al evento, y el dinero obtenido con las entradas se emplea en diversos sectores. Pero la cosa no acaba aquí… Para el centro ganador supone un gran honor. Está en juego la reputación académica, es un modo de darse a conocer y de promover la creatividad en el ámbito educativo.

Seguí mirándolo, como a la espera, y él sonrió.

—Me gustaría que tú también participaras.

—¿Qué?

—Ya sé que no hace mucho que llegaste aquí —se anticipó a decirme—. Y sé que tal vez la idea te asuste, pero… ten confianza, estás perfectamente capacitada. Puedes hacer lo que quieras. No hay un tema predeterminado, no existen límites. Tienes total libertad de expresión, puedes representar lo que te apetezca.

Lo observé detenidamente y tranquila mientras hablaba, hasta que hubo terminado. Cuando estuve segura de que no iba a añadir nada más, le dije con una voz neutra:

—No, gracias.

Bringly parpadeó.

—Perdona, ¿cómo?

—No, gracias —repetí sin la menor emoción—. No me interesa.

Claro. Yo, que apenas acababa de aprender cómo se sostenía un lápiz, iba a querer participar en el acontecimiento más importante de mi carrera artística. Y posiblemente tendría que estar allí, al lado de un cuadro que sabía que no estaría a la altura, mientras un montón de desconocidos lo observaba descaradamente.

Era justo mi lugar.

Bringly me miró desconcertado.

—No puedes negarte, Ivy. No te lo estaba pidiendo. Ahora formas parte del curso, y el curso participa en el proyecto.

Miré a mi alrededor. Los demás estaban trasteando con los lienzos, regulando el caballete, y en ese momento entendí por qué. El profesor debió de percibir la cara que puse, porque suspiró e inclinó el rostro.

—Ven conmigo.

De pronto tenía el taco de folletos en la mano.

—Chicos, vosotros seguid a lo vuestro. ¡Volvemos enseguida!

Enseguida… ¡Y un cuerno!

Bringly me hizo patearme todo el instituto y colgar folletos en cualquier superficie vertical que encontrara: taquillas, puertas acristaladas, y hasta en el comedor escolar.

También fuimos a la secretaría, y no sé si me perturbó más pegar aquellos papeles con trozos de celo o ver a la secretaria coqueteando descaradamente con Bringly.

Él trató de librarse de ella como pudo y, cuando por fin lográbamos salir de allí, llevaba un pósit azul con el teléfono de ella pegado en la camisa.

—Ah, la pasión por el arte… —murmuró, algo cortado, mientras se despegaba la notita.

Yo sospechaba que estaba haciendo aquello para implicarme en el proyecto. Quizá quería probarlo por una vía menos directa, o puede que tratara de exasperarme con aquella historia hasta tal punto que yo acabase aceptando.

—Vamos a colgar algunos allí.

Lo seguí de mala gana hacia donde me había indicado.

—¿Sabes? Nuestro instituto nunca ha ganado —dejó caer como por casualidad—. Ni una sola vez. —Me lanzó una intensa mirada mientras fijaba un folleto en la pared—. No te gusta que otros vean lo que haces, ¿verdad?

Yo me quedé mirando la hoja. No respondí, pero lo cierto era que no, no me gustaba que la gente viera mis dibujos. Eran el modo que tenía de expresarme íntimamente, el único a través del cual lograba sentir algo.

Había intimidad en aquellos bosques al carboncillo, en aquellos paisajes que hablaban de mi casa. Sería como permitirle a alguien que me mirase por dentro con una lupa, y eso no era lo que yo quería.

¿Por qué tenía que exponer sin más una parte de mí al juicio de la gente?

—No importa lo que los otros ven de ti…, sino lo que tú quieres hacer ver a los demás. Todos tienen algo que decir, Ivy, y estoy más que seguro de que tú también.

Me miró, y esta vez nuestros ojos se encontraron.

—Busca un motivo que te inspire, transfórmalo en aquello que quieras contar. ¿Qué te hace vibrar el corazón?, ¿qué es lo más bonito del mundo para ti? Expresa aquello que te apasiona, haz que todos lo vean. Muéstrale a la gente cuánta belleza eres capaz de encontrar allí donde los demás no ven nada.

En aquel momento, un chirrido cortó el aire. La puerta del aula de al lado se abrió y un profesor asomó la cabeza.

—Bringly —dijo con una expresión malévola en el rostro—, ¿puedo preguntarte cortésmente qué estás haciendo aquí?

—Oh, Patrick —exclamó sonriente Bringly al tiempo que agitaba el rollo de celo—. Disculpa. Estamos colgando los folletos para la feria. Bajaremos la voz.

—Estáis interrumpiendo mi clase —nos advirtió.

A su espalda pude atisbar buena parte del aula. En cada pupitre había un ordenador, y los estudiantes estaban distribuidos por parejas. Unos charlaban con quienes tenían al lado, y otros, en cambio, daban toda la sensación de que navegaban por sitios prohibidos por el reglamento escolar.

Dirigí la mirada al centro del aula.

Mason se encontraba allí, con los brazos cruzados sobre el pecho. Conversaba con los del pupitre de atrás, tenía el rostro inclinado hacia ellos y una leve sonrisa en los labios.

Travis, a su lado, usaba el ordenador con cierto aire conspiratorio.

Aquella era la primera vez que lo veía sentado en clase. No sabría decir por qué, pero tuve la sensación de que husmeaba en su intimidad.

Parecía tan… «él mismo» cuando estaba con otra gente que a veces me costaba encuadrarlo, definir sus contornos.

Mason se rio, contrajo el pecho y, por un instante, aquella fue la única visión que llenó la sala.

Poseía un carisma que no tenía igual.

Aquella capacidad de… de fascinar, de hechizar a cualquiera que tuviera a su alrededor con una mirada, una sonrisa, con el movimiento de las manos o, simplemente, con su forma de caminar. Y por si eso no bastara, con aquel aspecto, aquel cuerpo viril que desprendía seguridad, aquel rostro armónico de cejas perfectas y ojos profundos que destilaban un no sé qué morbosamente atractivo.

No parecía ser consciente de ello en absoluto. Irradiaba aquella luz ardiente, pero ignoraba que era el sol y que todo lo demás orbitaba a su alrededor, que todo lo demás ardía con el fulgor de su luz…

Uno de sus compañeros me señaló.

—Eh, ¿esa de ahí no es tu prima?

Aparté la mirada antes de que se volviera.

—Estoy dando clase aquí. Agradecería un poco de silencio, cuando menos —reclamó Fitzgerald, el profesor de Informática.

—Tienes toda la razón —convino Bringly, y me señaló con un

gesto bonachón—. Es culpa suya. Le dije que hablara flojito, pero no tiene el menor respeto por mi autoridad.

Yo le respondí fulminándolo con la mirada y él sacudió la cabeza, como si yo fuera un pequeño cachorro que se hubiera hecho pis sobre la alfombra.

—No creo haberla visto nunca por aquí —dijo Fitzgerald con voz sibilante mientras me miraba de arriba abajo.

—Es nueva. Llegó apenas hace unas semanas.

«Y me gustaría volver al lugar de donde había venido, lo antes posible», pensé.

Eché otro vistazo a la clase.

Mason había bajado el rostro, aún tenía los brazos cruzados, pero me miraba directamente. Y no solo eso: algunos cuchicheaban, y Travis se había puesto de lado para poder verme mejor.

—Bien, pues nosotros volvemos al trabajo. —Bringly me puso una mano en el hombro—. Te pido excusas nuevamente por el alboroto. Adelante, Nolton, sigamos.

Lo noté antes de que sucediese, como una vibración imperceptible.

Fitzgerald arrugó la frente por un instante. Y me miró.

—… ¿Nolton? —murmuró.

De pronto me embargó una sensación extraña, como si un anzuelo se me clavara en los huesos. Me quedé bloqueada mientras aquel presentimiento se abría paso a través de mi carne.

—Sí, Ivy Nolton —oí que respondía Bringly con orgullo, casi como si yo fuera su hija.

Pero Fitzgerald no sonrió. Continuó observándome como si me estuviera practicando una autopsia.

Su mirada indagadora amplificó aún en mayor medida aquella sensación incómoda e indefinible que se había apoderado de mí. Sin saber muy bien por qué, sentí una imperiosa necesidad de alejarme, de irme, de desaparecer.

Observé de nuevo la clase.

Los ojos de Mason seguían fijos en nosotros. Y a medida que aumentaba la intensidad de su mirada, más frío sentía yo.

—¿De dónde ha dicho que procede? —oí que Fitzgerald le preguntaba a Bringly, y yo volví a mirarlo directamente a los ojos.

Me puse totalmente a la defensiva, y mi mirada se volvió fría como el hielo e impenetrable como una fortaleza.

—No lo he dicho.

Bringly pareció sorprendido por mi reacción. Parpadeó, nos miró alternativamente a mí y a su colega, y se mostró algo confundido.

—Tu clase, Patrick. ¿No estabas en mitad de algo importante? Ya te hemos robado demasiado tiempo.

Fitzgerald dejó de mirarme al fin, aunque seguía frunciendo el ceño.

—Sí..., claro —dijo titubeante—. Mi clase..., claro.

—Que vaya bien la explicación, pues. Vamos, Ivy.

Lo seguí sin pensármelo.

Mientras me alejaba y la puerta de la clase de Informática se cerraba a mi espalda, sentí dos ojos quemándome la espalda con la intensidad de su mirada.

Y no eran los del profesor.

Cuando, unos minutos más tarde, finalizó la clase de Arte, aún sentía aquel helor.

Hacía diecisiete años que el nombre de Robert Nolton estaba sepultado bajo el polvo. Hacía diecisiete años que había abandonado el país, que había cambiado de vida, que el mundo se había olvidado de él.

Y, sin embargo, había bastado con pronunciar su apellido para que Fitzgerald lo reconociera.

¿Cómo era posible?

—¡Maldición!

Alcé la vista. Había un chico plantado ante una puerta, llevaba consigo un trípode enorme y trataba de abrir el tirador con el codo.

Me acerqué y, mientras le abría para que pudiera pasar, por poco se cae hacia delante.

—Yo... Gracias. Este estúpido trípode...

Se precipitó al interior y se llevó la mano a la frente. Cuando nuestras miradas se encontraron, me pareció reconocer algo familiar en él.

—Eh, pero si yo te conozco... Ivy, ¿verdad?

Entonces me vino su imagen a la mente, en nuestro salón, el chico que llevaba a cuestas a Carly para hacerla revolotear.

—Tommy —murmuré.

—Thomas, en teoría —me aclaró, cargando de nuevo el peso en los brazos—. Aunque nadie me llama así…

Era extremadamente delgado, tenía los hombros estrechos y el rostro imberbe, de niño. Una mata de pelo oscuro le enmarcaba la frente como un cogollo de lechuga y le llegaba casi a la altura de los ojos.

—¿Asistes al curso de Fotografía?

—Sí —respondió él mientras caminábamos—, pero últimamente es una lata. El profesor Fitzgerald no quiere que usemos el trastero del aula de Informática para poner nuestras cosas, y me toca llevármelo todo a casa. Y digo yo, ¿qué le costaría? ¡Si ellos no lo usan!

Empujé la puerta principal y Tommy pasó después de mí.

—¿Y tú qué haces en el B?

—Arte —respondí.

—Entonces coincidiremos. Tenemos horarios parecidos…

A nuestro alrededor, los estudiantes confluían en las salidas abiertas de par en par, riéndose y charlando.

—Por cierto, te pido disculpas de nuevo por lo de la otra noche. Por habernos caído encima de ti Carly y yo.

—No pasa nada.

Tras chocar con una chica que no lo había visto, Tommy prosiguió:

—Esta mañana te andaba buscando. Carly, quiero decir. Quiere saber si tu camiseta se echó a perder. Le he dicho que solo era cerveza, pero no ha querido escucharme.

Probablemente Carly había sido el problema menor de la camiseta. El hedor que desprendía era cosa de Mason y de su lamentable estado.

Me detuve junto a mi taquilla. Estaba a punto de decirle que ya había llegado, pero él se adelantó.

—¿Y esto?

Sus ojos se desplazaron hacia mi brazo, y se fijó en la cubierta de cuero que estrechaba contra el costado.

—¿Por qué lo tienes tú?

—Porque es mío —me limité a responder, aumentando imperceptiblemente la presión de mi mano sobre el bloc de dibujo.

Era un cuaderno marrón tipo cartera, con un cordón alrededor que servía para cerrarlo. Le tenía mucho cariño. Las páginas aún estaban arrugadas, pero después de ponerle encima el peso de unas cajas grandes noche tras noche, los dobleces habían mejorado.

Él pareció sorprenderse.

—Pensaba que era de tu tío…

Fruncí el ceño.

—¿De John?

—En la fiesta vi a unos cretinos lanzándoselo los unos a los otros, después de que se lo encontraran en el porche. Cuando vi que Mason intervenía, pensé que sería de su padre…

Me puse tan rígida que incluso cerré los ojos un instante.

—¿Qué?

—Logró arrebatárselo, pero se puso hecho una fiera. Creo que lo escondió bajo el cojín de una silla para que nadie volviera a encontrarlo. Lo siento. Espero que no se lo cargasen.

Mi cuerpo estaba allí, inmóvil, pero yo apenas lo sentía.

—¿Me estás…? ¿Es una broma? —dije despacio, recelosa.

—No se me ocurrió que pudiera ser tuyo. —Tommy miró el cuaderno y lanzó un suspiro—. Al menos no te lo han manchado de alcohol…

Lo miré fijamente, tratando de averiguar si me estaba tomando el pelo.

No podía ser verdad.

Mason jamás habría hecho algo así.

No por mí.

En ese momento recordé la cara que puso cuando se lo arranqué de las manos. La inquina de mis palabras, y aquel atisbo de desconcierto en sus ojos…

—Tengo que irme —dijo Tommy, sacándome de mi ensimismamiento. Parpadeé, en un intento por reaccionar ante aquella revelación. Tenía la mente disparada y el cuerpo entumecido—. Gracias de nuevo por lo de antes. Nos vemos, ¿vale? Adiós.

—Adiós —farfullé confusa, frunciendo el ceño.

Lo vi alejarse y me quedé mirando mi cuaderno.

Lo abrí y hojeé despacio las páginas de color crema: animales, árboles, siluetas de montañas… Vi los ojos de papá, los mismos que había dibujado en decenas de otros cuadernos, apreté los labios.

Lo cerré y sacudí la cabeza.

Vale. ¿Y qué?

Eso no cambiaba nada.

Seguro que a Mason no le había brotado un corazón de golpe y porrazo, no después del modo en que se había comportado conmigo.

Él no me quería allí, no quería tenerme cerca ni quería que lo asociaran conmigo. Había sido muy claro al respecto. Me veía como una intrusión, algo que no podía controlar, porque aquella injerencia desprendía un perfume, tenía los ojos claros y una piel de alabastro.

Deambulaba por la casa.

Tocaba sus cosas. Siempre estaba dando vueltas de aquí para allá, descalza, dejando su presencia por todas partes, incluso en el aire.

Sujeté la gorra por la visera y me la coloqué. Lo que había sucedido no cambiaba nada. Borré las palabras de Tommy y me fui a casa.

Cuando llegué, estuve a punto de tropezar con los carritos de la señora Lark en el recibidor. Aún seguían allí, y ya llevaban varios días. Recordé que Mason me había criticado por dejar siempre mis cosas tiradas, así que decidí subirlos.

Una vez en la habitación, me quité los zapatos y la gorra; el aire frío me golpeó la frente y me sentí tan aliviada que lancé un suspiro.

Me senté en medio de la habitación, abrí los carritos y empecé a sacar prendas, que fui apilando encima de la moqueta.

Había de todo: faldas superceñidas, pareos de todos los colores, un par de cinturones brillantes que no habría sabido ni dónde comprar. Desplegué una camiseta con dos magdalenas situadas en posiciones… estratégicas, y me la quedé mirando durante unos minutos.

Rebusqué un poco entre la ropa y hallé un par de camisetas oscuras que debían de ser de mi talla. Las puse aparte, junto con dos camisetas de tirantes blancas de canalé y un jersey a rayas. Y también di con el vestido que había incluido la señora Lark.

Evidentemente, con su proverbial amabilidad, no había reparado en que me faltaba cumplir algún que otro requisito indispensable. No podría llenar dos copas como aquellas ni aunque me pusiera la parte delantera del vestido en las nalgas. Lo dejé donde estaba.

Los zapatos quedaron para el final: unas sandalias con cordones que no habría sabido ni cómo atarme, y unas viejas deportivas Converse. Alguna vez debieron de ser negras, pero se habían vuelto de ese color desvaído que adquiere la tela después de muchos lavados. Solo eran de medio número más que el mío, así que me las probé. Me iban bien.

Estiré las piernas y balanceé un poco los pies para ver cómo me quedaban.

Entonces me di cuenta de que en el carrito había otra cosa.

¿Una caja?

La saqué y me recogí un mechón de pelo tras la oreja mientras la estudiaba. Era blanca, sencilla; únicamente estaba a la vista el logotipo con caracteres plateados de una tienda, estampado en el dorso. La abrí, y en el interior encontré varias hojas de papel de seda de color rosa pálido. A continuación, toqué algo distinto. Me detuve al notar el tacto del tejido.

Era extremadamente liso, y muy muy suave, como el interior de los pétalos de una flor, justo donde son más aterciopelados.

Identifiqué la orilla de un vestido.

Era de un malva azulado, con una tonalidad distinguida y elegante; a contraluz proyectaba reflejos ocultos, y enseguida supe que era de raso.

Lo sabía porque había tenido un adorno con una borla de la misma tela cuando era pequeña. No recordaba haber visto nada tan sedoso y espléndido en toda mi vida.

Dios mío, era… era…

—¿Ivy?

Me sobresalté, y puse de nuevo el vestido en la caja.

John se quedó en el umbral de la puerta, indeciso.

—¿Va todo bien?

—Sí —respondí, apresurándome a colocar el papel en su sitio.

En cualquier caso, no me interesaba. Nunca encajaría conmigo un vestido como aquel…

—¿Has encontrado algo? —me preguntó, en el mismo tono complacido que cuando le dije que la señora Lark me había traído ropa.

—Sí —respondí despacio, y vi como John sonreía—. Un par de cosas.

Cogí la caja con el vestido y la guardé en el armario, al fondo, bajo una pila de jerséis.

—Tengo la tarde libre.

Lo miré, y en su rostro vi aquella habitual expresión un poco vacilante pero siempre cálida.

—¿Tienes hambre? —me preguntó esperanzado.

Decidí asentir, aunque no era cierto. No tenía apetito, pero si había algo que me dolía de verdad era no corresponder a sus esfuerzos por hacer que me sintiera bien.

Veía lo que estaba haciendo, y eso despertaba en mí un afecto casi doloroso.

Aquellos gestos eran flores que yo no sabía cultivar. John me las ofrecía todos los días, pero siempre acababan marchitándose entre las manos.

Me llevó a un merendero en las colinas, acariciado por el viento y la frescura de las palmeras.

Aparcó el coche a la sombra de la vegetación y me pidió que lo esperase en una mesa. Mason, como siempre, había llamado diciendo que no llegaría hasta la noche.

—Es típico de aquí —dijo contento al tiempo que me servía una salchicha rebozada y ensartada en un palillo—. Toma, pruébalo.

—¿Qué es? —pregunté, cogiéndolo con precaución.

—Un *corn dog*. —Se rio al ver cómo lo examinaba—. Adelante —me animó, y le dio un mordisco al suyo.

Lo imité. Le hinqué el diente y lo encontré extrañamente blando y carnoso, pero en conjunto tenía buen sabor.

—¿Y bien?

Mastiqué con cautela mientras sostenía la mirada que esperaba mi veredicto.

—Tiene una consistencia extraña —mascullé, pero él arqueó los labios y se lo tomó como una victoria.

Comimos en silencio, sentados en mesas de pícnic, con los pies encima de los bancos. El viento soplaba entre las ramas, y, en aquel momento de intimidad, le conté a John el proyecto artístico.

No había tenido opción de elegir: o participaba o no me darían por válidos los créditos necesarios para completar el plan de estudios.

—¿Así que ahora tú también formas parte del proyecto? —preguntó al tiempo que arrugaba la servilleta.

Asentí.

—Me parece muy bien. Tendrás la oportunidad de demostrar lo que sabes hacer, ¿no? Siempre te he visto pintar. Sé lo buena que eres —dijo sonriente, pero yo lo miré con cierto recelo y no respondí—. Al menos ahora podrás ponerte a prueba.

A la porra él y su papel de padrino informado y comprometido.

A la porra el curso de Arte y también Bringly.

Lo que yo quería era que me dejaran en paz. ¿Acaso era mucho pedir?

—Sé que da miedo exponerse —prosiguió John—. Mostrarse a los demás… Pero tienes tiempo para pensar qué quieres expresar. Estoy seguro de que será Algo increíble.

Suspiré, pero seguí sin decir nada. El reflejo del sol destelló en mis pestañas mientras daba vueltas al palillo entre los dedos.

—También ha pasado otra cosa.

John escuchó el relato de lo que había sucedido con Fitzgerald. No sabría decir por qué sentí la necesidad de contárselo, pero en cualquier caso lo hice.

Con el rabillo del ojo puede ver que John no había dejado de mirarme fijamente todo el rato.

—¿Ha reconocido el apellido? —quiso saber al final, dejando traslucir su inquietud.

—No lo sé. Puede que sí.

—¿Te habrá relacionado con él?

Guardé silencio, y John fijó la vista en la lejanía, visiblemente preocupado.

—Es un docente —le recordé, tratando de hacerlo razonar—. Es un profesor de instituto.

¿Qué pensaba que podría hacerme?

—Si se corriera la voz… —Sus ojos vagaron, inquietos—. Si… si alguien…

—Nadie vendrá a buscarme.

—¿Y los hombres del Gobierno, qué? Los agentes que se presentaron en el hospital cuando tu padre… —Se mordió los labios y desvió la mirada.

—No has de preocuparte por ellos.

—¡No son ellos quienes me preocupan, Ivy!

—Pues entonces ¿quién? —pregunté exasperada. No quería que la cosa fuera por ahí, solo buscaba sincerarme, no remover de nuevo el tema—. ¿A quién le temes, John? ¿A un maniaco desequilibrado?, ¿a un grupo de piratas informáticos? ¿A quién?

Él sacudió la cabeza, renunciando a responderme.

Era una conversación irracional y ridícula, pero al parecer yo era la única que lo pensaba.

—No entiendo de qué tienes miedo —proseguí, midiendo mis palabras pero con sinceridad—. Estoy aquí contigo. Estoy aquí, John. En California, en tu casa. Tú lo has dicho: esto es el mundo real. No estamos en una película. No puedes estar pensando en serio que alguien vaya a secuestrarme. Es absurdo.

—Tú no te das cuenta —susurró.

—Es posible, pero no soy yo quien está perdiendo la cabeza solo porque un docente cualquiera haya reconocido mi apellido.

La reacción del profesor me había impactado en un primer momento. Después de todo, yo venía de un lugar donde Robert Nolton era una persona normal y corriente. Nunca había tenido necesidad de recelar del nombre de mi padre, y no veía por qué tenía que empezar a hacerlo precisamente en ese momento.

Pero Fitzgerald se movía en el campo de la informática, y era perfectamente razonable que el apellido le resultara familiar.

No obstante, eso no significaba nada.

Mi padre había puesto punto final a aquella vida antes de que yo naciera.

Había enterrado, borrado, archivado su pasado hacía ya muchos años.

¿Por qué John seguía viendo un monstruo dispuesto a devorarme?

—No ha sido nada —concluí, con voz sosegada pero firme—. De verdad. Solo pensé que querrías saberlo.

John no replicó. Se limitó a guardar silencio, pero eso bastó para darme a entender que veíamos las cosas de modos distintos.

Mientras volvíamos a casa y él conducía abstraído en su silencio, me pregunté si no habría sido mejor no decirle nada.

Era una tontería, pero había decidido contárselo porque sabía que él quería que lo mantuviera al corriente. Sin embargo, alimentar sus preocupaciones no lo ayudaría a estar más tranquilo, más bien al contrario. Puede que, en lugar de complacerlo, debería haberme limitado a tomar nota y guardármelo para mí.

En cuanto llegamos, John desapareció en la cocina para encender el horno. Le pregunté si quería que le echase una mano, pero él declinó mi ofrecimiento.

—Aún llevas el traje de esta mañana —le hice notar—. Al menos ve a cambiarte.

—No te preocupes, estoy acostumbrado —respondió sin mirarme, y entonces me percaté de que aquella historia lo había inquietado realmente.

Debió de leerme el pensamiento, porque se volvió y esbozó una sonrisa.

—Cenaremos dentro de poco. ¿Puedes avisar a Mason, por favor?

Dudé unos instantes. Una parte de mí habría preferido no hacerlo, sobre todo después de lo que me había dicho Tommy. No tenía ganas de verlo, y menos aún de hablarle, aunque dejé a un lado mis reticencias y decidí obedecer.

Lo busqué por toda la casa, pero no hubo manera de dar con él.

—Estará en el sótano —sugirió John—. ¿Has echado un vistazo allí?

Me lo quedé mirando, perpleja.

Entonces ¿resulta que había un sótano?

—La puerta que hay detrás de las escaleras. ¡La de color blanco! —me dijo antes de seguir removiendo la salsa oscura del asado.

Volví sobre mis pasos y rodeé la escalera. En efecto, allí, en la pared, había una puerta blanca, entrecerrada.

Un pequeño corredor de paredes claras avanzaba en dirección descendente.

¿Cómo era posible que no me hubiera dado cuenta antes?

Ahí era donde iba Mason cuando parecía esfumarse en la nada. Por eso reaparecía como por arte de magia.

Mientras bajaba, un olor familiar me cosquilleó la nariz y tuve una intuición.

Aquella era la habitación. La misma de la que John me había hablado, la que quería volver a pintar.

Las paredes estaban desnudas, y el suelo, cubierto con un plástico; había unos cuantos botes de pintura diseminados aquí y allá, junto con unas brochas y un par de rodillos de pintor.

La sala era espaciosa, aunque el techo parecía más bien bajo. Estaba examinando las paredes cuando una serie de golpes secos me llamaron la atención y me condujeron hasta una puerta que había al fondo. Una rendija de luz cortaba en dos la penumbra. Me acerqué despacio.

Empujé un lado del batiente. Ante mí apareció una estancia llena de cachivaches. Había una vieja tabla de surf, alguna que otra cesta, así como sillas y cajas apiladas contra la pared.

En el centro, un espacio totalmente despejado albergaba una sólida estructura metálica formada por una serie de paneles lisos y acolchados, dispuestos a distintas alturas.

Y Mason estaba allí, bajo la luz de una lámpara de escritorio.

Él era el causante de aquel ruido, lo provocaba el impacto de sus nudillos contra el soporte que encajaba sus violentos golpes.

El pelo empapado en sudor le cubría los ojos. Se había arremangado la camiseta, dejando al descubierto los hombros, y sus músculos en tensión transmitían una energía arrolladora.

Observé aquella escena sin apenas poder respirar: llevaba las manos envueltas en unas vendas blancas que le llegaban hasta las muñecas, y bajo las largas pestañas, sus pupilas estaban sumidas en una profunda concentración.

Me encontré sobresaltándome ante las atronadoras descargas de sus puños. Cada golpe era brutal, preciso, una espantosa explosión de potencia.

Mason sabía exactamente dónde golpear para causar dolor.

Sabía cómo quebrar una costilla, cómo luxar un hombro, era una máquina perfecta de rigor y violencia.

¿Qué podrían llegar a hacer esas manos solo con proponérselo?

De pronto reparó en mi presencia.

El destello de sus ojos taladró la oscuridad, y yo me quedé clavada en el suelo. Sentí el impulso de huir. Me arrepentí al instante de haberme quedado en el umbral, en silencio, como si lo estuviera espiando.

—Ya está lista —dije, casi como si sintiera la necesidad de justificarme.

Mason alzó la mano y detuvo el pequeño reloj negro que llevaba alrededor de la muñeca; deduje que lo empleaba para controlar la frecuencia cardiaca y el número de golpes durante el entreno.

Después, cogió el borde de la camiseta y lo levantó para secarse la mandíbula. Su abdomen bronceado captó mi atención, con los músculos palpitantes y contraídos. Entreví su piel vibrante, los abdominales esculpidos, el sudor corriéndole por el torso. Sentí una quemazón en el estómago y aparté la mirada inmediatamente.

Estrujé un extremo de mi camiseta y di media vuelta.

—Espera un momento.

Me quedé inmóvil, antes de volverme de nuevo. Me pareció que estaba absorto, concentrado en apretar el cierre de las vendas que llevaba alrededor de la muñeca.

—¿Qué ha pasado hoy con Fitzgerald?

Aquella pregunta me descolocó, pero a su vez suscitó otra más importante.

¿Por qué me lo preguntaba?

No le importó cuando hablé con John del motivo por el cual me hacía pasar por su sobrina. Es más, incluso recuerdo que se marchó a media conversación.

Ese día parecía enfadado. Como si no siquiera escuchar, como si no le interesara. ¿Qué había cambiado?

—No ha pasado nada.

Fijó sus pupilas en mí. Me sentí presa de su intensa mirada y noté una fuerte presión atenazándome el vientre. Era tan extraño que Mason me observase de aquel modo que me resultaba difícil soportarlo.

—No parecía eso.

—En cualquier caso, puedes estar tranquilo, la cosa no va contigo —le repliqué con sequedad mientras me apresuraba a darle la espalda. Sentí una especie de necesidad física de irme de allí, como si su presencia fuera una luz fortísima, perniciosa, que no debía mirar.

Sin embargo, seguía viendo sus ojos. Por todas partes, como una luz cegadora, aun sin mirarlo.

Aquella noche, después de cenar, me quedé en mi cuarto.

Una extraña sensación me corría por las venas. Me sentía furiosa, acalorada y nerviosa, sin un motivo aparente.

La pregunta de Mason se me había quedado en la cabeza.

Aunque, después de todo, yo le había respondido sinceramente. No había sucedido nada. No importaba cómo se lo tomase John, así era como estaban las cosas.

Era yo quien había vivido con mi padre, quien lo había conocido como el hombre en el que se había convertido.

Durante diecisiete años, su pasado no supuso ningún peligro. ¿Por qué alguien tendría que andar buscándome en ese momento?

«Porque está muerto —respondió una voz insidiosa en mi interior—, porque ya no vives entre hielos perdidos, porque eres todo cuanto queda de él».

Porque está muerto.

Parpadeé. Sentí de nuevo aquella sensación acre en la lengua. Traté de ignorarla, pero el corazón se ralentizó, asestándome golpes pesados y sofocantes, un cardenal por cada latido.

Di un paso atrás, como si quisiera alejarme del dolor. Mis ojos empezaron a escrutar cuanto había a mi alrededor, con la mirada febril, perdida, y se detuvieron en una caja de cartón con cinta adhesiva de color azul.

La abrí y saqué un recorte de periódico. La fecha remitía a poco antes de que me trasladara a Santa Bárbara.

«Muerte de un célebre ingeniero informático», podía leerse en un pequeño texto destacado. «Robert Nolton, de nacionalidad estadounidense, ha fallecido a los cuarenta y dos años en una remota localidad canadiense, donde vivía con su hija. Al parecer, la causa del fallecimiento ha sido un tumor incurable. Pese a que abandonó su profesión prematuramente, durante los años que permaneció en activo, Nolton hizo aportaciones indispensables en el ámbito de la innovación informática, convirtiéndose con ello en un pionero de esta ciencia y del diseño tecnológico de vanguardia. Ha confiado todo su legado a su amada hija, a fin de que pueda, con el paso del tiempo, llenar el gran vacío que ha dejado su pérdida».

Percibí el sonido del papel arrugándose entre mis dedos.

El dolor me ascendió hasta el corazón y luché para que aquel peso que sentía no me aplastase, pero fue en vano. La garganta se me cerró y se me nubló la vista.

—No —exclamé tragando saliva mientras sentía cómo se me marchitaba el alma. El peso de su ausencia se me vino encima.

A veces no me parecía posible.

A veces era como si aquellos días en el hospital no hubieran existido nunca, como si aún esperase verlo entrar por la puerta, saludarme y llevarme a casa.

A veces incluso creía distinguirlo entre la gente, tras el sombrero de un hombre o a través de la ventanilla de un coche. Solo duraba un instante, pero al descubrir que los ojos me engañaban, el corazón se me derrumbaba.

«*Soporta*», me susurró la voz de mi padre, y el dolor alcanzó una cota insoportable.

Sentí cómo las ruinas de mí misma que aún seguían en pie me pedían que gritase, que me desahogase, que estallase de una vez por todas.

Salí de mi habitación y llegué hasta la puerta del baño. Abrí el grifo y un chorro frío estalló en el lavabo. Me mojé la cara una y otra vez, esforzándome en tragármelo todo, en enfriarlo y mantenerlo en mi interior.

Me estaba destrozando por dentro.

Pronto todo se vendría abajo: mi alma, mis ojos, incluso mi voz.

Dicen que el duelo consta de cinco fases.

La primera es la negación. El rechazo de la pérdida, la incapacidad de asimilar un *shock* tan radical. Luego llega la rabia; más adelante, el momento de procesar lo ocurrido; después, la depresión, y finalmente, la aceptación.

Yo no me reconocía en ninguna de ellas.

No quería rechazar la realidad. Es que ni siquiera era capaz de asimilar que había sucedido realmente. Me hacía la ilusión de que estaba siguiendo adelante, suprimía un dolor que después estallaba como una criatura enjaulada. Había cerrado con llave mi corazón, pero el sufrimiento no es algo que pueda domesticarse.

Sigue respirando tu aire.

Se alimenta de tus esperanzas. Bebe de tus sueños, de tus miradas y tus miedos.

Se sienta a la mesa y observa mientras comes.

Puedes fingir que no lo ves, pero no te suelta.

De vez en cuando te susurra algo. Tiene la voz más dulce del mundo, pero su cantinela te tortura el corazón.

No puedes olvidarlo. Aprende a esperarte.

Y se adapta a ti, igual que una criatura viva. Aprende a vivir en tu silencio, vuela en pos de tus pesadillas, excava en la oscuridad y hunde sus raíces en ella.

Se te parece más que nadie.

El sufrimiento eres tú.

Inspiré profundamente, observando mi reflejo. Los ojos enrojecidos apenas refrenaban un dolor que era incapaz de sofocar. Seguía estrangulándolo, suprimiéndolo, encerrándolo, amordazándolo en los huecos más recónditos de mi ser.

Con el corazón temblando acaricié la pequeña lasca que colgaba de mi cadenita.

Cerré los ojos. En mi cabeza aparecieron frescos bosques y un cielo azul como las aguamarinas. La mecedora y nuestro porche de madera, donde papá leía todas las tardes.

Desesperado, mi corazón se agarró a él, lo envolvió hasta estrujarlo, hasta estrujarme a mí, se acurrucó como una bestia y se quedó a su lado.

Y al mirar aquel rostro familiar en mi alma, recé por poder volver a verlo algún día.

Así le mostraría el cascarón vacío en que me había convertido sin él. Entonces sería yo quien lo acariciaría, pero con su misma dulzura.

Abrazándolo hasta fundirlo con mi corazón, le diría: «Soporta conmigo, porque sola me resulta imposible».

Estuve así tanto rato que perdí la noción del tiempo.

Después de lo que me pareció una eternidad, me pasé la mano por los ojos, y mi mirada fue a dar con la bañera que había a mi espalda. Era grande y blanca, como una barquita de porcelana.

Me acerqué despacio y abrí el grifo. Aquel ruido suave y borboteante ejerció en mí el poder de relajarme y de revivir en mi mente el recuerdo de nuestros manantiales. Cuando el agua tibia empezó a correr por entre mis dedos, decidí que me daría un baño. Después, vencida por el sopor, me iría directamente a dormir y no pensaría en nada. Puse el tapón y empecé a desnudarme. Medio aturdida todavía, colgué distraídamente una de mis prendas en el tirador exterior y cerré la puerta.

Cogí el gel de pino y lo olí antes de verterlo en el agua. El aire se impregnó de un perfume balsámico, familiar, capaz de distenderme los nervios.

Me sumergí lentamente, apoyé la cabeza en el borde y suspiré. Necesitaba tener la mente ocupada, así que le di la vuelta al bote de gel y me puse a leer la etiqueta.

«Para disfrutar de un perfume a bosque de ensueño. Contiene extractos naturales. Edad recomendada: niños de hasta siete años».

Me quedé mirando el castor de la etiqueta, de aspecto inidentificable.

No quería ni imaginarme la escena de John en el supermercado, dirigiéndose a la sección de productos para niños y saliendo de allí con aquello «para mí».

Aún estaba tratando de borrar esa imagen de mi mente cuando de pronto bajó el tirador.

Se me resbaló el envase.

Apenas me dio tiempo a asimilar lo que estaba sucediendo. La puerta se abrió, como a cámara lenta, y ante mis ojos apareció la última persona que hubiera querido que me encontrara en semejante situación.

Mason tenía la frente fruncida y estaba mirando lo que colgaba de su mano.

Por si las cosas no pudieran ir aún peor, lo que sostenía entre los dedos era mi sujetador, ni más ni menos.

—Pero ¿qué…? —empezó a decir antes de alzar la vista.

Sus ojos me enfocaron, y a mí se me incendió el rostro.

Durante un instante terrible me abrasé, y, en un impulso de vergüenza, agarré lo primero que tenía a mano y se lo arrojé con todas mis fuerzas.

La vela aromática con esencia de lirios le acertó en plena cara, y Mason se tambaleó hacia atrás, pillado por sorpresa.

Oí sus imprecaciones mientras yo salía de la bañera, agarrando la primera toalla que encontré. Me envolví frenéticamente con ella y la estiré cuanto pude para que me cubriera en la medida de lo posible, porque decididamente era demasiado pequeña.

Miré a Mason con los ojos como platos, sin apenas aliento; él me fulminó con una mirada asesina, sin dejar de frotarse la zona en la que había recibido el impacto.

—¿Qué pasa, es que te has vuelto loca? —bramó fuera de sí.

Me ceñí lo más dignamente que pude la toalla, me dirigí hacia él a paso ligero y le arranqué de la mano el sujetador.

Mason observó el gesto y vino hacia mí hecho una furia.

—Estaba colgado del tirador —gruñó indignado, como si estuviéramos hablando del esqueleto de un animal—. ¿Qué narices hacía allí?

—No me he dado cuenta —farfullé—. ¡Desde luego no era una invitación para entrar!

—¿No te has dado cuenta? ¿No te has dado cuenta de que habías dejado tu ropa interior colgada en la puerta del baño?

—¿De quién creías que podía ser? ¿Acaso ves alguna otra mujer en esta casa?

Mason apretó la mandíbula y sus ojos refulgieron de ira.

—Por suerte solo a ti.

Yo estaba tan furiosa que hasta me temblaban las manos.

¿Y encima tenía el valor de echarme la bronca? ¡Era yo quien tenía motivos para estar cabreada!

—Estaba ahí por algo —le aclaré—. Al verlo, ¿no se te ha ocurrido pensar nada?

—Y, según tú, ¿qué debería haber pensado?

—¡A lo mejor que estaba desnuda!

Le estaba gritando.

El eco de mis palabras retumbó por el pasillo como un cañonazo.

Mason no se movió. Seguía apretando la mandíbula, pero en sus pupilas percibí el atisbo de una emoción que no le había visto hasta entonces.

Al cabo de un instante, como si se hubiera dado cuenta de golpe, sus ojos empezaron a escrutarme.

Se deslizaron por mi piel blanca, por los regueros de agua que descendían a través del surco de mis senos, por la minúscula toalla de la que asomaban mis muslos mojados, que él observó desde su altura.

Sentí que me faltaba el aire, y la sangre tiñó de rubor mis mejillas. Traté de moverme, pero mi cuerpo ardía y estaba helado al mismo tiempo, y no reaccionó. Casi me pareció que me estaba «tocando», que sus ojos me acariciaban con una lentitud ardiente, y aquella sensación se propagó a lo largo de mi columna vertebral. Estrujé la orilla de la toalla mientras Mason me imponía su presencia, como una hoguera ardiendo con violencia.

No era él.

No era él quien me estaba agitando por dentro de aquel modo.

No era él, me decía a mí misma tratando de convencerme con obstinación; no eran sus manos, ni sus brazos de hombre. Era mi desazón, mi dolor, mis sueños hechos añicos. Era lo que yo arrastraba por dentro, él no tenía absolutamente nada que ver.

Cerré los ojos y, haciendo un esfuerzo descomunal, pasé junto a él y lo dejé atrás.

Me fui a toda prisa, llevándome conmigo aquella sensación que se me estaba adhiriendo para siempre en los huesos. Como una tupida telaraña en los pulmones, en la médula, en la garganta, pero tan sensible como un nervio. Y cuanto más intentaba arrancármela, más se aferraba.

Apenas podía tragar.

¿Qué me estaba pasando?

John levantó la vista del periódico en cuanto me vio. Observó mi estado lamentable, el sujetador de algodón que llevaba en una mano, y se quitó el cigarrillo de la boca.

—Ivy, ¿qué…?

—¡John, quiero un puñetero pestillo en el baño!

9

Como un proyectil

Estaba habituada a evitar a la gente.

Siempre había tenido un carácter cerrado, lleno de aristas, como el hielo, lo cual no me predisponía a tener amigos.

Pasaba mucho tiempo sola, en compañía de la naturaleza, pues solo lograba sentir que era yo misma cuando estaba rodeada de silencio.

Sin embargo, aquella era la primera vez que evitaba a alguien con quien vivía.

La presencia de Mason se me había hecho intolerable. Me molestaba sentirlo cerca, tenerlo a mi alrededor me provocaba una agitación tan profunda que de repente advertía la necesidad de salir de la estancia y respirar un aire que no lo hubiera tocado. Aunque Mason era el primero que procuraba mantenerse lejos de mí y no mirarme nunca, cada contacto con él me resultaba insufrible.

Por lo demás, no era difícil adivinar el motivo.

Mason era presuntuoso, arrogante y egocéntrico. Me irritaba terriblemente, y me recordaba todos los motivos por los que prefería la soledad a la compañía de las personas.

Sin embargo, había otra cosa.

Algo que me parecía incluso peor que sus innumerables defectos, que me impulsaba a mantenerlo alejado de mí con vehemencia.

Algo que me corría por dentro, que permanecía a la sombra del aire que respiraba y se ocultaba en lo más profundo de mi ser.

No sabía qué era, pero de algo sí estaba segura: no me gustaba.

Aquella tarde, mientras bajaba las escaleras que conducían al sótano, me pregunté cuánto tiempo podría seguir ignorando su existencia.

Puede que por siempre...

Me froté los ojos. El sueño que había tenido aquella noche me había impedido descansar como era debido. Aún lo sentía vivo en la piel, como una huella que se me había quedado dentro. Parpadeé varias veces y, cuando localicé mi cuaderno, me sentí aliviada. Debí de haberlo olvidado allí la tarde anterior, cuando había bajado para dibujar, aprovechando que tenía un rato libre. Me agaché y lo recogí.

Ya estaba a punto de subir, cuando vi una luz que provenía de la puerta del fondo.

Mason debía de habérsela dejado encendida, porque, cuando llegué al umbral, pude comprobar que el cuarto estaba vacío.

Fui hasta la lámpara que estaba encima del mueble y la apagué. Fuera hacía sol, de modo que los tragaluces proporcionaban suficiente luz para ver con claridad.

Encima del escritorio había un sobre transparente y, dentro de este, unos papeles con sus datos sanitarios, su peso y también la altura.

Un metro ochenta y ocho.

Mason tenía una estatura de vértigo. Y solo contaba diecisiete años...

Me impresionó la cantidad de pruebas médicas requeridas para certificar su idoneidad: electrocardiogramas, monitorización del tórax, resonancias magnéticas cerebrales. Había un montón de requisitos que cumplir, y deduje que el boxeo no era una disciplina al alcance de cualquiera. Exigía constancia, seriedad y una determinación absoluta, sustentada en el rigor y el entrenamiento.

¿Por qué había de sorprenderme que fuera así?

Me volví para observar el gran saco de boxeo. Recordé la facilidad con que Mason lo hacía crujir con sus golpes, y probé su consistencia con la punta del dedo. Parecía casi blando.

Tomé impulso con el brazo y probé a descargar un golpe.

No lo moví ni un milímetro. El impacto fue patético. Puse los ojos en blanco y me apreté la mano dolorida, sin soltar en ningún momento el bloc de dibujo, que llevaba bien sujeto bajo el otro brazo.

—¿Qué estás haciendo?

Me sobresalté.

Su súbita presencia me alteró el corazón; sus ojos oscuros me dejaron clavada donde estaba.

—¿Qué haces aquí dentro? —insistió, marcando el territorio como de costumbre.

Había vuelto a invadir su espacio y no tardó en dejármelo claro, aunque un profundo impulso ya me había movido a bajar el rostro.

Hice ademán de marcharme sin siquiera responderle. Pero Mason apoyó la mano en la jamba y me cerró el paso.

—Te estoy hablando.

La voz surgió grave y vibrante de sus carnosos labios, provocándome un extraño estremecimiento en las vértebras. Retrocedí hasta el marco de la puerta, mientras notaba cómo volvía a hacer acto de presencia aquel inexplicable sentimiento de frustración.

—Ya lo había notado —le repliqué, mirándolo de reojo.

—Pues respóndeme.

—Nada —dije—. No estaba haciendo nada.

Mason me observó desde su metro ochenta y ocho de altura. Me desnudó con la mirada, de un modo contumaz, íntimo, candente.

Estreché con más fuerza el cuaderno contra mi cuerpo. Entonces se fijó en él y un viejo rencor atravesó sus iris.

—Yo no toco tus cosas. Procura no tocar las mías.

—Vaya, igual es que no me lo habías dejado lo bastante claro —repuse, bufando como un animal salvaje. Aunque me había pillado en falta, reaccioné con más aspereza de la debida. Me sentía irascible y nerviosa, como si me torturara una herida abierta que no sabía que tenía.

Era una sensación odiosa, que me hacía sentir vulnerable.

Y no estaba acostumbrada.

—Resulta que te dejaste la luz encendida —añadí—. Solo he entrado por eso.

Lo aparté con un firme movimiento de mi hombro y salí, procurando disimular la urgencia con que deseaba alejarme de allí.

Mientras subía, el mero hecho de pensar en él me escocía como una quemadura.

¿Cómo podía llegar a ser tan insoportable?

¿Cómo?

Y pensar que era el ahijado de mi padre…

Por un instante traté de imaginármelos juntos, riendo y bromeando, pero me resultó imposible. A mi padre no le habría gustado nada.

Ciertamente, a él le encantaban determinadas cualidades como la audacia y la determinación, y, además, Mason se parecía a John en algunos rasgos, como los ojos, el porte y la risa… Pero no le habría gustado. En absoluto.

Llegué a mi habitación de muy mal humor. Sentía cómo me ardían las mejillas; me las toqué y, justo en ese momento, me vi reflejada en el espejo. Por la naturaleza de mi piel jamás me sonrojaba, salvo en muy contadas ocasiones. Sucedía raramente, y casi siempre era a causa del frío. Por eso me sorprendió sentir aquella leve calidez que sonrojaba mis pómulos.

Cada vez más nerviosa, fui hasta el escritorio y dejé el cuaderno de dibujo.

La caja de cartón con la cinta adhesiva azul volvió a captar mi atención. Seguía abierta desde que había extraído aquel recorte de periódico. Me acerqué despacio, como si fuera al encuentro de un niño que estaba durmiendo. Dentro no había muchas cosas: la cartera de mi padre, documentos, las llaves de la casa de Canadá.

Y al fondo, un álbum azul en cuya portada solo ponía IVY.

Me lo había dado él.

En su interior únicamente había unos dibujos, postales y alguna polaroid que él había conservado. Sabía que me causaría dolor mirarlo, pero no pude resistirme.

Lo tomé en mis manos y lo abrí.

Todas las postales eran de nuestra zona: el valle, el lago cercano, el bosque de detrás de casa. No iban dirigidas a nadie, pero bastaban para evocar recuerdos que aún permanecían nítidos en mi piel. Los dibujos, en cambio, no eran más que un par de garabatos míos sobre viejos papeles de periódico. No entendía por qué los había conservado, no tenían nada de especial, salvo el hecho de ser graciosos, chapuceros y caóticos. En cuanto a las fotos, solo había dos polaroids. La más antigua tenía los colores algo desvaídos y en ella salían tres personas. Yo solo era un bultito pálido. Papá se veía jovencísimo, con una pelambrera increíble y las orejas agrietadas por el frío. Y a su lado estaba mamá.

Siempre me había parecido guapísima. El pelo de color rubio perlado enmarcaba un rostro en forma de corazón, orgulloso y dulce a la vez; tenía la piel blanca como la porcelana y, coronando los pómulos, refulgían dos deslumbrantes ojos verdes. Sus labios recordaban a los míos, pero en los suyos brillaba una sonrisa espléndida.

Se llamaba Candice. A diferencia de papá, ella era canadiense. Se habían conocido en California, en la Universidad de Berkeley; él estudiaba en la facultad de Ingeniería, y ella en la de Recursos Naturales. Murió en un accidente al poco de trasladarnos a Dawson City, cuando yo apenas tenía un mes.

Acaricié su silueta. Había heredado de ella el pelo claro y aquella mirada profunda, con las cejas largas y arqueadas y los ojos almendrados de antílope.

Me habría gustado decir que la echaba de menos, pero habría sido mentira.

No conocía el tacto de sus manos. No conocía su perfume ni el sonido de su voz. Sabía que era una mujer ingeniosa, que su risa podía romper el hielo de tan cálida y contagiosa que era. Mi padre decía que yo me parecía muchísimo a ella, pero, viendo el calor que desprendían aquellos ojos, no podía darle la razón.

Me habría gustado que ella me hubiera enseñado a reírme así. A hacerme amar de aquel modo brillante y espontáneo que papá tanto admiraba en ella. Pero no tuve la oportunidad.

Con delicadeza, dirigí la mirada a la página de al lado y observé la segunda polaroid. Aparecíamos mi padre y yo en el límite de un bosque teñido de blanco.

Él me sostenía en brazos, sentada en sus rodillas, y yo exhibía una sonrisa sin un solo diente, cogida de su cuello con mis pequeños guantes azules. Mis pantalones estaban sucios a la altura de las rodillas, probablemente porque me habría caído.

Había algo especial en aquella foto, pero no lograba recordar qué...

—¿Ivy?

John estaba en el umbral de mi habitación.

—Me voy —anunció, entrando con cuidado. Había vuelto para

el almuerzo, pero las obligaciones en la oficina lo reclamaban de nuevo—. Solo quería recordarte que dentro de poco llegará el electricista. Mason probablemente saldrá, así que ¿te importaría abrirle tú? No te preocupes, hace muchos años que viene. Ya sabe todo lo que debe hacer.

Me limité a asentir con la cabeza. John había aprendido a conocer mis silencios, aunque siempre parecía estar esperando una frase, una respuesta por mi parte, que yo no sabía darle.

Me acarició el pelo con los dedos y esbozó una sonrisa amarga.

—Qué largo lo tienes.

Me llegaba entre la clavícula y el pecho, que para mí era todo un récord en cuanto a longitud. Siempre solía llevarlo un par de dedos por debajo de los hombros.

—No recuerdo la última vez que te lo vi así. —Me pareció notar un atisbo de vacilación en su voz—. Si quieres cortártelo… Sé que nunca te ha gustado llevarlo muy largo.

—No me molesta demasiado —murmuré sin mirarlo.

En Canadá nunca necesité ir a la peluquería, papá siempre me cortaba el pelo en el porche de casa, pero los últimos meses no pudo hacerlo.

John pareció entenderlo.

—Vale. Si cambias de idea…, solo tienes que decírmelo.

Me puso la mano encima de la cabeza. Luego salió y me dejó sola.

Aún tenía el álbum de papá en las manos, así que lo miré una última vez antes de cerrarlo.

Entonces me di cuenta de algo. Al final, justo debajo de la polaroid en la que estábamos los dos, había algo escrito con pluma. Leí aquellas palabras como si proviniesen de otro planeta:

«No todas las naves espaciales van al cielo. ¿Quién dijo esta frase?».

Era su letra.

La letra de papá.

¿Qué podía significar?

Me llevé un buen susto cuando el móvil empezó a sonar.

—Ivy, cuando llegue el electricista, asegúrate de que entre con la furgoneta —me dijo John en cuanto respondí—. No quiero que vaya de arriba para abajo y se deje la verja abierta. ¿De acuerdo?

Volví a notar su inquietud, pero esta vez no comenté nada.

Mascullé una respuesta antes de colgar y seguí mirando aquella anotación desconocida.

La tinta parecía reciente. Solo había abierto aquel álbum una vez, justo después de que mi padre falleciera. Ofuscada por el dolor, no había tenido la suficiente presencia de ánimo como para reparar en aquel detalle.

Poco después, cuando me disponía a darme una ducha, volví a pensar en aquellas palabras sin encontrarles sentido alguno.

Papá nunca había sido como el resto de los hombres. Me hablaba de números, de la mecánica celeste, me enseñaba las constelaciones. Siempre le encontraba un «pero» a todo, aunque yo no viera ninguno.

¿Nos sorprendía la lluvia?

«Pero piensa en la de flores nuevas que saldrán».

¿Nevaba sin parar durante varios días?

«Pero ¿no oyes qué silencio tan hermoso?».

¿Nos perdíamos en un sendero intransitable?

«Pero ¿has visto qué paisaje tan espléndido?».

Sabía mirar las cosas de un modo distinto, con un color que nadie más era capaz de ver.

A menudo, ni siquiera yo.

«No todas las naves espaciales van al cielo. ¿Quién dijo esta frase?».

El timbre resonó por toda la casa.

¡El electricista!

Maldije la puntualidad, cerré el grifo y salí de la ducha. Me envolví en la toalla y lo dejé todo perdido de agua mientras, de la forma más patética, me apresuraba a ponerme las bragas.

Por desgracia, me había olvidado de coger ropa limpia.

Solté unas cuantas maldiciones, me ceñí la toalla y salí del cuarto de baño. Llegué al armario de mi habitación y fui a coger una de las camisetas que me ponía a diario, pero cuando abrí el cajón, vi que estaba vacío.

—¿Es una broma? —mascullé irritada.

No sirvió de nada revolver los otros cajones, ya que, con aquel calor infernal, había puesto a lavar todas mis camisetas.

El timbre sonó de nuevo y me mordí la lengua del susto. ¡Estaba claro que no podía abrirle desnuda!

En ese momento me acordé del cuartito que había al fondo del pasillo. Una vez vi a Miriam guardando allí dentro unas camisetas.

¿Por qué habrían acabado allí?

Eché a correr descalza y con el pelo chorreando por los hombros. Alcancé la pequeña puerta de madera oscura, la abrí y encendí la luz. Era un habitáculo minúsculo, con una serie de estantes repletos de abrigos, zapatos y bolsas de deporte. Hurgué entre los anaqueles con gesto febril, pero no hallé lo que buscaba.

¿Cómo era posible que no hubiera ni una?

El siguiente timbrazo me hizo rechinar los dientes.

Por fin localicé unas camisetas que parecían por estrenar dentro de una caja de cartón, cogí una de los Chicago Bulls y me la puse a toda velocidad.

Me venía enorme.

La tela me cubría el trasero, haciendo las veces de vestido. No era una vestimenta de lo más apropiada, ya lo sabía, pero decidí precipitarme igualmente escaleras abajo y responder a la llamada de la puerta.

Me aseguré de que el electricista entrase con la furgoneta, pero, al abrir la puerta principal, no estaba allí.

Cuando sonó el enésimo timbrazo, estallé.

—¡Maldición!

Seguí aquel sonido vibrante, que me condujo a la parte de atrás de la casa. Abrí la pesada puerta metálica que daba al interior del garaje, la dejé abierta del todo para que no volviera a cerrarse, y a continuación abrí la pequeña puerta que daba al jardín.

Un hombrecillo impertinente se quitó la gorra de trabajo al verme.

—Ah, menos mal…

—Ya lo había oído.

—Claro, claro —asintió con una sonrisa impostada, y entró como Pedro por su casa—. El señor Crane me ha dicho que estaría fuera. Ya me ha dado todas las indicaciones. ¿Puedo…?

Lo dejé pasar y enfiló la entrada que conducía a la casa.

Suspiré contrariada mientras el portón se cerraba a su espalda con un golpe sordo.

«Un momento… ¿Un golpe sordo?».

«¡No!».

Corrí hasta la cancela y traté de abrirla, pero fue en vano. Aquella puerta no podía abrirse desde fuera sin la llave.

—¡Eh! —me quejé, abalanzándome ferozmente sobre el portón con la esperanza de que el electricista me oyese—. ¡Espere!

Golpeé con los puños el batiente, a punto de perder definitivamente los nervios, mientras lo llamaba a voces.

Ya iba a empezar a maldecirlo, cuando la puerta se abrió.

—Muchas gracias —exclamé furiosa.

Pero me arrepentí al instante.

No era el electricista.

Dos iris bruñidos me escrutaban desde una altura imponente, con toda su cruda intensidad. Mason me miró con expresión contrariada, tenía la mandíbula perlada de sudor. Debió de oír mis gritos y mis patadas mientras estaba entrenando; llevaba puestas las bandas elásticas en los nudillos y el pelo húmedo le caía alrededor de los ojos perfilados por unas pestañas oscuras.

—¿Se puede saber qué estás…? —Sus pupilas descendieron hasta la camiseta.

No entendía qué sucedía. O puede que lo entendiera demasiado bien.

Una expresión de sorpresa muda y gélida se dibujó en su rostro, que había adquirido un aspecto oscuro y fulgurante al mismo tiempo.

Mason estaba observando lo que llevaba puesto con los iris cristalizados por una furia brutal que habría hecho huir a cualquiera.

—Quítatela —dijo despacio.

Retrocedí. El tono de su voz me estremeció, pero no fue nada comparado con su mano. La extendió, aferró la camiseta por el hombro y la estrujó lentamente entre los fuertes dedos.

—Quítatela, ya.

Debía de haberse vuelto loco, porque en ese momento no parecía él. No me miraba a mí, solo lo que llevaba puesto, y no tuve el valor suficiente para decirle que no llevaba nada debajo.

—Yo…

—¿De dónde demonios la has sacado? —susurró con una voz tan punzante que me entraron escalofríos.

Sabía hasta qué punto detestaba que tocase sus cosas, pero

aquella voz hizo que en mi piel sonaran mil alarmas al mismo tiempo. Se me aceleró el corazón. Apretó los dedos y la tela ascendió hasta llegar casi a la altura de las ingles que cubrían mis bragas.

Entonces hice lo único que se me ocurrió en ese instante: en un impulso agarré la manguera de regar el jardín y giré la llave del grifo.

El chorro gélido salió propulsado como una explosión.

Mason se volvió de golpe y me empujó hacia atrás, sin dejar de sujetarme por la camiseta. Tropecé con sus pies. Se desató un caos de salpicaduras y nuestros cuerpos chocaron, lucharon, trataron de someterse mutuamente.

Acabé contra la pared, con el agua cayéndome encima a raudales, adhiriéndome el tejido a la piel. Luché para desviar el chorro hacia su cara y obligarlo a soltarme, pero sus dedos hicieron presa alrededor de mi muñeca y me inmovilizaron la mano contra el muro.

Hasta que aquella locura cesó de repente.

El mundo goteaba a nuestro alrededor, húmedo, empapado. Tenía la piel resbaladiza a causa del calor, por mis piernas desnudas se deslizaban gotas de agua helada. Su sombra me cubría por completo, y yo tenía los ojos clavados en aquel rostro que estaba sobre mí.

Mason tenía inclinada la cabeza, su pecho ascendía y descendía con fuerza bajo la camiseta mojada. Su respiración brotaba ardiente, afanosa, de sus labios hinchados y entreabiertos.

Aún me tenía cogida por la camiseta, pero no fue aquello lo que me hizo hervir la sangre.

Fue su respiración, tan acuciante y próxima que violentaba mi boca como un oasis de veneno.

—Pero ¿qué tienes en el cerebro? —oí que gruñía remarcando las palabras, casi dentro de mi oído.

Y entonces algo en mí tembló, se rebeló, se inflamó como una enfermedad. Sentí que mi corazón bombeaba algo parecido al miedo, pero más fuerte, más desmesurado, visceral y abrumador.

Los pantalones de su chándal rozaron la cara interior de mis muslos, y me sacudió un escalofrío. Sentí que la piel me ardía, gritando algo que no quería admitir.

Logré girar la muñeca y el agua se proyectó hacia delante.

Mason cerró los ojos, cegado, y aproveché su distracción para asestarle un codazo.

La manguera cayó al suelo.

Tropezándome, con los pies descalzos, enfilé la puerta abierta, veloz como una liebre, y escapé lo más lejos que pude.

Hui de él.

Hui como nunca había huido de nadie, ni siquiera en Canadá, en aquellos bosques que tan bien conocía, cuando me aventuraba por senderos que nunca me inspiraron temor.

Mientras corría hacia mi habitación con el corazón martilleando desbocado, reviví el sueño que había tenido la noche anterior.

Había árboles, nieve y montañas.

Un silencio de cristal.

El dedo en el gatillo, el proyectil a punto de ser disparado. Ante mí, dos ojos refulgentes rompían la blancura circundante.

Pero la bestia no huía. Me hacía frente.

La presa era yo.

La escopeta era su mirada, y me apuntaba directamente al corazón.

10

La playa

—Ahora, prestad atención. En el movimiento circular, la velocidad y la aceleración varían en función del cambio de dirección del movimiento…

La clase de Física aguijoneaba mis pensamientos.

Con la mirada vagando más allá de la ventana, miré las nubes blancas que se desplazaban por el cielo. No estaba atendiendo. Mi mente estaba desconectada, fluctuante y discontinua.

Últimamente estaba distraída. Me costaba concentrarme, mantener la atención puesta en algo. Siempre había sido una chica diligente, pero haber perdido a una persona tan importante había creado tal desorden en mi alma que hasta escuchar me resultaba difícil.

A veces me perdía dentro de mí misma. Unos pedacitos rotos brillaban en la oscuridad, pero si los observaba de cerca, en su reflejo veía unos hombros cubiertos por una camisa de cuadros y una sonrisa familiar. Veía unos ojos azules muy parecidos a los míos, pero no podía tocarlos sin cortarme con el cristal.

Oí el sonido de un silbato. En el campo de fútbol americano, fuera de la ventana, el profesor de Educación física estaba animando a un grupo de estudiantes.

Unas cuantas chicas se reían mientras calentaban. Hacían ejercicios para estirar los músculos de las piernas, y una de ellas miró hacia atrás para comprobar que estuvieran admirando sus glúteos.

Seguí su mirada hasta un grupito formado exclusivamente por chicos.

Eran cuatro, todos del último curso. Me quedé paralizada cuando, entre ellos, reconocí a Mason.

Hablaba mientras hacía estiramientos. Curvaba los labios, y me quedé embobada observando el movimiento de sus dedos empujando el codo para estirar los músculos tonificados.

Hacía días que prácticamente no lo veía.

Después de lo sucedido en el garaje, había procurado evitarlo con más obstinación que antes. Además, él había pasado casi todas las tardes fuera y no volvía hasta la noche.

Por una parte, estaba contenta de no tener que cruzarme con él en la casa. Pero, por otra, seguía sin ser capaz de explicarme aquella sensación desconocida que se me había metido dentro, entre jirones de luz y de alma.

Me lo quedé mirando sin ser consciente de ello.

Su rostro desprendía un luminoso encanto mientras les contaba algo a sus compañeros, y al cabo de un momento todos se echaron a reír. Uno de ellos lo empujó y él se volvió, con el pelo formando una especie de aureola alrededor de su cara y aquella sonrisa vital aún en los labios.

Negarlo no haría que dejara de ser cierto: Mason… cautivaba.

Tenía un no sé qué que era imposible no percibir, una especie de don natural que le sentaba maravillosamente. Parecía estar hecho de un material único, distinto, como un fragmento de luna en un cesto de vulgares piedras.

Y ese «no sé qué»… podría llegar a hacerme perder la cabeza si tratase de dar con sus límites.

No acertaba a ver dónde empezaba ni dónde terminaba.

Simplemente estaba ahí.

Estaba en sus gestos, en su forma de reír, en el movimiento armónico de su cuerpo. Estaba en cada cosa suya y, cuanto más lo observabas, más incapaz te volvías de convencerte para dejar de hacerlo.

Porque ese algo se te pegaba a las pupilas, y ya no podías ver otra cosa. Se te metía bajo la piel, se mezclaba con tus pensamientos y hacía que te preguntaras: «¿Por qué… por qué no me mira?».

—¿Nolton?

Me sobresalté. Sentí una especie de sacudida en el corazón cuando me volví, descolocada.

El profesor señaló la fórmula en la pizarra.

—¿Quieres responder tú?

Parpadeé, presa de una confusión momentánea. Me quedé mirando la fórmula mientras el resto de la clase me observaba.

—Yo… No… No estaba escuchando.

—Ya me he dado cuenta —me riñó el profesor, irritado—. La próxima vez, en lugar de perderte en tus contemplaciones fuera de la ventana, será mejor que prestes atención.

Se volvió y siguió con su explicación. Intercambié una mirada con mis compañeros y bajé la vista hacia el libro, haciendo un esfuerzo por no volver a distraerme.

Cuando, una vez terminada la clase, llegué a mi taquilla, seguía teniendo aquellos pensamientos metidos en la cabeza.

—¡Hey! —me llamó alguien—. ¡Ivy! ¡Hola!

Cuando me volví, me encontré con un rostro pecoso a un palmo de mi cara. Aparté la cabeza de golpe, pero Carly me tocó el brazo varias veces y me hizo mil carantoñas.

—¡Qué bien que hayamos coincidido por fin! ¡No sabes la de veces que he intentado hablar contigo, pero cada vez que te veía, ya te habías ido antes de que pudiera alcanzarte! ¿Cómo está la camiseta?

—Bien —me limité a responder—. Ya la lavé.

—¿Estás segura? ¿No habrá quedado manchada por mi culpa?

—No —respondí mirando a mi alrededor, casi como si fuera una niña perdida que estuviera esperando que alguien la recogiera—. Está como antes.

Carly me miró como si le hubiera quitado un gran peso de encima.

—Gracias al cielo… Tenía miedo de habértela estropeado. Siento mucho haberme caído encima de ti. Tommy se pone muy tonto cuando bebe.

Me habría gustado recordarle que había sido ella quien había dejado inconsciente a aquel bisonte llamado Travis, pero decidí dejarlo correr.

—¿Adónde vas ahora?

—A casa.

A Carly se le iluminó el rostro y me miró eufórica.

—¡Entonces, perfecto! ¡Nosotros vamos a ir a la playa, porque los demás quieren practicar surf! También vendrán Sam y Fiona. ¡Vamos, apúntate! —Aplaudió y me dedicó una radiante sonrisa—. Aún no has estado, ¿verdad? ¡Oh, ya verás como te encanta! Conocemos un sitio poco frecuentado, a escasos kilómetros de…

—No, yo…, espera —la interrumpí alzando una mano—. No puedo.

Carly se quedó cortada. Sus ojos perdieron vitalidad.

—¿Por qué no? —preguntó, poniendo voz de niña.

Me la quedé mirando mientras buscaba unas palabras que, para mi sorpresa, no era capaz de encontrar. Tenía la sensación de que la estaba… decepcionando.

—No es lo mío. No estoy hecha para el océano.

—Pero si no has estado nunca —replicó ella con un hilo de voz.

Bueno, en el fondo tenía razón. Solo lo había vislumbrado de lejos, una franja azul que delimitaba el horizonte, pero no lo había visto de verdad.

Sin embargo, no era por eso por lo que no quería ir.

La mera idea de encontrarme con un grupo de desconocidos me provocaba un profundo malestar.

—Vamos, Ivy —balbució Carly, suplicándome con sus ojitos—. Vente.

La miré un instante y aparté la vista. Me volví para cerrar la taquilla.

—No, gracias. Prefiero irme a casa.

—Pero ¿por qué?

—Porque no. No conozco al resto del grupo. Y además… —vacilé—, Mason no quiere que vaya.

Aquellas palabras me dejaron un extraño sabor de boca, y me arrepentí de haberlas pronunciado. Solo eran un pretexto, pero en el fondo sabía que era verdad. Él nunca me querría con ellos.

—¿Qué? —Carly parecía confusa—. ¿Y eso por qué, si puede saberse?

Ya… ¿Por qué?

¿Por qué Mason me trataba siempre de aquel modo?

¿Por qué con los demás era todo luz y sonrisas, mientras que conmigo se comportaba como un animal salvaje que no me permitía acercarme a él?

Llevaba tanto tiempo preguntándomelo que había acabado por creer que era una cuestión sin respuesta.

—Es una larga historia —murmuré, evitando su mirada.

Carly inclinó el rostro y me observó detenidamente.

—¿Por eso no te apetece venir?

No respondí, y ella me sonrió.

—No hay problema, Ivy. Ya hablaré yo con Mason.

Abrí los ojos de par en par.

—¡No…!

Pero me mordí la lengua, porque ya había dado media vuelta y se alejaba por el pasillo.

Alcé la vista y vi a Mason no muy lejos. Estaba guardando los libros en su taquilla, pero bajó la mirada cuando ella se le acercó con la melena danzando. Cruzó las manos tras la espalda y empezaron a hablar.

Debería haberme ido, fingir que estaba ocupada, no quedarme allí mirándolos como si estuviera aguardando su permiso. Sin embargo, no hice nada.

Estudié el rostro de Mason, tratando de averiguar qué estaría diciendo.

Carly se rio y él se apoyó en la taquilla, imponente en su altura; ella apenas le llegaba al pecho.

Observé cómo cruzaba los brazos lentamente. Tragué saliva, y entonces él alzó las comisuras de los labios. Al hacerlo, se le marcaron los hoyuelos, y yo experimenté una sensación de vértigo tan intensa que fue como si me estuvieran royendo las entrañas.

¿Por qué? ¿Por qué les sonreía a todos de aquel modo?

¿Por qué a mí no?

¿Qué le había hecho?

¿Por qué… no me miraba?

¿Por qué no me miraba nunca?

Traté de alejar aquellos pensamientos. Fruncí el ceño, tensé los brazos, presa de una turbación áspera y lacerante. Me recogí un mechón detrás de la oreja, cada vez más incómoda, y entonces me percaté de que él ya no sonreía.

Observaba a Carly, que hablaba con tranquilidad, pero el rostro de él traslucía cierto aire de seriedad. Al cabo de un instante, sus ojos me encontraron.

El corazón me dio un vuelco. Me esforcé por ignorar aquella extraña sensación que se estaba apoderando de mí, como si de pronto yo resaltase contra el metal de las taquillas. Sin embargo, le sostuve la mirada y me encogí de hombros, aunque fue un movimiento tan imperceptible que esperaba que él no se hubiera percatado.

Ni siquiera dejó que ella terminara de hablar. Se enderezó con desdén y, sin dignarse mirarme más, dijo algo que no entendí.

Carly guardó silencio, y al fin asintió. Tras mirarla una última vez, Mason se marchó.

Ella volvió conmigo en cuanto él se hubo alejado.

Ya me disponía a volver a casa, pero Carly me miró perpleja.

—¿Adónde te crees que vas? Por si no lo sabías, ¡ha dicho que sí!

Después supe que en realidad Mason no había dicho que sí. Tal como Carly me aclararía más tarde, fue más bien un «Como quieras, a mí no me interesa».

No obstante, en ese momento aquello no me preocupó, apretujada como estaba por Fiona que, cogida del brazo de otro chico que no era el de la última vez, emitía viscosos sonidos de ventosa, sentada a mi izquierda.

—Carly, ¿adónde vas? ¡Es por allí! —gritó Sam desde el asiento de delante.

—¡Por aquí se llega antes!

—Pero ¡vas en contradirección!

Socorro.

El coche dio un brusco volantazo y nuestras cabezas sufrieron una sacudida. Alguien soltó una maldición, agitando el puño contra aquella conductora loca y temeraria.

Ni siquiera me había despedido de John. Me pregunté si sería demasiado tarde para redactar un testamento en la parte de atrás del estuche. Habría querido decirle que en realidad su pastel de patata sabía a cartón, o, cuando menos, que quería ser enterrada en Canadá.

—¡Carly, está en rojo!

También querría una ceremonia al aire libre. A poder ser, algo sencillo, sin los habituales «Era una chica excelente» ni otros tópicos por el estilo para quedar bien. John lloraría mucho, sosteniendo mi gorra ante la lápida, y con los brazos abiertos al cielo gritaría: «¡¡Por qué?!».

Carly pisó el acelerador y decidí que querría que pusieran mis lienzos a subasta. Y lo mismo con el resto de mis cosas, excepto la casa. Todo menos la casa.

—¡Carly, me gustaría llegar a la playa sin pasar a mejor vida! —protestó Fiona, sujetándose a su chico como un gato en un aeroplano.

—¡Bueno, al menos lo harás dándote el lote! ¿De qué te quejas?

—¡No me mires a mí! ¡Mira hacia delante! ¡Hacia delante!

—¡Cuidado con el poste!

—Vamos a morir todos —murmuró el chico, casi con resignación.

Siempre había sido una mujer de poca fe, pero cuando llegamos a la playa, estaba segura de que había sido por mediación divina.

Salimos del coche como una manada de resucitados, pero Carly seguía resplandeciente como un rayo de sol. Cuando vio que habíamos llegado los primeros, sentenció satisfecha:

—¡Para que luego digan que las mujeres no saben conducir!

Fiona la maldijo por lo bajo mientras se arreglaba el pelo y fruncía el ceño.

—¡Adelante, vamos allá! —nos exhortó Carly, y empezó a correr hacia las dunas que precedían a la playa.

Un ruido violento me castigaba los oídos, pero me pareció que era la única que lo escuchaba.

Cuando llegué a la cima de la duna, el viento me azotó el rostro y el océano se abrió ante mí.

Y yo… me quedé sin respiración.

Era colosal. No, aún más, era la cosa más grande que había visto en mi vida, más que nuestros valles o nuestras montañas. Casi sentí vértigo al contemplarlo, como si no pudiera abarcarlo con los ojos.

No había horizonte. Él era el horizonte.

Y era azul, azul como en las postales de John, de un azul como no había visto otro igual en el mundo.

Me quedé en el vértice de aquella cuesta, arrollada por un viento que sabía a sal. Y por un instante me pregunté cómo era posible haber pasado toda una vida sin haber visto un espectáculo como aquel.

—Es hermoso, ¿verdad?

Sí, era hermoso. De una belleza impetuosa, agresiva, que te excavaba por dentro, que te erosionaba el corazón.

Y yo nunca me hubiera imaginado que la encontraría allí, entre edificios rutilantes y olor a asfalto.

Sin embargo, estaba equivocada.

—Ivy, ¿vienes?

—Los seguí sin dudarlo.

La arena centelleaba ardiente a nuestro alrededor. El sol picaba mortalmente, así que me alegré de llevar la gorra y que me hiciera sombra en el rostro.

—Toma —me dijo Carly, y me pasó un tubo de color naranja—. Es de protección total. Con una piel como la tuya, mejor no correr riesgos.

Seguí su consejo. Me esparcí la crema por los brazos y por el resto de las zonas que no cubría la ropa, y la encontré muy densa al contacto con la piel. No me gustó nada la sensación que me dejó en el cuerpo, pero no tenía elección.

—Cómo me apetecería un helado ahora… —se lamentó Fiona, que ya se había puesto a tomar el sol. Su piel dorada relucía como caramelo bajo los rayos solares. ¿Cómo se las apañaba para no quemarse?

Vi que abría un ojo y miraba al chico que tenía al lado.

—Oh —suspiró teatralmente, y Sam, que estaba detrás, alzó los ojos al cielo—. Es que me apetece muchísimo.

Le dio un golpecito a su acompañante, que se sobresaltó y dejó caer el teléfono.

—¿Tú no quieres? —le preguntó, ya un poco mosqueada.

—Sí, bueno, la verdad es que sí…

—Estupendo —dijo sonriente mientras volvía a ponerse las gafas de sol—. Yo quiero un polo de fresa.

El chico se puso en pie, apurado, y a su espalda vi a Tommy, que estaba subiendo la loma.

—Hola, gente —suspiró exhausto, desplomándose en la arena.

—No te me desparrames encima —protestó Fiona, apartándose de él. Se lo quedó mirando y le preguntó—: ¿Quieres un helado?

—Ya lo creo.

—Trae también un *cornetto* —le ordenó al infortunado, sin dejar de sonreír—. ¿Y vosotras?

—Oh, oh, yo uno de chocolate —dijo Carly, levantando una mano.

—Yo quiero un bombón helado, de esos de nata… ¿Cómo se llaman? ¡Ah, sí, un Bon Bon! —pidió Sam.

—¿Y tú?, ¿qué quieres? —me preguntó Fiona.

Me quedé un poco sorprendida cuando se dirigió a mí directamente.

—No, yo… nada.

—Trae dos *cornettos* —añadió, y despidió con un gesto al chico, que se encaminó al quiosco más cercano.

—¿Qué tal? —preguntó Tommy—. ¿Cómo va todo?

—Bien. Yo estoy trabajando de canguro. ¿Lo sabíais?

Todos nos volvimos en su dirección.

—¿Tú? ¿Tú cuidando de otros seres humanos?, ¿de niños? —preguntó Tommy, incrédulo.

—¡Pues claro! ¡Nos divertimos muchísimo!

—Y… ¿sobreviven?

—¿Por qué lo preguntas? Pero si me adoran —precisó ella, ofendida.

—Ah, de eso no me cabe duda. Entre iguales…

Carly buscó algo para lanzárselo, pero como solo había arena a nuestro alrededor, le arrojó una concha. Tommy trató de esquivarla, pero le acertó en mitad de los ojos.

—¡No todos somos un desastre como tú! —le espetó, sacándole la lengua.

Vi como a él se le ponían las orejas rojas bajo el cabello. Tommy volvió a observarla cuando ella estaba distraída. Le lanzó una mirada furtiva, y por eso fue el último en enterarse de que habían llegado los helados.

Fiona le lanzó su *cornetto* y también me lanzó el mío; la miré desconcertada mientras ella abría su polo.

—¿A qué esperas? ¿No pretenderás saltarte el almuerzo? —me dijo, y le dio un mordisco al helado.

—Gracias —murmuré mientras me manchaba los dedos de nata.

—¡Ah, ya están aquí, por fin!

La voz de Sam me hizo alzar la vista. A lo lejos vi a un grupo de personas que accedían a la playa por un punto distinto del nuestro. Carly se levantó y fue a su encuentro.

—¿Quién más viene con ellos? —preguntó Tommy con los ojos entornados.

—Oh, no me digas…

—Es un verdadero incordio —nos ilustró al respecto Fiona mientras se levantaba las gafas.

—¿Quién? —pregunté.

Y entonces la vi. Al mismo tiempo que vi a Mason.

Vi a la chica que iba a su lado, con un par de amigas detrás. Avanzaba por la arena con las muñecas cargadas de pulseras y las sandalias en una mano. Lucía una melena de color castaño muy claro, reluciente bajo los rayos del sol, y una cara que podría aparecer perfectamente en una revista de papel cuché. Llevaba las uñas esmaltadas como caramelos; las acercó a su boca sonriente y después las llevó hasta el brazo que tenía a su lado.

Acarició a Mason, y yo no me di cuenta de que el helado se me estaba derritiendo en los dedos.

—Mira cómo se le pega —oí que decía alguien, pero apenas presté atención.

Mason alzó la comisura de los labios. Solo le estaba hablando, pero ella no perdía ocasión para tocarlo, sonreírle y hacerse ver delante de él.

—Dios, cómo la odio —exclamó Fiona con un punto de envidia que me chocó.

—¿Quién es?

—¿Quién?, ¿la espléndida diosa que coquetea con Mason? Nada más y nada menos que Clementine Wilson —respondió Tommy, poniéndose en pie—. La chica más popular del instituto, la reina de los anuarios… Ya sabes, lo de costumbre —concluyó irónico mientras se sacudía la arena.

—¿Adónde vas? —preguntó Sam frunciendo el ceño.

—Voy adonde están ellos. Imagínate si les da por venir aquí. Alzó los ojos al cielo y se puso en camino. A lo lejos, Travis levantó la mano para saludarnos, y Sam hizo otro tanto.

El ruido de ventosas se reanudó al instante. Me giré y vi a Fiona devorándole la cara a su chico con tal ímpetu que llegué a pensar que se lo estaba comiendo de verdad. Estaba prácticamente abrazada a él, rodeándole las caderas con los muslos, y él la correspondía la mar de feliz, hasta que ella se puso en pie, cogiéndole la mano con firmeza.

—Nosotros os veremos más tarde. Miró hacia donde estaban los demás, y por fin tiró del chico en dirección al aparcamiento.

Vi que Sam sacudía la cabeza y decidí no preguntar.

Me giré de nuevo y observé que algunos habían apoyado las tablas sobre la arena. Mason, que no parecía tener intención de practicar surf, estaba sentado junto a un amigo. Y Clementine seguía a su lado.

Era guapa como una rosa criada en un invernadero. Aquellos ojos de pestañas infinitas recorrían el magnífico cuerpo que tenían tan cerca, la muñeca apoyada en la rodilla y aquellos dedos tan masculinos que transmitían una sensación de fuerza reconfortante. Había cierta avidez en el modo en que lo miraba y que le resultaba difícil de reprimir. Aprovechó que él estaba distraído para estudiar el perfil de su boca carnosa con un ardor tan indecente que hasta yo me puse tensa.

—Clementine nunca se da por vencida —murmuró Sam.

—¿Está interesada en Mason? —pregunté con la voz ronca, mientras la chica se reía agitando su hermosa melena. Era algo tan obvio que me sentí muy tonta por haber formulado la pregunta, pero la respuesta llegó igualmente.

—Oh, decirlo así es más bien quedarse corto, la verdad. Lleva meses tratando de pescarlo. No es de nuestro grupo, pero siempre aparece allí adonde vayamos. Es terriblemente guapa, y lo sabe, por eso resulta tan divertido verla esforzándose por obtener un poco de atención.

Los observé y, a decir verdad, no vi aquel muro infranqueable que, según Sam, había entre ambos.

—Tal como lo dices, parece como si ella no tuviera nada que hacer.

Se encogió de hombros.

—Y de hecho, siempre ha sido así. Mason… Él… nunca deja que se le acerquen demasiado. No es que no tenga éxito con las chicas, cualquiera que tenga ojos en la cara se dará cuenta enseguida. La cosa está en que Clementine querría encerrarlo en su bonita jaula dorada, pero aún no sabe con quién está tratando.

Sam se lo quedó mirando un momento y me pareció que debía de conocerlo desde hacía mucho tiempo.

—Personalmente, jamás lo he visto ceder a las zalamerías de las chicas que pululan a su alrededor, por muy lanzadas que sean. Mason sabe lo que quiere, no bastan un par de palabras provocativas o un cuerpo de vértigo para hacerlo capitular. Y eso es lo que la vuelve loca. La he visto hacer de todo para obtener unas migajas de su atención. Es de locos.

Sus ojos se iluminaron, divertidos, al evocarlo.

—Recuerdo que al principio de conocerlo para él solo existía el boxeo, y habrías tenido que ver a las chicas de nuestra edad, no se cortaban un pelo. Se le acercaban con las excusas más tontas, y Mason también debía de darse cuenta, porque, a ver, siempre ha sido muy guapo. A los catorce años ya lo era.

Se rio, y al hacerlo contrajo los dedos de los pies.

—Y como a Fiona le parecía increíble que las ahuyentase a todas, insistía en que debía de ser gay. Así que fue la bomba… —exclamó con lágrimas en los ojos—. ¡Tendrías que haber visto la cara que puso cuando lo descubrió besándose con una detrás del patio del instituto!

Sacudió la cabeza, sin poder contener la risa.

—Obviamente, Fiona tuvo que admitir que a Mason le gustaban las chicas. Y pudimos confirmarlo conforme pasaban los años, aunque nunca lo he visto ir en serio con ninguna. Creo que tuvo algo más o menos importante con su vecina, pero la cosa no acabó demasiado bien.

—¿La sobrina de la señora Lark? —pregunté con un hilo de voz y los ojos muy abiertos.

—Exactamente. Ella salió bastante quemada. Al poco se marchó a la universidad, en otra ciudad, y desde entonces no han vuelto a verse.

Sentí un malestar inexplicable al oír aquello. Mason besando a alguien, poniéndole las manos encima, abrazándola, y tuve que ahuyentar aquellos pensamientos como si fueran venenosos.

—Si no les hace caso, no entiendo por qué las chicas deberían seguir tirándole los trastos.

Sam volvió a reírse.

—¡Para ti es muy fácil decirlo! Pero Mason no es de los que dejan indiferente, ¿no te parece? Además, no se trata solamente del aspecto… Es un amigo extremadamente leal. Está siempre ahí cuando lo necesitas, aunque no lo muestre abiertamente. Puede que no sea bueno con los sentimientos, puede que no sea capaz de canalizar sus emociones del modo adecuado, no sé…, pero haría cualquier cosa por alguien a quien aprecia. Una vez vi como le daba un puñetazo a uno del último curso solo porque había insultado a Travis. Y Mason sabe cómo dar puñetazos. Le partió un pómulo.

La miré sorprendida. No podía creer que estuviéramos hablando de la misma persona, era surrealista. A mí me había mostrado un lado totalmente opuesto, conmigo había exhibido un carácter hostil y ofensivo que me impedía profundizar más, comprenderlo mejor. ¿Acaso lo habría hecho a propósito?

De pronto, la mirada de Sam se volvió lejana, lánguida, casi absorta.

—Imagínate, tener a un chico como él —susurró—, y saber que no se fijará en ninguna otra. Imagínate, todas esas miradas de adoración, todos los gestos y atenciones de las demás chicas, y saber que tú eres la única a quien ha elegido para que esté a su lado. Imagínate que le robas el corazón, que solo te tiene a ti en la cabeza, y que siempre te querrá a ti y solo a ti, porque un chico así solo se une a quien siente que de verdad debe unirse. Imagínate ser exactamente eso para él…

Sus palabras se perdieron en el viento. Lo que acababa de contarme parecía una fábula, el deseo de cualquier chica ante la belleza encarnada en aquel rostro. La observé en silencio, con la garganta contraída, y todo cuanto pude pronunciar fue una sílaba entrecortada.

—Tú…

Ella percibió mi mirada, bajó la vista y sus labios esbozaron una sonrisa melancólica.

—Hace mucho de eso, durante un tiempo…, pero es agua pasada. Más que pasada.

Aquello me causó un efecto extraño. Sam era sarcástica, divertida, y no lograba imaginármela suspirando por Mason.

¿A cuántas chicas habría dejado atrás?

¿Cuántas habrían deseado aquella pizca de atención, aquella mirada extra que les habría permitido decir: «Eres solo mío»?

Por un terrible instante casi me pareció que podía entenderlas.

Me abracé las rodillas y volví a mirar la playa.

Clementine había estirado las piernas, como si quisiera exhibirlas, y me pregunté si Mason habría reparado en aquel detalle.

La chica lo empujó, tocándolo de nuevo con las manos, y sentí una especie de repulsión arañándome la garganta, porque él la miró a su vez, clavó sus pupilas en las de ella y le sonrió como nunca me había sonreído a mí.

En aquel momento me pareció que se encontraban a años luz de distancia. Juntos eran perfectos, dos teselas idénticas de un mosaico increíble, un collar de diamantes en el que ambos resplandecían como estrellas.

Y yo estaba allí, en el extremo más remoto del universo. Los observaba orbitar uno en torno al otro y me sentía como un meteorito a la deriva, un planeta estéril en el que Mason jamás habría reparado.

—Vamos para allá. ¿Nos veis desde aquí? —oí que decían a mi lado. Alguien se nos había unido, pero no me volví.

—Sí —respondió Sam.

—Hoy el día está perfecto —comentaron—. ¡Mira qué olas!

—¡Procurad que no se os vaya la pinza!

—Tranquila, no hay de qué preocuparse —respondió uno de ellos—. ¿Por casualidad os apetece probar a alguna de vosotras?

Alcé lentamente el rostro.

Miré el mar agitarse a lo lejos mientras el viento me desordenaba el pelo, impetuoso.

Y entonces, con voz firme, reteniendo aún la huella de un rostro que nunca se volvería para mirarme, alcé la vista y dije:

—Yo.

11

Hasta el fondo

Tres pares de ojos confluyeron en mí.

—¿Tú? —preguntó Sam, desconcertada.

—¿En serio? —inquirió Travis mientras yo me ponía en pie y me sacudía la arena de los pantalones.

—Sí, quiero probar.

—Caramba —dijo la tercera voz—. Esto sí que no me lo esperaba.

Me volví para ver quién era aquel chico que estaba con ellos, y noté que me observaba con interés. De pronto me dio la impresión de que ya lo había visto antes. Era el larguirucho de la fiesta que acabó encima de mí, y al que Travis placó, impidiéndole que ligara conmigo.

—Ivy, no te vayas a pensar que es un crac —dijo Travis, como si lo que íbamos a hacer entrañase alguna clase de peligro—. Nate no es nada del otro mundo encima de una tabla.

El otro se rio a carcajadas.

—Eso es lo que a ti te gustaría, ¿eh? La última vez pillé cinco olas, y tú solo tres.

Travis lanzó un bufido, farfulló unas palabras incomprensibles y el otro se dirigió a mí:

—¿Entonces? ¿Quieres probar?

—Nate, hoy es la primera vez que Ivy ha visto el océano. No creo que sea el mejor momento…

—Pues yo creo que sí lo es —la interrumpí, alzando la voz por encima de la de Sam.

Ella se mostró tan sorprendida ante mi determinación que no

pudo por menos que mirarme boquiabierta cuando me dirigí de nuevo a Nate y le dije:

—Enséñame.

Él sonrió.

—¿No tienes traje? —me preguntó poco después, mientras nos acercábamos al lugar donde se encontraban los demás.

Negué con la cabeza.

—Vale… Alguien tendrá alguno de tu talla que le sobre. Espera, voy a preguntar.

Vi cómo se alejaba hacia el grupo, con su pelo rubio capturando los rayos de sol. Tenía un cuerpo extremadamente delgado. Era muy alto pero más bien poco fornido, su piel tenía un aspecto delicado, y lucía un moreno dorado, en armonía con sus rasgos claros. Aún estaba estudiando a aquel chico cuando una sombra de considerable tamaño se superpuso a la mía.

—¡Hey, Ivy!

Travis llegó hasta donde yo estaba y le dio una patada a una concha. Llevaba las manos metidas en los bolsillos y fruncía el ceño, como un niño pequeño.

—Hum… ¿Sabes dónde se ha metido Fiona?

Alcé el rostro, pero él se esforzó en no mirarme directamente o, al menos, en que nuestras miradas no se cruzaran.

—Ha dicho que se encontraría con nosotros más tarde.

Travis se rascó la cabeza mientras asimilaba mis palabras.

—Mmm… Vale —masculló pensativo, pero por su silencio deduje que aquella no era la respuesta que habría querido oír.

Nos unimos a los demás, caminando entre gente sentada y chicos ocupados en rascar la cera vieja de las tablas.

El rugido del océano hizo que me volviera. Las olas devoraban la orilla, agitadas como caballos salvajes. Me pareció una criatura viva, una entidad inmensa y ancestral que solo con su respiración hacía temblar la tierra.

—Aquí tienes, Ivy.

Nate me pasó un traje de color negro y me sonrió. Me costaba un poco hacerme una idea de cómo era aquel chico en realidad. Al principio, su actitud me pareció altanera, pero había una especie de premura en su forma de moverse y de caminar que, en lugar de conferirle seguridad, lo hacía parecer tímido.

—Ivy, ¿verdad? No nos han presentado…

Cogí la prenda e incliné la cabeza.

—De eso ya se encargó el destino, ¿no?

Se sonrojó al pensar en lo que me había dicho en la fiesta.

—Te acuerdas, ¿eh? Yo no mucho. ¿Sabes? Todas aquellas cervezas… y, además, las luces tampoco ayudaban demasiado… —Se irguió y se apoyó en la tabla, tratando de parecer apuesto—. Pero… Hum… Hum… No hay peligro. ¡Yo aguanto lo que me echen! Nadie tiene un hígado como el mío, por algo me llaman «el rey de…».

—Travis me contó que a la mañana siguiente te encontraron en el jardín sin pantalones, con la cabeza metida en el jarrón de cristal del salón.

Se puso blanco de golpe.

—S-sí. Bueno, pero eso no fue por culpa del alcohol. Quiero decir que… hay que airear el cristal de vez en cuando… Es bueno para el material… y luego…

—Voy a cambiarme —lo interrumpí, poniendo fin a sus balbuceos incoherentes.

Él asintió convencido.

—Cla-claro. Por supuesto. Las casetas están en aquella dirección.

Cuando ya me encaminaba hacia allí, le oí murmurar a mi espalda algo que tenía toda la pinta de ser una colección de insultos dedicados a Travis.

Me puse el traje de neopreno doblado bajo el brazo y me abrí camino entre la gente sentada en la arena.

Sabía que él estaba allí, en el centro del grupo. Todos mis sentidos percibían su presencia, como si fuera el centro de una energía irrefrenable y poderosa, capaz de atraerme y de repelerme en igual medida. Mi intención era pasar por su lado sin siquiera mirarlo, pero el azar no me lo permitió.

Todo sucedió en un instante. Alguien se me echó encima con su tabla, me desequilibré y no pude frenar. Puse los ojos como platos mientras me enredaba con mis propios pies y, finalmente, caí estrepitosamente en medio del grupo.

Algunos se sobresaltaron y otros se acercaron para ver qué había levantado toda aquella arena.

—Dios mío… —susurré, demasiado abochornada para creerme lo que acababa de suceder.

La vergüenza me clavó una dentellada en el estómago, pero, obviamente, aquello no fue lo peor.

Lo peor fue cuando levanté la cara y me encontré justo enfrente de Mason.

Tenía la boca entreabierta, había vuelto la cabeza y miraba hacia abajo. Me estaba mirando a mí.

Deseé que la playa se me tragara. Había caído literalmente a sus pies, pero cuando nuestras miradas se encontraron, aquella fue la única luz que colmó la inmensidad del mundo. Sus iris brillaron, debatiéndose entre dos sentimientos encontrados, como gemas que, por efecto del sol, desvelaban matices recónditos e insospechados.

Me miraron con auténtica sorpresa, y su impetuosa fuerza me impactó como nunca lo había hecho hasta entonces. En ese instante dejé de percibir la arena. Y el océano, el calor, el sol, el viento…

—¡Ivy!

Sentí que me levantaban por las axilas, y el contacto entre nosotros se rompió. Fue como si me hubieran arrancado de mí misma. Vacilé cuando me incorporaron y vi que me observaban con preocupación.

—¿Estás bien? ¿Te has lastimado?

Travis se aseguró de que no me hubiera hecho ningún rasguño mientras yo me sacudía lentamente la arena de la ropa, todavía un poco aturdida.

—No… Solo he tropezado.

—¿Estás segura? —preguntó Tommy.

—Sí, yo… Alguien se me ha echado encima, y…

Mason aún estaba allí.

—… no he podido frenar.

Estaba allí, él…

—Estoy bien.

Me estaba mirando.

Bajé los ojos instintivamente. Y cuando vi que seguía observándome, perdí el mundo de vista.

Su mirada descollaba bajo sus cejas esculpidas, inescrutable y profunda. Y antes de darme cuenta, ya había naufragado en aquellos iris tan severos.

—Eh, pero ¿adónde ibas con eso?

Hice un esfuerzo por volver a la realidad. Tommy señaló el traje de neopreno que llevaba en la mano, pero Travis respondió por mí:

—¡Está loca, quiere aprender a surfear en un solo día! ¡Apenas acaba de ver cómo son las olas y ya quiere subirse a una!

—¿Quieres aprender a surfear? ¿De verdad?

—Yo también se lo he dicho —convino Travis al tiempo que le robaba una bebida helada a uno de los chicos que pasaba por allí con una caja—. Y encima no quiere que sea yo su profesor.

—¡Oh, Ivy! Aquí estás.

Carly se rio, agitando su larga melena, y me pasó una botella.

—¿Aún no te has derretido de calor? Bebe algo… Travis, ¡no! Para ti no hay. ¿Acaso me has tomado por tonta? ¡He visto cómo te escondías una tras la espalda!

—Ivy quiere probar con el surf —explicó Tommy, y Carly se quedó boquiabierta. Pero al instante sonrió maravillada.

—¿En serio? ¿Tú? ¿De verdad?

Ya iban dos.

—¿Y quién te enseñará? Espero que no sea él —dijo por lo bajo, mientras observaba cómo Travis le daba un sorbo a la bebida, enfurruñado.

—Bueno, la verdad es que tiene mucho que aprender. Y, como no podía ser de otro modo, Nate le ha dicho que le enseñaría.

—¿Pero es que Nate no ha visto cómo sopla hoy el viento? —preguntó Tommy—. ¡Mira qué olas!

Incluso Carly, que era la personificación del entusiasmo, se volvió para echarle un vistazo al océano. Una sombra de duda en su rostro evidenció que no lo veía nada claro.

—Tú… sabes nadar, ¿verdad, Ivy?

—Pues claro que sé nadar —respondí frunciendo las cejas—. En Canadá tenemos lagos.

—Pero no es como nadar en el océano…

—Vamos, Nate solo le dará algunas nociones —intervino Travis—. Y además no es ningún idiota.

—Nate se sobrevalora demasiado —murmuró Tommy, pero una ráfaga de viento se llevó su voz.

Empezaron a discutir, interrumpiéndose el uno al otro, y entonces decidí que ya había perdido bastante el tiempo.

—Nos vemos después.

Di media vuelta y, sin mirar en ningún momento a Mason, reemprendí el camino hacia las casetas, que estaban situadas encima de una suave loma, haciendo esquina con un pequeño establecimiento. Me metí en la primera que encontré y colgué el traje en la percha.

Me detuve un instante. Alcé las manos y vi que me temblaban los dedos.

¿Estaba realmente a punto de lanzarme al océano montada en una tabla?

Después de todo, allí era lo más normal del mundo.

Era un poco como ir a cazar en mi tierra. Probablemente, si les hubiera contado que para nosotros cazar era algo tan natural como ir a la escuela, nadie me habría creído.

Pero en Canadá lo hacía porque era una tradición que manteníamos mi padre y yo. Porque había un significado detrás de aquellos paseos que dábamos juntos, detrás del silencio inconmensurable de la naturaleza.

Pero en ese momento, ¿por qué lo estaba haciendo?

Sacudí la cabeza y empecé a desnudarme. Dejé caer la ropa en el suelo y me puse el traje de neopreno. Era negro, elástico, ligeramente afelpado, y se adaptaba a las formas del cuerpo. Yo estaba acostumbrada a la ropa amplia y cómoda, así que se me hizo extraño sentir aquella prenda adherida como una segunda piel.

Tiré de ella por los costados, introduje los brazos en las largas mangas y me miré en el espejo. El tejido seguía hasta la menor de mis curvas. Nunca había tenido un cuerpo voluptuoso, siempre había sido delgada, con las piernas esbeltas y unas formas muy delicadas. Sin embargo, mientras me estudiaba y me pasaba los dedos por encima del traje, me di cuenta de que, para mi sorpresa, no me generaba incomodidad. En lugar de sentirme expuesta, me sentía protegida.

Me estaba ajustando las perneras a los tobillos cuando me pareció distinguir una sombra.

Había alguien delante de la puerta.

Me quedé paralizada y contuve la respiración, aún con la pierna levantada. El pelo me acariciaba las mejillas mientras seguía inmóvil, escuchando cómo el sonido imperceptible de una respiración acariciaba el aire.

Juraría que al otro lado alguien se estaba moviendo, como si titubease.

Y al cabo de un instante, la sombra se desvaneció.

Los pasos se alejaron, perdí el equilibrio y acabé dándome de bruces contra la pared. Me cerré a toda prisa el traje de neopreno, cogí los pantalones, la camiseta, los zapatos, y abrí la puerta de golpe.

No había nadie.

Miré a mi alrededor, escrutando todo cuanto me rodeaba.

¿A quién esperaba ver?

Las risas de los demás me llegaron desde la playa.

Caminé lentamente en aquella dirección, pero me detuve de pronto.

Nate estaba al pie de la cuesta que conducía a las casetas y, a su lado, dándome la espalda, también se encontraba Mason.

Los brazos de ambos se rozaban, como si se estuvieran enfrentando. Nate fruncía el ceño y Mason, por su parte, tenía las facciones en tensión y los labios apretados, como si acabara de decir la última palabra.

De pronto reparó en mi presencia, se volvió y me miró detenidamente por encima del hombro. Sentí su mirada penetrante escrutándome de arriba abajo mientras el viento me movía el pelo claro y acariciaba suavemente mi cuerpo enfundado en el traje de neopreno. Observó mis piernas ceñidas por la tela elástica, el cuello blanco y esbelto que resaltaba bajo el borde ajustado y, finalmente, los ojos ensombrecidos por mis largas pestañas, que sostenían la mirada de los suyos, semejantes a dos minerales resplandecientes. Después, se dio la vuelta y se marchó.

Mientras lo veía alejarse, no pude evitar preguntármelo.

¿Era él quien estaba en la puerta de la caseta?

¿Y por qué había ido allí?

¿Quería… hablar conmigo?

Aquella pregunta seguía oprimiéndome la garganta cuando llegué donde estaba Nate. Se encaminó hacia la orilla y yo fui a su lado.

—¿Qué quería Mason?

Mi pregunta pareció irritarlo aún más. Se acomodó la tabla bajo el brazo, sacudió la cabeza y arrugó la frente.

—Nada… No te preocupes.

—No parecía que no fuera nada.

Nate miró hacia otro lado, pero observé que la arruga en su frente persistía.

—Mason no está muy de acuerdo con que te lo deje probar.

—¿Por qué?

—Porque hace mucho viento. Las olas son altas, hay mucha corriente, y dice que hoy no es un buen día para iniciarte. —Se volvió y me miró con el ceño fruncido—. ¿Acaso cree que no me he dado cuenta? ¡No pensaba llevarte mar adentro!

Tuve sentimientos encontrados cuando volvió a mirar hacia delante, presa de aquel enfado momentáneo. Continué avanzando sin apartar la vista de la arena; mientras, Nate, a mi lado, seguía farfullando.

—¿Mason y tú sois muy amigos? —me interesé.

Al momento me di cuenta de lo que acababa de preguntarle y me mordí los labios. ¿Qué narices me importaba a mí eso?

Nate rumió la respuesta.

—No… En realidad, diría que no. Bueno, estamos en el mismo grupo y todo eso. Pero no tengo una relación especial con Mason. Salimos todos juntos, pero yo estoy con ellos sobre todo porque conozco a Travis. Ellos dos sí que son muy amigos. —Me estudió un instante—. ¿Por qué te interesa saberlo?

—No me interesa —repliqué enseguida—. Solo era… por preguntar.

Sentí su mirada sobre mí. ¿Quizá aquella pregunta le había parecido extraña y habría deducido por mi reacción que estaba arrepentida de habérsela hecho? Pero cuando me decidí a alzar la vista, pude comprobar que Nate me estaba mirando de un modo muy distinto.

—¿Qué pasa? —le pregunté, pues era como si le resultase imposible quitarme la vista de encima. Al fin parpadeó, apartó la mirada y se aclaró la voz.

—El traje de neopreno… te queda muy bien —respondió, intentando sonar desenfadado.

Se sorbió la nariz, y yo me aparté un mechón de la cara, echándole un vistazo a mi cuerpo. Quizá esperaba que me sonrojase, pero no sucedió. No era aficionada a los cumplidos, no era buena detectándolos, y ni siquiera estaba segura de que aquello lo fuese.

El silbido del viento se volvió más ensordecedor. En el mástil la bandera batía con violencia, presagiando la fuerza que agitaba aquella inmensa extensión que tenía delante.

Contemplé el océano, el poderoso estruendo de las olas, y entre el centelleo del agua distinguí a varias personas.

—Bien —dijo Nate—. Empecemos.

Descubrí que en California el surf era un estilo de vida.

Desde el día que llegué, no había parado de ver tiendas en todas las esquinas, y hombres de negocios que, después del trabajo, sacaban el equipo del coche sin siquiera quitarse la corbata.

Parecían vivir para el surf.

—La tabla te guía. ¿Lo ves? Ahora prueba a inclinarte. Así, despacio…

Seguí la voz de Nate y me incliné hacia un lado, como me pedía.

—Vale, ahora por la otra parte.

Hacía una hora y media que estaba de pie sobre aquella tabla. No entendía por qué era necesario practicar tanto en tierra firme, si después tendría que entrar igualmente en el agua.

—El *take-off* es la parte más importante —seguía repitiéndome—. ¿Sientes la parafina bajo los pies? Debes procurar que la fricción te sostenga con firmeza, o te caerás a la mínima inclinación.

Me tocó la cadera, pero yo no me moví.

—Así —dijo, sonriendo satisfecho—. ¿Qué? ¿Cómo lo ves?

—Fácil —fanfarroneé, y él se tronchó de risa.

—Eso es lo que parece… Total, ¿qué se necesita para estar de pie encima de una tabla? Pero en el agua es otra cosa. El océano tiene vida propia, créeme.

Echó un vistazo a las olas y esbozó una sonrisa alzando la comisura del labio.

—¿Qué te parece si entramos en el agua?

Le indiqué que sí mediante una seña y bajé de la tabla. Él se agachó para atarme algo en el tobillo.

—¿Qué es eso? —pregunté, al ver que estaba ajustando una banda de velcro.

—El *leash*. Es una traílla, aunque los surfistas la llamamos «el invento». Sirve para permanecer unido a la tabla, de lo contrario las olas la arrastran y después se pierde un montón de tiempo en recuperarla.

Cogió la tabla y los dos nos dirigimos hacia el mar.

Cuando llegamos a la orilla, el agua me embistió los tobillos. Reprimí un escalofrío. Estaba helada.

El atronador rugido de las olas me invadió los oídos, pero seguí avanzando mientras el viento soplaba a mi espalda, tratando de empujarme mar adentro.

—Muy bien, Ivy —dijo cuando el agua le llegaba por la barriga, y a mí casi a la altura del pecho—. Ven aquí. Sube.

Sujetó con firmeza la tabla, y yo me subí a horcajadas.

Las olas rompían a nuestro alrededor, rozándonos apenas. Me tendí boca abajo y di algunas brazadas, tal como él me había enseñado, y sentí las olas corriendo entre los dedos. Oía su voz indicándome qué dirección debía tomar, corrigiendo mis movimientos y dándome consejos, y a continuación traté de ponerme en pie.

Me incorporé despacio, pero resultaba mucho más difícil que en la playa. La superficie del océano era muy inestable, no lograba mantener las piernas firmes, pese a moverme con cautela y extender los brazos. Vacilé y traté de mantener el equilibrio, pero fue inútil. Me desestabilicé y caí al agua.

El frío me embistió con tal violencia que por un instante me quedé sin respiración. La corriente me sacudió con fuerza, pero la traílla me mantuvo anclada a la tabla, que Nate sujetaba firmemente con sus manos.

Emergí y tomé una generosa bocanada de aire, entre pequeñas burbujas efervescentes.

—¿Todo bien? —me preguntó, preocupado, mientras la espuma se deslizaba por mi traje, haciéndome cosquillas.

Por un instante casi tuve ganas de reírme.

El frío, la piel de gallina, el corazón latiendo con fuerza… Mi cuerpo acogió aquellas sensaciones que sabían a mi casa, como cuando un pájaro herido finalmente vuelve a surcar los cielos, encontrándose a sí mismo en la inmensidad. Aquel mordisco helado me limpió el corazón, lo liberó del polvo acumulado e hizo aflorar atisbos de emociones que creía haber olvidado.

—Sí… Todo va bien —respondí con la voz débil pero serena.

Nate me miró sorprendido.

—Quiero volver a probarlo.

Me preguntó si estaba segura, pero yo ya estaba arriba de nuevo.

Volví a ponerme a horcajadas sobre la tabla, encorvando la espalda para acompasarme con el movimiento de las olas. Noté sus ojos paseándose por mi cuerpo tenaz y arqueado, por mis elegantes pómulos, que ahora el cabello dejaba al descubierto, y por mis mechones con reflejos plateados que me caían por encima de los hombros. Me limpié unas gotas de agua de la mandíbula con el pulgar y me aferré a los bordes de la tabla con los dedos, justo por delante de las rodillas. El viento me embestía y el frío se mezclaba con el toque candente del sol. Esperé a que un par de crestas pasaran por mi lado y volví a intentarlo.

Esa vez pensaba conseguirlo.

Fue difícil, requirió su tiempo. Seguía las instrucciones de Nate cada vez que volvía a subirme, tratando de salir airosa de aquel desafío. Tras muchos minutos y mucha paciencia, finalmente fui capaz de sostenerme sobre las piernas.

—Lo tienes… ¡Lo tienes!

Me temblaban los tobillos, pero estaba de pie. Alcé la cabeza, abrí los brazos y el sol me inundó el rostro, como si quisiera besarme por aquella victoria.

Nate me sonrió satisfecho.

—Yo diría que lo has logrado…

Una ola nos pasó demasiado cerca. Él dejó de hacer pie, y perdió el agarre sobre la tabla.

—¡Ivy! —exclamó, tratando de volver a sujetarme.

—Puedo controlarlo —le dije para tranquilizarlo mientras la ola se me llevaba más lejos.

Mantuve el equilibrio, empujé con los talones como él me había dicho, al tiempo que el agua galopaba por encima de la tabla. Con un poco de suerte conseguí no caerme.

—¿Has visto? —dije entusiasmada—. Lo he…

Pero entonces perdí el equilibrio. Sentí como si tiraran de mí hacia atrás, y por un momento estuve suspendida en el vacío, antes de hundirme.

Aquel mundo frío me invadió de nuevo. Volví a emerger con la vista algo empañada, las orejas taponadas y sabor a sal en la lengua. En ese momento me di cuenta de que no hacía pie. Agité las piernas para mantenerme a flote, mientras sobre mí se cernía un estruendo atronador.

—¡Ivy! —oí a lo lejos.

Distinguí a Nate agitando el brazo. Yo levanté una mano para indicarle que estaba bien, pero él no dejaba de llamarme:

—¡Ivy, sal de ahí! —oí que me repetía, y cuando pude verlo mejor, me percaté de me gritaba con cara de pánico.

Pero no eran sus gritos los causantes de aquel estruendo. El ruido atronador venía de mi espalda.

Me volví, pero ya era demasiado tarde, fue como si se me viniera encima una avalancha, un muro letal e incontenible que me arrancó de mí misma.

El impacto fue monstruoso: la ola me barrió, me arrastró bajo el océano y se cerró sobre mí.

Sentí un tirón fortísimo en el tobillo y unos violentos impactos me vaciaron los pulmones. El fragor me aturdió, parecía el rugido de un animal inmenso a punto de devorarme.

Pataleé, tratando de recuperar el control para poder regresar a la superficie, pero era como si una fuerza invisible me lo impidiera. La tabla estaba a merced de las olas, y los incesantes tirones que me daba la traílla que llevaba unida al tobillo me impedían nadar adecuadamente.

Noté que se me contraía la garganta, el pecho me ardía. No tenía aire.

Extendí los bazos hacia arriba, con los ojos abiertos de par en par. Entreví unos destellos de luz ondeando en lo alto y traté de llegar hasta ellos.

Ya casi estaba allí, en la superficie. ¡Aire, necesitaba aire! Pero de pronto sentí que era engullida de nuevo.

Todo tembló como un terremoto de proporciones colosales. El mundo se desplomó a mi espalda y volví a verme empujada hacia lo hondo.

La rodilla chocó contra el vientre, y los dientes entrechocaron con tanta fuerza que noté sabor a sangre en la boca. Se me nubló la vista. El agua retardaba el dolor, pero yo lo sentía explotar igualmente bajo la piel, como golpes que no dejaban herida.

Me temblaban las venas de la garganta, como si alguien me estuviera estrangulando. Me llevé los dedos al cuello, desesperada. No podía respirar. Me esforcé en nadar hacia la superficie, tenía que moverme, debía hacer alguna cosa para salvarme.

No era posible, no podía morir ahogada de ese modo. Solo tenía que nadar, llegar a la superficie, pero era como si el océano actuase por voluntad propia.

Los pulmones me ardían, contraídos, destrozados por la presión de la caja torácica. Los latidos se ralentizaron, me retumbaban en los oídos, y se me entumecieron las extremidades. Me sentía sin fuerzas.

Con el enésimo remolino, las violentas sacudidas a las que estaba sometida me voltearon como si fuera un cadáver.

No sentí nada más.

Solo aquel tumulto negro.

Solo la energía que me abandonaba.

Sin apenas ver ya nada, volví el rostro hacia la superficie en un último esfuerzo. Tenía la cabeza mirando hacia arriba, el cabello flotando, y la luz de la superficie ondeaba en la distancia.

En medio de aquella agonía vi llegar el fin de mis días, y atrapada por la enorme masa que me cubría, fui consciente de la impotencia de mi cuerpo inerme.

Y mientras la oscuridad se adueñaba de mí, con las últimas fuerzas que me quedaban, alcé una mano. Hacia el lugar inalcanzable donde estaba mi salvación. Y apareció una casa de troncos iluminada en medio de la oscuridad.

Después, el agua entró en mí de golpe. Me invadió la garganta, penetró en cada rincón de mi ser, y lo último que sentí fue una quemazón indescriptible.

Después… nada.

Solo la nada.

12

Lejos de sus ojos

No hacía frío.

No reinaba la oscuridad.

Me hallaba como en sueños, sin un final y sin un principio.

Había algo suave bajo mis pies.

Algo familiar dentro de mi corazón.

Y cuando abrí los ojos, bastó una sola mirada para comprenderlo.

Vi ante mí cumbres de montañas y bosques inmortales, lagos bordeados de helechos cuyo fondo podía distinguirse perfectamente. Vi valles inmensos, nubes que conocía bien, ríos que centelleaban como cintas de cristal.

Era mi Canadá.

Todo era como lo recordaba, una armonía perfecta entre cielo y tierra.

Allí fue donde lo vi.

En el reflejo del horizonte, como si brillase con luz propia.

Proyectaba sombras de las que mi sueño carecía, un camino de huellas que la tierra secaba.

Papá vino a mi encuentro, más real que nunca. No podía verlo con claridad, pero lo sentía como nunca hasta entonces. Sentía los contornos de su cuerpo, el aura de su presencia, la dulzura en sus ojos tan parecidos a los míos. Se detuvo ante mí y me sonrió.

—Ivy —dijo, con una voz que no era la suya.

Absorbí desesperadamente cada ángulo de su rostro, pero lo envolvía una luz extraña, casi difusa. Le tendí la mano.

Sin embargo, él no me la cogió, y yo habría querido decirle:

«Quédate conmigo, no vuelvas a dejarme», pero tenía la garganta cerrada, como si estuviera llena de agua. No era capaz de hablar.

—Ivy —dijo de nuevo, sin mover los labios.

Era espléndido y familiar, pero se me entumecieron las puntas de los dedos cuando traté de cogerle la mano. Su piel era hielo.

«No me dejes, te lo ruego», pensé, pero me quemaban las yemas, y cuanto más tendía las manos hacia él, menos las sentía.

Percibí cómo hundía los pies en la tierra cuando el sol se alzó a su espalda.

Se volvió inmenso, monumental, hasta ocupar todo el espacio.

—Ivy… —oí, antes de que se derrumbase el cielo.

Pero yo… yo quería quedarme allí, en aquel lugar maravilloso.

Allí, donde estaba él, donde estaba mi casa, donde hasta mi piel blanca parecía resplandecer bajo aquella luz.

Entonces todo se desvaneció, y el hielo de desplomó sobre mí.

Fue un sobresalto del alma.

Un poderoso torrente me ascendió por la boca y se abrió camino a través de mis labios.

La primera sensación que sentí fue la de mi respiración: un silbido hueco, ronco, lacerante.

Un nuevo espasmo me retorció las vísceras. Vomité agua una vez más, mientras todo mi cuerpo se estremecía entre convulsiones. Sentía la sal en la lengua, el pecho en llamas, la piel espesa y tensa.

Tenía el cuerpo rígido, pesado, surcado de imperceptibles calambres diseminados por todos los músculos.

Fui recuperando la visión poco a poco, pero aún seguía empañada y dispersa. Noté que estaba tendida.

Había arena bajo mi cuerpo.

Había sol, viento, el rugido del océano.

El océano.

La realidad me cayó encima de golpe. Y entonces lo recordé.

Los impactos, la corriente, la sensación de estar muriéndome segundo tras segundo, contracción tras contracción, y volví a sentir el terror en mi piel, con toda su crudeza. Empecé a agitarme. Volví a ver aquella negrura a mi alrededor, y el pánico se convirtió en un grito que me brotó de la barriga, ascendió por el pecho cortándome la respiración… y murió en mis labios.

Mis pupilas dejaron de vibrar como insectos desquiciados y se centraron en algo que parecía cernirse sobre mí.

Y fue como si viera el cielo derrumbarse por segunda vez.

Como si el mundo entero se callase, reducido finalmente al silencio, ante aquella respiración entrecortada que me acariciaba el rostro.

Inclinado sobre mí, llenando mis ojos abiertos de par en par, estaba Mason.

No era mi padre.

No era John.

Era él.

Él, con la boca entreabierta, los labios de un rojo mortal, el pelo empapado, de cuyos mechones caían frías gotas que acababan en mi mejilla.

Él, que ahora me estaba mirando con los párpados muy abiertos, como si fuera algo bellísimo y espantoso a la vez.

Y cuando mis ojos se encontraron con los suyos, tan únicos y brillantes bajo la luz diurna, todo lo demás desapareció.

—Ivy —murmuró.

Al oír su voz, sentí que el mundo me estallaba en los oídos.

Algo se rompió, hubo un estruendo que me partió en dos: mi corazón atronó, ardió, sentía los latidos en mi garganta. Temblé mientras trataba de recomponerme de algún modo. Pero era demasiado tarde.

Ya no tenía escapatoria.

Porque no importaba que yo estuviera allí, con la boca llena de sal y los muslos temblándome de frío.

No importaba que aún sintiera cómo me engullía la oscuridad o que me siguiera doliendo el cuerpo.

No…

Todo cuanto yo quería, todo cuanto deseaba… era que él me mirase como lo estaba haciendo en aquel momento, como se mira solo cuando se está a punto de morir.

Quería sus ojos sobre mí. Su respiración en mi piel.

Quería su perfume y sus profundas miradas.

Quería hablarle, comprenderlo. Conocerlo y escucharlo.

Y quería verlo sonreírme, porque cuando lo hacía, me atravesaba el corazón.

Aunque nunca me hubiera permitido acercarme…, aunque siempre me hubiera ahuyentado, alejado, aunque me hubiera hecho sentir una extraña…, llevaba su voz arraigada en alguna parte de mí.

Y yo había tratado de arrancármela, pero se había fundido en mis huesos antes de que pudiera ponerle freno. Se había mezclado con mi oscuridad, conformando una espléndida armonía, y ahora hasta mi esqueleto danzaba al son de esa música.

«No».

Traté de luchar contra aquella verdad, de rechazarla, arrugué la frente, y habría llorado si hubiese podido, pero sus ojos me acunaron y me llevaron consigo.

Me condujeron a un lugar seguro. Y al mismo tiempo me condenaron para siempre.

Porque cuando Mason me miraba yo era nieve al sol, y todo lo demás, menos que nada.

Él era de mil colores, y yo, que era blanca como el marfil, me teñía de él, de sus pensamientos, de su tacto, de su mirada, de su respiración.

Y ahora estaba allí, una espléndida visión entre escalofríos de terror, la luz al final de un precipicio en el que creía haberme perdido y, en cambio, lo había encontrado a él.

Y, como siempre, estaba dolorosamente guapo.

Dios, Mason era tan guapo que podría morirme solo con mirarlo.

Yo, que encontraba fascinante un capullo de campanilla de nieve, el brillo de las escamas cuando les pasaba el dedo por encima…, hubiera querido tocarlo, recorrer las gotas que se deslizaban por su rostro, sentir en las frías palmas de mis manos el calor de su piel.

Y en aquel momento de locura deseé quedarme allí por siempre, en el reflejo de sus ojos, con la arena hirviente bajo las manos y la muerte aún adherida al cuerpo…

Mason alargó una mano. La indecisión lo paralizó, sus dedos

temblaban como los míos, y no fui consciente de todas las personas que había allí hasta que se apiñaron a nuestro alrededor.

—¡Ivy!

—¿Está bien? Dios mío, ¿respira?

—¡Dejadle aire!

Todos estaban allí, rodeándome. Una mano masculina trató de tocarme, pero no le dio tiempo.

Mason tensó la mandíbula, y entonces vi el fulgor de sus ojos oscuros, feroces, alzarse por encima de mis hombros.

Al instante tiró con fuerza de mí, acercándome a él para impedir que me tocasen, y aquella reacción me hizo abrir los ojos de par en par.

—¡Nate, te mataré! —oí que decía, profiriendo un rugido que salió directamente de su pecho.

Aquel grito sonó en mis oídos como la erupción de un volcán, como la sacudida de un terremoto que me llegó hasta los huesos.

Mason estaba frío como el hielo, puede que más helado que yo, pero su cuerpo vibraba de fuerza y de vida. Su perturbadora respiración llenó la mía, y fue como si yo también viviera del latido de su corazón, que era como un tumulto a cada pulsación, como un martillazo directo en el alma.

Podría seguir existiendo solo con sentir aquel contacto.

Podría sobrevivir solo con eso, en aquella suerte de simbiosis desesperada de su corazón latiendo contra el mío.

Mientras percibía aquellas palpitaciones esculpiendo mis sentimientos pieza a pieza, comprendí que aquel era exactamente el lugar donde quería estar.

No.

No importaba cómo.

No importaba de qué modo.

Por mi propio bien… debía librarme a toda costa de aquellos sentimientos.

Estuve en el puesto de los socorristas un número interminable de horas.

Después de que el *jeep* de emergencias apareciese y comprobara que estaba consciente, me llevaron al puesto casi de inmediato.

Me suministraron oxígeno y me cubrieron con una manta térmica. Había que seguir el protocolo para ese tipo de situaciones: me examinaron, a fin de descartar que tuviera algún traumatismo evidente, e insistieron en conocer las circunstancias del accidente. Comprobaron que no hubiera ruidos pulmonares anormales, pitos o cualquier clase de dolor torácico.

No me mostré demasiado elocuente respondiendo las preguntas. Tenía taquicardia y la respiración acelerada, como si estuviera soplando dentro de una pelota minúscula. Aquello me asustó, pero ellos me dijeron que era una reacción previsible.

De regreso a casa, ya bien entrada la tarde, en el coche de Mason reinaba el silencio.

Yo sentía una especie de extraño distanciamiento: el cielo era azul, los pájaros aún cantaban, y, sin embargo, mi mundo se había venido abajo.

Aquellos sentimientos habían explotado, me habían amordazado la mente y el corazón y me habían ofuscado por completo el entendimiento.

Incluso en ese instante, con Mason respirando cerca de mí, percibía su cuerpo con tal claridad que me temblaban las manos.

—No se lo diremos a mi padre.

Detuvo el coche en la parte de atrás de la casa. Durante todo el trayecto mantuve la mirada fija en mis manos, apoyadas en el regazo.

—No…, no se lo diremos.

John, como mínimo, se volvería loco después de todas las precauciones que había tomado para que estuviera segura. Por primera vez me avergoncé de mis actos. Yo no era una persona desconsiderada. Siempre me había mostrado reflexiva, tranquila y responsable. Pero en esta ocasión me había comportado como una estúpida.

Sin embargo, no pude resistirme a hacerle aquella pregunta:

—¿Has sido tú?

—He sido yo, ¿qué?

—Quien…

Mason se volvió y entonces deseé no habérselo preguntado. Tenía miedo de la respuesta, pero, cuando nuestros ojos se encontraron, cada partícula de mi ser deseó que sí, que hubiera sido él quien se hubiese lanzado al océano y me hubiera sacado del agua. Que lo hubiera hecho movido por un impulso, por una necesidad inexplicable y profunda, la misma que en aquel instante me estaba devorando a mí.

Y, sobre todo, que lo hubiera hecho por mí, por mí y no por John.

—Han dicho que podrías tener mareos —murmuró, desviando la conversación hacia cuestiones más importantes. Su voz sonó suave y serena mientras me miraba—. Y náuseas o ataques de pánico...

—Estoy bien —lo interrumpí.

Pero era mentira.

No estaba bien.

Me obstinaba en mostrarme fuerte, como si no le diera importancia a lo sucedido, pero no era así.

Me sentía aturdida. Vulnerable.

Me sentía asustada.

Andaba a tientas en un mundo que no conocía, sumida en una oscuridad que me había arrebatado la luz. Luchaba constantemente contra un dolor que me destrozaba el alma, y no debería sentirme atraída por un chico que me había ahuyentado, rechazado y excluido.

No soportaría que volvieran a herirme.

No...

Había estado a punto de morir. Y Mason me había parecido un ángel luminoso, pero eso solo había sido una consecuencia del fuerte *shock* emocional, nada más. Incluso un animal, cuando lo salvan, establece una especie de vínculo empático con su salvador, que en ciertos casos contradice el instinto natural.

Solo se trataba de eso.

Solo era un momento de debilidad.

Enterraría esos sentimientos.

Miré hacia fuera y abrí la puerta.

Durante una fracción de segundo me pareció captar un matiz de sorpresa por la brusquedad con que me volví.

Bajé del coche, decidida a alejarme de él, pero no llegué a dar ni un paso. Una punzada imprevista me obligó a apoyarme en la puerta, el dolor me debilitó por un instante, y sentí que el tobillo me palpitaba como si se me hubiera formado un revoltijo de sangre. Solo entonces me di cuenta de lo inflamado que lo tenía y de cuánto me dolía.

Me acordé de los tirones bajo el agua, de la traílla segándome la piel.

¿Cómo no me había dado cuenta antes?

—¿Qué pasa? —preguntó Mason, confundido.

—Nada.

Mi respuesta sonó demasiado seca, pero no quería que pensara que tenía problemas.

¿Acababa de declararme emotivamente independiente de él y ya necesitaba su ayuda?

Y un cuerno.

¡Yo venía de Canadá, de soportar inviernos de infarto, sabía sobrevivir sola en el bosque, y por supuesto que sabía cuidar de mí misma!

Me acomodé la mochila en la espalda y empecé a caminar, la mar de digna.

Pero a cada paso que daba, el dolor me mordía con fuerza, y vi que, por mucho que me esforzase, no podía andar sin que se notase que cojeaba. Debía de ofrecer una imagen totalmente patética, porque Mason no tardó en reaccionar.

—Ivy —me dijo.

Pero yo hice oídos sordos. Llegué a la puerta de casa y entré.

Sus pasos regulares resonaron a mi espalda cuando yo ya estaba llegando a la escalera que conducía al piso superior.

Tragué saliva, miré hacia arriba, y ante mí apareció aquella interminable sucesión de peldaños.

¿Siempre había sido tan larga?

—Eh —dijo Mason dirigiéndose a mí por segunda vez, y fue el incentivo que necesitaba para dar el primer paso.

Pero el esfuerzo resultó excesivo.

El tobillo me falló y sentí tanto dolor que tuve que morderme la lengua. Me habría desplomado si una mano no me hubiera sujetado por el codo.

—¿Pero se puede saber qué estás haciendo? —me regañó Mason con voz severa.

Lo miré, y su mano ejerció más presión, como si quisiera estrecharme contra su cuerpo.

—Me voy a mi habitación.

Sentía su aroma. Su pecho ancho y fuerte ejercía una atracción irresistible. Aunque llevase la camiseta puesta, había algo bajo aquel olor salino que era inconfundiblemente suyo.

—Ni siquiera puedes caminar —replicó inflexible, como si me mereciera que hasta él me regañase—. ¿Qué te pasa?

Volví la cara hacia un lado, porque su proximidad, su voz penetrante y el modo en que me afectaba su imponente presencia me despertaban sensaciones que estaba tratando de reprimir a toda costa.

—El tobillo. —Me tragué mi orgullo, claudiqué y lo admití—. Cuando estaba atada a la tabla, la traílla me dio unos cuantos tirones.

Me mordí la lengua. ¿Ya estaba contento?

Mason no dijo nada. Acababa de admitir que no podía apañármelas sola y eso me mortificaba el alma.

Solo por un instante deseé que me hubiera visto en mi casa. Que viera «mi yo verdadero», la chica que empuñaba un rifle agazapada entre la hierba salvaje y por las noches disfrutaba leyendo al amor de la lumbre…

—¿Por qué no lo has dicho antes? —preguntó.

Yo seguía mirando hacia otro lado, obstinada, y lo oía suspirar, paciente y exasperado a la vez.

Deslizó las manos por la barandilla y se acercó más.

—De acuerdo.

Puse unos ojos como platos de la sorpresa.

Mason me cogió en brazos, y el universo dio un vuelco.

Se me cortó la respiración. Me agarré de su camiseta, y apenas me había dado tiempo a tomar aire cuando me estrechó contra su poderoso pecho.

—No… —traté de decir, pero se me cerró la garganta.

«No lo hagas —hubiera querido implorarle—. No debes tocarme, tú no. Por lo que más quieras».

—Calla —murmuró con un tono de voz suave y cálido.

Empezó a subir las escaleras, y mi corazón apenas podía dar crédito a lo que sucedía.

Sentía su sólido cuerpo contra el mío, el sereno vigor con que me estrechaba. Su calidez me envolvió como un seductor guante, acallando cualquier protesta.

Mason me estaba llevando en brazos a mi habitación.

Hubiera querido desasirme, alejarme de aquel chico que se estaba abriendo camino dentro de mí, pero no tuve fuerzas para hacerlo.

Escalón tras escalón, evoqué cada palabra, cada enfrentamiento… Desde el día que lo vi por primera vez era una batalla perdida.

Él siempre me había derrotado.

Y ahora que el premio había cambiado, ahora que por encima de todo hubiera querido ganar una mirada o una sonrisa suya… no tenía ninguna posibilidad de lograrlo.

Había sido absorbida por su obstinación, por la fuerza que proyectaba, hasta el punto de que, desde el primer momento, jamás me había mirado con conmiseración, ni me había tratado como a una muñeca a punto de hacerse pedazos.

Mason me había visto a mí, antes que a mi dolor. Y puede que lo que yo necesitara fuese precisamente esa salvación. Gritar, desahogarme, dejarme ir… Dar voz al caos que había en mi interior sin sentirme diferente por ello.

Con él, había logrado ser yo misma. Y, de alguna manera, eso lo había cambiado todo.

Arrugué la frente, angustiada ante aquella certeza. Habría querido rechazarlo, pero abandoné mi cabeza en su tórax vigoroso y cálido, y cerré los ojos.

El latido regular de su corazón me besó los oídos. Deseaba introducirme bajo su piel, hundirme en su interior hasta fundirme con aquel sonido. Hubiera querido caminar por entre sus pensamientos, explorar su alma, conocer esa faceta sincera y leal de la que me habían hablado.

Mientras sus pasos resonaban por el pasillo, me pregunté si alguna vez me permitiría acariciarla…

El mundo dejó de danzar. Acabábamos de detenernos.

Todavía medio aturdida, volví a la realidad y distinguí las formas de mi habitación.

Todo estaba como lo había dejado. La cama, el armario, las cajas…, pero, cuando nos vi a ambos reflejados en el espejo, fue como si me echaran encima una jarra de agua fría.

Mason parecía tocado, tenía los labios entreabiertos. Y me miraba.

A mí, que estaba abrazaba a su pecho como si quisiera pertenecerle.

A mí, que tenía la mano cerrada justo a la altura de su corazón, como si quisiera aferrarlo.

Súbitamente, me desembaracé de sus brazos. Me aparté, sin apenas aliento, mientras él permanecía allí, perplejo, con las manos todavía abiertas.

—¿Qué mosca te ha picado ahora?

Dio un paso hacia mí, pero me alejé al instante, como si su presencia me quemara.

—No me pasa nada.

Vi cómo se le formaba una arruga en la frente. Trató de acercarse de nuevo, confuso, y el corazón se me subió a la garganta.

—¡No te me acerques!

Lo dije subiendo el tono de voz. Demasiado.

Mason se quedó petrificado. Un velo de desconcierto empañó sus ojos.

Un cúmulo de sobrecogedoras emociones se arremolinaron en mi interior, y temí que él lo hubiera comprendido, temí haberme humillado y haber hecho el ridículo, y solo supe reaccionar protegiéndome y rechazándolo. Esperé que no se percatase de cómo temblaba cuando le espeté:

—No… te acerques. No necesito tu ayuda.

Me arrepentí al instante de lo que acababa de decir, pero ya era demasiado tarde. Observé cada una de las reacciones de su cuerpo tras mis palabras, como a cámara lenta.

El asombro desapareció de su rostro, y su mano, que por un instante había estado extendida hacia mí, bajó lentamente.

Y los ojos… Los ojos fueron lo más doloroso.

Los únicos sentimientos que pude leer en ellos fueron de resentimiento y rechazo, el mismo rechazo que yo ya había experimentado tantas veces. También había otra cosa… oculta, abismada en lo más profundo de aquellos bellísimos iris. Pero no fui capaz de descifrarla.

Sin decir una palabra, dio media vuelta y se marchó.

Yo me quedé allí, sola, en el centro de mi habitación.

Pero aquello no fue lo peor.

Lo peor fue darme cuenta de que acababa de decirle las mismas palabras que tiempo atrás me habían hecho tanto daño.

13

Vencedores y vencidos

Al día siguiente me desperté con fiebre.

Solo yo podía ponerme enferma allí, con treinta grados a la sombra. Aunque después del trauma físico que acababa de sufrir no me pareció tan raro.

Durante los días que me quedé en casa sin ir a clase, no hice otra cosa que pensar en Mason. En lo que le había dicho, en el modo en que lo había ahuyentado gritándole que no se acercara.

Había sido una estúpida.

Él solo trataba de ayudarme. Desde que había despertado en la playa, no se había apartado ni un momento de mí. En cambio, lo que hice yo fue echarme atrás, y pagárselo mirándolo como si su presencia me horrorizara.

Estaba arrepentida del error que había cometido, pero no del motivo que me había impulsado a hacerlo.

Tuve miedo.

Miedo de que él lo viese. Que comprendiera lo que yo sentía.

Porque, si bien ahora sabía que me sentía atraída por él, no por ello había olvidado cómo estaban las cosas.

Recordaba perfectamente la repulsión y la rabia que siempre me había mostrado.

Caminaba por un sendero que nunca hasta entonces había recorrido, pero no me había extraviado.

No. No permitiría que la bestia que habitaba en él se apoderase de mi corazón.

Había sobrevivido a cosas mucho peores.

Había sobrevivido al hielo.

A los inviernos perpetuos.

A la opinión de los demás y a la soledad de mi aislamiento.

Había sobrevivido a la muerte de mi padre.

Así que Mason ya podía ponerse a la cola.

Regresé al instituto al cabo de unos días.

El dolor en el tobillo había disminuido, pero mi cuerpo aún presentaba señales del accidente. John me había notado más pálida de lo habitual, incluso le había parecido que algunas veces respiraba con cierta dificultad. Pero cuando me sucedía, atribuía mi ligero jadeo a la fiebre.

Mason, por su parte, había empezado a salir más temprano por las mañanas con la clara intención de evitarme. Ni siquiera había tenido que esforzarme en no coincidir con él. Él había desplazado su vida un paso más allá de la mía, y aunque sabía que era mejor así, no me sentía tan aliviada como debería.

—¿Ya has elegido un tema? —me preguntó Bringly una tarde.

Yo estaba balanceando los pies sentada en un taburete frente al lienzo en blanco mientras me recogía un mechón de pelo tras la oreja y me mordía el labio.

—Aún no —respondí.

Pero esta vez él no me dedicó palabras de ánimo.

—Ivy, tienes que empezar. Todos han finalizado ya el dibujo preparatorio, y tú ni siquiera has decidido qué vas a hacer. ¡El tiempo corre!

—No se me ocurre ninguna idea —le confesé—. No soy capaz de concentrarme en ningún tema en concreto.

Era verdad. Cuanto más me dedicaba a pensar en ello, más se dispersaba mi mente en un cosmos de posibilidades, sin llegar nunca a nada.

—Eres una persona muy silenciosa… Úsalo como punto fuerte. Expresa lo que sientes, y estoy seguro de que acertarás. Muéstrales a los demás que puede experimentarse algo realmente intenso solo con los ojos.

Me dejó sola con aquellas palabras, frente al lienzo vacío, y lo estuve contemplando durante una eternidad. Cuando salí del aula al terminar la clase, me pregunté por qué la idea de pintar un valle helado no me parecía lo bastante buena.

—¡Ivy!

Una melena de color miel se abalanzó sobre mí y me hizo tambalear. Abrí las manos, miré hacia abajo y reconocí al pajarillo que me estaba abrazando.

—¡Cariño, qué contenta estoy de verte! —murmuró Carly, estrechándome con fuerza—. Quería ir a tu casa a visitarte, pero Mason me dijo que tenías fiebre y que ni siquiera podías levantarte de la cama. —Me miró a los ojos sin soltarme—. ¿Cómo estás?, ¿te encuentras bien?

—Sí —respondí, alejándome un poco—. Estoy bien.

—¿De verdad?

Asentí, y me pareció ver cierto remordimiento en sus ojos. Antes de que pudiera seguir hablando, ella se me adelantó.

—Yo nunca hubiera querido que te pasara algo así. —Apretó los labios, y deseé de todo corazón que no se echase a llorar—. Si no te hubiera convencido a toda costa… Si no hubiera insistido… Oh, Ivy, yo…

—Carly —la interrumpí—, no fue culpa tuya. Fue un accidente, no tienes que disculparte por nada.

Miró al suelo. Se me acercó una vez más, lenta y silenciosa, y, sin venir a cuento, me abrazó de nuevo, pero esta vez con delicadeza, deslizando los brazos a mi alrededor de un modo tan afectuoso que me descolocó.

—Fue horrible —susurró, como si tuviera miedo hasta de decirlo en voz alta—. Creí que… que…

—Estoy aquí —dije instintivamente, aunque en ese momento recordé cuánto había deseado que papá me llevara con él. Quizá en ese momento estaríamos juntos, en un lugar donde él aún tendría las manos calientes y la sonrisa que yo le recordaba.

—Estoy bien, Carly —le repetí, tragando saliva—. De verdad.

Pareció aceptarlo por fin. Se apartó, se pasó una mano por el rostro y me dijo que las otras chicas habían preguntado por mí.

Descubrí que todos se sentían responsables de lo que me había pasado.

Cada uno de ellos se atribuía una culpa inexistente, y se creía el causante, directo o indirecto, de mi ahogamiento: Carly, porque me había llevado a la playa; Fiona, porque pensaba que el helado me había provocado una obstrucción intestinal mientras estaba en el agua; Sam, porque me había aturdido con su parloteo; Travis, por no haberme detenido, y Nate, por haberse ofrecido a enseñarme.

Al final resultaba que la culpa era de todos menos mía.

Absurdo.

—¿Quieres que te acerque a casa? —me preguntó al cabo de unos minutos, sacando las llaves del coche.

Decliné la invitación al instante, pero ella no se dio por vencida.

—¿Estás segura? ¡Mira que no me cuesta nada! No deberías darte esa paliza de caminar después de haber tenido fiebre. Si no, corres el riesgo de recaer. ¿Te he contado lo de aquella vez que Fiona…?

De pronto dejé de escucharla. Me centré en una silueta familiar, y miré en esa dirección.

Al fondo del pasillo, de espaldas a mí, Nate gesticulaba acaloradamente. Estaba tratando de convencer a alguien de algo con gran agitación, pero no parecía lograrlo.

Apoyado en la hilera de taquillas, Mason lo escuchaba con el mentón ligeramente bajado y los brazos cruzados. Su rostro no mostraba ninguna expresión, aunque en sus ojos sí podía vislumbrarse una dureza inequívoca y escalofriante.

—Ivy…, ¿qué tienes? —Carly siguió mi mirada—. Oh…

—¿Qué pasa?

La chica se rascó la mejilla, pensativa.

—No lo sé seguro…, pero creo que siguen hablando de lo que sucedió en la playa.

Las cosas no parecían irle muy bien a Nate en ese momento. No es que Mason lo estuviera agrediendo, pero yo conocía demasiado bien el frío acerado de aquellos ojos.

—Mason está furioso —me explicó Carly—. Hace un par de días que Nate lo busca y trata de darle explicaciones, pero al parecer no le está sirviendo de mucho.

—¡Esto es absurdo! —exclamé—. ¿Qué tiene que explicarle?

Vi que Mason inclinaba la cabeza. Sus afiladas cejas le conferían un aspecto turbio y sombrío, cargado de viril intransigencia.

Me esforcé en no caer hechizada por aquel rostro.

—Bueno…, él era el único que estaba contigo…

—La culpa no fue de Nate —repliqué, sorprendida y contrariada por que ella no pensara como yo—. Fue un accidente. ¡Si alguien tiene la culpa, esa soy yo!

—Pero Mason se lo había advertido. Le había dicho que no sabías nadar…

—¡Claro que sé nadar!

—¡Pero no en el océano, Ivy! —Carly me miró exasperada—. ¡No con las corrientes que hay aquí! ¿A ti te parece que es lo mismo? Tommy también se lo dijo, pero Nate no quiso escucharlo. Creo que Mason tiene todo el derecho a estar enfadado. En el fondo se trata de ti.

«¿Se trata de mí?».

«¿De mí?».

«¿Es una broma?».

—Por favor —repliqué con acritud, sin poder contenerme—. No ha habido un solo día, desde que llegué aquí, que Mason y yo no nos hayamos peleado.

Aquello ya era demasiado.

Puede que yo fuera su prima de cara a la gente, pero nosotros sabíamos cómo estaban las cosas.

No éramos amigos, no éramos parientes, no éramos nada.

Mason no había tenido ningún problema en dejarlo claro. ¿Cómo se atrevía a adoptar esa actitud?

—¡Por Dios santo, Ivy! —exclamó Carly, sin aliento—. ¡Has estado a punto de morir! ¿Qué importancia puede tener cualquier estúpida discusión? Mason… ¡Tú no lo viste mientras estabas inconsciente, pero creyó que te había perdido! ¿No te parece que cualquier diferencia que haya habido entre vosotros debería pasar a un segundo plano después de algo así?

Me la quedé mirando mientras asimilaba aquellas palabras como si propiciaran el acceso a un escenario desconocido, paralelo, que no había podido ver hasta ese momento.

¿Sería posible que él…?

¿Sería posible que él hubiera sentido lo mismo?

Mi corazón latió con fuerza. En mi alma se abrió un resquicio, y un hilo de luz se insinuó en la oscuridad.

Todo pareció teñirse de aquel rayo dorado, adoptando un tono imprevisto.

Mason mirándome, consternado, rezumando agua.

Mason preocupándose por si me encontraba mal.

Mason ayudándome a subir las escaleras, acercándose a mí, antes de que yo lo fulminase con mi reacción.

Mason bajando la mano y mirándome como si… lo hubiera herido.

Mason marchándose, con los puños apretados.

¿Qué había sucedido en aquella playa, cuando había sentido que estallaba en una lluvia de estrellas?

Me pasé toda la tarde estudiando en la habitación.

No lograba concentrarme en los libros, pues a cada instante mi mente volaba más allá.

Traté de no quedar atrapada en la telaraña de mis pensamientos. Pero, cuanto más trataba de alejar las preguntas, más pensaba en ello. Y cuanto más pensaba, más difícil me resultaba evitar preguntarme…

«No todas las naves espaciales van al cielo. ¿Quién dijo esta frase?».

Parpadeé.

Aquellas palabras se materializaron ante mis ojos. El álbum aún estaba encima del escritorio, donde lo había dejado la última vez. Casi me había olvidado…

Alargué la mano y lo cogí. Observé mis pequeñas rodillas sucias de tierra y pensé que debí de darme un buen trompazo aquel día. Sin embargo, mi sonrisa y mis ojos expresaban una alegría extraordinaria.

Examiné una vez más el escrito, pero no obtuve resultados. De nuevo, aquella frase no me dijo nada.

¿Qué sentido tenía escribirla allí, junto a una vieja foto nuestra?

Fruncí las cejas, y de pronto me asaltó una duda. Rasqué una esquina de la polaroid hasta despegar la cinta adhesiva, y entonces… la levanté.

Me quedé de piedra cuando vi lo que había debajo.

En el centro de la hoja en blanco, tres pétalos cóncavos formaban el capullo de una flor.

Y supe qué era.

Era yo. Era para mí.

Me puse en pie, se me cayó el lápiz, y todos los pensamientos empezaron a susurrarme al mismo tiempo. Me quedé inmóvil mirando atentamente aquel dibujo con los ojos abiertos de par en par y el cerebro funcionando a toda máquina. Me apresuré a mirar detrás de la otra foto, aquella en la que salía con mi madre, y, a continuación, detrás de los dibujos y de las postales, en busca de un símbolo, de un mensaje, cualquier cosa. Pero no encontré nada.

Solo en la primera.

No lo entendía.

¿Qué significaba aquella frase?

¿Y por qué era importante?

Empezó a sonarme el móvil. Di un brinco, y por fin lo encontré bajo los libros de texto. Descolgué, con el cerebro funcionándome a toda máquina, incapaz de apartar la vista de la foto de mi padre.

—Hola, ¿va todo bien? —La voz de John resonó en mis oídos, afectuosa y familiar—. ¿Cómo te encuentras?

—Bien —respondí sin prestar mucha atención, y le aseguré que no había vuelto a tener fiebre.

Pareció alegrarse de saberlo. Me preguntó qué tal me había ido el día y me rogó que hiciera un poco de reposo, para evitar una posible recaída.

—John —lo interrumpí.

—¿Sí?

Vacilé un momento, con la foto en la mano.

—¿Te dice algo la frase «No todas las naves espaciales van al cielo»?

Me dio la impresión de que se había quedado perplejo.

—Mmm… No, diría que no.

—¿Oíste a mi padre pronunciar alguna vez esta frase?

—No, nunca… —murmuró pensativo mientras yo apoyaba una mano en la frente y cerraba los ojos—. ¿Por qué quieres saberlo?

—Por nada en especial —respondí—. Solo era curiosidad. ¿Puedo utilizar tu ordenador?

—Pues claro que puedes. Lo encontrarás en mi despacho. La contraseña es «21 06».

—¿«21 06»?

—El cumpleaños de Mason —añadió con una simplicidad que me dejó descolocada. No sabría decir por qué, pero había algo en la dulzura e ingenuidad de aquella frase que me llegó al corazón de un modo incomprensible.

—Gracias —murmuré.

Después me despedí, deseándole que le fuera bien en el trabajo, y colgué.

Cogí la foto y fui a su despacho, que estaba en la planta baja. Era una estancia ordenada y luminosa, con una librería adosada a la pared y un escritorio al frente. Me acomodé en la butaca de color crema y examiné la espléndida mesa que tenía delante. Era de una madera extremadamente pulida, espaciosa como un puente de mando, y estaba decorada con pequeñas incrustaciones de pizarra. Abrí el portátil de John y tecleé la fecha: 21 de junio.

Estuve navegando un buen rato por internet.

No era una experta en la web, el único acceso que tenía en Canadá era a través de los ordenadores del instituto. Viviendo como vivíamos en los confines del mundo, nunca dispusimos de uno en nuestra cabaña.

Resultaba paradójico que la hija de un informático tan ilustre apenas supiera usar un portátil. Nunca me había parado a pensar en ello, aunque el motivo empezaba a estar claro: realmente mi padre había hecho lo posible por cortar todo contacto con aquel mundo.

Al cabo de una hora, me arrellané en el respaldo de la butaca.

Nada.

No había encontrado nada, ni siquiera una vaga referencia. Me había metido en páginas de astronomía, de mecánica de cohetes, de lanzamientos espaciales, pero no di con nada que tuviera que ver con la cita de mi padre.

Nadie había pronunciado aquella frase.

¿Qué estaba tratando de decirme?

Salí del despacho y me guardé la foto en el bolsillo. Una leve corriente de aire me agitó el cabello alrededor de la cara, fui hasta la entrada y vi que la puerta de casa estaba abierta.

Arrugué la frente.

Me acerqué a cerrarla, pero en ese momento oí el crujido de una página.

Miré fuera. Y el corazón me dio un vuelco.

Mason estaba sentado en la tumbona del porche. El olor a jazmín impregnaba el aire, y una brisa ligera le acariciaba el pelo revuelto. Tenía un libro de texto en las rodillas, la mano reposando en el surco que había entre las páginas, la cabeza apoyada en la esquina de la pared, y los ojos cerrados.

¿Estaría… dormido?

Me sentí presa de un encantamiento, de una magia que me había atrapado entre sus hilos de plata. Las piernas me pesaban como el plomo, pero mi corazón se elevó por los aires, atrayéndome hacia aquella visión.

Debía de estar realmente cansado para haberse quedado dormido de aquel modo, con el libro aún abierto sobre las piernas; sabía que no paraba de entrenar para el combate que tenía a final de mes. A veces incluso lo había oído bajar por la noche para recluirse en la sala de entrenamiento.

Me situé delante de él con suma cautela. El aire estaba saturado de sonidos, los pájaros gorjeaban bajo el sol del atardecer, pero, con todo, temía despertarlo. Me sentía cohibida, como si estuviera espiando un fragmento de su vida o haciendo algo de lo que debería avergonzarme. Sin embargo, mientras me agachaba, comprendí que no podía evitarlo.

Por primera vez, observé su rostro como si fuera un cuadro.

Tenía una pequeña cicatriz junto al labio, un diminuto corte más claro que no le había notado hasta ese momento. También tenía otros entre las cejas, casi invisibles, seguramente debidos a la disciplina que practicaba.

No estaba acostumbrada a verlo así. Los hombros relajados, las pestañas reposando sobre los pómulos esculpidos, el rostro distendido y en calma. Dios mío, qué guapo era.

Sentí una atracción palpitante e irresistible, y al mismo tiempo una profunda vulnerabilidad.

Mason me hacía temblar el corazón.

Lo moldeaba a su antojo sin siquiera rozarlo.

Lo hechizaba sin necesidad de mirarlo.

Y, además, tenía aquellos ojos de animal salvaje, aunque bajo su piel palpitaba un alma cálida como el sol.

A veces me había parecido verla.

A veces, cuando en sueños volvía a aquella playa, la vislumbraba en sus ojos abiertos de par en par.

A veces incluso creía poder acceder a ella.

Habría querido tocarlo.

Solo tocarlo…

Alcé la mano. Vacilé, volví a retirarla, pero la acerqué de nuevo, como una paloma blanca y tímida. Con temor, delicadamente, posé las yemas de mis dedos en su pómulo.

Tenía la piel suave y cálida.

El viento movió las páginas, y fundió su perfume con el de las flores, conformando una mezcla embriagadora. Dejé escapar un suspiro, aterrorizada y encantada al mismo tiempo de poder vivir ese instante.

Siempre había detestado las esencias artificiales que desprendía la gente. Yo amaba la fragancia de la tierra, el aroma arrogante del bosque en las noches de verano.

Pero Mason… El olor de su piel me hacía perder la cabeza, y también el perfume que exhalaba su tupido cabello.

Me acerqué aún más. El corazón me latía en el estómago, se me aceleró la respiración. Tenía la boca entreabierta, turgente y cautivadora. Respiré sobre sus labios, con el alma en tensión, y mi aliento se mezcló con el suyo, lento y profundo.

Volví en mí de pronto y retrocedí apresuradamente, asustada de mi propia osadía. Lo miré con los ojos muy abiertos, conteniendo la respiración, y en ese momento él frunció las cejas. Hui antes de que se despertara y me refugié en mi habitación como una cobarde.

¿Y si hubiera abierto los ojos?

¿Y si me hubiera visto?

«Maldita sea», me dije, frotándome los párpados con las muñecas.

Era patética.

¿Por qué no era capaz de mantenerme alejada de aquel chico?

¿Por qué pensaba una cosa y después hacía otra?

Yo no era así. Sabía endurecer mi corazón, sabía gestionarlo. No perdía la cabeza así como así.

Sin embargo, no podía quitármelo de la mente.

Me habían enseñado a protegerme de la maldad.

Me habían enseñado a protegerme del dolor.

Pero nadie me había explicado cómo protegerme del amor.

Aquella noche no bajé a cenar.

Me quedé en la habitación estudiando, tratando de borrar de mi mente el rostro de Mason.

Más tarde, el ruido de mis tripas me indujo a soltar el bolígrafo.

Miré la hora y decidí ponerme en pie y llevarme algo a la boca. Mientras bajaba al piso inferior, tenía la esperanza de que John me hubiera dejado algo preparado en la encimera.

Un inesperado sonido de voces provenía de la cocina. La luz estaba encendida, y estuve dudando antes de acercarme despacio.

Sin embargo, cuando llegué al umbral me arrepentí de haberlo hecho.

John y Mason se encontraban allí. Aún no habían recogido la mesa y los cubiertos seguían sobre los platos ya vacíos.

Pero lo que más me llamó la atención fue que no estaban comiendo, en realidad no hacían nada.

Estaban sentados uno al lado del otro, con las sillas algo apartadas, y Mason intentaba explicar algo. John tenía los brazos cruzados y reía, reía sinceramente, sus serenas facciones y sus ojos vivarachos reverberaban con la luz de la estancia. Ni siquiera habían reparado en mi presencia.

No sabría decir por qué, pero aquella intimidad me conmovió. De pronto me sentí una completa extraña, como si hasta aquel momento no me hubiera dado cuenta del pequeño universo que formaban John y Mason cuando estaban juntos.

Ellos eran aquello. Siempre habían sido aquello. Eran aquel calor, aquellas miradas de complicidad, aquel vínculo tan estrecho que nadie más podría comprender.

Eran una familia.

Igual que mi padre y yo.

Y yo no había sido capaz de verlo hasta ese momento. O quizá no había querido verlo, por lo sola que me sentía, por cómo me había enganchado a John como si solo fuera mío. De pronto todo adquirió sentido: Mason, que no quería llegar tarde al almuerzo con John; Mason buscando siempre su mirada, que nunca le respondía mal. Mason, que le sonreía, y John, que conocía a todos sus amigos. Mason, que siempre había intentado soportarme delante de su padre, seguramente para no decepcionarlo.

Finalmente repararon en mi presencia. Pude sentir cómo aquella armonía se hacía añicos, igual que si una música bellísima se viera interrumpida por una nota desafinada: yo.

John me sonrió al verme. Pero cuando Mason alzó la vista, di un paso atrás instintivamente.

—Oh, Ivy. Te he mantenido la cena caliente.

Observé la sonrisa de mi padrino, y me sentí tan fuera de lugar que se me cerró la garganta. Nunca me había sentido tan desplazada como en aquel momento. Nunca.

—Yo... —farfullé mirando al suelo. Apreté los dedos, y me esforcé en tragar saliva—. Yo... voy a dar un paseo.

Di media vuelta, para sorpresa de mi padrino. Mason, a su lado, se limitó a mirarme, pero hizo lo posible por que nuestras miradas no se encontrasen.

—¿Cómo? —inquirió John, levantándose de la silla—. ¿Qué? ¿A estas horas?

—Sí —respondí sin volverme, y oí el crujido que hizo aquel momento al romperse en pedazos. Atravesé el salón, vi mi gorra encima del sofá, la cogí y la agarré con fuerza.

—¡Pero, Ivy, te he guardado la cena! —dijo él, y salió tras de mí; me sentí tan mal que apreté los labios.

«No me sigas, por favor...».

Solo habría querido no estar siempre en medio.

—Ya comeré después. —Aferré el tirador, pero John me retuvo.

—¿Adónde vas a ir sola? Es tarde. Fuera está oscuro, no quiero...

—Solo necesito dar cuatro pasos —murmuré, pero la verdad era que quería escapar, dejar de interponerme, no interferir más en su armonía—. Vuelvo enseguida. Solo daré una vuelta por el barrio. Te lo prometo.

Me miró con preocupación, tratando de comprenderme, de leer en mis ojos el porqué de aquel comportamiento.

Pero no se lo permití.

Antes de que pudiera añadir algo más, me volví y salí por la puerta.

Recorrí el camino de grava, crucé la verja y llegué a la calle, entre hileras de farolas encendidas y las sombras de un cielo sin luna.

Durante un tiempo interminable vagué sin rumbo.

Paseé envuelta en el silencio del barrio, con las manos en los bolsillos y la gorra calada. El viento se mezcló con mis pensamientos y la oscuridad alivió mi espíritu.

Tuve una sensación extraña, como si unos ojos me estuvieran observando. De hecho, ya había sentido lo mismo otras veces, cuando por la mañana iba camino del instituto. Miré a mi alrededor, pero el hecho de no ver a nadie no contribuyó a que me serenase, sino que, por el contrario, me provocó un extraño malestar. Aceleré el paso y decidí regresar.

Cuando giré por la calle de casa, vi que había alguien delante de la verja.

Pero no era cualquiera.

Mason alzó la cabeza. Su rostro emergió a la luz de las farolas y sentí cómo se me alteraba la respiración.

¿Qué estaba haciendo allí?

Traté de elaborar una respuesta mientras me acercaba, pero el corazón empezó a latirme tan fuerte que no pude razonar con lucidez.

Cuando me detuve frente a él, sus iris refulgieron en la oscuridad y se entretuvieron observando mis pupilas.

—Tienes a mi padre preocupado.

Su voz profunda me acarició la espina dorsal. Apreté la mandíbula, pero procuré no ponerme rígida.

—Creía que tú eras inmune a sus paranoias —respondí—. Apenas han pasado diez minutos.

Tendría que haberme sentido feliz de que volviera a dirigirme la palabra después de cómo lo había tratado. Y aunque la idea de abrazarme a él como una pobre desgraciada no me desagradaba en absoluto, fui capaz de reunir la suficiente dignidad como para reprimirme.

Lo observé por debajo de la visera, y vi que arrugaba la frente.

Perfecto, ya lo había cabreado otra vez.

¿Por qué me parecía que no era capaz de hacer otra cosa?

Pasé a su lado y apoyé una mano en la cancela de entrada, pero en el último momento me detuve. Con los dedos aún sobre el metal, expresé un pensamiento sin lograr contenerme:

—No tenías por qué tomarla con Nate. —Hice una pausa, y añadí—: Él no tuvo la culpa de lo que sucedió.

—En realidad, no tiene nada que ver con eso.

Me volví.

Él me estaba mirando fijamente con sus penetrantes ojos.

En la penumbra, sus labios se veían grandes y compactos, casi aterciopelados, y en un instante de locura me pregunté qué sucedería si pasara un dedo sobre ellos.

Reprimí aquel impulso, aunque no pude evitar estremecerme.

—¿Y con qué tiene que ver, entonces?

Fue un susurro sutil, y la mirada de Mason descendió hasta mi boca.

Un escalofrío me atravesó el corazón.

Ladeó el rostro, y pude ver su mandíbula recortándose a contraluz mientras sus labios entretejían tres palabras:

—Con otra cosa.

Era su modo de zanjar cualquier cuestión, de decirme que no debía hacer preguntas. Ya estaba aprendiendo a conocerlo, aunque por primera vez intuí que había algo más.

—¿Otra cosa? —inquirí.

—Parece que te interesa mucho todo lo que tenga que ver con él.

Me lo quedé mirando, confundida. De pronto, sus ojos adquirieron un matiz sombrío y brillante a la vez, y dio un paso adelante.

—¿Hubieras querido que fuera él? —Lo sentía cada vez más cerca—. ¿Hubieras querido que fuera Nate quien te salvara?

Bajé levemente la barbilla, en una especie de gesto defensivo. Su presencia me atraía, me subyugaba, como si no tuviera modo de hacerle frente.

—Entonces fuiste tú —deduje—. Fuiste tú realmente.

Algo cruzó por sus iris oscuros. Traté de aprehenderlo, de hacer que permaneciera, pero él apartó la mirada antes de que lo lograse.

—¿De qué estabais discutiendo Nate y tú? —insistí.

—No es asunto tuyo.

Volvía a hacerlo.

«No es asunto tuyo —seguía diciéndome—. Mantente al margen». Aquella distancia entre nosotros era un abismo infranqueable. Yo no formaba parte de su vida, no pertenecía a su mundo, y eso nunca cambiaría.

—Después de todo, quizá hubiera preferido que fuese Nate —murmuré, sintiendo una nueva oleada de frustración.

Era mentira, pero en cualquier caso surtió el mismo efecto. Mason entornó los párpados, sombrío.

—Seguro que sí.

—Al menos él es coherente consigo mismo.

—¿«Coherente… consigo mismo»? —repitió, acercándose más.

Yo estaba atacando su orgullo, y eso me otorgó un ápice de poder.

—Sí. Él no me evita, para esperarme después fuera de casa.

Casi se me echó encima.

—¿Y yo sí que lo hago?

—Tú ni siquiera me miras —le espeté furiosa, pero al instante me mordí la lengua.

¿Qué gilipollez acababa de decir?

Un amago de pánico me secó la garganta. Me puse inmediatamente a la defensiva y ajusté el tiro:

—Te empeñas en evitarme, en fingir que ni siquiera existo. Me dejas tirada en medio de la calle, para que me quede bien claro, y después la tomas con Nate por haberme puesto en peligro, como si eso te importase. ¿Tú a eso cómo lo llamas?

Estaba sacando afuera una rabia que hasta ese momento no sabía que albergaba. Quería oírlo admitir que se preocupaba por mí, que había tenido miedo, pero al mismo tiempo estaba demasiado desilusionada para creer que fuera cierto.

—El numerito funciona con los demás. Funciona con tus amigos, con los vecinos, incluso con John. Pero conmigo no.

—¿«El… numerito»? —repitió remarcando las palabras, con los ojos fulgurantes.

Lo tenía tan cerca que podía sentir su cuerpo como una caricia, y por un instante la rabia y la atracción conformaron una mezcolanza letal.

—¿Quieres que hablemos de tu numerito? —prosiguió con una voz sibilante que me dio escalofríos—. Nunca te has interesado por nada de lo que hay aquí, no sabes ni siquiera cómo es una ola, ¿y de pronto te mueres de ganas de arrojarte al océano? Yo diría que la incoherencia es el primero de tus problemas.

Su voz ejercía un poder persuasivo fortísimo, como una droga embriagadora.

—Te equivocas —respondí apretando los puños.

—No trates de negarlo.

—Eres tú quien ha venido aquí. ¡Yo lo único que quería era estar sola!

Él esbozó una sonrisa mordaz.

—¿Por qué? ¿Acaso no lo estás siempre?

Dio en el blanco con tal precisión que no pude por menos que guardar silencio. De pronto, toda la frustración que había tratado de proyectar en él se evaporó, y me quedé vacía.

Miré al suelo sin siquiera buscar palabras con las que replicarle, pero me fijé en que la mano de Mason estaba rígida. Cerró los dedos en forma de puño, pero yo sabía que no había mentido.

Era cierto.

Sin embargo…, me sentía cansada.

Ya no podía luchar más contra él.

Ya no podía seguir librando aquella batalla.

Así que cuando Mason alzó la mano y la acercó a mi cabeza, cerré los ojos y abatí el rostro.

Sujetó la visera de mi gorra con los dedos y me la quitó lentamente. Puede que quisiera reafirmar su poder, pero, en cualquier caso, la nuestra era una lucha que él acababa de vencer.

Mi melena se deslizó sedosa por mi piel blanca, acariciándome los párpados, que seguía manteniendo cerrados. Un velo de finísima seda, con reflejos argentados, me acarició la garganta. Percibí el perfume de pino que desprendía cuando el viento suspiró entre nosotros.

Miré de nuevo a Mason.

Pero él… él ya no sonreía.

El sarcasmo había desaparecido de su rostro. Me estaba observando, sin mover un músculo, con la mandíbula contraída y la mano aún congelada en aquel gesto.

En sus ojos capté algo que no había visto hasta entonces. Era como si, solo por un instante, en el fondo de su mirada… apenas admitiera que tampoco podría vencer.

Me habría gustado que nos entendiéramos.

Me habría gustado que pudiéramos hablar, escucharnos, comunicarnos.

Pero la verdad era que no estábamos hechos para ello.

Yo siempre había sido un desastre con las palabras.

Y él nunca había querido dejarse conocer.

Quizá algún día llegaríamos a un punto de encuentro.

O tal vez tomaríamos caminos distintos. Nos olvidaríamos el uno del otro, como asteroides que se cruzan por azar y después se pierden para siempre.

Nos haríamos mayores, más testarudos, más obstinados, fuertes y orgullosos. Pero él siempre sería el océano en el que yo no podría nadar.

Él siempre sería mi proyectil en el corazón.

Con esa alma ardiente y esos ojos de tiburón.

Y nunca lo sabría.

14

De marfil

—*¿Se han vuelto a burlar de ti?*

Su voz era un guante cálido. Me abracé a él, pues era demasiado chiquitina para poder hacer nada más.

No era buena haciendo amigos. Era una niña introvertida y esquiva, y mi padre era el único capaz de reconfortarme.

—*¿De qué se trata esta vez?*

—*Es por el nombre* —*me lamenté entre sollozos*—, *dicen que es ridículo. Que es feo. Que aún me hace más rara.*

—*No llores, Ivy* —*me dijo*—. *Los otros niños no entienden… No saben lo preciosa que eres. Eres perfecta tal como eres.*

—*No es verdad* —*repliqué con mi vocecita. Sabía que no valía, porque había sido él quien me había puesto aquel nombre. Él lo eligió para mí cuando nací*—. *Solo lo dices porque eres mi papá.*

Pero él me estrechó en sus brazos, y mi llanto se fundió con sus latidos. Hubiera querido decirle que me hacían daño las miradas de los demás niños, que me entristecía no poder jugar con ellos. Que, aunque era silenciosa, algo podía aportar.

Conocía las estrellas. Y aquellos juegos con números. Sabía sonreír, siempre que esa gente no me mirase de aquel modo.

—*No. Lo digo porque sé cuánto vales. Tú eres mi flor. Mi pequeña flor de marfil…*

Abrí los ojos. El océano rugía a lo lejos.

No sabía por qué había ido allí, a la sombra de aquellos árboles.

Observaba la extensión de agua con la mirada vacía, perdida en recuerdos lejanos.

Había vuelto a soñar con él.

Su rostro, sus ojos familiares. En mis sueños seguía conmigo.

A veces, cuando lo tocaba, su calor parecía tan real que me quedaba sin respiración. Me temblaban los párpados, se me tensaba el corazón y se rompía de dolor. Sangraba en el silencio de la noche, sola, ahogando en la almohada la agonía que durante el día trataba de suprimir a toda costa. En esos momentos, siempre rezaba por que John no me oyese.

—Tenías razón —murmuré mientras observaba el océano—. Es mucho más grande que nuestras montañas…

Me imaginaba que lo oía reírse. Lo hacía siempre que yo admitía haberme equivocado en algo. Pero nunca me respondía con obviedades. Me enseñaba a abrirme, a cuestionarme, pero lo hacía de un modo sereno.

—Te echo de menos —susurré.

Se me rompió la voz. Odiaba que me sucediera eso, porque aún lo hacía más real.

Era como admitir que él no estaba.

Que no volvería a estar.

Que aquellos recuerdos eran la única cosa que me quedaba.

Nunca había tenido una familia «de verdad». Pero había tenido una familia «verdadera».

Y no hubo necesidad de que fuera numerosa, para mí la familia era una sola persona. Eran sus ojos, su dulzura y su buen corazón. Era un cuento relatado al anochecer y una sonrisa fuera de la escuela. Era un consejo, un perfume, una caricia por sorpresa, era quien me había enseñado a caminar, primero por la vida y después por el mundo.

Familia es quien da su corazón para hacer que crezca el tuyo. Y yo la había perdido para siempre.

—Oh, ya estás aquí —canturreó Miriam cuando llegué a casa—. ¡Bienvenida!

Respondí con un gesto. A pesar de mi humor sombrío, me ayudó a quitarme la mochila.

Tenía el presentimiento de que le caía muy bien; a menudo la sorprendía observando mis delicadas facciones, y cuando me ponía a dibujar bajo el porche, siempre me lanzaba unas miradas muy afectuosas.

—Mason ya está en la mesa —me informó—. John te ha dejado preparada la comida.

—Gracias —respondí, y ella me sonrió.

Cuando entré en la cocina tenía algo de hambre, y tal vez por eso mis ojos se dirigieron directamente al pollo en lugar de a Mason.

Estaba allí sentado, solo.

Pese a mi estado de ánimo, sentí una chispa en el corazón. Su presencia siempre me provocaba cierta desconfianza, y al mismo tiempo me emocionaba. Me acerqué despacio, y una vez en la mesa, aparté una silla y me senté frente a él.

Sus dedos sostenían un pedazo blanco de pollo. Movía la mandíbula con lentitud y me miraba fijamente. Tenía la boca turgente y roja mientras masticaba, y cuando se lamió el labio inferior se me cerró la garganta.

Cogí un muslo dorado y empecé a comer, sin alzar la vista.

Estaba segura de que me estaba mirando, y… en aquel momento caí en la cuenta de que era la primera vez que comíamos juntos sin John.

Normalmente Mason se levantaba de la mesa, o yo no me sentaba.

Un soplo de calor me entibió el corazón. ¿Sería posible que, a pesar de nuestros desencuentros, algo estuviera cambiando?

—Mason —lo llamó Miriam. El matiz de preocupación que había en su voz me llamó la atención. Se acercó turbada, con su vaporoso pelo moreno cayéndole por detrás de los hombros—. Mason…, hay alguien en la puerta.

—¿Alguien?

—Dos hombres —especificó—. Dos hombres… vestidos de negro.

Mason frunció el ceño y se limpió la boca con la servilleta.

—Mi padre no está. Quienes quiera que sean, que vuelvan por la tarde.

—No están aquí por el señor Crane —dijo. Me miró a mí, y yo me quedé paralizada—. Quieren hablar con ella.

Se hizo el silencio.

Mason se volvió y me miró. Yo aún tenía un bocado detrás de la lengua, pero no levanté la vista.

—¿Qué quieren? —pregunté mientras me incorporaba.

—No lo sé, señorita, no me lo han dicho.

Me limpié las manos con la servilleta y salí de la cocina. Llegué al vestíbulo, y una vez en la puerta, dos pares de ojos me escrutaron.

La expresión de los dos hombres era severa, glacial, pero no fue eso lo primero que percibí.

Antes que nada, me impresionaron sus trajes oscuros y las corbatas impecables que lucían a modo de seña distintiva. Uno de ellos, el que estaba más cerca de la entrada, tenía el pelo canoso y las manos puestas una encima de la otra, en una postura rígida pero compuesta.

—Señorita Nolton. Buenos días.

Distantes, fríos, profesionales. Incluso la voz me pareció la misma. Tuve una sensación de *déjà vu*, y todos mis sentidos se pusieron a la defensiva.

—Disculpe la intrusión. ¿Podemos entrar?

—¿Quiénes son ustedes? —inquirió Miriam a mi espalda, armándose de coraje.

Uno de ellos sacó una tarjeta identificativa de la americana y me la pasó.

—Agente federal Clark, señorita Nolton. Necesitamos hablar con usted.

Alcé la mirada sin coger la tarjeta. Él no sonreía.

Sabía por qué habían venido. Lo sabía demasiado bien, y ellos también lo sabían.

Una sutil emoción comenzó a ascenderme por el pecho. Cada fibra de mi cuerpo luchaba por que aquel sentimiento no se apoderase de mí y me trasladara lejos de donde me encontraba en ese momento. Di media vuelta y me dirigí al interior de la casa.

—Por aquí.

Los dos agentes me siguieron. Miriam balbució algo, pero ellos la dejaron atrás sin más.

Los hice pasar al salón. Esperé a que se hubieran sentado y cerré las grandes puertas. Mientras tiraba hacia mí del picaporte, mi atención se centró en Mason.

Estaba allí, de pie, con su esbelta figura, en el centro de la puerta de entrada. Su presencia me acarició, como siempre, pero me limité a devolverle una mirada indescifrable; sus penetrantes ojos fueron lo último que vi antes de que nos aislásemos en el salón.

—Adelante —les dije todavía de espaldas—. Les escucho.

—Siéntese, por favor —me propuso uno de ellos.

Obedecí sin el menor entusiasmo. Entonces el otro se arregló la corbata y empezó a hablar:

—Señorita Nolton, ¿sabe qué es la seguridad nacional?

No me molesté en responder.

—Se trata de proteger el país de amenazas que ponen en riesgo su independencia y su integridad. El ámbito de acción es vasto y abarca desde la esfera militar a la territorial, del campo social hasta el cibernético.

Hizo una pausa y retomó la palabra:

—Sin duda sabrá que los Estados Unidos de América son la república federal con el mayor nivel de secretos del mundo. Existen organismos dedicados a velar por esos secretos, y no tardaron en detectarla en cuanto usted llegó aquí. Estamos seguros de que es consciente de lo importante que resulta su colaboración. Es necesario que comprenda que debe cumplir con su deber en interés de este país. Por consiguiente, si usted tiene conocimiento de alguna información reservada, este sería el momento idóneo para que habláramos de ello.

Eran las mismas palabras, los mismos argumentos, las mismas frases saturadas de términos que querían decirlo todo, pero al mismo tiempo no decían nada.

Era como aquel día en el hospital.

Aquella sensación me caló profundamente, y de pronto me pareció que la estancia se venía abajo.

Mi propia oscuridad me engulló delante de aquellas miradas implacables.

Sin embargo, allí me encontraba yo, en la misma posición. Solo que entonces estaba sentada en un universo distinto, que olía a hospital y a medicinas.

—*Ivy.*

En aquella luz solo existía el sonido de su voz. El «bip» era tenue, lejano, demasiado débil.

—*Soporta, Ivy —me repitió con la voz entrecortada—. Soporta.*

Las lágrimas me ahogaron. Cerré con fuerza los ojos torturados, y sentí cómo me laceraba el dolor, sin poder combatirlo.

—*No —susurré, aunque me estaba haciendo pedazos.*

Me apreté contra su pecho, tratando de darle todo lo que había en mí.

—*Todo irá bien —dije despacio, mientras cada fibra de mi cuerpo gritaba y yo me sentía morir en medio de un sufrimiento insoportable—. Te lo prometo.*

Lo abracé; su frente se había reducido a una telaraña de surcos. Se me rompió el corazón cuando vi aquella sonrisa familiar que jamás se extinguiría, mirándome.

—*Te lo prometo, Ivy. No estarás sola.*

Me estrujé los dedos. En mi interior todo vibraba como un planeta a punto de implosionar.

—No tengo nada que decir. No sé nada que pueda interesarles.

—Señorita Nolton, escuche: tenemos razones para pensar que usted está en posesión de…

Me puse en pie de golpe.

—No, escúcheme usted. Ya vinieron otros como ustedes, directamente al hospital, donde mi padre aún no estaba «frío» —exclamé furiosa—. Yo no lo tengo, ni sé dónde está. No me lo dejó a mí. No me dejó nada. Si hubiera tenido la oportunidad de disfrutar de un instante más con él, pueden estar seguros de que no sería eso lo que le habría preguntado.

Los dos agentes de la CIA me miraron con ojos de mastín.

—Si está ocultando información…

—Yo no estoy ocultando… ¡NADA! —les espeté.

No era propio de mí alzar la voz, pero sentía una rabia venenosa, corrosiva, que me impedía razonar.

—¿Creen acaso que custodiaría el monstruo que le arruinó la vida? ¿El motivo por el cual fue incriminado? No —dije entre dientes antes de que pudieran interrumpirme—. No me interesa lo que pudiera ser para él. Ni lo que es para ustedes. Pero les diré lo que es para mí: la última cosa en el mundo que querría proteger.

—¿Y nunca se ha preguntado adónde podría haber ido a parar?

El tono indignado del otro agente me incitó a fulminarlo con la mirada.

—Un ingeniero de fama nacional diseña un arma informática de altísimo nivel, una auténtica bomba tecnológica capaz de hacer colapsar infraestructuras estratégicas enteras, ¿y usted no se pregunta cómo ha podido volatilizarse en la nada? —Me lanzó una mirada acusatoria—. No mienta.

Aquello fue peor que un puñetazo.

«No mientas —habían dicho también los del servicio secreto canadiense—. Dinos la verdad».

No les importó que él acabara de morir.

Que yo hubiera perdido a mi padre.

Que el dolor me estuviese partiendo en dos.

No les importó que yo también me hubiera apagado con él.

Solo ambicionaban su creación.

—¿Quieren la verdad? —susurré con los puños temblorosos. Lentamente fui alzando la vista, devastada y rezumando rencor, sobre ellos—. Pues bien, tengo una buena noticia para ustedes, señores: el país está a salvo. No tienen nada de qué preocuparse, Robert Nolton ya no supone ninguna amenaza para la seguridad. Ese código murió con él. Y ahora, fuera de esta casa.

No se movieron. Permanecieron allí durante un larguísimo instante, con sus bonitos trajes y su expresión intimidatoria. Pero cuando al fin comprendieron que no obtendrían nada de mí, se pusieron en pie.

Clark me miró con frialdad.

—Si recibiera alguna revelación milagrosa… —dijo mientras me pasaba una tarjeta—. Contacte con nosotros.

Por toda respuesta, volví la cara y apreté los puños. El hombre dejó la tarjeta sobre la mesita.

—Buenos días.

No le respondí. Caminé delante de ellos hasta las puertas y las abrí. Me quedé a cierta distancia, en el lado opuesto a la entrada, por donde ellos desaparecieron al fin.

Subí al segundo piso con los párpados ardiendo. Todo lo veía de color negro. Me palpitaba la vista, me dolían los ojos, y aquel dolor era un fiel reflejo de cómo me sentía por dentro.

Llegué a mi habitación y me detuve de golpe.

«Soporta, Ivy».

En un arrebato tiré todos los libros que había encima del escritorio. Sobre el suelo se formó un caos. Me arrodillé y me tiré del pelo hasta hacerme daño.

Ya no podía más.

Querían hacerse con lo que mi padre había creado, pero él estaba muerto, estaba muerto, y eso no le interesaba a nadie.

Para ellos solo era cuestión de sacar provecho. Y yo solo habría querido gritar, decir que yo también había muerto con él, que el mundo ya no tenía color desde que él se había marchado.

Que nadie me lo devolvería.

Que todo cuanto me quedaba de él era mi nombre.

Mi nombre, que cuando yo era pequeña era objeto de burlas, miradas sarcásticas y palabras despectivas.

Mi nombre, que para mí era el tesoro más valioso, porque me lo había puesto él.

Y yo lo había protegido, lo había ocultado como había podido, porque no pensaba permitir que nadie lo emplease como pretexto para herirme. No ahora que solo me quedaba eso.

—¿Quiénes eran esos tipos?

Me sobresalté, y sentí un profundo escalofrío.

La imponente figura de Mason estaba bajo el umbral.

Me incorporé inmediatamente, esperando que no se hubiera percatado de mis lágrimas. Tragué saliva, tratando de volver a meterlo todo dentro, y al hacerlo sentí que el dolor se me quedaba encajado en la garganta. No podría soportar que me viese en aquel estado.

—Nadie —mentí.

No necesité mirarlo para saber que no me creía.

—¿Qué querían de ti?

Apreté los dientes. Con el rabillo del ojo vi que se estaba fijando en que me temblaban las manos.

—Ivy.

—Nada —espeté—. No querían nada.

Lo esquivé y salí de la habitación. Me latían las sienes. Necesitaba alejarme, encerrar mi caos bajo llave, pero Mason no me lo permitió. Me siguió, pisándome los talones, mientras bajaba las escaleras y me dirigía al sótano tratando de dejarlo atrás. Y en el último peldaño me agarró del brazo.

—No mientas.

No habría podido decirme nada peor. Sacudí con fuerza el brazo, que ya empezaba a arderme al contacto con sus dedos, y le lancé una mirada furiosa.

—¡Mantente al margen, no es asunto tuyo!

—¿Estás de broma? ¡Dos agentes federales acaban de salir de mi casa, explícame por qué no es asunto mío!

—¿Tan difícil te resulta entenderlo? —Había llegado al límite. Era demasiado: el dolor, la frustración, aquella cólera destructiva. Por primera vez, sentí la necesidad de hacerle daño. De arañarlo con las manos, con las palabras, con todo cuanto tuviera a mi alcance—. Te fastidia no ser el centro de atención, ¿eh? No puedes soportarlo. Debe de ser difícil vivir dentro de tu propio ego y no poder ver más allá. Casi me das pena —le espeté con saña—. A lo mejor ya va siendo hora de que te preguntes por qué.

Sus ojos me dejaron clavada en el suelo.

—Déjalo ya.

—Oh, ha de ser duro —proseguí impertérrita— que todo el mundo esté pendiente de ti, que nunca te falte de nada. Observas el mundo desde lo alto de tu vida perfecta, y crees que todos te deben algo, pero te equivocas —le repliqué mirándolo con dureza—. Yo no te debo nada.

Ojalá Mason hubiera percibido mi angustia.

Ojalá hubiera comprendido cuánto estaba sufriendo.

Ojalá hubiéramos sido distintos y no tuviéramos el alma tan intrincada. Entonces habría visto que detrás de mi intención de herirlo había una necesidad desesperada de canalizar el dolor que me estaba desgarrando por dentro.

Pero Mason no, Mason ni siquiera en ese momento era capaz de ver más allá de mi muro.

Éramos demasiado distintos.

No…

Éramos demasiado parecidos.

Teníamos los mismos defectos.

Y, posiblemente, las mismas debilidades.

Teníamos los mismos miedos, los mismos sueños y las mismas esperanzas.

Y como dos espejos demasiado próximos, nos reflejábamos el uno en el otro.

Pero nunca llegaríamos a tocarnos.

—Oh, en cambio, tú no… —replicó con un susurro grave, vibrante y profundo, como si proviniera del fondo de un volcán.

Lo miré directamente a la cara y vi cómo sus ojos oscuros refulgían, iluminando su rostro ensombrecido por la rabia. Una vez más, tuve la impresión de haber tocado una tecla que no debía, una herida abierta que él trataba de ocultar a toda costa.

—Tú lo entiendes todo, ¿verdad? Tú ves más allá, cómo no.

Furioso, se cernió sobre mí desde su impresionante altura y prosiguió con su diatriba:

—Te rodeas de secretos y los llevas a la vida de los demás, pero ¡ay de quien ose preguntarte algo! ¿Sabes qué te digo?, que ya he tenido suficiente —me espetó, destilando ferocidad—. Te crees muy buena juzgando a los demás, pero ¿y tú? ¿Te crees distinta?, ¿mejor? Estás tan obsesionada contigo misma que incluso les ocultas tu nombre a los demás.

Me quedé inmóvil. Lo miré inerme, y él entornó los ojos.

—¿Qué te pensabas, que no estaba al corriente? ¿Que durante todo este tiempo no sabía nada? Lo sé todo de ti. Te afanas en esconder cosas inútiles como esta, que de tan simples resultan ridículas —me espetó a un palmo de mi nariz, mofándose—. Porque tú, claro, tú has de tener mil secretos. Te gusta hasta tal punto que no puedes vivir sin ellos. ¿Te divierte ver a los demás atormentarse detrás de tus misterios? ¿Te divierte verlos desesperarse por ti? Oh, te encanta, ¿verdad, *Ivory*?

La bofetada llegó potente y precisa.

El pelo de Mason se desplazó a un lado, y por un instante en la estancia vacía solo se oyó aquel estruendo, como el estallido de un cañón.

Mi mano ya no temblaba. La piel de la palma me ardía. Pero desafortunadamente sabía que no era por la violencia del golpe.

Tras un momento de inmovilidad, me miró. Me observó por debajo de sus mechones castaños, y en su rostro vi el reflejo del mío, pálido y hosco como nunca hasta entonces.

—Tú no sabes nada.

Debería haberlo hecho hacía mucho tiempo.

Debería haberlo hecho enseguida. Desde el primer momento, en cuanto llegué.

De esa forma, quizá no se hubiera filtrado nunca a través de mis grietas.

Quizá no me hubiera acariciado el corazón.

Habría podido odiarlo, simplemente, con todo mi ser, sin sentir que su aliento me desgarraba el alma.

Mason entornó los ojos. Me miró furioso, con una belleza en el rostro que hacía daño. Y de pronto, sin previo aviso, cogió un pincel de la repisa que había a su lado y me lo lanzó directamente a la cara.

Me sobresalté, me había pillado desprevenida y las cerdas me rozaron la mejilla. Al cabo de medio segundo contraataqué.

Cogí el primer tarro que tenía a mano y se lo lancé al pecho; la tapa se abrió y el barniz lo alcanzó de lleno.

A partir de ahí se desató una lucha furiosa de manos, tarros y salpicaduras, consistente en que yo agarraba todo lo que tenía a tiro y se lo lanzaba, y él hacía lo mismo. Cogí el rodillo de pintar y logré restregárselo por su maldita boca antes de que lograse arrebatármelo. Mason me lanzó un tapón sucio a la cara, y yo me hice con un gran bote de lata, dispuesta a tirárselo con todas mis fuerzas a la cabeza: una cascada de pintura azul le estalló encima, y ambos tropezamos, perdiendo el equilibrio hacia atrás y resbalando en el plástico.

Acabamos en el suelo, sobre un revoltijo viscoso. Luchamos como gatos callejeros, hasta que él logró inmovilizarme ambas muñecas, y aquella locura llegó a su fin.

En ese momento me di cuenta de que estaba jadeando.

Me vi a mí misma subida a horcajadas encima de él, con los muslos empapados y las manos extendidas hacia delante, como las garras de un águila.

Él me miraba con los ojos desencajados. Se le veían oscuros y grandes, entre todos aquellos chorretes y trazas de esmalte. Su respiración oscilaba debajo de mí, amplia y profunda, y por un instante no existió nada más.

Sus iris me absorbieron el alma.

Me despojaron de toda la rabia, de la furia. Y también de la fuerza.

Me dejaron vacía e impotente. Sola con mi conciencia.

Habríamos seguido hiriéndonos el uno al otro, arañándonos y lastimándonos.

Aquel camino no tenía salida: la bestia me cerraba el paso, y ya era demasiado tarde para retroceder.

Me sabía de memoria las leyes de la supervivencia: ante el peligro, dispara o muere.

Yo había tratado de disparar. Pero había sido un poco como morir.

Lastimarlo me hacía sufrir. Herirlo y herirme se habían convertido en la misma cosa.

Y ahora la fiera me hacía frente, pero tenía unos ojos demasiado bonitos como para no perder el corazón en la empresa.

Y yo… solo hubiera querido tocarla.

—A veces, para ver se necesita algo más que un par de ojos —susurré. El recuerdo de aquellas palabras me oprimió la garganta—. A veces se necesita un corazón… capaz de mirar.

Hubiera querido dejarlo entrar.

Confesarle mis inseguridades.

Decirle que tenía miedo. Que últimamente albergaba mucha rabia, y mucho dolor, demasiado para un pequeño cuerpo como el mío.

Que en realidad… me gustaban las estrellas. Y que hasta entonces no había tenido un color favorito, pero, de tenerlo, cada vez se parecería más al de sus ojos.

Que sabía patinar, cazar, dibujar.

Que hubo un tiempo en que sabía sonreír.

Pero había perdido mi arcoíris.

Se había apagado delante de mis ojos.

Y no volvería a verlo.

Me incorporé y nuestros cuerpos se separaron. Por un instante tuve la sensación de que quería retenerme.

—Ivy —susurró, pero no me detuve.

El mundo se estaba disolviendo.
Salí de allí antes de que viera cómo me derrumbaba.
Porque a veces no basta con amar.
A veces se precisa el coraje para soportar.
Y yo… nunca lo había tenido.

15

Soporta

«*Soporta*», me dijo por primera vez, cuando tenía siete años.

Los niños se burlaban de mí, decían que tenía un nombre ridículo, que el excéntrico de mi padre me había moldeado con nieve, por eso no tenía mamá.

«*Soporta, Ivy*», me decía después de una aparatosa caída, limpiándome las rodillas de ramitas. Me susurraba que resistiera, y yo apretaba los dientes, y combatía el dolor.

Aguantar, resistir siempre.

Soportar los embates de la vida con entereza.

Ese era su lema.

«*Es el mayor poder con el que contamos* —me explicaba mi padre—. *Proviene directamente del corazón*».

Me lo enseñó porque, para él, el verdadero coraje se medía en función de la fuerza para no derrumbarse.

«*Soporta*», susurraban sus ojos mientras la luz se desvanecía de su rostro.

Nunca en mi vida había odiado tanto una palabra.

Dawson era pequeño, remoto y desolado, una cáscara de bellota encajada entre las montañas.

Era un pequeño pueblo cerrado y frío, y la gente que vivía en él lo era aún más.

Él no era como ellos. Nunca lo fue.

Saludaba a todo el mundo, tenía una risa radiante, y siempre les sonreía a todos.

Nadie sabía de qué estaba huyendo.

Nadie sabía quién era en realidad.

Mi padre tenía el sol en el corazón y un pasado borrascoso, pero puede que precisamente por eso fuera el arcoíris más hermoso que jamás había podido verse.

—¿Por qué te miran así?

—¿Así, cómo?

—Te miran siempre… así. Todos.

—A lo mejor es porque soy guapo.

Mi yo de ocho años frunció el ceño. Alargué una manita y acaricié aquella sonrisa desenfadada.

Me parecía simpático, gracioso, siempre arrugaba la nariz. Pero ¿guapo?

—¿Por eso nos miran así? ¿Porque somos guapos?

—Guapísimos —susurró papá, con una simplicidad que me persuadía.

Lo miré con mis grandes ojos, y él me correspondió con una de sus sinceras sonrisas.

—¿Esta noche te apetece mirar las estrellas?

Él veía cosas que los demás no veían.

Había una luz en sus ojos que la gente no captaba. La chispa de un genio demasiado grande para un lugar tan pequeño.

Conocía las constelaciones, las leyes de los números, los lenguajes ocultos en las series cifradas.

Me enseñaba cosas con las que los otros niños ni siquiera podrían soñar, y yo veía en él una magia que a los demás les resultaba invisible.

Hubiera querido que ellos también lo vieran así.

Hubiera querido que entendieran lo especial que era.

Pero a veces, para ver algo, no solo se precisan un par de ojos.

A veces se necesita un corazón.

Capaz de mirar.

—¿Qué te ha dicho?

Yo evitaba su rostro, los puños apretados.

—Ivy —repitió—, ¿qué te ha dicho?

—Que estás loco.

Él me miró. Echó la cabeza hacia atrás y… estalló en una carcajada. Era tan joven, tan alegre, que me pregunté qué hacía entre toda aquella mediocridad.

—¿Y tú qué crees?, ¿que estoy loco?

—Les he dicho que eres fuerte. Que jugamos con los números, que sabes muchas cosas… Que mi papá es inteligente.

—¿Y el pequeño Dustin qué te ha dicho?

—Que solo una chiflada diría que un loco es inteligente.

—¿Y por eso le has soltado un mordisco?

—¿Por qué? —le pregunté una vez.

Ya no podía soportar todas aquellas burlas de los otros niños. Me llamaban «fantasma». «Monstruito hecho de nieve, de huesos, como tu nombre». Hubiera querido ser invisible, no darles más motivos para que se mofaran de mí.

—¿Por qué no me pusiste un nombre normal, como el de todos los demás?

—Porque tú no eres como todos los demás. Porque cuando hay algo distinto, único y raro, no hay que esconderlo, sino valorarlo.

Me miró a los ojos y vi la misma luz con la que yo siempre lo había mirado a él.

—Tengo un regalo para ti. ¿Quieres verlo?

Me mostró un pequeño colgante blanco. Estaba unido a una cadenita, y observé cómo centellaba cuando me lo puso alrededor del cuello.

—Tiene forma de pétalo. ¿Te acuerdas de aquella flor que vimos ayer, en el bosque? —Sonrió—. Es una campanilla de invierno. También la llaman «galanto», que es un nombre más cortito. Es pequeña y muy blanca, igual que tú. Es la primera que florece cuando el invierno llega a su fin. Aunque parece frágil, es la única capaz de asomar entre la nieve, antes que todas las demás.

El colgante de marfil resplandeció al contacto con mi piel.

—La gente podrá mirarte, Ivy, pero pocos sabrán verte de verdad. A veces los ojos no bastan. No lo olvides nunca.

El invierno en que nací fue difícil. El más frío de todos en los últimos años.

No fue hasta mucho después que mi padre me confesó que no creía que yo fuera a lograrlo.

Pero cuando vine al mundo, para él fui como una de esas florecitas inmaculadas que emergen de la nieve.

Como la campanilla de invierno, que surge del manto níveo con toda su fuerza.

Como el galanto, que desafía al invierno para lograr florecer.

Para él, yo siempre fui como la campanilla de nieve.

La flor de marfil.

—*¿Por qué nunca vamos a ver a John?*

Mi padre no se volvió. Siguió quitándose la chaqueta, de espaldas.

—*¿Quieres ir a California?*

—*Siempre viene él —señalé—. Nos visita todos los años, pero nosotros nunca hemos ido a verlo. Ni una sola vez.*

—*No creía que quisieras ir. ¿Y si te enamoras de un joven surfista y decides largarte?*

Lo miré con una ceja enarcada mientras dejaba el rifle encima de la mesa. La muchachita que había en mí se mostró muy escéptica al respecto.

—*¿De verdad que es ese tu miedo?*

—*No, es porque todos se me quedarían mirando.*

—*¿Y eso por qué?*

—*¿Quizá porque soy guapo?*

No parecíamos padre e hija.

Éramos demasiado distintos; él, extrovertido como el verano; yo, silenciosa como el invierno.

Lo entendí con el tiempo.

Cada luna tiene un sol que la hace brillar. Y él era el único que me hacía sonreír. El único capaz de reconfortarme.

No éramos extraños, éramos auténticos.

Mi padre reconducía mi soledad, y de pronto todo parecía funcionar, como si a través de los mismos ojos yo también pudiera ver el mundo como él.

Y en el fondo no importaba que no tuviera muchos amigos, en el fondo eso era lo propio de un espíritu solitario como el mío. Mientras él estuviera conmigo, nunca me sentiría sola.

«Mira con el corazón», me decía siempre, cuando yo no era capaz de ver más allá.

Y yo… nunca había dejado de intentarlo.

Un día se cayó por las escaleras.

Hacía semanas que le dolía la espalda, y a causa de un vértigo no había visto el escalón. Lo encontré en el sótano, tendido boca abajo, preocupantemente pálido y con la piel bañada en un sudor frío.

«He perdido el equilibrio», me dijo. Y yo no lo quise ver.

No quise hacerlo, porque, aunque sea cierto que hay que mirar con el corazón, hay cosas ante las cuales preferimos estar ciegos.

«Es por culpa del sueño. No duermo muy bien», me respondió más adelante, cuando le pregunté por qué siempre estaba tan cansado.

Pero él entendía cosas que yo no entendía.

Sabía cosas que yo no sabía.

Siempre había tenido la capacidad de imaginar, de comprender antes que los demás.

A los pocos días conocí el término «adenocarcinoma».

Incluso con la voz del oncólogo de fondo, era incapaz de asimilar aquella palabra. Tratamientos terapéuticos, curas antitumorales, sesiones intensivas de quimioterapia.

Había mantenido la mirada fija sobre el reflejo plastificado del informe. Con los dedos entrelazados en mi regazo y la mano de papá sobre la mía.

«Todo irá bien», me susurraba.

Nunca había sido bueno mintiéndome.

El hospital se convirtió en mi segunda casa.

Estaba con él cuando le administraban el fármaco que contenía cisplatino. Mientras le entraba en las venas, miraba su cuerpo postrado en la cama y esperaba que funcionase.

Obtuve un permiso para quedarme a dormir por las noches. De día, en cambio, estaba obligada a ir a la escuela, y pensaba constantemente en cuándo podría volver a su lado.

Tras el primer ciclo de quimio creí que habría superado lo peor.

Me había hecho falsas ilusiones.

Se pasó toda la noche vomitando. Mientras las enfermeras acudían a ayudarme, lo sentí temblar, como yo temblaba de pequeña, cuando sufría entre sus brazos.

Sus piernas no tardaron en llenarse de morados. De hecho, la quimioterapia le había provocado un descenso de plaquetas y eso lo predisponía a las hemorragias.

La piel se le estaba volviendo más fina cada vez. Y, en contrapartida, el cuerpo se le había hinchado tanto que no le entraba el calzado cuando lo acompañaba a dar un paseo por la planta.

«*Soporta, Ivy*», decía su voz, un hilo de sutura que nos mantenía unidos. La llevaba conmigo allí adonde fuera, cuanto más trataba de soportar, más me susurraba que fuera fuerte.

«*Soporta*», me repetía continuamente. Tenía aquella palabra metida en el corazón, y por la noche llenaba mis sueños de flores blancas manchadas de moretones.

«*Todo irá bien. Te lo prometo*».

Pero sus fuerzas iban flaqueando progresivamente, y sus ojos cada vez estaban menos vivaces. Las energías disminuían cada vez más, y su cuerpo se consumía.

Durante la noche le sobrevenían violentos ataques de dolor que lo arrancaban de sueños densos y artificiales. Unas veces era un fuerte ardor de estómago; otras, una terrible presión en el esternón que parecía oprimirle el cuerpo hasta quebrárselo.

También vomitaba, una y otra vez, y su dolor era tan real que yo lo sentía bajo mi piel.

—Ojalá dejasen de mirarte tanto —dije una noche con un hilo de voz. Aquel día había pasado las de Caín. Su barriga estaba tan hinchada que habían tenido que clavarle una aguja enorme en el peritoneo para dejar que fluyera el exceso de líquido a través de un catéter.

—Te miran siempre… siempre de ese modo. No lo soporto.

Mi padre sonrió, una sonrisa que era todo aristas, moretones y dulzura.

—A lo mejor es porque soy guapo.

No tuve fuerzas para responderle.

A esas alturas, el pelo se le caía a puñados.

Siempre lo había tenido rizado, abundante y castaño, una pelambrera que podría reconocerse entre miles.

En la nuca, asomando entre algunos mechones aislados, podía distinguirse el cráneo.

Vomitaba tan a menudo que los jugos gástricos le habían llenado la garganta de ampollas; a veces no podía respirar, y era yo quien lo ponía de lado antes de que llegase la enfermera, para que no se ahogase.

«Soporta», repetía la voz. Se había convertido en una obsesión, y por la noche me retorcía las pestañas para mantener los párpados abiertos.

«Soporta», me ordenaba a mí misma, hasta perder el apetito y la sed.

Pero cuanto más se marchitaba, más me consumía yo con él.

Cuanto más se apagaba, más luz perdía mi mundo. Y la noche gritaba, una condena cumplida en la silla del hospital, un dolor atroz que me rompía el alma y el aliento.

—¿Te acuerdas de cuando me dijiste que querías ir a ver a John? —Sus ojos eran dos pedazos de cielo sufriente—. Podría ser una buena idea… Podría gustarte.

—No quiero ir a California —le dije, con una opresión en la garganta.

No quería hablar de ello, no en ese momento.

—Es un lugar bonito —me dijo, mirándome con ternura—. Yo crecí allí. ¿Te he dicho alguna vez que John era mi vecino? Por aquel entonces aún vivía en la periferia de San Diego. Allí, el cielo luce tan azul que es como si pudieras nadar dentro. Y podrías ver el océano. Es muy bonito, ¿sabes?

No quería ver el océano.

No quería ver aquel cielo.

Yo solo quería nuestra vida. Una casa de troncos. El sol en sus ojos.

Quería el ruido de sus pasos, y nuestras botas bajo el porche, un par más grande, y el otro más pequeño.

Quería verlo caminar, reír, comer. Y también correr, soñar, respirar.

Quería verlo vivir.

Lo demás no me importaba.

—Iremos juntos —le respondí—. Cuando estés curado.

Mi padre me miró. Pero esa vez… no sonrió.

Porque él lo sabía desde siempre.

Yo tampoco era buena diciendo mentiras.

—Ivy.

El «bip» sonaba débilmente en el aire. Ahora ya no oía otra cosa.

—Ivy —repitió.

Alcé apenas mi rostro demacrado. «Fantasma», me llamaban de pequeña. «Espectro». Posiblemente me había convertido en uno.

—Tengo una cosa para ti. —Sonrió, y aquel gesto le supuso un esfuerzo terrible—. Mira.

Me mostró el álbum que sostenía entre sus manos.

—Quiero que lo tengas tú —me dijo mientras yo lo cogía lentamente—. Hace tiempo que quería dártelo. ¿Por qué no lo abres?

Me fijé en que estaba mi nombre en la cubierta. Comprendí cuál era la intención de aquel gesto y sentí que el corazón se me venía abajo. Me lo estaba dando a modo de recuerdo.

Su recuerdo.

Las manos me empezaron a temblar.

—No puedes —susurré. El temblor aumentó, y apreté los dedos—. No puedes dejarme sola.

De pronto, toda la angustia que había estado tratando de ignorar estalló como un monstruo.

Me puse en pie y sentí una repulsión fortísima, un malestar que me incendió el estómago, la mente, el corazón, todo. Necesitaba vomitar el dolor, porque me estaba corroyendo el alma.

No podía respirar.

No podía dormir, comer, vivir.

Era demasiado.

—Ivy…

—¡No puedes! —grité, con las lágrimas quemándome los ojos—. ¡Dijiste que estarías conmigo, dijiste que todo iría bien, y mírate!

Yo estaba sufriendo hasta lo indecible, pero él parecía no entenderlo. Hubiera querido que dejara de sonreír a todas horas, que viera mi dolor, el tormento que me desgarraba. Hubiera querido decirle que la idea de perderlo me estaba haciendo enloquecer, que le daría mi corazón si fuera necesario.

—¡Dijiste que iríamos a pescar juntos, que me llevarías a Alaska el próximo verano! ¿Y ahora me das esto? ¿Crees que no sé lo que significa?

En aquel momento, la realidad se desplomó sobre mí.

No podría sentir su risa.

No podría sentir su perfume. Ni el sonido de su voz.

Y él ya no vería cómo me hacía mayor.

No estaba preparada, se me estaba rompiendo el alma. Existía un límite para el dolor que una persona era capaz de soportar.

—Eres fuerte. Siempre lo has sido…

—¡No soy fuerte! —grité mientras las lágrimas me corrían por las mejillas.

Me sentía deshecha. Era demasiado joven, demasiado insegura, estaba demasiado confundida.

Tenía miedo, porque me estaba dejando sola en aquel mundo.

—¿Quién me ayudará a afrontar la vida? ¿Quién estará a mi lado? ¿Quién me enseñará a distinguir la diferencia entre lo correcto y lo incorrecto si tú no estás? ¿Quién?

Hubiera querido hace saltar todos los tubos a los que estaba conectado.

Hubiera querido arrancarlo de aquella cama, arrancarle aquel mal, cogerlo de la mano y arrastrarlo fuera de mis miedos.

Ya no sería la misma sin él.

—Ven aquí…

—¡No! —prorrumpí entre lágrimas.

Mi padre sonrió con tristeza. Extendí el brazo haciendo un esfuerzo, con el alma rota por el llanto.

Me acerqué y me incliné sobre su pecho, como una hoja temblorosa.

«Soporta», gritaba su voz en mi cabeza, y yo oculté el rostro en su cuello.

—¿Crees que quiero dejarte? —musitó con dulzura—. ¿Crees que podría abandonar a mi chiquitina? —Cerré los párpados, y él prosiguió—: Sé que tienes miedo. Sé que estás asustada… Yo también lo estoy. Pero… a veces las cosas no van como quisiéramos. ¿Recuerdas cuando escuchamos aquel tema en la radio?, ¿aquel que nos gustaba tanto? Al final descubrí cómo se llama: «Always with me». Tú estarás siempre conmigo, Ivy. Y yo… Yo estaré siempre contigo. Allí donde te encuentres.

Me apretujé contra su bata, ardía en lágrimas. No saldría adelante. No sin él.

—¿Quieres saber qué simboliza el galanto? —Mi padre cerró los ojos—. Esperanza. Y nueva vida. Porque florece en medio de las dificultades. Y posee una fuerza en su interior que las demás flores no tienen. La fuerza de querer vivir. Nada hay tan fuerte como eso. Nada es tan fuerte como mi pequeña flor de marfil.

Cerré los ojos, consumida por la angustia.

—No me veo capaz —supliqué—. No me veo capaz, papá…

—No estarás sola. Te lo prometo, Ivy. Alguien cuidará de ti. —Me estrechó entre sus brazos con las pocas fuerzas que le quedaban—. Pero tú… tú nunca olvides aquello que eres. Sigue tu corazón, siempre. Y quiero que sepas que… estoy orgulloso de la chica que eres. Y de la adulta en la que te convertirás. Estoy seguro de que serás una mujer espléndida. Tenaz, valiente, igual que tu madre…

La cima del dolor me resultó insoportable. Hubiera querido darle mi aire, mis años, curarlo con mi amor. Hubiera querido llevar la esperanza a aquellas paredes, como una campanilla de invierno. Como un galanto. Pero no podía.

Solo podía resistir. Soportar. Y no tenía la fuerza suficiente.

Mi padre me acarició el pelo. Permanecí abrazada a él durante lo que me parecieron horas, hasta que en un momento dado preguntó:

—¿Cómo están las estrellas ahí fuera?

Entonces cometí una locura. Lo ayudé a levantarse y lo acompañé hasta donde estaba la puerta de la salida de emergencia.

—Aaah —suspiró, y sus ojos brillaron con el reflejo de miles de estrellas.

El cielo estaba maravilloso, pero yo lo miraba a él todo el tiempo.

«No me dejes —gritaba cada centímetro de mi ser—. No me dejes, por favor, quédate conmigo, soy demasiado luna para estar en este mundo, y si tú te apagas, yo también me apagaré.

» Te presto mis ojos, yo cuidaré de ti, ten, toma mi corazón. Extiéndete por mi alma, te regalo mis sueños, mi voz es tuya. Toma lo que quieras, vacíame de todo, pero, por lo que más quieras, no te vayas. He contado mis latidos, y son suficientes para los dos. No me dejes —le supliqué—. Te necesito más que el aire que respiro».

Cerré los ojos mientras mi padre apoyaba su cabeza en la mía.

—Siempre estarás conmigo —repitió con un susurro que me desgarró por dentro.

Lo estreché fuerte contra mi pecho, y en medio del silencio nuestros corazones se abrazaron. Una vez más.

Se fue al cabo de pocos días.

Se fue mientras estaba con él, mientras su mano estrechaba la mía. No la soltó en ningún momento.

Cuando su latido se apagó, mi corazón también lo hizo.

—Lo siento —murmuró alguien.

Una grieta crujió, rechinó y finalmente estalló. Mi alma se partió en dos, algo gritó en mi interior, pero esta vez no era yo.

«Soporta», oí en mi cabeza. Aquel sonido silbante recosió mis pedazos como si fuera una marioneta rota, pero nada quedaba en pie, nada parecía poder superar el dolor de morir sin morir de verdad.

—Mis condolencias —dijeron los enfermeros, pero yo ya no oía nada.

Mi mente se estaba cerrando como un caparazón protector.

Había sellado a mi padre en mi interior, para protegerlo. Y había dejado fuera el hospital, sus ojos cansados, el olor de los medicamentos. Tenía el corazón anestesiado.

Tal vez todo había sido un sueño. No tardaría en despertar.

Sí, me lo encontraría en la cocina, preparando el desayuno y silbando con la radio encendida.

Iríamos juntos a Alaska.

Me lo había prometido.

—¿Señorita Nolton?

Dos hombres se acomodaron en las sillas del corredor. Ni siquiera levanté la vista: mis ojos vacíos eran el espejo de mi alma.

—CSIS, señorita Nolton. Servicio secreto canadiense. Lamentamos su pérdida. Lo sentimos, pero debemos hacerle algunas preguntas…

Mira con el corazón, me había enseñado.
Porque a veces no basta con los ojos.
Pero mi corazón estaba roto. Mi corazón estaba en ruinas.
Y ya no volvería a saber cómo mirar.
Se quedaría, tal como me había prometido…
«Con él para siempre».

16

Detrás de todos tus porqués

Lo recordaba de cuando era así.

El pelo tupido, las mejillas sonrosadas, los ojos azules y radiantes.

Sentada en el suelo, con la espalda apoyada en la cama, observaba la foto en la que salíamos mi padre y yo.

En esa época me parecía un gigante, con aquellos brazos fuertes y la nariz siempre agrietada. Había heredado de él su metro setenta y dos, a pesar de lo cual, siempre lo miré desde abajo.

Al menos, hasta los últimos días.

Fui consciente de la alegría que me proporcionó aquel instante, y al mismo tiempo lo lamenté.

Hubiera querido decirle a aquella niñita que no lo hiciera enfadar. Que lo estrechara con fuerza, que lo abrazara durante un poco más de tiempo, y que no desperdiciara ni un solo segundo.

Totalmente vacía, examiné el álbum que tenía a mi lado. Encontré el símbolo de los tres pétalos, que representaba una campanilla de invierno. Tenía justamente esa forma, como una campanilla blanca invertida.

No era una decoración.

Era una señal.

Era el símbolo de nuestra conexión, de mi nombre, de todo aquello que está oculto y emerge a la luz.

No podía estar allí por casualidad.

Siempre había una lógica detrás de todo lo que hacía mi padre; me había enseñado grandes cosas mediante los más pequeños gestos, y el colgante que llevaba era prueba de ello.

¿Pero qué quería decirme?

Estudié la polaroid, le di la vuelta.

Era inútil. No había nada aparte de la película envejecida y los números de serie…

Miré con más detenimiento. Algunas cifras eran más oscuras que otras, como si las hubieran destacado. Las examiné detenidamente, y hubo algo que me pareció inusual.

Entonces lo vi.

Y el mundo se detuvo.

Algo en mi cerebro encajó como una llave en una cerradura: desapareció la habitación, desapareció la foto, y en mi memoria emergió un recuerdo lejanísimo, desvaído pero poderoso…

Los relucientes zapatos negros destacaban sobre la alfombra de lana.

Curioseé desde la puerta.

Los dos hombres de negro hablaban en voz baja, y yo era demasiado pequeña para que se fijasen en mí.

No sabía quiénes podían ser. No venían de la escuela. En una tarjeta que llevaban prendida del pecho vi que ponía CSIS. Y como ese día habíamos jugado con los números, pensé: 3, 19, y, otra vez, 19.

—Cuando llegó aquí hace ocho años declaró que no estaba en su poder.

—Así es.

Mi padre parecía tranquilo, como siempre. Tenía una leve sonrisa en los labios, pero en sus ojos brillaba la chispa de una inteligencia cortante como una navaja de afeitar.

Nunca le había visto aquella mirada.

—¿Es todo cuanto tiene que decir?

—Se trata de información confidencial, señores. Estoy seguro de que la inteligencia canadiense no esperará que viole las leyes de no divulgación de secretos que me impone mi país.

Los dos hombres le lanzaron una mirada siniestra, pero él los ignoró.

—¿Por qué ahora? Ya registraron la casa hace dos años…

—Sería capaz de ocultar una bomba en un grano de uva. —El hombre más alto entrechocó los dientes, contrariado—. Ahórrese los jueguecitos, Nolton. Un ingeniero de su talla sabe cómo apañárselas

para que no lo pillen desprevenido. Se da cuenta, ¿verdad? Hay quien lo definiría como un criminal.

—El código fue destruido —dijo mi padre, despacio—. Lo destruí yo personalmente.

—Los que son como usted no destruyen a sus criaturas. Son demasiado sentimentales. —El hombre fulminó a mi padre con la mirada. No me gustaba el modo en el que le hablaba—. ¿Quién sería capaz de destruir un trabajo como el suyo? No, la verdad es bien distinta. Y usted lo sabe. Por eso no perdió el tiempo a la hora de abandonar su país en cuanto tuvo ocasión. Se ha construido una vida estupenda aquí con su niña…

—Mi hija no tiene nada que ver con todo esto. —A mi padre se le borró la sonrisa. En aquel rostro joven y familiar, oculta en la penumbra, su aguda mirada era la de una mente temible.

—Ha nacido aquí, y en virtud de la jurisdicción del Estado es una ciudadana canadiense, como mi esposa.

—¿Y sus conciudadanos estadounidenses?

—Ah, así que ese es el problema… —Mi padre alzó una comisura del labio, pero no para esbozar una sonrisa de las suyas. Parecía un animal nocturno, como esos que yo oía aullar por las noches—. ¿Pretenden investigar a John Crane cada vez que venga a mi casa?

—Viene a menudo por aquí.

—Me trae tarta de manzana. ¿Acaso está violando algún protocolo de seguridad?

El hombre saltó como un perro guardián.

—Ahórrese la comedia —gruñó—, puede esconderse como una rata en el lugar más remoto del mundo, pero eso no cambia las cosas.

—Señor Nolton —terció el otro, más tranquilo—, John Crane no es ajeno al caso Tártaro.

—Es un amigo. No tiene nada que ver con mi trabajo.

El tipo más alto apretó la mandíbula y le lanzó una mirada gélida.

—Eso ya se verá.

—¿Papá?

Los hombres de negro desviaron la vista en mi dirección.

Los observé desde la puerta, con mis pequeños puños cerca del pecho.

Mi padre me vio y la sombra desapareció de su rostro.

—*No pasa nada, tesoro.* —Me tendió los brazos, corrí a su encuentro y dejé que me cogiera en brazos—. *Estos señores ya se iban.*

Ellos no parecieron estar de acuerdo. Le lanzaron una mirada cargada de significados, pero salieron.

Sin embargo, antes de marcharse, el hombre enfadado me miró.

Volví a verlo años más tarde, frente a la pared blanca de un hospital. Me diría que no mintiera.

—*Entonces... ¿has descifrado mi mensaje?* —me preguntó cuando se hubieron alejado.

Asentí.

—*¿Y qué decía?*

Rebusqué en el bolsillo del peto, y le di la hojita con los tres números. Lo miré, y le respondí con toda naturalidad:

—*Ivy.*

Aquel recuerdo regresó nítido a mis ojos abiertos por la sorpresa.

El juego de los números.

La criptografía.

«*Está loco*», decían los niños, pero él nunca había sido como los demás. Me enseñaba cosas que ellos no entendían, y decía que todo podía ser reconducido a los números, incluidas las letras del alfabeto.

Las técnicas de cifrado eran la base de cualquier lenguaje informático. Había muchísimas, todas distintas, y él me explicaba los mensajes en código, lo poco que, siendo una niña, podía alcanzar a comprender.

Era sencillísimo: bastaba con sustituir los números por las letras del alfabeto. Era demasiado intuitivo, por eso mi padre decía que se trataba de una criptografía débil. Las había más seguras, pero aquella fue la primera que me enseñó.

—*No hay una clave, ¿ves? Algunos sistemas tienen una clave, es decir, una palabrita mágica para descifrarlos. Un día te lo enseñaré, pero este es fácil, mira... 1 para la letra A, 2 para la letra B, 3 para la C, y así sucesivamente. «Ivy», por ejemplo, es...*

—*9 22 25* —susurré al tiempo que miraba aquellos números resaltados en la secuencia.

«Ivy».

Me incliné hacia delante, con el corazón a mil por hora. Cogí el álbum y lo hojeé a toda prisa. No había encontrado ninguna otra cosa escrita con letras, pero los números estaban por todas partes: detrás de las postales, en la foto de mi madre, incluso en los recortes de periódico de mis dibujos. Al principio creí que eran secuencias numéricas, pero me equivocaba.

Eran algo más.

Eran un mensaje.

Tomé mi cuaderno de dibujo, lo abrí por una hoja en blanco y empecé a confeccionar una lista del alfabeto con sus números correspondientes, del 1 al 27, para que sirviera de ayuda.

Localicé las cifras resaltadas, las marqué con un círculo, y después las puse en línea, escribiendo las letras una detrás de otra. Me temblaban los dedos.

Mi padre era programador. ¿Y si hubiese dejado un mensaje codificado en aquellas páginas para que yo lo encontrara?

Tal vez aquel álbum tuviera un porqué, tal vez significara algo, tal vez fuera importante, tal vez… Tal vez…

Solté el bolígrafo y contuve la respiración.

Ante mis ojos, dos palabras destacaban limpiamente:

Soporta Ivy.

Me quedé inmóvil mirando lo que había escrito.

La realidad me dio una bofetada tan fuerte que sentí cómo me palpitaba la cabeza. Me puse en pie, con los ojos muy abiertos. Se me aceleró el corazón, y empezó a bombear una emoción turbadora y destructiva.

Arañé el álbum y lo arrojé lejos de mí.

—¡No! —grité mientras una rabia incontenible me aplastaba la piel—. Dijiste que estaríamos juntos, que nada nos separaría jamás, ¡me mentiste!

Las lágrimas me cerraban la garganta; lancé la foto en la que aparecíamos los dos, y sentí que de algún modo yo también moría con el dolor de aquel gesto.

—¿Cómo has podido dejarme aquí? ¿Cómo has podido abandonarme? ¡Solo te tenía a ti! ¡Eres un embustero!

Arranqué de mi corazón su sonrisa. Su mirada. Nuestros días felices. Ya no los quería conmigo. Me hacían demasiado daño, cada recuerdo era como un cuchillo clavado en la carne.

—¡Debías quedarte conmigo! —exclamé a modo de acusación, con los ojos arrasados en lágrimas—. ¡Me lo prometiste, debías quedarte conmigo! ¿Dónde estás ahora? ¿Dónde estás, mientras soy yo quien soporta? ¡EMBUSTERO!

La puerta se abrió de golpe. Alguien se me acercó con paso alarmado, y en ese instante mi cuerpo se desplomó en el suelo, roto de dolor.

Clavé los dedos en la moqueta, el mundo vibraba a mi alrededor.

—Ivy.

La voz de John me rozó como una caricia. Mi dolor trataba de rechazarla, pero mi corazón reconoció su presencia.

—Ivy —repitió, arrodillándose a mi lado.

La tristeza que destilaba su voz fue el golpe definitivo. Me hice añicos como una lámina de cristal, y todas las heridas salieron a la luz, supurando a través de mi piel. No me aparté cuando rodeó mis hombros con su brazo.

—Soy yo… —susurró—. Estoy aquí…

Cerré los ojos y John me acarició la cabeza, atrayéndola hacia sí. Hubiera querido permanecer siempre así, envuelta en aquel abrazo que me recordaba terriblemente los que él me daba.

—Yo… también lo echo mucho de menos —me dijo cuando reunió el valor suficiente—. Lo echo de menos tanto como tú, Ivy.

En su voz… percibí el mismo desgarro. Dejé que me encontrase, que acariciase mis heridas, y su respiración unida a la mía actuó como un bálsamo.

—Echo de menos su sentido del humor, su forma de sonreír por cualquier cosa. Siempre fue así, también cuando era un crío… Sabía ver la esencia de las cosas… y hallaba la fuerza necesaria para hacer frente a cualquier obstáculo. A veces lo reconozco en ti —afirmó, afectuoso—. En tus gestos, en tus ojos cuando me miras. Te pareces muchísimo a él.

Miré al suelo, vacía. John no me soltó.

—Sé lo de los agentes federales. Miriam me lo ha dicho. —Aquellas palabras me provocaron un deseo incontenible de llorar—. Puedo imaginarme cómo te sentiste. Lo siento mucho, Ivy…

—Me hubiera gustado que estuvieras aquí —lo interrumpí con un hilo de voz—. Me hubiera gustado… tenerte cerca.

John se apartó un poco para poder mirarme, y yo cerré los ojos con fuerza.

—Me siento siempre tan furiosa… Llevo esta rabia dentro, todo el tiempo. Ya no sé quién soy… Me siento perdida —confesé con dolor—. Hubiera querido tenerte allí. A mi lado…

En ese momento me percaté de que había sido una estúpida.

Todo el tiempo, un día tras otro…

Yo nunca había estado sola.

Tenía a John.

John, que siempre buscaba el contacto conmigo, que a veces me observaba como si me estuviera rogando que le dijese algo, cualquier cosa, para que pudiéramos hablar.

John, que me quería como si fuera un poco mi padre, y sentí que las lágrimas me llegaban a los ojos mientras él arrugaba la frente, conmovido por mis palabras.

Él siempre me había comprendido.

Había sido yo quien no había sabido verlo.

Si existía alguien en el mundo que quisiera a papá tanto como yo lo quería, ese era John.

—Yo… estoy aquí. —Su mano ascendió hasta mi rostro. Dudó, y al fin me acarició, despacio, con timidez—. Estoy aquí, Ivy. No pienso irme. Te lo prometo…

Miré al suelo, y una lágrima me resbaló por la nariz. Tragué saliva con amargura y, después, lentamente me enderecé y… lo abracé.

John se quedó inmóvil mientras yo hundía el rostro en su camisa. Absorbí su olor a limpio y me acurruqué como una niña. La congoja con la que respondió a mi abrazo me hizo comprender que llevaba muchísimo tiempo esperando ese momento.

—Gracias, John —logré decir por fin, mientras él me abrazaba.

—Sabes que te quiero —susurró emocionado—. Mucho, muchísimo…

Y entonces fui capaz de decirlo.

Con la oreja pegada a su corazón, abrazada a aquel hombre que me había estado esperando día tras día, reuní las fuerzas suficientes para responder:

—Yo también.

Permanecimos así durante un larguísimo instante. Con mi cabeza apoyada en su hombro, después de tanto tiempo, redescubrí la calidez envolvente de un padre.

—John..., debo confesarte algo.

Noté su respiración quebrarse en mi frente cuando dijo, tras una breve pausa:

—Se trata de Mason, ¿verdad?

Asentí.

—Nosotros... no nos avenimos demasiado.

Decir que Mason y yo no nos aveníamos era como decir que los osos y los salmones son grandes amigos.

Era un eufemismo de dimensiones cósmicas, pero también sabía que John se preocuparía muchísimo si le dijera cómo estaban realmente las cosas.

—Sí... —murmuró—. Ya me he dado cuenta.

Me alejé un poco de su hombro para poder mirarlo, y él suspiró.

—Mason no te ha acogido como yo habría deseado. A pesar de que se lo expliqué todo... Sé que no lo ha superado. Nunca lo hará.

Dudó, como si tratara de dar con las palabras adecuadas, y yo intuí que estaba a punto de revelarme la respuesta a muchas de mis preguntas. Nunca osaría interrogarlo, había aprendido a respetar sus palabras tanto como sus silencios. Así que guardé silencio mientras él se tomaba el tiempo necesario para abrirme aquel pequeño resquicio.

—La madre de Mason, ella... era una persona muy especial. Al igual que tu madre, también iba a la Universidad de Berkeley con nosotros. Por aquel entonces era una mujer guapísima, inteligente, decidida... y muy ambiciosa. Se veía como una triunfadora en el futuro y, créeme, nadie se lo habría discutido. Era brillante, literalmente. Un espléndido tiburón en un mar de posibilidades.

Yo lo escuchaba en silencio, dejándolo que se tomara su tiempo.

Cuando llegó Mason, Evelyn ya se había incorporado con éxito al mundo laboral. Fue contratada como promotora de una importante empresa automovilística. Su vida se estaba afianzando, así como su carrera. Sin embargo, pese a su gran sagacidad, no tuvo en cuenta un detalle. No contó con que su hijo, al contrario que el objeto de su trabajo, no era una máquina.

Hizo una pausa y retomó la explicación:

—Mason no siempre ha gozado de buena salud. Cuando tenía tres años era un niño frágil, delicado, que enfermaba a menudo. Los médicos decían que a esa edad no todos los críos gozaban de buena salud y que no había motivo para alarmarse. Con los debidos cuidados, crecería fuerte y sano… Él no era un niño difícil… Era encantador, afectuoso, y siempre estaba contento. Solo requería paciencia. Atención y amor. Lo que necesitaba, en definitiva, era una madre. Y ella no poseía esas dotes.

Aproveché para observarlo cuando cerró los ojos, con una expresión amarga en el rostro.

—Cuando tenía cuatro años, Mason contrajo una grave infección bacteriana en los pulmones. Ella dijo que no era nada, que en vista de la facilidad con la que enfermaba, seguramente sería una tos de tantas. Opté por hacerle caso, convencido de que ella sabría lo que era mejor para su hijo, y esperé. Cuando la fiebre empeoró, Evelyn insistió en que se le pasaría. Lo que sucedía era que… la primera hospitalización requería la presencia de ambos progenitores, y ella no tenía tiempo. Recuerdo que al cabo de unos días tuve que llevarlo a Urgencias porque apenas podía respirar. Estuvo en el hospital más de una semana, y Evelyn tuvo que saltarse un importante viaje de negocios a Japón. Se puso hecha una furia —susurró John—. La tomó con los médicos, me acusó de obstaculizar su carrera, de no entender que se estaba convirtiendo en una persona importante y que la empresa contaba con ella. Tenía ante sí una carrera imparable, y Mason no le permitía vivir aquel ascenso hacia el éxito.

Sacudió la cabeza. Tenía los ojos vacíos, fijos en un punto indeterminado de la habitación.

—Aún me acuerdo del día que se fue. Mason se abrazó a su falda, llorando a lágrima viva. Aún era tan pequeñito… Trataba de retenerla, como si aquellos brazos tan menudos realmente pudieran lograr que se quedara con nosotros. La llamaba «mamá», le suplicaba que se quedase, pero ella no miró atrás.

Me lo quedé mirando un buen rato, incapaz de decir nada.

Era la primera vez que John me hablaba de ella. Me había preguntado en más de una ocasión dónde estaría, y durante un tiempo creí que quizá los había separado un destino cruel como la muerte. Pero me equivocaba.

Me sorprendió que aquella mujer hubiera sido capaz de abandonarlo.

Mientras le cogía la mano despacio, me pregunté quién podría dejar a un hombre tan bueno como él.

—Desde aquel día he procurado darle a Mason todo cuanto necesitaba. He intentado por todos los medios que no sintiera esa ausencia, que estuviera seguro de que no necesitábamos nada más, que los dos nos bastábamos. Y él… él se ha aferrado a mí con todo su ser. Hemos crecido juntos. Y desde entonces nos convertimos en una familia de dos miembros.

Nunca había entendido nada de Mason.

Siempre creí que era un hijo malcriado que trataba mal a sus padres, el clásico niño guapo y arrogante, acostumbrado a recibir todas las atenciones.

Pero no era así.

Mason estaba profundamente unido a John. Y la única persona que él hubiera querido que lo cuidase lo había expulsado de su vida.

No había podido contar con su amor. Ni con su tiempo. Solo con su indiferencia.

—Mason te quiere muchísimo —le comenté entre susurros—. Se nota por el modo en que te mira.

John me sonrió, afectuoso, y fue como un resquicio de luz en medio de tanta tristeza.

—Lo sé. Piensa que, cuando tenía trece años, le dije que estaba saliendo con otra mujer. Tendrías que haber visto qué cara puso… Parecía como si lo hubiera apuñalado por la espalda. Ahora que ha crecido, sé que querría verme feliz…, pero también sé que la ausencia de Evelyn le ha dejado una cicatriz difícil de olvidar. No la ha perdonado. Ni siquiera quiere oír hablar de ella, ese tema lo saca de quicio. La odia, pero, por encima de todo…, odia el hecho de parecérsele tanto. En el carácter, en el aspecto… No soporta que sea parte de él mismo.

«Me pregunto cómo puedes ser hijo de tu padre», le dije una vez. Y ahora comprendía cuán profundamente debí de herirlo. Indirectamente le había recordado a Mason lo mucho que se parecía a aquella mujer que tanto despreciaba.

Ella lo dejó tirado.

Y no miró nunca atrás.

—Por eso empezó con el boxeo —me confesó John, añadiendo una nueva pieza al puzle—, para demostrarle a su madre que sabía ser fuerte. Que no la necesitaba. Que ya no era una carga para nadie. Cuando ganó el primer combate, Evelyn le envió como regalo una camiseta de los Chicago Bulls. Oh, ella siempre ha tenido debilidad por los triunfadores. Cuando gana, siempre le envía un regalo.

Lo miré petrificada.

La camiseta.

Su mirada teñida de incredulidad.

La furia, la rabia y el rencor en su voz.

—¿La camiseta roja? —susurré—. ¿La que está… en el cuartito que hay al fondo del pasillo?

John asintió.

—Hay una caja de cartón llena de ropa. Allí es donde acaban todos los regalos.

Me sentí una estúpida.

¿Cómo no lo había visto antes?

Nadie lo sabía mejor que yo: las bestias más agresivas siempre son las más vulnerables.

—¿Nunca ha habido ninguna otra mujer en esta casa? —pregunté, empezando a atar cabos.

—No; aparte de las asistentas, nunca ha habido una presencia femenina. Mason nunca ha traído a una chica, ninguna ha dormido aquí ni una sola noche.

Al instante supe lo que estaba a punto de decirme.

—Tú eres la primera mujer que vive con nosotros desde Evelyn.

Por eso Miriam me miró de aquel modo la primera vez.

Por eso estaba tan sorprendida.

Observé a John, y de pronto la verdad se hizo demasiado evidente.

Esperaba equivocarme, estar confundida, pero aquel pensamiento se materializó en mi boca antes de que pudiera reprimirlo.

—No se lo habías dicho —murmuré, formulando abiertamente mi sospecha—. Que yo venía a vivir aquí… Él no lo sabía.

El silencio que siguió confirmó mi temor.

—No me dio tiempo —admitió John con voz de culpabilidad—. Todo sucedió tan deprisa… Compréndeme, yo… ya le había prometido a Robert que no te dejaría sola, y… no traté el tema con Mason. Solo le dije que vendrías a vivir con nosotros, sin preguntarle si estaba de acuerdo. Él no sabe nada del pasado de tu padre, Ivy. Ni del motivo por el cual fingimos que eres mi sobrina. Siempre ha sido vuestro secreto… El secreto de Robert. No quería que Mason se viera implicado.

—¡John, él se sintió traicionado porque salías con otra mujer! ¿Y no se te ocurrió explicarle la razón por la que una desconocida iba a vivir con vosotros?

—Tú no eres una desconocida.

—Con mayor razón —repliqué, agotada—. ¿Cómo no se te pasó por la cabeza informarlo de una decisión tan importante?

De pronto me acordé: la tarde que le pregunté a John por aquella puesta en escena, por el asunto de fingir que era su sobrina, Mason se había marchado. Ahora entendía por qué: estaba enfadado con él.

No solo había una extraña en su casa, sino que además le había pedido que mintiera sin siquiera darle una explicación.

Sin embargo, a pesar de todo… Mason lo hizo. Se había plegado a los deseos de su padre. No le había preguntado nada, no había exigido nada.

¿Por qué?

Una vez más, solo cabía una respuesta: el amor y el respeto por ese hombre que estaba a mi lado.

—Siempre se lo he contado todo —dijo con un hilo de voz—. Salvo esto.

Ahora, la realidad era un reluciente globo de cristal que resplandecía en mis manos.

La bestia seguía mirándome con sus ojos refulgentes, pero ya no me parecía tan temible y rabiosa. No.

Me parecía humana.

Intratable, y llena de defectos.

Pero sincera.

No lo estaba justificando. No después de lo que me había hecho pasar.

Sin embargo, como una necia... lo deseaba más que antes.

Con sus torturas y sus cicatrices, con las sombras que forjaban aquel corazón tan orgulloso.

Las cosas más hermosas resplandecen de miedo.

Y de entre todos mis terrores, Mason era el más espléndido que jamás había visto.

—Lo siento —musitó John—. Hubiera querido que Mason y tú os conocierais en otras circunstancias. Quizá las cosas hubieran ido de otra manera... Quizá os hubierais llevado bien. —Me miró, ladeando la cabeza—. Creo que te habría caído muy bien, ¿sabes?

Por suerte no tenía a John enfrente en ese momento, de lo contrario, no habría podido ocultar la expresión de mi rostro.

Me habría gustado decirle a John que Mason me gustaba demasiado. Que el modo en que a veces fulminaba a su hijo con la mirada solo era comparable al ímpetu con que otras irrumpía en el baño, con la esperanza de sorprenderlo dentro, vestido únicamente con sus pectorales. O que la última vez que estuve sentada a horcajadas sobre él, habría preferido mil veces seguir atizándole en aquella posición que apearme de mi montura.

Por eso, al final, mientras miraba en todas direcciones menos en la de John, que seguía exhibiendo los característicos ojos oscuros del linaje de los Crane, masculló un ambiguo:

—Quién sabe...

A lo mejor, después de todo, se habría sentido más feliz sabiéndolo.

A lo mejor le habría gustado conocer la verdad.

A lo mejor un día se la confesaría.

Pero aquel no era el momento.

Aún no había reunido el valor suficiente.

Y por ahora... era mejor así.

—¿Eva?

Aquella jornada no había empezado de la mejor manera.

Bringly acababa de echarme un buen rapapolvo porque aún no tenía la menor idea de en qué consistiría mi proyecto.

Pero lo que jamás me habría esperado era encontrarme a Clementine Wilson junto a mi lienzo en blanco, sonriéndome.

—Hola —canturreó mientras yo me ponía en pie—. Perdona que me haya plantado aquí de este modo. No sé si me recuerdas, nos vimos en la playa. En cualquier caso, me llamo Clementine. Encantada de conocerte.

Vestía un chaleco vaquero y llevaba el cabello recogido en una cola alta. Tenía un aspecto fantástico, totalmente distinto del mío, recatado y tan poco femenino.

—Oh, por cierto, me alegro mucho de que ya estés recuperada. ¡Cielo, qué cosa tan terrible te pasó! Los gritos, tú que no salías del agua… Una tragedia, de verdad. Es un alivio saber que no te sucedió nada, Eva.

—En realidad…

—Entonces ¿eres la prima de Mason? —me interrumpió al tiempo que entrecruzaba las manos tras la espalda.

Parpadeé. Por la expresión insistente de su rostro deduje cuál era el motivo de su visita allí, aunque tratara de disimular. Le sostuve la mirada y, mientras me echaba la mochila a la espalda, le solté en un tono glacial:

—Es Ivy.

—Oh —murmuró con voz almibarada—. ¿En serio? Discúlpame, debí de entenderlo mal… Ivy. ¿Diminutivo de Ivana?

—No —respondí, lapidaria.

La verdad es que fue poco educado por mi parte, pero en lugar de incomodarse, me miró con un punto de sarcasmo.

—No te pongas nerviosa, cielo… Y no te preocupes, que no te lo pienso robar —dijo sonriendo de nuevo y llevándose una mano al pecho. Se mostraba desenvuelta pero teatral, con todos aquellos gestos y aleteos de pestañas—. En cualquier caso, fue espantoso. Nunca había visto a Mason reaccionar de aquel modo… Un auténtico drama. Por cierto, no sabía que tuviera una prima.

«Yo tampoco».

—¿Y sois… íntimos?

Vi el interés brillando en sus ojos y me quedé bloqueada. Sabía lo que quería que le dijese.

Quería la confirmación de que yo no sería un obstáculo, que, aunque yo había surgido de la nada, podía fingir tranquilamente que no existía.

Lo quería para ella hasta tal punto que decidí que no y, antes de darme cuenta, oí que mi orgullo respondía:

—Sí, mucho.

—¿De verdad? —preguntó, poniendo unos ojos casi de lobo hambriento—. Pues nunca me ha hablado de ti.

—Pregúntaselo a él, entonces —la desafié, segura de que no se atrevería a hacerlo, de lo contrario no habría venido a sonsacarme.

De hecho, Clementine estalló en una carcajada.

—¿Tú crees? ¡Estaba bromeando! —Exhibió su bellísima dentadura y me dedicó una mirada chispeante—. Desde luego, por el modo en que te rescató Mason, ya me di cuenta de ello… Aunque quizá lo mejor sería que no volvieras por la playa, si no sabes nadar.

—Sí que sé nadar.

—Claro —dijo ella en tono burlón, mirándome de arriba abajo—. Aunque, a decir verdad, te andaba buscando por otro motivo. Verás, esta noche daré una fiesta en mi casa. Mis padres están fuera toda la semana y tengo permiso para reunirme con los amigos que quiera. Obviamente tú también estás invitada.

De pronto tuve la certeza de que, si yo no le hubiera dicho lo íntimos que éramos Mason y yo, no estaría allí invitándome.

—Pero mañana hay clase —señalé, extrañada.

—¿Y qué? No me digas que en Canadá solo celebráis fiestas los fines de semana como los niños pequeños —comentó, esbozando una risita sarcástica—. Vamos, no te hagas de rogar.

En ese momento sonó su móvil y lo sacó del chaleco.

—Tengo que irme —dijo mientras respondía la llamada—. Entonces te espero, ¿eh? Nos vemos.

La observé mientras se iba, con la cola danzándole en la espalda.

Resultaba tan obvio que lo había hecho para ganarse a Mason que su invitación me molestó incluso más.

A ver, ¿yo? ¿Participar en otra fiesta de zumbados fuera de control? ¿Y encima por propia voluntad? ¿Estábamos locos o qué?

«¡Vas apañada!».

Salí del edificio B, directa al principal. Estaba tan nerviosa que ni me fijé en el chico que me abrió la puerta. Lo reconocí cuando lo tuve enfrente, con la mano en el tirador y sus ojos apuntándome directamente.

—Oh —murmuró Nate—. Entonces eras tú. La vista no me había engañado.

Me dejó pasar, pero advertí que se encontraba incómodo. Desvió la mirada y se puso las manos en los bolsillos, visiblemente cortado.

—¿Tienes… prisa?

—No —respondí con un tono de voz más suave, olvidándome por un instante de Clementine.

—¿Cómo estás? —me preguntó.

—Estoy bien. ¿Y tú?

Me miró fijamente, y en sus ojos distinguí emociones imposibles de ignorar. No habíamos coincidido desde aquel día en la playa, y yo sospechaba que no había sido por casualidad. Suponía que él no había esperado todo ese tiempo solo para venir a hablar conmigo.

—Ivy. —Nate tragó saliva—. Yo…

—No lo digas —me anticipé—. No debes decirlo.

—Lo siento.

Lo miré a los ojos y sacudí la cabeza. No era necesario, Nate no había hecho nada por lo que tuviera que excusarse. Era absurdo que yo fuese la única en pensar así.

—No quiero volver a oírtelo decir —murmuré—. ¿Vale? Lo que pasó no fue culpa tuya. Deja de culpabilizarte.

—Debería haber estado más atento —insistió con voz afligida, y se mordió el labio—. La corriente me arrastró demasiado lejos… Traté de llegar hasta ti, pero me dio un calambre a causa del agua helada y… no fui capaz de ayudarte. Cuando logré recuperarme, ya te estaban sacando del agua…

—Nate, no me debes ninguna explicación. —Lo miré directamente a los ojos para que entendiera que le estaba diciendo la verdad—. Fui una imprudente. No tenía ni idea de lo que era el océano hasta aquel momento, y lo infravaloré. No fue culpa tuya. Sé que no querías que me pasara nada.

Él miró hacia el suelo, como si no supiera si creerme. Traté de hacerle comprender que estaba siendo sincera, y me quedé a su lado hasta que, por fin, después de mucho esfuerzo, pareció convencerse. Le hice un leve gesto con la cabeza.

—Venga, vámonos.

Seguimos caminando juntos. Él se revolvió el pelo y me miró de reojo.

—Hubiera querido verte antes.

—Pero no lo has hecho —señalé, tranquila, mientras los estudiantes salían de las aulas y se dirigían a la salida—. ¿Has vuelto a ir a la playa?

—Sí, pero sin tabla.

—Aún tengo que devolverte el traje de neopreno —dije distraídamente.

—¡Hey!

Alguien chocó con mi hombro. Me tuve que agarrar a Nate, y cuando me volví tenía enfrente el rostro de Tommy.

—Perdona, Ivy —dijo jadeante—. Tengo que ir volando a casa. Aún no he preparado las cosas para esta noche. ¿Vosotros a qué hora llegaréis a la fiesta? Nate, Travis ha dicho que pasará por tu casa para cargar las cervezas. Fiona, en cambio, está buscando quien la lleve, porque no quiere volver a subirse al coche de Carly… ¿Tenemos plaza o la coloco con otros?

Parpadeé y fruncí las cejas.

¿Estaban hablando de «la» fiesta?

—¿Vais a casa de Clementine? —pregunté, incrédula y con cierta suspicacia.

—Claro —respondió Tommy—. ¿Y quién no? Estará todo el mundo. Vendrá gente de tres institutos como mínimo, y también universitarios. ¡Las fiestas que organiza siempre son una locura! Y, además, esta noche yo seré el fotógrafo del evento.

—¿Tú?

—Así podré beber gratis y no me echarán a la piscina. El año pasado me tiraron con el móvil encima. Travis perdió la cartera, y ni te cuento cómo iban los demás. Al menos de este modo aseguro mi integridad.

Lo miré pasmada. Me volví hacia Nate parpadeando, más cabreada de lo que hubiera querido.

—¿Tú también vas?

—Bueno, sí —respondió titubeante mientras miraba desconcertado a Tommy—. Como siempre. Esta noche me toca a mí llevar la bebida. ¿Por qué? ¿Necesitas una plaza en algún coche?

No necesitaba nada.

¿Estaban de broma? ¿Sería posible que todos fueran a aquella estúpida fiesta?

Traté de disimular mi contrariedad. No pensaba ponerme a darles explicaciones acerca de por qué no tenía la menor intención de ir.

La idea de ver a Clementine frotándose contra la única persona que quería desesperadamente para mí era suficiente motivo de irritación.

Y además… no era solo eso.

Era yo. No importaba cuánto tiempo llevase aquí, aún había una parte de mí que no era capaz de mezclarse. Seguía empecinándome en mi soledad, a pesar de la gente que había conocido, de lo que había visto, de lo que había vivido.

Y esto me afectaba.

—Vale, hasta luego —se despidió Tommy antes de salir disparado.

Miré cómo se alejaba, y cuando Nate reemprendió la marcha, lo imité.

—¿Todo bien?

—Claro.

Sonrió a una chica muy mona y luego se me quedó mirando, vacilante.

—¿Estás segura?

—¿Por qué? —inquirí, procurando no sonar brusca.

—Aún no me has dicho si necesitas una plaza para ir.

Iba a responderle, cuando de pronto las palabras se me murieron en los labios. Una figura familiar capturó mi alma, hechizándola al instante.

Mason tenía los brazos cruzados sobre el pecho y los hombros apoyados en una taquilla.

No, en una taquilla, no. En «mi» taquilla.

El corazón empezó a martillearme las costillas.

No parecía estar pendiente de los otros estudiantes. Miraba hacia abajo, y sus ojos almendrados destacaban bajo sus esculturales cejas, confiriéndole mayor intensidad a su mirada. Irradiaba un encanto magnético, rudo y ardiente como la centella de un fuego de artificio. Cuando alzó el rostro y le dio la luz, su belleza me impactó como un puñetazo en el estómago.

Entonces me vio. Se enderezó, y yo no estaba preparada en absoluto para lo que iba a suceder: sus pupilas se encontraron con las mías y sus ojos se iluminaron de tal manera que me sentí consternada.

Me quedé paralizada, como si de pronto me envolviera una luz cautivadora, cálida y aterciopelada, una luz parecida a la esperanza.

«Perdona —parecían decirme sus ojos—. Hablemos, me he excedido, a veces lo hago, y la rabia tampoco ayuda. Te estaba esperando. Me gustaría que hablásemos». Eso leía mi corazón como si se tratara de la página de un cuento bellísimo, pero duró demasiado poco.

—Eh… ¿Ivy? —Nate me sujetó la barbilla, volvió mi rostro hacia el suyo y me sonrió con una expresión tierna—. ¿Te has quedado embobada?

Por lo general, no le habría permitido a nadie que me tocase de aquel modo, pero me pilló desprevenida. Inclinó la cabeza con un gesto gracioso, y en ese momento reaccioné. Le aparté la mano y volví a girarme.

Mason seguía mirándonos. La luz había desaparecido. Sentí cómo se resquebrajaba cuando lo miré a los ojos, ahora ya apagados como planetas resecos por el fuego.

«No —me lamenté—. No, no, no…».

—Oh, maldita sea —susurró Nate al seguir mi mirada.

Tragué saliva y me aparté un poco, tratando de ocultarle el malestar que sentía. Él se había puesto rígido.

—Ahora la tomará conmigo. No le gusta la idea de que ande a tu alrededor.

—No digas tonterías —murmuré, retomando el camino hacia la salida con un sabor a desilusión y amargura en mi garganta.

—No digo tonterías… ¿Acaso no lo has visto?, ¿no has visto cómo me ha mirado?

—Del mismo modo en que siempre me ha mirado a mí —repliqué—. No te montes paranoias absurdas.

—No me estoy montando paranoias absurdas. Él me lo ha dicho.

—¿Qué?

—Que no quiere verme cerca de ti.

Me detuve de golpe. Parpadeé, desconcertada, y me levanté la visera de la gorra para verlo mejor.

—¿Cómo has dicho?

—Sí, bueno… —Nate me miró, más bien incómodo—. Para ser exactos, me dijo que no hiciera el idiota contigo. Me acusó de querer ligar con todas y discutimos… Pero después de haberte molestado cuando me emborraché en la fiesta… A fin de cuentas, eres su prima, puedo entenderlo.

«No lo soy», pensé al instante, mientras lo miraba con cara de extrañeza. Porque Mason y yo no éramos nada de nada.

—Él… —masculló— ¿qué más te ha…?

—¡Nate!

Me llevé un buen sobresalto con aquella interrupción.

A unos cuantos metros de nosotros, Travis estaba agitando una mano.

—¡Esta noche pasaré por tu casa a buscar las cervezas, dile a tu madre que ate al perro!

—Más bien tendré que atar a mi madre —respondió Nate mientras se acercaba al grupo—. Me ha dicho que la próxima vez que te vea te hará detener.

—¡Bah! —Travis se rio y sacudió la cabeza—. Esa mujer me adora.

—Será porque le atropellaste el buzón —precisó Sam, y me sorprendió verla allí, en la puerta de nuestro instituto—. Tuviste suerte de que no te denunciara.

—Precisamente porque me adora —replicó Travis con orgullo—. Además, fue un accidente. Habíamos apostado a que no sería capaz de mear en una lata mientras conducía y, entonces, al girar por la avenida de su casa, pasó que…

—¿Y tú, Ivy? —me preguntó Sam, con cara de asco y desviando la mirada hacia mí—. ¿Con quién irás?

Cuando dijo aquellas palabras no fui la única que se volvió.

Una larga cola de caballo se apartó del grupito y la cabeza de Clementine se materializó ante mí.

«Dios mío…».

—¡Oh, entonces vienes! Seguro que te lo pasarás bien…

—A ella no le gustan las fiestas.

Aquella voz… Fuego y hielo dentro de mí.

Aquella voz… me hizo ponerme tensa en cuanto fijé la vista en la espalda que tenía delante.

Mason me observó por encima del hombro.

—¿Estoy en lo cierto?

Había acertado de pleno, y ambos lo sabíamos.

—Oh, ¿de verdad? —Clementine lo miró de reojo y volvió a dedicarme una de sus artificiosas sonrisas—. En fin, es una lástima. Seguro que nos divertiremos. Si cambias de idea, serás bienvenida.

Me pareció que él no había reparado en su presencia hasta ese momento. La miró, y ella le devolvió una expresión de gata curvilínea, aderezada con una sonrisa.

Mason continuó mirándola durante un largo instante. Y entonces… contraatacó.

La tuvo bajo su control enseguida, respondiéndole con la sonrisa más seductora de su repertorio, en cruel connivencia con sus ojos.

Resultó totalmente perturbador. Me dio la sensación de que la estaba acariciando directamente con sus manos. Y Clementine parecía estar haciendo grandes esfuerzos por no derretirse a sus pies.

Volvió a mirarme mientras ella lo devoraba sin tocarlo.

Entonces fui consciente de estar apretando los puños con una fuerza inverosímil y de tener los ojos clavados en su cuerpo, como si fueran saetas.

Oh, siempre había sido jodidamente bueno en este juego.

Él había nacido con esa mirada desafiante. No como yo.

Pero, aunque temblaba presa de una rabia ardiente y Mason parecía estar a punto de adjudicarse una nueva victoria, decidí que esta vez no se saldría con la suya.

«Esta vez no», me juré a mí misma.

Se acabó eso de echarme atrás.

¿Quería jugar?

De acuerdo, entonces jugaríamos.

Jugaríamos a su manera.

Los sorteé a todos y seguí avanzando.

Fui hasta un grupito que se encontraba allí cerca, caminando con una determinación desconocida en mí hasta entonces. Dejé a un lado el desinterés, la apatía, incluso la indiferencia. Con el reflejo de Mason aún vivo en los ojos, llegué hasta la persona que estaba buscando y me planté ante ella.

—Fiona —le dije—. Necesito tu ayuda.

«Muy bien, juguemos, pues».

17

No soy tu muñeca

—¿Estáis seguras de que no queréis comer algo antes?

—No. Pisa el acelerador.

Carly puso el coche a todo gas y nos tambaleamos como bolos. Me agarré al asiento delantero, donde Fiona parecía estar reconsiderando sus prioridades, aunque aquello debía de ser un código rojo para ella, porque clavó las uñas en la mochila y no dijo una sola palabra.

—Explicadme otra vez cuál es esa emergencia tan grave —dijo Sam, que de pronto parecía arrepentida de haber venido a vernos al instituto.

Carly pilló un semáforo en rojo, pero en ese momento decidí que debía concentrarme en otra cosa.

Como, por ejemplo, en lo que estaba a punto de hacer.

Aunque... ¿iba a hacerlo realmente?

—Para delante de la verja, no tardaré nada —le dije a Carly.

Ya lo creo que lo haría.

Carly dio un frenazo frente a la casa y yo me apeé a toda velocidad. Llegué a la puerta, entré, y no me detuve ni siquiera cuando John asomó la cabeza desde la cocina.

—¡Oh, bienvenida, Ivy! —exclamó, feliz de que hubiera llegado a casa antes de lo habitual—. ¿Tienes hambre? He preparado pastel de carne... Eh, ¿adónde vas?

—Hola, John —saludé, y seguí avanzando hacia las escaleras.

Subí, y cuando llegué a la habitación abrí la mochila y vacié su contenido con un golpe seco.

Abrí el armario y empecé a llenarla de ropa mientras John aparecía en el umbral.

—Pero… ¿qué pasa? —preguntó atónito.

—No puedo quedarme a comer.

—¿Cómo? —Vio mi material de dibujo esparcido por el suelo y puso los ojos como platos.

—¿Adónde vas?

«A coger de una vez lo que me pertenece», me hubiera gustado responderle, sin tener demasiado claro si me refería a Mason o a la victoria en sí.

Pero si mi vida de rígidos inviernos y de largas temporadas de caza me había enseñado algo, era precisamente que no se podía sobrevivir si no se iba bien equipado.

Si estuviera en Canadá, me habría puesto el chaleco de caza debajo de la ropa, los guantes de fibra, las botas altas hasta la rodilla; después habría engrasado la escopeta, y aquella sería mi armadura, mi coraza para la batalla.

Pero aquí tendría que valerme de armas muy distintas, y, muy a mi pesar, no podía cambiar una actividad por la otra.

—Voy a una fiesta.

A John se le cayó el trapo de las manos. Se me quedó mirando con la boca abierta, atónito.

—¿Una… Una fiesta? ¿Tú… vas a ir a una fiesta?

Cerré la cremallera de la mochila y vi cómo seguía con los ojos muy abiertos el vuelo de mi gorra, que acababa de lanzar sobre la cama en ese momento.

—Sí —respondí, dejándolo atrás.

Me siguió escaleras abajo, totalmente alucinado.

—¿Y dónde comerás? ¡No puedes saltarte el almuerzo! Y, además, ¿con quién piensas ir? Yo…

—Voy con unas amigas —respondí decidida, ahora ya en el umbral de la puerta de casa—. Y comeré algo en casa de aquella chica de allí. Vamos ahora a su casa. Allí nos arreglaremos todas.

John examinó a la chica que ocupaba el asiento del copiloto: Fiona se estaba limando las uñas, hacía globos de chicle de color rosa chillón y lucía unas vistosas gafas de sol encima del pelo.

La observó, consternado, y puso una cara muy similar a la de *El grito* de Munch. Mientras él trataba de asimilar todo aquello, le di un beso en la mejilla, lo cual hizo desaparecer de su rostro el poco color que le quedaba; me miró como si yo hubiera crecido de golpe, como si apenas un instante antes fuera una cría de lémur y de pronto me hubiera metamorfoseado en un gorila con tutú.

—Nos vemos mañana —dije antes de encaminarme hacia el camino de grava.

Atravesé el jardín a buen paso, subí al coche y le hice una seña a Fiona.

—Arranca —ordenó, sin dejar de mascar su chicle.

Carly metió la marcha y pisó el acelerador.

—¿También tenías que parar en el quiosco a comprar una revista? —preguntó Sam, impaciente.

—Mientras tanto nosotras iremos subiendo —anunció Fiona desde la puerta de su casa, ignorándola—. Vosotras id a buscar algo de comer.

—¿Qué traemos?

—Sushi —respondió, y se volvió hacia mí—. ¿Te parece bien?

La miré sin saber muy bien qué contestar, parpadeando.

—No lo he probado nunca —dije.

—Es pescado crudo.

—¿Hay salmón?

—Sí.

—Entonces me parece muy bien.

Sam y Carly volvieron al coche, y Fiona metió la llave en la cerradura.

Entró, y yo la seguí sin titubear. Enfiló el pasillo y entonces una puerta se abrió de pronto y una cosa pequeña y velocísima se aferró a sus piernas.

—¡Fiona! ¡Has vuelto! —exclamó el niño con su delicada vocecita—. ¿Vemos los dibujos?

—¡Hola, monstruito! —lo saludó ella, desordenándole el pelo.

Él sonrió feliz; le faltaba un dientecito.

Fiona arrancó el plástico de la revista, desenganchó el soldadito, se lo dio a su hermano y este se lo quedó mirando con ojos soñadores.

—¡El capitán América! ¡Lo has encontrado!

—El mismo —convino Fiona, apretándole la barbilla a modo de caricia. Y a continuación me señaló con el pulgar—. Ella es una amiga. ¿Ya has comido?

Vi que asentía de esa manera exagerada y decidida que tienen los niños y me vi obligada a reevaluar mi primera impresión: nunca me habría imaginado que Fiona tuviera un hermanito.

Siempre me había dado la sensación de que sería hija única, y que seguramente viviría en una casa sobre una colina, envuelta en un halo de ostentación. En cambio, la suya era una de las muchas casas adosadas que se ven en cualquier calle, con juguetes esparcidos por el suelo y un niño siempre dispuesto a jugar.

—Muy bien —le dijo con voz cariñosa. Después le dio un pellizquito en el cuello y él se apretujó contra su mano, con la lengua entre los dientes—. Ahora ve a jugar con tu nueva figurita, Allen. Nosotras subimos… Ven, Ivy.

Mientras la seguía escaleras arriba, su hermano me sonrió.

—Veamos —empezó diciendo ella—. Antes que nada, tienes que decirme una cosa: ¿se trata de un chico?

Miré a mi alrededor. Sin duda, aquella era su habitación. La cama parecía un merengue y en el suelo reinaba el caos: ropa, zapatos, bolsos abandonados aquí y allá.

—Sí.

No le diría de quién se trataba, pero tampoco le mentiría. Necesitaba su ayuda, aunque fuera un acto despiadado.

Ella lanzó un enérgico suspiro.

—Entonces tenemos mucho trabajo por delante. ¿Sabes usar un rizador de pestañas?

—¿Un qué?

—Déjalo correr —dijo, agitando una mano en el aire—. A ver qué ropa has traído.

Abrí la mochila y se la enseñé.

—Esta ropa no pega. Puedes ir a hacer la compra, o a pasear el perro… ¿Y esto qué es? —exclamó con cara de asco mientras me mostraba una camiseta con un alce estampado.

—Es mi camiseta preferida —repliqué, dispuesta a defenderla a capa y espada.

—Dios mío —invocó—. La situación es mucho más dramática de lo que imaginaba.

Me sentí ofendida y la fulminé con la mirada, pero ella se apoyó las manos en las caderas y me dijo:

—Escúchame bien, necesito saberlo: ¿qué resultado pretendes obtener con exactitud?

La miré directamente a la cara, y al instante pensé en aquella mirada espléndida, penetrante, capaz de provocar como ninguna otra lo haría.

Apreté los puños.

—Quiero que nadie sea capaz de apartar los ojos de mí en toda la noche.

—Dios mío —la oí lamentarse un poco más tarde—. Pero ¿qué has hecho con estos dedos, has estado despellejando conejos?

—Bueno, yo…

—Cállate, no respondas —me interrumpió mientras trajinaba con mis uñas—. ¡Maldita sea, están todas destrozadas! ¡Y mira qué cutículas! No las hay peores ni en las pelis de terror…

Me dio un manotazo en los dedos, y yo protesté contrariada.

—¡Deja de comerte todas las rodajas de pepino!

—Me muero de hambre —le repliqué—. ¡Carly se lo ha comido casi todo! Y, además, tengo la sensación de llevar horas y horas aquí.

—Pues apenas hemos comenzado. Has sido tú quien ha venido a mí, así que déjame trabajar. ¿Quieres que te pinte las uñas de algún color en concreto?

—No quiero esa cosa apestosa en las manos —refunfuñé—. Después quedarán manchas en el papel de dibujo al borrar.

Puse los ojos en blanco cuando Fiona me tapó la boca con una rodaja de pepino.

—Pues entonces, un color claro —dijo en tono jocoso mientras se secaba las manos.

—Escúchame —masvullé—, no he venido aquí para que me transformes en una muñeca. ¿Me explico? No necesito todas estas chorradas, lo único que quiero es impresionar a…

Todas se volvieron hacia mí. Me observaron inmóviles, pendientes de que siguiera.

—¿A…? —inquirió Fiona, que tomó la palabra en nombre de las demás.

Habría sido interesante decirles que se trataba de Mason, precisamente de Mason, mi primo reencontrado, que de primo mío no tenía nada, a juzgar sobre todo por las fantasías que me inspiraba solo con verlo.

—Un tío.

—«Un tío».

Se me quedaron mirando mientras yo me metía otra rodaja de pepino en la boca, tratando de parecer ocupada.

—Y este tío… ¿quieres que se acerque a hablarte?, ¿que se sorprenda al verte?

—¿Que te mire como a una princesa? —propuso Carly con el rostro resplandeciente.

—Quiero que se le disloque la mandíbula —dije entre dientes, para dejar las cosas claras—. Quiero oír el ruido que hará al desplomarse en el suelo.

Todas me miraron con los ojos muy abiertos, como tres lechuzas estupefactas.

Quería ver a Mason arrastrando la lengua por el suelo, quería ver sus ojos de bestia seductora fuera de las órbitas solo por mí. Quería sentir cómo me hacía arder con sus pupilas, y por eso no dije nada cuando Fiona se puso a trabajar de nuevo con mis manos.

—Entonces tendrás que confiar en mí —murmuró sin que la oyeran las demás, que habían empezado a cotillear—. Quiero ayudarte, no convertirte en una persona que no eres. Pero has de aceptar que no puedes dar la campanada en una fiesta llevando camisetas de hombre o unos vaqueros dados de sí. Se puede ser una misma de muchas formas, ¿nunca te lo había dicho nadie?

La miré en silencio.

No sabía por qué había acudido a ella cuando decidí que se las haría pagar al hijo de mi padrino, pero no estaba arrepentida de haberlo hecho.

Siempre la había visto en un pedestal distinto del mío, un pedestal más próximo al de Mason y Clementine, pero estaba equivocada.

Mientras destapaba una botellita de esmalte rosa claro, me pregunté si ella también albergaba el deseo de atraer la atención de alguien aquella noche.

—Fiona, ¿por casualidad te gusta alguien?

Me estuvo observando un instante, sorprendida; probablemente no se esperaba que le hiciera esa pregunta.

—No —se limitó a responder, y retomó su meticuloso trabajo—. ¿Por qué me lo preguntas?

—Siempre te veo con chicos distintos —dije con un tono de voz neutro, procurando no sonar ofensiva—. Solo me preguntaba si era porque hay uno en particular que no te puedes quitar de la cabeza...

—No, en absoluto —negó, categórica, pero su respuesta me pareció un tanto forzada—. Esto está lleno de tíos con menos luces que un caracol de mar, solo piensan en el próximo polvo o en qué bronceador comprar para que sus músculos resalten más. Así que ¿cómo va a gustarme ninguno de ellos? Los imbéciles no paran de pulular por todas partes como moscas.

«Puede que un imbécil que sea más imbécil que los demás...».

—Y, además, estoy cansada —siguió explicándome—; o no te dejan respirar o hacen como si no existieras.

Me pareció percibir cierto resentimiento en sus palabras.

A su espalda, vi que Carly salía por la puerta, seguida de Sam.

—Travis me preguntó por ti.

El esmalte me manchó el dedo. Fiona me miró, turbada.

—En la playa, aquella vez que yo... Bueno, ya sabes.

—¿Travis? —preguntó en un susurro, y yo asentí.

Tragó saliva y cogió un poco de algodón para arreglar la mancha.

—Vete a saber qué querría —balbució, pretendiendo aparentar indiferencia, pero le salió fatal.

—Quería saber adónde habías ido. Y quién era aquel chico que estaba contigo —añadí, y me pareció ver un sutil brillo en sus ojos.

Pensaba que haría una mueca, agitaría una mano o pondría la habitual cara de asco que solía provocarle el mundo en general.

Pero Fiona... no hizo ninguna de esas cosas.

Miró al suelo, y no necesité nada más.

—Travis te gusta —concluí.

A decir verdad, no me había costado demasiado percibir en la actitud de Fiona las mismas ganas de hacerse notar que yo sentía con respecto a Mason.

Ella y yo teníamos almas similares, de color verde esperanza, pero la mía era más oscura, de una tonalidad desencantada, como un puñado de flores cuyo destino es marchitarse.

—Ese cabrón jamás se dará por aludido —masculló enfadada—. Es demasiado estúpido para darse cuenta de que hay algo más allá de las muñecas inflables y el aceite bronceador.

—No creo que sea así —disentí con voz serena—. Creo que Travis querría poder acercarse a ti sin encontrarte siempre sentada en las rodillas de alguien.

—Ya, claro… Pues siempre está demasiado ocupado colgado del cuello de una botella.

—Y tú, colgada del cuello de algún chico.

Esta vez me fulminó con la mirada.

Me di cuenta de que me había pasado; pero por la expresión de mis ojos, Fiona pareció entender que mi intención no era juzgarla en ningún momento. Puede que hubiera sido demasiado directa al hablarle, pero nunca sería capaz de criticarla.

—Una vez, de eso ya hace bastante…, nos besamos —susurró—. Era una tarde cualquiera. Habíamos bebido, es verdad, pero nos andábamos rondando desde hacía mucho tiempo. Y fue… —tragó saliva y se mordió los labios.

Debió de ser bonito.

Por un instante me imaginé cómo habría sido para mí. Si hubiera tenido a Mason delante. Su aliento en mis labios, su boca carnosa e irreverente… Y sus manos, sus fuertes dedos, estrechándome, apartándome el pelo, deslizándose entre mis mechones…

No, no habría sido bonito. Habría sido como enloquecer.

Fiona sacudió la cabeza.

—Pero al día siguiente él no recordaba nada. Se me acercó en plan informal, como siempre, y me trató como si no hubiera sucedido nada. Había venido con otra, sin ningún problema, y a mí incluso me tocó ver cómo se enrollaban en el aparcamiento antes de reunirse con nosotros… Un picaflor. Eso es Travis.

—Fiona, probablemente no se acordaba porque ocurrió cuando estaba demasiado borracho.

—Desde luego que estaba demasiado borracho —convino conmigo, indignada—. Y vino a decírmelo, con cara de desesperado, semanas más tarde, cuando los vapores del alcohol se habían disipado y pudo recordar lo que había pasado entre nosotros. Pues bien, ¡demasiado tarde, capullo! —masculló—. A esas alturas yo ya había empezado a quedar con otros chicos, y estaba muy enfadada con él. ¿Cómo puedes olvidarte de algo así? ¡Fue algo importante, joder!

No podía culparla.

Realmente Travis era un tío peculiar, pero hasta él tendría que haber sido consciente del daño que le había causado.

—Yo creo que él… solo necesita un empujoncito —comenté con cautela, pero no tardé en arrepentirme cuando vi que Fiona me lanzaba una mirada incendiaria—. Me refiero a que si tú le hicieras ver cómo están las cosas, él sería el primero en…

—¡Debería darle una patada en sus jodidas pelotas, más que un empujoncito! —dijo entre dientes—. No pienso perdonarlo. Él nunca me ha mostrado nada.

—No creo que le hayas dado la oportunidad.

Me miró escandalizada. Empezó a balbucir algo, pero yo me adelanté:

—Tendrías que hablar con él.

—¿Para decirle qué? De eso nada. ¡Que lo descubra él solito!

—Desde luego, no puede decirse que Travis sea muy espabilado. —repliqué—. ¿No te parece?

—Me lo parece y te lo confirmo —aseveró implacable.

—Debes ser tú quien le hable —concluí con determinación, como una serpiente mirando fijamente a una mangosta.

—¿Y cómo tendría que hacerlo, según tú?

—Deja a un lado el orgullo, no sirve para nada. Afróntalo de una vez por todas.

—Tú lo ves muy fácil, chica de las montañas.

—Nadie ha dicho que lo sea. Pero al menos lo habrás intentado.

Se hizo el silencio. Fiona me miró con dureza, con los ojos brillantes, saturados de emociones contradictorias.

Finalmente desvió la mirada y comentó:

—Debe de gustarte mucho este tío —masculló—. Nunca te había visto tomarte algo tan a pecho.

Fingí que estaba examinando el esmalte, y no respondí. Pero le lancé una mirada de reojo, y juraría que vi la sombra de una sonrisa en sus labios.

—Eh, ¡eso no vale! —gritó una vocecita indignada—. ¡El mío es mucho más fuerte!

Carly irrumpió en la habitación, seguida por el hermanito de Fiona.

—¡Sí, pero el mío vuela! —anunció victoriosa—. ¡Y dispara rayos!

—No hay nada que hacer —se lamentó Sam—. Carly, ¿no podrías dejarlo ganar por una vez? ¡Tiene siete años!

—¿Y por qué debería hacerlo? ¡Tiene que curtirse en la batalla!

—Carly, si pensabas quedarte a jugar aquí, ya puedes ir a otra parte —le ordenó Fiona, fulminándola con la mirada—. Aquí tenemos mucho trabajo por delante.

—¿Por qué?

—Porque Ivy no tiene nada que ponerse, y nuestras tallas son distintas, así que no puedo prestarle nada —dijo, poniéndole tanto dramatismo que incluso yo me angustié—. De modo que, si no aparece un vestido de escándalo oculto en alguna parte, tenemos un… Eh, ¿qué estás haciendo?

Sin prestarle atención, me lancé sobre la mochila y empecé a sacar toda la ropa que había traído de casa. Rebusqué entre las camisetas de la señora Lark y por fin… lo encontré.

¡Me había olvidado por completo! Lo había metido dentro casi sin darme cuenta, y ahora…

—¿Qué es? —preguntó Sam, intrigada. Fiona se acercó, y vio lo que tenía entre mis manos.

—Oh… —susurró en tono conspiratorio—. Es perfecto.

—Estate quieta… —Fruncí el ceño—. ¡Que te estés quieta, te he dicho!

—Pero ¿qué es esto? —quise saber, enfrentándome a sus dedos con la enésima mueca.

—Es un iluminador. Por lo que más quieras, ¿puedes dejar de arrugar la cara de una vez?

—Ya soy lo bastante pálida, ¿no? ¡No hay nada que iluminar!

—No te enteras. Y ahora, quédate inmóvil mientras te aplico la máscara o acabarás pareciendo un panda con conjuntivitis. ¡Y deja de tirar del vestido hacia abajo!

Le lancé una mirada aviesa, que era una mezcla de malestar e irritación.

—¿Y ahora por qué me has puesto esta cosa elástica alrededor del cuello?

—Es una cadenita —respondió.

—No me gusta. Parece un collar.

—Es fina y delicada —replicó mientras empezaba a peinarme las pestañas cuidadosamente—. Lamento no tener a mano unos pendientes con cabezas de alce. ¿Has cogido el pintalabios que te he dado?

—No —respondí, tajante—. Me siento pegajo…

La maldije entre dientes, pero Fiona me agarró la barbilla y me pasó el carmín por los labios.

—¡Dios, qué tonta llegas a ser! —dijo resoplando mientras yo le clavaba las uñas en las muñecas y la fulminaba con la mirada, como si fuera un perro al que le estuvieran poniendo un bozal—. Solo una mema como tú es capaz de ignorar lo atractiva que es. Otras quisieran tener esa carita tuya tan limpia… Eh, pero… qué coño… ¡No te atrevas a morderme otra vez! ¡¿Entendido?!

—Chicas, ¿cómo lo lleváis? —preguntó Carly, que estaba monísima con su vestido de flores—. ¿Puedo mirar ya?

Sam se asomó para intentar echar un vistazo.

—¡Yo también quiero verte, Ivy!

—Vale —claudicó Fiona de mal humor. Se apartó para dejar libre el campo visual—. ¿Estáis contentas?

Se hizo un silencio brutal.

Cuando me decidí a alzar la vista, sentada en aquel taburete, noté que me miraban con la boca abierta.

Hasta el hermanito de Fiona, que estaba sentado en el suelo, me observaba con los ojos como platos.

—¿Estoy bien? —pregunté, tragando saliva, desconcertada ante aquella reacción de película de miedo.

—Oh… Dios mío —murmuró Sam, mientras que Carly, por primera vez en su vida, parecía haberse quedado sin palabras.

¡La cosa tenía que ser grave!

Fiona sonrió complacida.

—Sí, bueno… Ya lo sé.

—Pero… ¿qué le has hecho? —preguntó el chiquillo, señalándome—. ¿Por qué parece un ángel?

—¡Joder, Ivy! —Carly se llevó las manos a las mejillas, ruborizada—. ¡Estás de miedo! Eres… ¡Madre mía! ¿Tú te has visto? ¡Tienes que verte, pero ya!

Me cogió del brazo y me arrastró hasta el espejo. Estuve a punto de tropezarme. Ella se quedó detrás y me puso las manos en las caderas mientras yo alzaba la vista para contemplar mi reflejo.

Y entonces me vi.

Tuve que mirarme atentamente a los ojos para reconocerme en aquella figura envuelta en una tela brillante.

El vestido de color malva se me adhería a la piel, y estaba realzado con dos sutiles tirantes que se cruzaban por detrás hasta llegar casi a la base de la espalda, dejándola al descubierto. El delicado escote me envolvía los senos, enfatizando sus suaves curvas, y la falda descendía por las caderas, creando un juego de reflejos con los que el raso resultaba aún más espléndido. Y eso no era todo: por primera vez mis piernas estaban a la vista, estilizadas por unas sandalias con un poco de tacón que me había prestado Fiona. No sabía caminar con ellas, pero tenían unas cintas que ascendían por las pantorrillas creando un efecto cautivador.

Y mi piel… mi piel brillaba.

El maquillaje no cubría mi tez, sino que la hacía resplandecer; los labios resaltaban con un matiz rosado, y dos ojos color hielo me miraban como faros deslumbrantes, perfilados por unas pestañas oscuras.

—¡No me lo puedo creer! —murmuró Carly con admiración—. Caramba, este vestido es…

—Demasiado corto —exclamé mientras trataba de bajármelo.

Me resultaba embarazoso verme así, me sentía expuesta. Había sido yo quien lo había querido, pero de pronto mis camisetas anchas y deformadas me parecían un puerto seguro.

—Anda ya, ¿estás de broma? —me replicó Fiona—. Pero ¿es que no te estás viendo?

—Se reirán de mí.

—¿Se reirán de ti? —repitió alucinada—. ¿Estás loca o qué? ¿Acaso no es un espejo lo que tienes delante?

—Te queda de maravilla este color. ¡Dios mío, eres guapísima! —Carly me acarició las piernas, sin parar de hacerme cumplidos—. Sea quien sea ese tío misterioso, se desmayará a tus pies.

—Siempre que no me caiga yo antes —repliqué indecisa, mirándome las sandalias.

Ya me imaginaba tropezando delante de todos.

—Andarás perfectamente —me tranquilizó Fiona, y se agachó para ajustarme las cintas, de forma que no me molestasen—. Ya es la ahora —anunció, mirándome de nuevo a los ojos—. Vamos a dislocar mandíbulas.

La casa de los Wilson era una espléndida mansión con vistas al mar y a la ciudad. Tenía unas grandes verjas de hierro forjado y una inmensa extensión de césped, donde Carly aparcó el coche.

El aire ya estaba saturado de música. El jardín, abarrotado de coches y de gente bajando de todoterrenos descapotables.

—¿Lista? —me preguntó Fiona, como si estuviéramos a punto de entrar en batalla.

—Yo… —Estaba a punto de expresar una vez más mis dudas acerca de mi aspecto, cuando, a su espalda, distinguí un coche que me resultó muy familiar.

Era el coche de Mason.

Dos chicas, probablemente borrachas, tenían un lápiz de labios en la mano y escribían su número de teléfono en el parabrisas.

De pronto sentí que mi determinación se encendía como un fuego desatado. Me olvidé de todo, de la incertidumbre, de la vergüenza, incluso del deseo permanente de ser invisible.

Estaba allí, y esta vez no, esta vez no pensaba echarme atrás.

—Sí. Vamos.

Nos dirigimos a la entrada de la mansión.

Tommy tenía razón: allí había medio mundo. Pasé entre la gente, y, a medida que me iba adentrando en la multitud, me di cuenta de que atraía miradas.

—¿Vosotras los veis? —preguntó Fiona cuando cruzamos el

umbral de la casa. La música sonaba altísima—. Madre mía, menudo estruendo… ¿Y dónde narices se ha metido Carly?

—Están allí —le oí decir a Sam, pero yo ya caminaba en esa dirección.

Cerca de la barra, Travis y Nate se reían, el uno apoyado en el otro. Ya se habían puesto a tono, y fui testigo de cómo el primero se doblaba de la risa porque el otro acababa de eructar sin cortarse un pelo, tirándole un cubito de hielo que había pescado en su bebida.

Avancé en medio de todo aquel bullicio, esquivé a un par de borrachos y me planté delante de ellos.

—Eh —masculló, mirando a mi alrededor, y cuando ambos se volvieron distraídamente y me miraron, yo ya tenía la fatídica pregunta en la punta de la lengua.

—¿Dónde narices está Mason?

De pronto Travis reprimió un hipo y por poco escupe su bebida. Me miró estupefacto. Nate, en cambio, no se movió. Tenía la boca abierta, y la expresión desencajada de su rostro parecía la propia de alguien que acabara de encontrarse cara a cara con la muerte y no supiera si estrecharle la mano.

—¡Hostia puta! —soltó Travis con los brazos abiertos, como si acabara de ser acorralado por un bisonte—. ¿Ivy?

Lo miré directamente a la cara y, tratando de liquidar el asunto cuanto antes, farfullé un escueto sí por toda respuesta.

—Madre de mi alma —exclamó conmocionado—. ¿Pero cómo coño he podido beber tanto?

Carly se nos unió.

—¡Hey! ¿Habéis visto a Tommy? No está fuera… —Cuando vio la cara de sorpresa de sus amigos, una expresión divertida le iluminó el rostro—. ¿Estáis admirando a Ivy? ¿Habéis visto qué maravilla?

—Yo no lo describiría con esas palabras… —comentó Travis mientras se limpiaba la barbilla, pero ella le dio un codazo en las costillas.

—Guárdate para ti tus obscenidades. Como te oiga Fiona…

—A propósito de Fiona —intervine, mirándolo directamente a los ojos—. Te estaba buscando. Necesita hablar contigo.

Travis se puso aún más blanco, si es que eso era posible.

—¿A… a mí?

—Sí. Deberías ir a buscarla.

—Pero… yo no sé, es decir…

—Estaba sola —le aclaré, y él tragó saliva ruidosamente.

—Ah —suspiró al fin mientras echaba una ojeada a su alrededor en busca de alguna vía de escape—. Entonces… Vale, hum, si te pones así… iré.

Mientras se alejaba, vi como apuraba su bebida con la esperanza de reunir un poco de valor.

—¿Es verdad que Fiona lo andaba buscando? —oí que me preguntaba Nate mientras Carly saludaba a sus conocidos.

—No —respondí.

Me volví y Nate apartó la mirada, ruborizado.

No oí su respuesta.

Mis ojos lo localizaron y sentí un estremecimiento, como si irradiase un vibrante campo gravitatorio, fortísimo, solo con su presencia.

Ahí estaba. No muy lejos de donde me encontraba yo. Siempre lejos de donde yo lo querría, pero allí, después de todo.

Mason estaba apoyado en la pared, vestía unos pantalones oscuros y una camiseta negra que le quedaba perfecta. Su actitud orgullosa transmitía una gracia casi despiadada, y me fijé en que no sostenía ningún vaso. Parecía un espléndido animal nocturno que dominaba el ambiente con total soltura.

Era capaz de irradiar aquel magnetismo incluso en una sala atestada de gente.

Clementine llevaba puestas unas sandalias de vértigo, y un vestido de tubo tan ceñido que parecía pintado directamente encima de su cuerpo. Lucía estupenda. Solo un loco lo habría negado.

La vi reírse, fascinada por cualquier palabra que saliera de aquellos espléndidos labios que tenía enfrente, y aún me pareció más guapa. Nunca había envidiado ningún cuerpo femenino, pero por primera vez me pregunté cómo sería tener un aspecto tan hermoso y sensual.

Yo no era atractiva.

De pequeña era todo huesos, y con los años me convertí en una chica esbelta y de formas delicadas.

No sabía hacer aletear las pestañas, no sabía bailar, no sabía caminar con tacones, ni tampoco sacar pecho como hacía ella.

Pero quizá ahí era precisamente donde radicaba mi gracia. Una gracia etérea, insospechada. Casi salvaje.

Me pregunté si Mason la habría percibido en alguna ocasión.

Me pregunté si habría visto, aunque fuera una sola vez, a aquella criatura de los hielos que brillaba en mis almendrados ojos de antílope.

Duró un segundo.

En aquel preciso instante él me miró.

18

*Mecum**

Sus ojos me encontraron casi por azar.

Sentí cómo pasaban de largo y volvían inmediatamente hacia mí, veloces, como un destello, como un espejismo.

Clavó sus pupilas en las mías. Y el tiempo se detuvo.

Un helado estupor se apoderó de su rostro. Mason me miró con los párpados paralizados, la mandíbula contraída; sus ojos eran como los de un animal salvaje mirando fijamente el cañón de un rifle.

Y era yo.

Yo era el proyectil, y hasta la sala pareció desaparecer cuando lo miré fijamente, como si por una vez la bestia bella y peligrosa fuese yo.

«Estoy aquí», rugió cada poro de mi piel mientras el desconcierto lo mantenía inmovilizado. Vi cómo cedía de golpe: sus pupilas descendieron y se deslizaron por la tela resplandeciente que ceñía mi caderas, por la filigrana de cintas que trepaba por mis pantorrillas y por la melena plateada que me caía por los hombros.

Volvió a clavar sus pupilas en las mías. Me miró en un impulso turbio y ardiente, ignorando al resto del mundo, a la gente que nos rodeaba, y en ese instante deseé arrastrarlo hasta donde yo me encontraba, tocarlo como hizo aquella mano.

Pero la realidad volvió a imponerse como una bofetada. El contacto entre nosotros se rompió, y lo último que vi fue el rostro de Clementine preguntándole si la estaba escuchando.

—¡Ivy!

* «Conmigo» en latín. *(N. del T.).*

Fiona avanzaba a codazos entre un mar de vasos de plástico mientras más de uno aprovechaba para echarle un vistazo a su trasero.

—Por fin te encuentro. ¿Y Nate?

—Estaba aquí… —respondí confusa, percatándome entonces de que lo había perdido de vista.

Lo localicé en la barra, riendo y llenándole el vaso a una chica.

—Le doy diez minutos antes de que acabe en la piscina.

Yo sacudí la cabeza y la miré con el semblante serio.

—¿Has hablado con Travis?

Hizo una mueca.

—No.

—Le he dicho que fuera a buscarte. ¿No te ha encontrado?

—¿Qué? ¿Que has hecho qué? —inquirió molesta.

Al instante dedujo que, en lugar de buscarla, en realidad se había escabullido, y aún pareció alterarse más.

—Habla con él.

—¡Ni en sueños!

—¿Estáis hablando de Travis? —preguntó Carly, que acababa de aparecer detrás de Fiona—. Juraría que lo he visto en el trastero de la piscina. Oh, Ivy… —dijo, acercándose con aire conspiratorio—. Tengo un amigo que quiere conocerte. Está allí, junto a la ventana.

Seguí su mirada y vi a un tío rubio que nos observaba.

Me sonrió, pero yo ya había desviado la mirada, incapaz, como siempre, de afrontar aquella clase de situaciones.

—Dile que tiene la cabeza en otra parte —respondió Fiona en mi lugar—. Por cierto, ¿has logrado dejar boquiabierto a quien tú querías?

—¡Eso, Ivy! ¿Has visto al chico que te gusta?

Guardé silencio, y miré hacia otra parte.

Vaya palabra más tonta. ¿Gustarme? No…

Mason no me «gustaba».

Lo deseaba tanto que ni yo misma podía explicármelo.

Deseaba que cayera a mis pies, y al mismo tiempo que me arrastrara consigo hacia una ruina sin fondo.

Él respiraba, y yo lo odiaba por cómo me hacía sentir.

Era un veneno. Un delirio viviente.

Pero su rostro colmaba mis sueños.

Y su risa… era música. Yo nunca había sabido cómo hacerla sonar, pero se me había metido en el corazón como la melodía de una canción preciosa.

¿Era mucho pedir tenerlo cerca?

¿Era mucho pedir… poder tocarlo?

¿Acariciar, vivir, respirar?

Entreví a Clementine acercársele más y se me retorció el alma.

¿Y si la besaba?

¿Justo allí?

¿Justo delante de mí?

Aparté la mirada.

—¿Puedo? Gracias.

Le arrebaté la cerveza a Fiona y tomé un largo sorbo. Cerré los ojos y traté de ahogar aquellos pensamientos en el amargo sabor de la cerveza.

—Me parece que será mejor no preguntar —comentó ella.

Me limpié la boca con la mano de un modo bastante rudo y la fulminé con la mirada.

—Guau —dijo sin previo aviso una voz masculina—. Así es como beben en Canadá.

Unos ojos me estaban observando con interés. Pertenecían a un chico que no había visto hasta ese momento. Llevaba las manos en los bolsillos y tenía el pelo oscuro, más corto en los lados. Me miraba como si estuviera hipnotizado, y las chicas lo miraron a su vez sin el menor disimulo.

—De algún modo tendremos que entrar en calor —respondí con cautela.

No estaba acostumbrada a que un extraño me diera conversación, no solía dar pie a ello.

Él me miró como si le hubiera gustado la respuesta, y esbozó una sonrisa.

—¿Y este es el único modo que conoces?

Intuí su insinuación, pero por algún motivo no ignoré sus palabras. Tal vez porque no era yo en ese momento, o quizá porque incubaba demasiada rabia por no haber sido capaz de provocar a Mason.

—Oh, no. Por lo general tenemos otros modos muy distintos de calentarnos.

Fiona me lanzó una mirada y él inclinó la cabeza.

—¿Como por ejemplo…?

Mi réplica se vio interrumpida por un flash cegador. Parpadeé, desconcertada, y Tommy exclamó:

—¡Sí! Guay, han contratado un espectáculo.

Se acercó, y Carly le pidió que le hiciera una foto.

—Ya te he hecho cincuenta, Carly. Eres peor que Clementine.

Ella resopló, y entonces él se volvió hacia mí, tamborileando con los dedos sobre el objetivo.

—No te había reconocido. Travis me ha dicho que tú también estabas aquí. Lo he visto junto a la piscina hace poco.

—Oh… Claro, la piscina —dijo el chico que estaba a mi lado—. ¿Vais a bañaros?

—¡Pues claro! —exclamó Carly.

—No —respondió Fiona cruzándose de brazos.

—¿Y tú? —oí que me preguntaban.

Nuestras miradas se encontraron.

—No —dije, pronunciando despacio la palabra, mientras Carly perseguía a Tommy para que le hiciera la enésima foto y Fiona se evaporaba, posiblemente en dirección a la piscina.

Él chasqueó la lengua y me observó con detenimiento.

—Lástima.

Nos habíamos quedado los dos solos en medio de aquel caos de leds intermitentes.

Alzó la comisura de los labios y tendió la mano hacia mí. Cogió mi cerveza y se la llevó lentamente a la boca, sin dejar de mirarme.

Y en ese preciso instante lo vislumbré: detrás de él, al fondo de la sala.

Durante un segundo, por efecto del destello de las luces, solo vi la silueta de Mason.

Tenía la cara levemente inclinada hacia abajo, las cejas bien delimitadas y sus rasgos perfectos envueltos en las sombras. Pero sus ojos…

Sus ojos eran el abismo.

Y apuntaban directamente hacia nosotros.

Tenía los brazos cruzados y una expresión inescrutable en el rostro, pero en aquella mirada profunda brillaba el reflejo de una emoción que no supe identificar.

El desconocido también se percató, y me preguntó con ironía:

—¿Quién es? ¿Tu chico?

—No —respondí mientras Mason nos observaba, y sus iris oscuros refulgían como diamantes negros bajo los mechones de su pelo. Parecía haber entendido lo que estábamos diciendo, pero no apartaba la mirada.

—Parece… celoso.

«No lo digas». Dejé de mirar en su dirección, sin dar crédito a aquellas palabras. Hacerme la ilusión de que eso era cierto sería como ofrecerle mi corazón y contemplar cómo se hacía añicos.

—Yo… —dije tragando saliva—. Quiero salir de aquí.

Me sentía muy agitada, necesitaba alejarme, huir de aquella música machacona y dedicar un momento a poner en orden mis pensamientos.

—Claro —asintió sonriente—. Vamos.

Apenas noté el tacto de sus dedos en mi espalda cuando di media vuelta y me dirigí hacia la puerta. Mis pensamientos seguían allí, en aquella sala…

—Podríamos irnos de aquí. Buscar un sitio menos caótico…

Me detuve en medio del pasillo y me aparté de él, molesta por aquel contacto físico. ¿Acaso le había dicho que podía tocarme?

—No hace falta que me acompañes.

—¿Qué?

—Prefiero estar sola —le dije sin rodeos.

Lo dejé allí y me alejé mezclándome entre la gente.

Enfilé las escaleras que conducían al piso superior en busca de un refugio que me librara de aquel caos. El volumen de la música fue decreciendo a mi espalda mientras caminaba por un amplio pasillo lleno de habitaciones. Aquella casa era enorme.

Cuando por fin di con el baño, entré y cerré la puerta. Me apoyé en el marco y respiré profundamente.

El espejo que tenía enfrente me devolvió mi imagen. Observé las cejas negras y cómo me perfilaban los ojos, el tenue carmín en los labios.

¿Por qué me había vestido de aquel modo?

¿Por qué me había dejado maquillar como una muñeca?

¿Qué pretendía demostrar?

Había tratado de hacerle entender que podría convertirme en lo que quisiera. También en una de ellas.

Pero no era así.

Me encantaban las camisetas holgadas, las botas de agua. Ponerme calcetines altos hasta las rodillas, y adoraba llevar una vieja gorra con un alce bordado.

Observé mi reflejo con la mirada triste, consciente de que había sido una tonta. Aquella no era yo.

Yo nunca había querido ganar.

Yo lo quería a él. Solo a él.

Salí del baño cabizbaja, con la intención de ir a buscar a los demás. Quería marcharme de allí. Tal vez Carly quisiera acompañarme...

—Este vestido te queda bien —dijo una voz.

Alcé la mirada. El chico, el desconocido de antes, estaba allí.

¿Me habría seguido?

—¿Qué haces aquí?

—Has dicho que no querías que te acompañaran. Por eso te he esperado.

Se apartó de la pared y vino hacia mí, lentamente. Avanzaba con paso firme, de un modo que recordaba a un depredador.

—Para empezar, me llamo Craig. Ni siquiera me has dicho cómo te llamas tú —susurró.

No me pasó inadvertido el destello en sus ojos mientras observaba mi boca.

Le lancé una mirada de acero.

—Tienes razón. No lo he hecho.

Pensaba que lo desanimaría con mi habitual rudeza, pero no funcionó. Él alzó una comisura, como si le gustara mi carácter. Cuando llegó frente a mí se detuvo y me observó intensamente.

Apuesto a que en Canadá no todas son tan guapas como tú...

—¿Cómo sabes de dónde soy?

Encogió levemente los hombros.

—Me ha bastado con hacer algunas preguntas por la fiesta...

¿De verdad era tan fácil? ¿Allí todos lo sabían todo de todos?

No acababa de creerme que estuviera diciendo la verdad, pero de pronto me acarició la boca con los dedos. Retrocedí, asustada.

—¿Qué estás haciendo?

—¿A ti qué te parece?

—¿Acaso te he pedido que me tocaras?

Mi voz sonó más áspera a causa de la indignación.

Pero ¿qué narices quería? No soportaba que nadie se tomara esa clase de confianzas, sobre todo si se trataba de un extraño.

Entorné los ojos y traté de abrirme paso, pero él intentó tocarme de nuevo. Le aparté la mano con violencia.

—¡Ya basta!

—Oh, vamos, no puedo creer que seas tan rígida —me dijo en tono burlón—. Pensaba que querrías divertirte un poco… ¿Y acaso tus amigos no te han dejado sola?

Apreté los puños.

—¿Y eso qué tiene que ver?

—Podrías enseñarme cómo os calentáis en tu tierra…

Me cogió la barbilla con los dedos e hizo ademán de acercar el rostro a mi boca.

Le di un empujón en el pecho antes de que se aproximase más; se tambaleó, desprevenido, y lo dejé atrás.

—¿En serio? —lo oí reír, casi como si mi reacción lo tuviera intrigado.

Cuando oí sus pasos a mi espalda me angustié. Mi rechazo parecía divertirlo, como si en vez de alejarlo, lo indujese a ir cada vez más allá.

Alargó una mano y estuvo a punto de desatarme el nudo de los tirantes que sostenían mi vestido. Iba a volverme para darle una bofetada, cuando, de pronto, al doblar la esquina del pasillo alguien me agarró de la muñeca y me hizo a un lado.

Craig se nos vino encima. Un gruñido de estupor surgió de sus labios al toparse con un pecho de hombre; parpadeó antes de alzar la vista.

Dos ojos feroces lo escrutaban desde una considerable altura.

—Tú…

—Lárgate —masculló Mason—. Ahora.

Craig lo miró desconcertado, pero intuyó que la paciencia de Mason estaba llegando a su fin.

—Te he dicho —repitió avanzando un paso— que te largues.

—O de lo contra…

Mason extendió la mano y lo empujó. Craig trastabilló e impactó contra la pared. Me miró atónito, antes ir al encuentro del chico mastodóntico que tenía a mi lado.

Desafiarlo no era una buena idea. Mason tenía una estatura y un cuerpo, como poco, intimidantes, pero no había nada más amedrentador que mirarlo a los ojos.

Aquella mirada era brutal.

El otro pareció captarlo. Retrocedió un paso, y entonces Mason me sujetó por la muñeca y me arrastró por el pasillo, obligándome a seguirlo. Empecé a caminar, tratando de seguir el ritmo sostenido de sus pasos, pero me tropezaba. Intenté aminorar la marcha, pero él me sujetó con más fuerza y acabé chocando con su espalda.

Aquello fue la gota que colmó el vaso.

—¡Déjame!

Me soltó como si fuera un hierro candente y se volvió hacia mí.

—¿A qué estás jugando?

Estaba negro de rabia. Tuve que alzar la cabeza para poder mirarlo a la cara e instintivamente sentí el impulso de alejarme de la fuerza persuasiva que irradiaba su cuerpo escultural.

—No estoy jugando a nada.

—No mientas —dijo remarcando las sílabas—. Ni se te ocurra.

Los músculos bajo su camiseta negra se tensaron, y las cejas le afilaron los ojos, que adquirieron una expresión hostil.

Desde luego, aquel no era el modo en que esperaba que me mirase.

Desvié la vista. No tuve el valor suficiente para mirarlo a los ojos cuando murmuré:

—No sé de qué me hablas.

Hubo un desplazamiento del aire, unos ojos abiertos de par en par y unos pies que retrocedieron y trastabillaron. Al cabo de un instante, mis escápulas chocaron contra la pared, y el estuco me arañó los dedos.

Fue tan inesperado que perdí la estabilidad. Me apoyé en el tabique, y cuando volví a alzar el rostro me quedé sin respiración.

Tenía los brazos levantados sobre mí como una jaula que me aprisionaba, y su tórax casi me rozaba la nariz. Me sentía terriblemente pequeña contra aquella pared, y él se veía inmenso desde su altura.

—Embustera.

Su voz ronca fue como un beso hirviente en mi espina dorsal. Estaba tan condenadamente cerca que me pareció sentirla dentro de mis huesos, creando un vínculo sensual e insidioso. Tenía el corazón en la garganta, me temblaban las piernas, pero recé con todas mis fuerzas por que no se diera cuenta.

—Has venido aquí esta noche… y lo has hecho por un motivo muy preciso.

Tragué saliva, y le sostuve la mirada. Su cercanía era un poderoso imán, pero hice acopio de fuerzas para resistirme.

—No creo que sea de tu incumbencia.

—Me incumbe si se trata de ti.

Los latidos de mi corazón se aceleraron hasta dolerme. ¿Qué estaba diciendo?

—¿Y eso desde cuándo? —pregunté con desdén.

Arqueé levemente la espalda y él tensó la mandíbula.

—Desde que me resulta imposible ignorarte.

Me convertí en una estatua de sal. Un absurdo temblor se apoderó de mí, y mi obstinación se vino abajo.

«Pues no lo hagas», me exigía gritarle cada partícula de mi cuerpo. Me esforcé hasta lo indecible por ocultar todo lo que me estaban provocando sus palabras, tragué saliva, lo miré con dureza y le dije:

—¿Por eso le dijiste a Nate que se mantuviera alejado de mí?

Sus músculos se tensaron, aunque fue un cambio casi imperceptible.

«Demasiado tarde, te he oído», pensé, entreabriendo los labios. Mason endureció la mirada, como si no se esperase aquella pregunta.

—¿Y eso qué tiene que ver?

—Le dijiste que no tratara de seducirme.

—Le dije que no hiciera el idiota contigo. Es distinto.

—A lo mejor a mí me gustan los idiotas —musité, obstinada, y sus ojos se entornaron—. Las personas que no son arrogantes ni insolentes. No sé si me entiendes.

Lo estaba provocando, pero no me importaba. El corazón me bombeaba una extraña locura en la sangre, como si fuera adrenalina pura.

—¿Y quiénes te gustan entonces? —preguntó con la voz tan

alterada que resultaba provocativa. Me tenía subyugada, su perfume desprendía matices ardientes, afrodisiacos, pero no me vine abajo.

—Los que no dan órdenes. Los que no se imponen a los demás. —Su olor me entró en los pulmones y lo absorbí por entero, hasta emborracharme—. Los que… permiten que los comprendan. —Me lanzó una mirada incisiva, pero yo se la sostuve—. Los honestos —susurré con combativa sinceridad—, los que saben lo que quieren y no tienen miedo de admitirlo.

—¿Y tú? ¿Tú sabes lo que quieres? —inquirió desafiante, inclinando la cabeza para musitarme aquellas palabras cerca de los labios. Su agresividad me hizo estremecer; aquella mirada severa me engulló, y fue el final.

«A ti —hubiera querido gritar, pese a todo—. A ti, solo a ti». Sin embargo, imploré con todas mis fuerzas que no intuyera mi respuesta.

Que no se percatase de mis latidos, de aquel tamborileo en las costillas, de aquel arrebato desesperado que parecía decirme: «Tápate los ojos, que se te ve el corazón».

Pero quizá… él sí que había visto algo.

Una emoción se arremolinó en su rostro. Un sentimiento oscuro y brillante a la vez, tan poderoso que me hizo temblar la sangre.

—Encontrarte aquí…, tenerte siempre a mi alrededor, podría haber contribuido a que me hiciera una idea equivocada —murmuró lentamente—. Podría haberme inducido a pensar… que querías estar conmigo.

—Contigo…

El susurro se desvaneció entre nuestros cuerpos.

Me estaba acostumbrando a su perfume, a su cuerpo, a su aliento sobre mi garganta.

—Conmigo… —repitió con un hilo de voz.

El hálito que salía de su boca me quemaba los labios. Sentí la necesidad de mojarlos, y los humedecí con la lengua.

Sus ojos siguieron aquel gesto. Creí morir cuando una respiración más corta que las demás lo obligó a abrir su boca carnosa.

Quería tocarlo. Me ardía la piel, me ardían las manos, me ardía cada aleteo de pestañas en una violenta hoguera que me hacía enloquecer.

Lo miré sin respirar, sin razonar, y casi en estado de trance repetí inconscientemente:

—Contigo…

Ahora Mason ya no tenía las manos apoyadas en la pared. Su brazo descendió lentamente… y se deslizó alrededor de mi cintura. Me estrechó, posesivo.

Un vértigo me devoró el corazón. Me aferré a su camiseta con ambas manos mientras él me miraba de nuevo, serio y resuelto, y su voz ronca me susurraba en los labios:

—Conmigo.

No era capaz de percibir nada. Mi corazón estaba volando.

Y cuando la otra mano se deslizó por mi pelo y sus dedos se abrieron paso entre mis mechones, yo, durante un único, loco, instante, me sentí como si fuera verdaderamente suya.

—¡Miradlo! ¡Ahí está!

Todo se hizo añicos de repente. Sentí que me faltaba el suelo bajo los pies cuando su aliento se desvaneció en mis labios.

Mason se volvió y vi una extraña confusión en sus ojos oscuros.

—Ese es el que me ha amenazado.

Unos cuantos chicos avanzaban hacia nosotros. A la cabeza, estaba el tío de antes, señalándonos.

—¡Tú, qué cojones le has dicho a nuestro amigo!

Mason se enderezó lentamente mientas se nos acercaban a paso firme.

Habían bebido, era fácil de intuir. El alcohol hacía aflorar una extraña agresividad en las personas, casi un impulso animal. Eran cuatro, grandes, impetuosos y agresivos.

—Pensabas que podrías esconderte, ¿eh?

Se detuvieron frente a nosotros, formando una fila desordenada. Tenían un aire pendenciero y violento que casi podía percibir en la piel. Como una especie de peligrosa admonición.

Me pegué a la pared instintivamente, y en ese momento repararon en mi presencia. Fue inevitable. Sus miradas feroces apuntaron hacia mí, y yo traté de retroceder un poco más.

De pronto, percibí un movimiento silencioso: Mason había alzado una mano. La apoyó en la pared, entre ellos y yo, como si quisiera dejar claro que yo era algo que ellos ni siquiera debían mirar.

Eso los enfureció aún más.

—Eres un mierda —lo desafió uno de ellos, acercándose demasiado—. Un mierda de esos a los que me encanta zurrar a base de bien.

Mason, a mi lado, no se movió. Yo pensaba que daría rienda suelta a su fuerza, como una máquina de guerra, pero no reaccionó como me esperaba. Se limitó a estudiar sus rostros y sus gestos, como si sus ojos trazaran una línea que nadie, ni siquiera él, debía cruzar.

—¿Qué pasa?, ¿ahora que están mis amigos no dices nada? —lo desafió Craig en tono burlón—. ¿Te agacharás a lamerme la suela de los zapatos?

La serenidad con que actuaba Mason empezó a asustarme. En ese momento me di cuenta de que aquellos chicos no lo conocían.

—¡Eh, capullo, estoy hablando contigo! ¿No me has oído, es que estás sordo?

—A lo mejor se está meando encima.

—O a lo mejor prefiere pedir perdón —soltó otro en plan sarcástico—. ¿Es así?

Me quedé helada cuando vi que su brazo empezaba a vibrar.

La tensión que transmitía hizo que alzara la mirada hacia él. Solo acerté a ver el vértice de su mandíbula y los músculos en tensión de su espalda.

—¿Alguno de los presentes quiere pedir que tengamos un poco de piedad?

—Dejadlo ya —les rogué.

Solo fue un susurro, pero sus ojos fueron directos hacia mí igualmente.

—¿Que lo dejemos? —repitió Craig mientras sus compañeros estallaban en una carcajada. Me miró con insolencia, burlándose de mis palabras—. Pídemelo otra vez, cariño. Vamos. Suplícamelo.

Los dedos de Mason se pusieron blancos como la piedra.

Sentí que aquella oleada nerviosa iba a estallar cuando Craig se llevó una mano a la entrepierna y susurró, inclinándose hacia mí:

—Arrodíllate y ponte a ello.

Fue un golpe fulminante.

Oí el ruido de los cartílagos, el crujido seco que sonó cuando algo se hizo pedazos contra los nudillos de Mason. Fue tan rápido que ni siquiera me dio tiempo a preguntarme por qué un momento antes Craig estaba en pie y de pronto se encontraba en el suelo con las manos en la nariz y un reguero de sangre entre los dedos.

Solo noté el impacto contra el suelo, e inmediatamente su mano me apartó de en medio con brusquedad; retrocedí y me caí un segundo antes de que los otros se le echaran encima como animales enloquecidos.

—¡No! —grité fuera de mí—. ¡No! ¡Mason!

Observé la escena sin aliento. La violencia estalló y se desató un terrible caos de gritos, puños y golpes, un estruendo que cortó el aire. No era capaz de distinguir nada con nitidez. Los gritos se volvieron brutales y él desapareció en aquel infierno de golpes, justo delante de mis ojos.

—¡No!

Unas voces ahogaron los gritos: Nate y Travis aparecieron en el pasillo, seguidos de otros chicos. Se lanzaron de cabeza en medio de aquella locura, y en ese momento sentí que me agarraban.

—¡Ivy!

Alguien tiró de mi brazo, y trató de ayudarme a ponerme en pie—. ¡Ivy! ¡Ven! ¡Vamos!

No era capaz de moverme. Estaba helada, paralizada ante aquel espectáculo atroz…

—¡Venga!

Carly tiró de mí con fuerza, logré incorporarme y salí casi a rastras de allí. Ella me sostuvo mientras me llevaba abajo, afuera, y finalmente al coche. Apenas me di cuenta de nada.

El corazón me pesaba dentro del pecho como si fuera de plomo. Mi cuerpo se movía de forma mecánica, casi como si no me perteneciera.

Dejamos atrás la casa de los Wilson y sus grandes verjas, y nos zambullimos en la oscuridad nocturna.

Me sentía aturdida. Aquella imagen terrible se me había quedado impresa como un moretón. Seguía viendo los golpes, los puñetazos, la espantosa violencia a la que él mismo había dado comienzo…

—Ivy —dijo Carly con un hilo de voz—. Dios mío, ¿qué ha pasado?

Fijé la vista en la carretera, tenía la garganta cerrada, era incapaz de ver otra cosa que no fueran aquellas imágenes que se agolpaban en mi cabeza.

Mason haciéndome a un lado.

Tratando de defenderme.

Impidiéndoles que se acercasen a mí.

No había podido hacer nada. Me había quedado allí, en el suelo, impotente, mientras el aire se rasgaba ante mis ojos.

—Debo ir a casa.

Lo esperaría allí. Necesitaba verlo, saber cómo estaba, si... Si...

—Ivy, mírate. Estás temblando, conmocionada. Necesitas recuperarte. Pararemos a comprar agua y...

—No quiero beber. Quiero...

—Mason está bien, seguro —trató de tranquilizarme, pero percibí que ella también estaba preocupada—. Travis y Nate habrán logrado separarlos, ya verás. Pero tú pareces a punto de que te dé algo. Estás más pálida que nunca... No puedo dejarte así.

De nada sirvieron mis protestas.

Carly se detuvo en un 7-Eleven, bajó del coche y me compró una botellita de agua. La apoyé en las muñecas y bajé el cristal de la ventanilla para que entrara un poco de aire fresco. Tomé algún sorbo en silencio, y por fin ella pareció tranquilizarse.

Cuando llegamos frente a la verja de casa, la noche estaba fundiéndose suavemente con los colores del amanecer.

Estreché entre mis dedos la botella, ya vacía.

—Gracias.

Ella esbozó una sonrisa, pero parecía demasiado cansada para dar muestras de su habitual vivacidad.

—Nos vemos mañana... Mejor dicho, dentro de un rato —respondió afectuosa.

Me apeé, cogí la mochila que había dejado en el asiento de atrás antes de la fiesta y me dirigí a toda prisa hacia la casa. Cuando llegué al porche, el corazón se me subió a la garganta.

Su coche estaba allí.

Ya había vuelto.

Me apresuré a entrar. Avancé hacia la sala, con la respiración oprimiéndome dolorosamente el pecho, y lo busqué en la penumbra.

Quizá se había ido arriba. Puede que estuviera en su habitación.

Mis pies se detuvieron instintivamente.

En la oscuridad, una figura silenciosa yacía en el sofá. Me acerqué despacio, como en un sueño.

Era él.

Estaba allí, en una posición forzada, aún tenía las llaves del coche en la mano, y la cabeza apoyada de cualquier modo en el reposabrazos. Tenía un corte en una ceja, y un feo enrojecimiento en el pómulo que no tardaría en convertirse en un morado. Parecía hecho polvo.

Se me contrajo el corazón.

Se había quedado dormido en aquella posición.

Como si se hubiera resistido a irse a su habitación. Como si se hubiera quedado allí, hasta que cayó rendido, esperando...

Esperándome a mí.

Y la angustia que sentía desapareció de golpe, y se convirtió en Mason, que me buscaba; en Mason, que se sacaba de encima a todo el mundo y salía disparado hacia casa solo para encontrarme allí. Mason, que entraba para ver si ya había llegado, si estaba bien, sin prestar atención a la sangre en su rostro ni a los arañazos en las manos.

Solo él, que había decidido esperarme. Que estaba allí por mí.

Sentí que se me desgarraba el alma.

«Quiero que estés bien —gritó mi corazón—. No me interesa nada más, solo eso. Solo saber que estás a salvo. Quisiera estar cerca de ti... Permaneceríamos en silencio, como si habitáramos una luna, y te haría compañía en los momentos más tristes. No me atrevo a cogerte la mano, pero me gustaría verte todas las mañanas y saber que sonreirás. No sé curar tus heridas, no sé ser tu medicina... Nací con un corazón de nieve, y nunca he sido buena con la voz.

»Pero sonríe, por favor, eres la cosa más bella del mundo.

»Y aunque no pueda tenerte, ya me conformo con que sea así. Te llevo dentro, y eso me basta».

Antes de que terminase de pensar todo aquello, ya me sentía perdida.

Como si siempre lo hubiera sabido, pero me hubiese dado miedo reconocerlo.

Lo supe en aquel mismo momento, solo con mirarlo, solo escuchando el sonido tan deseado de su respiración.

Era demasiado tarde.

Caí de rodillas, con los ojos —y también el corazón— abiertos de par en par, percatándome de una vez por todas de la verdad.

Yo… me había enamorado de la única persona que jamás me había querido en su vida. El mismo chico que ahora dormía delante de mí, inconsciente de hasta qué punto mi alma lo anhelaba.

Yo… estaba perdidamente enamorada de Mason.

19

Sin freno

—*Papá… ¿qué es el amor?*

Aquella noche de verano, el viento era una caricia en el rostro. Tendidos en la trasera de la pick-up, *contemplábamos el mar de estrellas envueltos en el silencio.*

—*El amor es… algo espontáneo.*

—*¿Espontáneo?*

—*Sí…* —*Me pareció que estaba buscando las palabras*—. *Nadie te lo puede enseñar. Es como sonreír: es un gesto natural desde que uno es pequeño. Incluso antes de saberlo, tus labios resplandecen de tanta belleza. El amor es así. Incluso antes de saberlo, tienes el corazón lleno de esa persona.*

—*No lo entiendo* —*refunfuñé, y mi padre se rio.*

—*Algún día lo harás.*

Reflexioné sobre aquellas palabras. Conocía a los chicos de mi ciudad, sus burlas aún seguían vivas en mi mente. No perdería la cabeza por ninguno de ellos. Jamás.

Solo tenía doce años, pero afirmé convencida:

—*Yo no pienso enamorarme.*

Él se volvió, me miró con curiosidad y, posiblemente, con un ápice de ternura.

—*Pareces estar muy segura.*

—*Sí. ¿Por qué debería perder mi corazón por alguien?*

Mi padre arqueó los labios y volvió a mirar el cielo. Siempre adoptaba aquella expresión cuando decía algo que lo emocionaba. Yo tenía un carácter particular, obstinado, como la flor de mi nombre.

—*Ahí está precisamente el quid de la cuestión, Ivy* —*murmuró con delicadeza—. ¿Sabes cuándo te das cuenta de que es amor de verdad? Cuando en realidad no sabes decir por qué amas a esa persona. Simplemente la amas. Entonces… lo sabrás.*

—¿Qué?

Él cerró los ojos.

—Que ya hace tiempo que has perdido el corazón…

Aquel recuerdo se perdió en mi mirada afligida.

«No», me repetí a mí misma con una suerte de desesperación incrédula, como si estuviera tratando de seguir manteniendo unidos a toda costa los brillantes pedacitos de alma que se me iban cayendo.

Me recordé que no éramos nada, que nunca nos habíamos reído juntos ni habíamos compartido nada. No nos habíamos hecho ninguna promesa, no había habido la menor intimidad entre nosotros, ni nada que nos uniese.

Era imposible.

Sin embargo, en lugar de precipitarse, mi corazón caminaba por aquel sendero de nubes. Y una potente luz pavimentaba el sendero, como si lo impulsara algo más fuerte que la energía de las estrellas.

Siempre había levantado un muro entre los demás y yo. Había mantenido las distancias con todo el mundo. Pero él había logrado llegar a mí de todos modos. Se había infiltrado a través de las grietas de mi alma y se había quedado allí, en aquel caos, esculpiendo un único nombre entre las ruinas.

El suyo.

Y ahora… Ahora ya no era capaz de ver otra cosa.

Ni siquiera me di cuenta de que había acompasado mi respiración a la suya cuando por fin reuní las fuerzas suficientes para ponerme en movimiento.

Observé mi mano alzarse en dirección a su rostro, como si fuera ajena a mi cuerpo.

Me sobresalté cuando mi móvil empezó a sonar. El timbre retumbó en medio de todo aquel silencio y Mason abrió los ojos.

Me vi reflejada en sus iris oscuros, sentada en el suelo, con el brazo todavía proyectado hacia delante.

—Ivy…

Cada uno de mis nervios se estremeció. Él se incorporó apoyándose en un codo mientras yo retiraba la mano y me obligaba a bajar la mirada.

Tenía miedo de lo que pudiera leer en ella. Me sentía frágil, confusa y vulnerable.

—Perdona… —logré decir mientras cogía el móvil y lo sujetaba con fuerza. Me puse en pie, con la esperanza de que no se percatase del abrumador peso de mis sentimientos—. Yo… debo contestar.

Me alejé hacia la puerta de entrada, salí y me cubrí los ojos con la muñeca. Tratando de contener el tumulto luminoso que en ese momento orbitaba mi corazón, cerré los párpados y suspiré.

—¿Diga…?

—¿Dónde narices te has metido? —bramó Fiona, sobresaltándome—. ¡Por poco me da un infarto por tu culpa! ¿Te das cuenta? ¡Al menos podrías haberme avisado cuando te has ido! ¡Con toda la movida que ha habido, estaba loca de preocupación!

Acerqué el teléfono que acababa de separar del oído mientras me recogía un mechón detrás de la oreja.

«¿Estaba preocupada… por mí?».

—Lo siento —balbucí. No entendía por qué me estaba disculpando, pero también era cierto que no estaba acostumbrada a rendirle cuentas a nadie—. Perdona, Fiona, yo… he vuelto a casa con Carly.

—Joder —exclamó ella—. Creí que os habríais perdido en aquella batalla campal… ¡Se volvieron todos locos! ¡No podía creérmelo cuando me lo han dicho!

—Te refieres a…

—¡La pelea! —gritó, fuera de sí—. Dios mío, Ivy, ¡a Mason se le ha ido totalmente la cabeza! Tuvieron que intervenir para separarlos, ¡y no te digo cómo se han zurrado!

Miré hacia el jardín con el estómago contraído. Aquellas imágenes regresaron a mis ojos y tuve que apartar la mirada.

—¡Nate casi se lleva un puñetazo cuando intentó mediar! Ha sido terrorífico… Mason no se mete nunca en peleas. Sabe perfectamente a lo que se arriesga, debido a la disciplina que practica.

¿Y quieres oír lo más absurdo de todo? Dicen que todo ha sido por una chica.

Me quedé petrificada mientras Fiona seguía alzando la voz, incrédula:

—Vamos, hombre —siguió diciendo—. ¿Te lo puedes creer? Mason, de buenas a primeras, emprendiéndola a puñetazos con unos desconocidos, ¿y por quién? ¡Por una chica! ¿Dónde se ha visto?

—Fiona —la interrumpí—. La chica era yo.

No tenía sentido ocultarlo. Sin embargo, la idea de estar tan implicada —la duda, el presentimiento de que yo había sido la causa— me revolvió el estómago.

—¿Cómo?

—Esa chica era yo.

En el otro extremo de la línea se hizo el silencio. Fiona estuvo un buen rato sin decir nada.

—¿Estás hablando en serio? —dijo al fin.

—Sí —confirmé, cubriéndome los ojos con la mano—. Ellos… nos acorralaron, y Mason… Él…

—Entonces ha actuado así por ti… —Me pareció que estaba ordenando sus pensamientos, con la voz ya más sosegada—. Creía que había perdido la cabeza. Después de todo, como practica el boxeo, siempre ha sido lo bastante sensato como para tener claro que no debe responder a las provocaciones… Ah, pero yo quiero saberlo todo. Es más, vete preparando porque ahora paso a buscarte…

Pero yo ya había dejado de escucharla.

¿Que Mason no respondía a las provocaciones? ¿Desde cuándo?

Volví a revivir el recuerdo de la fiesta. Su silencio, el temblor en su brazo. Él no reaccionó al principio. Yo había percibido el esfuerzo que estaba haciendo por no dejarse llevar, incluso cuando lo insultaron, incluso cuando se burlaron de él, le gritaron y lo ofendieron.

Mason había permanecido impertérrito.

Al menos hasta que Craig…

—Eh.

Me quedé petrificada al oír el sonido de aquella voz. Aún sostenía el móvil cuando, al volverme, me topé con su pecho a un centímetro de mi nariz.

Alcé la barbilla.

Mason tenía la cabeza ligeramente inclinada, con los ojos mirando hacia abajo. Movía la mano entre el pelo revuelto de un modo que, de no haber sido él, habría calificado de… inseguro.

—¿Podemos… hablar? —me susurró en un tono tan dócil que casi se me resbala el teléfono de las manos. Lo miré, inquieta.

«Vale», tendría que haber dicho, pero no pude articular palabra. Solo fui capaz de alejar lentamente la mano de la oreja, esperando no parecer hipnotizada.

Él se apoyó en el marco de la puerta. Me observó desde su notable estatura, y aun a esa distancia pude sentir su cálida respiración en mi frente.

—En cuanto a lo que sucedió ayer por la noche… —Sacudió la cabeza, tratando de dar con las palabras adecuadas—. No debería haber reaccionado de aquel modo. Tendría que haberme controlado. —Su voz era como una caricia ronca, lenta, que me hacía estremecer—. A veces me encienden según qué cosas. Reacciono desmesuradamente, pero… siempre he empleado esa energía en el deporte. No en esto. Yo no soy… así.

No sabía si creérmelo.

¿Realmente estaba diciendo lo que me parecía?

—No he tenido miedo de ti —respondí de forma impulsiva.

«He tenido miedo por ti».

Nuestras miradas se encontraron. Sabía cómo era, sabía a quién tenía delante. Había aprendido a conocerlo poco a poco, aunque él quizá no se lo imaginase. Mason tenía un corazón impetuoso, ardiente como el fuego, un carácter vigoroso que subyugaba. Era impulsivo, y en el rigor del boxeo había encontrado el modo de gestionar y controlar su lado más volcánico e instintivo. Pero no era una persona violenta. Yo nunca lo habría creído.

—¿Estás bien? —le pregunté con un hilo de voz.

Asintió, mientras tanto, Fiona seguía hablando al otro lado del teléfono. La intensidad de su mirada me arrancó del mundo.

Mi respiración se ralentizó, se hizo más pesada, dulzona, bajo el influjo de su proximidad. Inclinó la cabeza hacia delante, y cada uno de mis sentidos se perdieron en aquel gesto.

—Respecto a lo de ayer…

—¡Hey, Ivy! —gritó Fiona—. ¡Responde! ¿Te enrollaste con aquel que te gustaba o no?

Se hizo un silencio apenas roto por el zumbido del móvil.

Petrificada, noté que Mason también acababa de quedarse bloqueado. Con la cabeza ladeada, los labios entreabiertos, a punto de decir algo; miraba mi teléfono.

Corté la llamada de golpe. Al instante, él volvió a mirarme, y yo deseé desaparecer, que el suelo me tragase.

—¿Quién es?

—¿Q-qué?

Sus ojos, severos y profundos, no me dejaron escapatoria. Me aprisionaron el corazón y de pronto me sentí débil, desnuda, al descubierto. Mason se acercó más, el timbre de su voz sonaba como cálido terciopelo.

—¿Realmente es necesario que te lo diga?

Tragué saliva. Volví la cabeza para protegerme de su mirada, pero fue un error. Estaba encajada en el marco de la puerta, y entonces él con un lento gesto de su mano me cerró el paso.

La sombra de su cuerpo me cubrió por completo; me sonrojé sin el menor recato, reprimiendo un ridículo gemido de animalillo atrapado. Traté de hallar desesperadamente una vía de escape mientas él se me acercaba cada vez más, y yo temblaba de pánico y de deseo a la vez.

—La persona que te gusta… —susurró en mi oído, que estaba a punto de arder—. ¿Quién es?

—Nadie.

Era una grandísima cobarde. La peor del mundo. Estaba obstinada y perdidamente enamorada de él, pero nunca tendría el valor de decírselo.

Confesárselo despertaba recuerdos de mi infancia, de niños apuntándome con el dedo, riéndose de lo ridícula que era.

Esperando no hacerle daño, le sujeté la muñeca y lo obligué a que me dejara pasar. Me dirigí a la cocina, luchando por mantener a raya mi agitación, pero sentí sus pasos tras de mí.

«¡Maldita sea, Fiona!».

Cogí la leche, la taza de John, y me acerqué a la encimera. Casi se me cae todo al suelo cuando Mason puso sus manos sobre mis caderas y me empujó hasta el borde de mármol.

En ese momento empecé a sospechar que era consciente del poder que ejercía sobre mí.

—Respóndeme —murmuró tras de mí, no como una orden sino como una petición.

Su proximidad me quemó el corazón y me hizo temblar.

—¿Por qué? ¿Qué tiene que ver contigo? —repliqué con más dureza de lo debido. Me sentía arrinconada, acosada por su presencia y por mis innumerables inseguridades—. Y no me digas que te concierne, porque no es así.

—¿Y si te dijera que me interesa?

Me quedé bloqueada.

¿Me estaría engañando a mí misma? No era posible que me estuviera diciendo lo que yo quería oírle decir. Sonaba demasiado irreal. Demasiado bonito para ser cierto, y, en consecuencia, demasiado… demasiado irreal…

Mi móvil vibró.

«Estoy aquí».

Fiona.

El instituto.

Había venido a buscarme con el coche.

Me estaba esperando.

—Tengo que irme —susurré.

Mason seguía detrás de mí, no se movió.

Habría querido volverme y ver la expresión de su rostro. Mirarlo a los ojos, saber que podía creer en sus palabras, que podía tener esperanza, que podía zambullirme de cabeza en aquellos sentimientos sin romperme todos los huesos.

Me daba miedo aquel chico fascinante e impetuoso. Me daban miedo sus ojos. Sus manos. Su espléndida sonrisa que hacía vibrar el cielo.

Me daban miedo su fuerza y su inmensidad, porque cuanto más me enamoraba de sus abismos, más me devoraban los tiburones.

Pero, sobre todo, me daba miedo el amor que sentía. Porque nada me parecía bastante, nada era comparable a su tacto o al sonido de su voz.

Ahora ya había perdido mi corazón.

Y temía ver cómo se hacía pedazos de nuevo.

Lo aparté sin mirarlo, obligándolo a dejarme pasar.

Recogí la mochila que había dejado tirada en el vestíbulo y salí de casa precipitadamente, huyendo de mí misma.

Fiona estaba allí, delante de la verja; me esperaba montada en un coche blanco al que me subí tras saludarla.

—¿Qué pasa? —pregunté al ver que estaba absorta mirando por el retrovisor.

—Nada —masculló—. Diría que ya he visto antes ese coche…

—Será de alguien del barrio —murmuré, perdida en mis pensamientos.

—Ayer estaba cerca de mi casa cuando salimos…

Entonces yo también le eché un vistazo al coche a través del espejo.

Al final de la calle, un poco más allá de la avenida arbolada, había un coche oscuro aparcado. Estaba casi detrás de la esquina, semioculto por la valla de un chalet blanco.

No entendía qué podía tener de extraño.

—Debe de haber miles de coches como ese.

Ella se encogió de hombros y se puso las gafas de sol.

—Me parece que aún estoy resacosa. Vamos a desayunar, necesito por lo menos un litro de café.

Aquella mañana, los efectos de la fiesta de Clementine se hicieron sentir. Por todas partes se veían caras cansadas y ojerosas, señales inequívocas de una noche bajo los efectos del alcohol y la música.

En el coche me cambié de ropa y me puse la que llevaba el día anterior; antes, paramos en una cafetería, donde Fiona me contó que finalmente había logrado localizar a Travis. Lo estuvo persiguiendo como una loca hasta que alguien decidió arrojarla a la piscina. Él logró escapar y ya no volvió a verlo.

—Menudo cobarde —dijo entre dientes mientras mordisqueaba rencorosa una rosquilla con arándanos, y no me vi con ánimos de censurar su actitud.

Mientras bajaba con los demás a Educación física, me pregunté si esos dos llegarían a encontrar su equilibrio algún día. Si lograrían estar juntos o si siempre sería así, ella persiguiéndolo y él sin dejarse atrapar…

Me detuve. De pie frente a una ventana del pasillo vi algo que llamó mi atención.

Las verjas estaban cerradas.

Las grandes puertas del instituto, que se abrían al comienzo de las clases, tenían el cerrojo echado…

—¡Nolton! —bramó el profesor—. ¿Es que no piensas moverte? ¡Vamos!

Me apresuré a bajar las escaleras y me uní a mis compañeros. Ese día no daríamos la clase de Educación física en el exterior; un cielo violáceo amenazaba temporal por primera vez desde que había llegado a Santa Bárbara.

Me puse la ropa de gimnasia que guardábamos en los vestuarios, consistente en unos pantalones cortos elásticos de color negro y una camiseta con el logo de un oso rugiendo, que era el emblema del centro.

El gimnasio era un edificio consagrado exclusivamente a aquella actividad; el parquet superreluciente y las amplias gradas que circundaban la cancha de baloncesto parecían monumentales en comparación con las instalaciones de mi viejo instituto en Canadá. Aún no había asistido a ningún evento escolar, pero me imaginé que, con los gritos de la gente, el eco de aquel espacio sería grandioso.

Cuando entré, vi que había más gente de lo habitual.

¿Por qué había estudiantes de otra sección? Justo me estaba haciendo esa pregunta cuando vi que entre ellos se encontraba Mason.

Me oculté instintivamente detrás de otros estudiantes.

No era posible. ¿Qué demonios hacía allí?

—Vuestros compañeros tienen una hora libre —bramó el entrenador—. Procuraremos que la mañana resulte productiva, ¿de acuerdo? ¡Lewis, Ramírez, subíos esos pantalones! Gibson, ¿quieres que te despierte? ¿Pero qué os pasa hoy a todos?

Los de mi clase se desplegaron sin demasiado entusiasmo, esforzándose por ponerse en marcha.

—¡Adelante! ¡Quiero esos conos ahí, formando un circuito! Nolton, ¿aún estás durmiendo?

Me sobresalté cuando el entrenador me llamó la atención. Señaló la puerta del gimnasio y me lanzó una mirada incendiaria.

—¡Ve a buscar dos pelotas de baloncesto y tráelas aquí! ¡Rápido!

Me alejé sin que tuviera que repetírmelo dos veces.

El cuarto del material deportivo estaba en el pasillo que había junto a los vestuarios. Era pequeño, angosto, con ese característico olor un poco rancio a goma y a humedad. Encendí la luz, cogí dos balones del carrito y me dispuse a salir, pero no estuve a tiempo porque alguien entró y me empujó de nuevo al interior. Los balones se me cayeron de las manos y rebotaron en el suelo.

Volví la cabeza de golpe para ver la cara del intruso que estaba bloqueando la puerta.

—Pero ¿qué…? ¿Travis? —exclamé.

—¡Chisss! —me ordenó, llevándose un dedo a los labios—. ¿Quieres que te oiga todo el mundo?

Lo miré desconcertada.

—¿Qué narices estás haciendo?

—Necesito hablar contigo. De lo de ayer por la noche. De todo el follón que se armó. Tengo que saberlo, Ivy… Tienes que contarme qué pasó.

—¿Y te parece que este es el momento adecuado? —le susurré, cabreada—. ¡Harás que nos metan un paquete!

—¡Es importante! ¡Tú estabas allí, sabes cómo fueron las cosas!

—¡Travis, déjame salir! —le exigí en tono amenazante.

Era mucho más baja que él, pero pensaba patearlo si era necesario.

—No, hasta que me expliques…

—¡Este no es un buen momento para discutir!

—¡Tú eres la única que sabe la verdad! —exclamó, desesperado—. Por favor, Ivy, ¡Mason no quiere contarme nada! No te das cuen…

Travis se interrumpió de golpe, se volvió y apoyó los brazos en la puerta. Alguien estaba intentando entrar.

«¡El profesor!».

—¿Qué estás haciendo? —susurré consternada, consciente de que no hacía más que empeorar la situación, pero en ese instante se abrió la puerta.

Nate se precipitó adentro, y la puerta volvió a cerrarse haciendo un ruido considerable bajo el peso de Travis.

Me los quedé mirando alucinada.

—¿Os habéis vuelto locos? —mascullé furiosa—. ¿Tenéis idea de lo que nos hará el entrenador si nos pilla aquí?

—De todos modos siempre está de mala leche…

—¡Pues precisamente por eso!

—¡No, no! ¡Un momento! —bramó Travis—. ¡Aún no hemos aclarado las cosas! ¡Si mi mejor amigo acaba envuelto en una pelea, merezco como mínimo una explicación! —Se volvió hacia mí—. ¿Y bien?

—Esos tíos tenían ganas de liarla —repliqué impaciente, con los puños apretados—. ¡Esa es la explicación! Lo provocaron… ¡y él respondió! ¡Y ahora, quítate de en medio!

—¿Él… respondió? —repitió Nate.

—Estamos hablando de Mason —señalé—. No sé si lo estáis teniendo en cuenta. Y tampoco puede decirse que se ande con sutilezas.

—Mason no pierde el control por tan poco —replicó Travis desconcertado—. ¡Y menos aún porque unos payasos lo provoquen!

Lo miré con el ceño fruncido.

—¿No le dio un puñetazo a uno de último curso, solo porque te insultó?

—¡Ivy, eso solo ha pasado una vez! Y ya hace mucho tiempo, ¡apenas teníamos quince años! Pero lo que pasó ayer… ¡Él no respondió, los machacó! Además, Mason tiene un combate mañana, un combate muy importante, ¡y para él los días previos siempre son de entrenamiento y concentración absoluta! ¡Tú no te das cuenta!

Guardé silencio, preocupada.

¿Mason tenía un combate?

¿Ese combate para el que había entrenado tanto?

—Incluso me pegó a mí cuando trataba de separarlos —masculló Nate, y Travis puso los ojos como platos.

—¡Y a mí! Aquí, en las costillas —añadió. Se levantó la camiseta hasta el cuello y yo retrocedí—. ¡Mira, Ivy! ¡Mira qué moretón! ¿Lo has visto bien? ¿No? ¡Acércate! Míralo mejor…

La puerta se abrió de sopetón.

Se hizo un silencio absoluto durante el cual pude hacer acopio de todos los insultos mentales que me habría gustado proferir contra Travis hasta el final de sus días.

Y los habría dicho en voz alta si no me hubiera quedado paralizada por la aparición del entrenador en el umbral, jadeando como un oso pardo enfurecido.

Posó sus ojos incendiarios sobre cada uno de nosotros: en Travis, medio desnudo a un centímetro de mi cara violácea, en mi mano agarrándole la muñeca en un vano intento de que se bajara la camiseta, y en Nate, sujetándome un brazo.

—¡Vosotros! —gritó fuera de sí—. ¡Voy a hacer que se os pasen las ganas de esconderos en los vestuarios! ¿Qué os pensabais que estabais haciendo?

Golpeó la pared y la vena de su cuello palpitó peligrosamente.

—¡Castigados! —gritó histérico—. ¡Los tres! Además, ¡os habéis ganado una nota disciplinaria por comportamiento indecoroso! ¡Y ahora, derechitos al despacho del director Moore!

Travis se bajó la camiseta, y en ese momento sentí tanta humillación que habría atentado contra su vida.

El entrenador siguió echándonos la bronca un rato más, nos requisó los móviles y nos mandó directamente al despacho del director.

Mientras esperábamos a que nos recibiera, no quise ni imaginarme la cara de John cuando se enterase de que me había ganado una nota disciplinaria por... ¿Qué había escrito el entrenador?

Leí la notita del castigo.

«Ah, ya. "Intento de fornicación colectiva"».

«Dios mío».

—Lo siento, Ivy —murmuró Travis mientras Nate me observaba mortificado.

Les lancé una mirada furiosa y desvié la vista hacia otro lado con obstinación.

Un leve sonido de páginas al pasar era lo único que rompía el silencio reinante. Detrás del escritorio, la secretaria del director estaba ordenando unos papeles.

—Hum... señora... —dijo Travis en un momento dado. ¿Sabe si aún tendremos que esperar mucho?

Lo fulminé con la mirada.

—¿Acaso tienes prisa?

—Es que me estoy destrozando el culo con esta silla tan minúscula —soltó, y la secretaria lo miró fatal.

—El director os recibirá lo antes posible. En cualquier caso, no vais a libraros del castigo. Esta tarde dispondréis de todo el tiempo para cumplirlo.

Juntó las hojas golpeándolas sobre el escritorio. La observé un momento y entonces me vino algo a la cabeza.

—Disculpe, ¿por qué han cerrado las puertas hoy?

Ella me miró desconcertada.

—¿Cómo?

—Las puertas del instituto. Están cerradas. ·

—Las puertas siempre están cerradas durante las clases —respondió, como si se tratara de una obviedad.

—Pero el cierre del aparcamiento de los profesores también estaba echado.

—Es imposible —replicó, tajante—. Nunca se baja hasta que se cierra el instituto.

Su respuesta me dejó perpleja, pero no insistí.

¿Me habría fijado mal?

Sin embargo, estaba segura de no haberme equivocado...

La espera se hizo eterna.

Travis volvió a resoplar e hizo chirriar la silla, y entonces la secretaria se dignó mirar el reloj que había en la pared.

Apartó la silla, decidió ponerse en pie y se dirigió al despacho del director.

Cuando llamó a la puerta, a todos se nos pusieron los pelos de punta.

—¿Señor Moore? Ya tengo los registros de la sala de profesores que me había pedido. Y hay tres alumnos con una sanción disciplinaria. ¿Puedo hacerlos entrar?

No hubo respuesta.

—¿Señor Moore?

Arrugó la frente y abrió la puerta lentamente.

En el despacho del director no había nadie. Desconcertada, la secretaria echó un vistazo a la sala vacía. Se acomodó las gafas en la nariz y desfiló ante nosotros con paso marcial.

—No os mováis de aquí —nos ordenó antes de alejarse, probablemente en busca del director.

Me pregunté si nos expulsarían. Esperaba de todo corazón que no lo hicieran y, apretando la nota entre los dedos, me preparé para recibir la reprimenda. Pero transcurrió una eternidad, y ni rastro de la secretaria.

Oí a Travis revolverse en el asiento al menos otras tres o cuatro veces antes de darme por vencida.

¿Dónde se había metido ella también?

Suspiré y me puse en pie.

—¿Qué haces? —preguntó Travis.

—Tengo que ir al baño.

—¿No has oído lo que ha dicho? —intervino Nate—. No podemos movernos de aquí.

—Debo ir —insistí, pues no podía decirse que aquella situación me relajase lo más mínimo—. Además, dudo de que a estas alturas las cosas puedan ir a peor.

Travis asintió y también se puso en pie.

—Te acompaño.

—De eso nada —repliqué, inflexible.

—Necesito moverme. ¡Si me quedo un minuto más en esta puñetera silla, se me quedará el culo cuadrado!

—Vale —dijo Nate—. Pero ¡daos prisa! ¡No quiero estar aquí yo solo cuando esa vuelva!

Me puse en marcha sin esperarlo. Travis venía detrás. Enfilamos el pasillo, y él apretó el paso para alcanzarme. Cuando estuvo a mi altura me miró de reojo.

—¿Estás muy enfadada conmigo?

—¿De verdad quieres que te responda? —repliqué malhumorada.

—Siempre puedes contestar que no…

—Por tu culpa todos creen que estábamos celebrando una orgía en los vestuarios del gimnasio —respondí—. ¡El «no» no es una opción!

—«Orgía» es una palabra muy gorda. Un amontonamiento, todavía…, pero hablar de orgía me parece una exageración…

Me detuve de golpe en medio del pasillo, alcé las manos y las contraje como si fueran garras. Estaba considerando la posibilidad de estrangularlo cuando de pronto pareció reparar en algo.

—Eh… —Alzó un dedo—. Espera. Escucha un momento…

Me lo quedé mirando, recelosa. Como si se tratase de una treta para escaquearse…

—Yo no oigo nada —dije al rato.

—Eso es... ¿No... no te parece extraño todo este silencio?

Lo miré con el ceño fruncido. ¿Qué estaba diciendo?

—No se oye nada de nada —añadió—. Presta atención...

Era verdad.

Ni una voz, ni un ruido lejano, ni un sonido de pasos, absolutamente nada.

El instituto parecía desierto.

—Estamos en pleno horario de clases —dije mirándolo de reojo—. No me resulta tan extraño.

A Travis no pareció convencerlo mi respuesta. Observó el pasillo, examinó los alrededores y, antes de que acabara definitivamente con mi paciencia, lo exhorté a seguir caminando. Llegamos al servicio de las chicas y él se quedó fuera.

—Date prisa, que si nos pillan, seguro que nos expulsan.

Lo fulminé con la mirada antes de entrar.

¿Acaso podía irnos peor?

Pero ¿cómo había acabado juntándome con ellos? ¿Con Travis, Nate, Fiona y todos los demás? No teníamos nada en común. Nada...

Cuando salí, Travis no estaba.

—¿Y ahora dónde se ha metido? —mascullé furiosa.

Esta vez lo mataría, seguro. Sin pensármelo. ¿Acaso no decía John que estaba harto del jarrón de las flores? Bien, pues en su lugar podríamos poner a Travis disecado en el centro del...

Las luces parpadearon.

Miré hacia arriba. Los largos tubos fluorescentes crepitaron como enjambres de mariposas.

Me quedé inmóvil mientras las luces volvían a su estado normal, pero me sentí extrañamente inquieta.

Mientras miraba a mi alrededor, pensé que a lo mejor había sido por culpa del mal tiempo. Quizá se había desatado un huracán. Después de todo, los había a montones en California... En la tele había visto que solían manifestarse en forma de fuertes vientos y tormentas tropicales, aunque esperaba equivocarme.

Reemprendí la marcha por el pasillo.

—¡Travis! —susurré inquieta.

Lo estuve buscando un buen rato sin encontrarlo. Sin embargo, cuando doblé la esquina me vi obligada a detenerme; en aquel punto, la pared terminaba y empezaba el aula de Química. Travis no podía haber pasado de allí, o, si no, se habría arriesgado a que lo pillaran vagando sin rumbo.

La ventana acristalada me permitió ver la pizarra al fondo, y a los estudiantes de espaldas, sentados en los taburetes de las mesas de trabajo.

La clase debía de ser muy importante, porque reinaba un silencio absoluto.

Un momento… ¿Qué estaban mirando todos?

—¿Sí? —me pareció que repetía la profesora. También ella miraba hacia la entrada.

Y entonces me percaté de que la puerta de la clase, en el lado opuesto al que yo me encontraba, estaba abierta. Había un hombre en el umbral.

—¿Puedo ayudarles en algo, señores?

No, había más de uno. Distinguí a otros dos, silenciosos, a la espera. Ninguno de ellos respondió. Los ojos del hombre escrutaban la clase, como si la estuvieran devorando.

—Sí que puede —murmuró—. En efecto.

Avanzó con pasos lentos y pesados por el aula. Era fornido y corpulento, vestía un gruesa cazadora negra y pantalones también oscuros, remetidos en unas botas militares. Tenía el pelo completamente rapado en los lados; parecía llevar algo fino en la boca, que sostenía valiéndose de una mandíbula ancha y angulosa.

—Oh, sentimos la intrusión. Hagan como si yo no estuviera… El conocimiento es lo primero.

Ahogó su voz cavernosa en una sonrisa afilada. No había incomodidad en aquellos ojos punzantes como alfileres. Cuando se sacó el mondadientes de la boca pude observar que tenía unas manos gruesas como piedras.

—No le robaremos más tiempo. Estamos aquí por una persona.

—Sea quien sea, seguro que puede esperar a que termine mi clase —le replicó la profesora—. Estoy en mitad de una explicación.

Ni siquiera pareció oírla.

Las suelas de sus botas resonaron en el pavimento mientras la profesora lo miraba con dureza por el modo en que la había ignorado.

El hombre se detuvo frente a la tarima, y empezó a observarlo todo con una insolencia pasmosa.

Se dirigió a los alumnos, y el tono de voz que surgió de sus labios parecía casi voraz.

—Los señores aquí presentes y yo estamos buscando a alguien que asiste a este centro. Una estudiante de vuestro curso, para ser más exactos. No lleva mucho tiempo aquí. —Miró a los estudiantes uno por uno con expresión ávida y pronunció el nombre—: Ivory Nolton. ¿Es alguien de vosotros?

Abrí los ojos de par en par. Un tenue murmullo se propagó por la clase.

—La señorita Nolton hoy no está conmigo —intervino la profesora con impaciencia, pero él no se volvió.

Examinó la clase como si pensase que yo me estaba ocultando detrás de un compañero o debajo de un pupitre, y repitió:

—Nolton. ¿Está en este curso?

—¡Ya basta! —protestó la profesora—. ¿Con qué derecho se presenta aquí e interrumpe mi clase? ¡Todo esto resulta intolerable! ¡El señor Moore, el director, será informado inmediatamente de lo sucedido! ¡Esto es un instituto, no una oficina de reclamaciones! ¡Y ahora, fuera de mi clase!

Su voz resonó en el aire. Ninguno de ellos se movió. Por fin, lentamente, el hombre bajó el rostro y la observó.

Le sostuvo la mirada durante un largo instante, antes de susurrar con una media sonrisa:

—A lo mejor no me he explicado bien.

De repente la golpeó con una violencia atroz.

La bofetada le hizo volver la cara, y ella salió despedida hacia atrás, volcó la silla y cayó al suelo con un ruido ensordecedor.

Todos los presentes se quedaron helados del pánico, y yo dejé de respirar. Algunos estudiantes se pusieron en pie, rodaron taburetes, pero bastó un simple clic para que el mundo se congelara de golpe.

Uno de los hombres que estaban en la puerta se había abierto la chaqueta y empuñaba la culata de una pistola.

Se desató una oleada de pánico mudo, glacial, devastador. Un silencio atónito se impuso sobre todo cuanto había en el aula, solo interrumpido por los gemidos de la profesora.

El tipo irguió los hombros y empezó a caminar. El ruido de las suelas de goma parecía amplificarse en el vacío, como el sonido de una serpiente de cascabel.

—Pongamos que vuelvo a preguntarlo.

Le pisó violentamente la cara. Hubo un estallido de gritos, la profesora se retorció en el suelo y él la empujó con fuerza, aplastándole la cabeza contra la tarima. La oí sollozar mientras le presionaba la sien con la bota. Apoyó los antebrazos en las rodillas y se inclinó sobre ella con todo su peso. Empezó a masticar el mondadientes de nuevo, pero esta vez no sonreía.

—La canadiense —musitó entre dientes—. ¿Dónde está?

20

La caza

No sentía nada.

Un helor cruento me saturaba los tímpanos y me hacía palpitar, me martilleaba, me nublaba los sentidos.

Desplacé lentamente un pie hacia atrás.

El chirriar de mis zapatos pellizcó el silencio; me eché a temblar.

Retrocedí un paso tras otro, la sensación de urgencia iba en aumento, me quemaba, me golpeaba el pecho...

De pronto me topé con algo. El corazón se me subió a la garganta, me volví de golpe y...

—¡Oh, estás aquí! —dijo Travis—. No lograba encontrar...

Le cerré la boca con las uñas, arrancándole un jadeo de sorpresa. Trastabilló con mis pies cuando lo obligué a retroceder hasta la entrada del trastero; lo empujé adentro a la velocidad de la luz y cerré la puerta. Me apoyé en ella con la espalda y me llevé una mano temblorosa a la boca, agitando con mi respiración irregular los mechones de pelo que me caían sobre el rostro.

«No».

«No, no, no. No era posible, no estaba sucediendo».

El pánico me quebró el aliento. El corazón se rebeló y noté cómo me temblaba la piel, cubierta de un sudor helado.

El rechazo de lo que estaba sucediendo ascendió por mi garganta hasta casi hacerla pedazos. «Estábamos en el instituto, aquello no era real», esas palabras me martilleaban el cráneo, en un desesperado intento por recuperar la lucidez, pero mi cuerpo casi se había separado de mí, inoculándome un terror más real que cualquier otra cosa.

Aún tenía aquellos gritos metidos en el cerebro. Aún tenía el rostro de aquel hombre clavado detrás de los ojos.

Habían venido a buscarme. El temor de John, su pesadilla, estaba sucediendo, y yo sabía lo que querían, aquel secreto imborrable con el que yo cargaba como un estigma.

Las vísceras laceraban mi interior como un puño de hierro; jadeé, traté de engullir oxígeno y estuve a punto vomitar.

No era posible que estuvieran allí, en mi instituto...

¿Cómo habían logrado entrar? ¿Y por qué nadie los había visto?

—¿Ivy? —Travis me miraba, confundido—. ¿Qué está pasan...?

Salté de nuevo. Lo agarré por la nuca y le puse la mano en los labios, sofocando sus palabras. Me había dado cuenta demasiado tarde de que la pequeña ventana del trastero estaba abierta.

Pasos por la grava.

Contuve el aliento, y la tensión me machacó por dentro.

—No está —dijo una voz terriblemente cercana. Una sombra se extendió a un palmo de nosotros—. En ninguna clase.

El sudor me cubrió los dedos y apreté los puños. Travis me miró, inmóvil, como si el pánico me latiese a través de los ojos abiertos de par en par.

—¿Y las otras clases? —preguntó uno de ellos.

—Ya están controladas —respondió otra voz.

—El gimnasio —ordenó el hombre que teníamos más cerca, tras un leve clic; estaba hablando a través de un aparato electrónico.

—Ya hemos registrado el gimnasio. No está allí.

—Tampoco está donde hemos mirado nosotros. El aula de Música, comprobada. El patio, el campo de fútbol americano.

El chirrido de sus botas me oprimió el corazón. Se detuvo justo allí, frente a aquella pequeñísima abertura.

Travis se puso rígido.

Un escalofrío imprevisto lo recorrió de la cabeza a los pies. Lo sentí en forma de espasmo a través de la mano; sus ojos miraban fijamente hacia aquel pequeño agujero de la pared.

Y yo supe qué era lo que estaba viendo.

Las cachas de una pistola en una funda.

—Revisad los otros dos edificios —barboteó—. Las clases de

los pisos superiores, los aseos, la sala de profesores. La hemos visto entrar. Ella está aquí. Encontradla.

El hombre respondió algo y se alejó haciendo crepitar la grava.

Travis se apartó de mí. Alcancé el ventanuco y lo cerré mientras él me miraba alarmado.

—¿Quién…? ¿Quién era ese?

El corazón me palpitaba en el cerebro, saturándolo de preguntas.

¿Cuántos eran?

¿Dónde estaban?

¿Cuánto tiempo llevaban en el instituto con nosotros?

—Ivy, ¿qué está pasando? —me preguntó Travis.

—Necesito un móvil —lo interrumpí, agitada, y ms labios temblaron por la vehemencia con la que pronuncié aquellas palabras—. Dame el teléfono, necesito un móvil. ¡Lo necesito ahora, dámelo!

—¡Ivy, quiero saber qué pasa!

—¡Dame el móvil!

—¡No tengo móvil! —respondió él, cada vez más asustado—. Nos los quitó el entrenador, ¿no te acuerdas? ¿Se puede saber qué demonios está sucediendo? ¡Ivy, ese hombre lleva una pistola!

Me pasé los dedos por el pelo.

Tenía que llamar a alguien. Tenía que llamar a John, a la policía, tenía…

Me entraron ganas de vomitar. Me apoyé en la puerta y sentí que el estómago se me retorcía como un trapo; sentía la piel helada, me palpitaban las sienes y el pánico me estaba devorando, literalmente.

No le encontraba el sentido. Si me querían a mí, ¿por qué no me habían cogido cuando iba por ahí, sola?

¿Por qué allí? ¿Por qué en ese momento?

Estábamos encerrados en un trastero claustrofóbico, solos y sin esperanzas. ¿Qué estaría pasando en las otras clases? ¿Qué les estarían haciendo a los demás?

Todo había sucedido por mi causa. Todo, todo por mi causa.

—Están por todo el instituto —musité haciendo un esfuerzo. Tragué saliva, porque no tenía fuerzas ni para mirarlo—. Los he visto en la clase de Química. Han agredido a la señora Wels delante de todos los alumnos. Creo que la secretaria no ha vuelto por culpa de ellos. Ya deben de haberse hecho con todo el complejo.

Travis me miró consternado, sin mover un músculo. Mis palabras impactaron en su cerebro y lo dejaron aturdido.

—¿Qué? —musitó con un hilo de voz.

—Tenemos que avisar a la policía —concluí, tratando de no perder la lucidez—. Tenemos que advertir a las autoridades de lo que está pasando aquí dentro. Necesitamos un teléfono.

Vi que parpadeaba, esforzándose en asimilarlo todo.

—No puede ser —balbució incrédulo—. Tiene que ser una especie de broma… o un simulacro… Sí, de esos que hacen por los atentados. Tiene que ser eso, Ivy. No nos han avisado, pero…

—¡Le han dado un paliza, Travis! —El nudo que se me había formado en la garganta me arañó la voz, que ahora sonaba ronca—. Sé lo que he visto. Van armados… Han hecho ademán de amenazar a los estudiantes con una pistola. ¡Tú lo has oído! También has oído lo que han dicho. El edificio A y el B. Puede que estén por todas partes. Están aquí de verdad.

Lo miré con determinación, tratando de aferrarme a la adrenalina que mi cuerpo bombeaba sin cesar, y continué:

—Tenemos que pedir ayuda. Necesitamos un teléfono, debemos advertir a la policía.

Travis me miró sin parpadear.

Debía de ser el miedo, pensé, porque yo tampoco era capaz de hacerlo. Éramos dos animales asustados en una madriguera demasiado pequeña.

—No tenemos móvil —musitó tras un instante que se hizo eterno, dando muestras de que empezaba a recobrarse—. Ni tú, ni yo…

—La secretaría. Hay un teléfono. Podemos llamar desde allí, pero tendremos que desandar el camino.

«Y, además, Nate está allí», recordé espantada. Nate estaba allí, y podrían dar con él de un momento a otro. Si no lo habían encontrado ya.

Travis debió de pensar lo mismo que yo. Se me quedó mirando con la garganta contraída, y por fin asintió.

Busqué una confirmación en sus ojos, o simplemente el coraje necesario para moverme. Estaba como paralizada, pero mi pecho bombeaba sangre como si fueran ráfagas de electricidad. Me di la vuelta. Alargué la mano con los dedos temblorosos y bajé el tirador.

Tras echar un vistazo a través de la hendidura y cerciorarme de que no había nadie, abrí la puerta despacio.

El pasillo estaba desierto.

Le hice una seña a Travis. Salí y agucé el oído, inquieta, dispuesta a saltar al mínimo ruido. Pero solo hallé silencio.

Hicimos todo el trayecto pegados a la pared, ocultándonos donde podíamos. Procuramos ir lo más despacio posible, pero en el último tramo nos entró el pánico y corrimos como condenados.

Entramos en la sala de espera y…

Nate estaba allí, exactamente donde lo habíamos dejado.

Se nos quedó mirando.

—¿Qué habéis estado haciendo?

No me concedí ni un instante de alivio: prácticamente me abalancé sobre el escritorio y descolgué el auricular, con los dedos ya en las teclas, dispuesta a marcar el número.

Pero la línea estaba cortada.

Me quedé mirando el aparato, consternada.

—No…

Apreté el auricular contra la mejilla y marqué febrilmente el 911.

No sirvió de nada. Estaba mudo.

Solté el receptor con los dedos contraídos y me volví.

Ellos dos estaban charlando expresivamente, pero Nate parecía escéptico y fruncía el ceño.

—Hay terroristas en el instituto —le estaba diciendo Travis mientras yo me dirigía al despacho del director.

Abrí la puerta y barrí el escritorio con la mirada. Cogí el segundo teléfono, contuve la respiración y descolgué.

También estaba mudo.

—¡Dios!

La angustia me cerró la garganta, y gruñí de frustración y de rabia antes de regresar a la sala de espera.

Sin perder un instante dejé atrás a Travis y a Nate, que seguían discutiendo acaloradamente. Me dirigí a la puerta de entrada y la embestí con todo mi peso.

Pero no cedió. Estaba bloqueada.

No era posible, parecía una pesadilla.

Mis dedos temblorosos ascendieron por la superficie sellada y trataron de introducirse en la rendija que había entre ambos batientes. Arañé, tiré, traté de moverlos de todas las maneras, incapaz de aceptar que estaba atrapada.

Empecé a cargar con los hombros contra la puerta, presa de la desesperación, pero cuanto más daño me hacía, más cuenta me daba de que todo era en vano.

No había modo de salir de allí.

Sin embargo, debía de haber otra forma, otras vías…

Ignorando el dolor en el hombro, volví atrás, jadeante. Los chicos seguían discutiendo. Nate miraba a su amigo con los ojos muy abiertos.

—¿Esperas que me trague semejante historia?

—¡Créeme de una vez, Nate, joder! ¡No me estoy quedando contigo! ¡Los hemos visto! ¡Te lo juro!

—¿Y las salidas de emergencia? —dije, interrumpiendo la discusión.

Travis se volvió, desconcertado.

—¿Las salidas?

—Sí, ¿dónde están?

Pasó por mi lado como una flecha, y yo salí corriendo tras él.

Llegamos a la entrada y enfilamos el pasillo opuesto a la secretaría.

En aquel silencio irreal había algo espeluznante, angustioso como un laberinto sin salida o un cementerio abandonado en el corazón de la noche.

Travis se plantó delante de una puerta gris y apoyó las manos en las palancas de apertura.

—¿Has llamado? —me preguntó—. ¿Qué ha dicho la policía?

—La línea telefónica está cortada. No he podido. —Lo miré a los ojos y tragué saliva—. Nos han incomunicado.

Travis se dio la vuelta y empujó la puerta, que no se movió. Cuando vio que no se abría, arremetió con todas sus fuerzas.

Y, mientras yo observaba la salida con los labios contraídos, llegué a la conclusión de que cualquier cosa que pensáramos a ellos ya se les habría ocurrido antes. Era todo inútil.

Nos habían encerrado a cal y canto.

—¡Maldita sea! —exclamó Travis, golpeando la puerta con la mano.

Solo era cuestión de tiempo que nos encontraran, no podíamos seguir ocultándonos eternamente. Era a mí a quien querían, y no pararían hasta que me echaran el guante.

—¿Os habéis vuelto locos?

Ambos nos volvimos a la vez, con los nervios en tensión. Nate nos miró desconcertado.

—¿De verdad queréis que nos expulsen? ¡Si el director nos encuentra aquí, nos echa del instituto!

«El director está en su poder», me hubiera gustado decirle, era la enésima pieza que encajaba.

—Nate —murmuró Travis, pero él se le adelantó, dirigiéndose a mí.

—Ivy, ¿tú también te estás prestando al juego? ¿Qué pasa, que Travis te ha sobornado? De él me espero cualquier numerito por el estilo, ¡es el pan de cada día! Pero de ti, de ti la verdad es que no…

Un grito rasgó el aire.

Todos nos sobresaltamos, yo retrocedí, y tuve la mala pata de tropezarme con Nate, que se me echó encima. Nos apretujamos en el hueco de la puerta, apiñados y temblorosos, y yo me estremecí cuando algo a lo lejos se estrelló violentamente contra el suelo.

El estruendo se extinguió, y un silencio dramático volvió a congelarnos el aliento.

Ahora Nate estaba blanco como un sudario. Él también retenía el aliento, y por el modo en que se retorcía las muñecas deduje que ya no hacía falta explicarle nada más.

—No es una broma —susurró Travis con un hilo de voz, pero su amigo no le respondió. Se quedó petrificado, con la cara pálida y los ojos muy abiertos.

—Tenemos que salir de aquí —dijo—. Debe de haber algún modo.

—Las ventanas de las aulas —sugirió Travis—. No pueden haberlas ocupado todas. Desde allí podríamos…

—Las ventanas dan al campo de fútbol, no al exterior. Y las verjas están cerradas. Si intentamos cruzar el jardín, nos atraparán.

—¿Van armados de verdad? —susurró Nate con voz temblorosa, y yo asentí—. ¿Y son muchos?

—Debemos hacer algo —exclamó un agitado Travis—. Ellos no saben que estamos aquí...

—¿Hacer algo? —inquirió Nate con los nervios a flor de piel—. ¿Y qué crees tú que podríamos hacer? ¡Esos tíos llevan pistolas!

—No podemos escondernos como ratones y esperar a que nos encuentren...

—¡Ni tampoco hacer que nos maten!

—Travis tiene razón —convine—. Ellos no saben dónde estamos. Al contrario que los demás, nosotros podemos hacer algo.

—No es un buen momento para hacerse el héroe —protestó Nate, anteponiendo nuestras prioridades—. ¿Podéis decirme cómo nos moveremos, con esos dando vueltas por el instituto? ¡Estamos al descubierto! ¿No habéis oído el grito de hace un momento? ¡Estos tíos no bromean, joder!

—Nadie ha dicho que debamos quedarnos al descubierto.

Nate y yo parpadeamos, perplejos. Nos volvimos al mismo tiempo para mirar a Travis. Él, a su vez, miraba con determinación hacia delante y tenía una expresión que en otras circunstancias me habría inducido a correr para ponerme a salvo.

Travis... estaba pensando. No, peor aún: estaba «pariendo una idea».

—¿Qué sugieres? —le preguntó Nate, poniéndole voz a mi oscuro presentimiento.

—Que debemos encontrar el modo de cubrirnos las espaldas. Si queremos actuar, llevar a cabo un plan, tenemos que poder defendernos. ¿Me seguís?

«¿Defendernos? ¿Con qué?».

—¡Esto no es una armería! —exclamó Nate, alucinado—. ¡Ni una puñetera partida de *Call of Duty*! ¿Con qué esperas defenderte, con las mesas del comedor? ¿Planeas construirte una armadura con las tejas del club de cerámica? Travis, ¡estamos en el instituto!

Me humedecí los labios, agitada. Nate tenía razón. Era una idea totalmente absurda que nosotros pudiéramos, de algún modo...

—Es a nosotros a quienes corresponde tomar las riendas de la situación. ¿Queréis escucharme o no? Si es cierto que ya han ocupado el gimnasio y las otras zonas del centro...

Fue un instante.

«Mason».

Había tratado de no pensar en ello, de apartar aquel miedo atroz, pero en un momento tan delicado como el que estábamos atravesando, la angustia era como una mano que me estrujaba el corazón.

Mason estaba en el gimnasio con los demás.

Se había quedado allí, a merced de aquellos individuos, y esa certeza me destrozaba con cada inspiración.

¿Y si le habían hecho daño?

¿Y si lo habían agredido?

El pecho me ardía y se me helaba a la vez, resultaba insoportable. Me arrepentía de no haber escuchado a John, de no haber creído lo que me decía. Si le sucediera algo a su hijo, yo…

—De acuerdo —dije, crispando los dedos. Ambos se volvieron hacia mí y los miré directamente a los ojos—. Te escuchamos.

—Si ellos van armados, nosotros también debemos estarlo.

—No veo ningún arsenal por aquí cerca —replicó Nate entre dientes.

—Tenemos el club de *airsoft*.

Ambos nos lo quedamos mirando alucinados.

«¿El club de *airsoft*? Pero ¿es que existía un club de *airsoft*?».

«¿Ese era el plan?».

—¿Estás de broma? ¡Son fusiles de aire comprimido! —exclamó Nate llevándose una mano a la cabeza—. ¡Son prácticamente de juguete!

—¡No digas gilipolleces! ¡De juguete, nada! ¡Si te aciertan en la cabeza, acabas en el hospital!

—¡Travis, los proyectiles son de plástico!

Los veía discutir y me estaba poniendo cada vez más nerviosa. No…, era totalmente ridículo. Ellos llevaban pistolas reales, auténticas armas de fuego, y a la mínima ocasión nos apuntarían con ellas. ¿En qué narices estaban pensando? ¿En intentar un asalto? ¿En hacerles creer que íbamos armados?

No teníamos la menor esperanza.

Ninguna.

A menos que…

A menos que empleásemos otra clase de proyectiles…

Me humedecí los labios.

—Puede que tenga una idea…

—Estáis locos.

Ignoré el comentario. Continué vigilando el pasillo, apostada tras la esquina.

—Nos van a pillar. Oh, sí, nos van a pillar…

Les eché una ojeada rápida y me volví de nuevo.

—Nos liquidarán. ¿Y todo por qué? ¡Porque nos estamos haciendo los figuras delante del aula de Carpintería! ¿Alguien quiere explicarme por qué razón estamos aquí? ¡Creía que teníamos un plan!

Descubrí que Nate gestionaba mal el pánico. Vamos, peor de como lo gestionaba yo, o Travis, quien, curiosamente, tras la parálisis inicial, parecía responder de forma receptiva a las descargas de adrenalina.

—¡Los tengo! —susurró Travis, apareciendo jadeante en la puerta.

Nate puso los ojos en blanco al ver el puñado de gruesos clavos que había afanado.

—Estos no —dijo mientras descartaba algunos—. No entrarían en el cargador. Esos, en cambio, son perfectos, creo que podría funcionar.

—Oh, no, no me lo digáis —refunfuñó Nate, blanco como la cera—. ¿Este es el plan?

—¿Tienes uno mejor?

—Debemos ponernos en marcha —zanjé, inquieta—. ¿Dónde guardan el material de *airsoft*?

—En el último piso. Antes se reunían en el C, pero el señor Moore no quería que el club quedara tan escondido. Al ser un espacio cerrado, siempre se escapaba algún disparo, así que decidió trasladarlo a una distancia de dos tramos de escalera.

Estábamos en la planta subterránea, bastaría con acceder por la puerta siguiente a la salida de emergencia para llegar allí.

Dos tramos de escalera…

Dos tramos de escalera sin que nos viera ni nos oyera nadie…

—De acuerdo. Vamos.

Habría preferido que aquellos dos no fueran tan torpes; formábamos el trío más improbable del mundo. Cuando Nate tropezó con mis pies estuve a punto de estrellarme contra un extintor.

—¿Podrías procurar ser un poco menos patoso? —susurró Travis, que seguramente debió de dejarse olvidada la sutileza en una vida pasada, mientras Nate seguía avanzando sin dejar de maldecir.

—Como empecéis a discutir otra vez, os mato a los dos —balbucí amenazante al tiempo que le daba un empujón a Travis para que retrocediera un poco—. ¡Vamos!

Nos llevó una vida. Al menor ruido nos sobresaltábamos, aterrorizados; Nate se agarraba a mi camiseta y tiraba de mí, como si quisiera protegerme y utilizarme como escudo humano al mismo tiempo.

Cuando llegamos a las escaleras que conducían al piso superior, estábamos húmedos y sudados.

Travis nos hizo una señal para que esperásemos. Y, a continuación, con sumo cuidado, asomó la cabeza por la pared que hacía esquina con la escalera.

Miró a su alrededor con atención mientras nosotros, detrás de él, permanecíamos a la espera, respirando apenas y con las pupilas dilatadas al máximo.

—Creo que tenemos vía libr…

Un ruido espantoso nos hizo retroceder. Nos pegamos a la pared, paralizados, encogidos, con los ojos abiertos de par en par. Travis aún tenía la última sílaba atrapada en los labios.

Aquel golpe provenía de la puerta de una clase al cerrarse.

El corazón se me estremeció solo de pensar qué podrían estar haciendo en una clase llena de estudiantes. Y yo, en cambio, allí, oculta, devorada por la certeza de que si me entregaba tal vez pondría fin a aquella caza sanguinaria…

«No, no, no», me dije, apiñándome con mis compañeros. Esa no era la solución.

Yo no tenía lo que estaban buscando. Si se habían ensañado de aquel modo con una persona, solo porque no había colaborado… ¿Qué no me harían a mí?

Alcé la barbilla de golpe, alterada, y miré a Nate a los ojos. No podía evitar pensar que no se pegaría a mí de aquel modo si supiera que yo era el objetivo.

—Tenemos que movernos —murmuró Travis con la voz rota—. Debemos llegar hasta el aula. Si nos quedamos aquí…

No concluyó la frase. Apretó los labios, volvió a situarse tras la esquina y desapareció.

Esperé unos instantes, me armé de valor y lo seguí escaleras arriba.

Llegué al primer piso con las manos temblando, y Travis me empujó para que me situara tras la pared. Nate llegó al cabo de un instante, y por poco se le escapa un grito cuando Travis también lo cogió del brazo.

Nos señaló el aula del club, y con el corazón en la garganta avanzamos sigilosamente.

Travis bajó el tirador, pero la puerta no se abrió.

—No —exclamó, y empezó a darle empujones.

Nate se llevó las manos a la cabeza.

Estaba haciendo demasiado ruido. ¡Demasiado ruido!

Tras el enésimo golpe, la puerta se abrió. Algo parecía estar bloqueándola al otro lado, así que yo también me puse a ayudar, y entre los dos logramos abrirla.

—Lo hemos logra… ¡Ay!

Algo impactó a gran velocidad en la cabeza de Travis. Se encogió y levantó las manos para protegerse la cabeza.

—¡Alto! ¡Alto, somos estudiantes!

Una serie de clics rompieron el silencio.

Más allá de las sillas y los pupitres apilados contra la puerta, distinguí movimiento.

Al fondo, detrás de la tribuna volcada en el suelo, despuntaban un par de cañones de fusil. Pertenecían a tres chicos fuertes, estratégicamente situados, que se asomaron con cara de sorpresa.

Salieron a nuestro encuentro y Nate los ayudó a recomponer la barrera improvisada.

—¿Cómo habéis llegado aquí?

—Somos miembros del club. Llevamos aquí encerrados desde hace poco más de una hora. ¿De qué curso sois?

—Del último.

—Nosotros también. Ha sido el primer sitio que se nos ha ocurrido. No sabemos qué está pasando.

—¿Cómo habéis podido salir de clase sin que os vieran?

—Habíamos salido a fumar sin permiso. Oímos gritos, y después vimos a esos con las pistolas. Nos dijeron que nos sacáramos todo lo que llevábamos en los bolsillos.

Chasqueé la lengua y me sentí muy frustrada. Los móviles. Nos habían arrebatado cualquier posibilidad de pedir ayuda.

—No teníamos elección. También querían llevarnos adentro, cogieron a uno de nosotros, pero en el último momento los demás logramos escapar. ¿Y vosotros?

—La secretaría. Debían asignarnos un castigo, pero el director no volvió. Los hemos visto en una clase, hay otro en el patio, y hemos venido hacia aquí. Al parecer hemos tenido la misma idea.

Nos miramos los unos a los otros, nerviosos y consumidos por la ansiedad.

—¿Qué diablos está pasando ahí afuera? —preguntó el chico.

Pronunció las palabras despacio, y los demás se volvieron a escuchar. Travis sacudió la cabeza con amargura.

—No lo sabemos. Pero no tienen buenas intenciones.

—¿Cuántos son? —preguntó Nate.

—Nosotros hemos visto al menos a ocho. Han sellado todos los edificios, no hay modo de acceder a ninguno. Así controlan mejor el instituto. Han tomado a los alumnos como rehenes.

—Solo puede tratarse de un acto terrorista —añadió Travis—. Nadie fuera del instituto sabe lo que está pasando aquí dentro, han silenciado los teléfonos, y seguramente también todos los sistemas electrónicos de la sala de informática. Las verjas están cerradas, es imposible salir.

Los otros nos observaban consternados y se miraban entre sí. Uno de ellos tragó saliva y concluyó con un hilo de voz:

—Entonces... estamos jodidos.

Travis nos miró a Nate y a mí. Se metió la mano en el bolsillo y sacó los clavos.

—No. Tenemos un plan.

—¿De dónde los habéis sacado? —preguntó uno de los chicos, uno rubio con el pelo rapado.

—Del aula de Carpintería. Ha sido idea de Ivy —explicó Travis mientras introducía un clavo tras otro en un fusil—. Desde luego, en cuanto a armas no podemos competir con ellos, pero algo es algo.

—Y vuestro plan... ¿en qué consiste?

—No disponemos de ningún teléfono. No podemos hacer saber a las autoridades lo que está pasando aquí. Nuestra prioridad es avisar a la policía. Necesitamos un móvil, pero las clases están vigiladas. Se está perpetrando una salvajada ahí adentro, así que no podemos hacernos con un teléfono sin que nos atrapen. El único modo es tener la suerte de encontrar uno en la oficina de objetos perdidos.

Los chicos nos miraron con los ojos muy abiertos, como si acabáramos de contar un chiste malo.

—¿Qué?

—Es el único modo —prosiguió Travis—. Cuando alguien se encuentra un teléfono, es allí adonde lo lleva. Hay de todo: sudaderas, auriculares, llaves, hay cosas que incluso llevan meses allí...

—¿Pero quién pierde un teléfono? —preguntó uno de ellos, visiblemente nervioso—. Y además... ¡tenemos que llegar hasta allí! ¿Os creéis que es fácil? ¡En cuanto te vean, te meterán una bala en la frente!

—No creo que actúen tan a la ligera —murmuró Travis acertadamente, incluso yo tuve que reconocerlo—. Primero tratarán de cogernos, ¿no? Como hicieron con vosotros. En el fondo no somos una amenaza...

—¿Y tú crees que se pararán a pensarlo? —masculló el chico, que no estaba nada convencido—. ¿Para qué llevan las pistolas, entonces?

—No quieren atacar a los estudiantes.

Todos se volvieron hacia mí.

—No directamente, al menos.

—¿Qué quieres decir? —preguntó uno de ellos en tono antipático.

«Que solo me quieren a mí».

—Han cortado las líneas telefónicas —respondí cruzándome de brazos—. Nos han aislado completamente. Quieren que el instituto parezca normal por fuera. No dispararán sin más, si lo hicieran, lo echarían todo a perder. El disparo se oiría a varias manzanas de distancia.

—¿Cómo puedes estar tan segura?

—Las pistolas no llevan silenciador.

Todos se me quedaron mirando. Les sostuve la mirada, sin aflojar.

—Hay que abrir una vía de escape —proseguí—. Aunque lo-

303

gráramos llamar, las autoridades tardarían mucho tiempo en reventar las entradas. Tenemos que intentar pillarlos por sorpresa. Si los de aquí dentro están solos, y si le facilitamos la entrada a la policía, no tendrán escapatoria.

—Las puertas están selladas, y las verjas también —siguió explicando Travis—. No podemos contar con que la policía entre por los accesos principales. Pero está el aparcamiento de los profesores.

—¿El garaje?

—Da directamente a la calle. Queda apartado de los edificios principales; la persiana metálica está bajada, pero si lográramos forzarla, podríamos facilitarles la entrada.

Estuvieron reflexionando sobre lo que acabábamos de explicarles.

Aquel plan hacía aguas por todas partes. Las posibilidades de que saliera mal eran tantas que probablemente lo que nos unía no era la esperanza, sino la desesperación.

—De acuerdo —dijeron por fin, sin mucho convencimiento—. Contad con nosotros.

Travis me dedicó una sonrisa tensa, pero la ignoré.

—De acuerdo. Tenemos que pensar en cómo lo haremos.

—Primero, debemos conseguir el móvil —propuso uno de los chicos—. Y una vez avisada la policía, pensaremos en cómo ayudarlos a entrar.

—No —discrepó Nate—. En cuanto salgamos de aquí estaremos expuestos. Si nos topamos con ellos, no tendremos posibilidad de acceder al garaje.

—Entonces tendremos que dividirnos.

Una repentina tensión vibró en el aire.

—Si lo pensáis, no hay otro modo. Movernos en grupo solo nos hará más torpes. En cambio, si nos dividimos, en caso de que un grupo fuera apresado, el otro aún podría lograr su objetivo.

—Dividirse nunca es una buena idea… —murmuró Travis pasándose una mano por la cara, pero yo sacudí la cabeza.

—No, él tiene razón. Si permanecemos juntos, no creo que lleguemos muy lejos.

Ojalá las cosas fueran de otro modo, pero no lo eran. Todos juntos éramos demasiados, jamás lograríamos pasar desapercibidos.

—Vale —transigió finalmente—. Entonces lo haremos así.

Nos dividiremos en dos grupos. Uno accederá al garaje y tratará de abrir la persiana para tener una vía de salida. El otro se encargará del móvil.

—¿Cómo nos dividimos? —preguntaron.

—Tenemos que repartirnos en función de las armas de las que disponemos, de modo que no estemos demasiado desequilibrados.

—Tres de nosotros al garaje —dijo el chico rubio, y le lanzó un fusil a Travis—. Yo iré a por el móvil. Me llamo Kurt, por cierto.

—Travis. E iré contigo.

—Nate —dije con determinación—, tú irás al garaje.

Observé cómo les lanzaba una mirada incómoda a los dos chicos fornidos y armados que tenía a su lado.

—¿Qué?

—Vas con ellos. Yo me quedo con Travis.

—¿Qué dices? No, ¡yo os echaré una mano! ¿Y si os atrapan? Voy con vosotros, no…

—Tú levantarás la persiana —insistí—, no eres lo bastante discreto, nos estorbarías.

—Ivy tiene razón, Nate —dijo Travis, apoyándome—. Es mejor así. Seguro que serás más útil con ellos. Y, además, como estará cerrada, sin duda hará falta usar la fuerza para reventar la cerradura. Mejor que seáis tres chicos. No puede ir ella.

Nate nos miró, pero no dijo nada. Finalmente asintió resignado:

—De acuerdo.

—Entonces está decidido. Vosotros tomaréis las escaleras del fondo. Pasada la planta menos uno, cuando lleguéis abajo, os resultará más fácil seguir hasta el garaje. Nosotros, en cambio, tendremos que atravesar el edificio… y llegar a la oficina…

Todos hicieron un gesto de asentimiento, pero, de pronto, un silencio incómodo empezó a flotar en el aire.

Solo éramos un puñado de adolescentes con un plan que no tenía ni pies ni cabeza, empuñando unos ridículos fusiles de aire comprimido cargados con clavos de la carpintería. ¿Cuán lejos podíamos llegar?

Nate se nos acercó mientras los otros se despedían.

—Procurad que no os maten.

Travis le dio una palmada nerviosa en el hombro. Tragó saliva y susurró:

—Lo mismo te digo.

Después se volvió hacia mí; me puso una mano en la cabeza y yo lo miré de reojo, conteniendo un suspiro en los pulmones.

Los tres permanecimos abrazados unos instantes y nos miramos.

—Tened cuidado.

Los otros ya se encontraban en la puerta. Estaban apartando los muebles apilados, y yo decidí no esperar más. Me armé de determinación, di un paso al frente y dije:

—Quiero un fusil.

Los chicos se volvieron. Nate y Travis me miraban con el ceño fruncido.

—Perdona —respondió Kurt—, ¿cómo dices?

—Yo también quiero un fusil —repetí.

Él enarcó una ceja y observó mis delgados brazos. Leí en su cara que no me creía capaz de poder empuñarlo y eso me irritó.

—Ni hablar, eso está fuera de discusión.

—¿Qué pasa, acaso no soy lo bastante hombre según tus estándares? —le espeté, porque había captado perfectamente lo que estaba pensando.

Llevaba demasiado tiempo teniendo que lidiar con los estúpidos prejuicios de la gente. Él se mosqueó y me lanzó una mirada perspicaz.

—Estos son M14 EBR. Revestimiento metálico, engranajes de acero. Muy robustos, los más precisos y potentes del mercado. Tienen unas prestaciones excelentes, y un alcance de hasta cincuenta metros. Y pesan más de tres kilos. ¿Quieres que siga?

—Sé disparar —repliqué con determinación—. En mi tierra salía de caza todos los días. Soy capaz de…

—¿De caza? —repitió él con una sonrisa sarcástica—. Aquí no se trata de apuntar a una bandada de patos en un estanque. Solo hay cuatro fusiles, y el cuarto lo llevará él —dijo, señalando los musculosos brazos de Travis—. Deja a los que saben disparar de verdad. Nosotros formamos parte del club, princesa. Así pues, yo diría que no hay más que hablar.

Me lo quedé mirando, ciega de frustración. Su razonamiento simplón me roía el hígado; me estaba rechazando solo por ser una chica, y, como tal, incapaz, según su criterio, de estar a la altura de la situación.

—En Canadá manejaba un Winchester XPR Renegade —dije entre dientes—. Y pesaba cuatro kilos. ¿Crees que insisto porque quiero que nos maten?

—No me digas… ¿Has hojeado alguna revista de caza, por casualidad? —Alzó una comisura del labio, sarcástico—. Que te hayas aprendido algunos nombres no significa que sepas de lo que hablas.

—¡Sé perfectamente de lo que hablo! —le recalqué, muy cabreada, mientras avanzaba hacia él—. Dame un fusil.

—Olvídalo.

—¡Que me lo des!

—¡He dicho que no! —me espetó tajante, lanzándome una mirada que me hizo desistir—. Ya basta. La discusión termina aquí.

Habría querido demostrarle que se estaba equivocando, pero no podía. Kurt era una de esas personas que identificaban el talento con la fuerza bruta.

Pero no era una cuestión de potencia.

La cosa iba de técnica. Y de práctica. Y de precisión milimétrica.

Era una cuestión de capacidad.

Y yo lo sabía muy bien.

—Estás cometiendo un error —le advertí, ardiendo de rabia.

—Correré ese riesgo.

Me dio la espalda, y tuve que morderme la lengua. Mientras me volvía, llena de resentimiento, esperé que al menos supiera lo que se hacía.

A cierta distancia, mis amigos me estaban observando, sorprendidos por aquel encontronazo. Guardaron silencio, y pensé que tal vez ellos también compartían de algún modo los recelos de Kurt. Los miré con el semblante serio, y ellos a su vez intercambiaron una mirada.

El grupo de Nate se puso en marcha antes que el nuestro. Se volvió para lanzarnos una última mirada, y por primera vez me pareció percibir un atisbo de determinación en sus ojos.

A continuación, nos tocó a nosotros.

Salimos a hurtadillas y llegamos a la escalera. La oficina de objetos perdidos se encontraba en la planta baja, al otro lado del edificio, junto a los aseos de los profesores.

Nos agazapamos pegados a la pared, y Kurt echó un vistazo desde abajo.

—Quizá deberíamos pasar por donde lo han hecho los otros —susurró Travis con un hilo de voz.

—Si tomamos esa dirección acabaremos lejos de nuestro destino —respondió Kurt—. Tenemos que pasar por aquí. Vosotros esperad. Yo iré delante.

Empuñó el fusil y avanzó encorvado. La tensión podía palparse. Lo miramos con los ojos muy abiertos, como dos cervatillos ocultos tras unos matorrales.

En cuanto oímos que nos susurraba algo, lo seguimos.

Cuando accedimos a la planta baja, el miedo me corría por la piel. Sentía la presencia de aquellos hombres, sus voces, sus pasos a través de las puertas...

Y mi pensamiento voló de nuevo hasta Mason.

Volví a ver sus ojos profundos y noté una opresión en el pecho.

Teníamos que conseguirlo. No había otra, estaba todo en nuestras manos...

Choqué con Travis. Aturdida, sacudí la cabeza y miré hacia arriba. ¿Por qué se había detenido?

El chirrido de unas botas rasgó el aire; me quedé inmóvil.

Una oleada de pánico me atravesó de parte a parte, y me llevé una mano helada a la boca.

Había alguien.

Un poco más adelante, Kurt también se había quedado como una estatua.

—No —dijo una voz con toda claridad—, ya lo hemos inspeccionado.

Estaba justo detrás de la esquina. Sentí un escalofrío recorriéndome la espalda. El zumbido del radiotransmisor arañó el aire propagando otras voces, y tuve la certeza de que entre ellas también estaba «la suya», impartiendo órdenes. «Encontradla». Me parecía estar oyendo cómo apremiaba a los demás. «Ella está aquí».

—De acuerdo —atronó la voz del hombre del pasillo, y yo abrí los ojos de par en par.

Venía hacia nosotros.

Apenas podía respirar del miedo, y empecé a retroceder, aterrorizada...

Pero los otros no me siguieron. Cuando me fijé mejor, vi que habían liberado el seguro de los fusiles.

Ambos se miraron, y pude distinguir en sus ojos el mismo terror que había en los míos.

Fue como una escena a cámara lenta: fueron hacia el pasillo al tiempo que yo extendía una mano hacia ellos. El grito brotó demasiado tarde de mi garganta:

—¡No!

El aire estalló de golpe.

Un estruendo ensordecedor resonó por todas partes, y oí algo estrellarse contra el pavimento.

El hombre cayó al suelo, sorprendido, cubriéndose el rostro con el brazo. Los clavos silbaban muy cerca de él, una lluvia de metal surgida de no sabía dónde, arañándolo, arrancándole jirones de la cazadora.

Empezó a retroceder entre maldiciones y gestos furiosos, hasta que finalmente pudo volver a ponerse en pie. Huyó en dirección opuesta mientras yo gritaba, echándome las manos a la cabeza:

—¡A las piernas! ¡Travis, dispara a las piernas!

Aquel tipo desapareció detrás de la pared mientras el impacto de un clavo hacía saltar el estucado.

Estábamos expuestos.

Jadeé, con los ojos desencajados, mientras el caos se desataba a nuestro alrededor. Pasos, gritos, puertas abriéndose. Tiré de Travis agarrándolo por la camiseta.

—¡Corre! ¡CORRE!

Corrimos como desesperados, tropezándonos los unos con los otros.

Nuestros pasos resonaban en las paredes mientras una tormenta de voces furiosas se propagaba cerca de nosotros, amplificadas por los tabiques.

Corrí, corrí como nunca había corrido en toda mi vida, con el pelo en la cara, los pulmones ardiendo y los tendones doloridos. Corrí más, y más, empujando a Travis hacia delante, mientras él intentaba trastear con el fusil.

No sentía el corazón.

Doblamos la esquina casi al vuelo, y, de pronto, allí estaba: la oficina de objetos perdidos, justo al final del pasillo. Forzando los límites de mi resistencia, contuve el aliento y mis ojos fijaron su objetivo en aquel punto.

Ya estábamos… ¡Ya estábamos!

Nos abalanzamos sobre nuestro objetivo.

Pero la puerta resistió el envite y no cedió.

La cerradura estaba bloqueada. Kurt le disparó un clavo, pero rebotó y cayó al suelo.

—Pequeños y sucios bastardos.

Tras el sobresalto inicial, me encajé como pude entre los dos chicos, con el destello de la pistola reflejado en mis ojos.

Me eché a temblar cuando la mirada del hombre sorteó a mis compañeros y se posó sobre mí.

Era el fin.

Tensó los labios formando una mueca sobre el cañón del revólver.

Mientras sus secuaces nos rodeaban, corroborando así nuestro inminente final, alzó el transmisor, y lo último que oí fue el tono áspero de su voz.

—La he encontrado.

Después, el ruido de un disparo.

21

Tártaro

Otro tramo de escaleras.

Apoyé mal el pie, y la mano que me sujetaba por el hombro me propinó un fuerte tirón. La camiseta me segaba la garganta, ejerciendo una presa feroz en mi cuello.

Miré hacia arriba. Una hilera de espaldas llegaba hasta lo alto, donde había una puerta abierta. Un haz de luz incidía sobre los cuerpos hacinados, despavoridos.

Logré interceptar la mirada de Travis; él me miró a su vez, apenas un segundo, entre aquel mar de cabezas, hasta que otro zarandeo me conminó a seguir avanzando.

Cuando se produjo el disparo, la sangre se me heló en las venas.

Inmóviles, habíamos mirado la pistola que nos apuntaba sin respirar.

Pero el cañón seguía frío. Mudo.

El disparo provenía de otra parte.

Entonces se desencadenó el caos. Aquellos hombres empezaron a maldecir como una manada de lobos rabiosos; se oyeron órdenes, gritos y blasfemias por todas partes, y el lugar se convirtió en un avispero furioso y virulento.

Algo no estaba yendo según lo previsto.

Abrieron las puertas de las clases una por una. Con las armas en la mano ordenaron a estudiantes y profesores que salieran de las aulas y los sacaron del edificio A.

Nos hicieron entrar a todos en el B, el que estaba situado en la zona central del complejo.

A mí me habían dejado al final, separada del resto, sometida a una férrea vigilancia. No sabía por qué nos habían llevado allí, pero acabamos en las escaleras que conducían a la azotea, y deduje que se trataba de una retirada.

El punto más alto: alejado de las puertas, de las verjas, de cualquier vía de escape. Nadie podría llegar hasta nosotros sin ser interceptado.

—Camina —rugió el hombre que me vigilaba.

Llegué a la puerta abierta y, tras un último empujón, me encontré bajo el cielo rugiente del temporal. La azotea era enorme. Estaba circundada únicamente por una barandilla, tanto su anchura como su longitud eran mastodónticas, y formaba una L capaz de albergar a una multitud.

Estábamos todos allí.

Incluido el personal administrativo y de servicios, el entrenador y el personal del comedor.

Me pareció distinguir la cabeza rubia de Bringly y puede que también la de la secretaria. Aquellos hombres los estaban hacinando al fondo, de espaldas, tras la esquina de la L y alejados de la entrada del edificio. Los obligaron a ponerse de rodillas con las manos sobre la cabeza, y me fijé en que algunos estudiantes, los más corpulentos, tenían señales de golpes y llevaban las manos atadas.

Allí fue donde lo vi.

Mason tenía las manos atadas con una gruesa cinta adhesiva negra. También estaban obligándolo a arrodillarse, y cuando se volvió y nuestras miradas se encontraron, se me paró el corazón.

Me encadené a él, a esos ojos que acababan de reconocerme bajo la luz enfermiza de aquel cielo tempestuoso, y mi alma ardió en un deseo incontenible de estar a su lado.

Habría querido correr a su encuentro, abrazarlo, acariciarle el rostro con mis manos temblorosas y desesperadas, pero entonces sentí que tiraban de mí.

Cuando vio la mano que me tenía sujeta se le petrificó el rostro.

Me empujaron hacia la otra parte de la azotea y él se revolvió, tratando de no perderme de vista. Intentó ponerse de pie, pero el hombre que estaba a su lado lo golpeó en la cara, y eso fue lo último que vi.

Sabía ante quién me estaban llevando.

Él estaba allí, de espaldas, con su inmensa silueta, bramando como un animal.

—¡Perro! —le rugió a uno de sus esbirros—. ¿Qué coño os había dicho? ¿Eh? ¡Nada de disparos! ¡La orden era nada de disparos!

—¡Esos hijos de puta me han agredido! —arguyó el otro, señalando al grupo del gimnasio.

—¡Unos niñatos de mierda!

—¡Trataron de quitarme la pistola! ¡El arma se disparó, ya sabía cuáles eran las órdenes!

—Cuidado, McCarter —masculló rabioso, escupiendo saliva—, porque como el plan se vaya a la mierda por tu culpa, te arrancaré a mordiscos esta cabeza tuya de capullo. ¿Me has entendido? ¡Sabes que la tienen bajo vigilancia, joder! Si lo han oído desde la calle no dudarán en entrar, así que ya puedes rezar para que eso no suceda.

El otro escupió en el suelo. Percibí la tensión en sus rostros. Parecían inquietos y agitados.

—Teníamos que hacer un trabajo limpio. Coger a la chica y salir tal como hemos entrado. Si saben que estamos aquí, nos cortarán las vías de escape. Llévate a Griver y a Vinson e id a inspeccionar.

El otro asintió y se fue.

—Aquí estás.

Me empujaron hacia delante.

Aterricé a sus pies, lastimándome las manos.

Cuando alcé la mirada vi con horror cómo sus botas se giraban hacia mí.

—Por fin.

Sus esbirros ocuparon la esquina del extremo de la azotea y formaron una barrera ante la gente concentrada en aquella zona. Desde aquella enorme distancia, apenas podía oír sus gritos rasgando el viento.

—¿Sabes cuánto tiempo llevamos buscándote? —me preguntó con aquella voz áspera y cortante—. Claro que lo sabes… Estabas escondida con tus amiguitos.

Me estremecí, aún en el suelo. Se agachó para poder mirarme de frente.

—Ya sabes por qué estamos aquí.

Su rostro parecía como cincelado en piedra. Duro, cuadrado, de facciones toscas y con unas pupilas que casi te seccionaban quirúrgicamente. Me quedé inmóvil como un animalillo observando el hocico de su depredador.

—Lo sabes mejor que yo, ¿no es así? He montado todo este tinglado solo por ti. He venido aquí solo por ti. Y ahora tienes que darme lo que quiero.

Traté de rehuir su mirada, pero él me agarró del hombro.

—¿Dónde está?

Lo miré aterrorizada. Él aumentó la presión de su mano y un destello de furia relampagueó en sus pupilas.

—Sé que lo tienes tú. No pudo dejárselo a nadie más. Vamos, dímelo, ¿dónde está Tártaro?

Aquel nombre era mi condena. Eso era lo que todos querían. El secreto que le arruinó la vida a mi padre.

Desearía borrarlo.

Sacármelo de encima.

Arrojarlo a la basura del mundo y olvidarlo para siempre.

Simplemente desearía tener una respuesta. Pero no la tenía.

Cuando vio que yo seguía en silencio… se sacó el mondadientes de la boca, lentamente.

—A lo mejor hay una cosa que no te ha quedado clara.

Me golpeó en la cara, con fuerza, una bofetada como un latigazo en el cerebro. Mi cabeza rebotó contra el suelo, se me nubló la vista y el dolor estalló en forma de náuseas.

Me acurruqué, pero el hombre me agarró de la camiseta y me levantó como si fuera una muñeca de trapo.

—No tengo mucha paciencia.

Era como si tuviera una montaña ante mí, tenía una fuerza espantosa.

Aferré febrilmente su descomunal mano cuando la cerró alrededor de mi cuello. Mis ojos aterrorizados se reflejaron en los suyos, pero no aflojó la presa; se limitó a mirarme, y una especie de risueña ironía se dibujó en su implacable rostro.

—El célebre ingeniero Nolton —susurró—. Un pionero de la tecnología… Se escondió, ¿no es así? Igual que tú. Pero entonces, mira por dónde, hace algún tiempo, en el periódico, apareció aquel minúsculo párrafo sobre el ingeniero estadounidense fallecido en Canadá.

Me acarició el cuello con el pulgar, como si pudiera hacerlo pedazos en cualquier momento, alzó una comisura del labio, y prosiguió:

—Oh, fue fácil atar cabos. ¿Quién podía ser, si no el gran Robert Nolton? Dimos contigo enseguida. En cuanto supimos de ti… Su hijita… emigrada a Estados Unidos. Viniste directamente a nosotros.

Aumentó la presión de su mano, y su rostro adquirió un aspecto feroz. Me puse muy rígida y los ojos casi se me salieron de las órbitas. Le arañé convulsivamente la mano, en un esfuerzo por librarme, pero me empezaron a temblar las rodillas y la sangre se me acumuló en el rostro.

—¿Sabes cuánto he tenido que esperar? —musitó entre dientes—. ¿Cuánto tiempo llevo esperando el momento idóneo? Oh, estabas muy vigilada. Desde el mismo instante en que pusiste el pie aquí, el Gobierno ha tenido a sus mastines pegados a tus talones. Desde el primer jodido día. Te lo has pasado bien, ¿eh?, ¿yendo de aquí para allá bajo su protección? Así, ¿quién podía ponerte la mano encima…? —Lo vi sonreír despiadadamente, entre lágrimas y oleadas de un dolor punzante.

»Pero en el instituto… ¿Quién iba a imaginárselo? Nadie. Ni siquiera ellos. Controlan todos tus movimientos. Te ven entrar, pero a nadie se le ha pasado por la cabeza que alguien pudiera venir a por ti aquí dentro. ¿No te parece?

Me soltó de golpe, y abrí la boca enseguida. Tosí, presa de espasmos y náuseas, y me llevé las manos temblorosas a la garganta. La saliva me caía por los labios, me palpitaba la cabeza, pero aquellas palabras se me habían quedado grabadas de todos modos.

¿Me vigilaban? ¿Quiénes?, ¿los federales?

¿La CIA… me había estado protegiendo en todo momento?

—Tú sabes dónde está.

—No… —balbucí sofocada.

—Habla —bramó—, o te haré hablar yo.

Me cogió del pelo. Apreté los dientes y cerré los párpados cuando tiró de mí, presa de un sufrimiento atroz.

—¿Dónde lo has metido?

—¡No… lo sé! No…

Le agarré la mano, pero él me dio un brusco tirón y proferí un grito desgarrador.

Aunque solo me tuvo sujeta de ese modo unos instantes, a mí me pareció una eternidad, durante la cual me zarandeó, tiró de mí, me gritó. El dolor me mantenía tensa, rígida, como si me estuvieran arrancando la piel del cráneo.

Cuando por fin me soltó, me desplomé en el suelo como un pelele. El cemento me desolló las rodillas desnudas, y el impacto me vació los pulmones.

—Estúpida mocosa —masculló.

No sé de dónde saqué las fuerzas para moverme, pero traté de alejarme de él a rastras, lenta y temblorosa, hasta que me sujetó de un tobillo y volvió a tirar de mí.

Se me puso encima, y deseé desmayarme.

Hubiera querido retroceder en el tiempo. Volver a cuando mi padre aún estaba conmigo.

Preguntarle por qué.

Por qué me había hecho cargar con aquel peso. Por qué, él, que siempre lo había sido todo para mí, me había impuesto aquella condena atroz.

«Tártaro», gritaba el mundo. Y yo solo ansiaba arrancarme las orejas para no oírlo. Para convencerme de que no estaba realmente allí, a merced de aquel monstruo, pagando un precio tan cruel.

Y cuando me puso un pie en el vientre, comprendí que el único modo de salvarme era darle una respuesta que ignoraba.

—Me lo dirás —susurró feroz.

Una lágrima se deslizó por mi sien. Lo miré desde el suelo, impotente, inmovilizada a sus pies.

Me pareció una criatura descomunal, más imponente que el océano, que el cielo y la tormenta. La negrura del temporal le hacía las veces de corona, y no había nada que yo pudiera idear para oponerme. Apoyó una rodilla en el suelo y tiró de mi mano. Cuando vi que cogía el mondadientes que había vuelto a ponerse en la boca, temblé.

—Por… por favor…

—¿Sabes por qué le pusieron ese nombre, jovencita? —dijo de pronto—. ¿No te lo contó tu querido papaíto? —Puso el extremo del mondadientes bajo la uña de mi dedo anular y siguió hablando—: Cada código tiene un nombre. Si es merecedor de llevarlo. Según la mitología antigua, el Tártaro era un oscuro abismo situado en las profundidades de la tierra. Allí fue donde Zeus encerró a los titanes. Aquel que abriera las puertas del Tártaro liberaría los horrores más abominables, que ascenderían a la superficie. Y ahora imagínate que tienes en tu poder las llaves que lo abren. Imagínate que puedes controlarlo. Imagínate que tienes en tus manos el poder de dominar el mundo.

Mientras seguía escuchando su voz, la angustia me ahogaba.

—¿Y sabes lo que me separa de ese poder?

Agité la cabeza, negándome con todas mis fuerzas a escuchar la respuesta, pero él me la dio igualmente.

—Tú.

—No…

Hundió con saña el mondadientes. Grité. Las astillas de madera se clavaron en la carne, desgarrándola, y empezaron a brotarme lágrimas. Me revolví febrilmente, pero él volteó el mondadientes bajo mi uña, y el dolor me hizo enloquecer.

—¡No lo sé! —grité devastada.

Arañé el suelo entre convulsiones, desollándome los dedos. Él volvió a hundir el palillo, y la desesperación estalló finalmente en mi garganta.

—¡Se lo he dado a ellos! —grité, agónica—. ¡Se lo he dado a ellos, a los agentes! ¡Es la verdad…, se lo he dado a ellos!

Se detuvo.

Un sollozo húmedo brotó de mis labios. Yo ya no era más que un amasijo de músculos temblorosos, extenuados a causa del terrible esfuerzo. Mi respiración era como un llanto, y bajo la ropa el sudor impregnaba toda mi piel, haciéndome sentir sucia. Clavó sus pupilas en las mías, con la furia cristalizada en los ojos.

—Estás mintiendo —musitó.

Lo miré con las pupilas dilatadas.

—No se lo has dado. Si fuera cierto, lo sabríamos. Esos perros sarnosos son increíblemente buenos dejando escapar información cuando tienen bajo custodia a algún civil… Habrían hecho correr la noticia de que Tártaro estaba por fin en sus manos. —Me miró con una rabia gélida—. Y que tú ya no eras un objetivo.

Extrajo bruscamente el mondadientes. Apreté los párpados, y el dolor se convirtió en una aguja incandescente. Sentí la sangre goteando por la palma de mi mano mientras él me agarraba por la camiseta.

—¿Crees que puedes tomarme el pelo? —me giró la cara, la empujó contra el suelo y me clavó las uñas en la mejilla—. ¿Crees que puedes mentirme?

Sentí el olor acre de la pólvora y me estremecí ante la idea de lo que pensaba hacerme.

Pero él no quería torturarme. No.

Él quería abrirme como un cascarón repleto de secretos. Y trocearme de un modo que ni siquiera podría caber en mi imaginación.

—Veremos si se te pasan las ganas.

Me soltó bruscamente y se puso en pie. Volví a respirar, lanzando pequeños estertores, replegada en mí misma, como una caótica pila de huesos rotos. Sentí un inevitable alivio cuando oí sus pesados pasos alejándose hacia donde estaban sus compañeros.

No… No hacia donde estaban sus compañeros.

Hacia donde estaban los estudiantes.

Hacia…

—Él vive contigo, ¿verdad?

Cogió a Mason, y yo abrí los ojos de par en par. Se me paró el corazón cuando lo separó del grupo y lo trajo a rastras hasta donde yo me encontraba, obligándolo a arrodillarse de un empujón.

—Lo conoces bien, ¿no es así?

Le tiró del pelo para levantarle la cabeza. Los ojos llenos de rabia de Mason centellearon al mirarlo, y entonces el pánico se adueñó de todo cuanto me rodeaba.

—No…

El hombre sacó la pistola.

—¡No!

Me puse en pie a trompicones y me lancé hacia delante. Uno de sus esbirros me interceptó. Luché a la desesperada, sin dejar de mirarlos a ambos febrilmente.

«¡Mason, no!», gritó mi corazón.

El hombre lo golpeó con la culata de la pistola, y yo grité sin siquiera darme cuenta de que lo estaba haciendo.

—¡No!

Pataleé y me revolví, con el pelo cubriéndome el rostro. Lo golpeó de nuevo, y me impulsé en vano hacia delante.

—¡No lo sé! —chillé angustiada—. ¡No lo tengo! ¡Nunca lo he tenido! ¡Él no me lo dejó mí!

Quería correr, llegar hasta él, abrazarlo y protegerlo.

Quería salvarlo, dejar que me destruyeran a mí en lugar de a él y poner fin a aquel tormento.

Pero no podía.

Me vi obligada a ser testigo de cómo nos destruían a ambos, a presenciarlo rota e impotente. Con cada golpe que recibía, me doblaba igual que él. Con cada golpe que encajaba, sentía su dolor, y resultaba insoportable.

—¡No lo sé! —aullé, rasgándome la garganta.

Veía cómo Mason se esforzaba en no mirarme, o tal vez en que yo no lo viera a él, y las lágrimas me quemaban los ojos.

—¡Te lo suplico! —grité, implorándole por primera vez—. ¡Te lo suplico, es verdad!

De pronto cesó todo. El hombre del mondadientes inspiró profundamente, y yo me quedé inmóvil, con el corazón en un puño y la angustia flotando en el aire. Se volvió a mirarme, pero yo solo estaba pendiente de Mason.

Jadeaba, con las muñecas atadas. Tenía la cabeza ladeada, estaba a punto de perder la consciencia, y entonces me di cuenta de que me había equivocado.

Había algo más injusto aún que lo que me estaba sucediendo a mí por causa de lo que mi padre había creado: Mason estaba pagando por algo de lo que no tenía la menor culpa.

El hombre me lanzó una mirada rebosante de odio.

—Ya basta.

Cuando montó el arma sonó un chasquido.

Perdí el sentido del equilibrio. Una violenta sensación de vértigo me atenazó el corazón, y me quedé horrorizada cuando vi que le echaba la cabeza hacia atrás.

—No…

—Te lo juro —dijo entre dientes—. Te juro por Dios que le volaré los sesos. ¿Me has oído?

—¡NO! —grité con todas mis fuerzas, arrasada en lágrimas.

Lo agarró del pelo con más fuerza.

—¡Es verdad! ¡Lo juro! —chillé, impotente.

—Uno.

—¡NO! —bramé, pateando y retorciéndome, con la garganta destrozada. El rostro de Mason se desvaneció en mis ojos, y sentí que el terror me extirpaba el alma—. ¡LO JURO!

—Dos. —Su voz resonó por la azotea, y una sorda desesperación se apoderó de todo mi ser. Me quemó cada vena, cada pensamiento, cada ápice de lucidez.

Apoyó la pistola en la sien de Mason, y grité de nuevo, fuerte, fortísimo, como nunca antes había gritado. Con lágrimas y dientes.

Con el mismo miedo que sentí cuando mi padre se apagó en mi presencia.

Con los brazos tendidos y el alma abierta de par en par, y todo el mundo gritaba, todo mi mundo, conmigo...

La puerta de la azotea se abrió de repente, y uno de los secuaces apareció en el umbral.

—¡Ya están aquí!

Aquellas tres palabras me dejaron sin respiración. Bastaron para que el mundo se detuviera.

—¿Qué? —bramó el hombre del mondadientes.

—¡Están aquí! Los del Gobierno, ¡los SWAT! ¡Han logrado entrar!

—¡No es posible! —gritó fuera de sí—. ¡Habíamos sellado los accesos! No han podido hacerlo en tan poco tiempo...

—Ya están dentro! —respondió el otro, histérico—. ¡Han entrado por el garaje! Están llegando. Me soltaron de golpe y me desplomé en el suelo, desmañada. Me entrechocaron los dientes y noté el sabor de la sangre en la lengua. Mi cuerpo imploraba piedad, pero de alguna manera logré enderezar la cabeza y pude ver ante mí un rayo de esperanza.

«Nate».

«¡Nate lo ha logrado!».

Sentí los gritos, las voces de alarma y finalmente el miedo. El caos los devoró como un incendio. «Están llegando», comenzaron a decirse unos a otros, y la tensión fue en aumento hasta estallar en forma de rabia.

—¡Tendríamos que haberla cogido cuando salió sola! —exclamó uno de ellos.

—¡La tenían vigilada! ¡No habríamos llegado a recorrer ni cien metros con ella!

—¡Ahora ya no tenemos escapatoria!

—¡Yo no pienso acabar en la cárcel! ¿Me habéis oído?

Algunos de ellos retrocedieron, y el jefe se puso furioso.

—¡Ni se os ocurra! —bramó, empujando bruscamente a Mason.

Pasó por encima de él y avanzó hacia sus hombres.

—¡Aquí nadie hará nada sin que yo lo diga! ¿Está claro?

Un disparo reverberó en el aire. Vi cómo sus rostros contraídos pasaban de la incertidumbre al pánico.

—¡Quedaos donde estáis! —rugió fuera de sí—. ¡Panda de cabrones inútiles! ¡Tenemos rehenes! ¡No nos tocarán un pelo!

—¡Yo no pienso dejarme matar! —exclamó uno de ellos—. ¡Este no era el plan!

—¡Ya no hay ningún plan! ¡Se fue a tomar por culo cuando McCarter disparó!

—¡No pienso dejarme matar!

—¡He dicho que…!

—¡No pienso dejarme matar por «esa»!

—Empezaron a retroceder, desoyendo las órdenes. Se miraron febrilmente unos a otros, y yo supuse que todas las fuerzas armadas de la ciudad debían de estar allí, a punto de irrumpir en cualquier momento.

Otro disparo estalló a lo lejos.

El hombre empezó a soltar maldiciones cuando vio que los suyos rompían filas. Se empujaban unos a otros tratando de llegar en tropel a la escalera de incendios.

—¡La chica! —gritó entonces a dos de sus hombres—. ¡Coged a la chica!

Pero nadie parecía tener la intención de perder el tiempo conmigo.

Los esbirros siguieron corriendo a la desesperada, y yo aproveché la confusión para tratar de escabullirme, pero el jefe descargó toda su rabia lanzando un grito y se abalanzó sobre mí.

—¡Quieta!

Me rodeó con el brazo y me levantó. Yo empecé a patalear en el aire mientras se me llevaba con él.

Por todos lados reinaba la locura. Gritos, voces, puertas derribadas, los pasos de los agentes en el interior del edificio. Oí más disparos abajo, en el patio, y deduje que sus hombres estarían luchando para evitar que los capturasen.

Traté de librarme de su presa, pero cuando vi que era inútil, le hinqué los dientes en el brazo con todas mis fuerzas.

Me zarandeó violentamente y me clavó la pistola en las costillas.

—Te he dicho que…

De repente, algo lo embistió.

Caímos de bruces los tres, y el arma rodó por el suelo. El impacto me dejó sin respiración y aterricé de forma brutal, justo al lado del cuerpo que acababa de abalanzarse con todo su peso sobre mi captor.

Mason y yo nos miramos; tenía un corte en la sien y los pómulos tumefactos, pero sus iris refulgían. Le tendí la mano al instante, y él estrechó mis dedos entre los suyos. Tiró de mí, pero el hombre me agarró por la pantorrilla.

Traté de golpearlo a ciegas, pero me arrastraba por el suelo. Cerré los párpados y rogué por que Mason no me soltara. Me agarré a sus muñecas, aún atadas, pero tenía los dedos impregnados de sangre y de sudor, y me resbalaban…

Entonces otros chicos se le echaron encima, el hombre me soltó y yo acabé encima de Mason.

Sentí su respiración en mi frente. Nos miramos a los ojos, y lo envolví con toda mi alma, como si fuera un lazo de seda.

Trasteé con la cinta adhesiva que le inmovilizaba las manos mientras él seguía con el rostro hacia un lado y el cabello acariciándole el mentón.

A mi espalda, el hombre gritaba como un animal. Luchó encarnizadamente y acabó desembarazándose de sus atacantes a zarpazos. Cuando por fin se vio libre, renunció a llevarme con él; se abrió paso hasta la pequeña puerta metálica y se precipitó hacia abajo por la estructura de la escalera de incendios.

Vi como aquel monstruo desaparecía, y se me contrajo el estómago. El ruido metálico de la escalera se mezcló con los demás sonidos que saturaban el aire y con los gritos de los policías a lo lejos.

Logré liberar a Mason. Se masajeó las muñecas enrojecidas mientras yo me levantaba y me abría paso hasta la barandilla de la azotea.

Abajo se había desatado el infierno. La calle adyacente al muro del instituto estaba sembrada de coches patrulla y de furgonetas con los cristales tintados. En el campo de fútbol americano había hombres corriendo por todos lados, disparando y tratando de huir.

Todos menos uno.

Clavé mis ojos en él.

Dos agentes gritaron, pero nada lo detuvo mientras corría como un loco en dirección a la cerca. Iba hacia un rincón alejado del campo, donde el instituto no daba a la calle, sino al patio de una vivienda. Un lugar donde no había policías esperándolo.

—¡Se escapa! —gritó alguien.

Contraje los dedos lentamente. Volví a ver aquella sonrisa despiadada, la crueldad con que se había divertido torturándome, y algo me estalló por dentro con la fuerza de un incendio.

El dolor, el miedo, la angustia y la impotencia prendieron al mismo tiempo en mi pecho y se propagaron como el fuego. Un temple letal me forjó el corazón, y sentí cómo aquella quemazón se endurecía como el metal en mis venas.

Me volví de nuevo, y avancé por entre la gente que seguía en la azotea. Localicé a Travis, que había recuperado el fusil y estaba ayudando a unos chicos a liberarse.

Se me quedaron mirando consternados cuando le arranqué el arma de las manos.

—¿Ivy? ¿Qué quieres hacer? ¡Ivy!

Unos se apartaron, otros me miraban como si me hubiera vuelto loca. Avancé abriéndome paso a codazos, impertérrita, decidida, y delante de todos pasé al otro lado de la barandilla.

Los gritos de sorpresa rasgaron el aire.

Mis pies aterrizaron en la cornisa, y oí a unos desconocidos que me llamaban, se asomaban, me tendían la mano conminándome a bajar. Al cabo de un instante ya me había estabilizado, echando una pierna atrás.

Con el viento de la tempestad agitándome el cabello, con las miradas de todos puestas en mí y las voces de gente que me ordenaba quedarme donde estaba, encaré el fusil con determinación, apunté y apreté el gatillo.

22

Como cae la nieve

«La canadiense le ha disparado al terrorista».

Aquel murmullo me seguía a todas partes.

En el pasillo, en las escaleras, entre los chicos y chicas cubiertos con mantas térmicas que me señalaban y susurraban mi nombre al verme pasar.

—Ha sido un acto de legítima defensa.

El despacho del director nunca había estado tan concurrido. Sentada en un sillón, frente al escritorio, escuchaba la discusión que mantenían el capitán de la policía, el agente federal Clark, John y el propio director.

—Por desgracia no puede considerarse legítima defensa. Según la ley no había ningún peligro grave e inminente…

—¿Ningún peligro grave e inminente? —repitió John.

Desde el momento en que llegó no se había movido de mi lado ni un solo instante. Me rodeaba los hombros con su brazo, y estaba rígido, como si de un momento a otro alguien fuera a apuntarme en la sien con un arma.

Había acudido en cuanto lo llamaron. Dejó todo lo que estaba haciendo en la oficina y se presentó allí inmediatamente, con el rostro descompuesto y las manos temblorosas.

—¿Y a ser tomados como rehenes, torturados y amenazados de muerte con una pistola cómo lo llama usted? —continuó John.

—Ha sido un acto innecesario.

—¡¿Innecesario?!

—La chica es menor de edad —señaló el capitán—. Creo que

es lícito tratar de comprender las dinámicas de lo que ha sucedido. Aun así, le ha disparado a una persona.

—¡A un criminal!

—Le ha disparado un clavo de carpintería —puntualizó el capitán, enfatizando sus palabras. Me miró directamente a mí y repitió con voz firme—: Le has disparado con un clavo de carpintería.

—Una bola de plástico no lo habría detenido —respondí evasiva.

—Luego, no lo niegas.

Lo miré a los ojos. Los sanitarios me habían dado un calmante y me habían vendado el anular, pero el dolor que se propagaba por toda mi mano despejaba cualquier posible duda.

—Han golpeado a los estudiantes. Vi con mis propios ojos cómo le dieron una paliza a mi profesora mientras imploraba piedad. Lo siento, capitán, pero a mí me enseñaron a disparar... a según qué bestias.

Sentí las manos de John estrechándome los hombros. Me mordí la lengua, pero no bajé el rostro.

El capitán de la policía me observó con atención.

—Le has disparado en el ligamento cruzado de la rodilla.

—Lo sé.

Oh, después de eso no pudo seguir corriendo. Se desplomó al instante, derrumbándose como una torre, y la policía tuvo ocasión de cazarlo.

Desde aquella improbable distancia, vi cómo miraba hacia arriba.

Y yo estaba allí, de pie en la cornisa. Con la culata del fusil apoyada en la cadera, y el cabello como una aureola blanca al viento, una hoguera de fuego frío. Lo miré sin el menor atisbo de piedad, y él aulló, maldijo mi nombre. Sus gritos se mezclaron con los sonidos del temporal cuando por fin se lo llevaron detenido.

—¿Habías empuñado cualquier tipo de arma antes de hoy?

—No en suelo americano —repuso John, saliendo en mi defensa.

—No responda en su lugar —lo reprendió el capitán—. Estoy hablando con ella.

—La señorita Nolton no supone ninguna amenaza para la sociedad.

Todas las miradas se desplazaron hacia el agente Clark, que se encontraba al lado de la puerta. Solo lo había visto una vez, en casa de John, pero tenía la misma expresión impenetrable de entonces.

—Ha estado sometida a estrecha vigilancia por parte de los servicios secretos desde el momento en que aterrizó en nuestro país. La CIA responde de su conducta. El infortunado suceso de hoy solo ha sido una consecuencia de su obstinado silencio.

—Yo no estoy ocultando nada —repliqué, enérgica—. Ya se lo dije en su momento.

—En cualquier caso —prosiguió Clark—, la organización criminal responsable de lo sucedido ha sido desarticulada. Para las familias de los estudiantes, así como para toda la nación, la versión oficial será que se ha tratado de un ataque terrorista contra el instituto.

—¡Pero esto es inaudito! —discrepó el capitán—. ¡Esta chica es un peligro para sí misma y para quienes la rodean! Todos tienen que saber…

—Le recuerdo que el caso Tártaro está protegido como secreto de Estado, capitán —lo interrumpió el agente—. Cualquier divulgación de informaciones relativas a temas no autorizados será considerada delito de alta traición contra los Estados Unidos de América. Cómo gestionar la seguridad y los secretos de la nación es mi trabajo, no el suyo. La chica no representa ninguna amenaza, y con saber eso ya tiene suficiente.

—Eso es lo que usted dice —replicó el policía, en tono desafiante.

—Eso es lo que dice el Gobierno de Estados Unidos —zanjó Clark con un tono de voz glacial—. Y, como acabo de decirle, no es de su incumbencia.

El capitán le lanzó una mirada colérica. Parecía que estaba a punto de replicarle, pero tuvo el suficiente sentido común como para abstenerse.

El agente Clark me miró con su habitual frialdad y dijo:

—Señorita Nolton, es usted libre de marcharse cuando quiera. La CIA tiene algunas preguntas que hacerle, pero puede responderlas en su domicilio. Vuelva a casa. Los agentes la seguirán hasta allí.

John no se separó de mí ni siquiera cuando me puse en pie.

Siguió con el cuello ligeramente embutido, como un cóndor incubando a su polluelo, y lanzó algunas miradas a su alrededor; con una de ellas fulminó al capitán de la policía; con otra, al director, aunque no había dicho nada en mi contra, y finalmente fulminó a Clark, supongo que más por coherencia consigo mismo que por otra cosa.

Solo cuando lo cogí de la mano, pareció decidir que nadie pensaba apuñalarme durante los siguientes veinte segundos.

Asintió y me precedió para abandonar el despacho del director. Yo también estaba a punto de salir, pero me demoré en la puerta.

—Entonces siempre me han tenido bajo vigilancia.

Clark permaneció impasible. Nadie nos escuchaba, el capitán y el director estaban demasiado enfrascados en una discusión como para oírnos.

—Desde el primer momento.

—Lo que no entiendo es por qué tardaron tanto en llamar a mi puerta. ¿Qué sentido tenía esperar todo aquel tiempo?

—Creíamos que Robert Nolton había dejado Tártaro en Estados Unidos. Que en realidad siempre había estado aquí, y que usted, una vez que llegara, lo iría a buscar. —Se volvió y me miró a los ojos—. Pero no ha sido así.

Claro. Todo encajaba.

Me habían tenido controlada desde el principio, con la esperanza de que los condujera hasta Tártaro. Y entonces intervendrían, me lo arrebatarían y lo declararían propiedad inalienable del Gobierno.

Pero las cosas no fueron según habían previsto. Así que optaron por intimidarme para que se lo entregara. Eran los de los coches negros que Fiona había visto en nuestras casas.

Ellos eran el motivo de que sintiera que me seguían.

No me perdieron de vista en ningún momento.

—Si me vigilaban las veinticuatro horas del día, ¿cómo ha podido suceder todo esto? —le pregunté, en alusión a la gravedad del suceso.

—Nuestro propósito era descubrir dónde estaba el código, y por consiguiente nos limitamos a eso: a seguirla cuando salía. Nunca la vigilamos dentro del instituto. Nadie notó nada extraño esta mañana porque se introdujeron en el centro con la furgoneta de un empleado de mantenimiento del campo de fútbol.

Me acordé de la primera vez que salí, al amanecer, y de aquel hombre haciendo *jogging*. Me vino a la memoria su aspecto riguroso, el rostro bastante sudado y el modo en que me miró...

—Controlaban los horarios, la instalación telefónica —murmuré—. Llevaban pistolas, pero sin silenciador. ¿Para qué llevar armas, si sabían que no podrían utilizarlas?

—Su confianza en el crimen organizado me consuela, señorita Nolton —comentó Clark, lacónico—. La mayoría de este tipo de asaltos los llevan a cabo individuos con poca experiencia. E incurren en graves errores a la hora de evaluar las circunstancias —dijo el agente secreto—. Tienden a infravalorar la situación cuando hay menores de por medio.

Lo miré consternada. La idea de que allí estas cosas sucedieran con más frecuencia de lo que habría esperado me asustó bastante. Él pareció darse cuenta y suavizó la mirada, aunque de un modo casi imperceptible.

—A partir de ahora reforzaremos los controles. No volverá a producirse otro incidente como el de hoy. Puede estar tranquila.

Quería confiar en que aquellas palabras fueran ciertas, así que asentí, vencida por el cansancio. Tenía los miembros doloridos, notaba la cabeza caliente y pesada, y el dedo me palpitaba como si fuera un corazón bombeando sangre. Me sentía literalmente hecha polvo.

—¡Ivy!

Me volví al oír aquella voz. Carly apareció al fondo del corredor. No estaba sola: Nate, Travis, Tommy y Fiona la acompañaban.

Echó a correr por el pasillo y me abrazó. En ese momento me percaté del estado en el que se encontraban: los rostros alterados, la ropa sucia y arrugada.

—Oh, Ivy —susurró mientras alguien más se nos echaba encima.

Era Travis. Nos abrazó, y su calidez me envolvió como una manta.

—Habéis sido muy valientes —dijo con voz temblorosa.

Fiona y yo nos miramos, y ella me apretó la mano, emocionada.

—De no ser por Nate aún estaríamos allí arriba —dijo Travis—. Ha estado increíble.

Nate sonrió, algo cohibido pero orgulloso. Era el que tenía mejor aspecto del grupo.

—Oyeron el disparo. El primero, ¿os acordáis? No sé por qué motivo ya estaban allí, pero… cuando los policías se acercaron pudimos franquearles el paso. ¡Y entraron!

—¡Eres un héroe!

—Gracias a Dios, Nate…

Travis le dio una palmada en el brazo, y todos empezaron a hablar. Me quedé en silencio entre ellos, y por primera vez… me sentí en paz.

Como si no acabara de sobrevivir a lo peor. Como si en el exterior no hubiera montones de coches de policía ni estuviera transmitiendo en directo la televisión nacional.

Nos encontrábamos todos allí, juntos.

Y estaba bien que fuera así…

Estaba bien así, con Carly colgada de mi cuello, con Nate gesticulando y Tommy escuchándolo fascinado. Con Travis subiendo cada vez más la voz, y Fiona, que volvía a lamentarse, pero sin soltarme.

Y cuando alcé el rostro y miré justo enfrente… lo que vi me pareció una imagen investida de una dorada quietud.

Mason estaba al fondo del pasillo. Llevaba el pelo revuelto y la camiseta hecha un harapo bajo la manta térmica. John, un poco más bajo que él, lo abrazaba.

Aquella escena envolvió mi corazón en una luz cálida y dulcísima.

Los observé, el uno en brazos del otro, y al cabo de un momento Mason alzó la vista y nuestras miradas se encontraron.

Al instante, un amor ardiente me inundó el alma. Me pregunté si sería una locura echar a correr y abrazarlo yo también. Estrecharme contra su pecho y sentir que él me correspondía.

Había mirado a la muerte cara a cara.

La había sentido deslizándose por mi piel.

Y sin embargo… con respecto a él, seguía siendo la misma chica atrapada en sus propios sentimientos, demasiado enamorada como para albergar certezas.

—Ivy…

El susurro de Carly me rescató de mi ensimismamiento. Regresé al mundo real, y ella me miró con cara de preocupación.

—Pero ¿qué ha pasado? ¿Por qué aquel hombre quería llevarte con él?

—La señorita Nolton ha sido víctima de una terrible confusión —oímos todos de pronto.

Nos volvimos y vimos al agente Clark acercándose.

—El ataque terrorista tenía por finalidad secuestrar a la hija de un célebre empresario de Essex, suponemos que para exigir un rescate. Creyendo que se trataba de una tapadera, debieron de pensar que se trataba de ella, puesto que también acababa de regresar del extranjero. Por suerte pudimos intervenir antes de que sucediera lo peor. Ya no tienen nada que temer.

Mentiras. Una montaña de mentiras.

Sin embargo, por alguna razón, todos parecieron creerlo. Sabía que no habían visto nada. Sabía que tampoco habían oído nada. La distancia que nos separaba y el viento lo habían impedido. Y quizá fuera mejor así.

—Deberíais iros a casa —añadió Clark—. Vuestros padres os estarán esperando. Señor Crane, usted también.

John pareció volver en sí.

—Tiene razón, claro. Chicos…, si alguien necesita que lo lleve…, tengo el coche aquí fuera. Ivy…

—La llevaré yo.

Miré a Mason. Él me devolvió la mirada, como preguntándome si estaba de acuerdo, y una sorprendente sensación de calidez me hormigueó en el pecho.

Asentí con un gesto.

—De acuerdo —convino John.

Nos pusimos en marcha todos a la vez. Mientras caminábamos hacia la puerta para abandonar el centro, empecé a sentirme cada vez más débil y cansada. Ahora que el peligro había pasado, un extraño entumecimiento se estaba apoderando de todos mis huesos.

En el exterior reinaba el caos: policías, familias, ambulancias, coches por todas partes. Estaba lloviendo, pero me sentía demasiado exhausta como para que ese detalle me preocupara.

Avancé bajo el temporal, esforzándome por que las rodillas me sostuvieran, cuando de pronto noté que algo me envolvía. Me volví y vi que la manta de Mason me cubría los hombros. Me la pasó por encima de la cabeza con un gesto automático, sin mirarme, y aquello me deshizo el alma.

—Yo… —balbucí, como ausente, mientas observaba su pelo empapado por la lluvia.

Tenía las mejillas calientes, me costaba un poco respirar. No sabía qué me ocurría. Me sentía floja, sin fuerzas, como si mi cuerpo hubiera recibido una descarga fortísima y ahora se estuviera apagando.

Cuando llegamos al coche, me dejé caer en el asiento del acompañante. Me pasé el cinturón de seguridad por encima del pecho, pero cuando traté de abrocharlo con gestos torpes, el dolor en el dedo hizo que me temblara la mano.

Lo intenté varias veces, hasta que una mano apareció junto a la mía y lo abrochó en silencio. Me abandoné en el asiento lanzando un exiguo suspiro y percibí su presencia a mi lado.

—Mason —susurré con un hilo de voz. Cerré los párpados, pero me esforcé en pronunciar aquellas palabras, antes de que se extinguieran en mis labios—. Nunca fue mi intención ponerte en peligro… Si te hubiera pasado algo, yo…

Se me nubló la mente. Mis sentidos me enviaban mensajes confusos, y antes de que pudiera darme cuenta, me sumí en la oscuridad.

En el último momento me pareció sentir algo.

Una mano.

Que me rozaba el pelo, como si me lo acariciase.

—Ivy…

La voz de John me cosquilleó la mente.

Apenas podía abrir los ojos. Aturdida, logré identificar la portezuela abierta y su mano en mi hombro.

—Ivy, ya has llegado…

Me desabrochó el cinturón y salí del coche mientras él cogía mi mochila.

Me volví hacia Mason, pero solo vi su reflejo en la portezuela; siguió conduciendo el coche para aparcarlo en el garaje.

—La CIA está a punto de llegar —dijo John, acompañándome al interior de la casa.

—¿Quieres beber algo? ¿Tienes hambre? No has comido nada desde esta mañana. Cuidado con el escalón.

—John…

—Deberías tomarte un té. Necesitas azúcar. Te han examinado deprisa y corriendo… ¿Te duele la mano? ¿Quieres que llame al médico?

—John —lo interrumpí entonces—. Siento mucho no haberte escuchado.

Él se detuvo. Me miró sorprendido, y yo proseguí:

—Tenías razón desde el principio. Me lo dijiste muchas veces… Tendría que haberte escuchado.

«Si lo hubiera hecho, tal vez…».

—En cualquier caso, no habrías podido impedir lo que ha sucedido hoy —murmuró, dándome un cariñoso apretón en el hombro—. Ya has oído lo que ha dicho Clark. No había ningún agente encubierto infiltrado en el instituto. Te tenían bajo vigilancia a todas horas, pero no se les ocurrió pensar que estuvieras expuesta a un peligro real. No estaban aquí para protegerte, Ivy, sino para seguirte. Si hubieran pensado que algo así podía ocurrir, posiblemente habrían incluso sustituido a nuestros jardineros por los suyos. —Sacudió la cabeza lentamente—. Creía que me estaba volviendo obsesivo. Me decía a mí mismo que estaba exagerando con toda esa historia de la sobrina venida de muy lejos, y sin embargo…

—… tenías razón —dije con un hilo de voz, concluyendo la frase.

John frunció las cejas y me estrechó con fuerza. En su abrazo percibí todo el miedo que había pasado cuando lo llamaron al trabajo, diciéndole que se trataba de mí.

—Hallaremos el modo de protegerte —dijo con voz triste.

Aquel olor suyo tan familiar me llenó los pulmones, y bajé lentamente los párpados.

«Estoy bien, papá…

»No estoy sola. Ya no.

»Pero quisiera que estuvieras aquí.

»Para decirme que no debo preocuparme. Que llegará un día en que finalmente dejaré de soportar.

»El mundo quiere descubrir Tártaro, papá. Y yo quisiera decirle al mundo que tú eras mucho más que eso.

»Que eras lo más bonito de mis días, una alegría que sería incapaz de plasmar en un cuadro.

»Que aún recuerdo tus caricias, cada una de las constelaciones que me enseñaste.

»Y no importa cuántos días pasen… No importa cuántos años.

»Aunque hayas de estar lejos durante mucho tiempo, no pasa nada. John y yo te esperamos aquí…».

Miré a John a los ojos, y él aún se enterneció más.

Debía de parecer un polluelo salido de una chimenea: la camiseta de gimnasia sucia, la cara manchada de polvo, el pelo hecho un desastre.

—Yo… tengo que llamar por teléfono… a la oficina. Me he marchado sin dar explicaciones. Al lado de la nevera hay un kit de primeros auxilios. Te lo he dejado allí por si lo necesitas.

Asentí con una sonrisa.

—Solo tardaré un momento.

Salió para telefonear, y yo fui a la cocina. La vista se me fue directamente hacia el maletín blanco. Me acerqué, lo tomé entre las manos y lo estuve observando un momento interminable. Finalmente, me lo puse bajo el brazo y me dirigí al piso superior.

Subí las escaleras con las piernas pesadas y llegué al pasillo. La puerta de la habitación del fondo estaba abierta. Era algo insólito.

Me acerqué lentamente, y llegué al umbral.

Estaba allí.

Sentado en el borde de la cama, con la cabeza agachada, se estaba acariciando las sienes enrojecidas. Era espléndido. Me pregunté cómo había podido negármelo a mí misma cuando lo conocí.

Mason era el chico más apuesto que había visto nunca. Aquel cuerpo que te dejaba sin aliento, aquellas facciones excepcionales, aquellos labios carnosos que te hacían temblar… Era una de esas bellezas imposibles de olvidar, como un terremoto, o un temporal, por su impetuosa fuerza.

Ejercía la atracción de un destino impredecible.

Y me había hecho perder el corazón.

Alzó la cabeza y sus ojos me atraparon, como siempre. Me pasaría horas admirándolos, tratando de captar sus infinitos matices.

Sentirlos sobre mi piel siempre me provocaba una sensación íntima y poderosa.

Estreché el maletín entre las manos y entré. Me acerqué y, con un punto de excitación, dejé el kit sobre la mesilla de noche. Mason observó aquel gesto y volvió a mirarme a mí.

Quisiera decirle muchas cosas.

Que lo sentía.

Que lo había puesto en peligro.

Que por mi causa lo habían atado, apaleado, herido. Lo habían torturado y lo habían amenazado poniéndole una pistola en la sien.

Quisiera decirle que todo había sucedido por mi culpa.

Pero no sería necesario. Él ya lo sabía.

Me sentía responsable de sus moretones, de su turbación y de su dolor. Si en el pasado había tenido motivos para despreciarme…, ¿cómo me miraría ahora?

Me volví, con la intención de huir una vez más.

Con la intención de mortificarme por aquello que nunca sería capaz de confesarle, con la intención de escapar eternamente, incapaz de reunir el coraje necesario para decirle…

—Lo siento.

Se me paralizaron las piernas.

Incrédula, permanecí en silencio un instante tan largo que incluso olvidé cómo se respiraba.

Me volví lentamente, desconcertada.

—¿Por qué lo dices? —inquirí.

Mason alzó la mirada.

«Tú sabes por qué», parecían decir sus ojos, y me pregunté en qué preciso momento había aprendido a leerlos. Siempre me habían resultado impenetrables, como si no tolerasen que otra mirada los acariciara.

—Por todo —dijo con su voz serena y profunda—. Por… no haberte aceptado.

Me quedé inmóvil, como si temiera romper aquel momento. Ahora mi corazón también estaba suspendido en aquel silencio de cristal.

Mason bajó el rostro, negándome su mirada, y aquel gesto me turbó aún en mayor medida.

—Yo… estaba furioso. Muy furioso. Contigo, conmigo mismo y, sobre todo, con mi padre. —Se pasó una mano por la melena castaña, deslizando sus fuertes dedos entre los mechones—. Siempre habíamos estado solos los dos. Él… —Inspiró profundamente, esforzándose en admitir sus propias palabras—. Él siempre lo ha sido todo para mí. —Tensó ligeramente la mandíbula y apoyó un codo en la rodilla—. No existía un matrimonio unido, ni unos abuelos con quienes pasar tiempo. Pero estaba él. Y lo demás no contaba.

Yo ya conocía aquella triste verdad. Aunque no la mencionase nunca, tampoco ahora, sabía que se refería a su madre. Por aquel entonces, Mason solo era un niño, así que, aunque había desesperación detrás de aquel apego tan extremo hacia John, resultaba comprensible.

—Pero, a veces, él también se ausentaba —siguió explicando—. Me dejaba al cuidado de la vecina y se subía a un avión, directo a lo desconocido. Y a su regreso me contaba historias. Me hablaba de tu padre, de Canadá, de la nieve… —dudó un instante—. Me hablaba de ti.

El latido de mi corazón se aceleró bajo la ropa.

—Crecí con esos relatos —dijo con aquella voz viril y maravillosa que me llegaba al alma—. Parecía un mundo de cuento, una de esas esferas de cristal con pueblos encantados en su interior. Y yo… yo quería verlo con mis propios ojos, quería conocer a las personas de las que me hablaba. Eran importantes, hasta un niño como yo podía darse cuenta. Pero cada vez que le pedía que me llevara con él… decía que yo era demasiado pequeño. Que era un vuelo largo, agotador, y que tendría que esperar a hacerme mayor. —Mason sacudió casi imperceptiblemente la cabeza, y apartó la vista—. Las cosas no cambiaron nunca, aunque pasaran los años. Me traía una sonrisa de sus viajes, historias sobre un cielo donde las estrellas se veían de verdad. Pero nunca me llevó con él. Prefería dejarme atrás, y yo no… no entendía el motivo. ¿Por qué tenía que dejarme al margen? ¿Por qué a vosotros no os incomodaba aquel hecho?

Arqueó una ceja e inclinó la cabeza.

—Me costaba aceptarlo —confesó con un tono de voz duro y amargo—. Con los años, dejé de preguntarle si podía ir con él. Y cuando hace poco me dijo lo que le había pasado a tu padre… vi en él un dolor indescriptible. Un sufrimiento demasiado fuerte como para que yo no lo sintiera también. Pero al mismo tiempo sentí rabia. —Cerró los ojos, como si aquella emoción aún siguiera resultándole dolorosa—. Porque nunca me dio la oportunidad de conocerlo cuando podía haberlo hecho. Era culpa suya. Y ya era demasiado tarde. Ya no podría conocerlo. A su mejor amigo, del que siempre me había hablado. El hombre al que quería como a un hermano. Mi padrino.

Un músculo tensó su mandíbula cuando tragó saliva. Apoyó el otro codo en la rodilla y dejó que sus anchas muñecas colgaran en el vacío.

—Después… —siguió explicándome con voz ronca— dijo que vendrías a vivir con nosotros. Sin darme ninguna explicación, sin siquiera detenerse a pensar que las decisiones siempre las habíamos tomado juntos. Había vuelto a excluirme. Entonces llegaste tú, y yo estaba demasiado… demasiado furioso. —Sus ojos reflejaban una profunda amargura—. Tú, precisamente tú, que hasta entonces no habías movido un dedo para venir a vernos. Apareciste de un día para otro, insensible a nuestro equilibrio, insensible a todo lo que no fuera tu mundo. Y en el momento en que te vi entrar por la puerta… lo único que fui capaz de pensar era que no te quería aquí. No te quería, por el modo en que habían ido las cosas, sin que pudiera hacer nada. Por el modo en que, una vez más, la única familia que tenía me había dejado al margen.

Me quedé inmóvil.

Era la primera vez que me hablaba de verdad. Siempre había creído que Mason era un chico cerrado, reticente, con un carácter desabrido y proclive a mostrarse desconfiado. Siempre lo había reprobado, porque no era capaz de comprender lo que sentía.

Pero yo no había sido distinta de él.

Nunca había tratado de ponerme en su lugar.

Nunca había procurado comprender sus sentimientos.

Incluso me había olvidado de que existía.

Lo miré con unos ojos que lo veían realmente por primera vez.

—Todo fue muy imprevisto también para mí —susurré—. Yo… nunca di nada por sentado.

No había pretendido hacerme un lugar a la fuerza en su vida. Nunca.

Ambos nos habíamos sentido desplazados de nuestros mundos, aunque de modos muy distintos.

—Sé lo que significa no tener a nadie —añadí—. También para mí, mi padre...

«Oh, no».

Tragué saliva, parpadeé. El dolor trataba de hacerse con la situación, pero luché por impedírselo. No pensaba llorar. Allí no.

Noté la mirada de Mason sobre mí, su respiración cauta, y sentí que su presencia iluminaba la habitación, como un asteroide.

—Creo que John quería protegerte —dije con la voz ronca—. Tenía miedo de que si te involucraba... podría ponerte en peligro.

De pronto yo también tuve la necesidad de abatir mis muros. Desmontarlos ladrillo tras ladrillo y mostrárselos con mis manos. Mason tenía derecho a saber por qué le habían apuntado en la cabeza con una pistola. Y yo... ya no quería volver a mentir.

—Mi padre... —empecé a decir con un matiz amargo en la voz—. Antes de Canadá, antes de mí... era ingeniero informático. Un hombre brillante, con una mente fuera de lo común. El Gobierno no tardó en echarle el ojo. Se ofrecieron a proporcionarle todos los medios que no estaban a su alcance y financiaron sus investigaciones. Mi padre solo tenía veintidós años —murmuré—, pero sus estudios sobre programación sensorial eran increíbles. Le pidieron que creara algo capaz de evitar la fuga de datos gubernamentales, un *software* que protegiera las informaciones reservadas.

Tiré del dobladillo de la camiseta, en busca de las palabras justas. Me palpitaba el dedo, pero el dolor no me distrajo.

—Colaboró con el Gobierno —susurré—. Invirtió años en aquel proyecto, pero las cosas escaparon a su control. Sus investigaciones lo condujeron a la formulación de un código sin precedentes. Ese día nació Tártaro. El virus informático más potente jamás creado.

Cerré los ojos, afligida. Estaba tratando de extraer de lo más profundo de mí todo lo que sabía de aquel tema. Lo había encerrado en lo más hondo, lejos de todo cuanto él había sido para mí, debajo de la luz, del manto nevado y de los brotes de galanto, las preciosas campanillas de invierno.

—Tártaro podía corromper cualquier archivo. Agredía y se

apoderaba de todos los sistemas operativos, y no había modo de detenerlo. No era solo un virus, era mucho más; mi padre había hallado el modo de aplicar distintas técnicas de inteligencia gracias a las cuales podía mutar, ocultarse e incluso… adaptarse.

—¿Adaptarse?

—Una forma de inteligencia artificial —dije sintetizando—. Fue su materia de estudio durante años. Una nueva alternativa experimental para poner la informática al servicio del hombre.

Hice una pausa y me aparté unos mechones que me rozaban las pestañas.

—Pero, en cuanto lo tuvo a punto, estalló el caos. —Cerré los ojos, y me obligué a proseguir—: Los periódicos lo llamaron «el arma del futuro», el fruto de una civilización proyectada hacia el mañana, pero el Gobierno censuró la noticia por considerarla secreto de Estado, y amenazó a mi padre con acusarlo de traición a la patria. Tártaro era capaz de penetrar en cualquier sistema de vigilancia, incluso en los más avanzados del mundo. —Mi voz se debilitó, pero hice acopio de fuerzas para proseguir con la historia—. El Pentágono, las bases de datos del Área 51, los códigos de autenticación de pruebas nucleares… Nada estaba a salvo.

Apreté los labios y tragué saliva con amargura. Hablar de ello me resultaba doloroso, porque sabía el precio que él tuvo que pagar por todo aquello. Era como descubrir que tenía pequeñas espinas clavadas muy adentro, y había que sacarlas una a una.

—Mi padre no era un *hacker* —mascullé con rabia—. No necesitó que el Gobierno lo presionase para darse cuenta de que su creación, en las manos equivocadas, podría desencadenar un infierno. Pero el Gobierno no lo quería en manos extrañas… Lo quería para sí. —Entorné los ojos con expresión reprobatoria—. ¿Un arma capaz de controlar todas las demás, incluso las de destrucción masiva? No podía quedar fuera de control. —Sacudí la cabeza, luchando por dejar al margen mis sentimientos—. El mundo no estaba preparado para Tártaro. Y mi padre lo sabía. Así que, antes de que pudieran arrebatárselo, lo destruyó. O lo ocultó, según aquellos que creen que aún existe. Y ese código marcó su nombre para siempre.

Finalmente guardé silencio.

Notaba una sensación extraña en el pecho. Como si después

de haberle contado a Mason aquella historia no tuviera ganas de llorar, sino de respirar.

Transcurrido un instante que se hizo eterno, miré a Mason.

Sus ojos límpidos no habían dejado de observarme ni un segundo. Una luz cristalina, cálida y radiante lo iluminaba, y me pregunté si habría algo más hermoso que verlo a él escuchándome con tanta atención.

Desvié la vista, para que no se percatase de hasta qué punto me emocionaba el modo en que me estaba mirando.

—Los del Gobierno creen que mi padre me lo dejó a mí. Que podría haberlo escondido aquí, sabiendo que algún día yo vendría a por él. Y lo mismo pensaban los hombres que hoy…

Me mordí el labio y miré al suelo. Los recuerdos de la jornada seguían estando vivos en mi piel.

—Él hubiera querido venir aquí —seguí explicándole, convencida de mis palabras—, pero había huido demasiado lejos como para no tener miedo de regresar. Le hubiera encantado conocerte… Lo sé.

Tragué saliva, y una punzada me recordó aquellos dedos brutales que me habían estrangulado. Me acaricié la garganta, preguntándome si me habrían dejado señal.

—¿Te duele?

Mason acercó una mano a mi rostro. Di un brinco instintivamente, pillada por sorpresa. Sin darme cuenta golpeé el maletín de primeros auxilios y se cayó al suelo. Un par de gasas salieron rodando, y la botellita de desinfectante se abrió y se vertió sobre el pavimento.

—Oh.

Me agaché enseguida, avergonzada, y puse en pie la botellita.

«¿Por qué tenía que ser un desastre siempre que estaba él delante?».

—Lo siento, yo…

Él seguía con el brazo en el aire. Noté que me miraba mientras volvía a bajarlo con cautela, como si temiera sobresaltarme de nuevo.

Se inclinó hacia delante lentamente y abrió el último cajón de la mesilla. Cogió un paquete de pañuelos de papel para limpiar el suelo, pero cuando fue a cerrarlo, algo llamó mi atención.

Me quedé sin aliento.

«No era posible…».

Le retuve la mano. La esquina de una hoja de papel amarillenta sobresalía debajo de un viejo anuario. Apenas se distinguía entre el batiburrillo de llaveros, cargadores de batería y auriculares que atestaba el cajón. Pero justo allí, junto al borde, había un viejo folio doblado…

Levanté el anuario con delicadeza y tiré del papel hasta que lo tuve en la mano.

Me lo quedé mirando con los labios entreabiertos y un leve temblor en los dedos.

«Le he dado tu dibujo a Mason».

Recordé la voz de John…

«Los osos le encantan. Se puso muy contento, ¿sabes?».

Aparté el pulgar. Mi firma temblorosa destacaba en la parte inferior del papel.

Alcé los ojos hacia Mason, despacio.

Estuve observando incrédula, arrodillada en el suelo, aquella vieja hoja entre mis manos.

—Lo guardaste…

Después de todo aquel tiempo, después de tantos años… Después de todo lo que había hecho para mantenerme alejada de su mundo.

—¿Por qué? —exhalé con un hilo de voz.

Él inclinó el rostro, y uno de sus mechones castaños se deslizó sobre su ceja. Seguí mirándolo mientras él dirigía la mirada hacia el dibujo, de un modo que durante unos segundos me recordó, no al chico que era ahora, sino al niño que fue tiempo atrás.

—Es mío —se limitó a decir. Su voz era pura sinceridad—. Me gustaba… mucho.

Y en ese instante comprendí… que Mason me conocía desde siempre.

Desde que yo solo era un nombre en una carta, la niña blanca de las historias de su padre, «que corría bajo un cielo donde las estrellas se veían de verdad».

Mis pensamientos se hicieron trizas. El alma se me llenó de luz. Todo dio un vuelco y de pronto solo estaba él mirando cómo cruzaba el umbral de su casa. Viéndome a mí, a Ivy, la chica de la que John le había hablado tanto.

Mason sentado frente a mí en la mesa, Mason cruzándose conmigo en las escaleras, mirando cómo dibujaba en el porche, pensando que, a pesar de todo, me seguía gustando hacerlo, como cuando era niña.

Mason, que me veía deambular descalza por la casa, que en mi aspecto hallaba por fin una explicación para mi nombre. Mason, que durante todo aquel tiempo había conservado mi dibujo en el cajón de su mesilla.

Miré la hoja que sostenía entre mis manos, inmersa en un universo donde orbitaban emociones, sentimientos y deseos luminosos.

Sin duda, ese era el momento de decir algo inteligente.

Algo profundo.

E íntimo. Y oportuno, y…

Y…

—Es horrible —solté sin apartar la vista de aquel oso deforme. ¡Caray!

Por el amor de Dios, era demasiado feo. Daba casi miedo. Y pensar que cuando era pequeña me pareció una obra de arte…

Se hizo un largo silencio. Durante un interminable instante deseé que me fulminara un rayo o que se me tragase la tierra. Y entonces, de pronto, a Mason le entró la risa.

La tensión se volatilizó con aquel sonido suave y ronco.

Me quedé inmóvil, con mi dibujo aún en las manos, que ahora ya no lo sostenían en alto.

Mason se estaba riendo, con los ojos luminosos, el pecho vibrante y el rostro todavía manchado de polvo. Y aquella era la cosa más hermosa que jamás había visto.

Su risa me acarició delicadamente los oídos, como seda en los tímpanos, y sentí aquella melodía mezclándose con mi sangre.

Absorbí aquel instante con el alma temblando. Ahora que, poco a poco, me estaba permitiendo verlo tal como era realmente, sin mostrarme únicamente lo peor de sí mismo…, ya no podía distinguir el límite de lo que sentía por él.

Y eso me produjo un alegría inmensa, suave y cálida, cuya sensación ya creía haber olvidado.

El corazón se me inundó de vida. Y antes incluso de darme cuenta, entorné los ojos y correspondí a su risa.

Por primera vez desde que había llegado a California, sonreí.

Le sonreí a Mason, al vigoroso sonido de su risa. A la felicidad que me proporcionaba poder mirarlo de aquel modo.

Sonreí profunda, dulcemente, como lo hacía cuando estaba mi padre, con las mejillas encendidas, con los ojos brillantes. Con todos los colores que sabía mostrar.

Pero al cabo de un instante me percaté de que él había dejado de reír.

Ahora todos sus músculos estaban inmóviles. Los labios cerrados. La mano con la que se estaba acariciando el brazo, quieta. Y tenía la mirada fija en mi boca.

Mason me estaba mirando como nunca antes lo había hecho, con los ojos fulgurantes y suspicaces a un tiempo. Parecía como si el universo se hubiera cristalizado alrededor de sus pupilas.

Al cabo de un instante, su pecho estaba viniendo hacia mí. Solo percibí el aire desplazándose, su sombra cubriéndome.

Alcé la vista y su boca se cerró sobre la mía, rozándome las mejillas con sus pestañas. Aquel inesperado arrebato me cogió por sorpresa, y abrí los ojos de par en par.

Una violenta sensación de vértigo me atenazó el estómago, me aparté lanzando un suspiro atropellado, y el dibujo se me resbaló de entre los dedos.

Me lo quedé mirando, sin aliento, totalmente consternada. La sangre me palpitaba en las orejas y me incendiaba las mejillas, los muslos me temblaban.

Y él estaba como yo, su rostro era un espejo perfecto del mío. Me miró, turbado, y yo no sabía si era debido a la expresión de mi cara o a cómo se sentía él; respiraba afanosamente, como si por alguna razón se hubiera quedado sin aire.

El mundo palpitó. Nos encadenamos el uno al otro, a un soplo de distancia, y la tensión resultante retumbó en el aire, en nuestras miradas, en nuestras respiraciones, hasta el límite…

Su aliento se hizo añicos en mi garganta; Mason me besó de nuevo y yo estallé.

Un universo de fuego y estrellas se liberó en mis venas. Ardía, presa de escalofríos y, por un momento, lo único que pude percibir fue el delirio de mi corazón incrédulo.

Su boca era terciopelo hirviente, una caricia suave y enérgica a un tiempo, y me esculpió las paredes del alma. Me quedé inmóvil, luchando por no desvanecerme. Sentía que la cabeza me daba vueltas, de tan intensa como era la carga emocional que experimentaba; mi piel resplandecía y los latidos me destrozaban el pecho.

Su olor me impregnaba el cerebro y apenas lograba tomar consciencia de lo que sucedía.

Sentí su mano deslizándose por mi pelo. Apretó los dedos, lentamente, y cuando presionó sus labios carnosos contra los míos, perdí la razón por completo.

Mason me estaba besando, y yo no podía ni respirar.

Traté de recuperar algo de oxígeno, estremeciéndome. Me sentía tensa y vibrante, casi hasta el punto de derretirme a sus pies como un charco de miel. Me ladeó el rostro y mi pelo resbaló sobre sus anchas espaldas.

A este paso me mataría.

Su cálida respiración me acarició la piel y me incendió los labios. La sentía en la garganta como el más dulce de los venenos, y cuando el mundo retumbó con el húmedo impacto de nuestras bocas, una hoguera de impetuosas llamas ardió en mi vientre.

Extendí la mano y lo toqué. Ni siquiera sabía cómo hacerlo, pero traté de corresponderle con todas aquellas emociones que estremecían mi cuerpo. Moví la boca tal como él lo hacía, insegura e impetuosa a la vez, mientras recobraba el aliento con un suspiro trémulo.

Tenía el corazón en la garganta, el estómago encogido y me temblaban las manos.

Estaba aturdida.

Mis dedos se deslizaron inciertos por su piel. Apreté, y noté los músculos compactos bajo las palmas de mis manos.

Era cálido, turgente y vigoroso.

La cabeza me daba vueltas por la embriaguez que me provocaba poder tocarlo. Introduje mis dedos por entre su pelo y me abracé a él con todo mi ser.

Mason jadeó en mis labios. El ímpetu de mis caricias nos embriagó a los dos, y su respiración se volvió irregular. Aumentó la presa sobre mis muslos y me besó con ardor: su cálida lengua fue al encuentro de la mía y creí que me moría.

Me flaquearon las fuerzas. Mis rodillas cedieron y caí hacia atrás, con los omóplatos en el suelo. Ahora su cuerpo estaba encima del mío; su pecho musculoso, adherido a mi cuerpo, y en ese instante pensé que no había mejor lugar que aquel, con su corazón latiendo contra el mío.

Deseaba que él comprendiera cuánto significaba para mí.

Que sintiera cómo temblaba, cómo me ardía la piel solo porque era él quien me tocaba.

Habría querido decirle que lo amaba, que no sabía exactamente en qué momento había entrado en mi alma de aquel modo. Que estaba completamente, perdidamente loca por sus manos, esas manos ásperas, surcadas de callos y que, pese a ello, tantas veces había soñado con estrechar en mis fantasías.

Que me había enamorado de él del modo en que cae la nieve, en silencio, con delicadeza, sin un solo ruido. Sin siquiera darme cuenta. Y que cuando fui consciente de ello, ya estaba inmersa hasta el corazón.

Al cerrar los brazos a su alrededor con una desesperación inconsolable, deseé que sintiera cada poro de mi piel gritándole: «Bésame otra vez. Abrázame hasta hacerme daño, y no me sueltes nunca más…».

—¿Ivy?

Un escalofrío, un ruido de pasos. La voz de John resonó en el aire, y yo abrí los ojos de par en par.

Sin pensarlo dos veces, hundí los dedos en los hombros de Mason y lo empujé bruscamente. Oí cómo se le escapaba un gruñido de contrariedad y el ruido sordo de su cuerpo al aterrizar en el suelo antes de que yo me apartara.

Cuando John apareció en la puerta, se encontró a su hijo sentado a los pies de la cama, pasándose nerviosamente una mano por el pelo.

Y a mí, en el rincón más alejado de la habitación, mirando hacia la pared.

—Ivy, los agentes han llegado… —empezó a decir, titubeante. Nos miró a ambos alternativamente, y por fin preguntó:

—¿Va todo bien?

Me puse muy colorada. Encogí el cuello entre los hombros.

—Sí —farfullé, pero me salió muy mal. Me aclaré la voz y traté de ocultar mi rubor—. Voy… enseguida.

John se quedó desconcertado un momento, me miró detenidamente y luego asintió.

—Mientras tanto los haré pasar. Te espero abajo.

Lo oí alejarse por el comedor, confuso y desorientado.

Se hizo el silencio de nuevo, amplificado por la tensión que flotaba en el aire, y al cabo de un momento decidí ponerme en pie.

Me sacudí unos restos de polvo inexistentes de la ropa y me dirigí cabizbaja hacia la puerta. No quería ignorar lo que había sucedido, pero la turbación me hizo comportarme igualmente como una boba. De pronto sentí vergüenza por haberme abrazado a él con tanta desesperación. ¿Se habría dado cuenta?

—Espera.

Mason me cogió de la muñeca y me atrajo hacia sí; yo me detuve y entreabrí los labios.

—Mañana… es el combate.

Se me aceleró el corazón.

«¿El combate de boxeo?».

—Mi padre nunca se pierde ninguno…

—¿Quieres ir de todos modos? —le pregunté sorprendida.

Después de lo que había pasado… ¿aún seguía pensando en presentarse?

Me volví lentamente.

Aún tenía aquel corte en la ceja y un moretón en la mandíbula, pero sus ojos serenos me sostuvieron la mirada cuando dijo:

—Es importante para mí.

Lo miré con el amor vibrando bajo mi piel. Él bajó la vista, y su presencia alta y fuerte me envolvió con todo su encanto.

—Me preguntaba… si te apetecería ir.

Estaba segura de que notaría a través de mi muñeca cómo se me aceleraban los latidos.

Me estaba invitando. Me estaba invitando a participar en algo suyo.

Lo miré con el corazón disparado.

Claro que me apetecía.

«¡Sí, sí, sí, por supuesto que sí!».

—De acuerdo. —Fue todo cuanto fui capaz de farfullar, como embobada.

Él me miró a los ojos, paseándose del uno al otro, como si estuviera íntimamente contento, o sorprendido, y al mismo tiempo quisiera asegurarse.

Se lamió los labios carnosos, y concentró la mirada en mi muñeca.

—De acuerdo —murmuró a su vez, haciendo que volviera a perderme en aquella voz que me provocaba escalofríos.

Me pregunté si sería capaz de habituarme a él.

Si llegaría un momento en que dejaría de sentir aquel estremecimiento en la piel o aquellas chispas en la sangre cuando lo tenía cerca.

Y cuando sus dedos me soltaron… fui realmente consciente de lo que acaba de suceder.

Mason… me estaba invitando a formar parte de su vida.

23

De carne y cristal

—¿Va todo bien?

Parpadeé. Al otro lado de la mesa, John me miraba con preocupación.

Me había despertado muy tarde.

Después de lo que había ocurrido el día anterior, la necesidad de dormir me arrancó de la realidad en cuanto acabé de cenar. Había temido revivir en sueños lo sucedido, pero mi cuerpo extenuado se abandonó a un sueño denso, pesado, negro como la tinta.

—Sí —respondí, todavía un poco aturdida.

Después de todo, aparte de un ligero dolor general en los músculos y los huesos, me sentía descansada.

—¿Qué tal va el dedo?

Miré el vendaje y lo toqué con la otra mano.

—Palpita un poco. Pero nada que no pueda soportar.

John apoyó una mano en mi cabeza con ternura y me sirvió un vaso de leche fresca. Siempre compraba mi favorita, así que le di las gracias y lo cogí.

—Mason y tú… ¿habéis discutido?

No me esperaba aquella pregunta. Me lo quedé mirando y él vaciló.

—Verás… Ayer, cuando subí a avisarte, me dio la impresión de que acababais de tener una discusión…

Abrí mucho los ojos y noté que me ardían las mejillas. Para disimular mi azoramiento miré hacia otro lado y me llevé el vaso a los labios.

Una parte de mí aún no era capaz de creérselo.

Mason y yo nos habíamos besado.

Parecía un sueño. De esos tan vívidos y potentes que se te quedan en la piel y viven en tu cabeza. Y, sin embargo, era real.

Él, sus manos, aquella sensación ansiosa y palpitante de su boca contra la mía, paraíso y suplicio. Cuando pensaba en ello aún me parecía estar temblando…

—No hemos discutido —dije con un hilo de voz, sin mirarlo.

—¿No? —preguntó John inquieto, buscando mi mirada—. De hecho, por la expresión de su cara… parecía agitado.

Estuve a punto de atragantarme con la leche.

—No —reiteré tragando saliva, y lamiéndome el bigote blanco que tenía encima del labio—. En realidad, estuvimos aclarando las cosas.

John enarcó las cejas. Me miró emocionado, con los iris sorprendentemente luminosos.

—¿Habéis… aclarado las cosas?

—Sí.

—¿Y cómo ha sido eso?

Sentí una imperiosa necesidad de desaparecer. Me revolví en la silla, como si estuviera a punto de confesar una culpa, y me concentré en la vaca que me estaba guiñando un ojo desde la botella de leche.

Resultaría demasiado embarazoso decirle a John que su hijo y yo habíamos pasado de gritarnos e insultarnos a terminar abrazados en el suelo de su habitación.

Esperaba que por lo menos no me leyera el rostro mientras le proporcionaba una explicación más aceptable:

—Le he contado lo de papá. Lo de Tártaro, le he hablado de su pasado…, de todo. —Hice una pausa y bajé el tono de voz—. Sé que nunca le habías hablado de ello. Era el secreto de mi padre, y no querías que Mason tuviera nada que ver. Pero se merecía saber la verdad.

John me miraba todo el rato mientras asimilaba mis palabras. Observé su rostro familiar y me pareció muy positivo el modo que teníamos de comunicarnos. Siempre me había imaginado que sería un buen padre. Y ahora lo confirmaba.

—Esa verdad os pertenecía a vosotros —dijo en tono relajado—. Y era a vosotros a quienes correspondía compartirla. Sé que cuando era pequeño no habría podido entenderlo. Pero ahora puede que comprenda por qué decidí no contárselo.

De pronto suavizó la expresión y sonrió.

—En realidad estoy contento de que te hayas sincerado con él. Por un momento temí que otra vez las cosas andaban mal entre vosotros...

Sacudió la cabeza y se puso en pie. Cogió una pequeña caja de cartón que estaba junto a la alacena y volvió a sentarse.

—¿Qué es? —le pregunté cuando me la pasó.

—Es para ti.

Me la quedé mirando, pero John me animó a que la abriera. La cogí y levanté las lengüetas de cartón.

Eché un vistazo, y en el interior había algo blanco y liso.

Era una taza.

La extraje y la hice girar entre los dedos para admirarla, reluciente al sol de mediodía. Era simple, sin ninguna imagen en los costados.

Miré de nuevo a John y dije:

—Así ya no tendré que volver a usar la tuya. Gracias.

—No he sido yo —me aclaró sonriente—. La ha comprado Mason.

A punto estuvo de caérseme de las manos. La estreché contra mi pecho, sorprendida.

—¿Cómo?

—Ya estaba aquí anteayer. Creo que quería que la encontraras. Traté de decírtelo, pero como entraste con tanta prisa y me dijiste que ibas a aquella fiesta, no me dio tiempo.

De pronto me acordé de cuando dos días atrás iba caminando con Nate por el pasillo del instituto.

Reviví la imagen de Mason apoyado en mi taquilla. Me miró de aquel modo tan especial, como si me estuviera pidiendo disculpas.

Ya me había comprado la taza, quizá para darme a entender algo que no se atrevía a decirme de viva voz...

Miré aquella pieza de cerámica lisa que sostenía entre los dedos, incapaz de dar con las palabras que expresasen lo que sentía. La incliné para simular que estaba bebiendo, y en cuanto John me vio hacerlo se echó a reír con ganas.

Me lo quedé mirando intrigada y, entonces, como guiada por una repentina intuición, le di la vuelta a la taza.

Me había equivocado. No era totalmente blanca. En la base había estampada la imagen de una nariz de animal, algo puntiaguda, con el pelo blanco y negro y unos finos bigotes debajo del hocico.

Volví a acercármela a la boca, desconcertada, y cuando la incliné de nuevo, los ojos risueños de John me dijeron que lo que estaba mirando era el hocico de un mapache.

Unas horas más tarde me encontraba en la habitación, inmersa en mi soledad.

Era sábado, y Mason estaba en el gimnasio, preparándose para el combate.

Le había dicho a John que quería estar sola, pero lo cierto era que no podía dejar de pensar en el día anterior, cuando me invitó a formar parte de un aspecto tan importante de su vida.

Tuve la sensación de que trataba de decirme: «También hay sitio para ti».

Entonces me pareció ver algo en una esquina, al pie de una caja de cartón. Caminé descalza por la moqueta, y cuando vi lo que era, dudé. Me agaché y recogí el álbum de mi padre con cierta aprensión. Estaba en el mismo lugar donde lo había lanzado tras mi ataque de rabia; las gruesas páginas se habían doblado un poco, pero lo abrí igualmente para mirarlo.

Me pregunté si no lo había sabido desde siempre. Que tarde o temprano sus monstruos me encontrarían.

Quería creer que había un motivo por el cual me había enseñado a soportar el dolor. Nunca me enseñó a rechazarlo, sino a tolerarlo. A convivir con él y a aceptarlo en mi vida, porque hay cosas que no podemos cambiar.

Eso era lo que siempre había tratado de decirme. La verdadera fuerza no residía en la dureza, sino en la capacidad de doblarse sin llegar a romperse nunca.

Acaricié el álbum, lo hojeé y llegué una vez más a nuestra foto. Seguía allí, entre aquellas páginas, con la pequeña flor destacando en el centro.

De pronto, me percaté de que la tira de cinta adhesiva de doble cara que sostenía la polaroid seguía pegada en la página. Y tenía una esquina levantada.

Fruncí las cejas. La rocé con la punta del índice… y tiré lentamente.

Mi corazón latió tan fuerte que me dejó sorda por un instante. Debajo había escrita una única palabra:

CLAVE.

Y esa palabra lo cambió todo.

—*No me sale* —*dije con mi impertinente voz infantil.*

La chimenea crepitaba al fondo de la estancia. Era una velada como otra cualquiera, pero la hojita que tenía delante me resultaba incomprensible. Había descifrado muchísimos mensajes de papá como pasatiempo, pero aquel era distinto.

—*Eso es porque no has usado la clave.*

—*No la entiendo. Prefiero el lenguaje oculto que me enseñaste cuando era pequeña.*

Él esbozó una sonrisa.

—*Porque es más fácil. Pero aquí tienes que usar este número. ¿Lo ves? Se llama «clave criptográfica». Significa que ese es el secreto para llegar a la solución.*

Me explicaba esas cosas con afecto y paciencia. Aunque me encantaba estar al aire libre y perderme en la naturaleza, por la tarde, ante una taza de chocolate, papá me abría las puertas de un universo totalmente nuevo. Siempre me habían fascinado las cosas que me enseñaba. Lo hacían especial. Era como si pertenecieran a un mundo lejano, liso y metálico, como uno de esos cohetes que desafían a las estrellas.

—*Es demasiado difícil.*

—*No lo es* —*me replicó con dulzura*—. *Mira. La clave es 5, ¿no? Eso significa que para descodificar el mensaje debes sustituir las letras por las que están cinco puestos por delante. Si tienes una A, se convierte en una F; si tienes una B, se convierte en una G…*

Seguí su razonamiento, preguntándome qué sentido tenía todo aquello. ¿Acaso no era más divertido volver a intercambiar mensajes como lo hacíamos antes?

—*Es demasiado… tecnológico* —*protesté mosqueada, porque a mí me encantaban las cosas simples y esa seguro que no lo era.*

Papá se echó a reír y yo puse una mano en su mejilla hirsuta.

—¿Por qué te ríes? No te rías —protesté.

—Porque este es el Cifrado de César —respondió, cogiéndome los dedos—. Es una de las criptografías más antiguas del mundo. Y definirla como «tecnológica», pues…

Sus ojos brillaron risueños, y yo, ofendida, volví la cara.

Me gustaba más cuando me explicaba cómo seguir las huellas en el bosque.

—¿Por qué me lo enseñas? —le pregunté mientras le daba vueltas a la hoja con los dedos.

Como vi que no respondía, alcé el rostro y lo miré con insistencia.

Papá me estaba observando, pero su mirada era más intensa de lo habitual.

—Porque cada cosa, según cómo la mires, tiene un significado distinto —dijo con un tono de voz que siempre recordaría.

—La clave de una frase lo cambia todo, Ivy. No lo olvides.

«La clave lo cambia todo».

Me llevé una mano a la boca y retrocedí, temblando de incredulidad.

No podía ser.

Me precipité al escritorio con un nudo en la garganta y empecé a buscar mi cuaderno. Revolví entre los libros hasta que lo encontré, y con la excitación del momento tumbé una caja y volqué su contenido en el suelo. Comencé a pasar las hojas febrilmente, sin importarme que se arrugaran.

SOPORTA IVY.

Ese era el mensaje que ocultaban aquellos números. Creía haber entendido su significado, pero la duda de que no fuera así me infundió una extraña y acuciante esperanza.

¿Cómo no me había fijado antes en esa palabra? ¿Por qué no le había prestado atención?

Me senté sobre la moqueta, y con manos temblorosas puse el álbum y el cuaderno uno al lado del otro.

La palabra CLAVE destacaba en la página blanca, pero debajo no solo había un espacio vacío.

Estaba el símbolo de la flor.

La campanilla de invierno o, mejor, «galanto», por su nombre más corto.

Esa era la clave.

Sentí que mi corazón bombeaba con más fuerza. Podría estar equivocada, interpretar mal lo que mi padre quería decirme. Si la respuesta era «galanto», entonces la clave era 7, como el número de letras que la componían. O bien podía ser «flor», y entonces la clave sería 4.

Me aparté el pelo que me caía por la frente. Debía concentrarme. Razonar. Podía probar distintas posibilidades, pero si me equivocaba de clave, no lograría desencriptar correctamente el mensaje.

Miré el símbolo y traté de verlo con los ojos de mi padre. Aquello no era una campanilla de invierno cualquiera, no era una flor cualquiera.

Era más que eso, lo que contaba era su significado.

Era yo.

Estudié la página conteniendo la respiración. Toda mi mente se ciñó a aquel único pensamiento, y el resto desapareció.

Pensé en Ivory, pero una vez más concluí que el 5 no era el número correcto.

Era el 3, como las letras de Ivy. Como los pétalos blancos que componían la flor.

La clave era el 3.

Empuñé la pluma con mano temblorosa y empecé a escribir. Paso a paso, fui descodificando una tras otra las letras de «Soporta Ivy».

Procuré no cometer errores, no dejarme llevar por las prisas, cada letra era muy importante, o el resultado podría verse comprometido. Ni siquiera sabía si lo que estaba haciendo era correcto, pero solo podía guiarme por el instinto.

Cuando acabé, dejé el lápiz en el suelo y levanté el cuaderno. Ante mí aparecieron una serie de letras que no reconocí: V R S R U W D L Y B.

Las examiné como si quisiera extirparlas del papel, como si quisiera eviscerarlas y extraerles el significado. Tal vez estuvieran desordenadas, quizá estaban ensambladas. En mi mente empezaron a surgir distintas preguntas y comencé a dudar de mí misma.

¿Y si la clave no fuera 3?

¿Y si había cometido un error?

¿Y si no era más que un fiasco?

—¿Qué estás haciendo?

Me asusté tanto que di un brinco. Me volví de golpe hacia la puerta, con el corazón en un puño.

En la puerta estaba Fiona. Llevaba una bolsa colgada del brazo y el pelo rubio cobrizo recogido con un voluminoso pasador. Cerré el álbum, desconcertada, y me puse en pie.

—¿Qué… estás haciendo aquí?

—Me ha dejado pasar tu tío —respondió, mirando simultáneamente el álbum que se había quedo en el suelo y mi expresión consternada—. He pasado para saber cómo estabas…

Cerré los labios; seguía descolocada, y su respuesta aún me confundió en mayor medida. ¿Había venido hasta aquí… para ver si estaba bien?

—¿En qué andabas liada? —preguntó arrugando la frente.

—Yo… En nada.

Miré al suelo y cogí el cuaderno. El descubrimiento que acababa de hacer aún me electrizaba la piel, pero procuré no exteriorizarlo. Recogí también el álbum y dejé ambas cosas encima del escritorio mientras trataba de ordenar mis pensamientos. Tenía que contárselo a John. Puede que fuera una locura, igual estaba equivocada, pero él sabría qué hacer.

—Mason tiene el combate hoy —dijo Fiona al tiempo que entraba.

Echó un vistazo alrededor, escrutó el ambiente y por fin me miró a mí. Sabía que mi aspecto dejaba que desear. Tenía un morado en la sien y marcas de dedos en el cuello, por no hablar del anular vendado que no cesaba de darme pinchazos. Sin embargo, al oír su nombre, no pude evitar pensar en los besos de Mason, y una sonrisa se instaló en mi rostro.

—Sí —respondí desviando la mirada—. ¿Tú irás?

Fiona negó con la cabeza mientras dejaba el bolso encima de mi cama.

—Es un deporte demasiado violento para mi gusto. Pero Travis siempre va… No se pierde ninguno.

Me aclaré la voz y, sin saber muy bien por qué, me sorprendí a mí misma diciendo:

—Yo también iré.

Estaba segura de que había notado mi incomodidad, porque de pronto se quedó como bloqueada. Se volvió hacia donde yo estaba con un extraño brillo en los ojos.

—Ah, ¿sí?

Me la quedé mirando, sin saber qué decir. No entendía el significado de aquella mirada, pero antes de que pudiera responderle, se puso tiesa y me dio la espalda. Fingió que buscaba algo en su enorme bolso y me dijo con la voz impostada:

—¿Irás porque también va ese chico que te gusta?

Observé aquel numerito con ademán impasible.

—Fiona —le repliqué con un tono de voz monocorde—, ¿no estarás pensando que se trata de Travis?

Se ruborizó, visiblemente molesta.

—Por supuesto que no. —Se encogió de hombros, altiva, y me sostuvo la mirada, pero en sus ojos detecté un atisbo de fragilidad—. La verdad es que habla más contigo que conmigo. Incluso os castigaron a los dos juntos…

—Lo del castigo fue un malentendido —dije—. Y si no llega a ser por eso, las cosas podrían haber acabado de un modo muy distinto.

—Ya lo sé.

—¿Por eso estás aquí?

Ella se quedó inmóvil. Pensé que se relajaría y se mostraría más confiada, pero, por el contrario, se enderezó de golpe, airada, y se me encaró con una expresión incendiaria.

—¿Sabes? Hay veces en que me pareces muy cortita —me espetó sin más, y yo me la quedé mirando alucinada.

—¡Lo que pasa es que vosotros vais demasiado pasados de revoluciones!

—He venido aquí porque ayer unos locos quisieron raptarte —añadió entre dientes—. ¿Tanto te cuesta entenderlo?

Me lanzó una mirada reprobatoria, y en ese preciso instante me percaté de que Fiona me estaba regañando.

—¡Pasé mucho miedo por ti! ¡Todos lo pasamos! A veces tengo la sensación de que estoy hablando con alguien de otro planeta. Acercarse a ti es como intentar romper una esfera de hielo con las uñas. —Gesticuló exasperada—. Eres testaruda, introvertida, por no hablar de cómo te escondes en tu ropa, como si no quisieras que te vieran... ¿Lo haces a propósito o es que realmente estás así de ciega?

Yo la miraba en silencio, intimidada, y entonces ella se me acercó.

—¿Estás dispuesta a aceptar que alguien quiera ser tu amigo?, ¿que si te miran no es para reírse de ti? ¿Estás dispuesta a no dejar siempre fuera a todo el mundo?

Miré hacia otro lado, turbada y profundamente incómoda.

—Yo...

—¿Qué?

Me sentía inexplicablemente mal.

Entonces se fijó en unas fotos antiguas. Habían caído de la caja que antes había volcado sin querer al coger el álbum. Salía yo, siempre sola, en medio unos valles inmaculadamente blancos, envueltos por la niebla. Salía yo en una foto de clase en la que ninguno de los que estaban a mi lado me sonreía. Odiaba aquella imagen, pero había acabado mezclándose con las demás; un compañero de clase alargaba una mano para tirarme del pelo antes de que el profesor pudiera impedirlo.

Fiona pareció entenderlo. Sus ojos se relajaron, aunque su voz seguía arremetiendo:

—Antes de dudar de ti misma, asegúrate de que no estás rodeada de completos idiotas.

Tensó los labios y miró hacia otro lado. Ambas nos quedamos así, una frente a la otra, como dos gatos callejeros que acababan de pelearse.

—Perdona —añadió poco después, con un hilo de voz—. Aún estoy conmocionada por lo de ayer y...

Hubiera querido decirle que no lo hacía a propósito. Lo de aislarme siempre de todo el mundo. Pero no era buena tratando con las personas. Me había relacionado con gente muy pocas veces a lo largo de mi vida, porque, como ella muy bien decía, era testaruda e introvertida. Ni siquiera podía explicarme cómo había sido capaz de enamorarme.

—Gracias por haberte pasado por aquí —dije, tratando de hacer hablar un poco a mi corazón de ermitaña.

Ella se sorbió la nariz con un sonido seco, se recolocó un mechón, y comprendí que tras aquella actitud levemente desdeñosa ocultaba un afecto que no era capaz de mostrar.

—Vamos…, siéntate.

Hizo que me acomodara en el borde de la cama y sacó del bolso un pequeño estuche de maquillaje. Empezó a cubrirme el moretón de la sien con un corrector, dando pequeños toques con delicadeza. Desprendía un perfume dulce, puede que un poco artificial, pero para mi sorpresa no me resultó desagradable.

—¿Dónde aprendiste a disparar?

Me fijé en que estaba muy concentrada. Una arruga de expresión emergió entre sus cejas oscuras.

—En Canadá.

—¿Me estás diciendo que te enseñó alguien?

—Tengo licencia —afirmé.

Fiona se puso pálida y me miró con extrañeza.

—¿A qué te refieres?

—A que, en Canadá, a los doce años puedes obtener una autorización.

—¿«A los doce años»? —repitió, poniendo énfasis en cada palabra. La miré como si tal cosa, y mi reacción aún la consternó en mayor medida—. ¿Estás de broma?

—No —respondí tranquilamente—. Has de contar con el permiso de un progenitor y asistir a un curso de Seguridad que imparte la Autoridad Nacional.

—Es… ¡Es absurdo! —balbució.

La observé sin decir nada, porque sabía que yo venía de un mundo que pocos serían capaces de comprender.

—En mi tierra hay familias que viven de lo que logran cazar y pescar —le expliqué—. En verano se corta leña y se almacena, para tenerla lista cuando llega el invierno. Usamos la nieve para conservar la carne y el pescado. Es otra forma de vida. Y es muy distinta de la de aquí.

Fiona se me quedó mirando un buen rato mientras asimilaba mis palabras. Pareció reflexionar sobre lo que acababa de explicarle, pero al cabo de un momento volvió a inclinarse lentamente sobre mi rostro y reanudó su trabajo.

—Yo, a los doce años, jugaba con muñecas —masculló.

Y al poco, como si sintiera una especial curiosidad, me preguntó:

—¿Qué clase de lugar es?

—¿Cómo?

—Canadá. ¿Qué clase de lugar es?

Sentí un calorcillo en el corazón y desvié la mirada, buscando en mi interior las expresiones adecuadas para dar respuesta a aquella pregunta.

—Bueno, es… —tragué saliva, absorta—. Grande. En verano se llena de flores, y el aire desprende un perfume embriagador. Las montañas se pierden en el horizonte y el cielo es tan inmenso que te provoca vértigo. Cuando se acerca una tormenta, las nubes se vuelven de un amarillo cruel y todo parece sumergirse en una luz mágica, nunca vista. Pero en invierno… la noche se ilumina y parece que estés caminando por las estrellas. Puedes ver las auroras boreales —suspiré con la voz cargada de emociones—. El cielo se rasga en forma de cintas y es como… como una música. Una melodía multicolor y poderosa, que danza en el aire y cubre el mundo. Te hace temblar las piernas.

Tardé un poco en darme cuenta de que Fiona había terminado y llevaba un rato observándome.

Cuando salí por fin de mi ensimismamiento miré al suelo, azorada, y me apreté el dedo que llevaba vendado. No quería que ella notase aquel ligero temblor en mis ojos. No quería que me viera como un animal en cautividad, forzado a permanecer lejos de su hogar.

Pero en mi interior aún resonaban aquellas tormentas.

El sonido del viento.

Llevaba conmigo los aromas de la nieve bajo los dedos.

Llevaba conmigo ese espíritu silvestre, que correteaba por las montañas y al anochecer descansaba bajo un tejado hecho de estrellas.

Llevaba conmigo los ruidos y los perfumes, y también los colores de una tierra inmensa.

Y todos ellos vivían dentro de mí.

—Suena bonito —dijo ella, con un matiz afectuoso en la voz.

«Sí», me habría gustado susurrarle, pero no lo hice.

Tal vez porque algunas cosas no hace falta decirlas.

Viven en nuestra mirada y vibran a través de nuestra voz.

Nos alegran el corazón.

Y eso ya lo responde todo.

Cuando John me había dicho que Mason participaba en competiciones pugilísticas, nunca me habría imaginado que asistiría tanto público a los combates. Al llegar al lugar del encuentro, descubrí un ambiente que no me esperaba. El estadio tenía la forma de un gran óvalo, con un espacio central rodeado de gradas. El ring estaba ubicado en el centro, bien iluminado y en contraste con la penumbra que lo circundaba. A nuestro alrededor, un estruendo de voces saturaba el aire, cargándolo de electricidad.

—Voy a por bebida —me dijo John—. ¿Quieres algo?

Le dije que no con un gesto, y él me prometió que volvería enseguida.

Miré a mi alrededor, alzando la visera de la gorra para ver mejor; había muchísimos jóvenes, familias y algún que otro niño acompañado.

—¡Ivy!

Distinguí unos hombres robustos avanzando entre la gente que ocupaba sus asientos. Travis me sonrió y vino a sentarse cerca de donde yo me encontraba. Parecía feliz de haberme encontrado allí.

—¡No me esperaba verte! ¿Es la primera vez que vienes?

Le respondí que sí, y él se echó hacia delante, buscando algún asiento próximo al mío.

—¿Estás sola?

—He venido con John —respondí, pero por el modo en que me miró intuí que aquella no era la respuesta que se esperaba—. Fiona no ha venido —añadí.

Él encogió el cuello.

—Imagínate, a Fiona no le va nada esta movida… Te lo preguntaba solo por preguntar.

Fingí creerme sus palabras, al menos por un momento.

—En cualquier caso, ahora está soltera —le dejé caer. Travis me lanzó una mirada furtiva, pero yo lo miré directamente a los ojos—. Lo digo solo por decir.

—Claro —farfulló, como un niño que hubiera crecido demasiado; sin embargo, me pareció notar que su humor había mejorado de pronto.

Al cabo de unos instantes, la intensidad de las luces que iluminaban el ring disminuyó drásticamente. A un lado, Travis estiraba el cuello para poder ver la llegada del árbitro; por el otro, John, que ya había vuelto, le daba ruidosos sorbos a su bebida en un extraño vaso de plástico con forma de oso sonriente. Y en medio de ambos estaba yo, con un vaso igual entre las manos.

«Caray. ¡Y eso que había dicho que no quería nada!».

Miré con cierta irritación a mi padrino, y él me sonrió la mar de contento.

—Debería de entrar de un momento a otro —me informó Travis.

Vi que había movimiento junto a las puertas de los vestuarios y de pronto sentí una extraña aprensión.

Había visto las marcas en su rostro. Los golpes que le habían dado en la cabeza. Y, sin embargo, Mason estaba dispuesto a subir a aquel ring para recibir unos cuanto más.

—Solo logrará que lo lastimen —susurré, sin poder ocultar mi preocupación—. ¿Por qué no ha renunciado?

Travis me escuchó, e hizo una mueca.

—Renunciar es una palabra que no le entra en la mollera. —Apoyó los codos en las rodillas y observó el cuadrilátero, pensativo—. Mason nunca ha renunciado a un solo combate. Aunque estuviera lastimado, aunque tuviera fiebre, él siempre comparecía. La mayoría de las veces perdía, se llevaba una buena tunda, y al día siguiente no iba a clase porque la fiebre le impedía levantarse de la cama. Pero siempre lo intentaba.

Sacudió la cabeza, como si recordarlo lo exasperase y al mismo tiempo lo divirtiera.

—¿Sabías que John, para castigarlo cuando era pequeño, no lo dejaba ir a los entrenamientos? —me desveló—. Llamaba al entrenador para decirle que faltaría una semana a los entrenos, y entonces eran dos los que se ponían hechos una furia. Ya te lo puedes imaginar. Al nivel en que se encontraba Mason, no podía permitirse saltarse ni uno. Sin duda, sabía cómo hacer que se comportase.

John le dio otro ruidoso sorbo a su bebida y lo miré de reojo. No me lo imaginaba gritándole a Mason de niño y castigándolo.

—¿Asistís siempre a todos los combates? —le pregunté a Travis.

—Bueno, sí. Los demás también suelen venir, pero creo que hoy aún están demasiado consternados. Carly acostumbra traer al hermanito de Fiona. A Mason le hace gracia. —Travis me dedicó una media sonrisa—. Y ahora también estás tú.

Me recogí un mechón detrás de la oreja y noté que me había sonrojado.

Estaba allí con su padre y con su mejor amigo. Solo pensarlo me provocaba una extraña mezcla de euforia y de temor que me cerraba el estómago.

—¡Eh, ahí están!

Alcé el rostro rodeada de un coro creciente de voces.

Dos figuras avanzaban hacia el centro iluminado. Un chico con un albornoz amarillo y andares vacilantes recorrió el pasillo que había entre los asientos, con el entrenador al lado. Su complexión me dio miedo: tenía un cuerpo macizo, casi rocoso, con los hombros achaparrados y caídos. Lo vi llegar al ring aclamado por la multitud.

Poco después apareció Mason.

El corazón me dio un brinco en el pecho. Llevaba la capucha alzada, y bajo la sombra de la seda sus ojos oscuros refulgían como estrellas. Avanzó orgulloso, exhalando calma y desenvoltura, mientras su entrenador lo cogía del hombro y le susurraba algo al oído.

Subió al cuadrilátero y se situó en el ángulo opuesto.

El árbitro, apoyado en las cuerdas, hablaba con alguien al pie del ring. El adversario se quitó el albornoz, y cuando Mason hizo lo mismo, se me disparó la tensión.

La tela resbaló por sus hombros y la luz iluminó su pecho ancho y tonificado, dejando al descubierto una obra maestra de curvas y ángulos que cortaban la respiración. Tenía los pectorales amplios, modelados como si fueran obra de un escultor, y todo su cuerpo parecía hecho a medida, como una máquina perfecta. Transmitía una armonía magnética y viril, propia de un bellísimo coloso dotado de un vigor arrollador. Agitó la melena castaña, y al fijarme en sus dorsales, fui consciente de que los había acariciado con mis manos.

—Ni te imaginas lo que le haría a Mason Crane…

La chica que estaba sentada delante de mí le dio un codazo a su amiga. Se rieron, balanceando los tobillos y, cuando Mason abrió la boca para colocarse la protección, hicieron un comentario tan subido de tono que estrujé el vaso.

—Tranquila, Ivy —me dijo Travis al ver el osito con los ojos fuera de las órbitas en mis manos—. Mason es mejor.

Me mordí los labios y volví a prestar atención al ring. Una voz informó a través de un micrófono de la categoría y los datos de los respectivos preparadores, y a continuación el árbitro se situó en el centro e indicó que podía dar comienzo el combate.

Se hizo el silencio entre los espectadores mientras ambos púgiles ocupaban sus posiciones. Me acomodé mejor en el asiento y me dispuse a asistir al primer combate de mi vida.

La espera cargó el aire de expectación, de electricidad, de miradas, excitación y expectativas.

Cuando sonó la campana, ambos saltaron a la lona.

Travis tenía razón: Mason era realmente bueno.

La distancia calibrada, los golpes precisos, los ataques veloces y limpios. Los puños partían de sus pies e integraban toda la fuerza de su cuerpo, con resultados devastadores.

Estuve en tensión todo el tiempo. Terminó el primer asalto con ventaja, pero el segundo no fue del mismo modo: el otro logró penetrar en su defensa y golpearlo en la cara. Las heridas le hicieron apretar los dientes con tanta violencia que hasta yo me quedé petrificada en la silla. El corte en la ceja se le abrió de nuevo y Mason se limpió la sangre con la muñeca mientras su preparador le gritaba algo. Lo observó atentamente, asintió y fue de nuevo hasta donde se encontraba el árbitro.

Ambos contrincantes se situaron en el centro para el último asalto. Los dos respiraban trabajosamente y tenían el tórax perlado de sudor. Mason fulminó con la mirada al rival mientras ocupaban sus respectivas posiciones; vi cómo seguía cada movimiento de su rostro, cómo asimilaba cada inflexión, cada mínima arruga. Cuando bajó el mentón percibí en él un atisbo de inclemencia que me sobrecogió.

Sonó la campana.

El otro se le abalanzó y Mason cerró la defensa; encajó varios golpes, pero, de pronto, esquivó el último y le lanzó un puñetazo en el estómago a la velocidad del rayo.

El adversario se puso rígido y Mason siguió golpeándolo cada vez más fuerte, como un autómata. Brutalidad y concentración se fundieron conformando un cóctel letal. El otro trató de cubrirse, pero Mason cargó de lado y le acertó de lleno en la boca.

El impacto del guante fue terrible. La mandíbula del oponente vibró y el protector dental salió disparado, salpicando saliva. Puso los ojos en blanco, y el sordo estruendo de su cuerpo contra la lona estremeció a todos los presentes. Yo me sobresalté, y Travis se llevó las manos a la cabeza.

—¡Joder! ¡Es un *knockdown*!

—¿Qué es un *knockdown*? —pregunté mientras el árbitro empezaba la cuenta atrás. A mi lado, John estaba bebiendo con avidez a través de la pajita, sin apartar la vista del ring.

—¡Es cuando uno acaba tumbado en el suelo! —me explicó Mason con impaciencia—. ¡Si no se levanta en diez segundos, el combate se da por concluido! ¡No… cinco… cuatro… tres… dos…!

El sonido de la campanilla hizo estallar el aire.

Travis y John se pusieron en pie de un brinco y la voz del micrófono anunció:

—*Knockout!*

Mason arrojó el protector mientras el entrenador lo celebraba con los puños en alto y el rostro congestionado. Cuando el árbitro alzó el brazo de Mason, el corazón se me disparó, enloquecido.

Yo también me puse en pie, desconcertada, y observé a Mason en medio de aquella gran confusión de voces. Tuve la sensación de haberlo visto siempre así, envuelto en las luces de aquel universo variopinto, en el centro de un mundo que parecía hecho a su medida. Ahora su rostro resplandecía, sus hombros eran un haz de nervios cálidos y temblorosos. Sus ojos viajaron por el recinto hasta que por fin nuestras miradas se encontraron. John alzó su vaso y yo escondí el mío.

Vi como la mirada de Mason se suavizaba cuando se detuvo en su padre. Sin embargo, me pareció distinguirle un matiz irónico en los ojos cuando los fijó en el bullicioso Travis.

Y por fin me tocó a mí.

Emergí entre decenas de personas con la gorra vuelta del revés y aquel ridículo vaso en la mano; estaba segura de que leería en mis ojos el ritmo acelerado de mis latidos.

Y cuando Mason relajó la expresión de su rostro, me miró y lanzó un profundo suspiro, creí que el corazón se me iba a hacer añicos.

De pronto me sentí envuelta por una luz maravillosa, purísima, la misma luz que en ese momento estaba brillando en sus espléndidos ojos. Me alcanzó y me cubrió como un baño de oro.

Ya no me sentía fuera de lugar.

Su mirada me había tallado a medida en el lugar exacto donde quería estar: entre su padre y su mejor amigo.

Porque yo, al fin, encajaba; sí, justamente allí, entre colores y palabras dichas a gritos, tormentas cálidas y olores salinos.

Podía empezar de nuevo.

Podía volver a sonreír.

Podía hallar la felicidad, aunque el dolor matase cada día un pedacito de mi corazón, pero esos pedacitos volvían a florecer en los ojos de Mason y se convertían en campos infinitos desde los que podía admirar el cielo.

Podría volver a tener una vida, aunque papá ya no estuviera a mi lado.

Allí también había sitio para mí…

Mason tuvo que dejar de mirarme. Su entrenador lo abrazó con entusiasmo y él lo abrazó a su vez, riendo divertido.

—¡Menudo combate! —exclamó Travis con voz soñadora—. Yo también podría empezar a practicar boxeo, ¿eh? ¿Qué me dices, Ivy? Ya me veo haciéndolo… Mira qué potencia. —Tensó los bíceps y adoptó una pose de culturista—. ¡Bang! —berreó golpeando el aire—. Un gancho a la derecha, uno a la izquierda… otro a la derecha…

—¿Te ha gustado el combate? —preguntó John mientras Travis seguía alardeando.

—Lo ha hecho muy bien —respondí—. Se nota que se lo toma muy en serio.

—Sí —murmuró él mientras Mason abandonaba el ring y desaparecía en los vestuarios—. He tratado de hacerle cambiar de idea, pero no ha habido manera. Hoy quería estar aquí a toda costa. —Sonrió, se enderezó y dio unas palmadas—. Bien, yo diría que podríamos celebrarlo con una buena pizza. Travis, ¿te apuntas?

—¡No hace falta preguntarlo! —respondió exultante—. ¿Llamo por teléfono para correr la voz? ¡Ya estoy oyendo a todos los demás apuntándose sin pensárselo dos veces!

—Excelente idea —dijo John mirando la hora—. Hay que avisar a Mason—. Se volvió hacia mí y me preguntó—: ¿Se lo dices tú?

Por la sonrisa que le iluminaba el rostro cuando me lo propuso, intuí que nuestra buena relación lo hacía muy feliz.

—Vale…

—¡Hey, Nate! —vociferó Travis por teléfono—. ¡Tendrías que haber visto cómo ha vuelto a ganar hoy también, el muy capullo! ¡Llama a los demás, lo celebraremos en Ciccio pizza!

—¿Ciccio pizza? —repitió John, un poco perplejo—. No, no, es mejor El rey provolone.

Travis puso los ojos en blanco.

—Pero ¡las de Ciccio pizza tienen el borde relleno de beicon!

—Las de El rey provolone llevan beicon frito en los bordes.

—¿Y las de Ciccio pizza no? ¡En las de Ciccio pizza el beicon rebosa por todos lados!

Mientras John y Travis discutían sobre qué pizza era más grasienta y digna de sus paladares, decidí ir a poner al corriente a Mason.

Me abrí paso entre la gente que se agolpaba camino de la salida y me dirigí al lugar por donde lo había visto desaparecer. La cortina situada en el extremo del recinto daba acceso a un pasillo en penumbra; al fondo había una puerta entreabierta. El haz de luz que provenía de aquel punto me indujo a acercarme.

No quería molestarlo. Puede que estuviera con su entrenador, hablando de cosas importantes…

—Has estado fantástico.

Me quedé inmóvil. Aquella no era la voz de su entrenador.

Acerqué el rostro a la rendija de la puerta y vi unas cuantas taquillas que refulgían bajo la luz de una bombilla. El petate de Mason se encontraba apoyado en el banco del centro, pero no fue eso lo que llamó mi atención.

Clementine estaba sentada sobre una mesa que había junto a la pared, balanceando sus bronceadas piernas y con su larga melena suelta cayéndole en cascada sobre los hombros. Noté cómo se me tensaban los nervios. ¿Qué hacía allí?

—No sabía que te interesaran este tipo de cosas.

Mason le daba la espalda. Llevaba puesta una camiseta blanca y tenía una toalla en las manos. Se había quitado los guantes, pero no la miraba.

—Me interesan mucho. Mi padre es el propietario del polideportivo que gestiona este local. —La pulsera que llevaba en el tobillo tintineó cuando cruzó las piernas—. ¿Sorprendido?

—A decir verdad, no —murmuró Mason sin poner demasiado interés—. Lo que no tengo claro es por qué estás aquí.

Ella arrugó la nariz, complacida.

—Bueno, ser la hija del dueño conlleva sus privilegios, ¿no te parece? Si tengo buenos motivos para ello, puedo infringir alguna que otra regla...

—Y esos «motivos» —inquirió Mason, recalcando la palabra con sarcasmo— ¿se encuentran en los vestuarios de los atletas?

Clementine no respondió al momento. Paseó la vista por aquel cuerpo magistral, por aquellos dedos fuertes que sujetaban la toalla, y una chispa ardió en su mirada. Sentí que algo me atenazaba el estómago cuando por fin murmuró con voz melosa:

—Naturalmente.

Mason volvió el rostro poco a poco.

Ella descruzó las piernas y se bajó de la mesa. Avanzó hacia él, contoneándose, y un *piercing* brilló en su ombligo al descubierto.

—Son unos motivos muy sólidos, en efecto —susurró—. Aunque de un modo u otro, continúan escapándoseme de los dedos.

Rodeó a Mason y se puso frente a él. Se me hizo un nudo en la garganta, apenas podía respirar.

Paseó su mirada hambrienta por su tórax, se perdió en sus pliegues, como si aquella hipnótica proximidad le absorbiera el alma y el aliento.

—Sé que lo has notado —musitó con un matiz de vulnerabilidad en la voz—. Siempre lo has sabido, pero nunca has hecho nada. Ni una sola vez...

Le tembló la barbilla bajo la silenciosa mirada de Mason. Alzó una mano y la posó de un modo muy sensual en su pecho. Sus dedos entraron en contacto con la tela y siguió hablando, con un tono de voz más suave:

—Si necesitas cualquier cosa, puedo ayudarte. A encontrar espónsor o a los mejores entrenadores de la ciudad. Tengo muchos contactos. O, si no, para otra cosa. Para lo que desees…

Mason la miró de soslayo. La expresión de su rostro se mantuvo imperturbable cuando Clementine lanzó un suspiro y lo miró directamente a los labios.

A continuación, ella alzó una mano y la posó encima de la de él. La estrechó, y cuando la distancia entre ambos ya era insignificante, vi que él se le aproximó aún más.

Acercó su rostro al de ella, con los labios a unos milímetros de su piel.

—Hay algo que sí deseo… —le susurró al oído—, pero no es nada que tú puedas darme.

Le apartó la mano y la dejó a un lado.

El estómago me dio un vuelco cuando vi que Mason empezaba a quitarse las vendas que le envolvían los nudillos. Clementine se volvió de golpe, con los ojos muy abiertos.

—¿Eso es todo lo que tienes que decirme? —preguntó, molesta.

—No —respondió Mason sin volverse—. Cierra la puerta cuando salgas.

En ese momento me gustó más que nunca ese carácter suyo tan rudo y singular. Podía ser muy directo cuando quería, eso era algo que yo sabía muy bien.

A través de la rendija de luz vi cómo le temblaban las manos a Clementine.

—¿Tanto te molesta que me interese por ti? —inquirió, furiosa y herida en su amor propio.

—Al contrario. Ni siquiera he vuelto a pensar en ello. —Mason empezó a crujirse los dedos rítmicamente, pero se detuvo de pronto, y añadió, esta vez en un tono más suave—: Ya te lo dije en la fiesta. Creía que lo habías entendido.

No podía apartar la vista de su ancha espalda. Me sentía demasiado feliz para hacerlo. La esperanza era una flor que ahora empezaba a brotarme por todas partes, en los huesos, en la respiración, y a partir de ese momento, yo solo viviría a través de esa esperanza.

Miré a Clementine, segura de que se habría dado por vencida, pero lo que vi fue algo muy distinto.

Sus ojos rezumaban una especie de emoción corrosiva. La chica sofisticada de antes había desaparecido, y su cuerpo estremecido de rabia era como una tormenta a punto de desatarse.

—Oh, ya, ahora lo veo claro —masculló entre dientes—. Es por ella, ¿no?

Parecía un demonio furioso, aunque de una gran belleza. Apretó las uñas, y Mason movió apenas la barbilla en su dirección.

—No sé de qué me hablas.

—No finjas —le espetó colérica—. Ni se te ocurra prolongar esta farsa conmigo. Desde que llegó esa chica…, esa canadiense —escupió con rencor—, ni siquiera has vuelto a mirarme.

Percibí una animadversión casi enfermiza en su voz. Sabía que Mason nunca le había prestado la atención que ella decía haber recibido. Por primera vez vi a la Clementine de verdad; el deseo posesivo que sentía por él era un veneno que ella misma había ido alimentando.

—¿Acaso crees que estoy ciega? Puede que los demás sean lo bastante estúpidos como para habérselo tragado, pero yo no. Yo te he visto —dijo con voz silbante—. He visto cómo la miras. ¿Acaso pensabas que no me había fijado en las miradas que le lanzas a la salida del instituto? ¿O en cómo actuaste cuando la socorriste en aquella playa, gritándoles a todos que ni siquiera respirasen cerca de ella? ¿Crees que no sé —añadió con rencor— que esa tía no es tu prima?

Una espina de hielo se me hincó en el esternón. Los músculos de Mason se pusieron rígidos, tensando la tela de su camiseta blanca.

—Ya ves —susurró satisfecha—. No me lo creí ni por un instante. Tu madre no tiene ninguna hermana. Y ella tiene mucho que esconder, ¿no es así? Supura mentiras, se revuelca en ellas como un animal —masculló—. Les ha mentido a todos, sin el menor decoro. Ayer era a ella a quien querían. Pueden decir lo que les dé la gana, pero a mí no me cabe la menor duda. Y ya sabes que lo tengo muy fácil para contárselo a la prensa. —Esbozó una sonrisa sádica, y una luz demente brilló en sus ojos—. Si todos supieran que lo que pasó fue por su culpa…, ¿te imaginas qué sucedería? Apuesto a que se la comerían viva. La harían pedazos. Oh, me gustaría ver cómo la mirarías entonces. Si seguirías corriendo tras ella como hiciste en la fiesta, o la verías de una vez por todas como la sucia, puta asquerosa que…

De pronto se oyó el estallido de un golpe tremendo.

Clementine se sobresaltó y dio un paso atrás, asustada.

La mano que había golpeado con tanta violencia la taquilla seguía irradiando una fuerza despiadada e incontenible.

—Déjala en paz —dijo entre dientes en un tono de voz perentorio que resonó por todo el cuarto.

Ella se lo quedó mirando, sorprendida por su reacción. Entornó los ojos, exudando un odio irracional por todos los poros de su piel.

—Así que estaba en lo cierto —arremetió con el mismo tono acusatorio, dispuesta a destrozarme—. Yo tenía razón, tú la…

—¡Ella me importa un huevo!

Me sobresalté. Su voz retumbó como un trueno, fustigándome la piel.

Mason se volvió, haciendo vibrar el aire con su arrolladora presencia, y le lanzó una mirada incendiaria a Clementine.

—¿Quieres la verdad? Pues yo te la diré —anunció, como si las palabras que estaba a punto de pronunciar le causaran auténtica repugnancia—. Desde el momento en que puso un pie en mi casa solo he deseado que desapareciese. Ella, su ropa y todo aquello de lo que se apropió sin permiso. ¿Crees que desde entonces ha cambiado algo? ¿Crees que siento alguna clase de afecto por ella? La única cosa que siento cuando la veo es lástima —soltó con cara de asco—. Si sigo tolerando su presencia es únicamente por mi padre. Solo por él, con la esperanza de poder recuperar algún día la vida que teníamos antes de que ella se metiera en medio. Pero no la soporto. Todo en ella me saca de quicio, y si piensas lo contrario, es que no has entendido una mierda.

«Está mintiendo —me susurró desesperadamente el corazón—. Está mintiendo, no es lo que piensa realmente…».

—Solo lo dices para protegerla —masculló Clementine fuera de sí.

—¿Protegerla? —Mason alzó una comisura del labio, y el cruel sarcasmo de sus palabras me dolió como una bofetada—. He fingido acercarme a ella solo para recuperar lo que es mío. He fingido que la aceptaba porque no podía hacer otra cosa. ¿De verdad te has creído que me importa lo más mínimo? Solo deseo que llegue el día en que por fin regrese al lugar del que ha venido y yo pueda volver a mi vida de antes. Pero no quiero que mi padre se vea metido en problemas. Deja a mi familia al margen de esta historia.

—¿Y esperas que te crea? —balbució, confusa y disgustada, a juzgar por la expresión de su rostro—. ¿Crees que solo con eso me harás cambiar de idea?

Al oír aquellas palabras, el rostro de Mason se ensombreció. Fue impresionante: sus iris se transformaron en sendos abismos, dos espejos oscuros que reflejaban una cólera primordial. Se le acercó, envuelto en una suerte de aura subyugadora y temible que se propagó a través del aire.

—Tú eres como ella… Eres como mi madre. Vuestro egoísmo enfermizo me provoca náuseas.

Llegó hasta donde ella estaba, ensombreciéndola con su imponente presencia, y Clementine tragó saliva.

—Me trae sin cuidado lo que creas o lo que dejes de creer. Pero si me entero de que haces algo, por poco que sea, que le cause algún problema a mi familia… —El furor de su mirada habría hecho estremecerse a cualquiera—. No tardarás en comprobar que has cometido un grave error. Mantente alejada, porque no volveré a repetírtelo. Ella me importa tan poco como tú. Solo espero que llegue el ansiado día en que la vea desaparecer y regrese al rincón del mundo del que procede. De una vez para siempre. ¿Te ha quedado claro ahora? —le soltó sin ambages—. No la quiero aquí, no la he querido nunca y no la querré en el futuro.

Di un paso atrás. Tuve exactamente la misma sensación de las otras veces: el crujido en el pecho, el hielo, la luz extinguiéndose en mis pupilas vidriosas.

Así era como sucedía. Todo vibraba, se empañaba, se hundía en la oscuridad.

Las tinieblas me devoraron como si fueran las fauces de un monstruo inmenso. Aquellas palabras me arrebataron el coraje, la fuerza, la vida. Me lo arrebataron todo.

Me ahogué en mis propios dolores, y las lágrimas me ofuscaron la visión.

Vi repugnancia en el rostro de Mason, y aquello me provocó una terrible sensación de rechazo que me destrozó por dentro.

No podría volver a soportar aquella mirada. No si era él quien me miraba de esa forma.

Entorné los ojos y lo miré de nuevo. De pronto me sentí desgarrada ante la idea de tener que permanecer siempre así, atrapada entre gritos, golpes y palabras llenas de odio que ya no podía soportar.

Teniendo que aguantar una y otra vez la frialdad de aquellas miradas… «No —dije para mis adentros mientras mi mundo se tambaleaba—. Te lo suplico, basta».

«Soporta», gritó el dolor, como si estuviera condenada a una pena eterna…, pero no, esta vez no. Ya no quería seguir soportando más.

Noté cómo mi cuerpo daba media vuelta. Una fuerza destructiva se apoderó de mí y me arrebató todos los colores. Mis piernas ya no me pertenecían, mi respiración ya no era la mía. Di con la salida de emergencia un poco más adelante, abrí las puertas y el cielo se abrió a su vez sobre mi cabeza.

Alcé la mirada, agarrada a la puerta. Mi propia oscuridad me cubrió como un moretón, pintó en mi alma el deseo desesperado de sentirme parte de algo.

No quería seguir estando allí. No había nada para mí. Nunca había habido nada para mí.

Tendría que haberlo sabido desde el principio. Mi casa solo podía estar allí donde estaba él. Esa era mi verdadera casa.

Me alejé de la puerta y, sin ser consciente de lo que hacía, corrí afuera.

Corrí sin siquiera atreverme a mirar atrás.

Corrí como solo lo hacía de pequeña, cuando huía a refugiarme entre los brazos de mi padre.

Y mientras el mundo se derrumbaba a mi alrededor, acumulándose hasta formar un caos de hielo en torno a mi corazón, comprendí que el único lugar al que pertenecía era también el único que no debería haber abandonado nunca.

Mi tierra.

Mi verdadero lugar.

Canadá.

24

*Hiraeth**

Nunca había sido una persona desconsiderada.

Nunca había obrado de forma impulsiva o insensata, en mi vida no había habido desórdenes. Siempre había preferido encerrarme en mí misma a evadirme.

Yo era así.

Y ahora me preguntaba cómo había podido cambiar tanto desde que faltaba mi padre.

Me preguntaba si él sería capaz de reconocerme en aquella chica gris, con el rostro marcado, que miraba el mundo desde la sucia ventanilla de un autocar.

Llegué a casa de John tan deprisa que casi no me di cuenta.

Tenía recuerdos confusos de aquel momento: las escaleras, mis manos cogiendo la mochila y llenándola con cuatro cosas: documentos, ropa, mi cuaderno, todo el dinero que tenía. Y por último, una botellita de agua y el álbum de papá.

No era capaz de sentir nada. Ni siquiera cuando dejé aquella nota apresurada sobre la mesa de la cocina. O cuando empezó a llover y me subí al primer autocar que pude encontrar con destino a Fresno.

Volvía a ser aquella muñeca cosida con distintos retales, sentada junto a la asistente social a la mesa de un restaurante.

---

* Palabra galesa que se emplea para expresar la sensación de nostalgia o añoranza por un lugar, una situación o una persona pertenecientes a un pasado que puede ser tanto real como imaginado. Se trata de un sentimiento difícil de definir, equiparable a la *saudade* portuguesa o la morriña gallega. *(N. del T.)*

No era consciente de lo lejos que estaba mi casa. Había tenido que tomar cinco autocares y un tren, solo para llegar a la frontera con Canadá.

Dormí un par de veces bajo las marquesinas de las terminales de autocares. Pero conforme iba avanzando etapas, el viento era más fresco y punzante, y por las noches sentía cómo me mordía los tobillos, acurrucada en los asientos metálicos de las paradas.

Entre los recuerdos difusos de aquellas horas estaban las innumerables llamadas de John. Y los mensajes, al principio confusos, y después cada vez más angustiados, que se habían ido sucediendo sin tregua hasta devorarme la batería.

El sentimiento de culpa me rompía el corazón cada vez que me imaginaba su cara al no encontrarme por ninguna parte. El dolor me corroía, pero solo fui capaz de mandarle un patético «Estoy bien» antes de que el móvil se descargase completamente.

No me había sentido tan vacía en toda mi vida.

Y encima, a la hora de cruzar la frontera surgió un problema.

El autocar se detuvo, los agentes de la policía fronteriza empezaron a revisar la documentación de los pasajeros, y finalmente llegaron a mi asiento.

—Los menores de edad no pueden viajar solos —dijo uno de ellos, mirándome con severidad.

Me hicieron descender y me retuvieron en las oficinas, donde otra agente examinó mi documento de identidad. También me pidió el pasaporte y me preguntó adónde me dirigía y los motivos de mi viaje, mientras revisaba con ojo clínico mi cédula de ciudadanía.

Le expliqué que solo estaba regresando a casa.

—Los menores no pueden viajar solos —repitió mientras inspeccionaba el visado de expatriación y repatriación expedido por la Autoridad Canadiense que acompañaba mis documentos.

Pero yo venía de allí, y allí había nacido y crecido. No era una extranjera, solo estaba desandando el camino. Aquel era mi país a todos los efectos.

Llegados a aquel punto, ya llevaba más de treinta horas de viaje. Y me había pasado otras dos en aquella oficina, convenciendo a la agente de que la documentación estaba en regla.

Finalmente, tras las comprobaciones de rigor y un montón de preguntas más, me permitieron seguir con mi viaje.

Necesité dos días más para llegar al lejano territorio del Yukón. Pasé el tiempo de espera entre un autocar y otro acurrucada en la sala de espera, con la capucha de la sudadera puesta y la visera de la gorra calada. Mirando a los sintecho que rondaban por las paradas, me sentí más identificada con ellos de lo que me gustaría admitir.

Pero todo cambió en cuanto aquel paisaje tan familiar empezó a desfilar ante mis ojos.

Cuanto más me adentraba en el norte, más bosques de un verde profundo iban apareciendo. Las gotas de lluvia centelleaban en las ramas, como fragmentos de vidrio a contraluz.

Y un sol de cristal relucía en las laderas, entre nubes blancas y montañas de nieve.

Aquel era mi Canadá.

Por fin… estaba en casa.

El aire te picoteaba la piel. Tenía un sabor distinto, «ese» sabor. Una ráfaga imprevista me embistió, bajé los párpados e inspiré profundamente. Me llené los pulmones de aquel viento, y entonces me percaté de cuánto lo había echado de menos.

Había vuelto de verdad.

Sentí cómo la tierra crepitaba bajo mis pies mientras enfilaba el camino. Todo el rato tenía la sensación de estar moviéndome como una marioneta descoyuntada que arrastraba sus hilos rotos. De cada hilo pendía una añoranza, pero, mientras avanzaba por entre aquellas montañas que conocía tan bien, sentí que allí podría recomponerme.

Todo aquello estaba hecho a medida para mí.

Era mi mosaico perfecto.

En un momento dado alcé la vista. El camino se bifurcaba, retorciéndose como una cinta en medio de la nieve. Y allí, justo allí, se encontraba la senda sin asfaltar de mis recuerdos.

Nada había cambiado. Nuestra pila de madera, la *pick-up* cubierta con la lona encerada, el buzón incrustado de herrumbre.

Y más allá, la cabaña de troncos, al fondo, encajada en el bosque de alerces. Inmóvil, intacta, como la última vez que la vi.

Por un instante perdí el sentido de la realidad.

Me trasladé a cuando llegaba a casa de la escuela y a través de las ventanas se distinguía el salón. Las galletas se estaban cociendo en la estufa de leña, y en el aire flotaba un aroma a jengibre.

Él estaba allí, todavía con fuerzas suficientes para cortar leña. Llevaba el jersey arremangado hasta los codos, y el halo de su aliento lo hacía más real que nunca. Lo hacía más vivo.

Me quedé sin respiración.

Una sombra se movió tras una ventana. Abrí los ojos de par en par, y una esperanza ardiente e irracional palpitó febrilmente en mi pecho.

Empecé a correr hacia la casa, tropezándome varias veces en el sendero. La mochila me golpeó la espalda mientras sacaba el manojo de llaves y, una vez en el porche, introduje la que correspondía en la cerradura.

Abrí la puerta, conteniendo la respiración.

Él se volvía al oírme, estaba delante de la estufa. Llevaba los rizos desordenados, como siempre, y sus ojos brillaban sonrientes al mirarme.

—*Bienvenida, Ivy.*

Una espesa cola se deslizó entre las sombras. Un mapache correteó por encima de un mueble y se escabulló a través del agujero de una ventana rota.

Me quedé en el umbral, rodeada de silencio.

Transcurrido un instante, solté el tirador. Me llevé las manos al costado, como si por un momento hubiera creído realmente que iba a encontrar a alguien.

Di media vuelta lentamente. Cerré la puerta y observé las tablas del porche, donde solo había huellas de una única persona: yo.

Él no estaba allí.

El viento soplaba entre las losas, trayendo consigo el olor de la tierra y de la nieve.

A mi alrededor, una vez más, reinaba el silencio.

El colgante me acarició la piel mientras observaba la lápida blanca.

Recordándome que él había estado allí.

Que una vez lo tuve a mi lado.

Que lo que me destrozaba el pecho no era una locura. Aunque

el mundo siguiera su curso, había existido una vida en la que él estaba conmigo.

No me atreví a tocarla. Temía que se hiciera añicos si la acariciaba. Me quedé allí, frágil e inútil, mirando a mi padre y los galantos que le había llevado.

Intenté mostrarle la fuerza que siempre había visto en mí, pero lo único que conseguí fue recordar la imagen que tenía de él siendo niña.

Me decía: *«Mira con el corazón»*, y sentí cómo me temblaban los párpados.

Él se inclinaba delante de mí, y yo caí de rodillas ante él.

Me apretaba la mano, y yo estrujé la gorra, con la frente reducida a un laberinto de surcos.

Habría querido decirle que estaba allí. A su lado.

Que había tratado de salir adelante, pero que todo me gritaba su ausencia. Me gritaba el viento, me gritaban las nubes, me gritaba cada recuerdo que tenía de él.

Había sido una estúpida.

Mi casa solo podía estar allí donde estaba él. Mi padre había muerto, y Canadá no volvería a tener los mismos colores. Nada volvería a ser como antes. El vacío que me había dejado era demasiado grande como para poder llenarlo con una casa de troncos. Mientras me encontraba allí sollozando, acurrucada junto a su lápida, me pregunté si habría alguna esperanza de poder darle por última vez todo cuanto tenía.

Él siempre había sido mi sol.

Mi astro en la oscuridad.

Ya no podría brillar de nuevo.

Me despertó el viejo guarda del cementerio.

—No puedes estar aquí —me dijo, poniéndome una mano en el hombro.

Me sobresalté, y lo miré con los ojos hinchados y enrojecidos. Me preguntó si necesitaba algo, si podía ayudarme, pero yo me puse en pie y me sacudí la ropa, demasiado avergonzada para responderle. Me alejé en medio de aquel frío punzante, con los labios agrietados y la sal de las lágrimas reseca en las mejillas.

Cuando regresé a casa, las tablas del porche crujieron bajo mi peso. Entré con gestos mecánicos y dejé la mochila tirada en el suelo.

Estaba todo como lo había dejado. El suelo tenía una capa de polvo. Unas telas blancas cubrían los sofás, y las ventanas cerradas proyectaban en el ambiente una penumbra brumosa y lúgubre. Entré en mi habitación. El colchón estaba tapado con un plástico; cogí mi mochila y me instalé en la habitación de mi padre.

Todo resultaba tan familiar… y, sin embargo, la magia de mis recuerdos no parecía la misma. Había quedado sepultada bajo capas de grisura y abandono.

¿Qué me había imaginado? ¿Que iba a vivir allí, sola?, ¿que volvería a retomar mi vida como si nada hubiera cambiado?

Observé la casa vacía. Nos vi de nuevo a ambos sentados a la mesa, con una taza de chocolate en la mano y aquella luz cálida que difundía el hogar mientras escribíamos mensajes en pedazos de papel.

De pronto, me embargó una antigua determinación. Apreté los dedos, y en mis ojos devastados brilló una ardiente obstinación.

Me quité la gorra y la dejé encima de la cama. A continuación, me recogí el pelo con una goma y me puse manos a la obra. En primer lugar, bajé al sótano. Hallé el cuadro general, pulsé el interruptor del agua y de la electricidad, y después fui hasta la estufa. Introduje dos gruesos troncos, encendí el fuego, cerré el portillo y volví arriba.

Retiré las sábanas, abrí las ventanas y dejé que circulase el aire. Luego me puse a limpiar. Barrí el suelo, quité el polvo de la chimenea, de la cocina y del salón. Hice lo mismo con el resto de la casa. Tardé varias horas, y una vez concluido el trabajo, me detuve a contemplar el resultado.

Enfrente tenía la sala de estar, ahora cálida y llena de luz. A la izquierda, la amplia zona de la cocina perfectamente limpia, y la isla de roble, que le daba un toque rústico y sugerente a aquella esquina. A la derecha, el sofá de piel con su mesita y la mullida alfombra de lana roja, todo ello contrastando agradablemente con la madera oscura que predominaba en la casa. La gran chimenea de piedra dominaba el espacio y aportaba al conjunto un toque de simplicidad y confort.

Un buen número de velas y de marcos de cuadros reavivaron la atmósfera de la cabaña, recreando el aura acogedora que seguía presente en mis recuerdos.

Ahora todo estaba como antes.

Fui al baño y me desnudé. Reprimí un escalofrío cuando el agua fría brotó de la ducha, pero me armé de valor y entré igualmente. Habría que esperar un poco hasta que la estufa hiciera su trabajo. Me libré de la suciedad acumulada durante los días de viaje, del sudor y del polvo, y salí como nueva.

Me vestí con ropa que había dejado en el armario: una camiseta térmica, un suave jersey gris perla con las mangas acampanadas y unas mallas ajustadas. Me puse el plumón, me calcé las botas altas hasta las rodillas, y una vez en el porche me puse los mitones de fibra.

El cielo era un manto de plata. Unas salpicaduras de nieve solidificada blanqueaban aquí y allá la tierra y las puntas de los árboles.

Retiré la cubierta de la *pick-up* y probé a ponerla en marcha. La batería se resistió. Con aquel frío era algo que sucedía a menudo, así que yo ya sabía qué hacer en esos casos: tuve que coger el cargador y las pinzas del cobertizo que había detrás de la casa, y al cabo de unos minutos logré arrancarla.

Fui a la ciudad a hacer algunas compras. Mi padre me había dejado todo el dinero que teníamos, pero en cualquier caso debería buscar el modo de apañármelas por mi cuenta. Hubo gente que se me quedó mirando, cuchicheando por lo bajo, preguntándose si realmente era yo, la hija de Nolton en persona, pero me calé la gorra a fondo y esquivé todas las miradas.

De vuelta en casa, me acogió una delicada sensación de calidez. Puse en su sitio la leche y el resto de las cosas que había comprado, y de pronto me acordé del móvil.

Cuando logré encenderlo de núevo, una cascada de notificaciones llenó la pantalla: encontré llamadas perdidas de Carly, de Fiona y varios números desconocidos.

Me mordí los labios y le envié otro mensaje a John. Sabía que tarde o temprano tendría que hablar con él. No podía dejarlo así, no después de lo que había hecho. No había obrado bien marchándome de aquel modo, sin decirle nada, y el remordimiento me atormentaba. Habría querido explicarle que todo estaba bien, que no era culpa suya. Que él había hecho todo cuanto estaba en su mano por mí, y que era la última persona en el mundo a quien yo querría herir. Opté por escribirle, y esperaba que comprendiese que estaba siendo sincera.

Un poco más tarde, cuando estaba desempolvando la escopeta sentada a la mesa, debajo de la ventana me pareció como si…

Un ruido imprevisto me hizo alzar la cabeza.

Supuse que había oído mal, pero al cabo de un instante me pareció escuchar un crujido que no encajaba con los apacibles sonidos del bosque. Tal vez el mapache de la mañana volvía a estar por los alrededores. Suspiré y me prometí a mí misma no dejar la basura fuera, o de lo contrario no habría manera de echarlo.

Volví a lo que estaba haciendo: pasé un trapo por el cañón y le di la vuelta a la escopeta. De pronto me sobresaltó un golpe violento.

Fue tan inesperado que el paño se me cayó de las manos. Permanecí inmóvil, con los ojos muy abiertos y los dedos contraídos sujetando el arma.

Cuando volví a oírlo, el corazón se me disparó. Aparté bruscamente la silla y me puse en pie, porque, o bien en el exterior había un mapache de dos metros, o bien era un puñetero oso el que intentaba entrar.

Empuñé la escopeta, y en aquel preciso instante se abrió la puerta.

El olor del bosque entró con una fría ráfaga de aire, y ante mis ojos petrificados se materializó una figura imponente. Llevaba una mochila a la espalda y un gorro de lana, pantalones con bolsillos laterales, botas militares negras y una parka del mismo color. Cruzó el umbral con pasos pesados y una bufanda cubriéndole la nariz.

Y en cuanto nuestras miradas se encontraron, mi corazón dejó de latir.

Sentí que el mundo se tambaleaba y la lengua se me convertía en piedra.

No era posible…

—¿Mason? —susurré incrédula.

Estaba tan consternada que no podía moverme, incapaz de creer lo que tenía delante.

No, era imposible que estuviera allí.

Yo estaba en el Yukón, en mi casa, a cientos de millas de él. Aquello era una ilusión. La más inconsistente y embrujadora ilusión que podría imaginarme…

Mason miró a su alrededor. Sus ojos felinos escrutaron lentamente aquel ambiente desconocido, y por fin se bajó la bufanda.

Distinguí el beso del hielo en sus pómulos, los labios enrojecidos por el aire de la montaña, y sentí que el alma se me escapaba del cuerpo.

Era real.

No eran imaginaciones mías, como me había sucedido con mi padre. Mason estaba en Canadá, en el umbral de mi casa. Y cuando por fin me miró directamente a los ojos, ya no me cupo la menor duda de que lo tenía delante.

—¿Qué estás haciendo aquí…? ¿Cómo…? —farfullé mientras él avanzaba hacia mí con su imponente estatura.

Observó de soslayo la comadreja disecada que reposaba encima de la chimenea y, cuando finalmente se decidió a hablar, el sonido de su voz acabó de despejar cualquier duda que aún pudiera albergar.

—Faltaban todos tus documentos —murmuró sin andarse por las ramas—, incluidos los visados de expatriación y repatriación que trajiste contigo cuando llegaste. Estaba claro que te servirían para pasar el control de fronteras. ¿Adónde podrías haber ido si no?

No me saludó, solo me dijo aquellas palabras, como si fuera lo más normal del mundo irrumpir de pronto en el salón de mi casa.

Era surrealista.

Me lo quedé mirando sin articular una sola palabra, presa de un monumental desconcierto. Tenía el cuerpo entumecido y la mente alborotada, de pronto me sentía como si no estuviera en este mundo.

—¿Qué… Qué has venido a hacer aquí?

Mason fijó sus ojos en los míos. Me miró con decisión, y ese gesto me alborotó el alma.

—Creo que es obvio. He venido para llevarte de nuevo a casa.

Tuve la sensación de que un gran vacío acababa de succionarlo todo. Me quedé inmóvil por un instante, como si acabara de dispararme.

Pero al momento… una emoción violenta estalló en mis venas y me puse a temblar, aunque esta vez no era a causa del estupor.

Mason estaba allí. Aquella certeza se solidificó bajo mi piel; los recuerdos me inflamaron el estómago y le lancé una mirada incendiaria.

—Ya estoy en casa.

Aparté la vista de él y me dirigí hacia la puerta. Pasé por su lado a grandes zancadas, pero de pronto sentí que me sujetaban firmemente del codo.

—¿Adónde te crees que vas? —me preguntó, cerrándome el paso, pero yo me liberé de su presa dando un fuerte tirón y lo miré directamente a los ojos, furiosa.

—Será mejor que vuelvas por donde has venido. Tu presencia aquí no tiene ningún sentido. Has hecho el viaje en vano.

—Me parece que no lo has entendido —respondió, enfatizando exasperantemente cada palabra. Se me acercó más, y por su mirada cortante percibí que estaba alterado—. ¿Tienes idea del susto que le has dado a mi padre? Desapareciste sin decir nada. ¡Nos pasamos horas buscándote antes de encontrar aquella nota en la cocina! ¿Se puede saber qué bicho te ha picado?

Empuñé la escopeta con más determinación. Mason se quedó inmóvil. Contrajo la mandíbula y desvió la vista hacia mi mano. Pero al instante volvió a mirarme a los ojos.

Le sostuve la mirada con obstinación.

—Estoy exactamente donde quiero estar. John se ha equivocado enviándote aquí, tú eres la última persona que podría convencerme de dar marcha atrás —dije entre dientes, más herida de lo que habría querido—. Después de todo, eso es lo que siempre has querido, ¿no? —Me pareció ver un destello en su mirada; entorné los ojos y descargué toda mi rabia en él—. Querías recuperar tu vida de antes. Querías librarte de mí. Pues bien, te felicito, Mason —concluí—: Te has salido con la tuya.

Lo dejé a un lado, pero esta vez le di un golpe con el hombro. Esperaba derrumbarlo, hacerle daño, pero la única que se desmoronó fui yo. Me convertí en un laberinto de grietas abiertas en aquel único punto de contacto. Apreté los labios en un último esfuerzo por no venirme abajo.

Me eché la correa de la escopeta a la espalda y apreté los puños mientras los pocos jirones de alma que él aún no me había arrancado palpitaban como estrellas moribundas.

—Vete —le espeté sin ni siquiera volverme—. No quiero encontrarte aquí cuando vuelva.

Me alejé hacia el bosque, con un nudo obstruyéndome la garganta. Lo dejé atrás de una vez por todas, tratando de ignorar la llamada que sentía en mi pecho.

Había acariciado la esperanza, y eso me había hecho frágil.

Había conocido el amor, y me había destruido el corazón.

Y por fin había comprendido algo: en el mundo existen mil formas distintas de morir.

Las que te matan por fuera, y las que te matan por dentro.

Pero solo hay una que lleva grabado tu nombre.

Y palpita en el pecho de otra persona.

25

Conmigo para siempre

Como era de esperar, Mason no me escuchó.

No solo no se marchó, sino que vino tras de mí.

Oí sus pasos entre los arbustos, a mi espalda, mientras me internaba en el bosque. Pero mantuvo una distancia prudencial, como si el animal peligroso e indeseable fuera yo.

Seguí caminando hasta que llegué a la extensión de hierba que se abría en los límites del bosque.

Avancé con decisión entre las briznas quemadas por el frío y cuando di con un buen emplazamiento, arranqué la punta de una hierba y la froté entre los dedos hasta desmenuzarla. Comprobé en qué dirección soplaba el viento, y esperé.

Tuve que esperar un rato antes de ver movimiento, y en cuando advertí que la vegetación vibraba, me preparé. Un par de gansos alzaron el vuelo, y a continuación se oyó la explosión de dos disparos. El eco ascendió por las montañas, levantando bandadas lejanas.

Vacié el cañón con un chasquido, y los cartuchos cayeron al suelo. Los recogí, y en ese momento me envolvió una ráfaga de viento.

Era como si la tierra me acogiera y el aire se amoldara a mí.

Mi alma había sido forjada por aquel cielo, atemperada por aquella brisa, y nada podría romper ese vínculo.

Percibí una sensación extraña en la nuca; apoyé la escopeta en el hombro y me volví.

Lo vi en el límite de los árboles. La sombra de las ramas le ocultaba parcialmente el rostro, pero tenía las pupilas fijas en mí.

Le devolví la mirada por encima del cañón, con el pelo ondeando al viento.

«Es Mason», me susurró el corazón. Y recordé cuánto había deseado que me viera así. Cuánto había deseado que me conociese de verdad. Que conociera a mi verdadero yo…

Aparté la mirada, reprimiendo una desagradable sensación de calor en el pecho. Aquel instante de fragilidad reafirmó mi determinación.

No pensaba permitirle que me debilitara.

No de nuevo.

Concluí mi trabajo y me dispuse a volver por donde había venido, pasando por su lado sin mirarlo. Me colgué la escopeta en bandolera y cargué los gansos en la trasera de la *pick-up*, convencida de que finalmente había hallado un pretexto para librarme de él.

O eso pensaba, hasta que Mason se sentó a mi lado en la camioneta. Se acomodó casi como si yo se lo hubiera pedido, y cerró la puerta con la arrogancia de quien no piensa dejar que eviten su presencia.

Me aferré al volante, tratando de controlarme. Me hubiera gustado echarlo fuera a patadas, pero sabía que la estrategia más adecuada era la indiferencia.

Mason no soportaba que lo ignorasen, lo sacaba de quicio. Él debía recibir la consideración que creía merecer, formaba parte de su carácter prepotente y orgulloso.

Bien, pues se iba a enterar.

Puse la marcha y partí. Durante todo el trayecto procuré ocultar mi irritación frunciendo el ceño y concentrándome obsesivamente en la carretera.

Fui más dura de lo que pensaba que sería capaz.

Mason tenía la extraordinaria capacidad de «oler» incluso a través de la muralla de ropa en la que se había atrincherado, y tuve que bajar la ventanilla, molesta, optando por la congelación antes que por su inconfundible perfume.

Incluso se atrevió carraspear en señal de protesta, pero en ese instante el coche pilló un bache «accidentalmente» y se golpeó la cabeza con el techo.

Me lanzó una mirada furibunda mientras yo me concentraba

en tomar con total alevosía todos los socavones que surgieran en la carretera.

Cuando llegamos a la ciudad, aparqué el coche delante del colmado y me bajé dando un portazo. Y él tuvo el valor de hacer otro tanto.

Entré y dejé los gansos en el mostrador, a la espera de que el dueño me pagase. Conté los billetes con los dedos y me los guardé en el bolsillo.

—¿Piensas seguir mucho tiempo sin dirigirme la palabra? —oí que preguntaba con cierto nerviosismo en la voz.

«Hasta la muerte», dije para mis adentros mientras abría la puerta de la *pick-up*. Pero, de pronto, una mano surgió por encima de mi hombro y volvió a cerrarla con fuerza.

—Quisiera saber hasta cuándo vas a seguir fingiendo que no existo.

—Hasta que te vayas —le repliqué, tratando de volver a abrir la puerta.

Pero Mason me lo impidió de nuevo. Seguía estando a mi espalda, inmovilizándome con el agradable calor de su cuerpo.

—Date la vuelta.

Sentí como si una fuerza invisible me encadenase, con esa especie de poder que él irradiaba solo cuando estaba cerca de mí. Introduje la llave con tanta fuerza que temí romperla. Su voz ronca ejercía un irresistible poder de persuasión, hasta el punto de tocarme el alma y de leer en ella mis deseos más profundos.

—Ivy. —Y repitió—: Date la vuelta.

—Ya te lo he dicho —mascullé, esforzándome para no temblar—. Quiero que te marches. No tengo nada más que añadir.

—¿De verdad? —me susurró al oído con voz profunda.

Sentía tal urgencia por liberarme de él que le asesté un codazo. Mason se dio la vuelta, y entonces, sin saber adónde huir, entré directamente en el pub de Joe.

Una oleada de calor me embistió, desplazándome algunos mechones a ambos lados del rostro. Al instante me llegó aquel olor acre e inconfundible a malta, a madera y al cuero de las sillas.

Había numerosos trofeos de caza y fotografías de finales del siglo XIX tapizando las paredes: folletos y viejos carteles que daban fe de los años en que Dawson fue el símbolo de la fiebre del oro. También había un sinfín de letreros de neón constelando las paredes y, coronando la barra, una gran cabeza de ciervo dominaba el espacio, junto con el silbido de los tiradores de cerveza de barril que burbujeaba en el aire.

No había cambiado nada.

—¡Ivy!

Alcé la vista y me encontré frente a dos ojos abiertos de par en par. Un rostro pecoso me observaba sorprendido.

—¡No me lo puedo creer! ¿De verdad eres tú?

Casi me había olvidado de que aquello no era California. Estaba en casa, y allí nos conocíamos todos.

Mandy trabajaba en el pub de Joe desde hacía bastante tiempo. Era unos años mayor que yo, y por eso no habíamos coincidido en la escuela, pero en las raras ocasiones en las que habíamos hablado siempre se había mostrado muy cordial.

Recordé que, cuando íbamos allí, mi padre siempre me animaba a hacer amistad con ella; Mandy era amable, y se le notaba una madurez que las otras chicas no tenían.

—Joe me dijo que hoy te había visto —me comentó, sujetando la bandeja—. Pero ¡maldita sea, ese viejo tuerto está más loco que un reno! ¡Pensé que me estaba tomando el pelo!

Me abstuve de hacer ningún comentario sobre la fiabilidad del viejo Joe, que, después de todo, hablaba por sí misma, y me limité a asentir con un gesto. Y, al parecer a Mandy mi respuesta le pareció aceptable.

—¡Por todos los hígados de oca! —exclamó—. Estaba convencida de que no volvería a verte por estos lares… ¡Tienes buen aspecto! ¿Te quedarás? ¿Cuánto tiempo? ¿Puedo ofrecerte algo de…?

Las palabras se esfumaron de sus labios. Abrió mucho los ojos, confusa, mientras se le dilataban las pupilas y en las mejillas se le formaban dos nubes de rubor.

No necesité oír cómo se cerraba la puerta para saber que acababa de entrar Mason.

Avanzó hacia nosotras. Mandy apretó la bandeja contra el pecho y miró atentamente por encima de mi cabeza.

—Hola —gorjeó—. Bienvenido a Joe's… Hum… ¿Una mesa?

Mason barrió el local con la mirada, sin alzar la cabeza, con expresión sombría: observó todo aquel cortejo de animales disecados que cubría las paredes, y por fin miró a la chica.

La examinó desde la sombra que proyectaban sus cejas, con los mechones de pelo sobresaliéndole por ambos lados del gorro; cuando se detuvo detrás de mí, Mandy se quedó alucinada.

—Es-espera… ¿Vais juntos?

Me encogí de hombros y le lancé una mirada furtiva a Mason antes de que ella se llevara una mano a la frente.

—Perdona, no me imaginaba que… —Sonrió y se alisó los pliegues del delantal—. Caramba… ¡Por favor, pasad! ¿Por qué no coméis algo? Estoy segura de que aún no habéis cenado. Hoy hay sopa de judías, pero si queréis un buen filete, ¡ayer Joe trajo una carne de oso que está para chuparse los dedos!

No pude ver con detalle la expresión de Mason, pero por el modo en que me miró, arrugando la nariz y con el ceño fruncido, intuí que se sentía asqueado, asustado y ultrajado al mismo tiempo.

—Mientras tanto podéis sentaros, si os apetece —nos propuso Mandy, y él, aunque a primera vista parecía que habría preferido dispararse en un pie, dejó de mirarme y le hizo caso.

Se dirigió hacia la mesa, probablemente sin tenerlas todas consigo, y, cuando yo me disponía a seguirlo, Mandy me retuvo.

—Por todas las gachas del planeta, Ivy —exclamó con aire conspiratorio—. ¿Quién es ese?

Tendría que habérmelo imaginado. Estaba claro que una cara nueva despertaría curiosidad en el lugar. Además, sin duda alguien como Mason no pasaba desapercibido.

¿Qué podía decir?

¿Que era un amigo? Por supuesto que no.

¿Un conocido? Eso ya estaba mejor.

¿El arrogante hijo de mi padrino, por quien profesaba un rencor exacerbado, solo comparable al deseo irracional que sentía de ver cómo se postraba a mis pies y me imploraba que procreáramos juntos un montón de niños rubios?

—Es Mason —me limité a decir, en vista de que la cosa no tenía remedio.

Después de todo, no dejaba de ser un resumen de lo más completo.

—Vaya un pedazo de semental —comentó con voz sibilante, apoyando una mano en la cadera—. Nunca había visto a uno como él por estos pagos. Entonces es vedad lo que dicen de California, ¿eh? Si son todos así…

«No, no lo son», me susurró mi voz interior, mientras mi mirada volaba hasta él.

Mason se quitó el gorro; sacudió la cabeza y yo me quedé embelesada contemplando sus hombros, el movimiento que hizo al pasarse la mano por la espesa melena, su boca carnosa y entreabierta.

Se me contrajo el estómago.

—¡Enhorabuena, Ivy! —exclamó Mandy al tiempo que me guiñaba un ojo y me daba una palmada en la espalda, logrando que me sonrojase violentamente.

Traté de farfullar algo, pero ella se me adelantó.

—¡Te ha sentado bien el cambio de aires! Estoy contenta. Sabes… —Se le apagó la sonrisa, y un velo de tristeza le enturbió la mirada—. Desde que pasó lo de Robert… Por cierto, no había tenido ocasión de decirte cuánto lo siento… —vaciló, y me miró con afecto—. Tu padre era una buena persona.

—Ya —suspiré, mirando hacia otro lado—. Gracias, Mandy.

Alcé una comisura del labio tratando de esbozar una sonrisa, pero me salió fatal.

Y ella me correspondió con un mohín cargado de ternura.

Pensé en lo feliz que sería mi padre si me viera hablar tanto con ella. Puede que hubiera ocultado su sonrisa tras un bigote de espuma de cerveza, sentado en la barra; se habría reído por el modo tan intenso que tenía de mirar a las personas, aunque me hablaran de cosas simples, y yo le replicaría que lo miraba todo de aquella manera por su culpa. Él, que me había enseñado tantas cosas, también había hecho que me acostumbrara a mirar el mundo como él lo hacía…

—¿Qué? —exclamé de pronto, volviendo a la realidad.

—Digo que te está mirando —cuchicheó Mandy—. Tu Mason… no te quita el ojo de encima. Quizá deberías ir con él.

Desvié la vista hacia donde estaba sentado.

Mason tenía un codo apoyado en la mesa y se estaba pasando una mano por la mandíbula, despacio. Cuando nuestras miradas se encontraron, él apartó la suya.

Me quedé unos instantes como embobada, hasta que Mandy

me dio un empujoncito; me guiñó un ojo y se alejó sin siquiera darme tiempo a explicarle que aquel antipatiquísimo, guapísimo chico que estaba sentado al fondo del local era de todo… menos mío.

Fui hasta donde estaba, y, aunque hacía apenas un momento le había dicho que se esfumara, dejé caer las llaves de la *pick-up* sobre la mesa y me senté yo también.

Me desabroché el cuello de la chaqueta e hice el gesto de quitármela, pero sin querer le di un pequeño golpe a la persona que tenía detrás.

—¡Por todos los demonios! —gruñó alguien—. Maldita sea, ¿por qué no tienes más cuidado?

Reconocí aquella voz sin necesidad de pensar. Cerré los ojos y rogué haberme equivocado, pero a esas alturas ya había aprendido que los rezos nunca funcionan cuando se trata de tener suerte.

—Que me parta un rayo —oí a mi espalda—. ¿Nolton?

Y al instante deseé que Mason no estuviera allí.

—¡Chicos, mirad quién está aquí! —anunció Dustin a voz en grito—. ¡Cubito Nolton ha vuelto al redil!

Sus amigos se rieron y silbaron, secundándolo. Volví a ponerme el anorak, ignorándolo, pero él se puso en pie y se plantó delante de nosotros.

—¿Quién nos lo iba a decir, eh, Cubito? ¿Qué pasa, así que has vuelto y no nos saludas?

Dustin era uno de los rostros que tenía más presente en mis recuerdos. De pequeño era un niño gordo, con la sonrisa torcida y unas ganas increíbles de hacerme llorar. Se divertía atormentándome, y siempre parecía hallar nuevos modos de hacer que lamentara llamarme como me llamaba.

Ahora tenía la envergadura de un toro, y la piel de las mejillas marcada por el acné. Sabía que salía con una camarera de un pueblo vecino porque en el instituto presumía de practicar sexo en el asiento trasero de la furgoneta con la que iba a buscarla.

—¿Cómo es que ya estás de vuelta? Pensábamos que no volveríamos a verte. ¿Adónde te habías ido?, ¿a Florida?

Alguien reprimió una carcajada, y entonces él se inclinó hacia mí para observarme más de cerca.

—Pero no te veo muy bronceada. ¿Sabías que con los chicos

habíamos hecho una apuesta? Ellos decían que, si cogían uno de tus brazos y lo ponían al sol, tardarías menos de quince minutos en quemarte. Y yo decía que no serían ni diez minutos. Ahora que estás aquí, ¿nos dejarás que hagamos la prueba?

Hizo el gesto de tocarme el pelo y yo me aparté. A Dustin le pareció divertido.

—Oh, siempre poniendo esa cara. Ya sabes que estamos bromeando. ¿Qué pasa, es que no sabes reír? Vamos, regálame una bonita sonrisa, Ivory. Una bonita sonrisa que sea toda huesos, venga, toda blanca… ¡Vamos! Y, ya que estamos, también podrías mirarme cuando te hablo —masculló haciendo una mueca—. Es de muy mala educación por tu parte, ¿no te parece? Cuando estaba el viejo Robert…

Se oyó el violento chirriar de una silla.

Por un instante solo vi su figura recortándose a contraluz bajo la luminiscencia del neón. Me pareció que de su espalda surgían halos luminosos, y su rostro se ensombreció, adquiriendo la apariencia de un ángel vengador.

Mason se irguió orgulloso, y en ese preciso instante Dustin reparó en su presencia: alzó la vista y se topó con un rostro implacable. Se le oscurecieron los iris y contrajo los dedos en forma de puño. Se hizo un silencio tenso y vibrante.

—Mason —fue lo único que acerté a decirle.

Un músculo se tensó en su mandíbula.

Me miró, y sus ojos parecían dardos de hielo. Me observó con dureza, como si el modo en que había pronunciado su nombre resultase intolerable incluso para él. Y a continuación fulminó a Dustin con la mirada.

Mason alargó la mano y cogió las llaves de la furgoneta. Apartó la silla de una patada, y Dustin estuvo a punto de dar un brinco. Antes de salir, le dedicó otra mirada incendiaria, y al marcharse pasó casi rozándolo, hasta que Dustin se vio por fin libre de la ominosa sombra que Mason había proyectado sobre él un momento antes.

Oí el tintineo de la puerta mientras seguía mirando el punto donde apenas hacía un instante estaba él sentado. Y entonces, lentamente, yo también me puse en pie.

—Adiós, Dustin —le dije con un tono de voz neutro mientras pasaba por su lado.

No respondió, se había quedado mudo, pero noté las miradas de sus amigos siguiéndome hasta la puerta.

Cuando salí, el frío me pellizcó las mejillas.

Mason estaba apoyado en mi furgoneta. Tenía los brazos cruzados, el ceño fruncido y una expresión severa. Parecía enfadado.

Enfadado conmigo.

Sabía que tenía un carácter impetuoso y temperamental, que a menudo lo llevaba a actuar de forma impulsiva; él mismo me lo había confesado, aunque sabía que en esa ocasión el motivo de su nerviosismo era otro.

Se apartó del coche y ocupó la plaza del conductor. Lo puso en marcha mientras yo abría la portezuela y me acomodaba a su lado, sin decir nada.

El viaje transcurrió en silencio.

Yo miraba todo el rato por la ventanilla. A lo lejos, más allá de los bancos de nubes y las montañas, una purpúrea estela crepuscular teñía el valle de una luz surreal.

Mason detuvo la *pick-up* delante de casa y apagó el motor. Permanecimos así un momento, envueltos en la quietud del bosque.

—¿Por qué no has respondido?

Noté cierta frustración en su voz. Sus amigos me habían dicho muchas veces que él no reaccionaba ante las provocaciones, las ignoraba con la certeza de quien conoce su propia fuerza. Pero, por algún motivo, cuando estaba conmigo no lograba contenerse.

—Yo no respondo a las provocaciones —murmuré mientras me desabrochaba el cinturón—. Y tú tampoco.

—Yo respondo porque tú no sabes defenderte sola.

«¿Qué?».

—Sé defenderme sola perfectamente —le repliqué volviéndome hacia él con los ojos entornados—. El hecho de que no amenace a nadie con emprenderla a puñetazos no significa que no sea capaz de cuidar de mí misma. Y, en cualquier caso, ten por seguro que no necesito que tú lo hagas por mí.

Le di la espalda y salí de la furgoneta dando un portazo.

Él creía que yo no podía salir adelante sola, aunque me hubiera visto empuñando una escopeta de caza, aunque en la azotea del instituto no hubiera vacilado ni un momento.

Aunque justamente un año antes, cuando Dustin se acercó demasiado a mi casa solo para burlarse de mí, le arrancara la gorra de la cabeza de un disparo.

Yo sabía apañármelas.

No me daban miedo los niñatos de mi pueblo, ni cómo me miraban. Había crecido allí. Mi piel era una coraza hecha a medida para aquellas montañas.

Si había alguien capaz de darme miedo de verdad, el único capaz de destruirme sin siquiera tocarme... era el que estaba saliendo del coche en ese momento.

—Eh —oí que me llamaba.

Cogí la escopeta de la trasera de la furgoneta y me dirigí hacia el porche, pero Mason me sujetó del brazo antes de que llegara a subir un solo peldaño.

—¿Quieres hacer el favor de parar?

Traté de quitármelo de encima. Sin embargo, siempre que lo tenía tan cerca me sentía débil, superada, como si mi alma se rindiese ante su presencia. Me obligó a volverme y me inmovilizó contra el barandal de madera.

Lo empujé apoyando ambas manos en su parka, tratando de vencer esa sensación de pertenencia que él me hacía sentir siempre. Se me infiltraba bajo los huesos, y los fragmentos dispersos de mi corazón amenazaban con volver a unirse, solo para hacerse añicos de nuevo.

—Ya basta. —Mason me miró desde su altura, fulminándome con sus iris oscuros—. He venido hasta aquí... He venido hasta Canadá por ti, y lo único que has hecho ha sido gruñirme.

—Suéltame —le exigí con la voz ronca, haciendo fuerza contra su pecho.

—No —respondió Mason, inflexible—. He recorrido muchas millas para venir a buscarte. No has contestado ni una sola llamada. Me he pasado todo el día tratando de dar con esta casa, y finalmente te he encontrado aquí, viviendo tu vida como si nada hubiera pasado. Y ahora que por fin estamos frente a frente, ni siquiera te dignas responderme. Exijo una explicación, Ivy. Y la quiero ahora.

Yo estaba empezando a temblar. Me miraba las manos para no tener que sostenerle la mirada.

—No hay nada que explicar —le repliqué—. Simplemente he regresado al lugar del que nunca debería haberme ido.

Presioné de nuevo con mis manos en su pecho para darle a entender que quería que se marchase. Mi corazón bombeaba un dolor semejante a un veneno, el mismo veneno que me impelía a desear herirlo, a alejar de mí a aquel chico que me había hecho tanto daño.

—Puede que ahora estés orgulloso de ti mismo. ¿Qué me dijiste cuando llegué? «Yo de ti no me molestaría en deshacer las maletas». Ya vuelves a tener tu casa, ya vuelves a tener tu vida. Misión cumplida, Mason. Por fin me he largado.

—Mírame.

Sentí un escalofrío recorriéndome la espalda. Aquel tono de voz me robaba el alma.

Apreté los dientes, y de pronto Mason me estrechó contra sí.

—¡Mírame! —me exigió alzando la voz, y en su entonación distinguí un atisbo de angustia que aún me alteró en mayor medida.

Hice lo que me pedía: lo miré a los ojos, vulnerable, consciente de que no podría resistirme al poder de sugestión de aquella mirada.

Pero por primera vez, en sus iris vi algo distinto.

Un dolor oculto. Un sufrimiento mudo, hirviente, que palpitaba como un corazón.

—¿Quieres saber lo que sentí cuando descubrí que te habías ido…? —susurró—. ¿Quieres saber cómo me sentí?

De pronto, algo centelleó en el aire.

Vi cómo la rabia se cristalizaba en su rostro justo cuando un copo de nieve se posaba en mi nariz. Observó cómo se deshacía, y ahora en su feroz mirada también había desconcierto.

Permanecimos inmóviles mientras el silencio nos iba calando lentamente.

El aire estalló en un millón de copos blancos. Unas espirales danzantes nos envolvieron como por arte de magia, deteniendo el tiempo a la par que nuestras respiraciones. Nuestras miradas se fundieron, presas de aquel sortilegio, y por unos instantes fuimos incapaces de reaccionar.

Ahora ya no había rabia en su rostro. Aquel gesto se había desvanecido.

Mason jamás había visto la nieve. Solo la había soñado. Y ahora que la tenía a su alrededor, ahora que por fin podía admirar aquella fascinante magia con sus propios ojos… mi corazón temblaba.

Porque él solo me miraba a mí.

En medio de aquel espectáculo de la naturaleza, él solo me miraba a mí.

En un mundo que, desde que era pequeño, siempre había anhelado ver, que había imaginado, esperado y vivido a través de los relatos que había escuchado a lo largo de toda su vida… él solo me miraba a mí.

La tierra que me vio nacer brilló sobre mi piel, y Mason se perdió en mi rostro, me observó como si él fuera el cielo y yo su aurora. Como si yo hubiera nacido con aquellos copos prendidos en el pelo, con escarcha entre las pestañas, investida con la pureza del hielo en todo su glacial encanto.

Y cuando un copo de nieve se me deshizo en los labios, él alzó la mano y me retiró el invierno del rostro.

Me rompí al sentir cuánto había echado de menos su tacto. Noté cómo mi corazón se disolvía, cómo mi alma era suya.

Respiró en mi boca; entonces el corazón me latió en la garganta y…

De pronto me asaltó el pánico. Abrí los ojos en un acto reflejo y lo aparté bruscamente de mí.

Trastabilló hacia atrás. Me miró con la respiración entrecortada, y noté que estaba jadeando.

Lo miré con el miedo pintado en mis ojos.

«No. Otra vez no».

«Ya lo tomaste todo».

«Y me lo arrebataste».

Le di la espalda y subí a toda prisa los tres peldaños de madera del porche. Abrí la puerta y sentí cómo llenaba toda la estancia con su presencia cuando entró detrás de mí.

—Ivy…

—Hay mantas en el arcón. Puedes dormir aquí esta noche. —Dejé la escopeta junto al perchero y colgué el anorak—. Si tienes hambre, en la despensa hay galletas, pan y mantequilla de cacahuete. La nevera también está llena. Coge lo que quieras.

Me dirigí a la habitación de mi padre y cerré la puerta.

En mi pecho se había desatado una tormenta que no me daba tregua. Me apoyé exhausta en la madera, con la respiración temblorosa, y mi coraza flaqueó.

No podía soportarlo, no así.

Él estaba llegando a mí de nuevo, justo donde yo estaba más rota.

En medio del silencio, me pareció oír unos pasos acercándose.

Se detuvieron al otro lado de la puerta, y algo se apoyó en el batiente, emitiendo un sonido casi imperceptible.

Bastaría con abrir.

Bastaría con dejarlo entrar una vez más.

Tomaría mi corazón sin pedir permiso, y en ese momento yo podría dejar de luchar.

Bastaría con salir de la habitación.

Pero entonces… ya no me quedarían fuerzas para mirar atrás.

Siempre me había encantado dormir allí. Me hacía sentir segura. Envuelta en la frescura del edredón en contacto con mi piel, me gustaba dormir con un jersey suave y unos calcetines hasta las rodillas como única cobertura para mis piernas desnudas. Era una sensación familiar y maravillosa.

Sin embargo, a la mañana siguiente me desperté con el corazón pesado y el alma revuelta.

La puerta de la habitación me había estado llamando todo el tiempo. Incluso me había perseguido en sueños, proponiéndome escenarios que no había tenido el coraje de franquear.

Me senté al borde de la cama y me pasé la mano por el pelo. Me estiré los calcetines color crema que se me habían ido enrollando en las pantorrillas durante la noche, suspiré y me dispuse a salir de la habitación.

Recorrí el pequeño pasillo que separaba las habitaciones de la sala de estar y me detuve en el umbral de la zona diáfana.

Una luz radiante iluminaba el espacio. La atmósfera parecía casi láctea e irrumpía a través de las ventanas, proveniente de un paisaje cegador: unos gruesos copos de nieve caían silenciosos al otro lado de los cristales, cubriéndolo todo.

Mason estaba apoyado en la isla de la cocina y miraba fuera.

Se había puesto un jersey de mi padre. Yo me había olvidado de la ventana rota al lado de la chimenea, y él debió de encontrarlo en el arcón junto a las mantas.

Lo observé con aquella prenda puesta y fue como si una cálida flor me brotara en el pecho y me hiciera cosquillas con sus pequeñas raíces. El azul le sentaba de maravilla a su piel bronceada, creaba un contraste armonioso e intrigante. Siempre me había gustado mucho aquel jersey, y vérselo puesto a él hizo resonar las cuerdas de mi corazón.

En ese momento se dio la vuelta.

Paseó la mirada por mi pelo revuelto, por el jersey claro que apenas me cubría los muslos y, finalmente, por mis suaves calcetines.

Se le infló una vena en la mandíbula. Bajó la barbilla y me clavó sus iris en lo más profundo, transmitiéndome una turbia y voraz sensación de palpitante calidez.

Vi que apretaba la mano y un pensamiento iluminó mis ojos. Avancé hacia él, sosteniéndole la mirada con firmeza, llegué hasta donde se encontraba, en silencio, y me detuve a un palmo de su fornido cuerpo. Alcé una mano y murmuré, observándolo con intensidad:

—Esta es mía.

Le quité la taza de las manos, y Mason entornó los párpados mientras me la llevaba a los labios sin que sus pupilas incandescentes perdieran detalle.

Cuando me di la vuelta y regresé a mi habitación noté las llamas de su mirada en mi cuerpo.

Me puse una camiseta de lana, una chaqueta azul de punto con grandes botones que me venía un poco grande de hombros y unas mallas térmicas. Para terminar, me calcé las botas y los guantes forrados, me dirigí a la puerta y cogí la escopeta.

—Mi vuelo sale pronto.

Me detuve. Su voz reverberó en mi pecho y me dejó clavada en el suelo.

—Es el mismo que tomaste tú cuando volaste a California.

Al cabo de unos instantes, oí sus pasos. Odié el modo en que me atrajeron. Doblegaban mi corazón. Me conducían sin remedio hacia él, siempre.

—Sé que en realidad esta no es la vida que quieres.

—Tú no sabes nada de lo que yo quiero en realidad —musité. De pronto me sentía indefensa, como si pudiera ver en mi interior.

—Entonces dime que estoy equivocado.

No entendía lo que estaba sucediendo. Era como si mi alma se negase a mentir. Como si, en lo más profundo, supiera que él tenía razón.

Mason se me acercó un poco más.

—Sabes que es así.

—¿Qué esperas que responda? —le repliqué, dolida, sin darme la vuelta—. ¿Qué quieres escuchar exactamente? No sigas fingiendo, Mason. Ya no es necesario.

Hice acopio de fuerzas y me dirigí a la salida. Bajé el tirador, necesitaba desesperadamente salir de allí, pero me llevé un buen sobresalto cuando sentí que me sujetaba por el codo. Mason volvió a cerrar la puerta con fuerza y tiró de mí enérgicamente; se notaba que los nervios estaban a punto de estallarle.

—¿Que no finja? —repitió incrédulo—. ¿Crees que he venido hasta aquí simplemente porque me apetecía fingir?

Me limité a sostener su mirada furiosa y, como yo no decía nada, siguió mirándome con una mezcla de perplejidad y rabia.

Pero, de pronto, sucedió algo, algo que nunca había observado hasta entonces. Una especie de pálida veta se arremolinó en sus iris y aspiró hasta el último átomo de calor. Y entonces me soltó.

—Ya he tenido suficiente. —La voz, grave y contenida a duras penas, brotó lentamente de sus labios—. He soportado los secretos. He soportado que creyesen que eras mi prima. He soportado verte vagar por la casa con camisetas que habría deseado encontrar en el suelo de mi habitación a la mañana siguiente… Pero que tú me digas lo que debo sentir… —masculló entre dientes—. Eso no. Eso no lo acepto.

Me lo quedé mirando consternada mientras me daba la espalda, se alejaba y empezaba a trastear con algo.

¿Qué era lo que acababa de decirme?

—Yo…

—Oh, tú siempre has sido buena juzgando —dijo, volviéndose de nuevo hacia mí, furioso, como si quisiera fulminarme con sus palabras—. Dicho deprisa y mal, ¿sabes cuál es tu problema? Que lo único que sabes hacer es huir —me reprochó con acritud—. Huyendo, ¿eh, Ivy? ¿Es así como afrontas los problemas? No sabes hacer otra cosa.

Lo miré como si acabara de darme una bofetada. Una parte mí, el más maltrecho, solitario y frágil pedacito de mi alma, me susurraba que era cierto.

Mason inclinó el rostro, y en su dura mirada destelló una luz capaz de hacer saltar el cielo. Al cabo de un instante dejó caer el jersey y se me acercó de aquel modo tan suyo, lento e inquietante, que más de una vez me había hecho temblar.

—¿Por qué no lo admites?

—¿Qué?

—Que estás enamorada de mí. Que sientes algo por mí. Es así, ¿verdad? —Me lanzó una mirada implacable—. Te palpita el corazón, Ivy. No puedes negarlo.

Fue como si me hubiera descerrajado un tiro. Me lo quedé mirando, atónita, y sentí que el suelo cedía bajo mis pies.

Mason se puso frente a mí, y yo me evaporé bajo el peso de sus pupilas.

Él lo sabía. Se había dado cuenta.

Yo ya no podía seguir huyendo.

Mis defensas se trastocaron. Vibraron, se convulsionaron, arrastrando consigo el orgullo y la obstinación, desintegrándolo todo. Me quedé tal cual, vestida únicamente con mi alma, con los restos de mi armadura a sus pies.

—Sí… —musité—. Es verdad.

Me lo quedé mirando, inerme, sin fuerzas para seguir combatiendo.

Acababa de pronunciar las únicas palabras que jamás creí que tendría el valor de confesarle.

Podía huir de él.

Podía huir de su mirada.

Podía huir de su mundo, del tacto de sus dedos.

Pero no podía huir de lo que sentía. Y ambos lo sabíamos.

—¿Estás contento? Has vencido, Mason —admití—. Al final… has vencido.

Percibí una emoción desconocida en sus iris, brotó en cuanto confesé que me sentía profundamente unida a él, y que me resultaba imposible romper esos vínculos.

—No habré vencido hasta que no te lleve de vuelta a casa.

Algo tembló en mi interior cuando oí aquellas palabras, un río de recuerdos me intoxicó el corazón. Una comezón me humedeció los párpados, y Mason se quedó bloqueado, incapaz de comprenderlo. Lo miré directamente a los ojos y le espeté con rabia:

—Así podrás volver con John llevándome como trofeo, ¿no? ¿Volverás a sentir «lástima» de mí para poder rehacer tu vida?

—¿Qué…?

—¿Qué estoy diciendo? ¿Es eso lo que quieres saber? —lo interrumpí, y le di un empujón, con lágrimas en los ojos—. ¡Te oí! Escuché lo que le dijiste a Clementine, escuché cada palabra. Y solo he tenido que sumarlo a todo lo demás para comprender que eso era lo que querías desde el principio. Allí nunca ha habido un lugar para mí.

—Tú lo… —susurró. Una expresión de urgencia se adueñó de su rostro, y entones avanzó un paso hacia mí—. ¿Por eso te fuiste? ¿Fue por eso? Ivy, todo lo que dije…

—No me interesa.

—Escúchame…

—¡No!

Retrocedí bruscamente cuando Mason intentó acercarse de nuevo. Me acorraló contra el cristal de la ventana y puso una mano a cada lado de mi cabeza.

—¡Tienes que escucharme! —El tono angustiado de su voz me conmovió—. No puedes entrar en la vida de los demás y después largarte como si nada hubiera pasado. No puedes poner patas arriba su existencia y desaparecer. ¡No puedes!

Ya estaba ahí de nuevo. Ese viejo dolor. Áspero, punzante, como un veneno que aullaba mi nombre y fluía de sus ojos oscuros.

—Puede que tú seas capaz de soportar que quieran hacerte daño. Puede que seas capaz de soportar que te hieran. Pero yo no —admitió, como si se quitara un peso de encima al aceptarlo—. Dije todo aquello porque era lo que ella quería oír. Quería lastimarme a través de ti, y tenía que convencerla de que para mí no eras importante. No debiste oírlo, pero acababas de pasar por algo terrible y yo quería… —Apretó la mandíbula, se apartó de mí y, no sin esfuerzo, lo confesó al fin—: Quería protegerte.

Lo miré con un nudo en la garganta y el corazón tembloroso. Sus siguientes palabras me estremecieron el alma.

—No fue mi padre quien me dijo que viniera a buscarte. He sido yo quien decidió venir, porque quiero que vuelvas.

—Tú nunca me has querido —musité con un hilo de voz.

Mason sacudió la cabeza, exhausto, y se me acercó de nuevo. Apoyó la frente en el cristal, y yo me sentí pequeña bajo su corpulencia cuando miré hacia arriba.

—Te quiero ahora —susurró, mirándome a los ojos.

Como si quisiera tenerme a su lado.

Como si no deseara otra cosa.

Pero sin orgullo.

Sin hipocresías.

Sin volver a fingir que no nos queríamos a morir, pues por mucho que intente negarlo, el mar sigue estando loco por la luna.

Sin verme huir de nuevo, sino permaneciendo juntos, nosotros, únicamente nosotros. Imperfectos y un poco complicados, pero auténticos.

Sentí un escalofrío casi doloroso.

Mason se acercó aún más, y mi mirada se quedó prendida de sus hombros desnudos antes de ascender hasta el rostro. Me aferré a sus ojos mientras él, con gestos cautos y mesurados, me cogía de las muñecas. Me retiró delicadamente la escopeta de las manos y la dejó apoyada sobre la pared.

A continuación, tiró del velcro que me cerraba el guante. Me quedé mirando cómo me lo quitaba lentamente, dejando al descubierto la blanca palma de mi mano. Hizo lo mismo con el otro.

Me despojó de la armadura.

Hasta la última pieza.

Sin rabia. Sin fuerza.

Solo con las manos.

Y cuando por fin volvió a alzar la vista, me pareció que nunca me había sentido tan desnuda como en ese momento.

Ni siquiera cuando me puse el vestido de raso.

Ni cuando me vio en aquella bañera, en casa de John, cubierta de espuma.

Estrechó mis manos entre las suyas, acogiéndome con su gran

corpulencia, y en sus ojos leí exactamente lo que acababa de decirle: «Tú nunca me has querido».

—Te quiero —me dijo con su voz seria y profunda—. Te quiero desde que te vi en aquella playa, henchida únicamente de tu propia respiración. Te quiero desde que te vi alzar el rostro a todas horas buscando las estrellas, aunque en la ciudad no pudieran verse. Desde que te vi dibujar, y después sonreír, porque una sonrisa tan especial como la tuya solo resplandece para unos pocos. Te quiero desde la primera vez que me ayudaste y no supe decirte «gracias».

Mason me alzó las manos y las apoyó en su pecho.

El calor de sus tensos pectorales se propagó por mis venas. Un escalofrío surcó mis dedos, pero él los sostuvo con firmeza, apretándolos contra su piel.

Sentí su corazón.

Lo sentí latir.

Mientras lo miraba, pensé que había nacido para tocarlo, para tener esas manos tan pequeñas en comparación con las suyas, y esos dedos, para encajarlos en los suyos. Labios para sentirlo y ojos para mirarlo, y para que él los mirase.

Y cuando distendí las manos, y las relajé lentamente sobre su pecho, noté que su cuerpo se estremecía.

Mason entreabrió los labios carnosos y me apretó las muñecas. Miré hacia arriba y, en su rostro inclinado hacia mí, vi que sus ojos me reclamaban con ardiente impaciencia. Deslicé sin prisas los dedos por su piel tersa, sintiendo aquella maravillosa calidez que desprendía cada centímetro, hasta alcanzar la zona sensible del cuello.

Lo acaricié con las yemas de los dedos y noté que suspiraba profundamente. Las reacciones de su cuerpo me perturbaban, temblaba y me sentía frágil y aturdida. Su pecho vibró cuando me dijo con voz ronca e imperativa:

—Te quiero a mi lado.

«Yo también», gritaron mis manos al tiempo que estrechaba su nuca entre los dedos.

«Yo también», gritó desesperadamente mi alma mientras me alzaba sobre los tobillos.

Me puse de puntillas, y Mason fue a mi encuentro; aquel beso fue sensacional, arrollador. Su boca me dejó aturdida, y el corazón me estalló en el pecho.

Porque él me pintaba el alma, esa era la verdad, la convertía en algo mucho más dulce y cálido, sembraba flores en mi invierno más negro, y yo me preguntaba si el amor no sería precisamente eso, florecer en el corazón del otro.

Germinar juntos, cada cual con sus propios defectos, y amarse a pesar de todo, a pesar de ser distintos hasta el punto de no poder abrazarse sin herirse mutuamente.

Deslizó los dedos por entre mi pelo, me inclinó el rostro hacia atrás y me estrechó contra su poderoso pecho. El contacto con la calidez de su cuerpo, la sensación de seguridad que me transmitía, la firmeza con que me imponía su voluntad me hacían enloquecer.

Mason me quería, aunque yo no encajara del todo, aunque fuera una pieza equivocada en el rompecabezas.

Me quería por lo que era, por cómo era, y yo sentía estremecerse cada átomo de mi ser, sin acabar de dar crédito.

«Píntame como si fuera Canadá, conviérteme en tu aurora, sé para mí la montaña en la que hallo refugio. Dame el aliento de un bosque de alerces, y toma todo cuanto yo pueda darte. Porque en mi interior aún tengo mucho por dar, aún me queda tanto…y no quiero dárselo a nadie que no seas tú.

»A ti. Solo a ti, mientras quieras…».

Se lo dije con las manos, con los labios y con el corazón. Se lo dije con todo mi ser, y cuando Mason me levantó del suelo, sentí que mi alma también alzaba el vuelo.

Lo rodeé con las piernas, ardiente de pasión. Me encajé a la perfección en su cuerpo, pero él se apartó de mí. Jadeó, y yo lo miré directamente a los ojos, vulnerable y aturdida.

—Ivy… no he venido aquí para quedarme. —Me observó, con el pelo revuelto y los labios hinchados por efecto de mis besos—. Estoy aquí para llevarte de vuelta.

Me bajó lentamente y de pronto me sentí confusa. Comprendía lo que estaba tratando de decirme. Se marcharía. Retenerlo en aquella casa no evitaría que llegase el momento en que habría de verlo cruzar el umbral para siempre. Solo lo haría más doloroso.

Tomó mi cabeza entre sus manos y apoyó la frente en la mía.

—Vuelve a casa, Ivy —susurró—. Vuelve a casa, y yo sabré darte motivos para que te quedes.

Le devolví la mirada, con los brazos abandonados sobre los costados. En mi interior, un engranaje roto me atascaba el corazón. En alguna parte se había quemado un cable que me mantenía paralizada allí, en aquella casa inmersa en un inabarcable vacío que jamás se desvanecería.

Retiró las manos de mi cabeza. Mason leyó la duda en mis ojos y volvió a erguirse. Se alejó en silencio, recogió la camiseta que había dejado caer en el suelo y se la quedó mirando un instante antes de volver a ponérsela.

—Hay un pasaje también para ti —murmuró mientras seguía vistiéndose—. Es tuyo, si lo quieres.

Entonces se dio cuenta de que se había dejado el gorro en el coche y, puede que para darme algo de tiempo, salió a buscarlo.

Me quedé sola.

Observé la casa donde había crecido. Las fotografías, las muescas en el marco de la puerta en la que mi padre iba haciendo señales conforme yo ganaba altura.

Pertenecían a una vida pasada, una vida que ya no existía. Una vida que, sin embargo, me resistía a dejar atrás.

Estaba unida indisolublemente a mi alma.

Estaba unida indisolublemente al recuerdo de él. Lo mantenía vivo.

Estaba junto al hogar. En aquella butaca. Estaba en la mesa y más allá de la ventana. Se encontraba en cualquier lugar donde posara la vista, y no importaba que él ya no estuviera, aún podía oírle susurrar…

«*Soporta, Ivy*».

Parpadeé. Me froté los ojos, convencida de no haberlo visto bien, pero aquellas palabras no se desvanecieron. Seguían escritas negro sobre blanco delante de mis ojos.

Me acerqué despacio al frigorífico, con una extraña sensación palpitando en mi piel.

Un dibujo mío muy antiguo decoraba la puerta. Acaricié con dedos inseguros unas palabras escritas con rotulador que yo no recordaba.

No. Antes no estaban.

Me fijé mejor, y reconocí la letra temblorosa de mi padre. ¿Lo habría escrito antes de ser ingresado?

Tragué saliva y examiné aquel dibujo sostenido con imanes. Siempre había estado allí, desde que yo tenía memoria. Debía de tener cinco años cuando lo hice; en él estábamos mi padre y yo, y un gran árbol nevado al fondo.

Recordaba aquel día. No había sido una tarde cualquiera. Fue el día que mi padre y yo…

Alcé la vista lentamente, con los ojos muy abiertos, porque acababa de reparar en un detalle que me dejó consternada. Frenética, di media vuelta y corrí a la habitación en busca de la mochila; saqué el cuaderno y el álbum y los abrí en la isla de la cocina.

Cogí la foto con la que había empezado todo, la de mi padre y yo abrazados en el límite del bosque. Era de aquel día, el día representado en el dibujo. Me fijé en mis rodillas sucias y entonces los recuerdos afloraron con fuerza.

No me había caído. Me había arrodillado.

Con el corazón en la garganta fui hasta el mapa enmarcado que había en el pasillo. Sabía dónde estaba aquel lugar, no se encontraba lejos de casa. Estaba al oeste de una carretera secundaria que aparecía marcada con trazos discontinuos en el mapa y que discurría cerca de una ruta de supervivencia que habían bautizado con el nombre de un famoso pionero, Jonathan Bly.

¿Sería posible que…?

Me estremecí, incapaz de mover un solo músculo.

Las letras. Aquella confusa secuencia de caracteres. Consulté el cuaderno y mis sospechas se hicieron realidad.

V R S R U W D L Y B

La W significaba oeste: *West*. D y R eran las letras con las que solía abreviarse *Drive*.

Mientras que con las restantes, V S R U L Y B se podía formar SURV y BLY.

West Drive, Survival Bly.

Observé la solución con los ojos abiertos de par en par. Retrocedí con el corazón martilleándome las costillas, di media vuelta de un salto, cogí la escopeta y salí corriendo por la puerta trasera.

Me precipité hacia los árboles, acortando camino a través del bosque. Se me empaparon las botas, y estuve a punto de caerme varias veces, pero no me detuve. Avancé como una flecha por entre los arbustos, con los pulmones ardiendo por el frío, y solo aminoré el ritmo cuando tenía que orientarme, pero enseguida arrancaba a correr de nuevo con todas mis fuerzas.

No era posible. No podía ser…

Me detuve de golpe. En ese punto, los árboles empezaban a espaciarse y un enorme abeto se alzaba majestuoso en aquel rincón del bosque, dominando sobre todos los demás. Era exactamente como lo recordaba: la corteza rojiza y las ramas altas, imponentes, que rozaban el cielo.

Llegué hasta él, presa de una gran impaciencia, y dejé la escopeta sobre el manto de nieve. Me lancé al pie de las raíces y empecé a excavar con ansia. Noté cómo mis dedos perdían sensibilidad por momentos. No llevaba ni el plumón ni los guantes, pero seguí escarbando la tierra con los ojos desorbitados y el frío colándose por el escote de la chaqueta.

Tenían que estar allí. Tenían…

Por fin mis uñas rascaron una superficie de madera.

Limpié anhelante la parte superior, y apareció un pequeño cofre. Traté de sacar la tierra que había alrededor, mientras la imagen de mi padre cobraba vida en mi interior.

«*Hay que mirar cuando haya pasado mucho tiempo*», decía su voz en mis recuerdos. Yo lo observaba desde abajo, demasiado pequeña para comprenderlo del todo. «*Un día las abriremos y veremos lo que habíamos guardado. Se llaman…*».

—Cápsulas de tiempo —susurré mientras levantaba la tapa.

En el silencio del bosque, dos cilindros de metal centellearon entre la nieve.

Los observé conteniendo la respiración. Recordaba vagamente lo que había puesto en mi cápsula: la figurita tallada de un alce y uno de aquellos dibujos míos hechos con rotulador.

Pero mi padre…

«*¿Qué hay en la tuya?*», había querido saber entonces.

Alargué despacio una mano y acaricié el receptáculo. Estaba helado al contacto con la piel. Lo levanté, le di la vuelta y vi que no era como el mío. No… el mío era de acero tosco, con un tapón de rosca; el de mi padre, en cambio, era totalmente liso, pulido, de un material que parecía inoxidable. No tenía tapón. Ninguna etiqueta. Solo una especie de estría casi invisible que lo dividía por la mitad.

«*Papá, ¿qué hay en tu cápsula del tiempo?*», había vuelto a preguntarle con curiosidad.

Traté de abrir el cilindro. Tiré de él, probé con las uñas, pero estaba sellado. Lo examiné sin entenderlo, pero al cabo de un instante… me percaté de que había una pequeña incrustación en el lugar por donde supuestamente debería abrirse.

Me temblaban las rodillas. Allí, en la superficie metálica, estaba grabada una pequeñísima flor. Tres pétalos con un surco casi invisible en el centro.

La observé, conteniendo la respiración. Era todo tan increíble que no pude por menos que estremecerme en medio de aquel silencio. Con los labios temblando desvié la mirada hacia mi pecho.

El colgante de mi padre.

El recuerdo más importante que tenía de él, el que más apreciaba de todos.

Él mismo me lo había puesto. Y yo no me lo había quitado nunca.

Sujeté la pequeña lasca entre los dedos… y, como si pudiera sentir su presencia extendiendo la mano y acompañándome en aquel gesto, la encajé en el surco.

El sonido de un mecanismo se propagó en el aire. La tapa de cierre hermético se abrió emitiendo un silbido.

Y estaba allí. Siempre había estado allí.

Un segmento minúsculo, encajado en el acero.

El poder de todo un mundo encerrado en mis manos.

—*¿Papá? ¿No piensas decírmelo?*

—*Es un secreto* —*anunció, guiñándome un ojo. Siempre que ponía aquella cara parecía un polluelo. Cogió la cápsula que yo sostenía en las manos y puso ambas en el cofre abierto*—. *Un día te lo diré.*

—*¿Me lo prometes?*

—*Te lo prometo.*

Sonreí divertida por aquel juego.

—*¿Y qué pasará cuando las abramos?*

Él parecía estar buscando las palabras más adecuadas para mí.

—*Que encontraremos los objetos tal como los habíamos dejado. Habrán permanecido inalterados pese al tiempo transcurrido. Y entonces habremos vencido al tiempo.*

No sabía si me estaba tomando el pelo, pero lo miré igual de fascinada. Con él siempre flotaba una especie de magia, como la que podía contemplarse las noches de invierno en el cielo, con aquellos colores maravillosos danzando. Pero en mi caso, era mi padre quien encarnaba esa magia.

Miré aquellos cilindros metálicos que viajarían a través de los años, y me recordaron a algo.

—*Parecen naves espaciales.*

Una chispa de curiosidad centelleó en sus ojos.

—*¿Naves espaciales?*

—*Sí —asentí con mi vocecita entusiasta—. Son como esas que navegan por el espacio..., pero las nuestras no. Las nuestras son distintas. ¿Verdad, papá? Pero así también está bien, son bonitas igualmente. —Lo miré a los ojos y sonreí—. No todas las naves espaciales van al cielo.*

Cuando la verdad se desveló al fin, sentí un escalofrío.

«¿Quién dijo esta frase?».

—Yo —susurré con un hilo de voz—. Fui yo.

Las piezas encajaron en su sitio. Una tras otra. Finalmente pude ver el cuadro completo, y ahora me resultó de lo más fácil comprenderlo todo.

La había escrito para captar mi atención, para inducirme a que me hiciera aquella pregunta.

Nunca había sido un acertijo. Nunca había sido un enigma o una adivinanza.

Era una pista. Como cuando me enseñaba a reconocer las huellas en el sendero.

Y ahora por fin podía verlo.

Por eso nadie lo había encontrado. Por eso creían que lo había destruido. Mi padre había enterrado Tártaro en Canadá, en un lugar que solo yo podría encontrar.

Me lo había confiado a mí, con sus pequeñas enseñanzas, consciente de que si alguna vez habría alguien capaz de comprenderlo..., ese alguien sería yo.

Solo yo.

Una sensación intensa me envolvió el alma. Sentí una calidez de una delicadeza extrema, y cuando vi la frase grabada en el interior de la tapa, una frase que nadie habría sabido leer salvo yo… el engranaje roto de mi corazón volvió a funcionar.

Ya no necesitaba buscar más.

Ni perseguir su presencia como si así pudiera sentirlo más cerca.

Me lo estaba diciendo él. Como si aún estuviera allí, susurrándome lo que estaba grabado en el metal:

«Contigo para siempre».

Se me empañó la vista. Los ojos comenzaron a arderme y mi corazón se ahogó en aquellas palabras.

Así pues, era verdad lo que había dicho. La clave de una frase lo cambia todo. Y desde el principio él ocultó en aquellos números dos significados. Opuestos pero a la vez complementarios.

«Soporta, Ivy. Porque yo estoy siempre contigo».

La apreté contra mi pecho y cerré los ojos. Su recuerdo descendió una vez más para consolarme, me acarició los ojos arrasados en lágrimas y finalmente se desvaneció en mi interior.

Y mientras sentía caer la nieve, habría querido decirle que al final lo había comprendido.

Es la luna la que precisa del sol.

Sin él, ella no puede brillar.

Pero es el amor que entregamos a los demás el que nos hace ser lo que somos.

Así que yo brillaría gracias a un amor que duraría eternamente. Que desafiaría al tiempo y llegaría más allá de las estrellas, porque hay magias que no brillan solo en el cielo, algunas se quedan a nuestro lado, nos enseñan a caminar e iluminan nuestro camino.

Nos toman de la mano.

Y en nuestro corazón… jamás mueren.

Al cabo de unos minutos, Tártaro se cerraba de nuevo bajo la presión de mis dedos.

El frío me hizo vibrar los huesos. Las manos me palpitaban, ardían, y de pronto volví a la realidad.

Mason.

Me eché la escopeta a la espalda y recorrí el camino en sentido contrario, ansiosa por encontrarme con él.

Quería hablarle, abrazarlo, hacerle ver que lo había encontrado.

Que era verdad, todo era verdad. Y mi padre me lo había dejado a mí.

Ya no me sentía atada al pasado. Siempre lo llevaría dentro, en mi antigua vida y la nueva.

Estaba lista para decirle que sí.

Estaba lista para empezar de nuevo.

Había un futuro en aquellos ojos castaños. Y estaba esperándome.

La cabaña surgió entre la floresta. Me apoyé en un árbol para recobrar el aliento y, tras un último esfuerzo, crucé la puerta trasera y accedí al salón.

Estaba vacío.

—¿Mason?

Nadie respondió. La casa estaba sumida en el silencio. Busqué en las habitaciones, impaciente por encontrarlo, pero finalmente pude comprobar que no había nadie.

Movida por un mal presentimiento, miré junto a la puerta.

Su mochila. Ya no estaba.

«¡No!», gritaron mis ojos.

Sentí una punzada en el costado, como si me hubieran clavado un puñal. Me lo imaginé entrando de nuevo, percatándose de que no estaba. Me lo imaginé buscándome, esperándome, mirando por todas partes, con la desilusión reflejada en sus ojos. Y, finalmente, llegando a la conclusión de que mi respuesta había sido huir de nuevo.

—No… —balbucí angustiada.

Dejé el cilindro encima de la mesa, me precipité al exterior y empecé a correr por el caminito sin pavimentar. Resbalé, la nieve me cegaba y el frío me ardía en los pulmones.

Llegué a la carretera con el corazón en la garganta. Hacía un frío terrible, pero apreté los dientes y miré en todas direcciones mientras unos gruesos copos de nieve caían del cielo.

Y entonces lo vi.

Estaba lejísimos, apenas se distinguía, era una pequeña mancha informe que cada vez se alejaba más.

—¡Mason! —grité a pleno pulmón. Su nombre resonó en la blancura de la nieve, estremeciéndome hasta los huesos—. ¡Mason! —intenté de nuevo, con la esperanza de que me oyera.

Empleé hasta mi última bocanada de aire, me desgañité hasta lastimarme las cuerdas vocales, pero fue en vano. Estaba demasiado lejos.

Desanduve el camino lo más deprisa que pude, me descolgué la escopeta del hombro y subí a la *pick-up*. Le di al contacto, pero la batería se negó a arrancar.

—¡Vamos! —mascullé, tratando de arrancar el motor.

Me encomendé a la suerte de nuevo, pero nevaba demasiado como para intentar recargarla.

Bajé dando un portazo y volví otra vez sobre mis pasos. Empuñé la escopeta con los dedos entumecidos. Me sentía afligida y congelada a la vez.

Impotente, llegué a la conclusión de que siempre lo había visto así. Desde el principio, Mason siempre había sido esos hombres alejándose.

«Mírame —le imploró cada poro de mi piel—. Mírame, te lo suplico, aunque solo sea esta vez, mírame, porque lo he comprendido, por fin lo he comprendido».

Mi casa no era un lugar. Mi casa no estaba ni en California ni en Canadá.

Mi casa estaba en el reflejo de sus ojos.

En el aroma de su piel.

En el hueco de su cuello y en los espacios que había entre sus dedos.

Mi casa estaba en sus labios, en sus sonrisas, en sus defectos y en su incurable orgullo.

Mi casa estaba allí donde estuviera su corazón.

Y por fin la había encontrado.

«Mírame —gritó cada átomo de mi ser—. ¡Estoy aquí!».

Sentí un río ardiendo en mi pecho, y antes incluso de darme cuenta, apreté los dientes y agucé la vista. Apoyé con determinación la culata en el muslo y apunté el fusil hacia el cielo.

El disparo sonó como una explosión. Fue como un aullido fuerte, fortísimo, mucho más que mi voz. Quebró el silencio de aquel reino nevado e hizo que las aves alzaran el vuelo.

Y, por primera vez en mi vida, su espalda se detuvo. Mason dejó de caminar. Permaneció inmóvil un momento.

Y al cabo de un instante…

Se volvió en mi dirección.

Una suave brisa me cosquilleó la piel.

El crepúsculo coloreaba el aire y traía consigo el sonido de las gaviotas.

Toqué el timbre. En medio de aquella quietud, mis botas sucias rechinaron en el suelo del porche.

Cuando el tirador bajó, me quité la gorra y la sujeté entre los dedos.

Alcé la vista en el momento en que la puerta se abría y aparecía un rostro familiar.

Lo miré a los ojos y sonreí.

—Hola, John.

26

Otra clase de destino

—¿Ivy?

Alcé la vista. A mi alrededor el aire crepitaba con toda aquella gente charlando.

John se acercó sonriente.

—Disculpa el retraso, pero es que había cola en la entrada.

—No has llegado tarde —le dije para tranquilizarlo desde el taburete en el que estaba sentada, con la gorra del revés. Al oír aquello me pareció que se quedaba más tranquilo.

El pabellón del certamen era enorme. Los estands estaban abarrotados y en las altas paredes blancas las pancartas de los distintos institutos descollaban orgullosas.

Le echó un vistazo a la gente que pasaba por nuestro lado.

—¿Dónde está tu profesor? El señor Bringly, ¿verdad?

—Ha dicho que iba a vigilar a la competencia.

John no parecía verlo claro, pero asintió igualmente. De pronto fijó la vista en algo que se encontraba detrás de mí.

—¿Y eso? —inquirió, aunque la pregunta fuera superflua.

La gran pintura estaba justo a mi espalda, colgada de uno de los muchos paneles de nuestro estand. Había unas pequeñas tarjetas con nombres al lado de cada lienzo, y John se acercó para verlas mejor.

Bajé del taburete y lo alcancé cuando se detuvo ante aquel cuadro tan grande.

Había varias personas admirándolo, e intentando desentrañar su significado.

Un inmenso valle se abría en lontananza, sobre unos lagos y

bosques brillantes. Unas bandadas de pájaros volando destacaban entre las pálidas nubes, y unas pequeñas flores blancas se mezclaban con la amplia zona de sombras, creando una alfombra de pétalos. Los colores presentaban contrastes fuertes, y el conjunto estaba inmerso en un alba tan oscura que parecía un eclipse. Pero también había una luz deslumbrante, clara, refulgente. Irrumpía de entre las nubes reemplazando al sol, en forma de mano luminosa. Desprendía mucha fuerza y, al mismo tiempo, suavizaba las cumbres, llenando de vida toda aquella oscuridad.

John sonrió con orgullo y un punto de melancolía. Se le empañaron los ojos al contemplar aquella mano que irradiaba tanta calidez, potencia y significado.

—Creo que a tu padre… A Robert le habría gustado mucho.

Observé la expresión de emoción en su rostro y la imprimí en mi corazón.

—Ese no es papá —le aclaré—. Eres tú, John.

No se movió. Daba la impresión de que le escocían los ojos y parpadeó, sin dejar de contemplar el lienzo.

—¿Cómo? —farfulló con un hilo de voz, y desvió la mirada, atónito, cuando le cogí la mano.

—Eres tú —repetí con firmeza—. Tú me has rescatado de la oscuridad.

John era la mano tendida a la que me había aferrado. La luz que me había procurado la salvación.

Nunca se rindió conmigo. Ni siquiera cuando el dolor me alejó de todo.

John había sido mi alba, mi nueva oportunidad, y por fin había hallado un modo de decírselo.

Un modo de decirle «gracias», por haberme acogido, por haberme incluido en su vida sin pedir jamás nada a cambio.

Y cuando vi que la expresión de su rostro se relajaba lentamente… comprendí que había logrado llegar a su corazón, tal como él había hecho siempre conmigo. Me rodeó con los brazos y me estrechó contra sí. Apoyé la mejilla en su hombro y aspiré aquel aroma suyo tan familiar.

—Siento haberme escapado —susurré.

John apoyó la cabeza en la mía, y fue como si aquel gesto recompusiera algo en mi interior. Sentí que mi alma florecía de nuevo, una y otra vez, como si ya no pudiera detenerse. Ya no había hielo.

Permanecimos en silencio mientras ambos volvíamos a contemplar el lienzo juntos, sin necesidad de decir nada.

—Quisiera equivocarme —dijo poco después—, pero me temo que tienes visita.

Eché un vistazo por encima de su hombro, confundida, y seguí su mirada. Al momento entendí el porqué de su tono receloso, en cuanto identifiqué al personaje entre la multitud.

Miré a John y él asintió. Me liberé de su abrazo, me puse la gorra y decidí acercarme.

El agente Clark no pasaba desapercibido; entre tantos globos de colores y niños correteando de un lado para otro, su traje negro lo hacía parecer un sepulturero.

Me uní a él mientras contemplaba un cuadro en el otro extremo de la sala. No se volvió, pero estaba segura de que me esperaba.

—No parece sorprendida de verme.

—Se equivoca —discrepé sin alterarme—. No me esperaba encontrarlo aquí.

Después de todo lo sucedido, la CIA interrogó a todos cuantos trabajaban en nuestro instituto. Al profesor de Informática lo retuvieron una tarde entera después de que yo le contara a Clark el episodio que protagonizamos fuera de su clase. Pero Fitzgerald resultó ser inocente.

Todos los implicados habían sido detenidos. El caso estaba cerrado.

Y, sin embargo, allí estaba él.

—Pensaba que todo se había aclarado.

Clark ladeó la cabeza, simulando estar interesado en la pintura.

—Puede que el Gobierno de Estados Unidos disienta de su opinión.

Oh, el Gobierno debería tener muy pocos motivos para disentir. En efecto, el Departamento de Seguridad Nacional tuvo problemas para ponerse de acuerdo después de que les anunciara que tenía algo para ellos.

—Les entregué Tártaro —afirmé.

—Pero sin la clave.

—¿Y sus ingenieros no son capaces de abrirlo?

—Tiene un sistema de seguridad que impide el acceso al código —me explicó—. Si se fuerza la cápsula, el contenido se destruye. Nuestras bases de datos han realizado un análisis comparativo de las secuencias, y han confirmado que la estructura interna está configurada para conservar el virus. Pero no logramos extraerlo.

«Ni lo lograréis nunca», susurró la voz de mi mente.

Me había preguntado un sinfín de veces por qué mi padre no lo había destruido. Aquel código le había arruinado la vida, y, sin embargo, no había sido capaz de librarse del fruto de su trabajo. Sabía cuál era el alcance de lo que había creado. Sabía lo que podría desencadenar.

Con todo, había optado por esconderlo.

Quizá porque hay cosas que escapan a nuestro entendimiento. Significan algo, algo que el resto del mundo no puede comprender. A pesar de su naturaleza, a pesar de lo que son, tienen para nosotros un no sé qué insustituible.

Único.

Cuando lo tuve en las manos, lo primero que se me ocurrió fue volver a dejarlo donde lo había encontrado. Oculto al mundo. Olvidado para siempre en el corazón de Canadá.

Pero ocultarlo nunca sería suficiente. El Gobierno no habría cesado de insistir, y después de lo que había sucedido en el instituto, nadie podría garantizar mi seguridad. Nunca más tendría paz.

Además, mirando a Mason, me acordé de lo que había dicho el hombre del mondadientes.

«Si se lo hubieras entregado a ellos, lo sabríamos».

Era verdad, todos lo sabrían. La CIA habría hecho correr la voz de que Tártaro había acabado en sus manos, afirmando así su autoridad, y yo habría dejado de ser intermediaria.

Finalmente, Clark se dio la vuelta y me miró.

—Lo obtendremos.

Me limité a sostenerle la mirada, sin responderle.

«No. Nunca lo tendréis. Porque no está ahí dentro. Está en un cilindro con cierre hermético, enterrado entre miles de abetos rojos en un bosque como tantos otros, a millas y millas de distancia de aquí.

»Está a buen recaudo, dentro de mi cápsula del tiempo, y no lo encontraréis nunca».

«¿Qué estás haciendo?», me había preguntado Mason mientras yo abría mi cubilete y vaciaba el de Tártaro. Había cogido la pequeña lasca tallada que me había hecho mi padre y la había introducido en la cápsula de acero inoxidable.

«Voy a darles lo que mi padre creó», le había respondido después de volver a sellarlo herméticamente.

Nunca lograrían abrirlo.

Nunca lo tendrían.

Nadie podría encontrarlo.

Seguí sosteniéndole la mirada a Clark, hasta que por fin dije:

—¿Eso es todo?

Él me miró con frialdad. Quizá se había hecho la ilusión de que obtendría alguna respuesta por mi parte.

—He venido para informarla de que ya no debe preocuparse por el tema de Clementine Wilson. El Departamento ha adoptado las medidas pertinentes. Cualquier divulgación relacionada con lo sucedido compete a nuestra jurisdicción. La señorita Wilson no violará los protocolos de confidencialidad.

Asentí, y tomé nota mental de ello. No había vuelto a ver a Clementine desde el día del combate. Tampoco en el instituto. Oí decir que, después del ataque, su padre decidió matricularla en un centro privado, y me sentí aliviada al enterarme.

—Que tenga un buen día.

Lo vi alejarse. Mientas su traje negro se desvanecía entre la gente, estreché en mi mano el colgante de marfil. Aquel secreto estaría a buen recaudo. Conmigo para siempre.

De vuelta, caminé por entre los estands. Me crucé con familias y profesores de los centros de enseñanza afiliados, y de vez en cuando notaba cómo me miraban. A cada paso que daba surgían dedos señalándome y cuchicheos. Pero esta vez… era distinto.

—Es ella, la canadiense. —Los oía susurrar, y los más pequeños me miraban con temor y admiración—. Le disparó al terrorista.

—Le hizo saltar las tripas —vociferaban entre sí, y cada vez iban cambiando la historia.

—¡Le acertó en un ojo, fue de locos!

—Dicen que una vez mató a un oso pardo, solo con una honda. Uno de último curso me lo ha jurado.

Pero ahora ya no se apartaban, no miraban hacia otro lado

cuando pasaba. Ahora se enderezaban, con expresión alegre, y me saludaban con la mano.

Les dije «adiós» a un par de niños con las gorras de lado; ellos contuvieron la respiración un instante y reanudaron sus cotilleos con los ojos brillantes.

De pronto, algo se me echó encima. Trastabillé de lado y, cuando me volví, me encontré ante un informe revoltijo de brazos y labios. Un inconfundible sonido de ventosa me hizo mirar en esa dirección.

—¿Travis?

Abrió los ojos de par en par y se despegó del cuerpo al que estaba pegado.

Fiona lo miró con cara de ofendida mientras él hacía como que no tenía la culpa.

—Me ha saltado encima —se excusó al tiempo que ocultaba ambas manos, las mismas que hasta un momento antes la habían estado palpando apasionadamente.

—¿Qué? —bramó Fiona con indignación—. Pero ¡si me ha metido la lengua en la boca!

—Bueno, ¡tú tampoco te has quedado corta! —arguyó él, ruborizándose y señalándola con el dedo—. Además, lo hice porque creía que te habías atragantado con las palomitas.

—Pero ¿de qué palomitas hablas? ¡Si yo no estaba comiendo nada!

—Créeme, Ivy —me aseguró, poniendo voz de mártir—. Aquí la víctima soy yo.

Y llegados a ese punto, Fiona decidió que, en efecto, Travis sería la víctima, pero de un asesinato: empezó a asestarle golpes mientras él trataba de cubrirse con sus fornidos brazos.

—¡Tú, idiota…, mendrugo…, que eso es lo que eres!

—¡Ay! ¡Fiona! ¡Con las uñas no, ay!

—¡Ya te daré yo a ti víctima!

—Eh, vale ya, nena, solo estaba bromean… ¡AHHH!

Se acurrucó para protegerse de aquellos pequeños puños hostiles mientras alguien se reía a mi espalda.

—No me lo digas… —murmuró una voz—. ¿Ya estamos en las mismas?

Me volví y vi a Tommy y a Nate que se acercaban.

—Creo que deberíamos intervenir —sugerí mientras Fiona atizaba de lo lindo al chico del que estaba enamorada.

—No, tranquila, llevan toda la vida así. Harán las paces enseguida.

De pronto, dos brazos esbeltos me abrazaron por detrás. Carly asomó la cabeza y me saludó con una sonrisa luminosa.

—No hacía falta que vinierais todos —balbucí azorada—. No hay nada que…

—Pero si te has pasado una semana entera pintando noche y día —repuso Sam—. ¿Acaso creías que íbamos a perdernos tu debut?

—Se hace la modesta —opinó Nate, y yo le lancé una mirada reprobatoria—. Además, hay una apuesta en juego.

—¿Una apuesta?

—Ya lo creo. Y ha sido Travis quien la ha lanzado —respondió mientras Tommy trataba de ocultar el rostro bajo la capucha de la sudadera.

—Yo, bueno, nosotros, habíamos apostado a que pintarías un paisaje. Seguramente algo grande, en vista de que te ha llevado más de una semana. Algo que te permitiera expresar tu espíritu libre.

—¿Y Travis a qué había apostado?

—A que pintarías un alce.

Todos se echaron a reír como locos.

Me lo quedé mirando con los brazos cruzados, un poco mosqueada, y Tommy sacó una fotografía de la escena; nos inmortalizó así, conmigo apartándole el brazo a Nate, Carly abrazándome mientras sonreía a la cámara, y Sam echada hacia delante con la boca muy abierta.

Una voz familiar me hizo volverme: John venía hacia nosotros, charlando con alguien y sosteniendo una lata. A su lado estaba Mason.

Una ardiente alegría me oprimió el corazón. Siempre sucedía así, cada vez que lo veía. Lo observé mientras se acercaba, y nuestras miradas se encontraron. Distendí los hombros mientras Carly me los acariciaba la mar de contenta y yo me relajaba en sus brazos.

—¡Los jueces ya casi han concluido la ronda de votaciones! —anunció John—. Pronto será la entrega de premios. ¿Qué… está haciendo Travis?

En ese preciso instante, Travis se movió decidido, le sujetó la cara a Fiona y estampó los labios en la boca de la chica.

Yo pensaba que lo haría picadillo, pero, contra todo pronóstico, lo estrujó entre los brazos y respondió a su ataque con más ardor que antes. Volvieron a besarse como si no hubiera un mañana; mientras tanto, la gente pasaba por su lado y dos niños les sacaron la lengua poniendo cara de asco.

—Ah —dijo John, constatando el hecho.

Siguieron así un buen rato, antes de decidir que podían invertir un momento en respirar y ambos emergieron rojos como un pimiento pero triunfantes.

—Y que conste que me has besado tú primero —lo reprendió ella antes de cogerlo de la mano y tirar de él hacia donde nos encontrábamos los demás.

—¿Qué hay de nuevo por aquí? —saludó Travis, dándole una palmada a Mason—. Ivy, espero que al final no hayas decidido pintarme a mí. Tengo una apuesta que ganar.

Me lo quedé mirando con el ceño fruncido.

—Lo que debes hacer es dejar de ir por ahí diciendo que mato osos pardos con una honda.

Travis parpadeó y se hizo el inocente.

—¿Quién, yo?

—Sí, tú —refunfuñé, acordándome de aquella vez que lo pillé contándoles mis proezas a un grupito de extasiados alumnos de primero—. La gente se forma ideas extrañas.

—No sé de qué me estás hablando…

«Ya».

—Creo que va siendo hora de ir para allá —apuntó John mientras consultaba su reloj—. La entrega de premios comenzará de un momento a otro.

Todos asintieron, y Carly vibró como un saltamontes, entusiasmada. Por fin me soltó, y Fiona me dedicó una sonrisa de refilón; los ojos le brillaban de un modo sorprendente cuando nuestras miradas se cruzaron por encima del brazo de Travis.

Me preguntaba si Bringly habría terminado de visitar los estands de los otros institutos. Esperaba que cuando menos se hubiera tranquilizado un poco, después de ver los ojos tensos que se le habían puesto mientras le daba un masaje en los hombros a uno de mis compañeros.

—¡Tranquilo, Cody! —le decía mientras estrujaba al pobre chico como si fuera una pelota antiestrés—. ¡No te pongas nervioso, todo va bien! ¡No es más que una competición escolar! Después de todo, ¿qué importancia tienen el prestigio, la gloria? ¿El reconocimiento de por vida? ¡Nada, nada! ¡Solo lo hacemos con fines benéficos! ¡Faltaría!

Se había reído un poco histéricamente, y fue entonces cuando empecé a dudar de su lucidez.

Carly me tiró del brazo.

—¡Vamos!

—Espera un momento.

Sentí que me rozaban el pelo. Una mano masculina se deslizó por mis hombros. Alcé la vista, confusa, y era Mason.

—Falta una última cosa.

—¡Llegamos tarde! —lo apremió Carly—. Sea lo que sea, puede esperar.

—No —replicó él—. No puede esperar.

Dicho esto, se inclinó hacia mí y me besó delante de todos.

En medio del denso silencio que se produjo de pronto, solo pude oír el sonido amortiguado de mi gorra al caer al suelo.

Y el ruido de la lata de John, que aún estaba medio llena, al escapársele de la mano y estrellarse contra el pavimento.

No resultó fácil explicarles a los demás que yo no era la prima de Mason.

Ya que el tema de Tártaro estaba cerrado, no había motivos para seguir mintiendo.

Fue él quien habló: lo escucharon sin interrumpirlo, unos con la boca abierta, otros con un extraño color en el rostro.

No explicó nada de mi padre ni del virus, pero sí dijo que todo había sido por una causa mayor, a fin de protegerme. Yo lo escuché sin intervenir, y su apoyo me reconfortó. Lo miré cuando bajó la vista hacia mí, me apoyé en él y correspondí a su mirada con embeleso, como siempre que lo miraba a los ojos. A partir de entonces ya no tendría que seguir ocultándolo.

Nadie se movió. Todos se quedaron paralizados un momento a causa del desconcierto, demasiado sorprendidos como para reaccionar.

Y luego estalló el caos.

Preguntas, caras de sorpresa, y Fiona mirándome con un extraño tic en el ojo, y susurrándome:

—¿Él era el chico que te gustaba? Claro, ¡era él!

Sam se llevó las manos a la cabeza, y Travis, tras un primer momento durante el cual nos miró con las fosas nasales dilatadas, empezó a reírse con tantas ganas que por poco echa el hígado.

Cogió mi gorra y se la puso en la cabeza a su mejor amigo. Mason siguió con los brazos cruzados y una expresión impenetrable mientras él nos vitoreaba como si estuviera en un estadio, con frases que a mí no se me habrían ocurrido en la vida.

Nate, en cambio, se lo quedó mirando incrédulo. Como si de repente hubiera comprendido un importantísimo misterio del universo.

Pero pasó algo más.

Algo alucinante.

Algo que fue lo máximo.

A través de los altavoces, una voz anunció lo increíble. Oí el nombre de nuestro instituto y me quedé paralizada.

Yo, que en toda mi vida solo había ganado alguna baratija en el tiro al blanco, en las ferias de mi país…, no podía dar crédito cuando mi nombre resonó por todo el recinto.

Me tuvieron que zarandear para convencerme de que realmente me estaban llamando a mí. Me empujaron y me llevaron casi tirando de mí hasta el salón de actos.

—Es-esperad —farfullaba—. ¿Seguro que…?

Siguieron empujándome para que subiera las escaleras que conducían a la tarima, entre los aplausos de la gente.

Bringly me recibió emocionado y me ayudó a subir. Se desgañitó vitoreándome mientras los otros profesores lo observaban con cara de circunstancias. El director del certamen me entregó el diploma que me acreditaba como ganadora, y cuando nos hicieron posar para la foto oficial, sentí que las mejillas me ardían. Posamos mi profesor, colorado de la emoción, y yo, igual de ruborizada, ambos mirando el diploma. Y mi lienzo detrás, orlado con la escarapela azul.

—¡Y eso que no querías participar! ¡Vaya! —me reprendió en tono cariñoso, dándome una palmada en el hombro con orgullo—. ¡Ya sabía yo que me ibas a dar grandes alegrías! No te molesta que me haga una foto con el diploma, ¿verdad?

Al final, la foto acabé haciéndola yo, mientras él sostenía el documento enmarcado con una mano y con la otra estrechaba la del director, exhibiendo una sonrisa tan radiante que parecía el ganador de un Nobel.

Una vez me dijo: «Muéstrale a la gente cuánta belleza eres capaz de encontrar allí donde los demás no ven nada».

Y lo hice.

Mostré mi tierra.

Mostré las flores, los lagos y las montañas.

Mostré el cielo y su libertad.

Pero, sobre todo, mostré la esperanza.

Y quizá sea verdad que en la fuerza que transmiten ciertas cosas es donde reside su mayor belleza.

Cuando llegamos a casa ya se había hecho muy tarde.

Mi habitación estaba envuelta en una luz rosada, el cielo parecía una acuarela y, en el horizonte, el océano centelleaba como un cofre lleno de alhajas.

Me detuve en el umbral y dejé vagar la vista por la estancia. Ya no estaban las cajas de cartón junto a la pared. Ya no había ningún «si» ni ningún «pero» pendientes, metidos en bolsas de plástico.

En un rincón, mi caballete sostenía un lienzo con muchos colores, y había varios esbozos a lápiz colgados junto a la ventana. La escarapela con la bandera de Canadá destacaba sobre la cabecera de la cama, y la foto en la que salíamos mi padre y yo, que había enmarcado, me sonreía desde la mesita de noche. Mis zapatos y mis libros estaban en los estantes, y el peluche en forma de alce descansaba encima de la almohada, donde Miriam lo dejaba cada vez que limpiaba la habitación.

En ese momento era mía. En todo y para todo.

Coloqué el diploma en la pared, con cuidado. Al acariciar el cristal sentí una emoción extraña y muy especial, que no sabría explicar. Donde fuera que se encontrase, tenía la certeza de que mi padre estaría sonriendo.

—Hace un frío que pela aquí dentro.

Me volví, al reclamo de aquella voz.

Mason entró, lanzándole una mirada aviesa al aparato del aire acondicionado y contrayendo ligeramente el labio superior. No sabría decir por qué, pero empezaban a gustarme sus expresiones desabridas.

—¿Crees que tu padre estará disgustado? —le pregunté mientras se acercaba.

John no había comentado nada desde que nos besamos delante de todos.

Yo había llegado a pensar que igual le parecía bien que hubiera algo entre nosotros. Cuando hicimos las paces, me pareció notar una alegría sincera en su mirada, como si él también se sintiera más aceptado.

Sin embargo, por la cara de consternación que había puesto antes, comprendí que cuando me llevó a vivir a su casa, asumió inconscientemente los sentimientos y los deberes propios de un padre. «Todos» los deberes, incluidos aquellos que no están dichos ni escritos, esos que de algún modo los padres se sienten impelidos a ejercer, como darle una buena zurra a cualquiera que me echase el ojo encima, deberes que él, por su condición de hombre, conocía perfectamente.

Debió de sentirse muy desconcertado al percatarse de que ese «cualquiera» al que debería patear era nada más y nada menos que su hijo.

—Se le pasará. —Desplazó las pupilas distraídamente hacia el diploma—. No se lo esperaba.

«Nadie se lo esperaba», pensé a la velocidad del rayo mientras él redirigía la mirada de nuevo hacia mí.

«Ni siquiera tú. Ni siquiera yo…».

Inclinó la cabeza. El crepúsculo incendiaba el armonioso perfil de su rostro, convirtiendo sus iris en dos pozas de plomo fundido.

Me miró desde su altura, levantó una mano y me quitó la gorra lentamente.

La dejó sobre el escritorio, a nuestro lado, sin dejar de mirarme, atento y silencioso. Me quedé quieta, a la espera de que me acariciara. El tacto rugoso de sus dedos en mi mejilla me provocó un escalofrío a lo largo de toda la espalda. Dejé que los posara en mi piel, y me acarició con tanta delicadeza que parecía imposible que unas manos tan fuertes pudieran tocar de aquel modo.

Incliné el rostro para facilitarle aquel gesto, suspiré lentamente y volví a alzar la vista.

Él me había estado mirando todo el tiempo.

—No volverás a escaparte… —murmuró—, ¿verdad?

—Dímelo tú —musité con un hilo de voz.

—No, dímelo tú.

Puso la mano en mi rostro y me atrajo hacia sí. Su respiración se mezcló con la mía. Disfruté del contacto con su cuerpo cuando agachó la cabeza hasta rozarme la frente.

—Quiero oírtelo decir. Quiero oírlo de tu voz.

—No me voy a ir —suspiré mirándolo a los ojos.

Aquellas palabras penetraron en su interior y esculpieron caminos que se perdieron en su alma.

Había muchas cosas que aún ignoraba de Mason. Había muchos universos inexplorados en sus iris. Y quería descubrirlos. Todos.

Lo había buscado entre miles de personas.

Lo había perseguido en los ojos de la gente. Y lo había encontrado dentro de mí.

Ahora quería vivirlo.

Me puse de puntillas y él se inclinó para besarme. Sentí su fuerza, su mano contra mi mejilla, el pulgar en la comisura de mi boca.

Habíamos vivido nuestras vidas sin conocernos.

Habíamos crecido en dos mundos lejanos.

Pero tal vez existan ciertos vínculos que no conocen el tiempo ni el espacio. Tal vez son capaces de traspasar cualquier barrera.

Constituyen otra clase de destino.

Tal como nos sucede a nosotros dos.

27

Desde el principio

Odiaba los hospitales.

Esperaba no tener que volver a sentir aquel olor.

La náusea sofocante.

La sensación de impotencia.

Me recordaban el periodo durante el cual lo perdí todo.

En aquel momento, mientras nuestros pasos resonaban en el pasillo, volví a sentirme aquella chica perdida.

Giramos a toda pisa, corriendo como locos. Sentía el corazón en la garganta, las manos sudadas, la respiración agitada de Mason a mi lado.

La preocupación me impedía razonar y ofuscaba mi lucidez.

Llegamos casi patinando a la habitación; me sujeté a la puerta y, de pronto, una atmósfera llena de luz se abrió ante nosotros.

John estaba allí, en la cama.

—Hola —dijo, un poco azorado.

Me costaba respirar. Lo examiné obsesivamente, recorriendo cada centímetro de su rostro sin poder disimular mi preocupación. Tenía las facciones distendidas, la tez luminosa, el cabello bien peinado y… ¿un vendaje en la muñeca?

—Ya os dije que todo estaba bien —murmuró con cierto aire de culpabilidad al vernos tan agitados.

«Me he caído y me han llevado al hospital», decía el mensaje que nos había enviado. Me sentí morir. Los recuerdos comenzaron a aflorar en mi corazón, y yo no era la única: por primera vez había percibido en el rostro de Mason una angustia tan profunda como la mía.

—¿Qué ha pasado? —le preguntó su hijo con la voz ronca.

—En el trabajo, a un compañero se le han caído unos papeles al suelo. He resbalado y he aterrizado con la muñeca —nos explicó John mientras nos acercábamos.

No dije nada, pero no pude evitar mirarlo como si sintiera una extraña necesidad. Observé sus ojos límpidos, su aspecto aseado, la camisa recién salida de la lavandería que resaltaba la calidez de su piel.

No había sido nada.

Estaba bien.

John estaba bien.

Un suspiro tembloroso brotó de mi pecho. Noté que Mason también se relajaba, como si la tensión fuera hielo que se nos estaba desprendiendo de la piel.

—Siento haberos preocupado —dijo John con una sonrisa compungida, y le tocó el brazo a su hijo, que era el que estaba más cerca de la cama.

Yo también sentí alivio al observar aquel gesto y, cuando nuestras miradas se encontraron, fue como si un rayo de sol volviera a darme calor.

De pronto me percaté de que no estábamos solos. Al fondo de aquella sala llena de camas había alguien que nos llamó la atención. Como un imán de una potencia extraordinaria, la mujer que estaba sentada en la silla captó nuestras miradas, parecía que las hubiera estado esperando en silencio.

—¿Qué cojones está haciendo ella aquí? —masculló Mason con un tono de voz silbante que me hizo estremecer.

El modo en que pronunció aquellas palabras destilaba tanto odio que se me puso la carne de gallina. Me volví hacia Mason y en sus iris, ya tan familiares para mí, me pareció entrever la sombra de una rabia escalofriante que me desestabilizó.

Esos no eran los ojos que yo conocía.

Irradiaban una ira profunda y devastadora, procedente de abismos en los que nadie habría osado adentrarse.

No me cupo la menor duda de que aquella era la mujer de la que había oído hablar, el fantasma que había permanecido tanto tiempo en aquella casa tan grande.

Era su madre.

—He venido para discutir algunas cuestiones con tu padre
—respondió sin alterarse.

Tenía una voz profunda y elegante, que transmitía un encanto
fatal.

Pero, por encima de todo, me impresionó su aspecto: Evelyn
era una mujer espléndida, sofisticada, de una belleza enigmática y
voluptuosa. Con las piernas cruzadas y su porte orgulloso irradiaba un carisma que había visto en pocas mujeres.

—Me he enterado de que lo habían traído aquí y le he ofrecido
mi ayuda.

—No queremos nada de ti —masculló Mason, cortante.

Todo su cuerpo desprendía una tensión semejante a un veneno
abrasador.

Ella alzó la comisura del labio.

—He oído que ganaste el último combate. ¿Recibiste mi regalo?

—Te lo puedes meter en…

—Mason —terció John.

Evelyn chasqueó la lengua con parsimonia, y miró a mi padrino con una expresión divertida en el rostro.

—Tendremos que lavarle la boca con jabón…

Mason estaba a punto de saltar, pero su padre aumentó la presión en su muñeca.

Un río de rencor incandescente invadió a Mason; miró a su
padre con una sombra de rabia contenida, y pude intuir el enorme
esfuerzo que estaba haciendo por no darle rienda suelta.

Habría sido capaz de echar a su madre de allí a patadas.

Sin duda tenía la fuerza suficiente, y ganas no le faltaban.

Pero no lo hizo.

De nuevo volvió a emerger el profundo vínculo que los unía.
John no solo era su padre, era el hombre que lo había criado.

A Evelyn no se le escapó. Observé cómo sus fríos ojos registra-
ban aquel gesto, y percibí en su mirada algo que no sabría explicar.
Una punta de morbosidad. El apego hacia un hijo del que ella
misma se había librado, pero que a pesar de todo era «suyo». No
era instinto maternal. Había perdido una batalla y su naturaleza
competitiva no le permitía aceptarlo.

—Por favor, esperad fuera —dijo.

—Yo no he de esperar en ningún sitio —respondió Mason, sin apenas poder contener el enfado.

Finalmente me tomó de la mano pare llevarme afuera, y en ese momento ella se fijó en mi rostro bajo la sombra de mi gorra.

—Candice —susurró.

Me quedé paralizada. Ella me observó un instante sin pestañear, mientras un pensamiento cruzaba veloz por su cabeza.

—Tú eres la hija de Robert.

—Vamos —me apremió Mason, tirando de mí hacia la salida.

Me di cuenta de que él odiaba el simple hecho de que su madre me dirigiera la palabra, no soportaba aquella intromisión.

Traté de seguirle el paso. Me volví y la vi ponerse en pie y dirigirse hacia nosotros. Era alta, sinuosa como un pantera, tenía unos labios carnosos y un bonito pelo moreno que enmarcaba un atractivo rostro. Mason tenía mucho de ella.

—¿Conocía a mi padre? —pregunté a pesar de todo.

—Conocía a tu madre. Oh, te pareces muchísimo a ella.

—No debes hablarle —estalló Mason, volviéndose hacia ella como un terremoto.

Estaba a un palmo de distancia de su rostro cuando le espetó aquellas palabras. Yo sabía que su presencia le causaba dolor, sabía que quería mantenerla fuera de su vida, pero lo que más lo hería era el hecho de no poder hacerlo. ¿Cuántas veces se habría mirado al espejo y la habría visto a ella?

—¿Pretendes negarle el derecho a hablarme? —le replicó su madre con mordaz ironía—. Eres muy posesivo, Mason. ¿Quién eres tú para esta chica?

—Algo que tú ni siquiera serías capaz de entender.

Estábamos en el pasillo, y una enfermera nos miró desde cierta distancia. Su madre captó el mensaje y centró toda la atención en mí, como si le hubiera entrado una repentina curiosidad.

—Conocía a sus padres. A lo mejor ella quiere quedarse aquí hablando conmigo.

Mason apretó la mandíbula y me miró. Aquello bastó para que él comprendiera que Evelyn quizá tuviera razón. Nunca me había topado con alguien que hubiera conocido a mis padres, aparte de John, y mi vacilación equivalía a una respuesta afirmativa.

—Mason… —musité tratando de retenerlo, pero él me soltó y se alejó por el corredor.

Me dio la espalda y se fue sin volverse. Lo vi desaparecer de mi vista y sentí un vacío en el pecho.

—Quién lo hubiera dicho —murmuró impresionada—. La hija de Candice y mi hijo…

Me situé frente a ella. Sus ojos me devoraron, examinándome con una precisión casi quirúrgica. Había una especie de avidez en su mirada, era una de esas miradas capaces de hacerte caer en su trampa.

—¿Cómo la conoció? —le pregunté con cautela.

—Éramos compañeras de cuarto en la universidad. La chica más desordenada del campus. —Sonrió abriendo sus bonitos labios.

—¿Eran amigas?

Se quedó pensativa.

—En cierto sentido. Salíamos juntas de vez en cuando. Así fue como conocí a John: cuando ella comenzó a frecuentar a Robert, fue inevitable que coincidiéramos.

Me la quedé mirando, sorprendida. ¿John y Evelyn se habían conocido gracias a mis padres?

—El parecido es asombroso. Por un instante he creído de verdad que eras ella.

—¿Cómo era?

Me mordí el labio. Ella percibió el cambio en mi voz y me miró con una disposición distinta.

—¿No recuerdas nada de tu madre? —me preguntó con delicadeza.

Me leyó la respuesta en el rostro. Sin embargo, no aparté la vista, lo cual pareció agradarle.

—Yo sabía que soñaba con volver a casa —empezó a explicarme—. Llenaba las paredes con pósteres de paisajes nevados. Amaba aquel lugar. Allí no había nada, pero ella insistía en que yo no era capaz de comprender su belleza. Era una chica extraña, pero tal vez por eso resultaba tan fascinante. Emanaba pureza. Cuando se trasladó a Canadá con tu padre, no volví a verla.

«Te pareces a ella más de lo que crees», me dijo una vez mi padre. Pensaba que solo se refería al aspecto, pero no era así. Oír hablar

de ella me produjo una sensación extraña. Eso la hacía aún más real.

—Me enteré de lo de Robert —admitió—. Lo sentí mucho cuando supe lo que había sucedido. Qué terrible desperdicio. Habría podido hacer grandes cosas con una mente como la suya. —Sacudió la cabeza, agitando la espesa melena—. Destruir un descubrimiento tan importante… Menuda locura. Debería haberlo vendido al mejor postor —añadió con un punto de envidia, como si hubiera querido encontrarse en su lugar—. Adquirir una posición de prestigio y vivir como uno de los grandes creadores de nuestro tiempo. Habría podido tener el mundo a sus pies… y escogió renunciar a ello.

Evelyn exhibió una espléndida sonrisa de tiburón y prosiguió con su diatriba:

—A veces la vida es una paradoja, ¿no te parece? Nos induce a rechazar la realidad como si con ello hubiéramos de hallar la paz. Robert habría sido uno de los diseñadores de armas más relevantes de los últimos tiempos si no se hubiera empeñado en considerar que con ello estaba obrando mal. Como mi hijo. No soporta que nos parezcamos tanto, y ni siquiera se da cuenta de que es idéntico a mí.

Me quedé mirando a la mujer que tenía enfrente, y ella me sonrió con ironía, recreándose en sus últimas palabras.

—Se equivoca —le dije con voz serena. Evelyn se volvió y yo le sostuve la mirada sin titubear—. No podrían ser más distintos.

Se hizo el silencio. Ella volvió a estudiarme a fondo, pero esta vez algo cambió en su modo de mirarme.

—Debo rectificar algo que dije antes —anunció—. Has heredado la perspicacia de tu padre. Cuando te miro a los ojos es como si lo estuviera viendo a él.

Me la quedé mirando un momento y, sin decirle nada, di media vuelta y enfilé el corredor.

Sentí cómo me seguían sus pupilas, cómo me excavaban por dentro, pero dejé que aquel influjo se desvaneciera al doblar la primera esquina.

Porque las personas como Evelyn no son capaces de mirar en el corazón de las cosas.

Solo saben ver la superficie, sin entenderlas de verdad.

Creen que las conocen.

Y ese es precisamente su mayor error.

Cuando llegué a casa, ya bien entrada la tarde, el coche de Mason estaba en el garaje.

Me quité la gorra, los zapatos, subí hasta su habitación y llamé a la puerta con delicadeza antes de entrar.

La estancia estaba envuelta en la penumbra. Avancé sin hacer ruido y distinguí su silueta tendida en la cama. Estaba de espaldas, pero ya lo conocía lo bastante como para saber que no se volvería.

Me senté sobre el colchón, procurando no romper aquel silencio. Dudé un momento, pero finalmente extendí una mano y le acaricié el pelo. Hubiera querido consolarlo, hallar el modo de llegar hasta él. Siempre me sentía torpe en momentos como aquel, como si los demás poseyeran una sensibilidad de la que yo carecía. Pero lo intenté igualmente.

—No importa lo que se tiene en común, sino lo que nos hace distintos. —Buscaba las palabras precisas, escogiéndolas con sumo cuidado—. Puede que os parezcáis…, pero tú tienes un corazón que ella jamás tendrá. Y eso os hace totalmente distintos.

Incliné la cabeza e hice una pausa. Le acaricié el pelo de nuevo y proseguí:

—¿Sabes lo que más me impresiona de ti? —susurré, expresándole por primera vez un pensamiento tan íntimo—. Tu lealtad. La lealtad que tienes hacia tus amigos, hacia John y hacia las personas a las que quieres. Tú no eres como ella. Pero no sabes verlo.

Mason no se volvió.

Me habría gustado dar con las palabras adecuadas para poder construir con ellas un camino hacia su alma. Me habría gustado discurrir por esa senda con la cabeza alta, sabiendo exactamente cómo moverme y por dónde ir.

Pero no era capaz de hacerlo.

Miré al suelo y aparté la mano, vencida por mis limitaciones. Me aparté un poco, lentamente, y la cama crujió.

Pero al cabo de un instante mis manos estaban ciñendo su pecho. Me tendí detrás de él y lo abracé, sintiendo cómo su poderoso tórax vibraba bajo mis manos. Apoyé la mejilla en su espalda y lo estreché con toda la dulzura que no había sido capaz de transmitirle a través de las palabras.

Ser nosotros mismos no era un obstáculo.

Era lo que nos hacía auténticos.

Con el tiempo había comprendido que ser parecidos no era lo que hacía que algo fuera especial.

Era el hecho de ser capaces de encontrarse igualmente, pese a las diferencias, lo que lo conseguía.

Me despertó el lejano chillido de las gaviotas.

La luz del alba estaba irrumpiendo a través de las persianas de la ventana. Parpadeé amodorrada y traté de enfocar la habitación.

¿Me había quedado dormida allí? ¿En la habitación de Mason?

En ese momento reparé en la posición en la que estaba.

En otra historia yo sería la chica rodeada por dos poderosos brazos, apretada contra el pecho de un hombre joven que la había estado abrazando todo el tiempo.

Pero no en la mía.

En la mía era yo quien estaba pegada a él, quien, por el contrario, me daba la espalda.

Me estiré, notando cómo me ardían las mejillas. ¿Lo había estado abrazando toda la noche? Dios mío… ¿Y si le había parecido demasiado empalagosa? ¿Y si hubiera querido moverse?

Observé el contorno de su rostro. Me detuve en la incitante curva de su cuello y, después, tras vacilar un instante, hundí la nariz en su oreja e inspiré su perfume.

Maravilloso.

Dejé que mis pulmones se embriagasen con aquella esencia suave y provocadora que me arrancó un suspiro, pero, en ese momento, por su forma de respirar me di cuenta de que Mason estaba despierto.

Me puse colorada por la vergüenza.

¿Se habría percatado?

—Háblame de tu padre —le oí murmurar.

La sorpresa me dejó bloqueada por un momento. Tras escuchar su petición apoyé la cabeza en la almohada y me tomé mi tiempo para encontrar las palabras adecuadas.

—Él… era muy distinto de John —comencé a decir, sin saber muy bien qué quería oír—. Era un hombre excéntrico y algo torpe. Nunca aprendió a atarse los cordones como es debido, siempre había una parte que le rozaba con el suelo. Le encantaba la criptografía, y todo lo que estuviera relacionado con los lenguajes codificados… Eso fue lo que hizo que se apasionara por el mundo de la informática. Tenía una mente increíble, pero, sobre todo, sabía sonreír como nadie. Murió de cáncer de estómago.

Tragué saliva, sin saber muy bien qué más decir. Lo estaba haciendo fatal, pero es que no se me daba bien plasmar a las personas con la voz, solo con las manos. Siempre me había resultado difícil expresarme, y envidiaba a quienes no tenían problemas en hablar de sus sentimientos. Noté que Mason se movía, deslizó su mano hasta mi muñeca, y el corazón me dio un vuelco cuando entrelazó nuestros dedos y los apoyó sobre su camiseta. Yo me veía minúscula al lado de su inmenso cuerpo, pero me apreté contra él y bajé los párpados.

—Tenía el sol en los ojos —musité, y me di cuenta de que la voz se me había afinado—. El sol de aquí, un sol cálido, fortísimo y brillante. Veía a todo el mundo con aquella luz. Me decía: «Mira con el corazón». Creo que se refería a que debía buscar el alma de las cosas, amarlas por lo que eran. Verlas de verdad, como hacía él.

—¿Y lo has logrado? —me preguntó.

Entreabrí los labios, alcé lentamente la vista y lo miré.

—Es posible.

Al cabo de un instante, la sábana crujió sobre mis piernas. Mason se volvió, y por fin nuestras miradas se encontraron. Su pelo descansaba indolente sobre la almohada, y sus labios carnosos desprendían una sensualidad extrema. Tenía su rostro a un soplo del mío, cálido, soñoliento y seductor.

Una inesperada atracción me dejó sin aliento. De pronto sentí el deseo de besarlo, de deslizar mis dedos por su cabello desordenado y de estrecharlo con fuerza. Mason me miró a los ojos y descendió hasta mi boca, acrecentando en mi interior un deseo que se propagó por todo mi ser en forma de cálido torrente.

Y entonces me besó.

Lentamente.

Mis labios se abrieron dóciles bajo los suyos, permitiéndole que me saboreara a fondo. Su cálida lengua me invadió, proyectando mis sentidos hacia una dimensión lánguida y ardiente, que me dejó sin respiración.

Mason besaba como un dios. Movía la boca con una sensualidad y una carnalidad que me hacían hervir la sangre y al mismo tiempo me intimidaban. Me habría gustado complacerlo más, pero, cuando me tocaba, mis nervios temblaban y mis músculos se derretían como miel.

Jadeé lentamente mientras los húmedos chasquidos de sus besos resonaban en mis oídos, y me arrastraban hasta dejarme a merced de un irresistible placer. Traté de acompasar la respiración con la suya, pero no pude. Me estrechó las caderas con sus grandes manos, y mi cuerpo fue presa de una serie de reacciones incontenibles.

Me sentía vergonzosamente sensible.

—Mason —susurré sin apenas aliento.

Él me sujetó por las trabillas del cinturón y me atrajo hacia sí. Sentí que me sumergía en su llameante aura cuando me apretó con fuerza contra su cuerpo, como si quisiera poseerme. Entera.

Tuve que esforzarme para no perecer de un ataque al corazón.

Nunca habíamos compartido un grado de intimidad tan elevado, nunca hasta entonces nos habíamos explorado de aquel modo. Y aquella sensación me emocionó y me dio miedo al mismo tiempo.

Me sentía ardiente y electrizada. Si ni siquiera era capaz de dejarme besar por él sin caer rendida en sus brazos, ¿cómo iba a poder controlar todas aquellas sensaciones que me estaban desgarrando el pecho?

—Quiero sentirte —murmuró pegando sus labios a mi oreja—. Quiero… tocarte.

Me faltó poco para caer fulminada. Su voz ronca y provocativa vibró en mis huesos, cortándome la respiración.

Me pareció que siempre había estado conteniéndose, que debajo de aquel carácter arisco ardía una naturaleza voraz y pasional, reservada únicamente a mí. Solo de pensarlo me entraron ganas de gritar.

Noté sus dedos trasteando con la cremallera de mis vaqueros. Retorcí la tela de su camiseta, y entonces él inclinó el rostro y deslizó sus maravillosos labios por mi cuello, dejándome sin aliento. Lamió mi piel, tan sensible en ese punto, y la mordió con lascivia, haciendo que cualquier propósito de detenerlo se me derritiera en la boca. Temblé, los latidos se me aceleraron y un extraño entumecimiento me atenazó el estómago.

Me estaba volviendo loca.

No estaba acostumbrada a sentirlo de aquel modo, no estaba acostumbrada a aquellas atenciones. La mera idea de que me estuviera tocando me hacía perder la razón. No sabía cómo gestionar aquella vorágine que me hacía bullir el cuerpo, era demasiado.

Advertí los vaqueros deslizándose por mis piernas. Contuve la respiración. Los liberó de mis tobillos y me sentí desnuda, pese a que aún llevaba la camiseta puesta y estaba tapada con la sábana. Apreté las rodillas instintivamente, pero Mason no pareció estar de acuerdo; tiró de uno de mis muslos y lo acomodó alrededor de su pelvis, inspirando profundamente.

Un cúmulo de emociones desbocadas me devoró por dentro. Noté la tela de su chándal rozando mi cuerpo, y el corazón me estalló en el pecho.

¿Acaso no era consciente de lo que me estaba haciendo?

¿No se daba cuenta de que podía llevarme al éxtasis solo con rozarme, de que me hacía arder solo con su respiración, de que me tenía totalmente a su merced solo con mirarme?

Tenía en sus manos mi alma entera.

Y no temía usarla.

Cuando volvió a introducir su lengua en mi boca, estallé.

Deslicé las manos por su pelo y lo secundé con una vehemencia que rayaba en la desesperación. Estaba ardiendo viva. Nunca hasta ese momento había experimentado aquellas sensaciones, y eran devastadoras.

Sus dedos ásperos hicieron presa en mi delicado tobillo y ascendieron hasta las nalgas, dejando tras de sí una estela de emociones. Una vez allí, las tomó entre sus manos y las estrujó con ganas. Me ladeó la cabeza, y el corazón empezó a latirme en la garganta. No quería jadear de aquel modo, pero Mason seguía incitando con vigor mi cuerpo menudo, como si disfrutara viéndome en aquel estado.

De pronto me empujó contra su pelvis y yo me arqueé. Yo estaba encima de él, y lo sentí como nunca. Gimió en mi boca y yo mordí aquellos labios carnosos, totalmente fuera de mí.

Con gesto decidido, me sujetó por las articulaciones de las rodillas y tiró de ellas.

De pronto estaba sentada a horcajadas encima de él, con solo las bragas de cintura para abajo. Mi cuerpo se adaptó a la forma de su pelvis, y la dureza que sentí entre mis muslos me dejó sin aliento.

Dejé de respirar. Abrí los ojos de par en par, tenía las mejillas en llamas, pero Mason deslizó los dedos por mi pelo y me atrajo hacia su boca, acallando así mi desconcierto.

Era yo quien lo había llevado a aquel estado.

Era yo quien se lo había provocado.

No una de esas espléndidas chicas que corrían por ahí.

No Clementine, con su cuerpo de infarto y su seductora impudicia que hacía girarse a la gente.

Era yo.

Mason me quería a mí.

Solo a mí.

Quería que yo lo tocase, que yo lo besase, que yo lo abrazase.

Incluso toda una noche, pero solo yo.

Nunca había llevado a una chica a casa, porque para él su casa simbolizaba las puertas de su intimidad, de su familia y de todo lo importante que había en su vida.

Yo había entrado allí a la fuerza. Pero fue él quien me trajo de vuelta cuando me marché.

Nos pertenecíamos el uno al otro.

De una extravagante, desmesurada, extraña manera.

Pero era así.

—Yo también quiero sentirte —le dije con un hilo de voz.

Estreché su rostro entre las manos y él me miró, con el pecho vibrante.

En sus ojos vislumbré algo, un fuego, una necesidad que, a decir verdad, ya había percibido antes en él, muchas veces. Cuando nos peleábamos, cuando nos gritábamos, cuando yo lo desafiaba con aquella mirada intensa y profunda tan propia de mí.

Y al fin podía verlo. Estaba dentro de sus ojos.

Y gritaba mi nombre.

Le alcé el rostro y volví a unir nuestros labios, tomando todo cuanto me daba. Me dejé ir, inundándolo con mis sentimientos. Estallé como una ola tórrida, inmensa, extraordinaria.

Sorprendido, Mason me sujetó por las caderas, y yo me estreché contra su cuerpo con toda mi alma. Lo besé hasta dejarlo fuera de sí, sin respiración, y él me correspondió con el mismo ímpetu, haciéndome arder.

Andábamos perdidos el uno en el otro, cuando de pronto un ruido de pasos y una voz nos sobresaltaron.

—¿Mason? ¿Estás despierto?

Nos separamos apresuradamente, y al cabo de un instante se abrió la puerta.

—Quería hablarte de lo de ayer…

John se quedó muy sorprendido al verme allí. Aún diría más, se quedó totalmente petrificado. Tiré hacia arriba de la sábana con la que me estaba cubriendo las piernas, y deseé con todas mis fuerzas que el rubor no me traicionara. Él alternaba la mirada entre su hijo y yo. De pronto, una extraña sensación de incomodidad se adueñó de la estancia.

—Ivy, tienes que dormir en tu habitación —dijo, y el significado implícito de aquella frase nos impactó a los tres.

Mason miró hacia otro lado, John tragó saliva y yo me puse de color púrpura. Aquella era la situación más embarazosa de toda mi vida.

—Cla-claro.

—No le estaba haciendo nada —replicó Mason en tono desabrido, enarcando una ceja, y a mí se me subió la sangre al cerebro. «¿Nada?».

—Lo sé —repuso John con la voz tomada, pero lo cierto era que no parecía saberlo en absoluto—. Es que yo… aún tengo que hacerme a la idea. —Rogué por que la sábana me estuviera cubriendo del todo, o de lo contrario ese «nada» resultaría más que cuestionable—. Lo que pasa es que… a Ivy… la he visto crecer. Y tú… Bueno, tú eres mi hijo, así que…

Tragó saliva por segunda vez, y lo incómodo de la situación aún se hizo más patente.

Me hubiera gustado decirle que su hijo solía disponer de lo que se le antojaba sin contar con su permiso.

A menudo nos interrumpían, aunque solo estuviéramos hablando o simplemente estuviéramos juntos. Vivir rodeados de amigos que se presentaban como y cuando querían, y, además, en la casa de un hombre que también vivía allí, es decir, John, no podría decirse que nos brindara muchas oportunidades de tener intimidad.

Pero, desde luego, Mason no era de los que se detenían ante ese tipo de menudencias.

Debíamos tener paciencia, darle tiempo a John para que se acostumbrase. Yo sabía que, en el fondo, le agradaba la idea de que estuviéramos juntos. Lo que lo desestabilizaba era «hasta qué punto» lo estábamos.

—Vamos —me dijo con una afectuosa sonrisa—. Te preparé el desayuno.

Me quedé quieta donde estaba. Lo miré, paralizada, y él me miró a su vez, sin entender qué sucedía.

—¿Ivy?

—Ahora mismo bajo —respondí, tratando de disimular el pánico con mi habitual tono de voz impasible. Iba en bragas, y los pantalones debían de estar revueltos en no sabía qué rincón de la cama, pero me esforcé en que no se notara—. Enseguida te alcanzo.

John se me quedó mirando de nuevo, desconcertado. Traté de hacerle ver que no pensábamos saltar el uno encima del otro en cuanto se diera la vuelta, y al final pareció optar por fiarse de mí. Salió de la habitación sin demasiado convencimiento y se dirigió hacia las escaleras.

En cuanto hubo desaparecido aparté la sábana, busqué los vaqueros y me los puse en cuestión de segundos. Percibí la mirada de Mason mientras me vestía. Al volverme, me lo encontré con un codo en la rodilla y la cabeza apoyada en los nudillos.

—Mason, en cuanto a tu madre…

—Escuché lo que le dijiste ayer —me interrumpió con voz serena—. Hasta la última palabra.

Por el modo en que me miró, comprendí que era mejor guardar silencio. Alargué una mano y le acaricié el rostro. Las pupilas se le dilataron levemente. Yo estaba empezando a mostrarme más espontánea con los gestos, y él también lo había notado.

—Dije la verdad.

Se me quedó mirando de aquel modo que daba a entender tantas cosas, y yo le correspondí con una sonrisa teñida de afecto.

Me había dicho que le gustaba. Que le parecía una cosa rara y extraordinaria.

Y a juzgar por la intensidad con la que me miraban sus ojos, comprendí que tal vez... era verdad.

Ese día, después de clase, habíamos quedado en casa de Carly. Sam pasaría a buscarme con la moto por casa, adonde había vuelto solo para ponerme algo más cómodo. Sabía que vivía cerca de la playa, así que ir con pantalones largos no era una buena idea.

Me puse unos *shorts* vaqueros oscuros que me había regalado Fiona, de la tienda de ropa *vintage* de su prima. Me había dicho que en cuanto los vio pensó en mí y en el hecho de que, según ella, eran de mi estilo. Tenían la etiqueta de cuero bordada con filigranas y eran de calidad, estaban bien confeccionados. No se veían gastados ni tenían rotos: eran sencillos, con el dobladillo a la vista, pero así era como me gustaban.

Rebusqué entre la ropa de la señora Lark y saqué una blusa blanca con la cintura fruncida, cordones en el escote y sin mangas, para estar más fresca y ligera. Cogí la mochila, me puse la gorra y esperé fuera de casa a que Sam pasara a buscarme.

Me fijé en que nuestro buzón tenía la palanca levantada.

John había recogido el correo esa misma mañana, así que me acerqué a ver de qué se trataba. Había un sobre dirigido a mí.

En el dorso estaba escrito «De parte de Evelyn».

¿Qué querría ahora esa mujer?

Abrí el sobre rompiendo la solapa. En el interior había un papel con unas líneas escritas, y lo leí mientras el viento me acariciaba el pelo.

«Creo que deberías tenerla tú».

—¡Buena chica, ya estás aquí!

Al oír la voz de Sam salí de mi ensimismamiento. Detuvo la moto justo delante de mí y guardé el sobre. Una sonrisa pletórica iluminaba su rostro bajo el casco.

—¡Qué diferencia de cuando he de ir a buscar a Fiona! Tú no me tienes horas esperando. ¡Qué guapa!

Sonrió de nuevo y me pasó un casco, que me puse al instante.

—Sujétate bien —me recomendó.

Apoyé las manos en sus caderas y partimos. No tenía miedo. Sabía que Sam no era ninguna temeraria y confiaba en su sentido de la responsabilidad a la hora de conducir. Cuando llegamos a nuestro destino solo eran las tres de la tarde. Carly nos abrió la mar de feliz, con su habitual entusiasmo.

—¡Hola!

Su casa era casi toda de madera blanca. Con grandes cristaleras luminosas y cortinas de un blanco inmaculado movidas por la brisa que llegaba de la playa. Conocí a sus padres, una pareja muy bien avenida que poseía una cadena de tiendas de artículos deportivos en el paseo marítimo. Procuré no mostrarme cohibida a la hora de presentarme, pero ellos me sonrieron desde el primer momento, transmitiéndome una sensación imprevista. Observé cómo reían entre ellos, se hacían carantoñas, y en cuanto llegó Fiona se les iluminó el rostro. Esa complicidad que exhibían aumentó aquella extraña sensación en mi interior.

—¿Ivy? —Carly apoyó una mano en mi hombro—. ¿Va todo bien?

—Sí —musité.

Ella inclinó la cabeza y me sonrió, pero la noté preocupada.

—¿Estás segura? Pareces… triste.

Desvié la vista de sus padres y me esforcé en ahuyentar aquella sensación que había empañado mi corazón como un velo.

—Todo está en orden —respondí, rehuyendo de inmediato su mirada, y seguí a las chicas afuera, hasta un pequeño cenador situado sobre la arena.

Nos acomodamos en unos cojines y Carly trajo una bandeja llena de dulces y zumos.

El viento amenizó nuestra visita. Fiona nos contó que Travis los había llevado a su hermano y a ella al parque de atracciones, y me di cuenta de que nunca la había visto tan feliz. Seguía lamentándose como siempre, pero ahora en sus ojos había un brillo espléndido que antes no estaba.

—Yo esta semana he ido a informarme sobre el tema de la universidad —dijo Sam—. El último curso está llegando a su fin.

Ya no queda mucho tiempo… —Cogió algo de la bandeja y se volvió hacia Carly—. ¿Y tú?

Carly se encogió de hombros.

—Nada en especial. He cuidado a los niños de los Thompson. He echado una mano en una de las tiendas de mis padres… ¡Ah, sí! Y Tommy me ha dicho que le gusto.

Me atraganté con el zumo.

—¿Qué? —balbució Sam, que acababa de llevarse una rosquilla a la boca.

—Ha tratado de besarme.

Las dos la miramos alucinadas.

—¿Y nos lo dices así? —le soltó Fiona, con su orgullo de amiga herido—. ¿Y tú qué le respondiste?

Carly volvió a encogerse de hombros.

—Le he dicho que yo lo veo como un amigo. ¿Qué iba a hacer, si no?

—¿Lo has… —empezó a decir Fiona—, lo has convertido en un pagafantas?

Arrugué la frente. Nunca acabaría de entender del todo aquel modo de hablar que tenían.

—Bueno, pero es que es verdad… Somos amigos.

—¡Carly, ese pobre chico lleva años yendo detrás de ti! ¡Incluso aceptó hacer de fotógrafo en la fiesta de la Wilson porque así podrías hacerte todas las fotos que quisieras! ¿Pero es que no te has dado cuenta de cómo te mira?

Carly se cruzó de brazos.

—Tommy es como un hermano para mí. Lo quiero mucho. ¡Siempre ha estado ahí cuando lo he necesitado!

—¿Y qué? Das las cosas por sentadas —dijo Fiona en tono reflexivo, mientras la apuntaba con el índice—. Estás acostumbrada a tenerlo siempre a tu lado, a salir como amigos, pero ¡nunca te has parado a pensar que lo buscas a todas horas! ¿Cómo puedes estar tan segura de que solo es amistad?

—Si fuera otra cosa lo sabría —afirmó convencida.

—¿Entonces me estás diciendo que si saliera con otra chica no te importaría?

Carly parpadeó. Se quedó en silencio, y por primera vez vi una sombra de duda en su rostro.

—Nunca se ha parado a pensarlo —nos aclaró Sam, y Carly la miró con el ceño fruncido.

—¿Y qué, si así fuera?

—Tienes que pensar en ello —le replicó Fiona—. Un día podrías arrepentirte de no haberlo hecho. Y, además, Tommy se merece una respuesta como es debido. ¡No puedes dejarlo así!

Carly bajó la mirada y empezó a juguetear con la punta de un cojín. Su pelo de color miel ondeaba con la brisa mientras meditaba acerca de aquellas palabras.

Sabía que Tommy era importante para ella. En su actitud más bien infantil yo no veía rechazo, sino miedo.

—Ivy, ¿tú qué piensas? —me preguntó sin alzar la vista.

La miré y puse voz a mis pensamientos:

—Creo que estás asustada. —Al oír aquello me miró desconcertada—. No estás segura de que lo que has dicho sea del todo cierto, pero has reaccionado así porque pensar en ello te da un poco de miedo. Afrontar la situación implica tener que asumir la posibilidad de que podrías perderlo. Y no quieres.

Fiona chasqueó los labios en señal de que apoyaba mi punto de vista.

Carly reflexionó sobre nuestras palabras. Seguimos hablando un poco más del tema y ella nos escuchó en silencio.

—Sea como sea, gracias —me dijo al cabo de una hora más o menos, cuando se despidió de mí en la puerta de mi casa—. Yo... procuraré pensar en todo lo que me habéis dicho.

Asentí, y ella buscó mis ojos.

—¿Estás segura de que te sientes bien?

Le dije que sí mirando hacia otro lado, pero en realidad seguía pensando en el sobre de Evelyn y en lo que había entrevisto dentro.

Carly pareció percibir mi turbación, pero me despedí de ella antes de que pudiera preguntarme algo más.

Necesitaba estar sola, reencontrarme con esa parte de mí que se sentía reconfortada cuando me aislaba. Me acordé del lugar al que John me llevó una vez para probar los *corn dogs*: era perfecto.

Subí la calle en cuesta hasta llegar a un punto desde el cual se divisaba el mar. Allí el teléfono no tenía cobertura, y eso incrementaba la sensación de paz que transmitía aquel sitio. Me senté en una mesa de pícnic y saqué el sobre de la mochila.

Dentro solo había una tarjeta.

No.

Era una postal de mamá y papá. La habían sacado de una foto, porque, en lugar de un paisaje cualquiera, aparecían ellos dos delante de nuestra cabaña. Él se reía, con su nariz colorada y su cara de crío. Ella estaba en sus brazos y hacía el signo de la victoria. Eran jóvenes.

Debía de ser poco después de haberse trasladado. Tragué saliva y le di la vuelta. Detrás había unas líneas escritas con una letra que intuí que sería la de mi madre.

¿Qué te decía? ¡Mira cuánta nieve! Cuélgala en la nevera y ya verás como John no vuelve a quejarse del calor…

Hasta pronto,

CANDICE

P. S.: he decidido que sea Robert quien escoja el nombre de la niña. ¿Hasta qué punto debería preocuparme?

Hubiera querido explicar lo que me pasaba, pero no podía. Tal vez no pudiera nunca.

Había encontrado una nueva vida.

Había aceptado que mi padre ya no volvería.

Pero mirar a mis padres y aceptar que tendría que verlos así, a través de una foto, el resto de mi vida, exigía un coraje que ni siquiera yo estaba en condiciones de reunir.

A veces pensaba que no sería capaz de superarlo.

A veces, cuando llegaba a la conclusión de que ya no existía un corazón en el mundo que armonizara con el mío, me derrumbaba.

En esas ocasiones era cuando regresaba el dolor.

No importaba si él venía a mí, o si yo iba hacia él. De un modo u otro, siempre acabábamos reencontrándonos.

Llegué a casa a una hora intempestiva. Ya hacía un buen rato que había pasado la hora de la cena, pero sabía que John debía quedarse en la oficina hasta las tantas. Tenía un importante asunto que tratar con un cliente internacional y ya nos había avisado.

Entré en silencio, dejando que la penumbra me envolviera. Dejé la mochila en el vestíbulo y me dirigí hacia las escaleras, pero me detuve al pasar por delante del salón.

Una figura silenciosa estaba sentada en el sillón.

Se me disparó el corazón, pero me tranquilicé en cuanto reconocí aquel rostro familiar.

¿Qué demonios estaba haciendo allí?

—¿Dónde estabas? —preguntó con un tono de voz extraño.

El sonido de sus palabras fluctuó en el aire de un modo que no sabría descifrar.

—Me has asustado —le confesé con un hilo de voz.

Su actitud me provocó cierto temor, pero no pareció darse cuenta. Me miró con sus ojos oscuros como precipicios, vacíos y caóticos al mismo tiempo.

Aquella mirada bastó para percatarme de que algo no iba bien.

—Ha llamado Carly —dijo despacio—. Me ha contado que os habéis visto en su casa. Que te ha notado extraña… Y después tenías el teléfono apagado. Hasta ahora.

Había frialdad en su voz, un distanciamiento espantoso. Por primera vez comprendí que así era como exteriorizaba su sentimiento de abandono. Erigiendo un muro tras el cual ocultar el dolor.

Miré al suelo y sujeté con firmeza el sobre que aún llevaba en la mano.

—Lo siento —repuse sin mirarlo—. Necesitaba… estar sola.

Mason me observó de un modo que no supe descifrar. Había hecho que se preocupara. Me di cuenta de que, si en ese momento me estaba mirando de aquel modo, era porque yo había vuelto a actuar sin tener en cuenta a quienes me rodeaban.

—Pensé que te habías vuelto a marchar.

Alcé la mirada. Aquellas palabras me tocaron un punto sensible, mi resistencia cedió y mi debilidad emergió a la luz. Suspiré. Hubiera deseado arrojarme a sus brazos.

Hubiera deseado apretarme contra él, perderme en su perfume y olvidarlo todo.

Allí era donde me sentía en casa.

Di un paso adelante, pero en sus ojos relampagueó una emoción desconocida, impenetrable, que me echó hacia atrás con una inesperada violencia.

Mason vio en una de mis manos el sobre con las palabras «De parte de Evelyn», y la foto de la nieve en la otra. Se puso en pie y se dirigió hacia la puerta.

Me lo quedé mirando perpleja cuando pasó por mi lado y me dejó atrás. Me hubiera gustado decirle que ahora ya lo conocía, que sabía exactamente lo que estaba sucediendo, pero habría mentido. Aún había hilos que movían su corazón en los que seguía enredándome.

—Mason…

—Si tienes que hacerlo, hazlo.

Se había detenido en medio del vestíbulo. Su esbelta figura se recortaba contra la luz de la luna, pero pude distinguir que tenía los hombros contraídos y los puños en tensión, pegados a los muslos.

—¿Qué?

—Si tienes intención de marcharte…, no esperes, por favor. Hazlo y punto.

Lo observé sin moverme de donde estaba. Mi corazón tampoco se movía.

—¿Qué estás diciendo?

Vi cómo le temblaban las muñecas, aunque de forma casi imperceptible, y entonces empezó a caminar de nuevo. Sin apenas poder reprimir la angustia que sentía en ese momento, lo alcancé y lo sujeté del brazo, con la intención de que se detuviera.

—¿Qué significa eso? ¿Qué has querido decir? Mason, ¿quieres explicarme por qué…?

—Me estoy enamorando de ti —exclamó al tiempo que se volvía con tanto ímpetu que me sobresaltó. En sus ojos había furia y una desesperación lacerante—. Te lo llevarías todo, pero si no es aquí donde quieres estar, vete. Hazlo ya. Porque si esto sigue así, llegará un momento en que no seré capaz de verte partir, y ya será demasiado tarde —declaró—. Yo ya no podré soportarlo. Y entonces… tú ya no podrás marcharte.

Me lo quedé mirando con los ojos abiertos de par en par. Él apretó los dientes, me dio la espalda y se llevó con él su furia, dejándome allí, confundida y abrumada por aquellas palabras, con el alma desencajada.

Mientras trataba de asimilar toda aquella rabia que acababa de verter sobre mí, sentí mis latidos palpitar hasta en los rincones más insospechados.

Por suerte logré recobrarme de inmediato, salí corriendo tras él y me lancé a abrazarlo. Mis manos se prendieron de su fornido tórax, y así logré que mi bellísimo coloso se detuviera. Sentí con cuánta rudeza el corazón le martilleaba el pecho y, al mismo tiempo, con cuánta dulzura se fundía con el mío.

Lo estreché entre mis brazos con todas mis fuerzas, porque ya no temía hacerlo.

—Yo nunca he querido llevármelo todo —le confesé—. Yo solo te he querido a ti en todo momento.

Éramos jóvenes, testarudos, incapaces de encauzar nuestros sentimientos.

Incapaces de convivir.

Y, sin embargo, nos queríamos.

Contra viento y marea.

—Encontrarse a uno mismo entre semejantes ya es una empresa difícil. Pero encontrarse a uno mismo en la persona más distinta del mundo es algo que no puede explicarse.

Cerré los ojos y traté de reunir el coraje necesario para expresarle con palabras el mundo que él había logrado esculpir en mi interior.

—La primera vez que te vi me recordaste mi casa —le confesé—. Me gustaría decirte por qué, pero ni yo misma lo sé. Me recordabas lo que más añoraba de todo. Y desde ese momento ya no fui capaz de dejarte fuera.

Procuré que mi voz acariciara su corazón, porque ya no pensaba huir de nuevo.

—Me enamoré de ti —le susurré—. Lenta, inexorablemente, sin poder sentir otra cosa. No tengo intención de irme a ninguna parte, Mason…

Seguía apretada contra su espalda, absorbida por su cuerpo cálido y marmóreo. Ignoraba si había logrado hacerle comprender lo unida que me sentía a él, pero al cabo de un momento que se me hizo infinito Mason se volvió.

Lo miré, allí, al pie de las escaleras, y fue como si volviera a enamorarme desde el principio. Las emociones tomaron el control. Entorné los párpados, mostrándole por primera vez mi lado más vulnerable.

—¿Aprenderás a tener paciencia? —le pregunté—. ¿A confiar en mí? Cuando necesite mi espacio y mi tiempo... ¿te quedarás cerca y me esperarás?

Mason paseaba su mirada por mis ojos, del uno al otro, como si no quisiera perderse un solo ápice de lo que expresaban.

Habría podido decirme que sí.

Habría podido susurrármelo, tal como me lo estaba diciendo con la mirada.

Habría podido responderme: «Siempre».

Pero escogió besarme.

Lo hizo porque, además de que nunca habíamos sido buenos con las palabras, una parte de nosotros ya vivía en el otro.

Y, sí, era cierto que ya no existía un corazón en el mundo que armonizara con el mío.

Pero en aquel latido que nos unía, brillaba una música indisoluble y potente.

Vibrante como el fuego.

Delicada como la nieve.

Y era solo nuestra... Nuestra y de nadie más.

Lo rodeé con los brazos y dejé que me aupara. Lo ceñí con las piernas para mostrarle que le pertenecía. Y cuando Mason me estrechó hasta dejarme sin respiración, supe que él me pertenecía de igual modo.

Me perdí en sus labios, en su sabor, en aquel fuego explosivo que nos inflamaba cada vez que estábamos juntos. Seguía queriendo entrar en sus pensamientos, arder en su pecho, esculpirle el alma como si fuera una obra maestra. No quería que él me dejara marchar, solo deseaba caminar a través de su corazón.

—Quiero quedarme contigo —le susurré, como si recitase una oración—. No me permitas partir nunca más. No me dejes marchar, Mason...

Percibí cómo se le aceleraban los latidos, la ardiente emoción que lo embargaba cuando volvió a besarme. Me arrolló como una llamarada, apreté las piernas y sentí los huesos de sus caderas segándome los muslos.

Apenas podía respirar al contacto con su cuerpo, y, un instante después, su camiseta cayó al suelo, sin que fuera consciente de habérsela quitado yo misma. Recorrí cada centímetro de su hirviente pecho, venerándolo y acariciándolo con las manos.

Me abracé a él con todo mi ser, y apenas me di cuenta de que estábamos subiendo las escaleras. De pronto llegamos a su habitación y él me deslizó la ropa por los hombros.

Temblé mientras respiraba directamente en sus labios. Mason me mordió la mandíbula, lentamente, amplificando el cúmulo de sensaciones que me estremecían el alma. La besó, la lamió, y a continuación sus dedos dieron con el cierre del sujetador.

En mi interior se desató una gran confusión. Hubiera querido decirle que fuese más despacio, porque sentía una fuerte tensión en las extremidades, la garganta me palpitaba y tenía la piel helada y ardiente a la vez.

Pero en realidad no quería decírselo.

Yo quería tocarlo.

Quería tener miedo y al mismo tiempo embriagarme de su respiración.

Quería temblar como una niña, pero hacerlo entre sus brazos.

Quería vivirlo de verdad, sin que nada me detuviera.

Ahora ya tenía la espalda libre. Me bajó los tirantes, tiró el sujetador al suelo y fue recorriendo mis vértebras una por una, hasta la nuca. Sus dedos me incendiaron y las ásperas palmas de sus manos me arañaron la piel, provocándome sensaciones desconcertantes.

Me pregunté si no me encontraría demasiado delgada. Si mi piel le parecería lo bastante suave.

¿Prefería chicas con más curvas?

¿Y si no le gustaba mi cuerpo?

Las inseguridades me devoraban, pero Mason deslizó una mano por mi pelo y me besó la curva del cuello como si estuviera a punto de enloquecer.

Una descarga eléctrica recorrió todo mi cuerpo. Contuve la respiración y aspiré su perfume sedoso y sensual, embriagándome de su esencia, como él se embriagaba de la mía.

«Me estoy enamorando de ti», habían sido sus palabras. Una inmensa emoción me sacudió el alma. Me sentía tan reconfortada que estuve a punto de llorar.

No me quería porque fuera perfecta.

Me quería porque era yo.

Porque buscaba estrellas en el cielo.

Y mi sonrisa solo brillaba para unos pocos.

Porque era orgullosa, testaruda y taciturna, pero, por ser tan especial, también era la única persona que había entrado en su corazón.

Y cuando me atrajo hacia sí, estrechándome los hombros como si fueran unas alas de un blanco inmaculado, supe que hasta la más pequeña brizna de mi alma le pertenecía.

—Te quiero —le dije fuera de mí, tirándolo del pelo con desesperación—. Te quiero desde antes de saber lo que eso significa.

Lo besé en el corazón y él se estremeció. Me encantaba sentir que respondía a mis caricias de aquel modo, me encantaban las reacciones de su cuerpo: eran impetuosas, instintivas y sinceras. Tal como era él.

Acabé en la cama, con Mason encima de mí. Me quedé sin aliento cuando se acomodó entre mis piernas, me aplastó contra el colchón y me besó, loco de deseo.

Mis pechos desnudos presionaban su tórax, y lo que sentía en esos momentos era tan perturbador y electrizante que llegué a temer que me diera un colapso. Tenerlo tan cerca de ese modo me resultaba abrumador. Maravilloso, sí, pero a la vez terrorífico.

Mason me quitó los pantalones cortos: me levantó las caderas y tiró de ellos, y después hizo lo mismo con sus vaqueros.

Apenas pude tragar saliva en cuanto vi el cuerpo escultural que tenía ante mí. Se me cerró la garganta y el corazón se me encajó en el estómago. Decir que era impresionante era quedarme corta. Mason tenía un cuerpo armonioso y monumental, con los hombros anchos y unos músculos capaces de hacerte temblar y arder al mismo tiempo solo con rozarte.

Me puse rígida cuando su mirada descendió por mi delgado cuerpo, cubierto únicamente con unas braguitas de algodón. De repente me sentí expuesta, frágil, más consciente que nunca de todos mis defectos. Por primera vez deseé que no me mirase.

—Yo… —farfullé, incapaz de resistir la potencia de su mirada, mientras buscaba frenéticamente la protección de la sábana.

Él intuyó mis intenciones y me sujetó el brazo. De pronto me vi luchando como una tonta por conquistar un pedazo de tela, pero Mason se puso encima de mí y me inmovilizó las muñecas, sosteniéndolas por encima de mi cabeza. Lo miré con los ojos muy abiertos, indefensa, temblando como un pajarillo.

—Te has estado tapando todo este tiempo —me susurró, con aquella voz que me derretía como mantequilla—. Siempre te has ocultado vistiéndote con ropa que te venía grande. Ahora quiero verte.

La profundidad vibrante y masculina de su voz me arrancó un húmedo jadeo. No me lo estaba imponiendo, me lo estaba pidiendo, pero, con todo, mis inseguridades siguieron prevaleciendo. Miré hacia otro lado, vencida por ese carácter cohibido y esquivo que formaba parte de mi manera de ser.

Era una estúpida, probablemente cualquier chica en mi lugar se sentiría feliz de que Mason admirase su cuerpo. Y, sin embargo, pese a todo, en esa ocasión tampoco lograba dejar de ser yo misma.

Inclinó el rostro y se tomó su tiempo para observarme. Aunque yo seguía con la cabeza hacia un lado y los brazos levantados, percibí igualmente sus pupilas deslizándose por mi cuerpo. La cruda intensidad de su mirada se convirtió en una especie de lento preludio, casi palpitante, mientras me mantenía inmóvil y tensa desde su posición dominante.

Al cabo de un instante sentí cómo posaba la cálida palma de su mano en mi vientre. Contuve el aliento. Sentí un hormigueo en la piel, y el corazón empezó a latirme con más fuerza.

Mason me acarició sin prisas, moviéndose con gestos cautos para poder absorber mejor las silenciosas reacciones de mi cuerpo. El mundo se redujo a aquel único contacto, parsimonioso, lento, pero no por ello menos decidido. Su mano ascendió hasta mi esternón, acariciándome las costillas una por una. Con aquella caricia logró que se me pusiera toda la carne de gallina.

Dios mío.

Me avergonzaba el efecto que provocaba en mí aquel contacto tan sutil. Solo me estaba rozando y, sin embargo, mis sentidos se estremecían, abriéndose como capullos turgentes e impúdicos. Su respiración era un terremoto y sus dedos me parecían chispas que prendían deseos recónditos y secretos que atravesaban mi cuerpo en forma de tempestades.

Desconcertada por la extrema sensibilidad con que estaba reaccionando, me obligué a permanecer inmóvil mientras él seguía explorándome, prolongando con ello aquella lenta locura.

Cuando me acarició la curva de los pechos sentí un escalofrío en el vientre. Me puse rígida, en un vano intento de controlar aquellas sensaciones, pero mi cuerpo gritaba todo cuanto mi pudor no se atrevía a admitir.

Tenía las extremidades entumecidas a causa de todo lo que me estaba haciendo sentir, y los pezones tan hinchados y en tensión que mis mejillas se habían cubierto de rubor. Creí enloquecer cuando él los acarició con sus dedos callosos. Rozó con el áspero pulgar aquel punto hipersensible y la fricción resultante me obligó a arquear la columna hasta quedarme sin aliento.

La piel también se me entumeció, y de pronto me sentí impaciente y electrizada. Era incapaz de reprimir lo que sentía. Me notaba caliente y helada al mismo tiempo, dominada por una pulsión que me gritaba que apretara las piernas y me retorciera contra su rodilla. Jadeé imperceptiblemente mientras él seguía incitándome cada vez con mayor intensidad, provocándome agotadoras sacudidas por todo el cuerpo.

Dejé escapar un gemido. Apunté la frente hacia mi brazo y clavé las pupilas en las suyas; lo observé con el rostro aún de lado y la mirada temblorosa, rutilante de emociones que solo él sabía suscitar en mí.

Mason me contemplaba como si yo nunca hubiera estado tan guapa. Me alzó la barbilla e introdujo la punta del pulgar en mis labios húmedos y entreabiertos, y yo me dejé hacer, totalmente sometida a su voluntad. La otra mano seguía estimulándome. Cerré los ojos y le inundé la piel con mis tímidos jadeos.

Estaba aturdida, sin aliento. Ya no entendía nada de lo que sucedía. Sentía a Mason en todos los poros de mi cuerpo, marcado en la carne, impreso como una quemadura.

Ni siquiera me dio tiempo a razonar, su lengua invadió mi boca ya entreabierta, cálida y dispuesta a recibirla. Me dejó totalmente extasiada, y a continuación me dobló una rodilla y empujó con las caderas, acomodándolas entre mis piernas.

Aquella maniobra me hizo abrir los ojos de par en par. Noté una poderosa turgencia presionando la tela de mis bragas, seguida de una sacudida ardiente que me encendió desde el vientre hasta la garganta, pasando por el pecho. Me debatí entre sus brazos, y mi respiración se volvió trabajosa mientras oía a Mason suspirar profundamente, gozando de aquel contacto tan íntimo.

Me hizo volver la cabeza.

Le gustaba.

Le gustaba mi aliento húmedo. El temblor de mi cuerpo en tensión. Le gustaba aquella ardiente ductilidad de mis miembros y aquel abandono que hacía que se me estremecieran los muslos.

Le gustaba tenerme debajo de él.

¿Cuánto tiempo llevaba esperando ese momento?

¿Cuántas veces, durante nuestros enfrentamientos, se habría imaginado que me despojaba de aquellas miradas combativas que yo le lanzaba y me tenía a su merced, deseosa y trémula?

Me estremecí solo de pensarlo.

Se pegó a cada ángulo de mi cuerpo, como si quisiera extraer un molde de mi anatomía apretándose contra mí. El bulto que ocultaban sus calzoncillos se había vuelto tan duro y vigoroso que creí desfallecer. Mason era grande y fuerte, así que me sentí totalmente abrumada cuando empezó a besarme de nuevo y a mover las caderas con más insistencia.

Se me incendiaron las mejillas. Lo aferré por los hombros con manos temblorosas y abrí los dedos en abanico sobre la flexible musculatura de su espalda mientras él se contoneaba entre mis muslos. El corazón me latía en la garganta, apenas podía respirar, de tan fogosa como era su boca. Allí donde su cuerpo se frotaba repetidamente contra el mío, convergía una gran fuente de energía palpitante.

Mason deslizó una mano por mi pelo y presionó mi muslo contra su costado para aumentar el contacto entre nuestros cuerpos. Me sentía arder, cada uno de mis nervios vibraba e imploraba misericordia.

De pronto, un estertor casi imperceptible escapó de mis labios. Se apartó apenas y agarró uno de mis pechos, tomándolo entre sus labios carnosos. Gemí consternada.

Había dicho que quería sentirme, tocarme, pero si seguía así, acabaría conmigo de un ataque al corazón.

—Mason —exhalé agónica.

Su lengua humedeció la areola rosada de mi pezón, y en respuesta le hundí las uñas en la espalda.

Casi tenía ganas de rechazarlo, tal era la intensidad de las emociones que me consumían por dentro. Me parecía estar delirando. Ya no podía distinguir lo que estaba encima de lo que estaba debajo, el alma del cuerpo.

Era demasiado. Demasiado.

Un violento escalofrío me recorrió la espalda mientras Mason aumentaba el ritmo de sus embates y seguía devorándome sin contemplaciones. Mordisqueó y lamió, apretujó y marcó con los dientes, haciéndome sentir la vehemencia con que deseaba moverse dentro de mí.

—Es… espera —dije temblando entre jadeos.

Los latidos de mi corazón me retumbaban en las costillas y cada vez se hacían más intensos. Un extraño hormigueo fue entumeciéndome el vientre a medida que su virilidad arremetía con más ímpetu contra mi centro, provocándome espasmos involuntarios. Era un punto tan sensible que, con cada golpe, me parecía que iba a explotar y a brillar, y a explotar y a brillar de nuevo.

Traté de detenerlo, pero él aumentó la presa en mi pelo y me echó la cabeza hacia atrás, forzándome a abrir la boca en medio de aquel éxtasis formidable.

No podría resistirlo. Acabaría enloqueciendo, acabaría… acabaría…

Todos los músculos de mi cuerpo se tensaron a la vez. Lo sentí llegar en forma de impetuosa caricia. Arqueé la pelvis y abrí los ojos de par en par mientras una oleada hirviente partía de mis piernas y ascendía hasta el estómago, dejándome sin respiración.

Tensé los tobillos, y aquel delirio me arrolló: un placer desgarrador estalló en cada una de mis terminaciones nerviosas, inundando todo mi ser con una fuerza devastadora. El corazón se me subió a la garganta, y habría gritado si aún me hubiera quedado algo de aliento. Fue delirante. Insólito y arrollador. Las piernas empezaron a vibrarme en forma de contracciones rítmicas, que a su vez provocaron un temblor exagerado en mis músculos. Se me empañó la vista, y por un momento todo se sumió en la confusión.

Me abandoné sobre la cama, extenuada. Las paredes de la habitación fluctuaban a mi alrededor. Mi entrepierna seguía palpitando, sensible y ardiente, y solo entonces nuestras miradas se encontraron. Lo miré sin decirle nada, sin aliento, con los ojos muy abiertos.

¿Acababa de...? Oh, Dios mío.

Crucé los brazos y me cubrí el rostro.

—No me mires —mascullé azorada.

—¿Por qué? —me preguntó, casi como si aquello lo divirtiera.

—Porque no —respondí como una niña.

Mason inclinó la cabeza y me percaté de que sus pupilas se estaban deslizando por mi cuerpo, antes de murmurarme con la voz ronca:

—¿No te gusta... hacer esto conmigo?

Un sedoso temblor acarició los últimos recovecos de mi placer. Vislumbré unos codos, y a continuación distinguí aquella endiablada boca encima de mi rostro, con el que al parecer se lo estaba pasando bomba en ese momento. Le planté una mano en la cara y él se echó a reír.

Dios, cómo odiaba aquella maravillosa risa.

—No puedes pedirme que no te mire... —susurró, afectuoso y provocativo a la vez, mientras volvía a alzarme los brazos. Los acarició con los dedos hasta las muñecas, y añadió, bajando la voz de un modo que sonó endiabladamente viril—: Sería demasiado cruel.

Contraje las rodillas sin darme cuenta, y las apreté contra sus caderas. Sentir su excitación me producía una extraña sensación de pánico. Yo, que siempre había sido tan reacia al contacto físico, no podía dejar de temer —y al mismo tiempo desear— que me acariciase.

—No sé... no sé tocarte.

«No había dicho aquello. No podía creer que lo hubiera hecho».

Me mordí la lengua y tragué saliva en cuanto vi que me miraba. Lo hizo de un modo muy intenso, pero en lo más profundo de sus iris no detecté la menor señal de presión, solo serenidad.

—No tienes por qué hacerlo, si no quieres.

«Sí que quiero», gritó la parte más enamorada de mí. Las palabras se me quedaron encalladas en la garganta y no logré darles salida. Nunca había sentido algo así por nadie. Me veía tan distinta de mí misma, tan frágil, impulsada por deseos a los que temía dar rienda suelta… Así que opté por mirarlo a los ojos, esperando que comprendiese sin necesidad de palabras.

Que él era el único a quien yo desearía tocar.

Que nunca habría ningún otro.

Que lo quería a él, y a nadie más que a él, porque llevaba su nombre grabado en el corazón, y hay ciertas marcas que nos acompañan para siempre.

Apoyé tímidamente una mano en su escultural cadera. Tenía el rostro encima del mío, y el brazo apoyado junto a mi cabeza. Mason escrutó atentamente mis ojos, mientras yo, armándome de valor, hacía descender mis dedos hasta el centro de su deseo.

Tras unos instantes de vacilación, palpé despacio a través de la fina tela de sus bóxers. Tenía el corazón disparado, no sabía muy bien lo que estaba haciendo. Me sentía cohibida, pero mantuve la mirada encadenada a la suya y seguí adelante. Lo acaricié con dedos cautos, buscando en su cara cualquier indicio de que lo estaba haciendo bien. Mason no hacía el menor ruido, pero en cuanto puse la mano más abajo, en sus ojos asomó una turbulencia que se los oscureció aún más.

Seguí tocándolo con gesto tímido. ¿Podría hacerle daño?

De pronto me sujetó la mano y la detuvo. Sus ojos palpitaron y me engulleron. Fue un momento tan intenso que los latidos de mi corazón lo registraron fielmente, cada vez más acelerados, cada vez más intensos…

Entonces guio mi mano bajo el elástico de los bóxers.

Contraje los dedos de los pies y entreabrí los labios al sentir su calor. Posé las frías yemas de mis dedos en su erección y él se estremeció. Ahora respiraba despacio, el aire vibraba en su pecho y el color de sus iris se volvió tan vívido y penetrante que deseé sumergirme en sus ojos.

Moví la mano lentamente, tocándolo realmente, y por primera vez pude percibir su textura. Era… aterciopelado. Duro y potente pero… liso…

Aumenté la presión ligeramente, y los músculos de su tórax se inflaron de un modo maravilloso.

Observé sus ojos líquidos, ahora más oscuros y rebosantes de deseo que nunca. Yo estaba temblando, presa de emociones intensísimas, de palpitaciones que no podría compartir con nadie que no fuera él. Temblaba movida por un sentimiento único y sin límites, porque en el fondo había comprendido que cuando se ama de verdad, ni siquiera el tiempo puede ponerle límites a ese amor.

Deslicé la otra mano por su pelo, lo atraje hacia mí y lo besé con toda el alma. Volví a tocarlo mientras él me quitaba las bragas con tal determinación que el elástico se me clavó en la piel.

Nos unimos y nos devoramos el uno al otro, una vez liberados de las últimas barreras. Nos queríamos como nunca habíamos querido a nadie, o, mejor dicho, tanto como ya nos queríamos desde el principio. Dejamos que nuestros corazones se tocaran, se mezclaran y se aniquilaran hasta crear un gran caos, hasta que por fin empezamos a sentir en nuestras almas corales y océanos de estrellas de mar, auroras brillantes y espléndidos abismos.

Entreví cómo Mason trasteaba con un envoltorio plateado que había cogido del cajón. Se me escapó un jadeo. Mi respiración era irregular y me sentía como aturdida. Cerré los ojos, presa de una gran excitación, y entrelacé las manos tras su cuello mientras él me sujetaba un muslo y me alzaba un poco el cuerpo. Yo levanté la pelvis a mi vez, casi de forma instintiva, y Mason se situó justo delante de mi centro. En ese momento nos miramos a los ojos.

Las respiraciones entrecortadas, los cuerpos sudados, las miradas cómplices y entrelazadas.

Mason apoyó una mano en la cabecera de la cama, se cernió sobre mí con su imponente corpulencia, y yo me quedé muy quieta, debajo de él, con los dedos estrechando su nuca y mi alma entretejida con la suya, que ahora sentía más viva que nunca, reflejada en mis iris.

Estaba lista para darme a él por entero.

Sin dejar de mirarme, fue empujando lentamente dentro de mí.

Ahogué un gemido. Respiré pesadamente, tensé el cuerpo, sudorosa. Mis músculos temblaron y una punzada de dolor me hizo apretar los dientes, pero esta vez… no miré hacia otro lado.

No me oculté detrás de mis manos.

No escapé lejos con la mirada.

Permanecí allí, con el corazón y con el espíritu, encadenada a aquellos latidos, formando una única armonía.

Y cuando por fin nos convertimos en uno solo… Cuando finalmente Mason y yo nos fundimos en cuerpo y alma, sentí que todas mis soledades se colmaban y se desvanecían a la vez.

Que solo estaba llena de él.

Solo de aquello que habíamos construido juntos.

Tomé su rostro entre las manos y lo grabé en el corazón, en los labios henchidos de aquel amor que había logrado abrirse camino hasta lo más profundo de mi ser. Igual que aquellas flores capaces de romper el hielo y que, allá en la lejanía, crecen y finalmente brotan con una espléndida fuerza, creando una combinación tan perfecta que el mundo se rinde maravillado ante su existencia.

No importaba que fuéramos distintos.

No importaba si no nos entendíamos en todo.

Los mosaicos más hermosos están hechos con piezas que no encajan.

Y posiblemente nosotros éramos así.

Caóticos.

Y tortuosos.

Pero entrelazados, alma y corazón…

Desde el principio.

Epílogo

Cuatro meses después

La campanilla tintineó, propagando el sonido en el aire.

El aroma especiado de la malta me llegó de pronto, junto con la música a medio volumen. El pub de Joe seguía siendo el mismo de siempre: la cerveza de barril en la barra, los letreros de neón y el rumor de las voces de los clientes charlando en las mesas. Se me acercó un perrito, patoso como solo puede serlo un cachorro. Me lamió la pantorrilla y me lo quedé mirando perpleja, ignorante de quién podría ser su dueño.

—¡Ivy!

Mandy me saludó entusiasmada con una cálida sonrisa. Se acercó hasta donde yo estaba, y me pareció tan radiante como la última vez que nos vimos.

Llevaba su llamativa melena de color rojo fuego recogida en un moño improvisado, y un delantal negro envolvía sus generosas curvas.

—¡Qué alegría volver a verte!

—¡Hola, Mandy! —le dije, mirándola directamente a los ojos.

Yo llevaba puesta una camiseta de tirantes blanca, unos pantalones vaqueros cortos, unas botas militares y mi gorra de siempre, pero me pareció que algo en mi mirada le produjo extrañeza.

—¿Qué te trae por estos lares? —preguntó antes de que el rostro se le iluminara—. ¿Has venido a pasar el verano?

—Solo estaré unos días —respondí, ajustándome la visera—. Mientras dure el buen tiempo…

El cachorro de antes ladró juguetón, reclamándome alguna carantoña. Meneó el rabo, se rascó la oreja despreocupadamente y, al hacerlo, perdió el equilibrio de un modo encantador.

—¿De quién es este perrito? —quise saber mientras observaba cómo brincaba y correteaba por todo el local.

—De Joe.

—¿De Joe? —repetí sin acabar de creérmelo—. Pensaba que no le gustaban los perros. ¿No se pasaba el día diciendo que no los quería en su pub?

Mandy suspiró y esbozó una sonrisa.

—¿Qué quieres que te diga? El corazón es como la nieve… Se lo encontró en la calle y se deshizo como la mantequilla en cuanto lo vio. Incluso quiere llamarlo Pequeño Joe. Qué original, ¿no?

Intercambiamos una mirada de complicidad y ella hizo un leve movimiento de cabeza. Noté que me observaba con más detenimiento.

—Te ha crecido el pelo un montón —comentó, señalando mi melena, que ya me llegaba hasta el pecho—. Te queda muy bien.

—¡Eh! —gruñó una voz malhumorada—. ¿Dónde está mi cerveza?

Alguien que estaba sentado en uno de los taburetes de la barra acababa de volverse. No me extrañó encontrarme con el rostro picado de Dustin lanzándole una mirada hostil a Mandy, como tampoco me resultó difícil deducir que solía ir por allí. Aunque lo hubieran echado un par de veces en el pasado, ahora ya tenía diecinueve años, la edad a partir de la cual estaba permitido consumir alcohol en mi país.

—Nolton —murmuró con la lengua pastosa mientras me examinaba descaradamente. Esbozó una mueca irónica y añadió—: ¿De vuelta en casa? Ya puedo imaginarme cuánto te habrás hecho querer…

—Cierra esa bocaza, Dustin —lo reprendió Mandy, apoyando una mano en la cadera—. ¡Y págame las cervezas pendientes, que ya te has soplado dos! —le espetó sin contemplaciones.

Tras darle la espalda e ignorar su desagradable presencia, Mandy volvió a reanudar la conversación que estábamos manteniendo, ya más serena.

—¿Cuánto piensas quedarte? ¿Has venido sola?

—En realidad…

—¡Mira qué cosa!

Travis irrumpió en el umbral con los ojos extasiados, como si fuera un chiquillo. A su espalda, Nate y Fiona observaban cuanto los rodeaba con idéntica expresión.

—… Son mis amigos —le aclaré a Mandy, bastante cortada, señalándolos con el pulgar.

—Hay un piolet colgado en la pared —murmuró Nate.

—Es todo tan característico… —comentó Fiona, sacándose las gafas de sol—. Ay, Dios, ¿esa cosa… está muerta?

—¿No os dije que me esperaseis en el coche? —masculle, pero pasaron olímpicamente de mí.

Mandy se quedó mirando a mis bulliciosos y bronceados compañeros. Entretanto, Dustin también observaba la escena con cara de asco.

—¿Van contigo? ¿Cuánto tiempo pensáis quedaros? —me preguntó ella.

—Aún no lo sé —respondí mientras Travis hacía que Fiona lo fotografiase con una marmota disecada—. Hemos venido a pillar bebidas y…

—Ivy —dijo Nate mientras se acercaba con sus andares tambaleantes y su considerable altura—, los demás han dicho que comprásemos unos aperitivos.

De pronto reparó en Mandy y se detuvo de golpe. Ella lo observó con curiosidad y su espléndido rostro pecoso le dedicó una amplia sonrisa. Nate se sonrojó, tal como yo ya le había visto hacer a menudo, y a Mandy pareció gustarle.

—¿Queréis comer algo? Hoy tenemos como platos del día…

—Ah, ¿sí? —la interrumpió él exhibiendo aquella sonrisita descarada tan suya—. ¿Y qué cosas ricas podrías darme… a probar?

Nate se sobresaltó cuando le asesté un codazo. Me lanzó una mirada ofendida mientras se frotaba el costado, y yo volví a dirigirme a Mandy:

—Vamos a ir al lago. ¿Te apetecería venir más tarde?

Ella me miró sorprendida. No debía de esperarse que yo le hiciera una propuesta como aquella, pero por la sonrisa que me dedicó, intuí que aquel gesto le había gustado.

—Claro…

Miró a Nate antes de alejarse para preparar las bebidas que habíamos pedido, y él le devolvió la mirada.

—Deja de poner esa cara de salmón borracho —le aconsejé—. A Mandy le gusta la espontaneidad.

Me miró más bien enfurruñado y a continuación desvió la vista hacia la melena pelirroja de Mandy, que estaba ocupada detrás de la barra. Fue personalmente a recoger la bolsa con las latas y el paquete de patatas fritas que ella había preparado, y esta vez le sonrió con timidez.

—¡Tú! —estalló de repente una voz. Me volví y vi a Fiona apuntando con un dedo a Dustin—. ¡Eres… tú! ¡Patán incívico!

Le había hablado alguna vez de Dustin. Así que Fiona debió de reconocer su pelo estropajoso y su cara de plato, difícil de confundir con cualquier otra, por la foto que vio aquel día en el suelo de mi habitación.

—¿Es tuya la furgoneta que hay ahí fuera? ¡Porque has aparcado como el culo!

Él la miró como si estuviera pirada.

—Pero ¿qué coño…?

—Eh, ¿tienes algún problema? —atronó Travis, poniendo una voz grave que sonó de lo más ridícula.

Yo sabía que era un cobardica, pero Dustin no, así que se puso blanco en cuanto vio avanzar hacia él aquella masa de músculos. Por una vez tuve que hacer un verdadero esfuerzo para no reírme.

—Vámonos —le dije con suavidad mientras lo arrastraba fuera del local.

No llegué a ver la cara de mi antiguo compañero de escuela, pero seguro que no tenía precio.

Travis se subió a la trasera de la *pick-up*, y el resto nos acomodamos en los asientos frontales. Desanduvimos el camino y aparcamos delante de casa para ir caminando hasta el lago, donde nos esperaban los demás.

Un espacio inmenso se abrió ante nosotros: allí estaban las verdes montañas recortándose en la lejanía, vestidas de verano como espléndidas señoras. Las aguas de color turquesa brillaban a la luz del sol, y miles de flores cubrían el valle formando un manto de perfumes. Era fascinante.

—¡Aaah! —gritó Tommy al perder el equilibrio con caña de pescar incluida. Se cayó al agua, levantando una marea de salpicaduras.

—¡Cielos! —exclamó Carly mientras corría a socorrerlo—. ¿Estás bien?

—¡Uno a cero a favor de la trucha! —se burló Sam, con las manos haciendo bocina alrededor de la boca.

Travis se partía de risa, y cuando Tommy emergió del agua, en lugar de ayudarlo, empezó a salpicarlo con mucho empeño. Sin embargo, allí no estaba solo él, uno de sus embates acuáticos bañó a Fiona de pies a cabeza.

Como tenía la boca abierta, tragó una buena cantidad de agua, y el rímel se le corrió por las mejillas. Le lanzó una mirada incendiaria a Travis, presa de un incontenible instinto asesino.

—¡Tú, pedazo de imbécil! —bramó con el puño en alto al tiempo que escupía medio lago—. ¡Te voy a inflar la cara a truchazos! ¡Yo a ti te vuelvo inteligente de golpe! ¿Se puede saber de qué coño te estás riendo? ¿Eh? ¡TRAVIS!

Siguió maldiciéndolo hasta que sus voces quedaron cubiertas por las salpicaduras.

—¿Dónde está Mason? —pregunté mirando a mi alrededor.

—Está hablando por teléfono con John —me respondió Sam, señalando una silueta a lo lejos, junto a los árboles.

Cuando lo vi, sentí una especie de calorcillo, y una profunda sensación de paz me caló hasta los huesos. Escuché las risas de mis amigos, el rumor del viento entre las hojas, el murmullo del agua al chocar con los pálidos guijarros.

Al escuchar aquel batiburrillo tan disonante, me pregunté si la felicidad no estaría hecha precisamente de eso, de luces y de contrastes, de caos y de amor, pero con todos sus matices.

Carly le puso a Tommy una toalla sobre los hombros. Se rio al oírlo estornudar, con todo el pelo pegado a la cabeza, como una lechuga. No estaban juntos, no eran pareja y, sin embargo, no se veían como simples amigos. Tal vez, con el tiempo, ambos se darían cuenta de que ese modo tan especial de mirarse lo habían tenido desde el principio.

Me enderecé la gorra y anuncié:

—Voy un momento a casa a preparar unas cosas.

Carly se volvió al oírme.

—¡Voy contigo!

—No, no es necesario —le dije con toda sinceridad—. Quedaos aquí. Divertíos. Y, entretanto, aseguraos de que Tommy no rompa la caña de pescar.

Me preguntaron si estaba segura y les dije que sí para que se quedaran tranquilos. Me despedí y regresé a la cabaña.

Le eché un vistazo a la estufa para comprobar que hubiera agua caliente y entré un poco más de leña. Aquellas tareas prácticas, lejos de pesarme, me aligeraron el espíritu.

En cuanto hube finalizado, cogí la mochila y saqué un marco.

Crucé el salón y coloqué la foto en el centro de la chimenea, al lado de la otra en la que estaba con mi padre.

La sacaron el 21 de junio, durante la fiesta que hicimos en la playa para celebrar que Mason cumplía dieciocho años. Salíamos él, John y yo, abrazados, a la orilla del océano. Aquella foto me gustaba porque, entre todas aquellas tonalidades cálidas y bronceadas, yo destacaba como un copo de nieve; sin embargo, había un hilo dorado que nos unía, una fuerza invisible que envolvía nuestros ojos y los hacía brillar con la misma intensidad.

Yo cumpliría los dieciocho en invierno, así que aquel había sido el primer cumpleaños que celebrábamos juntos. El primero de muchos más que vendrían.

Un crujido atrajo mi atención. Me volví, y una ligera brisa me guio a través de la puerta abierta hasta una figura que se encontraba en el porche.

La reconocí al instante: llevaba ya esculpidos en mi interior cada ángulo y cada curva.

Mason tenía los antebrazos apoyados en el barandal de madera, llevaba puesto un jersey verde oscuro con las mangas remangadas hasta los codos y tres botones desabrochados, que dejaban entrever su pecho. El viento le despeinaba levemente el pelo castaño y lo hacía danzar delante de su rostro.

—¿Qué haces aquí?

Cuando se volvió, yo ya estaba en la puerta. Había algo magnífico en nuestro modo de mirarnos, que nunca dejaría de asombrarme.

—Te estaba esperando.

Tres simples palabras. A cualquier otro podrían parecerle banales, pero a mí me gustaban con locura.

—¿Por qué no has entrado?

Mason guardó silencio. Me miró, sereno, y fue como si me dijera con los ojos: «Pensé que querrías un poco de tiempo para ti».

El corazón me sonrió. Estaba aprendiendo a comprenderme, a respetar las necesidades propias de mi manera de ser, incluidas las más inusuales, aquellas que pocos serían capaces de entender. Me lo demostraba con su paciencia.

Me acerqué mientras él me seguía con la mirada y dediqué unos instantes a estudiarlo.

—¿Qué pasa?

—Estás más alto —me limité a señalar, sin dejar de observar la perfecta definición de sus piernas, de sus brazos y de su espalda.

Mason enarcó una ceja mientras yo deslizaba una mano por su pelo sedoso y se lo echaba hacia atrás. Estábamos en la flor de la vida, en pleno proceso de cambio. Estábamos creciendo juntos, y no podía haber nada más bonito.

—No seas celosa.

Fruncí los labios, adoptando una expresión seductora. Me tomaba el pelo porque le había confesado que, cuando lo conocí, lo que más odiaba de él era su estatura. Ver cómo me desafiaba a todas horas desde su impresionante altura, dedicándome aquellas muecas de niño enfurruñado, que, sin embargo, tanto me gustaban ahora, en más de una ocasión hizo que me entraran unas ganas terribles de ponerle la zancadilla.

—¿Qué ha dicho John? —le pregunté, sin dejar de acariciarle el pelo.

No era muy propio de mí, pero había aprendido a comprender que aquellos gestos espontáneos en realidad le gustaban.

—Te manda saludos. Y nos recomienda que tengamos cuidado.

—¿Aún le preocupa que estemos aquí los dos solos?

—Por supuesto —admitió, adoptando un tono de voz profundo—. Pero se alegra de que esté contigo. Me ha dicho que no te pierda de vista.

—¿Me ha… dejado en tus capaces manos? —inquirí, divertida, al tiempo que arqueaba una ceja.

Él me respondió con una mirada igual de irónica que mis palabras, pues ambos sabíamos a qué nos estábamos refiriendo.

John ya no irrumpía en nuestras habitaciones para controlarnos; ya no nos dirigía aquellas miradas cautas y tensas. Una vez, hacía ya algún tiempo, nos sorprendió sentados en el jardín, con mis piernas encima de las suyas, yo sosteniendo el cuaderno de dibujo y un lápiz, y Mason riéndose mientras le hacía un retrato. Cuando ya llevaba un rato allí, me percaté del modo en que nos miraba, presa de una emoción que no precisaba palabras para expresarse.

No solo se estaba acostumbrando a vernos juntos. También lo hacía feliz.

Una brisa me acarició el corazón. Puse la mano encima de la que él tenía apoyada en el barandal y encajé mis dedos entre los huecos de los suyos. Mason estudió aquel gesto y, cuando volvió a mirarme a los ojos, sentí que mi alma se llenaba de paz. Entre nosotros había nacido una extraña complicidad, hecha de miradas, de roces y silencios, pero todos ellos cargados de significado.

—Quisiera enseñarte una cosa —le susurré.

El sol estaba a punto de ponerse. La luz empezaba a adquirir esa tonalidad de caramelo que llenaba el aire de magia. Mason se irguió, y en sus ojos pude vislumbrar un atisbo de curiosidad que rompía la habitual severidad de su mirada. Tiré suavemente de él y lo invité a seguirme.

Cerré la puerta, cogí una alforja del cobertizo y lo llevé hacia el bosque. Nos adentramos en la espesura envueltos en haces de la rosada luz crepuscular.

Caminamos un buen trecho, inmersos en los sonidos de la naturaleza, y al cabo de unos minutos un ángulo del bosque se abrió ante nosotros.

Era un claro. El musgo formaba una mullida alfombra que cubría las piedras, y los cálidos rayos penetraban por entre las ramas, impregnando el aire de una luz propia. La hierba resplandecía como una sarta de perlas, todavía húmeda de la lluvia matinal, y en el ambiente flotaba una especie de magia, pues todo parecía bañado en oro.

Mason miró a su alrededor, observando con desconcierto aquella extraña atmósfera que nos rodeaba.

—¿Qué estamos haciendo aquí?

Alcé la mano y le hice una seña para indicarle que esperase. La naturaleza exigía una clase especial de paciencia que debía ejercitarse. Yo lo había aprendido con el tiempo, y ello me había permitido ir apreciando poco a poco las maravillas que era capaz de brindarme. Hizo falta esperar varios minutos, permaneciendo a la escucha, en completo silencio. Y, entonces, de pronto… sucedió.

Mason se volvió al escuchar un crujido: una criatura colosal y silenciosa surgió de detrás de un tronco y avanzó por la alfombra de musgo.

Sentí cómo se ponía rígido a mi lado, pero lo sujeté por la muñeca y lo retuve con un gesto suave. Las largas patas de la criatura se detuvieron, y el alce levantó la cabeza. Su inmensa cornamenta se recortó bajo la luz oblicua, confiriéndole un aspecto aún más majestuoso.

Olfateó el aire, y yo me imaginé lo que debía de suponer verlo por primera vez. Sentir que se movía, que existía.

Mason me había mostrado su mundo…

Ahora yo quería mostrarle el mío.

Lleva muchos años viniendo aquí —dije en susurros, para no asustarlo—. Cuando se pone el sol.

El alce se movía despacio. Encarnaba una fuerza primordial, la de la naturaleza en su más íntima esencia.

—Son animales protegidos. Los ciervos tienen demasiado miedo como para acercarse, pero ellos… —Se me iluminó el rostro cuando apuntó su gran hocico hacia nosotros.

Con gestos lentos, cogí la alforja que llevaba colgada en bandolera y la dejé en el suelo, abierta: estaba llena de semillas de cereales, una mezcla de centeno y trigo. El alce se desplazó lentamente hacia nosotros, y Mason se volvió de golpe.

—¿Qué estás haciendo?

—Retrocede un paso —respondí, indicándole que hiciera lo que le decía.

Era importante no darle motivos para sentirse amenazado. Mason debía hacerse cargo de lo singular de aquella situación y, sobre todo, de que yo era consciente de lo que estaba haciendo.

—Nosotros no debemos acercarnos a él —le explicué con un hilo de voz—. Jamás. Cuando nos topamos con uno, le damos la oportunidad de alejarse y retrocedemos. Son criaturas poderosas y muy fuertes, y si se sienten amenazadas pueden volverse agresivas. Por eso es importante respetar sus espacios. Pero él… —El alce se me acercó dócilmente, con el hocico ligeramente hacia abajo—.

Lo encontramos en este claro hace muchos años, cuando era pequeño. Unos cazadores furtivos le habían disparado y nosotros avisamos a las autoridades. Más adelante, desde que lo liberaron, siempre viene aquí. Todos los días.

El alce se acercó con cautela y me olfateó. Respiré despacio y me mantuve quieta, para darle a entender que no suponíamos una amenaza. Me conocía desde hacía muchos años, y ese era el único motivo por el cual le permitía acercarse. Después empezó a rumiar en la alforja. Decir que era inmenso sería quedarse corto: un macho adulto de más de dos metros de altura.

—Por eso llevo la gorra —le confesé con un matiz de ternura en la voz—. Papá me la regaló después de verlo por primera vez.

Mason escuchó en silencio, sin dejar de observarlo. Estudié en secreto su rostro, tratando de intuir lo que pensaba.

—No me imaginaba que fueran tan grandes —susurró.

Verlo allí, en aquel lugar que solo mi padre y yo conocíamos, me hizo sentir algo muy profundo, sin principio ni fin.

—Dame la mano.

—¿Qué? —preguntó con un ápice de tensión en la voz que nunca hasta entonces le había notado.

Contuve una sonrisa. ¿Tenía miedo?

—Vamos —le dije con dulzura.

Me lanzó una penetrante mirada, como diciéndome que no estaba dispuesto a hacerlo. Tuve que acariciarle la muñeca y buscar sus dedos para inducirlo a escucharme.

—Confía en mí.

Tiré de él lentamente y me acerqué al animal pisando con cuidado, dejándome ver en todo momento para evitar reacciones imprevistas. El alce siguió comiendo. Poco a poco, sin gestos bruscos, le levanté la mano a Mason y la guie hasta sus cuernos aterciopelados. Noté que se le ponían los dedos rígidos, dudaba. Y por fin los desplegó despacio. Se quedó inmóvil mientras la inmensidad de aquel gesto le estallaba en las yemas, como un raro, inesperado, humilde prodigio. Yo mantenía mi mano encima de la suya y él tanteó su pelaje suave y cálido, sintiendo cómo aquella enorme criatura vibraba, vivía, respiraba.

Al cabo de un instante, Mason alzó la comisura del labio. Se volvió para mirarme y mi corazón estalló de alegría. Me sonrió con un afecto sin límites, arrugando la nariz, con las mejillas encendidas y un sentimiento vívido y poderoso iluminando sus ojos.

Siempre había soñado con verlo en mi mundo. Amando lo que yo amaba. Observando aquella belleza con mis mismos ojos.

Temía que nunca llegase a suceder, y, sin embargo, allí estaba, en un instante robado al tiempo, en dos miradas engarzadas en el crepúsculo de un nuevo comienzo.

Estábamos compartiendo algo que para mí era único: el amor por mi tierra. Y no existía un modo más profundo de sentirse amado.

Ignoraba qué nos reservaría el futuro.

Ignoraba cuántos desafíos surgirían en nuestro camino.

Ignoraba a qué tendríamos que enfrentarnos.

Pero sabía que lo afrontaríamos juntos.

Con nuestros sueños. Y nuestras esperanzas.

Simplemente siendo nosotros mismos.

Cuando regresamos al lago había anochecido. Mandy ya había llegado y el grupo nos acogió con una ovación. Vi que habían dispuesto mantas y cojines sobre la hierba. La noche era un espectáculo increíble: las estrellas abarrotaban la oscura bóveda del cielo como una explosión de diamantes.

Mason y yo nos tendimos en la trasera de la *pick-up*, y contemplamos aquel cielo que había aprendido a amar.

En medio de aquella felicidad silenciosa y completa, cerré los ojos y sentí que no deseaba otra cosa que no fuera aquello.

—Te quiero.

Fue un susurro imperceptible.

Levanté los párpados lentamente. Volví el rostro, acariciada por el perfume de las flores. El perfil de Mason, bañado por el tenue fulgor de las estrellas, miraba hacia el firmamento. Llevaba un buen rato así, contemplando el cielo, y por un instante creí haberlo oído mal.

—¿Qué? —musité.

Noté que me acariciaba la muñeca. Sus dedos se abrieron camino por mi mano, y la alzaron.

Cuando se volvió, sus ojos llenaron hasta el último rincón de mi rostro. Aquellos iris oscuros, impresionantes, que jamás habría de olvidar. Los vi relucir en la oscuridad, y en su interior discerní palabras que llevaba mucho tiempo soñando escuchar.

—Te he mirado con el corazón —murmuró—. Ahora ya no puedes marcharte.

Posó los labios en mi pálida mano.

Lo hizo con fuerza y con delicadeza al mismo tiempo, con un sentimiento que hizo temblar incluso a la misma tierra.

Noté que los ojos se me estaban llenando de lágrimas. Las estrellas se desvanecieron de mi vista, y yo… yo sonreí.

Sonreí con el alma, con mis precipicios, con las maravillas que albergaba en mi interior.

Sonreí con todo el amor que vibraba en mi pecho, porque allí era donde llevaría siempre a las personas que amaba.

Y tal vez ese fuera precisamente el sentido de la vida. Un milagro llamado esperanza, viviendo en un chico y una chica como nosotros.

Le acaricié el rostro. Mason observó mis lágrimas, pero le dije que no debía preocuparse.

Solo era mi corazón de nieve.

Se había fundido por él, y seguiría haciéndolo siempre.

Habíamos crecido sin conocernos, pero nos haríamos mayores juntos.

Y lo haríamos despacio, con nuestros tiempos y a nuestro ritmo. Pero sin detenernos jamás.

Lo haríamos a cada instante, en todo momento, todos los días de aquella nueva vida.

Lo haríamos con obstinación, sin cesar…

Como cae la nieve.

Agradecimientos

Desde el principio

Y ya hemos llegado…

Cuando la historia de Ivy y de Mason nació en mi ordenador, ya hace unos cuantos años, nunca imaginé que un día me encontraría aquí, escribiendo estas líneas.

Aquellos que me siguen desde hace tiempo, aquellos que están al corriente de mis andanzas, saben que *Cómo cae la nieve* fue la primera novela que escribí. Y aunque haya llegado «después», habla con la voz de una chica más joven, ríe con una despreocupación distinta, llora y vuelve a sonreír, como es propio de alguien de una edad tan característica como la suya.

Desde entonces han cambiado muchas cosas en mi forma de narrar, y, sin embargo, tanto el vínculo que me une a estos personajes como su génesis me persuadieron de no cambiar la historia, sino de tratar de valorarla por lo que era, con sus límites y sus puntos fuertes. Espero haber conservado la autenticidad, y haber sabido expresarla a través de la mirada de una joven de diecisiete años introvertida y silenciosa, pero que atesora tantísimo en su interior.

Quiero darle las gracias a Ilaria Cresci, mi editora, que ha trabajado día y noche para que esta obra viera la luz y ha estado a mi lado a lo largo de todo el viaje. Su apoyo ha sido constante y muy valioso, y por eso le estoy muy agradecida.

Agradezco una vez más a Francesca y a Marco que le hayan dado una oportunidad a esta novela, que me hayan acompañado desde el principio en este viaje, brindándome su apoyo y su confianza en cada paso que he dado.

Les doy las gracias a mis amigas más queridas, mis compañeras, que siempre han caminado junto a mí, unas veces silenciosas y pacientes como lunas, y otras, resplandecientes como soles. También quiero darle las gracias a toda mi familia, especialmente a mi padre, que me ha transmitido el amor por la naturaleza y por los espacios incontaminados, con toda la belleza de quien sabe *mirar*, pero de verdad.

¿Os parece que me estoy olvidando de alguien?

Bien, pues de eso nada.

Siempre dejo a los lectores para el final, como ese pedacito de nuestra tarta preferida, que reservamos aparte, para saborearla mejor. Hablo para todos, tanto para los nuevos como para los veteranos, para quienes leyeron esta historia hace un tiempo, y para quienes lo habéis hecho por primera vez.

Para quienes me han conocido a través de los ojos glaciales de Ivy, y para quienes lo han hecho a través de los ojos de color gris perla de Nica.

Me dirijo a todos vosotros… y os doy las gracias por todo lo que me habéis dado a mí y a mis personajes a lo largo de estos años.

No tengo palabras para expresar el afecto y el apoyo que, también en los momentos de mayor dificultad e incertidumbre, no habéis dejado de brindarme ni un solo instante.

Por mi parte, espero haber sabido transmitiros, aunque sea un poco, que sufrir es algo muy normal. Es normal llorar, como lo es respirar. Siempre he creído que la fuerza no reside en el vigor ni en la potencia bruta, sino en la capacidad de sobrellevar las pequeñas y las grandes batallas de todos los días.

Y ahora, probemos a hacerlo…

Luchemos, respiremos, lloremos y sonriamos de nuevo.

Miremos con el corazón, porque está hecho de hielo, pero también sabe fundirse si se lo permitimos.

Equivoquémonos y tropecemos, porque eso es bueno. Nadie ha dicho que fuera fácil.

Y, sobre todo, no nos detengamos. Sigamos adelante, pasito a pasito.

Y avancemos, inexorables, como cae la nieve. Porque, aunque todo parezca remar en nuestra contra, siempre hay algo por lo que vale la pena seguir intentándolo.

Si la flor de marfil puede lograrlo… ¿por qué no vamos a poder nosotros?

Gracias.

Índice